中国现代文学经典
1915—2025（精编版）(第三版)

朱栋霖 主编

北京大学出版社
PEKING UNIVERSITY PRESS

图书在版编目(CIP)数据

中国现代文学经典.1915—2025：精编版/朱栋霖主编. --3版. -- 北京：北京大学出版社，2025.7.
(博雅大学堂). -- ISBN 978-7-301-36378-2

Ⅰ.I216.1

中国国家版本馆 CIP 数据核字第 20251NA422 号

书　　　名	中国现代文学经典 1915—2025（精编版）（第三版） ZHONGGUO XIANDAI WENXUE JINGDIAN 1915—2025 （JINGBIAN BAN）（DI-SAN BAN）
著作责任者	朱栋霖　主编
责任编辑	张雅秋
标准书号	ISBN 978-7-301-36378-2
出版发行	北京大学出版社
地　　　址	北京市海淀区成府路 205 号　100871
网　　　址	http://www.pup.cn　新浪微博：@北京大学出版社
电子邮箱	编辑部 wsz@pup.cn　总编室 zpup@pup.cn
电　　　话	邮购部 010-62752015　发行部 010-62750672 编辑部 010-62757065
印　刷　者	河北博文科技印务有限公司
经　销　者	新华书店
	965 毫米×1300 毫米　16 开本　37.5 印张　653 千字 2011 年 11 月第 1 版 2023 年 1 月第 2 版 2025 年 7 月第 3 版　2025 年 7 月第 1 次印刷
定　　　价	129.00 元

未经许可，不得以任何方式复制或抄袭本书之部分或全部内容。
版权所有，侵权必究
举报电话：010-62752024　电子邮箱：fd@pup.cn
图书如有印装质量问题，请与出版部联系，电话：010-62756370

中国现代文学经典 1915—2025
（精编版）（第三版）

导读领衔执笔（按姓氏笔画为序）

方　忠　方长安　王中忱　许　霆
朱栋霖　汤哲声　杨　义　吴义勤
吴福辉　汪卫东　汪文顶　汪应果
邹　红　张全之　张晓玥　张福贵
赵学勇　骆寒超　秦林芳　钱理群
徐德明　黄维樑　温儒敏

《中国现代文学经典 1915—2025》(精编版)(第三版)出版和使用说明

《中国现代文学经典 1915—2025》(精编版,全一册),与朱栋霖主编的《中国现代文学史 1915—2025》(精编版,全一册)相配套。

使用对象为中国语言文学各专业(含师范教育、文秘、汉语国际教育等专业方向)、新闻传播学各专业、戏剧与影视学专业等。随着教学改革的进行,作为中文系主干课的中国现代文学(含中国当代文学)的教学课时有所压缩,在新闻传播学、广告学、文秘、汉语国际教育、戏剧与影视学各专业方向,该课程的教学时数更短。我们根据各方面要求编著了这部精编版教材。

本书也可作为大学语文课程教材。

本书的一个特点是,大多数作品后面都附有二维码,二维码内含两部分内容,一是"作品解读""作家自述""名家要评""拓展阅读"等,一是关于作品的研究论文。同时,我们在配套的文学史教材《中国现代文学史 1915—2025》(精编版)中,各章节增加了"声音"栏目,即在相关的文学史重要现象、作品评述中以"声音"的方式,介绍学术界的不同观点。所提供的各种观点之间甚至是相互抵牾的,但它们共同构成了文学史的复杂性,我们也借此一并呈现出来。

我们旨在提供一个贯彻新世纪教学改革理念的新教材,提倡启发式、开放式的专业课教学,探索建构思考型、探究型、教学互动型的教学方法与教学模式。各校教师在教学时,可有机结合各项学术信息资料,通过加强对经典作品的研讨来加深对文学史的理解、把握,师生互动,开展各种形式的教学活动,加强自学与写作指导,培养创新型人才。

入选作品,多采用通行的重要版本。限于篇幅,部分作品只能以存目的方式出现,对其中几部重要的小说作品,编者提供了相关的故事梗概。

多位海内外学术名家为本书提供了大量的作品解读文字,提高了本书的学术品位,并为我们提供了不少宝贵意见与建议;教育部高教司和文科处领导一贯高度重视与支持我们的工作;在此,向大家表示衷心的感谢!

我们恳切希望海内外同行教师、大学生对本教材提出宝贵意见。

朱栋霖

2025 年 4 月 18 日

目录

《中国现代文学经典 1915—2025》(精编版)(第三版)
出版和使用说明 /1

上 编
1915—1949

小 说

鲁 迅
狂人日记 /3
阿 Q 正传 /10

郁达夫
沉沦 /36

茅 盾
春蚕 /61

巴 金
家(第二十六章) /76

施蛰存
梅雨之夕 /87

沈从文
边城(十一—十六) /95

老 舍
骆驼祥子(第六章) /109

赵树理
小二黑结婚 /116

张爱玲
倾城之恋 /127

目录

戏 剧

曹禺
  雷雨(第四幕)/155

诗 歌

郭沫若
  天狗/184
  太阳礼赞/185

冰心
  繁星(节选)/186

汪静之
  伊底眼/187

冯至
  蛇/188

李金发
  弃妇/189

闻一多
  死水/190
  一句话/191

徐志摩
  再别康桥/192

殷夫
  别了,哥哥/193
  血字/194

戴望舒
  雨巷/195

何其芳
  预言/197

臧克家
  老马/199

艾青
  雪落在中国的土地上/200

目录

　　手推车/202
穆　旦
　　春/203
李　季
　　王贵与李香香(节选)/204

散　文

叶圣陶
　　藕与莼菜/207
周作人
　　故乡的野菜/209
　　谈酒/210
鲁　迅
　　影的告别/213
　　春末闲谈/214
　　推背图/217
冰　心
　　寄小读者/218
徐志摩
　　我所知道的康桥/222
陈寅恪
　　清华大学王观堂先生纪念碑铭/229
　　王静安先生遗书序/229
何其芳
　　墓/231
　　扇上的烟云(代序)/235
梁实秋
　　雅舍/238
丁　玲
　　"三八节"有感/241

目录

下编
1949—2025

小说

王愿坚
　　党费/247

王 蒙
　　组织部来了个年轻人/254

赵树理
　　"锻炼锻炼"/281

白先勇
　　永远的尹雪艳/296

高晓声
　　李顺大造屋/306

张 洁
　　爱,是不能忘记的/321

汪曾祺
　　受戒/333

路 遥
　　人生(第三、四章)/347

莫 言
　　透明的红萝卜/359

陈忠实
　　白鹿原(第九章)/395

王安忆
　　长恨歌(第一部第四章)/409

刘慈欣
　　流浪地球/428

戏 剧

老 舍
　　茶馆(第一幕)/453

目录

赖声川
　　暗恋·桃花源(存目)/464

诗　歌

何其芳
　　回答/471

流沙河
　　草木篇/474

郑愁予
　　错误/476

余光中
　　等你,在雨中/477

多　多
　　致太阳/478

穆　旦
　　冬/479

北　岛
　　回答/481

舒　婷
　　神女峰/482

梁小斌
　　中国,我的钥匙丢了/483

翟永明
　　母亲/485

顾　城
　　感觉/487

海　子
　　祖国(或以梦为马)/488

崔　健
　　一无所有(歌词)/490

西　川
　　一个人老了/491
　　在哈尔盖仰望星空/493

目录

于 坚
感谢父亲/494

宋 琳
答问
——给费迎晓/496

张 枣
望远镜/498

臧 棣
玫瑰伞/499

西 渡
挐云
——纪念骆一禾/500

朱 朱
野长城/502

散 文

余光中
听听那冷雨/504

周瘦鹃
夏天的瓶供/509

穆 青 冯 健 周 原
县委书记的榜样
——焦裕禄/511

陈从周
说园/526

巴 金
怀念萧珊/532

贾平凹
秦腔/541

余秋雨
风雨天一阁/546

张中行
刘叔雅/556

目录

简　媜
四月裂帛 /558

董　桥
藏书家的心事 /570

周晓枫
后窗 /573

莫　言
讲故事的人
——在瑞典学院的诺贝尔文学奖受奖演讲 /579

上　编

1915—1949

狂人日记

鲁 迅

某君昆仲,今隐其名,皆余昔日在中学校时良友;分隔多年,消息渐阙。日前偶闻其一大病;适归故乡,迂道往访,则仅晤一人,言病者其弟也。劳君远道来视,然已早愈,赴某地候补矣。因大笑,出示日记二册,谓可见当日病状,不妨献诸旧友。持归阅一过,知所患盖"迫害狂"之类。语颇错杂无伦次,又多荒唐之言;亦不著月日,惟墨色字体不一,知非一时所书。间亦有略具联络者,今撮录一篇,以供医家研究。记中语误,一字不易;惟人名虽皆村人,不为世间所知,无关大体,然亦悉易去。至于书名,则本人愈后所题,不复改也。七年四月二日识。

一

今天晚上,很好的月光。

我不见他,已是三十多年;今天见了,精神分外爽快。才知道以前的三十多年,全是发昏;然而须十分小心。不然,那赵家的狗,何以看我两眼呢?

我怕得有理。

二

今天全没月光,我知道不妙。早上小心出门,赵贵翁的眼色便怪:似乎怕我,似乎想害我。还有七八个人,交头接耳的议论我,又怕我看见。一路上的人,都是如此。其中最凶的一个人,张着嘴,对我笑了一笑;我便从头直冷到脚跟,晓得他们布置,都已妥当了。

我可不怕,仍旧走我的路。前面一伙小孩子,也在那里议论我;眼色也同赵贵翁一样,脸色也都铁青。我想我同小孩子有什么仇,他也这样。忍不住大声说,"你告诉我!"他们可就跑了。

我想:我同赵贵翁有什么仇,同路上的人又有什么仇;只有廿年以前,把古久先生的陈年流水簿子,踹了一脚,古久先生很不高兴。赵贵翁虽然不认识他,一定也听到风声,代抱不平;约定路上的人,同我作冤对。但是小孩子呢?那时候,他们还没有出世,何以今天也睁着怪眼睛,似乎怕我,似乎想害我。这真教我怕,教我纳罕而且伤心。

我明白了。这是他们娘老子教的!

三

晚上总是睡不着。凡事须得研究,才会明白。

他们——也有给知县打枷过的,也有给绅士掌过嘴的,也有衙役占了他妻子的,也有老子娘被债主逼死的;他们那时候的脸色,全没有昨天这么怕,也没有这么凶。

最奇怪的是昨天街上的那个女人,打他儿子,嘴里说道,"老子呀!我要咬你几口才出气!"他眼睛却看着我。我出了一惊,遮掩不住;那青面獠牙的一伙人,便都哄笑起来。陈老五赶上前,硬把我拖回家中了。

拖我回家,家里的人都装作不认识我;他们的眼色,也全同别人一样。进了书房,便反扣上门,宛然是关了一只鸡鸭。这一件事,越教我猜不出底细。

前几天,狼子村的佃户来告荒,对我大哥说,他们村里的一个大恶人,给大家打死了;几个人便挖出他的心肝来,用油煎炒了吃,可以壮壮胆子。我插了一句嘴,佃户和大哥便都看我几眼。今天才晓得他们的眼光,全同外面的那伙人一模一样。

想起来,我从顶上直冷到脚跟。

他们会吃人,就未必不会吃我。

你看那女人"咬你几口"的话,和一伙青面獠牙人的笑,和前天佃户的话,明明是暗号。我看出他话中全是毒,笑中全是刀。他们的牙齿,全是白厉厉的排着,这就是吃人的家伙。

照我自己想,虽然不是恶人,自从踹了古家的簿子,可就难说了。他们似乎别有心思,我全猜不出。况且他们一翻脸,便说人是恶人。我还记得大哥教我做论,无论怎样好人,翻他几句,他便打上几个圈;原谅坏人几句,他便说"翻天妙手,与众不同。"我那里猜得到他们的心思,究竟怎样;况且是要吃的时候。

凡事总须研究,才会明白。古来时常吃人,我也还记得,可是不甚清楚。我翻开历史一查,这历史没有年代,歪歪斜斜的每叶上都写着"仁义道德"几个字。我横竖睡不着,仔细看了半夜,才从字缝里看出字来,满本都写着两个字是"吃人"!

书上写着这许多字,佃户说了这许多话,却都笑吟吟的睁着怪眼睛看我。

我也是人,他们想要吃我了!

四

早上,我静坐了一会。陈老五送进饭来,一碗菜,一碗蒸鱼;这鱼的眼睛,白而且硬,张着嘴,同那一伙想吃人的人一样。吃了几筷,滑溜溜的不知是鱼是人,便把他兜肚连肠的吐出。

我说,"老五,对大哥说,我闷得慌,想到园里走走。"老五不答应,走了,停一会,可就来开了门。

我也不动,研究他们如何摆布我;知道他们一定不肯放松。果然!我大哥引了一个老头子,慢慢走来;他满眼凶光,怕我看出,只是低头向着地,从眼镜横边暗暗看我。大哥说,"今天你仿佛很好。"我说"是的。"大哥说,"今天请何先生来,给你诊一诊。"我说"可以!"其实我岂不知道这老头子是刽子手扮的!无非借了看脉这名目,揣一揣肥瘠;因这功劳,也分一片肉吃。我也不怕;虽然不吃人,胆子却比他们还壮。伸出两个拳头,看他如何下手。老头子坐着,闭了眼睛,摸了好一会,呆了好一会;便张开他鬼眼睛说,"不要乱想。静静的养几天,就好了。"

不要乱想,静静的养!养肥了,他们是自然可以多吃;我有什么好处,怎么会"好了"?他们这群人,又想吃人,又是鬼鬼祟祟,想法子遮掩,不敢直捷下手,真要令我笑死。我忍不住,便放声大笑起来,十分快活。自己晓得这笑声里面,有的是义勇和正气。老头子和大哥,都失了色,被我这勇气正气镇压住了。

但是我有勇气,他们便越想吃我,沾光一点这勇气。老头子跨出门,走不多远,便低声对大哥说道,"赶紧吃罢!"大哥点点头。原来也有你!这一件大发见,虽似意外,也在意中:合伙吃我的人,便是我的哥哥!

吃人的是我哥哥!

我是吃人的人的兄弟!

我自己被人吃了,可仍然是吃人的人的兄弟!

五

这几天是退一步想:假使那老头子不是刽子手扮的,真是医生,也仍然是吃人的人。他们的祖师李时珍做的"本草什么"上,明明写着人肉可以煎吃;他还能说自己不吃人么?

至于我家大哥,也毫不冤枉他。他对我讲书的时候,亲口说过可以"易子而食";又一回偶然议论起一个不好的人,他便说不但该杀,还当"食肉寝皮"。我那时年纪还小,心跳了好半天。前天狼子村佃户来说吃心肝的事,他也毫不奇怪,不住的点头。可见心思是同从前一样狠。既然可以"易子而食",便什么都易得,什么人都吃得。我从前单听他讲道理,也胡涂过去;现在晓得他讲道理的时候,不但唇边还抹着人油,而且心里满装着吃人的意思。

六

黑漆漆的,不知是日是夜。赵家的狗又叫起来了。

狮子似的凶心,兔子的怯弱,狐狸的狡猾,……

七

我晓得他们的方法,直捷杀了,是不肯的,而且也不敢,怕有祸祟。所以他们大家连络,布满了罗网,逼我自戕。试看前几天街上男女的样子,和这几天我大哥的作为,便足可悟出八九分了。最好是解下腰带,挂在梁上,自己紧紧勒死;他们没有杀人的罪名,又偿了心愿,自然都欢天喜地的发出一种呜呜咽咽的笑声。否则惊吓忧愁死了,虽则略瘦,也还可以首肯几下。

他们是只会吃死肉的!——记得什么书上说,有一种东西,叫"海乙那"的,眼光和样子都很难看;时常吃死肉,连极大的骨头,都细细嚼烂,咽下肚子去,想起来也教人害怕。"海乙那"是狼的亲眷,狼是狗的本家。前天赵家的狗,看我几眼,可见他也同谋,早已接洽。老头子眼看着地,岂能瞒得我过。

最可怜的是我的大哥,他也是人,何以毫不害怕;而且合伙吃我呢?还是历来惯了,不以为非呢?还是丧了良心,明知故犯呢?

我诅咒吃人的人,先从他起头;要劝转吃人的人,也先从他下手。

八

其实这种道理,到了现在,他们也该早已懂得,……

忽然来了一个人;年纪不过二十左右,相貌是不很看得清楚,满面笑容,对了我点头,他的笑也不像真笑。我便问他,"吃人的事,对么?"他仍然笑着说,"不是荒年,怎么会吃人。"我立刻就晓得,他也是一伙,喜欢吃人的;便自勇气百倍,偏要问他。

"对么?"

"这等事问他什么。你真会……说笑话。……今天天气很好。"

天气是好,月色也很亮了。可是我要问你,"对么?"

他不以为然了。含含胡胡的答道,"不……"

"不对?他们何以竟吃?!"

"没有的事……"

"没有的事?狼子村现吃;还有书上都写着,通红斩新!"

他便变了脸,铁一般青。睁着眼说,"有许有的,这是从来如此……"

"从来如此,便对么?"

"我不同你讲这些道理;总之你不该说,你说便是你错!"

我直跳起来,张开眼,这人便不见了。全身出了一大片汗。他的年纪,比我大哥小得远,居然也是一伙;这一定是他娘老子先教的。还怕已经教给他儿子了;所以连小孩子,也都恶狠狠的看我。

九

自己想吃人,又怕被别人吃了,都用着疑心极深的眼光,面面相觑。……

去了这心思,放心做事走路吃饭睡觉,何等舒服。这只是一条门槛,一个关头。他们可是父子兄弟夫妇朋友师生仇敌和各不相识的人,都结成一伙,互相劝勉,互相牵掣,死也不肯跨过这一步。

十

大清早,去寻我大哥;他立在堂门外看天,我便走到他背后,拦住门,格外沉静,格外和气的对他说,

"大哥,我有话告诉你。"

"你说就是,"他赶紧回过脸来,点点头。

"我只有几句话,可是说不出来。大哥,大约当初野蛮的人,都吃过一点人。后来因为心思不同,有的不吃人了,一味要好,便变了人,变了真的人。有的却还吃,——也同虫子一样,有的变了鱼鸟猴子,一直变到人。有的不要好,至今还是虫子。这吃人的人比不吃人的人,何等惭愧。怕比虫子

的惭愧猴子,还差得很远很远。

易牙蒸了他儿子,给桀纣吃,还是一直从前的事。谁晓得从盘古开辟天地以后,一直吃到易牙的儿子;从易牙的儿子,一直吃到徐锡林;从徐锡林,又一直吃到狼子村捉住的人。去年城里杀了犯人,还有一个生痨病的人,用馒头蘸血舐。

他们要吃我,你一个人,原也无法可想;然而又何必去入伙。吃人的人,什么事做不出;他们会吃我,也会吃你,一伙里面,也会自吃。但只要转一步,只要立刻改了,也就人人太平。虽然从来如此,我们今天也可以格外要好,说是不能!大哥,我相信你能说,前天佃户要减租,你说过不能。"

当初,他还只是冷笑,随后眼光便凶狠起来,一到说破他们的隐情,那就满脸都变成青色了。大门外立着一伙人,赵贵翁和他的狗,也在里面,都探头探脑的挨进来。有的是看不出面貌,似乎用布蒙着;有的是仍旧青面獠牙,抿着嘴笑。我认识他们是一伙,都是吃人的人。可是也晓得他们心思很不一样,一种是以为从来如此,应该吃的;一种是知道不该吃,可是仍然要吃,又怕别人说破他,所以听了我的话,越发气愤不过,可是抿着嘴冷笑。

这时候,大哥也忽然显出凶相,高声喝道,

"都出去!疯子有什么好看!"

这时候,我又懂得一件他们的巧妙了。他们岂但不肯改,而且早已布置;预备下一个疯子的名目罩上我。将来吃了,不但太平无事,怕还会有人见情。佃户说的大家吃了一个恶人,正是这方法。这是他们的老谱!

陈老五也气愤愤的直走进来。如何按得住我的口,我偏要对这伙人说,

"你们可以改了,从真心改起!要晓得将来容不得吃人的人,活在世上。

你们要不改,自己也会吃尽。即使生得多,也会给真的人除灭了,同猎人打完狼子一样!——同虫子一样!"

那一伙人,都被陈老五赶走了。大哥也不知那里去了。陈老五劝我回屋子里去。屋里面全是黑沉沉的。横梁和椽子都在头上发抖;抖了一会,就大起来,堆在我身上。

万分沉重,动弹不得;他的意思是要我死。我晓得他的沉重是假的,便挣扎出来,出了一身汗。可是偏要说,

"你们立刻改了,从真心改起!你们要晓得将来是容不得吃人的人,……"

十一

太阳也不出,门也不开,日日是两顿饭。

我捏起筷子,便想起我大哥;晓得妹子死掉的缘故,也全在他。那时我妹子才五岁,可爱可怜的样子,还在眼前。母亲哭个不住,他却劝母亲不要哭;大约因为自己吃了,哭起来不免有点过意不去。如果还能过意不去,……

妹子是被大哥吃了,母亲知道没有,我可不得而知。

母亲想也知道;不过哭的时候,却并没有说明,大约也以为应当的了。记得我四五岁时,坐在堂前乘凉,大哥说爷娘生病,做儿的须割下一片肉来,煮熟了请他吃,才算好人;母亲也没有说不行。一片吃得,整个的自然也吃得。但是那天的哭法,现在想起来,实在还教人伤心,这真是奇极的事!

十二

不能想了。

四千年来时时吃人的地方,今天才明白,我也在其中混了多年;大哥正管着家务,妹子恰恰死了,他未必不和在饭菜里,暗暗给我们吃。

我未必无意之中,不吃了我妹子的几片肉,现在也轮到我自己,……

有了四千年吃人履历的我,当初虽然不知道,现在明白,难见真的人!

十三

没有吃过人的孩子,或者还有?

救救孩子……

1918 年 4 月
(《鲁迅全集》[一],人民文学出版社,1961 年)

《狂人日记》导读　　**拓展阅读**

拓展阅读

严家炎:论《狂人日记》的创作方法

阿Q正传

鲁 迅

第一章　序

　　我要给阿Q做正传,已经不止一两年了。但一面要做,一面又往回想,这足见我不是一个"立言"的人,因为从来不朽之笔,须传不朽之人,于是人以文传,文以人传——究竟谁靠谁传,渐渐的不甚了然起来,而终于归结到传阿Q,仿佛思想里有鬼似的。

　　然而要做这一篇速朽的文章,才下笔,便感到万分的困难了。第一是文章的名目。孔子曰,"名不正则言不顺"。这原是应该极注意的。传的名目很繁多:列传,自传,内传,外传,别传,家传,小传……,而可惜都不合。"列传"么,这一篇并非和许多阔人排在"正史"里;"自传"么,我又并非就是阿Q。说是"外传","内传"在那里呢?倘用"内传",阿Q又决不是神仙。"别传"呢,阿Q实在未曾有大总统上谕宣付国史馆立"本传"——虽说英国正史上并无"博徒列传",而文豪迭更司也做过《博徒别传》这一部书,但文豪则可,在我辈却不可的。其次是"家传",则我既不知与阿Q是否同宗,也未曾受他子孙的拜托;或"小传",则阿Q又更无别的"大传"了。总而言之,这一篇也便是"本传",但从我的文章着想,因为文体卑下,是"引车卖浆者流"所用的话,所以不敢僭称,便从不入三教九流的小说家所谓"闲话休题言归正传"这一句套话里,取出"正传"两个字来,作为名目,即使与古人所撰《书法正传》的"正传"字面上很相混,也顾不得了。

　　第二,立传的通例,开首大抵该是"某,字某,某地人也",而我并不知道阿Q姓什么。有一回,他似乎是姓赵,但第二日便模糊了。那是赵太爷的儿子进了秀才的时候,锣声镗镗的报到村里来,阿Q正喝了两碗黄酒,便手舞足蹈的说,这于他也很光采,因为他和赵太爷原来是本家,细细的排起来他还比秀才长三辈呢。其时几个旁听人倒也肃然的有些起敬了。那知道第二天,地保便叫阿Q到赵太爷家里去;太爷一见,满脸溅朱,喝道:

"阿Q,你这浑小子!你说我是你的本家么?"

阿Q不开口。

赵太爷愈看愈生气了,抢进几步说:"你敢胡说!我怎么会有你这样的本家?你姓赵么?"

阿Q不开口,想往后退了;赵太爷跳过去,给了他一个嘴巴。

"你怎么会姓赵!——你那里配姓赵!"

阿Q并没有抗辩他确凿姓赵,只用手摸着左颊,和地保退出去了;外面又被地保训斥了一番,谢了地保二百文酒钱。知道的人都说阿Q太荒唐,自己去招打;他大约未必姓赵,即使真姓赵,有赵太爷在这里,也不该如此胡说的。此后便再没有人提起他的氏族来,所以我终于不知道阿Q究竟什么姓。

第三,我又不知道阿Q的名字是怎么写的。他活着的时候,人都叫他阿Quei,死了以后,便没有一个人再叫阿Quei了,那里还会有"著之竹帛"的事。若论"著之竹帛",这篇文章要算第一次,所以先遇着了这第一个难关。我曾经仔细想:阿Quei,阿桂还是阿贵呢?倘使他号叫月亭,或者在八月间做过生日,那一定是阿桂了。而他既没有号——也许有号,只是没有人知道他,——又未尝散过生日征文的帖子:写作阿桂,是武断的。又倘若他有一位老兄或令弟叫阿富,那一定是阿贵了;而他又只是一个人:写作阿贵,也没有佐证的。其余音Quei的偏僻字样,更加凑不上了。先前,我也曾问过赵太爷的儿子茂才先生,谁料博雅如此公,竟也茫然,但据结论说,是因为陈独秀办了《新青年》提倡洋字,所以国粹沦亡,无可查考了。我的最后的手段,只有托一个同乡去查阿Q犯事的案卷,八个月之后才有回信,说案卷里并无与阿Quei的声音相近的人。我虽不知道是真没有,还是没有查,然而也再没有别的方法了。生怕注音字母还未通行,只好用了"洋字",照英国流行的拼法写他为阿Quei,略作阿Q。这近于盲从《新青年》,自己也很抱歉,但茂才公尚且不知,我还有什么好办法呢。

第四,是阿Q的籍贯了。倘他姓赵,则据现在好称郡望的老例,可以照《郡名百家姓》上的注解,说是"陇西天水人也",但可惜这姓是不甚可靠的,因此籍贯也就有些决不定。他虽然多住未庄,然而也常常宿在别处,不能说是未庄人,即使说是"未庄人也",也仍然有乖史法的。

我所聊以自慰的,是还有一个"阿"字非常正确,绝无附会假借的缺点,颇可以就正于通人。至于其余,却都非浅学所能穿凿,只希望有"历史癖与考据癖"的胡适之先生的门人们,将来或者能够寻出许多新端绪来,但是我这《阿Q正传》到那时却又怕早经消灭了。

以上可以算是序。

第二章　优胜记略

阿Q不独是姓名籍贯有些渺茫,连他先前的"行状"也渺茫。因为未庄的人们之于阿Q,只要他帮忙,只拿他玩笑,从来没有留心他的"行状"的。而阿Q自己也不说,独有和别人口角的时候,间或瞪着眼睛道:

"我们先前——比你阔的多啦!你算是什么东西!"

阿Q没有家,住在未庄的土谷祠里;也没有固定的职业,只给人家做短工,割麦便割麦,舂米便舂米,撑船便撑船。工作略长久时,他也或住在临时主人的家里,但一完就走了。所以,人们忙碌的时候,也还记起阿Q来,然而记起的是做工,并不是"行状";一闲空,连阿Q都早忘却,更不必说"行状"了。只是有一回,有一个老头子颂扬说:"阿Q真能做!"这时阿Q赤着膊,懒洋洋的瘦伶仃的正在他面前,别人也摸不着这话是真心还是讥笑,然而阿Q很喜欢。

阿Q又很自尊,所有未庄的居民,全不在他眼睛里,甚而至于对于两位"文童"也有以为不值一笑的神情。夫文童者,将来恐怕要变秀才者也;赵太爷,钱太爷大受居民的尊敬,除有钱之外,就因为都是文童的爹爹,而阿Q在精神上独不表格外的崇奉,他想:我的儿子会阔得多啦!加以进了几回城,阿Q自然更自负,然而他又很鄙薄城里人,譬如用三尺长三寸宽的木板做成的凳子,未庄叫"长凳",他也叫"长凳",城里人却叫"条凳",他想:这是错的,可笑!油煎大头鱼,未庄都加上半寸长的葱叶,城里却加上切细的葱丝,他想:这也是错的,可笑!然而未庄人真是不见世面的可笑的乡下人呵,他们没有见过城里的煎鱼!

阿Q"先前阔",见识高,而且"真能做",本来几乎是一个"完人"了,但可惜他体质上还有一些缺点。最恼人的是在他头皮上,颇有几处不知起于何时的癞疮疤。这虽然也在他身上,而看阿Q的意思,倒也似乎以为不足贵的,因为他讳说"癞"以及一切近于"赖"的音,后来推而广之,"光"也讳,"亮"也讳,再后来,连"灯""烛"都讳了。一犯讳,不问有心与无心,阿Q便全疤通红的发起怒来,估量了对手,口讷的他便骂,气力小的他便打;然而不知怎么一回事,总还是阿Q吃亏的时候多。于是他渐渐的变换了方针,大抵改为怒目而视了。

谁知道阿Q采用怒目主义之后,未庄的闲人们便愈喜欢玩笑他。一见面,他们便假作吃惊的说:

"哙,亮起来了。"

阿Q照例的发了怒，他怒目而视了。

"原来有保险灯在这里！"他们并不怕。

阿Q没有法，只得另外想出报复的话来：

"你还不配……"这时候，又仿佛在他头上的是一种高尚的光荣的癞头疮，并非平常的癞头疮了；但上文说过，阿Q是有见识的，他立刻知道和"犯忌"有点抵触，便不再往底下说。

闲人还不完，只撩他，于是终而至于打。阿Q在形式上打败了，被人揪住黄辫子，在壁上碰了四五个响头，闲人这才心满意足的得胜的走了，阿Q站了一刻，心里想，"我总算被儿子打了，现在的世界真不像样……"于是也心满意足的得胜的走了。

阿Q想在心里的，后来每每说出口来，所以凡有和阿Q玩笑的人们，几乎全知道他有这一种精神上的胜利法，此后每逢揪住他黄辫子的时候，人就先一着对他说：

"阿Q，这不是儿子打老子，是人打畜生。自己说：人打畜生！"

阿Q两只手都捏住了自己的辫根，歪着头，说道：

"打虫豸，好不好？我是虫豸——还不放么？"

但虽然是虫豸，闲人也并不放，仍旧在就近什么地方给他碰了五六个响头，这才心满意足的得胜的走了，他以为阿Q这回可遭了瘟。然而不到十秒钟，阿Q也心满意足的得胜的走了，他觉得他是第一个能够自轻自贱的人，除了"自轻自贱"不算外，余下的就是"第一个"。状元不也是"第一个"么？"你算是什么东西"呢！？

阿Q以如是等等妙法克服怨敌之后，便愉快的跑到酒店里喝几碗酒，又和别人调笑一通，口角一通，又得了胜，愉快的回到土谷祠，放倒头睡着了。假使有钱，他便去押牌宝，一堆人蹲在地面上，阿Q即汗流满面的夹在这中间，声音他最响：

"青龙四百！"

"咳～～开～～啦！"桩家揭开盒子盖，也是汗流满面的唱。"天门啦～～角回啦～～！人和穿堂空在那里啦～～！阿Q的铜钱拿过来～～！"

"穿堂一百——一百五十！"

阿Q的钱便在这样的歌吟之下，渐渐的输入别个汗流满面的人物的腰间。他终于只好挤出堆外，站在后面看，替别人着急，一直到散场，然后恋恋的回到土谷祠，第二天，肿着眼睛去工作。

但真所谓"塞翁失马安知非福"罢，阿Q不幸而赢了一回，他倒几乎失败了。

这是未庄赛神的晚上。这晚上照例有一台戏，戏台左近，也照例有许多的赌摊。做戏的锣鼓，在阿Q耳朵里仿佛在十里之外；他只听得桩家的歌唱了。他赢而又赢，铜钱变成角洋，角洋变成大洋，大洋又成了叠。他兴高采烈得非常：

"天门两块！"

他不知道谁和谁为什么打起架来了。骂声打声脚步声，昏头昏脑的一大阵，他才爬起来，赌摊不见了，人们也不见了，身上有几处很似乎有些痛，似乎也挨了几拳几脚似的，几个人诧异的对他看。他如有所失的走进土谷祠，定一定神，知道他的一堆洋钱不见了。赶赛会的赌摊多不是本村人，还到那里去寻根柢呢？

很白很亮的一堆洋钱，而且是他的——现在不见了！说是算被儿子拿去了罢，总还是忽忽不乐；说自己是虫豸罢，也还是忽忽不乐：他这回才有些感到失败的苦痛了。

但他立刻转败为胜了。他擎起右手，用力的在自己脸上连打了两个嘴巴，热剌剌的有些痛；打完之后，便心平气和起来，似乎打的是自己，被打的是别一个自己，不久也就仿佛是自己打了别个一般，——虽然还有些热剌剌，——心满意足的得胜的躺下了。

他睡着了。

第三章　续优胜记略

然而阿Q虽然常优胜，却直待蒙赵太爷打他嘴巴之后，这才出了名。

他付过地保二百文酒钱，愤愤的躺下了，后来想："现在的世界太不成话，儿子打老子……"于是忽而想到赵太爷的威风，而现在是他的儿子了，便自己也渐渐的得意起来，爬起身，唱着《小孤孀上坟》到酒店去。这时候，他又觉得赵太爷高人一等了。

说也奇怪，从此之后，果然大家也仿佛格外尊敬他。这在阿Q，或者以为因为他是赵太爷的父亲，而其实也不然。未庄通例，倘如阿七打阿八，或者李四打张三，向来本不算一件事，必须与一位名人如赵太爷者相关，这才载上他们的口碑。一上口碑，则打的既有名，被打的也就托庇有了名。至于错在阿Q，那自然是不必说。所以者何？就因为赵太爷是不会错的。但他既然错，为什么大家又仿佛格外尊敬他呢？这可难解，穿凿起来说，或者因为阿Q说是赵太爷的本家，虽然挨了打，大家也还怕有些真，总不如尊敬一些稳当。否则,也如孔庙里的太牢一般,虽然与猪羊一样,同是畜生,但既经圣人下箸,先儒们便不敢妄动了。

阿Q此后倒得意了许多年。

有一年的春天,他醉醺醺的在街上走,在墙根的日光下,看见王胡在那里赤着膊捉虱子,他忽然觉得身上也痒起来了。这王胡,又癞又胡,别人都叫他王癞胡,阿Q却删去了一个癞字,然而非常渺视他。阿Q的意思,以为癞是不足为奇的,只有这一部络腮胡子,实在太新奇,令人看不上眼。他于是并排坐下去了。倘是别的闲人们,阿Q本不敢大意坐下去。但这王胡旁边,他有什么怕呢?老实说:他肯坐下去,简直还是抬举他。

阿Q也脱下破夹袄来,翻检了一回,不知道因为新洗呢还是因为粗心,许多工夫,只捉到三四个。他看那王胡,却是一个又一个,两个又三个,只放在嘴里毕毕剥剥的响。

阿Q最初是失望,后来却不平了:看不上眼的王胡尚且那么多,自己倒反这样少,这是怎样的大失体统的事呵!他很想寻一两个大的,然而竟没有,好容易才捉到一个中的,恨恨的塞在厚嘴唇里,狠命一咬,劈的一声,又不及王胡响。

他癞疮疤块块通红了,将衣服摔在地上,吐一口唾沫,说:

"这毛虫!"

"癞皮狗,你骂谁?"王胡轻蔑的抬起眼来说。

阿Q近来虽然比较的受人尊敬,自己也更高傲些,但和那些打惯的闲人们见面还胆怯,独有这回却非常武勇了。这样满脸胡子的东西,也敢出言无状么?

"谁认便骂谁!"他站起来,两手叉在腰间说。

"你的骨头痒了么?"王胡也站起来,披上衣服说。

阿Q以为他要逃了,抢进去就是一拳。这拳头还未达到身上,已经被他抓住了,只一拉,阿Q跄跄踉踉的跌进去,立刻又被王胡扭住了辫子,要拉到墙上照例去碰头。

"'君子动口不动手'!"阿Q歪着头说。

王胡似乎不是君子,并不理会,一连给他碰了五下,又用力的一推,至于阿Q跌出六尺多远,这才满足的去了。

在阿Q的记忆上,这大约要算是生平第一件的屈辱,因为王胡以络腮胡子的缺点,向来只被他奚落,从没有奚落他,更不必说动手了。而他现在竟动手,很意外,难道真如市上所说,皇帝已经停了考,不要秀才和举人了,因此赵家减了威风。因此他们也便小觑了他么?

阿Q无可适从的站着。

远远的走来了一个人，他的对头又到了。这也是阿Q最厌恶的一个人，就是钱太爷的大儿子。他先前跑上城里去进洋学堂，不知怎么又跑到东洋去了，半年之后他回到家里来，腿也直了，辫子也不见了，他的母亲大哭了十几场，他的老婆跳了三回井。后来，他的母亲到处说，"这辫子是被坏人灌醉了酒剪去的。本来可以做大官，现在只好等留长再说了。"然而阿Q不肯信，偏称他"假洋鬼子"，也叫作"里通外国的人"，一见他，一定在肚子里暗暗的咒骂。

阿Q尤其"深恶而痛绝之"的，是他的一条假辫子。辫子而至于假，就是没有了做人的资格；他的老婆不跳第四回井，也不是好女人。

这"假洋鬼子"近来了。

"秃儿。驴……"阿Q历来本只在肚子里骂，没有出过声，这回因为正气忿，因为要报仇，便不由的轻轻的说出来了。

不料这秃儿却拿着一支黄漆的棍子——就是阿Q所谓哭丧棒——大踏步走了过来。阿Q在这刹那，便知道大约要打了，赶紧抽紧筋骨，耸了肩膀等候着，果然，拍的一声，似乎确凿打在自己头上了。

"我说他！"阿Q指着近旁的一个孩子，分辩说。

拍！拍拍！

在阿Q的记忆上，这大约要算是生平第二件的屈辱。幸而拍拍的响了之后，于他倒似乎完结了一件事，反而觉得轻松些，而且"忘却"这一件祖传的宝贝也发生了效力，他慢慢的走，将到酒店门口，早已有些高兴了。

但对面走来了静修庵里的小尼姑。阿Q便在平时，看见伊也一定要唾骂，而况在屈辱之后呢？他于是发生了回忆，又发生了敌忾了。

"我不知道我今天为什么这样晦气，原来就因为见了你！"他想。

他迎上去，大声的吐一口唾沫：

"咳，呸！"

小尼姑全不睬，低了头只是走。阿Q走近伊身旁，突然伸出手去摩着伊新剃的头皮，呆笑着，说：

"秃儿！快回去，和尚等着你……"

"你怎么动手动脚……"尼姑满脸通红的说，一面赶快走。

酒店里的人大笑了。阿Q看见自己的勋业得了赏识，便愈加兴高采烈起来：

"和尚动得，我动不得？"他扭住伊的面颊。

酒店里的人大笑了。阿Q更得意，而且为满足那些赏鉴家起见，再用力的一拧,才放手。

他这一战,早忘却了王胡,也忘却了假洋鬼子,似乎对于今天的一切"晦气"都报了仇;而且奇怪,又仿佛全身比拍拍的响了之后更轻松,飘飘然的似乎要飞去了。

"这断子绝孙的阿 Q!"远远地听得小尼姑的带哭的声音。

"哈哈哈!"阿 Q 十分得意的笑。

"哈哈哈!"酒店里的人也九分得意的笑。

第四章　恋爱的悲剧

有人说:有些胜利者,愿意敌手如虎,如鹰,他才感得胜利的欢喜;假使如羊,如小鸡,他便反觉得胜利的无聊。又有些胜利者,当克服一切之后,看见死的死了,降的降了,"臣诚惶诚恐死罪死罪",他于是没有了敌人,没有了对手,没有了朋友,只有自己在上,一个,孤另另,凄凉,寂寞,便反而感到了胜利的悲哀。然而我们的阿 Q 却没有这样乏,他是永远得意的:这或者也是中国精神文明冠于全球的一个证据了。

看哪,他飘飘然的似乎要飞去了!

然而这一次的胜利,却又使他有些异样。他飘飘然的飞了大半天,飘进土谷祠,照例应该躺下便打鼾。谁知道这一晚,他很不容易合眼,他觉得自己的大拇指和第二指有点古怪:仿佛比平常滑腻些。不知道是小尼姑的脸上有一点滑腻的东西粘在他指上,还是他的指头在小尼姑脸上磨得滑腻了?……

"断子绝孙的阿 Q!"

阿 Q 的耳朵里又听到这句话。他想:不错,应该有一个女人,断了绝孙便没有人供一碗饭,……应该有一个女人。夫"不孝有三无后为大",而"若敖之鬼馁而",也是一件人生的大哀,所以他那思想,其实是样样合于圣经贤传的,只可惜后来有些"不能收其放心"了。

"女人,女人!……"他想。

"……和尚动得……女人,女人!……女人!"他又想。

我们不能知道这晚上阿 Q 在什么时候才打鼾。但大约他从此总觉得指头有些滑腻,所以他从此总有些飘飘然;"女……"他想。

即此一端,我们便可以知道女人是害人的东西。

中国的男人,本来大半都可以做圣贤,可惜全被女人毁掉了。商是妲己闹亡的;周是褒姒弄坏的;秦……虽然史无明文,我们也假定他因为女人,大约未必十分错;而董卓可是的确给貂蝉害死了。

阿Q本来也是正人,我们虽然不知道他曾蒙什么明师指授过,但他对于"男女之大防"却历来非常严;也很有排斥异端——如小尼姑及假洋鬼子之类——的正气。他的学说是:凡尼姑,一定与和尚私通;一个女人在外面走,一定想引诱野男人;一男一女在那里讲话,一定要有勾当了。为惩治他们起见,所以他往往怒目而视,或者大声说几句"诛心"话,或者在冷僻处,便从后面掷一块小石头。

谁知道他将到"而立"之年,竟被小尼姑害得飘飘然了。这飘飘然的精神,在礼教上是不应该有的,——所以女人真可恶,假使小尼姑的脸上不滑腻,阿Q便不至于被蛊,又假使小尼姑的脸上盖一层布,阿Q便也不至于被蛊了,——他五六年前,曾在戏台下的人丛中拧过一个女人的大腿,但因为隔一层裤,所以此后并不飘飘然,——而小尼姑并不然,这也足见异端之可恶。

"女……"阿Q想。

他对于以为"一定想引诱野男人"的女人,时常留心看,然而伊并不对他笑。他对于和他讲话的女人,也时常留心听,然而伊又并不提起关于什么勾当的话来。哦,这也是女人可恶之一节:伊们全都要装"假正经"的。

这一天,阿Q在赵太爷家里舂了一天米,吃过晚饭,便坐在厨房里吸旱烟。倘在别家,吃过晚饭本可以回去的了,但赵府上晚饭早,虽说定例不准掌灯,一吃完便睡觉,然而偶然也有一些例外:其一,是赵大爷未进秀才的时候,准其点灯读文章;其二,便是阿Q来做短工的时候,准其点灯舂米。因为这一条例外,所以阿Q在动手舂米之前,还坐在厨房里吸旱烟。

吴妈,是赵太爷家里唯一的女仆,洗完了碗碟,也就在长凳上坐下了,而且和阿Q谈闲天:

"太太两天没有吃饭哩,因为老爷要买一个小的……"

"女人……吴妈……这小孤孀……"阿Q想。

"我们的少奶奶是八月里要生孩子了……"

"女人……"阿Q想。

阿Q放下烟管,站了起来。

"我们的少奶奶……"吴妈还唠叨说。

"我和你困觉,我和你困觉!"阿Q忽然抢上去,对伊跪下了。

一刹时中很寂然。

"阿呀!"吴妈愣了一息,突然发抖,大叫着往外跑,且跑且嚷,似乎后来带哭了。

阿Q对了墙壁跪着也发愣,于是两手扶着空板凳,慢慢的站起来,仿佛觉得有些糟。他这时确也有些忐忑了,慌张的将烟管插在裤带上,就想去春米。蓬的一声,头上着了很粗的一下,他急忙回转身去,那秀才便拿了一支大竹杠站在他面前。

"你反了,……你这……"

大竹杠又向他劈下来了。阿Q两手去抱头,拍的正打在指节上,这可很有一些痛。他冲出厨房门,仿佛背上又着了一下似的。

"忘八蛋!"秀才在后面用了官话这样骂。

阿Q奔入春米场,一个人站着,还觉得指头痛,还记得"忘八蛋",因为这话是未庄的乡下人从来不用,专是见过官府的阔人用的,所以格外怕,而印象也格外深。但这时,他那"女……"的思想却也没有了。而且打骂之后,似乎一件事也已经收束,倒反觉得一无挂碍似的,便动手去春米。春了一会,他热起来了,又歇了手脱衣服。

脱下衣服的时候,他听得外面很热闹,阿Q生平本来最爱看热闹,便即寻声走出去了。寻声渐渐的寻到赵太爷的内院里,虽然在昏黄中,却辨得出许多人,赵府一家连两日不吃饭的太太也在内,还有间壁的邹七嫂,真正本家的赵白眼,赵司晨。

少奶奶正拖着吴妈走出下房来,一面说:

"你到外面来,……不要躲在自己房里想……"

"谁不知道你正经,……短见是万万寻不得的。"邹七嫂也从旁说。

吴妈只是哭,夹些话,却不甚听得分明。

阿Q想:"哼,有趣,这小孤孀不知道闹着什么玩意儿了?"他想打听,走近赵司晨的身边。这时他猛然间看见赵太爷向他奔来,而且手里捏着一支大竹杠。他看见这一支大竹杠,便猛然间悟到自己曾经被打,和这一场热闹似乎有点相关。他翻身便走,想逃回春米场,不图这支竹杠阻了他的去路,于是他又翻身便走,自然而然的走出后门,不多工夫,已在土谷祠内了。

阿Q坐了一会,皮肤有些起粟,他觉得冷了,因为虽在春季,而夜间颇有余寒,尚不宜于赤膊。他也记得布衫留在赵家,但倘若去取,又深怕秀才的竹杠。然而地保进来了。

"阿Q,你的妈妈的!你连赵家的用人都调戏起来,简直是造反。害得我晚上没有觉睡,你的妈妈的!……"

如是云云的教训了一通,阿Q自然没有话。临末,因为在晚上,应该送地保加倍酒钱四百文,阿Q正没有现钱,便用一顶毡帽做抵押,并且订定了五条件:

一　明天用红烛——要一斤重的——一对,香一封,到赵府上去赔罪。
二　赵府上请道士祓除缢鬼,费用由阿Q负担。
三　阿Q从此不准踏进赵府的门槛。
四　吴妈此后倘有不测,惟阿Q是问。
五　阿Q不准再去索取工钱和布衫。

阿Q自然都答应了,可惜没有钱。幸而已经春天,棉被可以无用,便质了二千大钱,履行条约。赤膊磕头之后,居然还剩几文,他也不再赎毡帽,统统喝了酒了。但赵家也并不烧香点烛,因为太太拜佛的时候可以用,留着了。那破布衫是大半做了少奶奶八月间生下来的孩子的衬尿布,那小半破烂的便都做了吴妈的鞋底。

第五章　生计问题

阿Q礼毕之后,仍旧回到土谷祠,太阳下去了,渐渐觉得世上有些古怪。他仔细一想,终于省悟过来:其原因盖在自己的赤膊。他记得破夹袄还在,便披在身上,躺倒了,待张开眼睛,原来太阳又已经照在西墙上头了。他坐起身,一面说道,"妈妈的……"

他起来之后,也仍旧在街上逛,虽然不比赤膊之有切肤之痛,却又渐渐的觉得世上有些古怪了。仿佛从这一天起,未庄的女人们忽然都怕了羞,伊们一见阿Q走来,便个个躲进门里去。甚而至于将近五十岁的邹七嫂,也跟着别人乱钻,而且将十一岁的女儿都叫进去了。阿Q很以为奇,而且想:"这些东西忽然都学起小姐模样来了。这娼妇们……"

但他更觉得世上有些古怪,却是许多日以后的事。其一,酒店不肯赊欠了;其二,管土谷祠的老头子说些废话,似乎叫他走;其三,他虽然记不清多少日,但确乎有许多日,没有一个人来叫他做短工。酒店不赊,熬着也罢了;老头子催他走,噜苏一通也就算了;只是没有人来叫他做短工,却使阿Q肚子饿:这委实是一件非常"妈妈的"的事情。

阿Q忍不下去了,他只好到老主顾的家里去探问,——但独不许踏进赵府的门槛,——然而情形也异样:一定走出一个男人来,现了十分烦厌的相貌,像回复乞丐一般的摇手道:

"没有没有!你出去!"

阿Q愈觉得稀奇。他想,这些人家向来少不了要帮忙,不至于现在忽然都无事,这总该有些蹊跷在里面了。他留心打听,才知道他们有事都去叫小Don。这小D,是一个穷小子,又瘦又乏,在阿Q的眼睛里,位置是在王

胡之下的,谁料这小子竟谋了他的饭碗去。所以阿Q这一气,更与平常不同,当气愤愤的走着的时候,忽然将手一扬,唱道:

"我手执钢鞭将你打!……"

几天之后,他竟在钱府的照壁前遇见了小D。"仇人相见分外眼明",阿Q便迎上去,小D也站住了。

"畜生!"阿Q怒目而视的说,嘴角上飞出唾沫来。

"我是虫豸,好么?……"小D说。

这谦逊反使阿Q更加愤怒起来,但他手里没有钢鞭,于是只得扑上去,伸手去拔小D的辫子。小D一手护住了自己的辫根,一手也来拔阿Q的辫子,阿Q便也将空着的一只手护住了自己的辫根。从先前的阿Q看来,小D本来是不足齿数的,但他近来挨了饿,又瘦又乏已经不下于小D,所以便成了势均力敌的现象,四只手拔着两颗头,都弯了腰,在钱家粉墙上映出一个蓝色的虹形,至于半点钟之久了。

"好了,好了!"看的人们说,大约是解劝的。

"好,好!"看的人们说,不知道是解劝,是颂扬,还是煽动。

然而他们都不听。阿Q进三步,小D便退三步,都站着;小D进三步,阿Q便退三步,又都站着。大约半点钟,——未庄少有自鸣钟,所以很难说,或者二十分,——他们的头发里便都冒烟,额上便都流汗,阿Q的手放松了,在同一瞬间,小D的手也正放松了,同时直起,同时退开,都挤出人丛去。

"记着罢,妈妈的……"阿Q回过头去说。

"妈妈的,记着罢……"小D也回过头来说。

这一场"龙虎斗"似乎并无胜败,也不知道看的人可满足,都没有发什么议论,而阿Q却仍然没有人来叫他做短工。

有一日很温和,微风拂拂的颇有些夏意了,阿Q却觉得寒冷起来,但这还可担当,第一倒是肚子饿。棉被,毡帽,布衫,早已没有了,其次就卖了棉袄;现在有裤子,却万不可脱的;有破夹袄,又除了送人做鞋底之外,决定卖不出钱。他早想在路上拾得一注钱,但至今还没有见;他想在自己的破屋里忽然寻到一注钱,慌张的四顾,但屋内是空虚而且了然。于是他决计出门求食去了。

他在路上走着要"求食",看见熟识的酒店,看见熟识的馒头,但他都走过了,不但没有暂停,而且并不想要。他所求的不是这类东西;他求的是什么东西,他自己不知道。

未庄本不是大村镇,不多时便走尽了。村外多是水田,满眼是新秧的嫩绿,夹着几个圆形的活动的黑点,便是耕田的农夫。阿Q并不赏鉴这田家乐,却只是走,因为他直觉的知道这与他的"求食"之道是很辽远的。但他终于走到静修庵的墙外了。

庵周围也是水田,粉墙突出在新绿里,后面的低土墙里是菜园。阿Q迟疑了一会,四面一看,并没有人。他便爬上这矮墙去,扯着何首乌藤,但泥土仍然簌簌的掉,阿Q的脚也索索的抖;终于攀着桑树枝,跳到里面了。里面真是郁郁葱葱,但似乎并没有黄酒馒头,以及此外可吃的之类。靠西墙是竹丛,下面许多笋,只可惜都是并未煮熟的,还有油菜早经结子,芥菜已将开花,小白菜也很老了。

阿Q仿佛文童落第似的觉得很冤屈,他慢慢走近园门去,忽而非常惊喜了,这分明是一畦老萝卜。他于是蹲下便拔,而门口突然伸出一个很圆的头来,又即缩回去了,这分明是小尼姑。小尼姑之流是阿Q本来视若草芥的,但世事须"退一步想",所以他便赶紧拔起四个萝卜,拧下青叶,兜在大襟里。然而老尼姑已经出来了。

"阿弥陀佛,阿Q,你怎么跳进园里来偷萝卜!……阿呀,罪过呵,阿唷,阿弥陀佛!……"

"我什么时候跳进你的园里来偷萝卜?"阿Q且看且走的说。

"现在……这不是?"老尼姑指着他的衣兜。

"这是你的?你能叫得他答应你么?你……"

阿Q没有说完话,拔步便跑;追来的是一匹很肥大的黑狗。这本来在前门的,不知怎的到后园来了。黑狗哼而且追,已经要咬着阿Q的腿,幸而从衣兜里落下一个萝卜来,那狗给一吓,略略一停,阿Q已经爬上桑树,跨到土墙,连人和萝卜都滚出墙外面了。只剩着黑狗还在对着桑树嗥,老尼姑念着佛。

阿Q怕尼姑又放出黑狗来,拾起萝卜便走,沿路又捡了几块小石头,但黑狗却并不再出现。阿Q于是抛了石块,一面走一面吃,而且想道,这里也没有什么东西寻,不如进城去……

待三个萝卜吃完时,他已经打定了进城的主意了。

第六章　从中兴到末路

在未庄再看见阿Q出现的时候,是刚过了这年的中秋。人们都惊异,说是阿Q回来了,于是又回上去想道,他先前那里去了呢?阿Q前几回的上城,大抵早就兴高采烈的对人说,但这一次却并不,所以也没有一个人留心到。他或者也曾告诉过管土谷祠的老头子,然而未庄老例,只有赵太爷钱太爷和秀才大爷上城才算一件事。假洋鬼子尚且不足数,何况是阿Q:因此老头子也就不替他宣传,而未庄的社会上也就无从知道了。

但阿Q这回的回来,却与先前大不同,确乎很值得惊异。天色将黑,他睡眼蒙胧的在酒店门前出现了,他走近柜台,从腰间伸出手来,满把是银的和铜的,在柜上一扔说,"现钱!打酒来!"穿的是新夹袄,看去腰间还挂着一个大搭连,沉钿钿的将裤带坠成了很弯很弯的弧线。未庄老例,看见略有些醒目的人物,是与其慢也宁敬的,现在虽然明知道是阿Q,但因为和破夹袄的阿Q有些两样了,古人云,"士别三日便当刮目相待",所以堂倌,掌柜,酒客,路人,便自然显出一种疑而且敬的形态来。掌柜既先之以点头,又继之以谈话:

"嚄,阿Q,你回来了!"

"回来了。"

"发财发财,你是——在……"

"上城去了!"

这一件新闻,第二天便传遍了全未庄。人人都愿意知道现钱和新夹袄的阿Q的中兴史,所以在酒店里,茶馆里,庙檐下,便渐渐的探听出来了。这结果,是阿Q得了新敬畏。

据阿Q说,他是在举人老爷家里帮忙。这一节,听的人都肃然了。这老爷本姓白,但因为合城里只有他一个举人,所以不必再冠姓,说起举人来就是他。这也不独在未庄是如此,便是一百里方圆之内也都如此,人们几乎多以为他的姓名就叫举人老爷的了。在这人的府上帮忙,那当然是可敬的。但据阿Q又说,他却不高兴再帮忙了,因为这举人老爷实在太"妈妈的"了。这一节,听的人都叹息而且快意,因为阿Q本不配在举人老爷家里帮忙,而不帮忙是可惜的。

据阿Q说,他的回来,似乎也由于不满意城里人,这就在他们将长凳称为条凳,而且煎鱼用葱丝,加以最近观察所得的缺点,是女人的走路也扭得不很好。然而也偶有大可佩服的地方,即如未庄的乡下人不过打三十二张的竹牌,只有假洋鬼子能够叉"麻酱",城里却连小乌龟子都叉得精熟的。什么假洋鬼子,只要放在城里的十几岁的小乌龟子的手里,也就立刻是"小鬼见阎王"。这一节,听的人都赧然了。

"你们可看见过杀头么?"阿Q说,"咳,好看。杀革命党。唉,好看好看,……"他摇摇头,将唾沫飞在正对面的赵司晨的脸上。这一节,听的人都凛然了。但阿Q又四面一看,忽然扬起右手,照着伸长脖子听得出神的王胡的后项窝上直劈下去道：

"嚓！"

王胡惊得一跳，同时电光石火似的赶快缩了头，而听的人又都悚然而且欣然了。从此王胡瘟头瘟脑的许多日，并且再不敢走近阿Q的身边；别的人也一样。

阿Q这时在未庄人眼睛里的地位，虽不敢说超过赵太爷，但谓之差不多，大约也就没有什么语病的了。

然而不多久，这阿Q的大名忽又传遍了未庄的闺中。虽然未庄只有钱赵两姓是大屋，此外十之九都是浅闺，但闺中究竟是闺中，所以也算得一件神异。女人们见面时一定说，邹七嫂在阿Q那里买了一条蓝绸裙，旧固然是旧的，但只化了九角钱。还有赵白眼的母亲，——一说是赵司晨的母亲，待考，——也买了一件孩子穿的大红洋纱衫，七成新，只用三百大钱九二串。于是伊们都眼巴巴的想见阿Q，缺绸裙的想问他买绸裙，要洋纱衫的想问他买洋纱衫，不但见了不逃避，有时阿Q已经走过了，也还要追上去叫住他，问道：

"阿Q，你还有绸裙么？没有？纱衫也要的，有罢？"

后来这终于从浅闺传进深闺里去了。因为邹七嫂得意之余，将伊的绸裙请赵太太去鉴赏，赵太太又告诉了赵太爷而且着实恭维了一番。赵太爷便在晚饭桌上，和秀才大爷讨论，以为阿Q实在有些古怪，我们门窗应该小心些；但他的东西，不知道可还有什么可买，也许有点好东西罢。加以赵太太也正想买一件价廉物美的皮背心。于是家族决议，便托邹七嫂即刻去寻阿Q，而且为此新辟了第三种的例外：这晚上也姑且特准点油灯。

油灯干了不少了，阿Q还不到。赵府的全眷都很焦急，打着呵欠，或恨阿Q太飘忽，或怨邹七嫂不上紧。赵太太还怕他因为春天的条件不敢来，而赵太爷以为不足虑；因为这是"我"去叫他的。果然，到底赵太爷有见识，阿Q终于跟着邹七嫂进来了。

"他只说没有没有，我说你自己当面说去，他还要说，我说……"邹七嫂气喘吁吁的走着说。

"太爷！"阿Q似笑非笑的叫了一声，在檐下站住了。

"阿Q，听说你在外面发财，"赵太爷踱开去，眼睛打量着他的全身，一面说。"那很好，那很好的。这个，……听说你有些旧东西，……可以都拿来看一看，……这也并不是别的，因为我倒要……"

"我对邹七嫂说过了。都完了。"

"完了？"赵太爷不觉失声的说，"那里会完得这样快呢？"

"那是朋友的，本来不多。他们买了些，……"

"总该还有一点罢。"

"现在,只剩了一张门幕了。"

"就拿门幕来看看罢。"赵太太慌忙说。

"那么,明天拿来就是,"赵太爷却不甚热心了。"阿Q,你以后有什么东西的时候,你尽先送来给我们看,……"

"价钱决不会比别家出得少!"秀才说。秀才娘子忙一瞥阿Q的脸,看他感动了没有。

"我要一件皮背心。"赵太太说。

阿Q虽然答应着,却懒洋洋的出去了,也不知道他是否放在心上。这使赵太爷很失望,气忿而且担心,至于停止了打呵欠。秀才对于阿Q的态度也很不平,于是说,这忘八蛋要提防,或者竟不如吩咐地保,不许他住在未庄。但赵太爷以为不然,说这也怕要结怨,况且做这路生意的大概是"老鹰不吃窝下食",本村倒不必担心的;只要自己夜里警醒点就是了。秀才听了这"庭训",非常之以为然,便即刻撤消了驱逐阿Q的提议,而且叮嘱邹七嫂,请伊万不要向人提起这一段话。

但第二日,邹七嫂便将那蓝裙去染了皂,又将阿Q可疑之点传扬出去了,可是确没有提起秀才要驱逐他这一节。然而这已经于阿Q很不利。最先,地保寻上门了,取了他的门幕去,阿Q说是赵太太要看的,而地保也不还,并且要议定每月的孝敬钱。其次,是村人对于他的敬畏忽而变相了,虽然还不敢来放肆,却很有远避的神情,而这神情和先前的防他来"嚓"的时候又不同,颇混着"敬而远之"的分子了。

只有一班闲人们却还要寻根究底的去探阿Q的底细。阿Q也并不讳饰,傲然的说出他的经验来。从此他们才知道,他不过是一个小脚色,不但不能上墙,并且不能进洞,只站在洞外接东西。有一夜,他刚才接到一个包,正手再进去,不一会,只听得里面大嚷起来,他便赶紧跑,连夜爬出城,逃回未庄来了,从此不敢再去做。然而这故事却于阿Q更不利,村人对于阿Q的"敬而远之"者,本因为怕结怨,谁料他不过是一个不敢再偷的偷儿呢?这实在是"斯亦不足畏也矣"。

第七章 革 命

宣统三年九月十四日——即阿Q将搭连卖给赵白眼的这一天——三更四点,有一只大乌篷船到了赵府上的河埠头。这船从黑魆魆中荡来,乡下人睡得熟,都没有知道;出去时将近黎明,却很有几个看见的了。据探头探脑的调查来的结果,知道那竟是举人老爷的船!

那船便将大不安载给了未庄,不到正午,全村的人心就很摇动。船的使命,赵家本来是很秘密的,但茶坊酒肆里却都说,革命党要进城,举人老爷到我们乡下来逃难了。惟有邹七嫂不以为然,说那不过是几口破衣箱,举人老爷想来寄存的,却已被赵太爷回复转去。其实举人老爷和赵秀才素不相能,在理本不能有"共患难"的情谊,况且邹七嫂又和赵家是邻居,见闻较为切近,所以大概该是伊对的。

然而谣言很旺盛,说举人老爷虽然似乎没有亲到,却有一封长信,和赵家排了"转折亲"。赵太爷肚里一轮,觉得于他总不会有坏处,便将箱子留下了,现就塞在太太的床底下。至于革命党,有的说是便在这一夜进了城,个个白盔白甲:穿着崇正皇帝的素。

阿Q的耳朵里,本来早听到过革命党这一句话,今年又亲眼见过杀掉革命党。但他有一种不知从那里来的意见,以为革命党便是造反,造反便是与他为难,所以一向是"深恶而痛绝之"的。殊不料这却使百里闻名的举人老爷有这样怕,于是他未免也有些"神往"了,况且未庄的一群鸟男女的慌张的神情,也使阿Q更快意。

"革命也好罢,"阿Q想,"革这伙妈妈的的命,太可恶!太可恨!……便是我,也要投降革命党了。"

阿Q近来用度窘,大约略略有些不平;加以午间喝了两碗空肚酒,愈加醉得快,一面想一面走,便又飘飘然起来。不知怎么一来,忽而似乎革命党便是自己,未庄人却都是他的俘虏了。他得意之余,禁不住大声的嚷道:

"造反了!造反了!"

未庄人都用了惊惧的眼光对他看。这一种可怜的眼光,是阿Q从来没有见过的,一见之下,又使他舒服得如六月里喝了雪水。他更加高兴的走而且喊道:

"好,……我要什么就是什么,我欢喜谁就是谁。

得得,锵锵!

悔不该,酒醉错斩了郑贤弟,

悔不该,呀呀呀……

得得,锵锵,得,锵令锵!

我手执钢鞭将你打……"

赵府上的两位男人和两个真本家,也正站在大门口论革命。阿Q没有见,昂了头直唱过去。

"得得,……"

"老 Q,"赵太爷怯怯的迎着低声的叫。

"锵锵,"阿 Q 料不到他的名字会和"老"字联结起来,以为是一句别的话,与己无干,只是唱。"得,锵,锵令锵,锵!"

"老 Q。"

"悔不该……"

"阿 Q!"秀才只得直呼其名了。

阿 Q 这才站住,歪着头问道,"什么?"

"老 Q,……现在……"赵太爷却又没有话,"现在……发财么?"

"发财?自然。要什么就是什么……"

"阿……Q 哥,像我们这样穷朋友是不要紧的……"赵白眼惴惴的说,似乎想探革命党的口风。

"穷朋友?你总比我有钱。"阿 Q 说着自去了。

大家都怃然,没有话。赵太爷父子回家,晚上商量到点灯。赵白眼回家,便从腰间扯下搭连来,交给他女人藏在箱底里。

阿 Q 飘飘然的飞了一通,回到土谷祠,酒已经醒透了。这晚上,管祠的老头子也意外的和气,请他喝茶;阿 Q 便向他要了两个饼,吃完之后,又要了一支点过的四两烛和一个树烛台,点起来,独自躺在自己的小屋里。他说不出的新鲜而且高兴,烛火像元夜似的闪闪的跳,他的思想也迸跳起来了:——

"造反?有趣,……来了一阵白盔白甲的革命党,都拿着板刀,钢鞭,炸弹,洋炮,三尖两刃刀,钩镰枪,走过土谷祠,叫道,'阿 Q!同去同去!'于是一同去。……

这时未庄的一伙鸟男女才好笑哩,跪下叫道,'阿 Q,饶命!'谁听他!第一个该死的是小 D 和赵太爷,还有秀才,还有假洋鬼子,……留几条么?王胡本来还可留,但也不要了。……

东西,……直走进去打开箱子来:元宝,洋钱,洋纱衫,……秀才娘子的一张宁式床先搬到土谷祠,此外便摆了钱家的桌椅,——或者也就用赵家的罢。自己是不动手的了,叫小 D 来搬,要搬得快,搬得不快打嘴巴。……

赵司晨的妹子真丑。邹七嫂的女儿过几年再说。假洋鬼子的老婆会和没有辫子的男人睡觉,吓,不是好东西!秀才的老婆是眼胞上有疤的。……吴妈长久不见了,不知道在那里,——可惜脚太大。"

阿 Q 没有想得十分停当,已经发了鼾声,四两烛还只点去了小半寸,红焰焰的光照着他张开的嘴。

"荷荷!"阿 Q 忽而大叫起来,抬了头仓皇的四顾,待到看见四两烛,却又倒头睡去了。

第二天他起得很迟,走出街上看时,样样都照旧。他也仍然肚饿,他想着,想不起什么来;但他忽而似乎有了主意了,慢慢的跨开步,有意无意的走到静修庵。

庵和春天时节一样静,白的墙壁和漆黑的门。他想了一想,前去打门,一只狗在里面叫。他急急拾了几块断砖,再上去较为用力的打,打到黑门上生出许多麻点的时候,才听得有人来开门。

阿Q连忙捏好砖头,摆开马步,准备和黑狗来开战。但庵门只开了一条缝,并无黑狗从中冲出,望进去只有一个老尼姑。

"你又来什么事?"伊大吃一惊的说。

"革命了……你知道?……"阿Q说得很含胡。

"革命革命,革过一革的,……你们要革得我们怎么样呢?"老尼姑两眼通红的说。

"什么?……"阿Q诧异了。

"你不知道,他们已经来革过了!"

"谁?……"阿Q更其诧异了。

"那秀才和洋鬼子!"

阿Q很出意外,不由的一错愕;老尼姑见他失了锐气,便飞速的关了门,阿Q再推时,牢不可开,再打时,没有回答了。

那还是上午的事。赵秀才消息灵,一知道革命党已在夜间进城,便将辫子盘在顶上,一早去拜访那历来也不相能的钱洋鬼子。这是"咸与维新"的时候了,所以他们便谈得很投机,立刻成了情投意合的同志,也相约去革命。他们想而又想,才想出静修庵里有一块"皇帝万岁万万岁"的龙牌,是应该赶紧革掉的,于是又立刻同到庵里去革命。因为老尼姑来阻挡,说了三句话,他们便将伊当作满政府,在头上很给了不少的棍子和栗凿。尼姑待他们走后,定了神来检点,龙牌固然已经碎在地上了,而且又不见了观音娘娘座前的一个宣德炉。

这事阿Q后来才知道。他颇悔自己睡着,但也深怪他们不来招呼他。他又退一步想道:

"难道他们还没有知道我已经投降了革命党么?"

第八章　不准革命

未庄的人心日见其安静了。据传来的消息,知道革命党虽然进了城,倒还没有什么大异样。知县大老爷还是原官,不过改称了什么,而且举人老爷也做了什么——这些名目,未庄人都说不明白——官,带兵的也还是先前的老把总。只有一件可怕的事是另有几个不好的革命党夹在里面捣乱,第二天便动手剪辫子,听说那邻村的航船七斤便着了道儿,弄得不像人样子了。但这却还不算大恐怖,因为未庄人本来少上城,即使偶有想进城的,也就立刻变了计,碰不着这危险。阿Q本也想进城去寻他的老朋友,一得这消息,也只得作罢了。

但未庄也不能说是无改革。几天之后,将辫子盘在顶上的逐渐增加起来了,早经说过,最先自然是茂才公,其次便是赵司晨和赵白眼,后来是阿Q。倘在夏天,大家将辫子盘在头顶上或者打一个结,本不算什么稀奇事,但现在是暮秋,所以这"秋行夏令"的情形,在盘辫家不能不说是万分的英断,而在未庄也不能说无关于改革了。

赵司晨脑后空荡荡的走来,看见的人大嚷说,

"嚄,革命党来了!"

阿Q听到了很羡慕。他虽然早知道秀才盘辫的大新闻,但总没有想到自己可以照样做,现在看见赵司晨也如此,才有了学样的意思,定下实行的决心。他用一支竹筷将辫子盘在头顶上,迟疑多时,这才放胆的走去。

他在街上走,人也看他,然而不说什么话,阿Q当初很不快,后来便很不平。他近来很容易闹脾气了;其实他的生活,倒也并不比造反之前反艰难,人见他也客气,店铺也不说要现钱。而阿Q总觉得自己太失意;既然革了命,不应该只是这样的。况且有一回看见小D,愈使他气破肚皮了。

小D也将辫子盘在头顶上了,而且也居然用一支竹筷。阿Q万料不到他也敢这样做,自己也决不准他这样做!小D是什么东西呢?他很想即刻揪住他,拗断他的竹筷,放下他的辫子,并且批他几个嘴巴,聊且惩罚他忘了生辰八字,也敢来做革命党的罪。但他终于饶放了,单是怒目而视的吐一口唾沫道"呸!"

这几日里,进城去的只有一个假洋鬼子。赵秀才本也想靠着寄存箱子的渊源,亲身去拜访举人老爷的,但因为有剪辫的危险,所以也就中止了。他写了一封"黄伞格"的信,托假洋鬼子带上城,而且托他给自己绍介绍介,去进自由党。假洋鬼子回来时,向秀才讨还了四块洋钱,秀才便有一块银桃子挂在大襟上了;未庄人都惊服,说这是柿油党的顶子,抵得一个翰林;赵太爷因此也骤然大阔,远过于他儿子初隽秀才的时候,所以目空一切,见了阿Q,也就很有些不放在眼里了。

阿Q正在不平,又时时刻刻感着冷落,一听得这银桃子的传说,他立即

悟出自己之所以冷落的原因了:要革命,单说投降,是不行的;盘上辫子,也不行的;第一着仍然要和革命党去结识。他生平所知道的革命党只有两个,城里的一个早已"嚓"的杀掉了,现在只剩了一个假洋鬼子。他除却赶紧去和假洋鬼子商量之外,再没有别的道路了。

钱府的大门正开着,阿Q便怯怯的蹩进去。他一到里面,很吃了惊,只见假洋鬼子正站在院子的中央,一身乌黑的大约是洋衣,身上也挂着一块银桃子,手里是阿Q曾经领教过的棍子,已经留到一尺多长的辫子都拆开了披在肩背上,蓬头散发的像一个刘海仙。对面挺直的站着赵白眼和三个闲人,正在必恭必敬的听说话。

阿Q轻轻的走近了,站在赵白眼的背后,心里想招呼,却不知道怎么说才好:叫他假洋鬼子固然是不行的了,洋人也不妥,革命党也不妥,或者就应该叫洋先生了罢。

洋先生却没有见他,因为白着眼睛讲得正起劲:

"我是性急的,所以我们见面,我总是说:洪哥!我们动手罢!他却总说道 No! ——这是洋话,你们不懂的。否则早已成功了。然而这正是他做事小心的地方。他再三再四的请我上湖北,我还没有肯。谁愿意在这小县城里做事情。……"

"唔,……这个……"阿Q候他略停,终于用十二分的勇气开口了,但不知道因为什么,又并不叫他洋先生。

听着说话的四个人都吃惊的回顾他。洋先生也才看见:

"什么?"

"我……"

"出去!"

"我要投……"

"滚出去!"洋先生扬起哭丧棒来了。

赵白眼和闲人们便都吆喝道:"先生叫你滚出去,你还不听么!"

阿Q将手向头上一遮,不自觉的逃出门外;洋先生倒也没有追。他快跑了六十多步,这才慢慢的走,于是心里便涌起了忧愁:洋先生不准他革命,他再没有别的路;从此决不能望有白盔白甲的人来叫他,他所有的抱负,志向,希望,前程,全被一笔勾销了。至于闲人们传扬开去,给小D王胡等辈笑话,倒是还在其次的事。

他似乎从来没有经验过这样的无聊。他对于自己的盘辫子,仿佛也觉得无意味,要侮蔑;为报仇起见,很想立刻放下辫子来,但也没有竟放。他游到夜间,赊了两碗酒,喝下肚去,渐渐的高兴起来了,思想里才又出现白盔白甲的碎片。

有一天,他照例的混到夜深,待酒店要关门,才踱回土谷祠去。

拍,吧~~~!

他忽而听得一种异样的声音,又不是爆竹。阿Q本来是爱看热闹,爱管闲事的,便在暗中直寻过去。似乎前面有些脚步声;他正听,猛然间一个人从对面逃来了。阿Q一看见,便赶紧翻身跟着逃。那人转弯,阿Q也转弯,既转弯,那人站住了,阿Q也站住。他看后面并无什么,看那人便是小D。

"什么?"阿Q不平起来了。

"赵……赵家遭抢了!"小D气喘吁吁的说。

阿Q的心怦怦的跳了。小D说了便走;阿Q却逃而又停的两三回。但他究竟是做过"这路生意"的人,格外胆大,于是躄出路角,仔细的听,似乎有些嚷嚷,又仔细的看,似乎许多白盔白甲的人,络绎的将箱子抬出了,器具抬出了,秀才娘子的宁式床也抬出了,但是不分明,他还想上前,两只脚却没有动。

这一夜没有月,未庄在黑暗里很寂静,寂静到像羲皇时候一般太平。阿Q站着看到自己发烦,也似乎还是先前一样,在那里来来往往的搬,箱子抬出了,器具抬出了,秀才娘子的宁式床也抬出了,……抬得他自己有些不信他的眼睛了。但他决计不再上前,却回到自己的祠里去了。

土谷祠里更漆黑;他关好大门,摸进自己的屋子里。他躺了好一会,这才定了神,而且发出关于自己的思想来:白盔白甲的人明明到了,并不来打招呼,搬了许多好东西,又没有自己的份,——这全是假洋鬼子可恶,不准我造反,否则,这次何至于没有我的份呢?阿Q越想越气,终于禁不住满心痛恨起来,毒毒的点一点头:"不准我造反,只准你造反?妈妈的假洋鬼子,——好,你造反!造反是杀头的罪名呵,我总要告一状,看你抓进县里去杀头,——满门抄斩,——嚓!嚓!"

第九章　大　团　圆

赵家遭抢之后,未庄人大抵很快意而且恐慌,阿Q也很快意而且恐慌。但四天之后,阿Q在半夜里忽被抓进县城里去了。那时恰是暗夜,一队兵,一队团丁,一队警察,五个侦探,悄悄地到了未庄,乘昏暗围住土谷祠,正对门架好机关枪;然而阿Q不冲出。许多时没有动静,把总焦急起来了,悬了二十千的赏,才有两个团丁冒了险,踰垣进去,里应外合,一拥而入,将阿Q

抓出来;直待擒出祠外面的机关枪左近,他才有些清醒了。

到进城,已经是正午,阿Q见自己被搀进一所破衙门,转了五六个弯,便推在一间小屋里。他刚刚一跄踉,那用整株的木料做成的栅栏门便跟着他的脚跟阖上了,其余的三面都是墙壁,仔细看时,屋角上还有两个人。

阿Q虽然有些忐忑,却并不很苦闷,因为他那土谷祠里的卧室,也并没有比这间屋子更高明。那两个也仿佛是乡下人,渐渐和他兜搭起来了,一个说是举人老爷要追他祖父欠下来的陈租,一个不知道为了什么事。他们问阿Q,阿Q爽利的答道,"因为我想造反。"

他下半天便又被抓出栅栏门去了,到得大堂,上面坐着一个满头剃得精光的老头子。阿Q疑心他是和尚,但看见下面站着一排兵,两旁又站着十几个长衫人物,也有满头剃得精光像这老头子的,也有将一尺来长的头发披在背后像那假洋鬼子的,都是一脸横肉,怒目而视的看他;他便知道这人一定有些来历,膝关节立刻自然而然的宽松,便跪了下去了。

"站着说!不要跪!"长衫人物都吆喝说。

阿Q虽然似乎懂得,但总觉得站不住,身不由己的蹲了下去,而且终于趁势改为跪下了。

"奴隶性!……"长衫人物又鄙夷似的说,但也没有叫他起来。

"你从实招来罢,免得吃苦。我早都知道了。招了可以放你。"那光头的老头子看定了阿Q的脸,沉静的清楚的说。

"招罢!"长衫人物也大声说。

"我本来要……来投……"阿Q胡里胡涂的想了一通,这才断断续续的说。

"那么,为什么不来的呢?"老头子和气的问。

"假洋鬼子不准我!"

"胡说!此刻说,也迟了。现在你的同党在那里?"

"什么?……"

"那一晚打劫赵家的一伙人。"

"他们没有来叫我。他们自己搬走了。"阿Q提起来便愤愤。

"走到那里去了呢?说出来便放你了。"老头子更和气了。

"我不知道,……他们没有来叫我……"

然而老头子使了一个眼色,阿Q便又被抓进栅栏门里了。他第二次抓出栅栏门,是第二天的上午。

大堂的情形都照旧。上面仍然坐着光头的老头子,阿Q也仍然下了跪。

老头子和气的问道,"你还有什么话说么?"

阿Q一想,没有话,便回答说,"没有。"

于是一个长衫人物拿了一张纸,并一支笔送到阿Q的面前,要将笔塞在他手里。阿Q这时很吃惊,几乎"魂飞魄散"了:因为他的手和笔相关,这回是初次。他正不知怎样拿;那人却又指着一处地方教他画花押。

"我……我……不认得字。"阿Q一把抓住了笔,惶恐而且惭愧的说。

"那么,便宜你,画一个圆圈!"

阿Q要画圆圈了,那手捏着笔却只是抖。于是那人替他将纸铺在地上,阿Q伏下去,使尽了平生的力画圆圈。他生怕被人笑话,立志要画得圆,但这可恶的笔不但很沉重,并且不听话,刚刚一抖一抖的几乎要合缝,却又向外一耸,画成瓜子模样了。

阿Q正羞愧自己画得不圆,那人却不计较,早已掣了纸笔去,许多人又将他第二次抓进栅栏门。

他第二次进了栅栏,倒也并不十分懊恼。他以为人生天地之间,大约本来有时要抓进抓出,有时要在纸上画圆圈的,惟有圈而不圆,却是他"行状"上的一个污点。但不多时也就释然了,他想:孙子才画得很圆的圆圈呢。于是他睡着了。

然而这一夜,举人老爷反而不能睡:他和把总呕了气了。举人老爷主张第一要追赃,把总主张第一要示众。把总近来很不将举人老爷放在眼里了,拍案打凳的说道,"惩一儆百!你看,我做革命党还不上二十天,抢案就是十几件,全不破案,我的面子在那里?破了案,你又来迂。不成!这是我管的!"举人老爷窘急了,然而还坚持,说是倘若不追赃,他便立刻辞了帮办民政的职务。而把总却道,"请便罢!"于是举人老爷在这一夜竟没有睡,但幸而第二天倒也没有辞。

阿Q第三次抓出栅栏门的时候,便是举人老爷睡不着的那一夜的明天的上午了。他到了大堂,上面还坐着照例的光头老头子;阿Q也照例下了跪。

老头子很和气的问道,"你还有什么话说么?"

阿Q一想,没有话,便回答说,"没有。"

许多长衫和短衫人物,忽然给他穿上一件洋布的白背心,上面有些黑字。阿Q很气苦;因为这很像是带孝,而带孝是晦气的。然而同时他的两手反缚了,同时又被一直抓出衙门外去了。

阿Q被抬上了一辆没有篷的车,几个短衣人物也和他同坐在一处。这车立刻走动了,前面是一班背着洋炮的兵们和团丁,两旁是许多张着嘴的看客,后面怎样,阿Q没有见。但他突然觉到了:这岂不是去杀头么?他一急,两眼发黑,耳朵里喤的一声,似乎发昏了。然而他又没有全发昏,有时虽然着急,有时却也泰然;他意思之间,似乎觉得人生天地间,大约本来有时也未免要杀头的。

他还认得路,于是有些诧异了:怎么不向着法场走呢?他不知道这是在游街,在示众。但即使知道也一样,他不过以为人生天地间,大约本来有时也未免要游街要示众罢了。

他省悟了,这是绕到法场去的路,这一定是"嚓"的去杀头。他惘惘的向左右看,全跟着马蚁似的人,而在无意中,却在路旁的人丛中发见了一个吴妈。很久违,伊原来在城里做工了。阿Q忽然很羞愧自己没志气:竟没有唱几句戏。他的思想仿佛旋风似的在脑里一回旋:《小孤孀上坟》欠堂皇,《龙虎斗》里的"悔不该⋯⋯"也太乏,还是"手执钢鞭将你打"罢。他同时想将手一扬,才记得这两手原来都捆着,于是"手执钢鞭"也不唱了。

"过了二十年又是一个⋯⋯"阿Q在百忙中,"无师自通"的说出半句从来不说的话。

"好!!!"从人丛里,便发出豺狼的嗥叫一般的声音来。

车子不住的前行,阿Q在喝采声中,轮转眼睛去看吴妈,似乎伊一向并没有见他,却只是出神的看着兵们背上的洋炮。

阿Q于是再看那些喝采的人们。

这刹那中,他的思想又仿佛旋风似的在脑里一回旋了。四年之前,他曾在山脚下遇见一只饿狼,永是不近不远的跟定他,要吃他的肉。他那时吓得几乎要死,幸而手里有一柄斫柴刀,才得仗这壮了胆,支持到未庄;可是永远记得那狼眼睛,又凶又怯,闪闪的像两颗鬼火,似乎远远的来穿透了他的皮肉。而这回他又看见从来没有见过的更可怕的眼睛了,又钝又锋利,不但已经咀嚼了他的话,并且还要咀嚼他皮肉以外的东西,永是不远不近的跟他走。

这些眼睛们似乎连成一气,已经在那里咬他的灵魂。

"救命,⋯⋯"

然而阿Q没有说。他早就两眼发黑,耳朵里嗡的一声,觉得全身仿佛微尘似的迸散了。

至于当时的影响,最大的倒反在举人老爷,因为终于没有追赃,他全家都号咷了。其次是赵府,非特秀才因为上城去报官,被不好的革命党剪了辫子,而且又破费了二十千的赏钱,所以全家也号咷了。从这一天以来,他们便渐渐的都发生了遗老的气味。

至于舆论,在未庄是无异议,自然都说阿Q坏,被枪毙便是他的坏的证据;不坏又何至于被枪毙呢?而城里的舆论却不佳,他们多半不满足,以为枪毙并无杀头这般好看;而且那是怎样的一个可笑的死囚呵,游了那么久的街,竟没有唱一句戏:他们白跟一趟了。

1921 年 12 月

(《鲁迅全集》[一],人民文学出版社,1961 年)

《阿Q正传》导读　　拓展阅读

拓展阅读

1. 吴宝林:重返中国革命话语——论近年对《阿Q正传》的几种新解
2. 夏华安:论《阿Q正传》的心理描写特色

沉 沦

郁达夫

一

他近来觉得孤冷得可怜。

他的早熟的性情,竟把他挤到与世人绝不相容的境地去,世人与他的中间介在的那一道屏障,愈筑愈高了。

天气一天一天的清凉起来,他的学校开学之后,已经快半个月了。那一天正是九月的二十二日。

晴天一碧,万里无云,终古常新的皎日,依旧在她的轨道上,一程一程的在那里行走。从南方吹来的微风,同醒酒的琼浆一般,带着一种香气,一阵阵的拂上面来。在黄苍未熟的稻田中间,在弯曲同白线似的乡间的官道上面,他一个人手里捧了一本六寸长的 Wordsworth 的诗集,尽在那里缓缓的独步。在这大平原内,四面并无人影;不知从何处飞来的一声两声的远吠声,悠悠扬扬的传到他耳膜上来。他眼睛离开了书,同做梦似的向有犬吠声的地方看去,但看见了一丛杂树,几处人家,同鱼鳞似的屋瓦上,有一层薄薄的蜃气楼,同轻纱似的,在那里飘荡。

"Oh, you serene gossamer! You beautiful gossamer!"

这样的叫了一声,他的眼睛里就涌出了两行清泪来,他自己也不知道是什么缘故。

呆呆的看了好久,他忽然觉得背上有一阵紫色的气息吹来,息索的一响,道傍的一枝小草,竟把他的梦境打破了。他回转头来一看,那枝小草还是颠摇不已,一阵带着紫罗兰气息的和风,温微微的喷到他那苍白的脸上来。在这清和的早秋的世界里,在这澄清透明的以太中,他的身体觉得同陶醉似的酥软起来。他好象是睡在慈母怀里的样子。他好象是梦到了桃花源里的样子。他好象是在南欧的海岸,躺在情人膝上,在那里贪午睡的样子。

他看看四边,觉得周围的草木,都在那里对他微笑。看看苍空,觉得悠久无穷的大自然,微微的在那里点头。一动也不动的向天看了一会,他觉得天空中,有一群小天神,背上插着了翅膀,肩上挂着了弓箭,在那里跳舞。他觉得乐极了。便不知不觉开了口,自言自语的说:

"这里就是你的避难所。世间的一般庸人都在那里妒忌你,轻笑你,愚弄你;只有这大自然,这终古常新的苍空皎日,这晚夏的微风,这初秋的清气,还是你的朋友,还是你的慈母,还是你的情人;你也不必再到世上去与那些轻薄的男女共处去,你就在这大自然的怀里,这纯朴的乡间终老了吧。"

这样的说了一遍,他觉得自家可怜起来,好像有万千哀怨,横亘在胸中,一口说不出来的样子。含了一双清泪,他的眼睛又看到他手里的书上去。

> Behold her, single in the field,
> You solitary Highland lass!
> Reaping and singing by herself;
> Stop here, or gently pass!
> Alone she cuts, and binds the grain,
> And sings a melancholy strain;
> Oh, listen! for the vale profound,
> is overflowing with the sound.

看了这一节之后,他又忽然翻过一张来,脱头脱脑的看到那第三节去。

> Will no one tell me what she sings?
> Perhaps the plaintive numbers flow
> For old, unhappy far-off things,
> And battle long ago:
> Or is it some more humble lay,
> Familiar matter of today?
> Some natural sorrow, loss, or pain,
> That has been and may be again!

这也是他近来的一种习惯,看书的时候,并没有次序的。几百页的大书,更可不必说了,就是几十页的小册子,如爱美生的《自然论》(Emerson's *On Nature*)、沙离的《逍遥游》(Thoreau's *Excursion*)之类,也没有完完全全从头至尾的读完一篇过。当他起初翻开一册书来看的时候,读了四行五行或一页二页,他每被那一本书感动,恨不得要一口气把那一本书吞下肚子里去

的样子,到读了三页四页之后,他又生起一种怜惜的心来,他心里似乎说:

"象这样的奇书,不应该一口气就把它念完,要留着细细儿的咀嚼才好。一下子就念完了之后,我的热望也就不得不消灭,那时候我就没有好望,没有梦想了,怎么使得呢?"

他的脑里虽然有这样的想头,其实他的心里早有一些儿厌倦起来,到了这时候,他总把那本书收过一边,不再看下去。过几天或者过几个钟头之后,他又用了满腔的热忱,同初读那一本书的时候一样的,去读另外的书去;几日前或者几点钟前那样的感动他的那一本书,就不得不被他遗忘了。

放大了声音把渭迟渥斯的那两节诗读了一遍之后,他忽然想把这一首诗用中国文翻译出来。

《孤寂的高原刈稻者》

他想想看,"The Solitary Highland Reaper",诗题只有如此的译法。

> 你看那个女孩儿,她只一个人在田里,
> 你看那边的那个高原的女孩儿,她只一个人冷清清地!
> 她一边刈稻,一边在那儿唱着不已:
> 她忽儿停了,忽而又过去了,轻盈体态,风光细腻!
> 她一个人,刈了,又重把稻儿捆起,
> 她唱的山歌,颇有些儿悲凉的情味:
> 听呀听呀!这幽谷深深,
> 全充满了她的歌唱的清音。
>
> 有人能说否,她唱的究是什么?
> 或者她那万千的痴话
> 是唱着前代的哀歌,
> 或者是前朝的战事、千兵万马:
> 或者是些坊间的俗曲,
> 便是目前的家常闲说?
> 或者是些天然的哀怨,必然的丧苦,自然的悲楚,
> 这些事虽是过去的回思,将来想亦必有人指诉。

他一口气译了出来之后,忽又觉得无聊起来,便自嘲自骂的说:

"这算是什么东西呀,岂不同教会里的赞美歌一样的乏味么?英国诗是英国诗,中国诗是中国诗,又何必译来对去呢!"

这样的说了一句,他不知不觉便微微儿的笑起来。向四边一看,太阳已经打斜了;大平原的彼岸,西边的地平线上,有一座高山,浮在那里,饱受了

一天残照，山的周围酝酿成一层朦朦胧胧的岚气，反射出一种紫不紫红不红的颜色来。

他正在那里出神呆看的时候，喀的咳嗽了一声，他的背后忽然来了一个农夫。回头一看，他就把他脸上的笑容改装了一副忧郁的面色，好象他的笑容是怕被人看见的样子。

二

他的忧郁症愈闹愈甚了。

他觉得学校里的教科书，味同嚼蜡，毫无半点生趣。天气清朗的时候，他每捧了一本爱读的文学书，跑到人迹罕至的山腰水畔，去贪那孤寂的深味去。在万籁俱寂的瞬间，在天水相映的地方，他看看草木虫鱼，看看白云碧落，便觉得自家是一个孤高傲世的贤人，一个超然独立的隐者。有时在山中遇着一个农夫，他便把自己当作了 Zaratustra，把 Zaratustra 所说的话，也在心里对那农夫讲了。他的 megalomania 也同他的 hypochondria 成了正比例，一天一天的增加起来。他竟有连续四五天不上学校去听讲的时候。

有时候到学校里去，他每觉得众人都在那里凝视他的样子。他避来避去想避他的同学，然而无论到了什么地方，他的同学的眼光，总好象怀了恶意，射在他的背脊上面。

上课的时候，他虽然坐在全班学生的中间，然而总觉得孤独得很；在稠人广众之中，感得的这种孤独，倒比一个人在冷清的地方，感得的那种孤独，还更难受。看看他的同学们，一个个都是兴高采烈的在那里听先生的讲义，只有他一个人身体虽然坐在讲堂里头，心思却同飞云逝电一般，在那里作无边无际的空想。

好容易下课的钟声响了！先生退去之后，他的同学说笑的说笑，谈天的谈天，个个都同春来的燕雀似的，在那里作乐；只有他一个人锁了愁眉，舌根好象被千钧的巨石锤住的样子，兀的不作一声。他也很希望他的同学来对他讲些闲话，然而他的同学却都自家管自家的去寻欢作乐去，一见了他那一副愁容，没有一个不抱头奔散的，因此他愈加怨他的同学了。

"他们都是日本人，他们都是我的仇敌，我总有一天来复仇，我总要复他们的仇。"

一到了悲愤的时候，他总这样的想的，然而到了安静之后，他又不得不嘲骂自家说：

"他们都是日本人，他们对你当然是没有同情的，因为你想得他们的同情,所以你怨他们,这岂不是你自家的错误么?"

他的同学中的好事者,有时候也有人来向他说笑的,他心里虽然非常感激,想同那一个人谈几句知心的话,然而口中总说不出什么话来;所以有几个解他的意的人,也不得不同他疏远了。

他的同学日本人在那里欢笑的时候,他总疑他们是在那里笑他,他就一霎时的红起脸来。他们在那里谈天的时候,若有偶然看他一眼的人,他又忽然红起脸来,以为他们是在那里讲他。他同他同学中间的距离,一天一天的远背起来。他的同学都以为他是爱孤独的人,所以谁也不敢来近他的身。

有一天放课之后,他挟了书包,回到他的旅馆里来,有三个日本学生系同他同路的。将要到他寄寓的旅馆的时候,前面忽然来了两个穿红裙的女学生。在这一区市外的地方,从没有女学生看见的,所以他一见了这两个女子,呼吸就紧缩起来。他们四个人同那两个女子擦过的时候,他的三个日本人的同学都问她们说:

"你们上哪儿去?"

那两个女学生就作起娇声来回答说:

"不知道!"

"不知道!"

那三个日本学生都高笑起来,好象是很得意的样子;只有他一个人似乎是他自家同她们讲了话似的,害了羞,匆匆跑回旅馆里来。进了他自家的房,把书包用力的向席上一丢,他就在席上躺下了。他的胸前还在那里乱跳,用了一只手枕着头,一只手按着胸口,他便自嘲自骂的说:

"你这卑怯者!"

"你既然怕羞,何以又要后悔?

"既要后悔,何以当时你又没有那样的胆量?不同她们去讲一句话?

"Oh, coward, coward!"

说到这里,他忽然想起刚才那两个女学生的眼波来了。

那两双活泼的眼睛!

那两双眼睛里,确有惊喜的意思含在里头。然而再仔细想了一想,他又忽然叫起来说:

"呆人呆人!她们虽有意思,与你有什么相干?她们所送的秋波,不是单送给那三个日本人的么?唉!唉!她们已经知道了,已经知道我是支那人了,否则他们何以不来看我一眼呢!复仇复仇,我总要复她们的仇。"

说到这里,他那火热的颊上忽然滚了几颗冰冷的眼泪下来。他是伤心

到极点了。这一天晚上,他记的日记说:

我何苦要到日本来,我何苦要求学问。既然到了日本,那自然不得不被他们日本人轻侮的。中国呀中国!你怎么不富强起来,我不能再隐忍过去了。

故乡岂不有明媚的山河,故乡岂不有如花的美女?我何苦要到这东海的岛国里来!

到日本来倒也罢了,我何苦又要进这该死的高等学校。他们留了五个月学回去的人,岂不在那里享荣华安乐么?这五六年的岁月,教我怎么能挨得过去。受尽了千辛万苦,积了十数年的学识,我回国去,难道定能比他们来胡闹的留学生更强么?

人生百岁,年少的时候,只有七八年的光景,这最纯最美的七八年,我就不得不在这无情的岛国里虚度过去,可怜我今年已经是二十一了。

槁木的二十一岁!

死灰的二十一岁!

我真还不如变了矿物质的好,我大约没有开花的日子了。

知识我也不要,名誉我也不要,我只要一个安慰我体谅我的"心",一副白热的心肠!从这一副心肠里生出来的同情!从同情而来的爱情!

我所要求的就是爱情!

若有一个美人,能理解我的苦楚,她要我死,我也肯的。

若有一个妇人,无论她是美是丑,能真心真意的爱我,我也愿意为她死的。

我所要求的就是异性的爱情!

苍天呀苍天,我并不要知识,我并不要名誉,我也不要那些无用的金钱,你若能赐我一个伊甸园内的"伊扶",使她的肉体与心灵,全归我有,我就心满意足了。

三

他的故乡,是富春江上的一个小市,去杭州水程不过八九十里。这一条江水,发源安徽,贯流全浙,江形曲折,风景常新,唐朝有一个诗人赞这条江水说"一川如画"。他十四岁的时候,请了一位先生写了这四个字,贴在他的书斋里,因为他的书斋的小窗,是朝着江面的。虽则这书斋结构不大,然而风雨晦明,春秋朝夕的风景,也还抵得过滕王高阁。在这小小的书斋里过了十几个春秋,他才跟了他的哥哥到日本来留学。

他三岁的时候就丧了父亲,那时候他家里困苦得不堪。好容易他长兄在日本W大学卒了业,回到北京,考了一个进士,分发在法部当差,不上两年,武昌的革命起来了。那时候他已在县立小学堂卒了业,正在那里换来换去的换中学堂。他家里的人都怪他无恒性,说他的心思太活;然而依他自己讲来,他以为他一个人同别的学生不同,不能按部就班的同他们同在一处求学的。所以他进了K府中学之后,不上半年又忽然转到H府中学来;在H府中学住了三个月,革命就起来了。H府中学停学之后,他依旧只能回到他那小小的书斋里来。第二年的春天,正是他十七岁的时候,他就进了大学的预科。这大学是在杭州城外,本来是美国长老会捐钱创办的,所以学校里浸润了一种专制的弊风,学生的自由,几乎被缩服得同针眼儿一般的小。礼拜三的晚上有什么祈祷会,礼拜日非但不准出去游玩,并且在家里看别的书也不准的,除了唱赞美诗祈祷之外,只许看新旧约书。每天早晨从九点钟到九点二十分,定要去做礼拜,不去做礼拜,就要扣分数记过。他虽然非常爱那学校近旁的山水景物,然而他的心里,总有些反抗的意思,因为他是一个爱自由的人,对那些迷信的管束,怎么也不甘心服从。住不上半年,那大学里的厨子,托了校长的势,竟打起学生来。学生中间有几个不服的,便去告诉校长,校长反说学生不是。他看看这些情形,实在是太无道理了,就立刻去告了退,仍复回家,到那小小的书斋里去。那时候已经是六月初了。

在家里住了三个多月,秋风吹到富春江上,两岸的绿树,就快凋落的时候,他又坐了帆船,下富春江,上杭州去。恰好那时候石牌楼的W中学正在那里招插班生,他进去见了校长M氏,把他的经历说给了M氏夫妻听,M氏就许他插入最高的班里去。这W中学原来也是一个教会学校,校长M氏,也是一个糊涂的美国宣教师,他看看这学校的内容倒比H大学不如了。与一位很卑鄙的教务长——原来这一位先生就是H大学的卒业生——闹了一场,第二年春天,他就出来了。出了W中学,他看看杭州的学校,都不能如他的意,所以他就打算不再进别的学校去。

正是这个时候,他的长兄也在北京被人排斥了。原来他的长兄为人正直得很,在部里办事,铁面无私,并且比一般部内的人物又多了一些学识,所以部内上下,都忌惮他。有一天某次长的私人,来问他要一个位置,他执意不肯,因此次长就同他闹起意见来,过了几天他就辞了部里的职,改到司法界去做司法官去了。他的二兄那时候正在绍兴军队里作军官,这一位二兄军人习气颇深,挥金如土,专喜结交侠少。他们弟兄三人,到这时候都不能如意之所为,所以那一小市镇里的闲人都说他们的风水破了。

他回家之后，便镇日镇夜的蛰居在他那小小的书斋里。他父祖及他长兄所藏的书籍，就作了他的良师益友。他的日记上面，一天一天的记起诗来。有时候他也用了华丽的文章做起小说来，小说里就把他自己当作了一个多情的勇士，把他邻近的一家寡妇的两个女儿，当作了贵族的苗裔，把他故乡的风物，全编作了田园的清景；有兴的时候，他还把他自家的小说，用单纯的外国文翻译起来；他的幻想，愈演愈大了，他的忧郁病的根苗，大约也就在这时候培养成功的。

在家里住了半年，到了七月中旬，他接到他长兄的来信说：

"院内近有派予赴日本考察司法事务之意，予已许院长以东行，大约此事不日可见命令。渡日之先，拟返里小住。三弟居家，断非上策，此次当偕伊赴日本也。"

他接到了这一封信之后，心中日日盼他长兄南来，到了九月下旬，他的兄嫂才自北京到家。住了一月，他就同他的长兄长嫂同到日本去了。

到了日本之后，他的 dreams of the romantic age 尚未醒悟，模模糊糊的过了半载，他就考入了东京第一高等学校。这正是他十九岁的秋天。

第一高等学校将开学的时候，他的长兄接到了院长的命令，要他回去。他的长兄便把他寄托在一家日本人的家里，几天之后，他的长兄长嫂和他的新生的侄女儿就回国去了。

东京的第一高等学校里有一班预备班，是为中国学生特设的。

在这预科里预备一年，卒业之后，才能入各地高等学校的正科，与日本学生同学。他考入预科的时候，本来填的是文科，后来将在预科卒业的时候，他的长兄定要他改到医科去，他当时亦没有什么主见，就听了他长兄的话把文科改了。

预科卒业之后，他听说 N 市的高等学校是最新的，并且 N 市是日本产美人的地方，所以他就要求到 N 市的高等学校去。

四

他的二十岁的八月二十九日的晚上，他一个人从东京的中央车站乘了夜行车到 N 市去。

那一天大约刚是旧历的初三四的样子，同天鹅绒似的又蓝又紫的天空里，洒满了一天星斗。半痕新月，斜挂在西天角上，却似仙女的蛾眉，未加翠黛的样子。他一个人靠着三等的车窗，默默的在那里数窗外人家的灯火。火车在暗黑的夜气中间，一程一程的进去，那大都市的星星灯火，也一点一点的朦胧起来,他的胸中忽然生了万千哀感,他的眼睛就忽然觉得热起来了。

"Sentimental, too sentimental!"

这样的叫了一声,把眼睛揌了一下,他反而自家笑起自家来。

"你也没有情人留在东京,你也没有弟兄知己住在东京,你的眼泪究竟是为谁洒的呀!或者是对于你过去的生活的伤感,或者是对你二年间的生活的余情,然而你平时不是说不爱东京的么?"

"唉,一年人住岂无情。"

"黄莺住久浑相识,欲别频啼四五声!"

胡思乱想的寻思了一会,他又忽然想到初次赴新大陆去的清教徒的身上去。

"那些十字架下的流人,离开他故乡海岸的时候,大约也是悲壮淋漓,同我一样的。"

火车过了横滨,他的感情方才渐渐儿的平静起来。呆呆的坐了一忽,他就取了一张明信片出来,垫在海涅(Heine)的诗集上,用铅笔写了一首诗寄他东京的朋友。

  娥眉月上柳梢初,又向天涯别故居,四壁旗亭争赌酒,六街灯火远随车。

  乱离年少无多泪,行李家贫只旧书,夜后芦根秋水长,凭君南浦觅双鱼。

在朦胧的电灯光里,静悄悄的坐了一会,他又把海涅的诗集翻开来看了。

  Lebet Wohl, ihr glatten Saele,
  Glatte Herren, glatte Frauen!
  Auf die Berge Will ich steigen,
  Lachend auf euch niederschauen!
    Heine's《Harzreise》.

  浮薄的尘寰,
  无情的男女,
  你看那隐隐的青山,
  我欲乘风飞去,
  且住且住,
  我将从那绝顶的高峰,

笑看你终归何处。

单调的轮声,一声声连连续续的飞到他的耳膜上来,不上三十分钟他竟被这催眠的车轮声引诱到梦幻的仙境里去了。

早晨五点钟的时候,天空渐渐儿的明亮起来。在车窗里向外一望,他只见一线青天还被夜色包住在那里。探头出去一看,一层薄雾,笼罩着一幅天然的画图,他心里想了一想:

"原来今天又是清秋的好天气,我的福分真可算不薄了。"

过了一个钟头,火车就到了N市的停车场。

下了火车,在车站上遇见了一个日本学生;他看看那学生的制帽上也有两条白线,便知道他也是高等学校的学生。他走上前去,对那学生脱了一脱帽,问他说:

"第X高等学校是在什么地方的?"

那学生回答说:

"我们一路去吧。"

他就跟了那学生跑出火车站来,在火车站的前头,乘了电车。

早晨还早得很,N市的店家都还未曾起来。他同那日本学生坐了电车,经过了几条冷清的街巷,就在鹤舞公园前面下了车。他问那日本学生说:

"学校还远得很么?"

"还有二里多路。"

穿过了公园,走到稻田中间的细路上的时候,他看看太阳已经起来了。稻上的露滴,还同明珠似的挂在那里。前面有一丛树林,树林阴里,疏疏落落的看得见几椽农舍。有两三条烟囱筒子,突出在农舍的上面,隐隐约约的浮在清晨的空气里。一缕两缕的青烟,同炉香似的在那里浮动,他知道农家已在那里炊早饭了。

到学校近边的一家旅馆去一问,他一礼拜前头寄出的几件行李,早已经到在那里。原来那一家人家是住过中国留学生的,所以主人待他也很殷勤。在那一家旅馆里住下了之后,他觉得前途好象有许多欢乐在那里等他的样子。

他的前途的希望,在第一天的晚上,就不得不被目前的实情嘲弄了。原来他的故里,也是一个小小的市镇。到了东京之后,在人山人海的中间,他虽然时常觉得孤独,然而东京的都市生活,同他幼时的习惯尚无十分龃龉的地方。如今到了这N市的乡下之后,他的旅馆,是一家孤立的人家,四面并无邻舍,左首门外便是一条如发的大道,前后都是稻田,西面是一方池水,并且因为学校还没有开课,别的学生还没有到来,这一间宽旷的旅馆里,只住了他一个客人。白天倒还可以支吾过去,一到了晚上,他开窗一望,四面都是沉沉的黑影,并且因 N 市的附近是一大平原,所以望眼连天,四面并无遮障之处,远远里有一点灯火,明灭无常,森然有些鬼气。天花板里,又有许多虫鼠,息栗索落的在那里争食。窗外有几株梧桐,微风动叶,咄咄的响得不已,因为他住在二层楼上,所以梧桐的叶战声,近在他的耳边。他觉得害怕起来,几乎要哭出来了。他对于都市的怀乡病(Nostalgia)从未有比那一晚更甚的。

学校开了课,他朋友也渐渐儿的多起来。感受性非常强烈的他的性情,也同天空大地丛林野水融和了。不上半年,他竟变成了一个大自然的宠儿,一刻也离不了那天然的野趣了。

他的学校是在 N 市外,刚才说过 N 市的附近是一个大平原,所以四边的地平线,界限广大得很。那时候日本的工业还没有十分发达,人口也还没有增加得同目下一样,所以他的学校的近边,还多是丛林空地,小阜低冈。除了几家与学生做买卖的文房具店及菜馆之外,附近并没有居民。荒野的人间,只有几家为学生设的旅馆,同晓天的星影似的,散缀在麦田瓜地的中央。晚饭毕后,披了黑呢的缦斗(斗篷),拿了爱读的书,在迟迟不落的夕照中间,散步逍遥,是非常快乐的。他的田园趣味,大约也是在这 Idyllic Wanderings 的中间养成的。

在生活竞争不十分猛烈,逍遥自在,同中古时代一样的时候;在风气纯良,不与市井小人同处,清闲雅淡的地方;过日子正如做梦一样。他到了 N 市之后,转瞬之间,已经有半年多了。

熏风日夜的吹来,草色渐渐儿的绿起来。旅馆近旁麦田里的麦穗,也一寸一寸的长起来了。草木虫鱼都化育起来,他的从始祖传来的苦闷也一日一日的增长起来,他每天早晨,在被窝里犯的罪恶,也一次一次的加起来了。

他本来是一个非常爱高尚爱洁净的人,然而一到了这邪念发生的时候,他的智力也无用了,他的良心也麻痹了,他从小服膺的"身体发肤不敢毁伤"的圣训,也不能顾全了。他犯了罪之后,每深自痛悔,切齿的说,下次总不再犯了,然而到了第二天的那个时候,种种幻想,又活泼泼的到他的眼前来。他平时所看见的"伊扶"的遗类,都赤裸裸的来引诱他。中年以后的妇人的形体,在他的脑里,比处女更有挑发他情动的地方。他苦闷一场,恶斗一场,终究不得不做她们的俘虏。这样的一次成了两次,两次之后,就成了习惯了。他犯罪之后,每到图书馆里去翻出医书来看,医书上都千篇一律的说,于身体最有害的就是这一种犯罪。从此之后,他的恐惧心也一天一天的增加起来了。有一天他不知道从什么地方得来的消息,好象是一本书上说,俄国近代文学的创设者 Gogol 也犯这一宗病,他到死竟没有改过来,他想到了郭歌里,心里就宽了一宽,因为这《死了的灵魂》的著者,也是同他一样的。然而这不过自家对自家的宽慰而已,他的胸里,总有一种非常的忧虑存在那里。

因为他是非常爱洁净的,所以他每天总要去洗澡一次,因为他是非常爱惜身体的,所以他每天总要去吃几个生鸡子和牛乳;然而他去洗澡或吃牛乳鸡子的时候,他总觉得惭愧得很,因为这都是他的犯罪的证据。

他觉得身体一天一天的衰弱起来,记忆力也一天一天的减退了。他又渐渐儿的生了一种怕见人面的心思:见了妇人女子的时候,他觉得更加难受。学校的教科书,他渐渐的嫌恶起来,法国自然派的小说,和中国那几本有名的诲淫小说,他念了又念,几乎记熟了。

有时候他忽然做出一首好诗来,他自家便喜欢得非常,以为他的脑力还没有破坏。那时候他每对着自家起誓说:

"我的脑力还可以使得,还能做得出这样的诗,我以后决不再犯罪了。过去的事实是没法,我以后总不再犯罪了。若从此自新,我的脑力,还是很可以的。"

然而一到了紧迫的时候,他的誓言又忘了。

每礼拜四五,或每月的二十六七的时候,他索性尽意的贪起欢来。他的心里想,自下礼拜一或下月初一起,我总不犯罪了。有时候正合到礼拜六或月底的晚上,去剃头洗澡去,以为这就是改过自新的记号,然而过几天他又不得不吃鸡子和牛乳了。

他的自责心同恐惧心,竟一日也不使他安闲,他的忧郁症也从此厉害起来了。这样的状态继续了一二个月,他的学校里就放了暑假。暑假的两个月内,他受的苦闷,更甚于平时;到了学校开课的时候,他的两颊的颧骨更高起来,他的青灰色的眼窝更大起来,他的一双灵活的瞳人,变了同死鱼的眼睛一样了。

五

秋天又到了。浩浩的苍空,一天一天的高起来。他的旅馆旁边的稻田,都带起黄金色来。朝夕的凉风,同刀也似的刺到人的心骨里去,大约秋冬的佳日,来也不远了。

一礼拜前的有一天午后,他拿了一本 Wordsworth 的诗集,在田塍路上逍遥漫步了半天。从那一天以后,他的循环性的忧郁症,尚未离他的身边。前几天在路上遇着的那两个女学生,常在他的脑里,不使他安静,想起那一天的事情,他还是一个人要红起脸来。

他近来无论上什么地方去,总觉得有坐立难安的样子。他上学校去的时候,觉得他的日本同学都似在那里排斥他。他的几个中国同学,也许久不去寻访了,因为去寻访了回来,他心里反觉得空虚。因为他的几个中国同学,怎么也不能理解他的心理。他去寻访的时候,总想得些同情回来的,然而到了那里,谈了几句之后,他又不得不自悔寻访错了。有时候和朋友讲得投机,他就任了一时的热意,把他的内外的生活都对朋友讲了出来,然而到了归途,他又自悔失言,心里的责备,倒反比不去访友的时候,更加厉害。他的几个中国朋友,因此都说他是染了神经病了。他听了这话之后,对了那几个中国同学,也同对日本学生一样,起了一种复仇的心。他同他的几个中国同学,一日一日的疏远起来。嗣后虽在路上,或在学校里遇见的时候,他同那几个中国同学,也不点头招呼。中国留学生开会的时候,他当然是不去出席的。因此他同他的几个同胞,竟宛然成了两家仇敌。

他的中国同学的里边,也有一个很奇怪的人,因为他自家的结婚有些道德上的罪恶,所以他专喜讲人家的丑事,以掩己之不善,说他是神经病,也是这一位同学说的。

他交游离绝之后,孤冷得几乎到将死的地步,幸而他住的旅馆里,还有一个主人的女儿,可以牵引他的心,否则他真只能自杀了。他旅馆的主人的女儿,今年正是十七岁,长方的脸儿,眼睛大得很,笑起来的时候,面上有两颗笑靥,嘴里有一颗金牙看得出来,因为她自家觉得她自家的笑容是非常可爱,所以她平时常在那里弄笑。

他心里虽然非常爱她,然而她送饭来或来替他铺被的时候,他总装出一种兀不可犯的样子来。他心里虽想对她讲几句话,然而一见了她,他总不能开口。她进他房里来的时候,他的呼吸竟急促到吐气不出的地步。他在她的面前实在是受苦不起了,所以近来她进他的房里来的时候,他每不得不跑出房外去。然而他思慕她的心情,却一天一天的浓厚起来。有一天礼拜六的晚上,旅馆里的学生,都上 N 市去行乐去了。他因为经济困难,所以吃了晚饭,上西面池上去走了一回,就回到旅舍里来枯坐。

回家来坐了一会,他觉得那空旷的二层楼上,只有他一个人在家。静悄悄的坐了半响,坐得不耐烦起来的时候,他又想跑出外面去。然而要跑出外面去,不得不由主人的房门口经过,因为主人和他女儿的房,就在大门的边上。他记得刚才进来的时候,主人和他的女儿正在那里吃饭。他一想到经过她面前的时候的苦楚,就把跑出外面去的心思丢了。

拿出了一本 G. Gissing 的小说来读了三四页之后,静寂的空气里,忽然传了几声刺刺的泼水声音过来。他静静儿的听了一听,呼吸又一霎时的急了起来,面色也涨红了。迟疑了一会,他就轻轻的开了房门,拖鞋也不拖,幽脚幽手的走下扶梯去。轻轻的开了便所的门,他尽兀自的站在便所的玻璃窗口偷看。原来他旅馆里的浴室,就在便所的间壁,从便所的玻璃窗里看去,浴室里的动静了了可见。他起初以为看一看就可以走的,然而到了一看之后,他竟同被钉子钉住的一样,动也不能动了。

那一双雪样的乳峰!

那一双肥白的大腿!

这全身的曲线!

呼气也不呼,仔仔细细的看了一会,他面上的筋肉,都发起痉挛来了。愈看愈颤得厉害,他那发颤的前额部竟同玻璃窗冲击了一下。被蒸气包住的那赤裸裸的"伊扶"便发了娇声问说:

"是谁呀?……"

他一声也不响,急忙跳出了便所,就三脚两步的跑上楼上去了。

他跑到了房里,面上同火烧的一样,口也干渴了。一边他自家打自家的嘴巴,一边就把他的被窝拿出来睡了。他在被窝里翻来复去,总睡不着,便立起了两耳,听起楼下的动静来。他听听泼水的声音也息了,浴室的门开了之后,他听见她的脚步声好象是走上楼来的样子,用被包着了头,他心里的耳朵明明告诉他说:

"她已经立在门外了。"

他觉得全身的血液,都在往上奔注的样子。心里怕得非常,羞得非常,也喜欢得非常。然而若有人问他,他无论如何,总不肯承认说,这时候他是喜欢的。

他屏住了气息,尖着了两耳听了一会,觉得门外并无动静,又故意咳嗽了一声,门外亦无声响。他正在那里疑惑的时候,忽听见她的声音,在楼下同她的父亲在那里说话。他手里捏了一把冷汗,拼命想听出她的话来,然而无论如何总听不清楚。停了一会,她的父亲高声笑了起来,他把被蒙头的一罩,咬紧了牙齿说:

"她告诉了他了!她告诉了他了!"

这一天的晚上他一睡也不曾睡着。第二天的早晨,天亮的时候,他就惊心吊胆的走下楼来。洗了手面,刷了牙,趁主人和他的女儿还没有起来之先,他就同逃也似的出了那个旅馆,跑到外面来。

官道上的沙尘,染了朝露,还未曾干着。太阳已经起来了。他不问皂白,便一直的往东走去。远远有一个农夫,拖了一车野菜慢慢的走来。那农夫同他擦过的时候,忽然对他说:

"你早啊!"

他倒惊了一跳,那清瘦的脸上,又起了一层红潮,胸前又乱跳起来,他心里想:

"难道这农夫也知道了么?"

无头无脑的跑了好久,他回转头来看看他的学校,已经远得很了,举头看看,太阳也升高了。他摸摸表看,那银饼大的表,也不在身边。从太阳的角度看起来,大约已经是九点钟前后的样子。他虽然觉得饥饿得很,然而无论如何,总不愿意再回到那旅馆里去,同主人和他的女儿相见。想去买些零食充一充饥,然而他摸摸自家的袋看,袋里只剩了一角二分钱在那里。他到一家乡下的杂货店内,尽那一角二分钱,买了些零碎的食物,想去寻一处无人看见的地方去吃。走到一处两路交叉的十字路口,他朝南的一望,只见与他的去路横交的那一条自北趋南的路上,行人稀少得很。那一条路是向南的斜低下去的,两面更有高壁在那里,他知道这路是从一条小山中开辟出来的。他刚才走来的那条大道,便是这山的岭脊,十字路当作了中心,与岭脊上的那条大道相交的横路,是两边低斜下去的。在十字路口迟疑了一会,他就取了那一条向南斜下的路走去。走尽了两面的高壁,他的去路就穿入大平原去,直通到彼岸的市内。平原的彼岸有一簇深林,划在碧空的心里,他心里想,

"这大约就是 A 神宫了。"

他走尽了两面的高壁,向左手斜面上一望,见沿高壁的那山面上有一道女墙,围住着几间茅舍,茅舍的门上悬着了"香雪海"三字的一方匾额。他离开了正路,走上几步,到那女墙的门前,顺手的向门一推,那两扇柴门竟自开了。他就随随便便的踏了进去。门内有一条曲径,自门口通过了斜面,直达到山上去的。曲径的两旁,有许多苍老的梅树种在那里,他知道这就是梅林了。顺了那一条曲径,往北的从斜面上走到山顶的时候,一片同图画似的平地,展开在他的眼前。这园自从山脚上起,跨有朝南的半山斜面,同顶上的一块平地,布置得非常幽雅。

山顶平地的西面是千仞的绝壁,与隔岸的绝壁相对峙,两壁的中间,便是他刚走过的那一条自北趋南的通路。背临着了那绝壁,有一间楼屋、几间平屋造在那里。因为这几间屋,门窗都闭在那里,他所以知道这定是为梅花开日,卖酒食用的。楼屋的前面,有一块草地,草地中间,有几方白石,围成

了一个花园,圈子里,卧着一枝老梅,那草地的南尽头,山顶的平地正要向南斜下去的地方,有一块石碑立在那里,系记这梅树的历史的。他在碑前的草地上坐下之后,就把买来的零食拿出来吃了。

吃了之后,他兀兀的在草地上坐了一会。四面并无人声,远远的树枝上,时有一声两声的鸟鸣声飞来。他仰起头来看看澄清的碧落,同那皎洁的日轮,觉得四面的树枝房屋,小草飞禽,都一样的在和平的太阳光里,受大自然的化育。他那昨天晚上的犯罪的记忆,正同远海的帆影一般,不知道消失到哪里去了。

这梅林的平地上和斜面上,叉来叉去的曲径很多。他站起来走来走去的走了一会,方晓得斜面上梅树的中间,更有一间平屋造在那里。从这一间房屋往东的走去几步,有眼古井,埋在松叶堆中。他摇摇井上的唧筒看,呷呷的响了几声,却抽不起水来。他心里想:

"这园大约只有梅花开的时候,开放一下,平时总没有人住的。"

想到这里他又自言自语的说:

"既然空在这里,我何妨去问园主人去借住借住。"

想定了主意,他就跑下山来,打算去寻园主人去。他将走到门口的时候,恰好遇见了一个五十来岁的农夫走进园来。他对那农夫道歉之后,就问他说:

"这园是谁的,你可知道?"

"这园是我经管的。"

"你住在什么地方的?"

"我住在路的那面。"

一边这样的说,一边那农民指着通路西边的一间小屋给他看。他向西一看,果然在西边的高壁尽头的地方,有一间小屋在那里。他点了点头,又问说:

"你可以把园内的那间楼屋租给我住住么?"

"可是可以的,你只一个人么?"

"我只一个人。"

"那你可不必搬来的。"

"这是什么缘故呢?"

"你们学校里的学生,已经有几次搬来过了,大约都因为冷静不过,住不上十天,就搬走的。"

"我可同别人不同,你但能租给我,我是不怕冷静的。"

"这样哪里有不租的道理,你想什么时候搬来?"

"就是今天午后吧。"

"可以的,可以的。"

"请你就替我扫一扫干净,免得搬来之后着忙。"

"可以可以。再会!"

"再会!"

六

搬进了山上梅园之后,他的忧郁症(Hypochondria)又变起形状来了。

他同他的北京的长兄,为了一些儿细事,竟生起龃龉来。他发了一封长长的信,寄到北京,同他的长兄绝了交。

那一封信发出之后,他呆呆的在楼前草地上想了许多时候。他自家想想看,他便是世界上最不幸的人了。其实这一次的决裂,是发始于他的。同室操戈,事更甚于他姓之相争,自此之后,他恨他的长兄竟同蛇蝎一样。他被他人欺侮的时候,每把他长兄拿出来作比:

"自家的弟兄,尚且如此,何况他人呢!"

他每达到这一个结论的时候,必尽把他长兄待他苛刻的事情,细细回想出来。把各种过去的事迹,列举出来之后,就把他长兄判决是一个恶人,他自家是一个善人。他又把自家的好处列举出来,把他所受的苦处,夸大的细数起来。他证明得自家是一个世界上最苦的人的时候,他的眼泪就同瀑布似的流下来。他在那里哭的时候,空中好象有一种柔和的声音在对他说:

"啊呀,哭的是你么?那真是冤屈了你了。象你这样的善人,受世人的那样虐待,这可真是冤屈了你了。罢了罢了,这也是天命,你别再哭了,怕伤害了你的身体!"

他心里一听到这一种声音,就舒畅起来。他觉得悲苦的中间,也有无穷的甘味在那里。

他因为想复他长兄的仇,所以就把所学的医科丢弃了,改入文科里去。他的意思,以为医科是他长兄要他改的,仍旧改回文科,就是对他长兄宣战的一种明示。并且他由医科改入文科,在高等学校须迟卒业一年。他心里想,迟卒业一年,就是早死一岁,你若因此迟了一年,就到死可以对你长兄含一种敌意。因为他恐怕一二年之后,他们兄弟两人的感情,仍旧要和好起来;所以这一次的转科,便是帮他永久敌视他长兄的一个手段。

气候渐渐儿的寒冷起来,他搬上山来之后,已经有一个月了。几日来天气阴郁,灰色的层云,天天挂在空中。寒冷的北风吹来的时候,梅林的树叶,每息索索的飞掉下来。

初搬来的时候,他卖了些旧书,买了许多炊饭的器具,自家烧了一个月饭,因为天冷了,他也懒得烧了。他每天的伙食,就一切包给了山脚下的园丁家包办,所以他近来只同退院的闲僧一样,除了怨人骂己之外,更没有别的事情了。

有一天早晨,他侵早的起来,把朝东的窗门开了之后,他看见前面的地平线上有几缕红云,在那里浮荡。东天半角,反照出一种银红的灰色。因为昨天下了一天微雨,所以他看了这清新的旭日,比平日更添了几分欢喜。他走到山的斜面上,从那古井里汲了水,洗了手面之后,觉得满身的气力,一霎时都回复了转来的样子。他便跑上楼去,拿了一本黄仲则的诗集下来,一边高声朗读,一边尽在那梅林的曲径里,跑来跑去的跑圈子。不多一会,太阳起来了。

从他住的山顶向南方看去,眼下看得出一大平原。平原里的稻田,都尚未收割起。金黄的谷色,以绀碧的天空作了背景,反映着一天太阳的晨光,那风景正同看密来(Millet)的田园清画一般。他觉得自家好象已经变了几千年前的原始基督教徒的样子,对了这自然的默示,他不觉笑起自家的气量狭小起来。

"饶赦了!饶赦了!你们世人得罪于我的地方,我都饶赦了你们吧,来,你们来,都来同我讲和吧!"

手里拿着了那一本诗集,眼里浮着了两泓清泪,正对了那平原的秋色,呆呆的立在那里想这些事情的时候,他忽听见他的近边,有两人在那里低声的说:

"今晚上你一定要来的哩!"

这分明是男子的声音。

"我是非常想来的,但是恐怕……"

他听了这妖滴滴的女子的声音之后,好象是被电气贯穿了的样子,觉得自家的血液循环都停止了。原来他的身边有一丛长大的苇草生在那里,他立在苇草的右面,那一男女,大约是在苇草的左面,所以他们两个还不晓得隔着苇草,有人站在那里。那男人又说:

"你心真好,请你今晚来吧,我们到如今还没在被窝里睡过觉。"

"……"

他忽然听见两人的嘴唇,灼灼的好象在那里吮吸的样子。他同偷了食的野狗一样,就惊心吊胆的把身子屈倒去听了。

"你去死吧,你去死吧,你怎么会下流到这样的地步!"

他心里虽然如此的在那里痛骂自己,然而他那一双尖着的耳朵,却一言半语也不愿意遗漏,用了全精神在那里听着。

地上的落叶索息索息的响了一下。

解衣带的声音。

男人嘶嘶的吐了几口气。

舌尖吮吸的声音。

女人半轻半重,断断续续的说:

"你!……你!……你快……快××吧。……别……别……别被人……被人看见了。"

他的面色,一霎时的变了灰色了。他的眼睛同火也似的红了起来。他的上腭骨同下腭骨呷呷的发起颤来。他再也站不住了。他想跑开去,但是他的两只脚,总不听他的话。他苦闷了一场,听听两人出去了之后,就同落水的猫狗一样,回到楼上房里去,拿出被窝来睡了。

七

他饭也不吃,一直在被窝里睡到午后四点钟的时候才起来。那时候夕阳洒满了远近。平原的彼岸的树林里,有一带苍烟,悠悠扬扬的笼罩在那里。他跟跟跄跄的走下了山,上了那一条自北趋南的大道,穿过了那平原,无头无绪的尽是向南的走去。走尽了平原,他已经到了神宫前的电车停留处了。那时候恰好从南面有一乘电车到来,他不知不觉就跳了上去,既不知道他究竟为什么要乘电车,也不知道这电车是往什么地方去的。

走了十五六分钟,电车停了,开车的教他换车,他就换了一乘车。走了二三十分钟,电车又停了,他听见说是终点了,他就走了下来。他的面前就是筑港了。

前面一片汪洋的大海,横在午后的太阳光里,在那里微笑。超海而南有一发青山,隐隐的浮在透明的空气里。西边是一脉长堤,直驰到海湾的心里去。堤外有一处灯台,同巨人似的,立在那里。几艘空船和几只舢板,轻轻的在系着的地方浮荡。海中近岸的地方,有许多浮标,饱受了斜阳,红红的浮在那里。远处风来,带着几句单调的话声,既听不清楚是什么话,也不知道是从哪里来的。

他在岸边上走来走去走了一会,忽听见那一边传过了一阵击磬的声音。他跑过去一看,原来是为唤渡船而发的。他立了一会,看有一只小火轮从对岸过来了。跟着了一个四五十岁的工人,他也进了那只小火轮去坐下了。

渡到东岸之后,上前走了几步,他看见靠岸有一家大庄子在那里。大门开得很大,庭内的假山花草,布置得楚楚可爱。他不问是非,就跛了进去。走不上几步,他忽听得前面家中有女人的娇声叫他说:

"请进来呀!"

他不觉惊了一下,就呆呆的站住了。他心里想:

"这大约就是卖酒食的人家,但是我听见说,这样的地方,总有妓女在那里的。"

一想到这里,他的精神就抖擞起来,好象是一桶冷水浇上身来的样子。他的面色立时变了。要想进去又不能进去,要想出来又不得出来;可怜他那同兔儿似的小胆,同猿猴似的淫心,竟把他陷到一个大大的难境里去了。

"进来呀!请进来呀!"里面又娇滴滴的叫了起来,带着笑声。

"可恶东西,你们竟敢欺我胆小么?"

这样的怒了一下,他的面色更同火也似的烧了起来。咬紧了牙齿,把脚在地上轻轻的蹬了一蹬,他就握了两个拳头,向前进去,好象是对了那几个年轻的侍女宣战的样子。但是他那青一阵红一阵的面色,和他的面上的微微儿在那里震动的筋肉,总隐藏不过。他走到那几个侍女的面前的时候,几乎要同小孩似的哭出来了。

"请上来!"

"请上来!"

他硬了头皮,跟了一个十七八岁的侍女走上楼去,那时候他的精神已经有些镇静下来了。走了几步,经过一条暗暗的夹道的时候,一阵恼人的花粉香气,同日本女人特有的一种肉的香味,和头发上的香油气息合作了一处,哼的扑上他的鼻孔来。他立刻觉得头晕起来,眼睛里看见了几颗火星,向后边跌也似的退了一步。他再定睛一看,只见他的前面黑暗暗的中间,有一长圆形的女人的粉面,堆着了微笑,在那里问他说:

"你!你还是上靠海的地方去呢?还是怎样?"

他觉得女人口里吐出来的气息,也热和和的喷上他的面来。他不知不觉把这气息深深的吸了一口。他的意识,感觉到他这行为的时候,他的面色又立刻红了起来。他不得已只能含含糊糊的答应她说:

"上靠海的房间里去。"

进了一间靠海的小房间,那侍女便问他要什么菜。他就回答说:

"随便拿几样来吧。"

"酒要不要?"

"要的。"

那侍女出去之后,他就站起来推开了纸窗,从外边放了一阵空气进来。因为房里的空气,沉浊得很,他刚才在夹道中闻过的那一阵女人的香味,还剩在那里,他实在是被这一阵气味压迫不过了。

一湾大海,静静的浮在他的面前。外边好象是起了微风的样子,一片一片的海浪,受了阳光的返照,同金鱼的鱼鳞似的,在那里微动。他立在窗前看了一会,低声的吟了一句诗出来:

"夕阳红上海边楼。"

他向西的一望,见太阳离西南的地平线只有一丈多高了。呆呆的看了一会,他的心思怎么也离不开刚才的那个侍女。她的口里的头上的面上的和身体上的那一种香味,怎么也不容他的心思去想别的东西。他才知道他想吟诗的心是假的,想女人的肉体的心是真的了。

停了一会,那侍女把酒菜搬了进来,跪坐在他的面前,亲亲热热的替他上酒。他心里想仔仔细细的看她一看,把他的心里的苦闷都告诉了她,然而他的眼睛怎么也不敢平视她一眼,他的舌根怎么也不能摇动一摇动。他不过同哑子一样,偷看看她那搁在膝上一双纤嫩的白手,同衣缝里露出来的一条粉红的围裙角。

原来日本的妇人都不穿裤子,身上贴肉只围着一条短短的围裙。外边就是一件长袖的衣服,衣服上也没有钮扣,腰里只缚着一条一尺多宽的带子,后面结着一个方结。她们走路的时候,前面的衣服每一步一步的掀开来,所以红色的围裙,同肥白的腿肉,每能偷看。这是日本女子特别的美处;他在路上遇见女子的时候,注意的就是这些地方。他切齿的痛骂自己,畜生!狗贼!卑怯的人!也便是这个时候。

他看了那侍女的围裙角,心里便乱跳起来。愈想同她说话,但愈觉得讲不出话来。大约那侍女是看得不耐烦起来了,便轻轻的问他说:

"你府上是什么地方?"

一听了这一句话,他那清瘦苍白的面上,又起了一层红色;含含糊糊的回答了一声,他呐呐的总说不出清晰的回话来。可怜他又站在断头台上了。

原来日本人轻视中国人,同我们轻视猪狗一样。日本人都叫中国人作"支那人",这"支那人"三字,在日本,比我们骂人的"贱贼"还更难听,如今在一个如花的少女前头,他不得不自认说"我是支那人"了。

"中国呀中国,你怎么不强大起来!"

他全身发起抖来,他的眼泪又快滚下来了。

那侍女看他发颤发得厉害,就想让他一个人在那里喝酒,好教他把精神

安镇安镇,所以对他说:

"酒就快没有了,我再去拿一瓶来吧。"

停了一会他听得那侍女的脚步声又走上楼来。他以为她是上他这里来的,所以就把衣服整了一整,姿势改了一改。但是他被她欺骗了。她原来是领了两三个另外的客人,上间壁的那一间房间里去的。那两三个客人都在那里对那侍女取笑,那侍女也娇滴滴的说:

"别胡闹了,间壁还有客人在那里。"

他听了就立刻发起怒来。他心里骂他们说:

"狗才!俗物!你们都敢来欺侮我么?复仇复仇,我总要复你们的仇。世间哪里有真心的女子!那侍女的负心东西,你竟敢把我丢了么?罢了罢了,我再也不爱女人了,我再也不爱女人了。我就爱我的祖国,我就把我的祖国当作了情人吧。"

他马上就想跑回去发愤用功。但是他的心里,却很羡慕那间壁的几个俗物。他的心里,还有一处地方在那里盼望那个侍女再回到他这里来。

他按住了怒,默默的喝干了几杯酒,觉得身上热起来。打开了窗门,他看太阳就快要下山去了。又连饮了几杯,他觉得他面前的海景都朦胧起来。西面堤外的灯台的黑影,长大了许多。一层茫茫的薄雾,把海天融混作一处。在这一层浑沌不明的薄纱影里,西方的将落不落的太阳,好象在那里惜别的样子。他看了一会,不知道是什么缘故,只觉得好笑。呵呵的笑了一回,他用手擦擦自家那火热的双颊,便自言自语的说:

"醉了醉了!"

那侍女果然进来了。见他红了脸,立在窗口在那里痴笑,便问他说:

"窗开了这样大,你不冷的么?"

"不冷不冷,这样好的落照,谁舍得不看呢?"

"你真是一个诗人呀!酒拿来了。"

"诗人!我本来是一个诗人。你去把纸笔拿了来,我马上写首诗给你看看。"

那侍女出去了之后,他自家觉得奇怪起来。他心里想:

"我怎么会变了这样大胆的?"

痛饮了几杯新拿来的热酒,他更觉得快活起来,又禁不得呵呵笑了一阵。他听见间壁房间里的那几个俗物,高声的唱起日本歌来,他也放大了嗓子唱着说:

> 醉拍阑干酒意寒,江湖寥落又冬残,
> 剧怜鹦鹉中州骨,未拜长沙太傅官,

一饭千金图报易，几人五噫出关难，

茫茫烟水回头望，也为神州泪暗弹。

高声的念了几遍，他就在席上醉倒了。

八

一醉醒来，他看看自家睡在一条红绸的被里，被上有一种奇怪的香气。这一间房间也不很大，但已不是白天的那一间房间了。房中挂着一盏十烛光的电灯，枕头边上摆着了一壶茶，两只杯子。他倒了二三杯茶，喝了之后，就踉踉跄跄的走到房外去。他开了门，恰好白天的那侍女也跑过来了。她问他说：

"你！你醒了么？"

他点了一点头，笑微微的回答说：

"醒了。便所是在什么地方的？"

"我领你去吧。"

他就跟了她去。他走过日间的那条夹道的时候，电灯点得明亮得很。远近有许多歌唱的声音，三弦的声音，大笑的声音传到他的耳朵里来。白天的情节，他都想出来了。一想到酒醉之后，他对那侍女说的那些话的时候，他觉得面上又发起烧来。

从厕所回到房里之后，他问那侍女说：

"这被是你的么？"

侍女笑着说：

"是的。"

"现在是什么时候了？"

"大约是八点四五十分的样子。"

"你去开了帐来吧！"

"是。"

他付清了帐，又拿了一张纸币给那侍女，他的手不觉微颤起来。那侍女说：

"我是不要的。"

他知道她是嫌少了。他的面色又涨红了，袋里摸来摸去，只有一张纸币了，他就拿了出来给她说：

"你别嫌少了，请你收了吧。"

他的手震动得更加厉害，他的话声也颤动起来了。那侍女对他看了一

眼,就低声的说:

"谢谢!"

他一直的跑下了楼,套上了皮鞋,就走到外面来。

外面冷得非常,这一天大约是旧历的初八九的样子。半轮寒月,高挂在天空的左半边。淡青的圆形天盖里,也有几点疏星,散在那里。

他在海边上走了一回,看看远岸的渔灯,同鬼火似的在那里招引他。细浪中间,映着了银色的月光,好象是山鬼的眼波,在那里开闭的样子。不知是什么道理,他忽想跳入海里去死了。

他摸摸身边看,乘电车的钱也没有了。想想白天的事情,他又不得不痛骂自己。

"我怎么会走上那样的地方去的?我已经变了一个最下等的人了。悔也无及,悔也无及。我就在这里死了吧。我所求的爱情,大约是求不到的了。没有爱情的生涯,岂不同死灰一样呢?唉,这干燥的生涯,这干燥的生涯,世上的人又都在那里仇视我,欺侮我,连我自家的亲弟兄,自家的手足,都在那里排挤我到这世界外去。我将何以为生,我又何必生存在这多苦的世界里呢!"

想到这里,他的眼泪就连连续续的滴了下来。他那灰白的面色,竟同死人没有分别了。他也不举起手来揩揩眼泪,月光射到他的面上,两条泪线,倒变了叶上的朝露一样放起光来。他回转头来,看看他自家的那又瘦又长的影子,就觉得心痛起来。

"可怜你这清影,跟了我二十一年,如今这大海就是你的葬身地了。我的身子,虽然被人家欺辱,我可不该累你也瘦弱到这步田地的。影子呀影子,你饶了我吧!"

他向西面一看,那灯台的光,一霎变了红一霎变了绿的在那里尽它的本职。那绿的光射到海面上的时候,海面就现出一条淡青的路来。再向西天一看,他只见西方青苍苍的天底下,有一颗明星,在那里摇动。

"那一颗摇摇不定的明星的底下,就是我的故国,也就是我的生地。我在那一颗星的底下,也曾送过十八个秋冬,我的乡土呵,我如今再也不能见你的面了。"

他一边走着,一边尽在那里自伤自悼的想这些伤心的哀话。走了一会,再向那西方的明星看了一眼,他的眼泪便同骤雨似的落下来了。他觉得四边的景物,都模糊起来。把眼泪揩了一下,立住了脚,长叹了一声,他便断断续续的说:

"祖国呀祖国!我的死是你害我的!

"你快富起来！强起来吧！
"你还有许多儿女在那里受苦呢！"

1921年5月9日改作

（《郁达夫集·小说卷》，花城出版社，2002年）

《沉沦》导读　　拓展阅读

拓展阅读

1. 朱寿桐：论创造社文学的现代化品格
2. 席建彬：论郁达夫小说的欲望叙述理路及文学史意义

春　蚕

茅　盾

一

　　老通宝坐在"塘路"边的一块石头上，长旱烟管斜摆在他身边。"清明"节后的太阳已经很有力量，老通宝背脊上热烘烘地，像背着一盆火。"塘路"上拉纤的快班船上的绍兴人只穿了一件蓝布单衫，敞开了大襟，弯着身子拉，额角上黄豆大的汗粒落到地下。

　　看着人家那样辛苦的劳动，老通宝觉得身上更加热了；热的有点儿发痒。他还穿着那件过冬的破棉袄，他的夹袄还在当铺里，却不防才得"清明"边，天就那么热。

　　"真是天也变了！"

　　老通宝心里说，就吐一口浓厚的唾沫。在他面前那条"官河"内，水是绿油油的，来往的船也不多，镜子一样的水面这里那里起了几道皱纹或是小小的涡旋，那时候，倒影在水里的泥岸和岸边成排的桑树，都晃乱成灰暗的一片。可是不会很长久的。渐渐儿那些树影又在水面上显现，一弯一曲地蠕动，像是醉汉，再过一会儿，终于站定了，依然是很清晰的倒影。那拳头模样的桠枝顶都已经簇生着小手指儿那么大的嫩绿叶。这密密层层的桑树，沿着那"官河"一直望去，好像没有尽头。田里现在还只有干裂的泥块，这一带，现在是桑树的势力！在老通宝背后，也是大片的桑林，矮矮的，静穆的，在热烘烘的太阳光下，似乎那"桑拳"上的嫩绿叶过一秒钟就会大一些。

　　离老通宝坐处不远，一所灰白色的楼房蹲在"塘路"边，那是茧厂。十多天前驻扎过军队，现在那边田里留着几条短短的战壕。那时都说东洋兵要打进来，镇上有钱人都逃光了；现在兵队又开走了，那座茧厂依旧空关在那里，等候春茧上市的时候再热闹一番。老通宝也听得镇上小陈老爷的儿子——陈大少爷说过，今年上海不太平，丝厂都关门，恐怕这里的茧厂也不能开；但老通宝是不肯相信的。他活了六十岁，反乱年头也经过好几个，从没见过绿油油的桑叶白养在树上等到成了"枯叶"去喂羊吃;除非是"蚕花"不熟,但那是老天爷的"权柄",谁又能够未卜先知?

"才得清明边,天就那么热!"

老通宝看着那些桑拳上怒茁的小绿叶儿,心里又这么想,同时有几分惊异,有几分快活。他记得自己还是二十多岁少壮的时候,有一年也是"清明"边就得穿夹,后来就是"蚕花二十四分",自己也就在这一年成了家。那时,他家正在"发";他的父亲像一头老牛似的,什么都懂得,什么都做得;便是他那创家立业的祖父,虽说在长毛窝里吃过苦头,却也愈老愈硬朗。那时候,老陈老爷去世不久,小陈老爷还没抽上鸦片烟,"陈老爷家"也不是现在那么不像样的。老通宝相信自己一家和"陈老爷家"虽则一边是高门大户,而一边不过是种田人,然而两家的命运好像是一条线儿牵着。不但"长毛造反"那时候,老通宝的祖父和陈老爷同被长毛掳去,同在长毛窝里混上了六七年,不但他们俩同时从长毛营盘里逃了出来,而且偷得了长毛的许多金元宝——人家到现在还是这么说;并且老陈老爷做丝生意"发"起来的时候,老通宝家养蚕也是年年都好,十年中间挣得了二十亩的稻田和十多亩的桑地,还有三间两进的一座平屋。这时候,老通宝家在东村庄上被人人所妒羡,也正像"陈老爷家"在镇上是数一数二的大户人家。可是以后,两家都不行了;老通宝现在已经没有自己的田地,反欠出三百多块钱的债,"陈老爷家"也早已完结。人家都说"长毛鬼"在阴间告了一状,阎罗王追还"陈老爷家"的金元宝横财,所以败的这么快。这个,老通宝也有几分相信:不是鬼使神差,好端端的小陈老爷怎么会抽上了鸦片烟?

可是老通宝死也想不明白为什么"陈老爷家"的"败"会牵动到他家。他确实知道自己家并没得过长毛的横财。虽则听死了的老头子说,好像那老祖父逃出长毛营盘的时候,不巧撞着了一个巡路的小长毛,当时没法,只好杀了他,——这是一个"结"!然而从老通宝懂事以来,他们家替这小长毛鬼拜忏念佛烧纸锭,记不清有多少次了。这个小冤魂,理应早投凡胎。老通宝虽然不很记得祖父是怎样"做人",但父亲的勤俭忠厚,他是亲眼看见的;他自己也是规矩人,他的儿子阿四,儿媳四大娘,都是勤俭的。就是小儿子阿多年纪青,有几分"不知苦辣",可是毛头小伙子,大都这么着,算不得"败家相"!

老通宝抬起他那焦黄的皱脸,苦恼地望着他面前的那条河,河里的船,以及两岸的桑地。一切都和他二十多岁时差不了多少,然而"世界"到底变了。他自己家也要常常把杂粮当饭吃一天,而且又欠出了三百多块钱的债。

呜!呜,呜,呜,——

汽笛叫声突然从那边远远的河身的弯曲地方传了来。就在那边,蹲着又一个茧厂,远望去隐约可见那整齐的石"帮岸"。一条柴油引擎的小轮船很威严地从那茧厂后驶出来,拖着三条大船,迎面向老通宝来了。满河平静的水立刻激起泼刺刺的波浪,一齐向两旁的泥岸卷过来。一条乡下"赤膊船"赶快拢岸,船上人揪住了泥岸上的树根,船和人都好像在那里打秋千。轧轧轧的轮机声和洋油臭,飞散在这和平的绿的田野。老通宝满脸恨意,看着这小轮船来,看着它过去,直到又转一个弯,呜呜呜地又叫了几声,就看不见。老通宝向来仇恨小轮船这一类洋鬼子的东西!他从没见过洋鬼子,可是他从他的父亲嘴里知道老陈老爷见过洋鬼子:红眉毛,绿眼睛,走路时两条腿是直的。并且老陈老爷也是很恨洋鬼子,常常说"铜钿都被洋鬼子骗去了"。老通宝看见老陈老爷的时候,不过八九岁,——现在他所记得的关于老陈老爷的一切都是听来的,可是他想起了"铜钿都被洋鬼子骗去了"这句话,就仿佛看见了老陈老爷捋着胡子摇头的神气。

　　洋鬼子怎样就骗了钱去,老通宝不很明白。但他很相信老陈老爷的话一定不错。并且他自己也明明看到自从镇上有了洋纱,洋布,洋油,——这一类洋货,而且河里更有了小火轮船以后,他自己田里生出来的东西就一天一天不值钱,而镇上的东西却一天一天贵起来。他父亲留下来的一分家产就这么变小,变做没有,而且现在负了债。老通宝恨洋鬼子不是没有理由的!他这坚定的主张,在村坊上很有名。五年前,有人告诉他:朝代又改了,新朝代是要"打倒"洋鬼子的。老通宝不相信。为的他上镇去看见那新到的喊着"打倒洋鬼子"的年青人们都穿了洋鬼子衣服。他想来这伙年青人一定私通洋鬼子,却故意来骗乡下人。后来果然就不喊"打倒洋鬼子"了,而且镇上的东西更加一天一天贵起来,派到乡下人身上的捐税也更加多起来。老通宝深信这是串通了洋鬼子干的。

　　然而更使老通宝去年几乎气成病的,是茧子也是洋种的卖得好价钱;洋种的茧子,一担要贵上十多块钱。素来和儿媳总还和睦的老通宝,在这件事上可就吵了架。儿媳四大娘去年就要养洋种的蚕。小儿子跟他嫂嫂是一路,那阿四虽然嘴里不多说,心里也是要洋种的。老通宝拗不过他们,末了只好让步。现在他家里有的五张蚕种,就是土种四张,洋种一张。

　　"世界真是越变越坏!过几年他们连桑叶都要洋种了!我活得厌了!"

　　老通宝看着那些桑树,心里说,拿起身边的长旱烟管恨恨地敲着脚边的泥块。太阳现在正当他头顶,他的影子落在泥地上,短短地像一段乌焦木头,还穿着破棉袄的他,觉得浑身躁热起来了。他解开了大襟上的钮扣,又抓着衣角扇了几下,站起来回家去。

那一片桑树背后就是稻田。现在大部分是匀整的半翻着的燥裂的泥块。偶尔也有种了杂粮的,那黄金一般的菜花散出强烈的香味。那边远远地一簇房屋,就是老通宝他们住了三代的村坊,现在那些屋上都袅起了白的炊烟。

老通宝从桑林里走出来,到田塍上,转身又望那一片爆着嫩绿的桑树。忽然那边田里跳跃着来了一个十来岁的男孩子,远远地就喊道:

"阿爹!妈等你吃中饭呢!"

"哦——"

老通宝知道是孙子小宝,随口应着,还是望着那一片桑林。才只得"清明"边,桑叶尖儿就抽得那么小指头儿似的,他一生就只见过两次。今年的蚕花,光景是好年成。三张蚕种,该可以采多少茧子呢?只要不像去年,他家的债也许可以拔还一些罢。

小宝已经跑到他阿爹的身边了,也仰着脸看那绿绒似的桑拳头;忽然他跳起来拍着手唱道:

"清明削口,看蚕娘娘拍手!"

老通宝的皱脸上露出笑容来了。他觉得这是一个好兆头。他把手放在小宝的"和尚头"上摩着,他的被穷苦弄麻木了的老心里勃然又生出新的希望来了。

二

天气继续暖和,太阳光催开了那些桑拳头上的小手指儿模样的嫩叶,现在都有小小的手掌那么大了。老通宝他们那村庄四周围的桑林似乎发长得更好,远望去像一片绿锦平铺在密密层层灰白色矮矮的篱笆上。"希望"在老通宝和一般农民们的心里一点一点一天一天强大。蚕事的动员令也在各方面发动了。藏在柴房里一年之久的养蚕用具都拿出来洗刷修补。那条穿村而过的小溪旁边,蠕动着村里的女人和孩子,工作着,嚷着,笑着。

这些女人和孩子们都不是十分健康的脸色,——从今年开春起,他们都只吃个半饱;他们身上穿的,也只是些破旧的衣服。实在他们的情形比叫化子好不了多少。然而他们的精神都很不差。他们有很大的忍耐力,又有很大的幻想。虽然他们都负了天天在增大的债,可是他们那简单的头脑老是这么想:只要蚕花熟,就好了!他们想象到一个月以后那些绿油油的桑叶就会变成雪白的茧子,于是又变成丁丁当当响的洋钱,他们虽然肚子里饿得咕咕地叫,却也忍不住要笑。

这些女人中间也就有老通宝的媳妇四大娘和那个十二岁的小宝。这娘儿两个已经洗好了那些"团匾"和"蚕簞",坐在小溪边的石头上撩起布衫角揩脸上的汗水。

"四阿嫂!你们今年也看(养)洋种么?"

小溪对岸的一群女人中间有一个二十岁左右的姑娘隔溪喊过来了。四大娘认得是隔溪的对门邻舍陆福庆的妹子六宝。四大娘立刻把她的浓眉毛一挺,好像正想找人吵架似的嚷了起来:

"不要来问我!阿爹做主呢!——小宝的阿爹死不肯,只看了一张洋种!老糊涂的听得带一个洋字就好像见了七世冤家!洋钱,也是洋,他倒又要了!"

小溪旁那些女人们听得笑起来了。这时候有一个壮健的小伙子正从对岸的陆家稻场上走过,跑到溪边,跨上了那横在溪面用四根木头并排做成的雏形的"桥"。四大娘一眼看见,就丢开了"洋种"问题,高声喊道:

"多多弟!来帮我搬东西罢!这些匾,浸湿了,就像死狗一样重!"

小伙子阿多也不开口,走过来拿起五六只"团匾",湿漉漉地顶在头上,却空着一双手,划桨似的荡着,就走了。这个阿多高兴起来时,什么事都肯做,碰到同村的女人们叫他帮忙拿什么重家伙,或是下溪去捞什么,他都肯;可是今天他大概有点不高兴,所以只顶了五六只"团匾"去,却空着一双手。那些女人们看着他戴了那特别大箬帽似的一叠"匾",袅着腰,学镇上女人的样子走着,又都笑起来了,老通宝家紧邻的李根生的老婆荷花一边笑,一边叫道:

"喂,多多头!回来!也替我带一点儿去!"

"叫我一声好听的,我就给你拿。"

阿多也笑着回答,仍然走。转眼间就到了他家的廊下,就把头上的"团匾"放在廊檐口。

"那么,叫你一声干儿子!"

荷花说着就大声的笑起来,她那出众地白净然而扁得作怪的脸上看去就好像只有一张大嘴和眯紧了好像两条线一般的细眼睛。她原是镇上人家的婢女,嫁给那不声不响整天苦着脸的半老头子李根生还不满半年,可是她的爱和男子们胡调已经在村中很有名。

"不要脸的!"

忽然对岸那群女人中间有人轻声骂了一句。荷花的那对细眼睛立刻睁大了,怒声嚷道:

"骂哪一个?有本事,当面骂,不要躲!"

"你管得我？棺材横头踢一脚，死人肚里自得知：我就骂那不要脸的骚货！"

隔溪立刻回骂过来了，这就是那六宝，又一位村里有名淘气的大姑娘。

于是对骂之下，两边又泼水。爱闹的女人也夹在中间帮这边帮那边。小孩子们笑着狂呼。四大娘是老成的，提起她的"蚕箪"，喊着小宝，自回家去。阿多站在廊下看着笑。他知道为什么六宝要跟荷花吵架；他看着那"辣货"六宝挨骂，倒觉得很高兴。

老通宝捐着一架"蚕台"从屋子里出来。这三棱形家伙的木梗子有几条给白蚂蚁蛀过了，怕的不牢，须得修补一下。看见阿多站在那里笑嘻嘻地望着外边的女人们吵架，老通宝的脸色就板起来了。他这"多多头"的小儿子不老成，他知道。尤其使他不高兴的，是多多也和紧邻的荷花说说笑笑。"那母狗是白虎星，惹上了她就得败家"，——老通宝时常这样警戒他的小儿子。

"阿多！空手看野景么？阿四在后边扎'缀头'，你去帮他！"

老通宝像一匹疯狗似的咆哮着，火红的眼睛一直盯住了阿多的身体，直到阿多走进屋里去，看不见了，老通宝方才提过那"蚕台"来反复审察，慢慢地动手修补。木匠生活，老通宝早年是会的；但近来他老了，手指头没有劲，他修了一会儿，抬起头来喘气，又望望屋里挂在竹竿上的三张蚕种。

四大娘就在廊檐口糊"蚕箪"。去年他们为的想省几百文钱，是买了旧报纸来糊的。老通宝直到现在还说是因为用了报纸——不惜字纸，所以去年他们的蚕花不好。今年是特地全家少吃一餐饭，省下钱来买了"糊箪纸"来了。四大娘把那鹅黄色坚韧的纸儿糊得很平贴，然后又照品字式糊上三张小小的花纸——那是跟"糊箪纸"一块儿买来的，一张印的花色是"聚宝盆"，另两张都是手执尖角旗的人儿骑在马上，据说是"蚕花太子"。

"四大娘！你爸爸做中人借来三十块钱，就只买了二十担叶。后天米又吃完了，怎么办？"

老通宝气喘喘地从他的工作里抬起头来，望着四大娘。那三十块钱是二分半的月息。总算有四大娘的父亲张财发做中人，那债主也就是张财发的东家"做好事"，这才只要了二分半的月息。条件是蚕事完后本利归清。

四大娘把糊好了的"蚕箪"放在太阳底下晒，好像生气似的说：

"都买了叶！又像去年那样多下来——"

"什么话！你倒先来发利市了！年年像去年么？自家只有十来担叶；五张布子(蚕种)，十来担叶够么？"

"噢，噢；你总是不错的！我只晓得有米烧饭，没米饿肚子！"

四大娘气哄哄地回答;为了那"洋种"问题,她到现在常要和老通宝抬杠。

老通宝气得脸都紫了。两个人就此再没有一句话。

但是"收蚕"的时期一天一天逼近了。这二三十人家的小村落突然呈现了一种大紧张,大决心,大奋斗,同时又是大希望。人们似乎连肚子饿都忘记了。老通宝他家东借一点,西赊一点,居然也一天一天过着来。也不仅老通宝他们,村里哪一家有两三斗米放在家里呀!去年秋收固然还好,可是地主,债主,正税,杂捐,一层一层地剥削来,早就完了。现在他们唯一的指望就是春蚕,一切临时借贷都是指明在这"春蚕收成"中偿还。

他们都怀着十分希望又十分恐惧的心情来准备这春蚕的大搏战!

"谷雨"节一天近一天了。村里二三十人家的"布子"都隐隐现出绿色来。女人们在稻场上碰见时,都匆忙地带着焦灼而快乐的口气互相告诉道:

"六宝家快要'窝种'了呀!"

"荷花说她家明天就要'窝'了。有这么快!"

"黄道士去测一字,今年的青叶要贵到四洋!"

四大娘看自家的五张"布子"。不对!那黑芝麻似的一片细点子还是黑沉沉,不见绿影。她的丈夫阿四拿到亮处去细看,也找不出几点"绿"来。四大娘很着急。

"你就先'窝'起来罢!这余杭种,作兴是慢一点的。"

阿四看着他老婆,勉强自家宽慰。四大娘堵起了嘴巴不回答。

老通宝哭丧着干瘪的老脸,没说什么,心里却觉得不妙。

幸而再过了一天,四大娘再细心看那"布子"时,哈,有几处转成绿色了!而且绿的很有光彩。四大娘立刻告诉了丈夫,告诉了老通宝,多多头,也告诉了她的儿子小宝。她就把那些布子贴肉揾在胸前,抱着吃奶的婴孩似的静静儿坐着,动也不敢多动了。夜间,她抱着那五张"布子"到被窝里,把阿四赶去和多多头做一床。那"布子"上密密麻麻的蚕子儿贴着肉,怪痒痒的;四大娘很快活,又有点儿害怕,她第一次怀孕时胎儿在肚子里动,她也是那样半惊半喜的!

全家都是惴惴不安地又很兴奋地等候"收蚕"。只有多多头例外。他说:今年蚕花一定好,可是想发财却是命里不曾来。老通宝骂他多嘴,他还是要说。

蚕房早已收拾好了。"窝种"的第二天,老通宝拿一个大蒜头涂上一些泥,放在蚕房的墙脚边;这也是年年的惯例,但今番老通宝更加虔诚,手也抖了。去年他们"卜"的非常灵验。可是去年那"灵验",现在老通宝想也不敢想。

现在这村里家家都在"窝种"了。稻场上和小溪边顿时少了那些女人们的踪迹。一个"戒严令"也在无形中颁布了;乡农们即使平日是最好的,也不往来;人客来冲了蚕神不是玩的!他们至多在稻场上低声交谈一二句就走开。这是个"神圣"的季节。

老通宝家的五张布子上也有些"乌娘"蠕蠕地动了。于是全家的空气,突然紧张。那正是"谷雨"前一日。四大娘料来可以挨过了"谷雨"节那一天。布子不须再"窝"了,很小心地放在"蚕房"里,老通宝偷眼看一下那个躺在墙脚边的大蒜头,他心里就一跳。那大蒜头上还只有一两茎绿芽!老通宝不敢再看,心里祷祝后天正午会有更多更多的绿芽。

终于"收蚕"的日子到了。四大娘心神不定地淘米烧饭,时时看饭锅上的热气有没有直冲上来。老通宝拿出预先买了来的香烛点起来,恭恭敬敬放在灶君神位前。阿四和阿多去到田里采野花。小小宝帮着把灯芯草剪成细末子,又把采来的野花揉碎。一切都准备齐全了时,太阳也近午刻了,饭锅上水蒸气嘟嘟地直冲,四大娘立刻跳了起来,把"蚕花"和一对鹅毛插在发髻上,就到"蚕房"里。老通宝拿着秤杆,阿四拿了那揉碎的野花片儿和灯芯草碎末。四大娘揭开"布子",就从阿四手里拿过那野花碎片和灯芯草末子撒在"布子"上,又接过老通宝手里的秤杆来,将"布子"挽在秤杆上,于是拔下发髻上的鹅毛在"布子"上轻轻儿拂;野花片,灯芯草末子,连同"乌娘",都拂在那"蚕箪"里了。一张,两张,……都拂过了;最后一张是洋种,那就收在另一个"蚕箪"里。末了,四大娘又拔下发髻上那朵"蚕花",跟鹅毛一块插在"蚕箪"的边儿上。

这是一个隆重的仪式!千百年相传的仪式!那好比是誓师典礼,以后就要开始了一个月光景的和恶劣的天气和恶运以及和不知什么的连日连夜无休息的大决战!

"乌娘"在"蚕箪"里蠕动,样子非常强健;那黑色也是很正路的。四大娘和老通宝他们都放心地松一口气了。但当老通宝悄悄地把那个"命运"的大蒜头拿起来看时,他的脸色立刻变了!大蒜头上还只得三四茎嫩芽!天哪!难道又同去年一样?

三

然而那"命运"的大蒜头这次竟不灵验。老通宝家的蚕非常好!虽然头眠二眠的时候连天阴雨,气候是比"清明"边似乎还要冷一点,可是那些

"宝宝"都很强健。

村里别人家的"宝宝"也都不差。紧张的快乐弥漫了全村庄,似那小溪里琮琮的流水也像是朗朗的笑声了。只有荷花家是例外。她们家看了一张"布子",可是"出火"只称得二十斤;"大眠"快边人们还看见那不声不响晦气色的丈夫根生倾弃了三"蚕筀"在那小溪里。

这一件事,使得全村的妇人对于荷花家特别"戒严"。她们特地避路,不从荷花的门前走,远远的看见了荷花或是她那不声不响丈夫的影儿就赶快躲开;这些幸运的人儿惟恐看了荷花他们一眼或是交谈半句话就传染了晦气来!

老通宝严禁他的小儿子多多头跟荷花说话。——"你再跟那东西多嘴,我就告你忤逆!"老通宝站在廊檐外高声大气喊,故意要叫荷花他们听得。

小小宝也受到严厉的嘱咐,不许跑到荷花家的门前,不许和他们说话。阿多像一个聋子似的不理睬老头子那早早夜夜的唠叨,他心里却在暗笑。全家就只有他不大相信那些鬼禁忌。可是他也没有跟荷花说话,他忙都忙不过来。

"大眠"捉了毛三百斤,老通宝全家连十二岁的小宝也在内,都是两日两夜没有合眼。蚕是少见的好,活了六十岁的老通宝记得只有两次是同样的,一次就是他成家的那年,又一次是阿四出世那一年。"大眠"以后的"宝宝"第一天就吃了七担叶,个个是生青滚壮,然而老通宝全家都瘦了一圈,失眠的眼睛上布满了红丝。

谁也料得到这些"宝宝"上山前还得吃多少叶。老通宝和儿子阿四商量了:

"陈大少爷借不出,还是再求财发的东家罢?"

"地头上还有十担叶,够一天。"

阿四回答,他委实是支撑不住了,他的一双眼皮像有几百斤重,只想合下来。

老通宝却不耐烦了,怒声喝道:

"说什么梦话!刚吃了两天老蚕呢。明天不算,还得吃三天,还要三十担叶,三十担!"

这时外边稻场上忽然人声喧闹,阿多押了新发来的五担叶来了。于是老通宝和阿四的谈话打断,都出去"捋叶"。四大娘也慌忙从蚕房里钻出来。隔溪陆家养的蚕不多,那大姑娘六宝抽得出工夫,也来帮忙了。那时星光满天,微微有点风,村前村后都断断续续传来了吆喝和欢笑,中间有一个粗暴的声音嚷道：

"叶行情飞涨了！今天下午镇上开到四洋一担！"

老通宝偏偏听得了，心里急得什么似的。四块钱一担，三十担可要一百二十块呢，他哪来这许多钱！但是想到茧子总可以采五百多斤，就算五十块钱一百斤，也有这么二百五，他又心里一宽。那边"捋叶"的人堆里忽然又有一个小小的声音说：

"听说东路不大好，看来叶价钱涨不到多少的！"

老通宝认得这声音是陆家的六宝。这使他心里又一宽。

那六宝是和阿多同站在一个筐子边"捋叶"。在半明半暗的星光下，她和阿多靠得很近。忽然她觉得在那"杠条"的隐蔽下，有一只手在她大腿上拧了一把。好像知道是谁拧的，她忍住了不笑，也不声张。蓦地那手又在她胸前摸了一把，六宝直跳起来，出惊地喊了一声：

"嗳哟！"

"什么事？"

同在那筐子边捋叶的四大娘问了，抬起头来。六宝觉得自己脸上热烘烘了，她偷偷地瞪了阿多一眼，就赶快低下头，很快地捋叶，一面回答：

"没有什么。想来是毛毛虫刺了我一下。"

阿多咬住了嘴唇暗笑。虽然在这半个月来也是半饱而且少睡，也瘦了许多了，他的精神可还是很饱满。老通宝那种忧愁，他是永远没有的。他永不相信靠一次蚕花好或是田里熟，他们就可以还清了债再有自己的田；他知道单靠勤俭工作，即使做到背脊骨折断也是不能翻身的。但是他仍旧很高兴地工作着，他觉得这也是一种快活，正像和六宝调情一样。

第二天早上，老通宝就到镇里去想法借钱来买叶。临走前，他和四大娘商量好，决定把他家那块出产十五担叶的桑地去抵押。这是他家最后的产业。

叶又买来了三十担。第一批的十担发来时，那些壮健的"宝宝"已经饿了半点钟了。"宝宝"们尖出了小嘴巴，向左向右乱晃，四大娘看得心酸。叶铺了上去，立刻蚕房里充满着萨萨萨的响声，人们说话也不大听得清。不多一会儿，那些"团匾"里立刻又全见白了，于是又铺上厚厚的一层叶。人们单是"上叶"也就忙得透不过气来。但这是最后五分钟了。再得两天，"宝宝"可以上山。人们把剩余的精力榨出来拼死命干。

阿多虽然接连三日三夜没有睡，却还不见怎么倦。那一夜，就由他一个人在"蚕房"里守那上半夜，好让老通宝以及阿四夫妇都去歇一歇。那是个好月夜，稍稍有点冷。蚕房里爇了一个小小的火。阿多守到二更过，上了第二次的叶,就蹲在那个"火"旁边听那些"宝宝"萨萨萨地吃叶。渐渐儿他的眼皮合上了。恍惚听得有门响,阿多的眼皮一跳,睁开眼来看了看,就又合上了。他耳朵里还听得萨萨萨的声音和屑索屑索的怪声。猛然一个跟跄,他的头在自己膝头上磕了一下,他惊醒过来,恰就听得蚕房的芦帘拍叉一声响,似乎还看见有人影一闪。阿多立刻跳起来,到外面一看,门是开着,月光下稻场上有一个人正走向溪边去。阿多飞也似跳出去,还没看清那人是谁,已经把那人抓过来摔在地下。他断定了这是一个贼。

"多多头!打死我也不怨你,只求你不要说出来!"

是荷花的声音,阿多听真了时不禁浑身的汗毛都竖了起来。月光下他又看见那扁得作怪的白脸儿上一对细圆的眼睛定定地看住了他。可是恐怖的意思那眼睛里也没有。阿多哼了一声,就问道:

"你偷什么?"

"我偷你们的宝宝!"

"放到哪里去了?"

"我扔到溪里去了!"

阿多现在也变了脸色。他这才知道这女人的恶意是要冲克他家的"宝宝"。

"你真心毒呀!我们家和你们可没有冤仇!"

"没有么?有的,有的!我家自管蚕花不好,可并没害了谁,你们都是好的!你们怎么把我当作白老虎,远远地望见我就别转了脸?你们不把我当人看待!"

那妇人说着就爬了起来,脸上的神气比什么都可怕。阿多瞅着那妇人好半晌,这才说道:

"我不打你,走你的罢!"

阿多头也不回的跑回家去,仍在"蚕房"里守着。他完全没有睡意了。他看那些"宝宝",都是好好的。他并没想到荷花可恨或可怜,然而他不能忘记荷花那一番话;他觉得人和人中间有什么地方是永远弄不对的,可是他不能够明白想出来是什么地方,或是为什么。再过一会儿,他就什么都忘记了。"宝宝"是强健的,像有魔法似的吃了又吃,永远不会饱!

以后直到东方快打白了时,没有发生事故。老通宝和四大娘来替换阿多了,他们拿那些渐渐身体发白而变短了的"宝宝"在亮处照着,看是"有没有通"。他们的心被快活胀大了。但是太阳出山时四大娘到溪边汲水,却看见六宝满脸严重地跑过来悄悄地问道:

"昨夜二更过,三更不到,我远远地看见那骚货从你们家跑出来,阿多跟在后面,他们站在这里说了半天话呢!四阿嫂!你们怎么不管事呀?"

四大娘的脸色立刻变了,一句话也没说,提了水桶就回家去,先对丈夫说了,再对老通宝说。这东西竟偷进人家"蚕房"来了,那还了得!老通宝气得直跺脚,马上叫了阿多来查问。但是阿多不承认,说六宝是做梦见鬼。老通宝又去找六宝询问。六宝是一口咬定了看见的。老通宝没有主意,回家去看那"宝宝",仍然是很健康,瞧不出一些败相来。

但是老通宝他们满心的欢喜却被这件事打消了。他们相信六宝的话不会毫无根据。他们唯一的希望是那骚货或者只在廊檐口和阿多鬼混了一阵。

"可是那大蒜头上的苗却当真只有三四茎呀!"

老通宝自心里这么想,觉得前途只是阴暗。可不是,吃了许多叶去,一直落来都很好,然而上了山却干殭了的事,也是常有的。不过老通宝无论如何不敢想到这上头去;他以为即使是肚子里想,也是不吉利。

四

"宝宝"都上山了,老通宝他们还是捏着一把汗。他们钱都花光了,精力也绞尽了,可是有没有报酬呢,到此时还没有把握。虽则如此,他们还是硬着头皮去干。"山棚"下爇了火,老通宝和阿四他们伛着腰慢慢地从这边蹲到那边,又从那边蹲到这边。他们听得山棚上有些屑屑索索的细声音,他们就忍不住想笑,过一会儿又不听得了,他们的心就重甸甸地往下沉了。这样地,心是焦灼着,却不敢向山棚上望。偶或他们仰着的脸上淋到了一滴蚕尿了,虽然觉得有点难过,他们心里却快活;他们巴不得多淋一些。

阿多早已偷偷地挑开"山棚"外围着的芦帘望过几次了。小小宝看见,就扭住了阿多,问"宝宝"有没有做茧子。阿多伸出舌头做一个鬼脸,不回答。

"上山"后三天,息火了。四大娘再也忍不住。也偷偷地挑开芦帘角看了一眼,她的心立刻卜卜地跳了。那是一片雪白,几乎连"缀头"都瞧不见;那是四大娘有生以来从没有见过的"好蚕花"呀!老通宝全家立刻充满了欢笑。现在他们一颗心定下来了!"宝宝"们有良心,四洋一担的叶不是白吃的;他们全家一个月的忍饿失眠总算不冤枉,天老爷有眼睛!

同样的欢笑声在村里到处都起来了。今年蚕花娘娘保佑这小小的村子。二三十人家都可以采到七八分,老通宝家更是比众不同,估量来总可以采一个十二三分。

小溪边和稻场上现在又充满了女人和孩子们。这些人都比一个月前瘦了许多,眼眶陷进了,嗓子也发沙,然而都很快活兴奋。她们嘈嘈地谈论那一个月内的"奋斗"时,她们的眼前便时时现出一堆堆雪白的洋钱,她们那快乐的心里便时时闪过了这样的盘算:夹衣和夏衣都在当铺里,这可先得赎出来;过端阳节也许可以吃一条黄鱼。

那晚上荷花和阿多的把戏也是她们谈话的资料。六宝见了人就宣传荷花的"不要脸,送上门去!"男人们听了就粗暴地笑着,女人们念一声佛,骂一句,又说老通宝家总算幸气,没有犯克,那是菩萨保佑,祖宗有灵!

接着是家家都"浪山头"了,各家的至亲好友都来"望山头"。老通宝的亲家张财发带了小儿子阿九特地从镇上来到村里。他们带来的礼物,是软糕,线粉,梅子,枇杷,也有咸鱼。小小宝快活得好像雪天的小狗。

"通宝,你是卖茧子呢,还是自家做丝?"

张老头子拉老通宝到小溪边一棵杨柳树下坐了,这么悄悄地问。这张老头子张财发是出名"会寻快活"的人,他从镇上城隍庙前露天的"说书场"听来了一肚子的疙瘩东西;尤其烂熟的,是"十八路反王,七十二处烟尘",程咬金卖柴扒,贩私盐出身,瓦岗寨做反王的《隋唐演义》。他向来说话"没正经",老通宝是知道的;所以现在听得问是卖茧子或者自家做丝,老通宝并没把这话看重,只随口回答道:

"自然卖茧子。"

张老头子却拍着大腿叹一口气。忽然他站了起来,用手指着村外那一片秃头桑林后面耸露出来的茧厂的风火墙说道:

"通宝!茧子是采了,那些茧厂的大门还关得紧洞洞呢!今年茧厂不开秤!——十八路反王早已下凡,李世民还没出世;世界不太平!今年茧厂关门,不做生意!"

老通宝忍不住笑了,他不肯相信。他怎么能够相信呢?难道那"五步一岗"似的比露天毛坑还要多的茧厂会一齐都关了门不做生意?况且听说和东洋人也已"讲拢",不打仗了,茧厂里驻的兵早已开走。

张老头子也换了话,东拉西扯讲镇里的"新闻",夹着许多"说书场"上听来的什么秦叔宝,程咬金。最后,他代他的东家催那三十块钱的债,为的他是"中人"。

然而老通宝到底有点不放心。他赶快跑出村去,看看"塘路"上最近的两个茧厂,果然大门紧闭,不见半个人;照往年说,此时应该早已摆开了柜台,挂起了一排乌亮亮的大秤。

老通宝心里也着慌了,但是回家去看见了那些雪白发光很厚实硬古古的茧子,他又忍不住嘻开了嘴。上好的茧子! 会没有人要,他不相信。并且他还要忙着采茧,还要谢"蚕花利市",他渐渐不把茧厂的事放在心上了。

可是村里的空气一天一天不同了。才得笑了几声的人们现在又都是满脸的愁云。各处茧厂都没开门的消息陆续从镇上传来,从"塘路"上传来。往年这时候,"收茧人"像走马灯似的在村里巡回,今年没见半个"收茧人",却换替着来了债主和催粮的差役。请债主们就收了茧子罢,债主们板起面孔不理。

全村子都是嚷骂,诅咒,和失望的叹息! 人们做梦也不会想到今年"蚕花"好了,他们的日子却比往年更加困难。这在他们是一个青天的霹雳! 并且愈是像老通宝他们家似的,蚕愈养得多,愈好,就愈加困难,——"真正世界变了!"老通宝捶胸跺脚地没有办法。然而茧子是不能搁久了的,总是赶快想法:不是卖出去,就是自家做丝。村里有几家已经把多年不用的丝车拿出来修理,打算自家把茧做成了丝再说。六宝家也打算这么办。老通宝便也和儿子媳妇商量道:

"不卖茧子了,自家做丝! 什么卖茧子,本来是洋鬼子行出来的!"

"我们有四百多斤茧子呢,你打算摆几部丝车呀!"

四大娘首先反对了。她这话是不错的。五百斤的茧子可不算少,自家做丝万万干不了。请帮手么? 那又得花钱。阿四是和他老婆一条心。阿多抱怨老头子打错了主意,他说:

"早依了我的话,扣住自己的十五担叶,只看一张洋种,多么好!"

老通宝气得说不出话来。

终于一线希望忽又来了。同村的黄道士不知从哪里得的消息,说是无锡脚下的茧厂还是照常收茧。黄道士也是一样的种田人,并非吃十方的"道士",向来和老通宝最说得来。于是老通宝去找那黄道士详细问过了以后,便又和儿子阿四商量把茧子弄到无锡脚下去卖。老通宝虎起了脸,像吵架似的嚷道:

"水路去有三十多九呢! 来回得六天! 他妈的! 简直是充军! 可是你有别的办法么? 茧子当不得饭吃,蚕前的债又逼紧来!"

阿四也同意了。他们去借了一条赤膊船,买了几张芦席,赶那几天正是好晴,又带了阿多。他们这卖茧子的"远征军"就此出发。

五天以后,他们果然回来了;但不是空船,船里还有一筐茧子没有卖出。原来那三十多九水路远的茧厂挑剔得非常苛刻:洋种茧一担只值三十五元,土种茧一担二十元,薄茧不要。老通宝他们的茧子虽然是上好的货色,却也被茧厂里挑剩了那么一筐,不肯收买。老通宝他们实卖得一百十一块钱,除去路上盘川,就剩了整整的一百元,不够偿还买青叶所借的债!老通宝路上气得生病了,两个儿子扶他到家。

  打回来的八九十斤茧子,四大娘只好自家做丝了。她到六宝家借了丝车,又忙了五六天。家里米又吃完了。叫阿四拿那丝上镇里去卖,没有人要;上当铺当铺也不收。说了多少好话,总算把清明前当在那里的一石米换了出来。

  就是这么着,因为春蚕熟,老通宝一村的人都增加了债!老通宝家为的养了五张布子的蚕,又采了十多分的好茧子,就此白赔上十五担叶的桑地和三十块钱的债!一个月光景的忍饥熬夜还不算!

1932 年 11 月 1 日

(《茅盾作品集》[第一集],敦煌文艺出版社,1998 年)

《春蚕》导读   **拓展阅读**

拓展阅读

李国栋:《春蚕》研究的回顾与展望

家（第二十六章）

巴 金

第二十六章

就在琴伤心痛哭的这个晚上,夜深人静的时候,鸣凤被唤到太太的面前。在黯淡的清油灯光下,露出周氏的那张虽然生得相当动人、但是没有表情的胖脸。鸣凤不知道太太要对她说些什么话,然而她料想太太不会带给她好的消息。她又想起了这天下午冯老太太过来看老太爷和陈姨太的事情。她怀着颤抖的心,立在周氏的面前,甚至她的眼光也有点摇晃不定。在说话的时候,周氏的淡淡擦了一点白粉的圆脸渐渐变为浮肿而成了一个很大的圆东西,不停地在她的眼前摇荡,使她更加胆怯了。

"鸣凤,你在公馆里头做了这几年,也做得够了,"周氏开始慢腾腾地说,但是依旧比别人说得快些,而且以后愈说愈快,好像一盘珠子在不停地滚动一般。"我想你一定愿意早些出去。今天老太爷吩咐说,要送你到冯家去,给冯老太爷做小。下个月初一是个好日子,冯家就要在那天接人。今天是二十八,离初一还有三天。明天起你不必做事情了,你好好休息两天,等着到冯家去。……你到冯家去要好好地服侍冯老太爷两夫妇,听说冯老太爷脾气古怪,冯老太太脾气也不大好,你遇事要将就他们,不要使性子。冯家还有老爷、太太、孙少爷。你也应该尊敬他们。你在我房里做了几年丫头,也没有得到多少好处。现在给你找到这门亲事,我也算放了心。冯家很有钱,只要你在那边安分守己,你一生穿衣吃饭一点也不用忧愁。这样也比五太太的喜儿好得多。……你服侍我几年,我没有什么报答你,我明天就叫裁缝来给你做两身好衣服,还给你预备点首饰……"她还要说下去,却被鸣凤的哭声打岔了。

这些话的每一个字都像利刀刺进鸣凤的心,她只得任它们乱刺,没法防卫自己。她的希望完全破灭了。人们甚至连她所赖以生活的爱情也要给她夺去了。把自己的青春拿去服侍一个脾气古怪的老头子,得不到一点怜惜。

在那种家庭里做姨太太的人的命运是极其明显的:流眼泪,吃打骂,受闲气,依旧会成为她的生活里的重要事情。所不同的是她还要把自己的身体交给那个脾气古怪的老头子蹂躏。做姨太太,这是何等可耻的事。在平日她们丫头的骂人术语里,"给人家做小"也就是一句。然而在高家经过了八年的忠心的苦役之后,她所得到的报酬,却是去做姨太太,给人家蹂躏,让人家折磨。她的前途依然是一片浓密的黑暗,那一线被纯洁的爱情所带来的光明也给人家摧残了。一个青年的和善的面颜在她的面前溜了过去,接着许多狞笑的歪脸恶狠狠地向她逼来。她害怕地用手遮住脸,她好像在跟什么可怕的幻象挣扎。忽然一个声音在她的耳边响起来,好像有人在说:"一切都是命中注定了的。你不能够改变它。"于是一种不可抗拒的绝望的感觉紧紧地抓住了她。她忍不住伤心地哭起来。

周氏的话像珠子一般地滚着。她一口气说了许多,很难马上止住。现在她才注意到鸣凤的这种不寻常的举动,而且也听见了这个少女的悲惨的哭声,她惊愕地闭了口,注意地观察着鸣凤的举动。她还不能够明白鸣凤为什么要这样伤心。但是她已经被这个少女的哭声感动了。她温和地问道:"鸣凤,怎么了?你哭什么?"

"太太,我不愿意去!"鸣凤的口里迸出了哭声道。"我宁愿在公馆里做一辈子的丫头,服侍太太,服侍小姐,服侍少爷。……太太,我只求你不要送我出去,我在公馆里事情还没有做得够!……我才只做了八年。……太太,我年纪还轻,请你不要把我送出去。……"

这种情形触动了周氏的平常很少被触到的母性,对这个婢女她突然感到了母亲对女儿的爱怜,她带着凄然的微笑说:"本来我也怕你不愿意,实在说冯老太爷的年纪太大了,论年纪你可以做他的孙女。然而这是老太爷的意思,我也只得听他的话。不过只要你到了那边好好地服侍冯老太爷,日子也并不怎样难过,倒强似嫁一个贫家男人,连衣食也顾不周到。……"

"太太,我宁愿受冻挨饿,我不情愿给人家做小……"鸣凤吐出了这句话以后,觉得自己的全身的力量都用尽了,她站不住,跪下来,抓着周氏的膝头哀求道:"太太,请你不要把我送走,我愿意在公馆里做一辈子的丫头。我愿意服侍你一辈子。……太太,可怜我,我年纪轻!……你打我、骂我都可以,只是不要把我送到冯家去,我不愿意过那种日子。……我怕,我怕过那种日子。……太太,请你发点慈悲,可怜可怜我罢。……太太,我不能去啊!"她说到这里,一阵更大的悲哀压倒了她,她觉得有什么东西潮也似地从她的心底直涌上来,无数凄惨的话到了她的喉边又被她咽下去,她的口已经被什么东西塞住了。她不能再说一句话,只顾低声哭着,愈哭愈伤心,她觉得要把她的心哭出来才痛快。

周氏被鸣凤这一哭引起了自己的心事。她看见那个跪在她面前把头俯在她的膝上哀哀哭着的少女,也觉得凄然。这时候她的母性完全被触动了。她并不推开鸣凤,却温和地用手摩抚鸣凤的头发,像母亲对女儿那样,她爱怜地说:"我也知道你太年轻,老实说我也不愿意把你送到冯家去。……然而这是老太爷答应了的。我们老太爷的脾气也很古怪,他说要怎么办就得怎么办,我做媳妇的怎敢违抗他?……现在没有法子挽回了。无论如何你初一一定要去。……你不要哭了,哭也没有用。……其实到了冯家也会有好日子过。你不要怕,好心的人终有好报的。……你快起来,回屋去睡罢。"

鸣凤把周氏的腿抱得愈紧,她觉得这时候只有这一双腿可以救她。她绝望地作最后的努力,哀声说:"太太,你当真不肯救我?你一点也不可怜我吗?……救救我罢,我宁死也不要到冯家去!"她抬起头来把满是泪痕的脸对着周氏的眼睛,她拉住太太的一只手哀求地说:"太太,救救我罢。"声音非常凄惨。

周氏不住地摇着头凄然说道:"现在实在没有法子可想。我自己要不放你去,也不行。老太爷的话,连我也不敢不听。……快起来,好好地去睡罢。"她说着便挣开手去拉鸣凤的膀子。

鸣凤默默地让周氏拉她起来。她茫然地立在周氏的面前,觉得好像是在做梦。她痴痴地立了片刻。又把眼睛向四面看,周围是阴沉沉的。她的哭声止了。她还在抽泣。最后她连抽泣也止住了。她极力忍住悲哀,拉起衫子的底襟角揩了眼泪,用冷冷的、但依旧是凄凉的声音说:"太太,我听你的话……"她还想说什么,但是看见周氏疲倦地站起来,又听见周氏说:"好,只要你肯听话,我也就放心了。"她知道再留在这里多说也等于白说。太太的脾气她已经摸熟了。她无精打采地说一声:"太太,我去睡了,"便慢慢地移动脚步走出了太太的房间。她用手按住自己的胸膛,她怕她的心会炸裂。周氏看见鸣凤出去了,望着她的背影叹了两口气。周氏这时候很同情鸣凤,因为自己不能够帮助她而感到痛苦。可是过了一个钟头,太太又把这个少女的事情忘在脑后了。

天井里只有一片黑。鸣凤看不见一个人影。黯淡的灯光从觉慧的房间里射出来。她本来想回到仆婢室里去睡,却被这灯光引诱着轻脚轻手地走到了觉慧的窗下。三扇玻璃窗都被白纱窗帷遮住,灯光从细孔里漏出来,投了美丽的花纹在地上。这窗帷,这玻璃窗,这房间,如今在她的眼前变得非常可爱了。她不闪眼地立在窗前石阶上,仰望着白纱窗帷。她屏住呼吸,不做出一点声音，唯恐惊动里面的人。过了一些时候，白纱窗帷渐渐地带了空幻的色彩，而变得更加美丽了。模糊中在里面出现了美丽的人物，男男女女，穿得很漂亮，态度也很轩昂。他们走过她的面前，带着轻视的眼光看她一眼，便急急地掉过头走开了。忽然在人丛中出现了她朝夕想念的那个人，他投了一瞥和善的眼光在她的脸上。他站住，好像要跟她说话，但是后面一群人猛然拥挤过来，把他挤得不见了。她注意地用眼光去找寻他，然而在她面前白纱窗帷静静地遮住了房里的一切。她看不见别的什么。她走近窗户想伸起头去望里面，但是窗台较高，她的头达不到。她试了两次，都没有用，便绝望地退了几步。一个不留心，她把手触到了窗板，发出一个低微的响声，接着房里起了一声咳嗽，正是那个人的声音。她才知道他还没有睡。她盼望他走到窗前揭起窗帷来看她，她在那里等待着。然而里面又寂然了，只有笔落在纸上的极其低微的声音。她又走去在窗板上敲了两下，她盼望他会听见敲声。但是这一次他只在里面做出两三下响声，好像是移动了椅子，接着落笔的声音更勤了一点。她知道轻敲是没有用的，待要重敲，又害怕惊动了别人。因为他和他的哥哥同住在这间屋里。然而她还怀着最后的希望，又一次走到窗前轻轻敲了三下，又低声叫了一次："三少爷"，便退后两步，静静地站着。她想这一次他一定会出现了。但是过了一些时候还是没有动静，只是落笔的声音更急了。接着她又听见他放下笔，用惊讶的声音自言自语："怎么就两点钟了？……明早晨八点钟还有课。……"于是落笔的声音又起了。

她痴痴地立在那里，她明白她再要敲也是没有用的，他不会听见。她并不怨他，她反而更加爱他。他的这两句话还在她的耳边荡漾，在她，它们比音乐还好听。她默默地回味着这两句话，她觉得他就在她的身边，活泼的，热烈的，跟平时一样。忽然另一个思想又来到她的脑子里，她想，他正需要着一个女人来爱他，来照料他，来服侍他。她又知道在这个世界上并没有人像她这样地爱他，她真愿意为他做一切的事情。然而同时她又知道有一堵墙横在她跟他的中间，而且现在人们就要送她到冯家去了，并不要多久，就在三天以后。那时候她便成了冯家的人。她再没有机会看见他了。任她怎样受人侮辱，怎样呻吟哀叫，他也不会知道，也不会来救她了。分离，永久的分离，这种情形比死别还要难堪。她觉得这样的生活是值不得留恋的了。当她向太太说"宁死也不要到冯家去"的时候，她并非拿这句话来威胁太太，她确实想到了那个"死"字。大小姐曾经屡次教过她，这个"死"字便是薄命女子的唯一的出路，她很相信这个。

房里一声长叹把她从纷乱的思想中唤醒过来。她凄凉地朝四面望了一下。周围静寂寂没有人声,黑魆魆没有光明。她忽然记起来几个月以前也曾经有过跟这相似的情景,那时候是他在窗外而她在房里。而且那时的传闻如今却成了事实。她又细细地回味着那一晚的情景。她想起他对她的态度,又想起她对他说过的话:"我向你赌咒,我决不去跟别人……"她的心好像被什么东西绞着,痛得厉害,她的眼睛又被泪珠打湿了。房里的灯光爱怜地抚着她的眼睛。她带着贪婪的眼光看那灯光,一种欲望渐渐地抓住了她。她想不顾一切地跑进房里,跪在他的面前,向他哭诉她的痛苦,并且哀求他把她从不幸的遭遇中拯救出来。她愿意永远做他的奴隶,爱他,服侍他。

她决定要跑进去了。然而……眼前一阵漆黑。房里的灯光突然灭了。她睁大眼睛,但是她什么也看不见。她拔不动脚,孤零零地立在黑暗里。无情的黑暗从四面八方包围过来。过了一些时候,她才提起脚,慢慢地走回自己的房间去。一路上什么都不存在了。她只顾在黑暗中摸索着,费了许久的功夫,她才摸到自己的房间,推开半掩着的门进去。

瓦油灯上结了一个大灯花,使微弱的灯光变得更加阴暗。屋子里到处都是阴影。两边的几张木板床上摆了一些死尸似的身体。粗促的鼾声从肥胖的张嫂的床上发出来,四处撞击,显得很可怕。鸣凤一进门便吃了一惊,连忙站住,打起精神四面一看。她懒洋洋地走到桌子前,把灯芯朝外拨,灯花去掉。屋子里马上亮了许多。她正要解衣服,忽然一阵悲哀压倒了她,她支持不住就扑倒在床上哭起来,头紧紧地压在被上,不多几时就把被褥弄湿了一滩。她愈想愈伤心。后来她的哭声把老黄妈惊醒了。老黄妈用不十分清楚的声音问:"鸣凤,你在哭什么?"她不回答,只顾哭着。老黄妈劝了她两句,翻一个身又睡熟了,剩下鸣凤一个人伤心地哭着,一直哭到她进入梦中的时候。

从第二天起鸣凤的态度完全改变了。她整天不露一个笑脸,做事情也是没精打采的,而且害怕跟人接近。她看见一个人,马上就疑心她的事情已经被那个人知道了,她就在那个人的脸上看见了轻视或嘲笑的表情,她连忙躲开。她看见两三个女佣或仆人轿夫在一起谈话,她就疑心她们(或他们)在谈论她的事情。"姨太太"、"小老婆"、"小",这些字眼好像到处都有人在讲,后来甚至主人们也谈论起来了。她好像听见五老爷对人说:"好个标致的姑娘,白白送给老头子做姨太太,真可惜。"又有一次她似乎在厨房里听见那个肥胖的张嫂鄙夷地说:"呸,年纪轻轻就给死老头子做小。再有多少钱我才不干嘞!"到处她都听见这一类的嘲骂的语句。她什么地方都不敢去了,除了每天两顿饭以外,其余的时间里她不是躲在自己房中就是藏在花园里。有时候婉儿、倩儿或喜儿来找她谈些话。但是她们也很忙,只能够偷偷地抽出一点空时间来看她,安慰她。老黄妈温和地跟她谈过一次话。她不等老黄妈讲完就借故跑开了。她害怕多听安分守己、顺从命运这一类的话。

这两天鸣凤很想找到觉慧,跟他谈谈她的事。她时时刻刻等着这个机会。然而近来觉慧弟兄似乎比从前更忙,他们每天早晨绝早就出去上学,下午很迟才回来,在家里吃过饭,马上又出去,往往到九、十点钟才回家,回来就关在房里写文章、读书。她难得见到觉慧一面,即使两人遇见了,也不过是他投一瞥爱怜的眼光过来,温和地看她几眼,或者对她微笑,却难得对她讲几句话。自然这些也是爱的表示。她觉得他的忙碌是正当的,虽然因此对她疏远一点,她也并不怪他。

然而实际上她就只有两天的时间。这么短!她必须跟觉慧谈一次话,把她的痛苦告诉他,看他有什么意见。无论如何她必须同他商量。然而他仿佛完全不知道这一回事情,他并不给她一个这样的机会。花园里没有他的脚迹。只有在吃午饭的时候,她才可以见到他,但是他放下饭碗就匆忙地走了,她待要追上去说话也来不及。晚上他回家很迟。再要找像从前那样的跟他一起谈笑的机会,是不可能的了。

三十日终于到了。鸣凤的事情公馆里知道的人并不太多,觉慧一点也不知道,因为:一则,在外面他们的周报社里发生了变故,他用了全副精神去应付这件事,就没有心肠管家里的事情;二则,他在家里时也忙着写文章或者读书,没有机会听见别人谈鸣凤的事。

三十日在觉慧看来不过是这个月的最后一天,然而在鸣凤却是她一生的最后一天了,她的命运就要在这一天决定了:或者永远跟他分离,或者永远和他厮守在一起。然而事实上后一个希望却是非常渺茫。她自己也知道。自然她满心希望他来拯救她,让她永远和他厮守在一起;但是在他们两个人的中间横着那一堵不能推倒的墙,使他们不能够接近。这就是身份的不同。她是知道的。她从前在花园里对他说"不,不……我没有那样的命"时,她就已经知道这个了。虽然他答应要娶她,然而老太爷、太太们以及所有公馆里的人全隔在他们两个人的中间,他又有什么办法?在老太爷的命令下现在连太太也没有办法,何况做孙儿的他?她的命运似乎已经决定,是无可挽回的了。然而她还不能放弃最后的希望,她不能甘心情愿地走到毁灭的路上去,而没有一点留恋。她还想活下去,还想好好地活下去。她要抓住任何的希望。她好像是在欺骗自己,因为她明明知道连一点希望也没有了,而且也不能够有了。

这一天她怀着颤抖的心等着跟觉慧见面。然而觉慧回来的时候已经是晚上九点钟了。她走到他的窗下,听见他的哥哥说话的声音,她觉得胆怯了。她在那里徘徊着,不敢进去,但是又不忍走开,因为要是这一晚再错过机会,不管是生与死,她永远不能再看见他了。

好容易挨过了一些时候,屋里起了脚步声,她知道有人走出来,便往角落里一躲,果然看见一个黑影从里面闪出来。这是觉民。她看见他走远了,连忙走进房里去。

觉慧正埋着头在电灯光下面写文章,他听见她的脚步声并不抬起头,也不分辨这是谁在走路。他只顾专心写文章。

鸣凤看见他不抬头,便走到桌子旁边胆怯地但也温柔地叫了一声:"三少爷。"

"鸣凤,是你?"他抬起头惊讶地说,对她笑了笑。"什么事?"

"我想看看你……"她说话时两只忧郁的眼睛呆呆地望着他的带笑的脸。她的话没有说完,就被他接下去说:

"你是不是怪我这几天不跟你说话?你以为我不理你吗?"他温和地笑道,"不是,你不要起疑心。你看我这几天真忙,又要读书,又要写文章,还有别的事情。"他指着面前一大堆稿件,几份杂志和一叠原稿纸对她说:"你看我忙得跟蚂蚁一样。……再过两天就好了,我就把这些事情都做完了,再过两天。……我答应你,再过两天。"

"再过两天……"她绝望地悲声念着这四个字,好像不懂它们的意义,过后又茫然地问道:"再过两天?……"

"对,"他笑着说,"再过两天,我的事情就做完了。只消等两天。再过两天,我要跟你谈许许多多的事情。"他又埋下头去写字。

"三少爷,我想跟你说两句话。……"她极力忍住眼泪,不要哭出声来。

"鸣凤,你不看见我这样忙?"他短短地说,便抬起头来。看见她的眼里闪着泪光,他马上心软了。他伸手去捏了捏她的手,又站起来,声音柔和地关心地问道:"你受了什么委屈吗?不要难过。"他真想丢开面前的原稿纸,带着她到花园里好好地安慰她。可是他马上又想起明天早晨就要交出去的文章,想起周报社的斗争,便改变了主意说:"你忍耐一下,过两天我们好好地商量,我一定给你帮忙。我明天会找你,现在你让我安安静静地做事情。"他说完,放下她的手,看见她还用期待的眼光在看他,他一阵感情冲动,连自己说不出是为了什么,他忽然捧住她的脸,轻轻地在她的嘴上吻了一下,又对她笑了笑。他回到座位上,又抬起头看了她一眼,然后埋下头,拿起笔继续做他的工作。但是他的心还怦怦地跳动,因为这是他第一次吻她。

鸣凤不说一句话,她痴呆地站在那里。她甚至不知道自己在这时候想些什么,又有什么样的感觉。她轻轻地摩抚她的第一次被他吻了的嘴唇。过了一会儿她又喃喃地念着:"再过两天……"

这时外面起了吹哨声,觉慧又抬起头催促鸣凤:"快去,二少爷来了。"

鸣凤好像从梦中醒过来似的,她的脸色马上变了。她的嘴唇微微动着,但是并没有说出什么。她的非常温柔而略带忧郁的眼光留恋地看了他几眼,忽然她的眼睛一闪,眼泪流了下来,她的口里迸出了一声:"三少爷。"声音异常凄惨。觉慧惊奇地抬起头来看,只看见她的背影在门外消失了。

"女人的心理真古怪,"他叹息地自语道,过后又埋下头写字。

觉民走进房里,第一句话就问:"刚才鸣凤来过吗?""嗯,"觉慧过了半晌才简单地答道。他依旧在写字,并不看觉民。

"她一点也不像丫头,又聪明,又漂亮,还认得字。可惜得很!……"觉民自语似地叹息道。

"你说什么?你可惜什么?"觉慧放下笔,吃惊地问。

"你还不晓得?鸣凤就要嫁了。"

"鸣凤要嫁了!哪个说的?我不相信!她这样年轻!"

"爷爷把她送给冯乐山做姨太太了。"

"冯乐山?我不相信!他不是孔教会里的重要分子吗?他六十岁了,还讨小老婆?"

"你忘记了去年他们几个人发表梨园榜,点小旦薛月秋做状元,被高师的方继舜在《学生潮》上面痛骂了一顿?他们那种人什么事都做得出来,横竖他们是本省的绅士,名流。明天就是他接人的日子。我真替鸣凤可惜。她今年才十七岁!"

"我怎么早不晓得?……哦,我明明听见过这样的消息,怎么我一点儿也记不起来?"觉慧大声说,他马上站起来,一直往外面走,一面拼命抓自己的头发,他的全身颤抖得厉害。

"明天!""嫁!""做姨太太!""冯乐山!"这些字像许多根皮鞭接连地打着觉慧的头,他觉得他的头快要破碎了。他走出门去,耳边顿时起了一阵悲惨的叫声。突然他发见在他的面前是一个黑暗的世界。四周真静,好像一切生物全死灭了。在这茫茫天地间他究竟走向什么地方去?"他徘徊着。他抓自己的头发,打自己的胸膛,这都不能够使他的心安静。一个思想开始来折磨他。他恍然明白了。她刚才到他这里来,是抱了垂死的痛苦来向他求救。她因为相信他的爱,又因为爱他,所以跑到他这里来要求他遵守他的诺言,要求他保护她,要求他把她从冯乐山的手里救出来。然而他究竟给了她什么呢？他一点也没有给。帮助，同情，怜悯，他一点也没有给。他甚至不肯听她的哀诉就把她遣走了。如今她是去了，永久地去了。明天晚上在那个老头子的怀抱里，她会哀哀地哭着她的被摧残的青春，同时她还会诅咒那个骗去她的纯洁的少女的爱而又把她送进虎口的人。这个思想太可怕了，他不能够忍受。

去，他必须到她那里去，去为他自己赎罪。

他走到仆婢室的门前，轻轻地推开了门。屋里漆黑。他轻轻地唤了两声"鸣凤"，没有人答应。难道她就上床睡了？他不能够进去把她唤起来，因为在那里还睡着几个女佣。他回到屋里，却不能够安静地坐下来，马上又走出去。他又走到仆婢室的门前，把门轻轻地推开，只听见屋里的鼾声。他走进花园，黑暗中在梅林里走了好一阵，他大声唤："鸣凤"，听不见一声回答。他的头几次碰到梅树枝上，脸上出了血，他也不曾感到痛。最后他绝望地走回到自己的房里，他看见屋子开始在他的四周转动起来⋯⋯

其实这时候他所寻找的她并不在仆婢室，却在花园里面。

鸣凤从觉慧的房里出来，她知道这一次真正是：一点希望也没有了。她并不怨他，她反而更加爱他。而且她相信这时候他依旧像从前那样地爱她。她的嘴唇还热，这是他刚才吻过的；她的手还热，这是他刚才捏过的。这证明了他的爱，然而同时又说明她就要失掉他的爱到那个可怕的老头子那里去了。她永远不能够再看见他了。以后的长久的岁月只是无终局的苦刑。这无爱的人间还有什么值得留恋？她终于下了决心了。

她不回自己的房间，却一直往花园里走去。她一路上摸索着，费了很大的力，才走到她的目的地——湖畔。湖水在黑暗中发光，水面上时时有鱼的唼喋声。她茫然地立在那里，回想着许许多多的往事。他跟她的关系一幕一幕地在她的脑子里重现。她渐渐地可以在黑暗中辨物了。一草一木，在她的眼前朦胧地显露出来，变得非常可爱，而同时她清楚地知道她就要跟这一切分开了。世界是这样静。人们都睡了。然而他们都活着。所有的人都活着，只有她一个人就要死了。过去十七年中她所能够记忆的是打骂，流眼泪，服侍别人，此外便是她现在所要身殉的爱。在生活里她享受的比别人少，而现在在这样轻的年纪，她就要最先离开这个世界了。明天，所有的人都有明天，然而在她的前面却横着一片黑暗，那一片、一片接连着一直到无穷的黑暗，在那里是没有明天的。是的，她的生活里是永远没有明天的。明天，小鸟在树枝上唱歌，朝日的阳光染黄了树梢，在水面上散布了无数明珠的时候，她已经永远闭上眼睛看不见这一切了。她想，这一切是多么可爱，这个世界是多么可爱。她从不曾伤害过一个人。她跟别的少女一样，也有漂亮的面孔,有聪明的心,有血肉的身体。为什么人们单单要蹂躏她,伤害她,不给她一瞥温和的眼光,不给她一颗同情的心,甚至没有人来为她发出一声怜悯的叹息!她顺从地接受了一切灾祸,她毫无怨言。后来她终于得到了安慰,得到了纯洁的、男性的爱,找到了她崇拜的英雄。她满足了。但是他的爱也不能拯救她,反而给她添了一些痛苦的回忆。他的爱曾经允许过她许多美妙的幻梦,然而它现在却把她丢进了黑暗的深渊。她爱生活,她爱一切,可是生活的门面面地关住了她,只给她留下那一条堕落的路。她想到这里,那条路便明显地在她的眼前伸展,她带着恐怖地看了看自己的身子。虽然在黑暗里她看不清楚,然而她知道她的身子是清白的。好像有什么人要来把她的身子投到那条堕落的路上似的,她不禁痛惜地、爱怜地摩抚着它。这时候她下定决心了。她不再迟疑了。她注意地看那平静的水面。她要把身子投在晶莹清澈的湖水里,那里倒是一个很好的寄身的地方,她死了也落得一个清白的身子。她要跳进湖水里去。

忽然她又站住了。她想她不能够就这样地死去,她至少应该再见他一面,把自己的心事告诉他,他也许还有挽救的办法。她觉得他的接吻还在她的唇上燃烧,他的面颜还在她的眼前荡漾。她太爱他了,她不能够失掉他。在生活中她所得到的就只有这一点,就只有他的爱这一点。难道这一点她也没有权利享受吗?难道她一生连这么小的幸福也不该享受吗?为什么所有的人还活着的时候,她在这样轻的年纪就应该离开这个世界?这些问题一个一个在她的脑子里盘旋。同时在她的眼前又模糊地现出了一幅乐园的图画,许多跟她同年纪的有钱人家的少女在那里怎样地嬉戏,笑谈,享乐。她知道这不是幻象,在那个无穷大的世界中到处都有这样的幸福的女子,到处都有这样的乐园,然而现在她却不得不在这里断送她的年轻的生命。就在这个时候也没有一个人为她流一滴同情的眼泪,或者给她送来一两句安慰的话。她死了,对这个世界,对这个公馆并不是什么损失,人们很快地就忘记了她,好像她不曾存在过一般。"我的生存就是这样地孤寂吗?"她想着,她的心里充满着无处倾诉的哀怨。泪珠又一次迷糊了她的眼睛。她觉得自己没有力量支持了,便坐下去,坐在地上。耳边仿佛有人接连地叫"鸣凤",她知道这是他的声音,便止了泪注意地听。周围是那样地静寂,一切人间的声音都死灭了。她静静地倾听着,她希望再听见同样的叫声,可是许久,许久,都没有一点儿动静。她完全明白了。他是不能够到她这里来的。永远有一堵墙隔开他们两个人。他是属于另一个环境的。他有他的前途,他有他的事业。他应该做一个伟大的人。她不能够拉住他,她不能够妨碍他,她不能够把他永远拉在她的身边。她应该放弃他。他的存在比她的更重要。她不能让他牺牲他的一切来救她。她应该去了,在他的生活里她应该永久地去了。事情已经到了这样,如果不牺牲他,便无可挽回了。然而对她来说,他比她自己还更宝贵,她甘愿牺牲她自己。她这样想着,就定下了最后的决心。她又感到一阵心痛。她紧紧地按住了胸膛。她依旧坐在那里,她用留恋的眼光看着黑暗中的一切。她还在用思想。她所想的只是他一个人。她想着,脸上时时浮出凄凉的微笑,但是眼睛里还有泪珠。

最后她懒洋洋地站起来,用极其温柔而凄楚的声音叫了两声:"三少爷,觉慧,"便纵身往湖里一跳。

平静的水面被扰乱了,湖里起了大的响声,荡漾在静夜的空气中许久不散。接着水面上又发出了两三声哀叫,这叫声虽然很低,但是它的凄惨的余音已经渗透了整个黑夜。不久,水面在经过剧烈的骚动之后又恢复了平静。只是空气里还弥漫着哀叫的余音,好像整个的花园都在低声哭了。

(《巴金文集》[第四卷],人民文学出版社,1958年)

《家》导读

拓展阅读

拓展阅读

巴金:关于《家》(十版代序)——给我的一个表哥

梅雨之夕

施蛰存

梅雨又淙淙地降下了。

对于雨,我倒并不觉得嫌厌,所嫌厌的是在雨中疾驰的摩托车的轮子,它会溅起泥水猛力地洒上我的衣裤,甚至会连嘴里也拜受了美味。我常常在办公室里,当公事空闲的时候,凝望着窗外淡白的空中的雨丝,对同事们谈起我对于这些自私的车轮的怨苦。下雨天是不必省钱的,你可以坐车,舒服些。他们会这样善意地劝告我。但我并不曾屈就了他们的好心,我不是为了省钱,我喜欢在滴沥的雨声中撑着伞回去。我的寓所离公司是很近的,所以我散工出来,便是电车也不必坐,此外还有一个我所以不喜欢在雨天坐车的理由,那是因为我还不曾有一件雨衣,而普通在雨天的电车里,几乎全是裹着雨衣的先生们,夫人们或小姐们,在这样一间狭窄的车厢里,滚来滚去的人身上全是水,我一定会虽然带着一柄上等的伞,也不免满身淋漓地回到家里。况且,尤其是在傍晚时分,街灯初上,沿着人行路用一些暂时安逸的心境去看看都市的雨景,虽然拖泥带水,也不失为一种自己的娱乐。在濛雾中来来往往的车辆人物,全都消失了清晰的轮廓,广阔的路上倒映着许多黄色的灯光,间或有几条警灯的红色和绿色在闪烁着行人的眼睛。雨大的时候,很近的人语声,即使声音很高,也好像在半空中了。

人家时常举出这一端来说我太刻苦了,但他们不知道我会从这里找出很大的乐趣来,即使偶尔有摩托车的轮子溅满泥泞在我身上,我也并不因此而改了我的习惯。说是习惯,有什么不妥呢?这样的已经有三四年了。有时也偶尔想着总得买一件雨衣来,于是可以在雨天坐车,或者即使步行,也可以免得被泥水溅着了上衣,但到如今这仍然留在心里做一种生活上的希望。

在近来的连日的大雨里,我依然早上撑着伞上公司去,下午撑着伞回家,每天都是如此。

昨日下午,公事堆积得很多。到了四点钟,看看外面雨还是很大,便独自留下在公事房里,想索性再办了几桩,一来省得明天要更多地积起来,二来也借此避雨,等它小一些再走。这样地竟逗留到六点钟,雨早已停了。

走出外面,虽然已是满街灯火,但天色却转清朗了。曳着伞,避着檐滴,缓步过去,从江西路南口走到四川路桥,竟走了差不多有半点钟光景。邮政局的大钟已是六点二十五分了。未走上桥,天色早已重又冥晦下来,但我并没有介意,因为晓得是傍晚的时分了,刚走到桥头,急雨骤然从乌云中漏下来,潇潇地起着繁响。看下面北四川路上和苏州河两岸行人的纷纷乱窜乱避,只觉得连自己心里也有些着急。他们在着急些什么呢?他们也一定知道这降下来的是雨,对于他们没有生命上的危险,但何以要这样急迫地躲避呢?说是为了恐怕衣裳给淋湿了,但我分明看见手中持着伞的和身上披了雨衣的人也有些脚步踉跄了。我觉得至少这是一种无意识的纷乱。但要是我不曾感觉到雨中闲行的滋味,我也是会和这些人一样地急突地奔下桥去的。

何必这样的奔逃呢,前路也是在下雨,撑开我的伞来的时候,我这样漫想着。不觉已走过了天潼路口。大街上浩浩荡荡地降着雨,真是一个伟观,除了间或有几辆摩托车,连续地冲破了雨仍旧钻进了雨中地疾驰过去之外,电车和人力车全不看见。我奇怪它们都躲到什么地方去了。至于人,行走着的几乎是没有,但在店铺的檐下或蔽荫下是可以一团一团地看得见,有伞的和无伞的,有雨衣的和无雨衣的,全都聚集着,用嫌厌的眼望着这奈何不得的雨。我不懂他们这些雨具是为了怎样的天气而买的。

至于我,已经走近文监师路了。我并没什么不舒服,我有一柄好的伞,脸上绝不会给雨水淋湿,脚上虽然觉得有些湿漉漉,但这至多是回家后换一双袜子的事。我且行且看着雨中的北四川路,觉得朦胧的颇有些诗意。但这里所说的"觉得",其实也并不是什么具体的思绪,除了"我该在这里转弯了"之外,心中一些也不意识着什么。

从人行路上走出去,探头看看街上有没有往来的车辆,刚想穿过街去转入文监师路,但一辆先前并没有看见的电车已停在眼前。我止步了,依然退进到人行路上,在一支电杆边等候着这辆车的开出。在车停的时候,其实我是可以安心地对穿过去的,但我并不曾这样做。我在上海住得很久,我懂得走路的规则。我为什么不在这个可以穿过去的时候走到对街去呢?我没知道。

我数着从头等车里下来的乘客。为什么不数三等车里下来的呢?这里并没有故意的挑选,头等座在车的前部,下来的乘客刚在我面前,所以我可以很看得清楚。第一个,穿着红皮雨衣的俄罗斯人,第二个是中年的日本妇人,她急急地下了车,撑开了手里提着的东洋粗柄雨伞,缩着头鼠窜似的绕过车前,转进文监师路去了。我认识她,她是一家果子店的女店主。第三,第四,是像宁波人似的我国商人,他们都穿着绿色的橡皮华式雨衣。第五个下来的乘客,也即是末一个了,是一位姑娘。她手里没有伞,身上也没有穿雨衣,好像是在雨停止了之后上电车的,而不幸在到目的地的时候却下着这样的大雨。我猜想她一定是从很远的地方上车的,至少应当在卡德路以上的几站罢。

她走下车来,缩着瘦削的,但并不露骨的双肩,窘迫地走上人行路的时候,我开始注意着她的美丽了。美丽有许多方面,容颜的姣好固然一重要素,但风仪的温雅,肢体的停匀,甚至谈吐的不俗,至少是不惹厌,这些也有着份儿,而这个雨中的少女,我事后觉得她是全适合这几端的。

她向路的两边看了一看,又走到转角上看着文监师路。我晓得她是急于要招呼一辆人力车。但我看,跟着她的眼光,大路上清寂地没一辆车子徘徊着,而雨还尽量地落下来。她旋即回了转来,躲避在一家木器店的屋檐下,露着烦恼的眼色,并且颦着细淡的修眉。

我也便退进在屋檐下,虽则电车已开出,路上空空的,我照理可以穿过去了。但我何以不即穿过去,走上了归家的路呢?为了对于这少女有什么依恋么?并不,绝没有这种依恋的意识。但这也决不是为了我家里有着等候我回去在灯下一同吃晚饭的妻,当时是连我已有妻的思想都不曾有,面前有着一个美的对象,而又是在一重困难之中,孤寂地只身呆立着望这永远地,永远地垂下来的梅雨,只为了这些缘故,我不自觉地移动了脚步站在她旁边了。

虽然在屋檐下,虽然没有粗重的檐溜滴下来,但每一阵风会把凉凉的雨丝吹向我们。我有着伞,我可以如中古时期骁勇的武士似地把伞当作盾牌,挡着扑面袭来的雨的箭,但这个少女却身上间歇地被淋得很湿了。薄薄的绸衣,黑色也没有效用了,两只手臂已被画出了它们的圆润。她屡次旋转身去,侧立着,避免这轻薄的雨之侵袭她的前胸。肩臂上受些雨水,让衣裳贴着的肉倒不打紧吗?我曾偶尔这样想。

天晴的时候,马路上多的是兜搭生意的人力车。但现在需要它们的时候,却反而没有了。我想着人力车夫的不善于做生意,或许是因为需要的人太多了,供不应求,所以即使在这样繁盛的街上,也不见一辆车子的踪迹。或许车夫也都在避雨呢,这样大的雨,车夫不该避一避吗?对于人力车之有无,本来用不到关心的我,也忽然寻思起来,我并且还甚至觉得那些人力车夫是可恨的,为什么你们不拖着车子走过来接应这生意呢,这里有一位美丽的姑娘,正窘立在雨中等候着你们的任何一个。

如是想着,人力车终于没有踪迹。天色真的晚了。此处对街的店铺门前有几个短衣的男子已经等得不耐而冒着雨,他们是拼着淋湿一身衣裤的,跨着大步跑去了。我看这位少女的长眉已颦蹙得更紧,眸子莹然,像是心中很着急了。她的忧闷的眼光正与我的互相交换,在她眼里,我懂得我正受着诧异,为什么你老是站在这里不走呢。你有伞,并且穿着皮鞋,等什么人么?雨天在街路上等谁呢?眼睛这样锐利地看着我,不是没怀着好意么?从她将盯住着在我身上打量我的眼光移向着阴黑的天空的这个动作上,我猜测她肯定是在这样想着。

我有伞呢,而且大得足够容两个人的,我不懂何以这个意识不早就觉醒了我。但现在它觉醒了我将使我做什么呢?我可以用我的伞给她挡住这样的淫雨,我可以陪伴她走一段路去找人力车,如果路不多,我可以送她到她的家。如果路很多,又有什么不成呢?我应当跨过这一箭路,去表白我的好意吗?好意,她不会有什么别方面的疑虑吗?或许她会像刚才我所猜想着的那样误解了我,她便会拒绝了我。难道她宁愿在这样的风雨中,在冷静的夕暮的街头,独自立到很迟吗?不啊!雨是不久就会停的,已经这样连续不断地降下了……多久了,我也完全忘记了时间在这雨水中间流过。我取出表来,七点三十四分。一小时多了。不至于老是这样地降下来吧,看,排水沟已经来不及宣泄,多量的水已经积聚在它上面,打着旋涡,挣扎不到流下去的路,不久怕会溢上了人行路么?不会的,决不会有这样持久的雨,再停一会,她一定可以走了。即使雨不就停止,人力车是大约总能够来一辆的。她一定会不管多大的代价坐了去的。然则我应当走了么?应当走了。为什么不?……

这样地又十分钟过去了。我还没有走。雨没有住,车儿没有影踪。她也依然焦灼地站着。我有一个残忍的好奇心,如她这样的在一重困难中,我要看她终于如何处理她自己。看着她这样窘急,怜悯和旁观的心理在我身中各占了一半。

她又在惊异地看着我。

忽然,我觉得,何以刚才会不觉得呢,我奇怪,她好像在等待我拿我的伞贡献给她,并且送她回去,不,不一定是回去,只是到她所要到的地方去。你有伞,但你不走,你愿意分一半伞遮蔽我,但还在等待什么更适当的时候呢?她的眼光在对我这样说。

我脸红了,但并没有低下头去。

用羞赧来对付一个少女的注目,在结婚以后,我是不常有的。这是自己也随即觉得可怪了。我将用何种理由来譬解我的脸红呢?没有!但随即有一种男子的勇气升上来,我要求报复,这样说或许是较言重了,但至少是要求制服她的心在我身里急突地催促着。

终归是我移近了这少女,将我的伞分一半遮蔽她。

"小姐,车子恐怕一时不会得有,假如不妨碍,让我来送一送罢。我有伞。"

我想说送她回府,但随即想到她未必是在回家的路上,所以结果是这样两用地说了。当说着这些话的时候,我竭力做得神色泰然,而她一定已看出了这勉强的安静的态度后面藏匿着的我的血脉之急流。

她凝视着我半微笑着。这样好久。她是在估量我这种举止的动机,上海是个坏地方,人与人都用了一种不信任的思想交际着!她也许是正在自己委决不下,雨真的在短时期内不会停么?人力车真的不会来一辆么?要不要借着他的伞姑且走起来呢?也许转一个弯就可以有人力车,也许就让他送到了,那不妨事么?……不妨事。遇见了认识人不会猜疑吗?……但天太晚了,雨并不觉得小一些。

于是她对我点了点头,极轻微地。

"谢谢你。"朱唇一启,她迸出柔软的苏州音。

转进靠西边的文监师路,响着雨声的伞下,在一个少女的旁边,我开始诧异我的奇遇。事情会展开到这个现状吗?她是谁,在我身旁同走,并且让我用伞遮蔽她,除了和我的妻之外,近几年来我并不曾有过这样的经历。我回转头去,向后面斜看,店铺里有许多人歇下了工作对我,或是我们,看着。隔着雨的帡幪,我看得见他们的可疑的脸色。我心里吃惊了,这里有着我认识的人吗?或是可有着认识她的人吗?……再回看她,她正低下着头,拣着踏脚地走。我的鼻子刚接近了她的鬓发,一阵香。无论认识我们之中任何一个的人,看见了这样的我们的同行,会怎样想?……我将伞沉下了些,让它遮蔽到我们的眉额。人家除非故意低下身子来,不能看见我们的脸面。这样的举动,她似乎很中意。

我起先是走在她右边,右手执着伞柄,为了要让她多得些荫蔽,手臂便凌空了。我开始觉得手臂酸痛,但并不以为是一种苦楚。我侧眼看她,我恨那个伞柄,它遮隔了我的视线。从侧面看,她并没有从正面看那样的美丽。但我却从此得到一个新的发现:她很像一个人。谁?我搜寻着,我搜寻着,好像很记得,岂但……几乎每日都在意中的,一个我认识的女子,像现在身旁并行着的这一个一样的身材,差不多的面容,但何以现在百思不得了呢?……啊,是了,我奇怪为什么我竟会得想不起来,这是不可能的!我的初恋的那个少女,同学,邻居,她不是很像她吗?这样的从侧面看,我与她离别了好几年了,在我们相聚的最后一日,她还只有十四岁,……一年……二年……七年了呢。我结婚了,我没有再看见她,想来长成得更美丽了……但我并不是没有看见她长大起来,当我脑中浮起她的印象来的时候,她并不还保留着十四岁的少女的姿态。我不时在梦里,睡梦或白日梦,看见她在长大起来,我曾自己构成她是个美丽的二十岁年纪的少女。她有好的声音和姿态,常偶然悲哀的时候,她在我的幻觉里会得是一个妇人,或甚至是一个年轻的母亲。

但她何以这样的像她呢?这个容态,还保留十四岁时候的余影,难道就是她自己么?她为什么不会到上海来呢?是她!天下有这样容貌完全相同的人么?不知她认出了我没有……我应该问问她了。

"小姐是苏州人么?"

"是的。"

确然是她,罕有的机会啊!她几时到上海来的呢?她的家搬到上海来了吗?还是,哎,我怕,她嫁到上海来了呢?她一定已经忘记我了,否则她不会允许我送她走。……也许我的容貌有了改变,她不能再认识我,年数确是很久了。……但她知道我已经结婚吗?要是没有知道,而现在她认识了我,怎么办呢?我应当告诉她吗?如果这样是需要的,我将怎样措辞呢?……

我偶然向道旁一望,有一个女子倚在一家店里的柜上。用着忧郁的眼光,看着我,或者也许是看着她。我忽然好像发现这是我的妻,她为什么在这里?我奇怪。

我们走在什么地方了。我留心看。小菜场。她恐怕快要到了。我应当不失了这个机会。我要晓得她更多一些,但要不要使我们继续已断的友谊呢,是的,至少也得是友谊?还是仍旧这样地让我在她的意识里只不过是一个不相识的帮助女子的善意的人呢?我开始踌躇了。我应当怎样做才是最适当的。

我似乎还应该知道她正要到哪里去。她未必是归家去吧。家——要是父母的家倒也不妨事,我可以进去,如像幼小的时候一样。但如果是她自己的家呢?我为什么不问她结婚了不曾呢……或许,连自己的家也不是,而是她的爱人的家呢,我看见一个文雅的青年绅士。我开始后悔了,为什么今天这样高兴,剩下妻在家里焦灼地等候着我,而来管人家的闲事呢?北四川路上,终究会有人力车往来的,即使我不这样地用我的伞伴送她,她也一定早已能雇到车子了。要不是自己觉得不便说出口,我早已会剩了她在雨中返身走了。

还是再考验一次罢。

"小姐贵姓?"

"刘。"

刘吗?一定是假的。她已经认出了我,她一定都知道了关于我的事,她哄我了。她不愿意再认识我了,便是友谊也不想继续了。女人!……她为什么改了姓呢?……也许这是她丈夫的姓?刘……刘什么?

这些思想的独白,并不占有了我多少时候。它们是很迅速地翻舞过我心里,就在与这个好像有魅力的少女同行过一条马路的几分钟之内。我的眼不常离开她,雨到这时已在小下来也没有觉得。眼前好像来来往往的人在多起来了,人力车也恍惚看见了几辆。她为什么不雇车呢?或许快要到达她的目的地了。她会不会因为心里已认识了我,不敢说,所以故意延滞着和我同走么?

一阵微风,将她的衣缘吹起,飘漾在身后。她扭过脸去避对面吹来的风,闭着眼睛,有些娇媚。这是很有诗兴的姿态,我记起日本画伯铃木春信的一帖题名叫"夜雨宫诣美人图"的画。提着灯笼,遮着被斜风细雨所撕破的伞,在夜的神社之前走着,衣裳和灯笼都给风吹卷着,侧转脸儿来避着风雨的威势,这是颇有些洒脱的感觉的。现在我留心到这方面了,她也有些这样的风度。至于我自己,在旁人眼光里,或许成为她的丈夫或情人了,我很有些得意于这种自譬的假设。是的,当我觉得她确是幼小时候初恋着的女伴的时候,我是如像真有这回事似的享受着这样的假设。而从她鬓边颊上被潮润的风吹过来的粉香,我也闻嗅得出是和我妻所有的香味一样的。……我旋即想到古人有"担簦亲送绮罗人"么一句诗,是很适合于我今天的奇遇的。铃木画伯的名画又一度浮现上来了。但铃木所画的美人并不和她有一些相像,倒是我妻的嘴唇却与画里的少女的嘴唇有些仿佛。我再试一试对于她的凝视,奇怪啊,现在我觉得她并不是我适才所误会着的初恋的女伴了。她是另外一个不相干的少女。眉额,鼻子,颧骨,即使说是有年岁的改换,也绝对地找不出一些踪迹来。而我尤其嫌厌着她的嘴唇,侧看过去,似乎太厚了一些。

我忽然觉得很舒适,呼吸也更涌畅了。我若有意若无意地替她撑着伞,徐徐觉得手臂太酸痛之外,没什么感觉。在身旁由我伴送着的这个不相识的少女的形态,好似已经从我的心的樊笼中被释放了出去。我才觉得天已完全夜了,而伞上已听不到些微的雨声。

"谢谢你,不必送了,雨已经停了。"

她在我耳朵边这样地嘤响。

我蓦然惊觉,收起手中的伞。一缕街灯的光射上了她的脸,显着橙子的颜色。她快要到了吗?可是她不愿意我伴她到目的地,所以趁此雨已停住的时候要打发我吗?我能不能设法看一看她究竟到什么地方去呢?……

"不要紧,假使没有妨碍,让我送到了罢。"

"不敢当呀,我一个人可以走了,不必送罢。时光已是很晏了,真对不起得很呢。"

　　看来是不愿我送的了。但假如还是下着大雨便怎么了呢?……我怨怼着不情的天气,何以不再继续下半小时雨呢,是的,只要再半小时就够了。一瞬间,我从她的对于我的凝视——那是为了要等候我的答话——中看出一种特殊的端庄,我觉得凛然,像雨中的风吹上我的肩膀。我想回答,但她已不再等候我。

　　"谢谢你,请回转罢,再会。……"

　　她微微地侧面向我说着,跨前一步走了,没有再回转头来。我站在中路,看她的后形,旋即消失在黄昏里。我呆立着,直到一个人力车夫来向我兜揽生意。

　　在车上的我,好像飞行在一个醒觉之后就要忘记了的梦里。我似乎有一桩事情没有做完,我心里有着一种牵挂。但这并不曾很清晰地意识着。我几次想把手中的伞张起来,可是随即会自己失笑这是无意识的。并没有雨降下来,完全地晴了,而天空中也稀疏地有了几颗星。

　　下了车,我叩门。

　　"谁?"

　　这是我在伞底下伴送着走的少女的声音!奇怪,她何以又会在我家里?……门开了。堂中灯火通明,背着灯光立在开着一半的大门边的,倒并不是那个少女。朦胧里,我认出她是那个倚在柜台上用嫉妒的眼光看着我和那个同行的少女的女子。我惝悦地走进门。在灯下,我很奇怪,为什么从我妻的脸色上再也找不出那个女子的幻影来。

　　妻问我何故回家这样的迟,我说遇到了朋友,在沙利文吃了点心,因为等雨停止,所以坐得久了。为了要证实我这谎话,夜饭吃得很少。

(《施蛰存短篇小说集》,湖南文艺出版社,1998 年)

《梅雨之夕》导读　　　拓展阅读

拓展阅读

黄晓娟:都市文化与传统文化撞出的心理旋涡——施蛰存的《梅雨之夕》赏析

边城(十一—十六)

沈从文

十一

  有人带了礼物到碧溪岨,掌水码头的顺顺,当真请了媒人为儿子向渡船的攀亲戚来了。老船夫慌慌张张把这个人渡过溪口,一同到家里去。翠翠正在屋门前剥豌豆,来了客并不如何注意。但一听到客人进门说:"贺喜贺喜",心中有事,不敢再呆在屋门边,就装作追赶菜园地的鸡,拿了竹响篙唰唰的摇着,一面口中轻轻喝着,向屋后白塔跑去了。
  来人说了些闲话,言归正传转述到顺顺的意见时,老船夫不知如何回答,只是很惊惶的搓着两只茧结的大手,好像这不会真有其事,而且神气中只像在说:"那好,那好,"其实这老头子却不曾说过一句话。
  马兵把话说完后,就问作祖父的意见怎么样。老船夫笑着把头点着说:"大老想走车路,这个很好。可是我得问问翠翠,看她自己主意怎么样。"来人走后,祖父在船头叫翠翠下河边来说话。
  翠翠拿了一簸箕豌豆下到溪边,上了船,娇娇的问他的祖父:"爷爷,你有什么事?"祖父笑着不说什么,只偏着个白发盈颠的头看着翠翠,看了许久。翠翠坐到船头,低下头去剥豌豆,耳中听着远处竹篁里的黄鸟叫。翠翠想:"日子长咧,爷爷话也长了。"翠翠心轻轻的跳着。
  过了一会祖父说:"翠翠,翠翠,先前来的那个伯伯来作什么,你知道不知道?"
  翠翠说:"我不知道。"说后脸同颈脖全红了。
  祖父看看那种情景,明白翠翠的心事了,便把眼睛向远处望去,在空雾里望见了十五年前翠翠的母亲,老船夫心中异常柔和了。轻轻的自言自语说:"每一只船总要有个码头,每一只雀儿得有个巢。"他同时想起那个可怜的母亲过去的事情,心中有了一点隐痛,却勉强笑着。
  翠翠呢,正从山中黄鸟杜鹃叫声里,以及山谷中伐竹人嗽嗽一下一下的砍伐竹子声音里,想到许多事情。老虎咬人的故事,与人对骂时四句头的山歌,造纸作坊中的方坑,铁工厂熔铁炉里泄出的铁汗……耳朵听来的,眼睛看到的,她似乎都要去温习温习。她其所以这样作,又似乎全只为了希望忘掉眼前的一桩事而起。但她实在有点误会了。

祖父说:"翠翠,船总顺顺家里请人来作媒,想讨你作媳妇,问我愿不愿。我呢,人老了,再过三年两载会过去的,我没有不愿的事情。这是你自己的事,你自己想想,自己来说。愿意,就成了;不愿意,也好。"

翠翠不知如何处理这个问题,装作从容,怯怯的望着老祖父。又不便问什么,当然也不好回答。

祖父又说:"大老是个有出息的人,为人又正直,又慷慨,你嫁了他,算是命好!"

翠翠明白了,人来做媒的大老! 不曾把头抬起,心忡忡的跳着,脸烧得厉害,仍然剥她的豌豆,且随手把空豆荚抛到水中去,望着它们在流水中从从容容的流去,自己也俨然从容了许多。

见翠翠总不作声,祖父于是笑了,且说:"翠翠,想几天不碍事。洛阳桥并不是一个晚上造得好的,要日子咧。前次那人来的就向我说到这件事,我已经就告诉他:车是车路,马是马路,各有规矩。想爸爸作主,请媒人正正经经来说是车路;要自己作主,站到对溪高崖竹林里为你唱三年六个月的歌是马路,——你若欢喜走马路,我相信人家会为你在日头下唱热情的歌,在月光下唱温柔的歌,一直唱到吐血喉咙烂!"

翠翠不作声,心中只想哭,可是也无理由可哭。祖父再说下去,便引到死去了的母亲来了。老人说了一阵,沉默了。翠翠悄悄把头摺过一些,祖父眼中业已酿了一汪眼泪。翠翠又惊又怕,怯生生的说:"爷爷,你怎么的?"祖父不作声,用大手掌擦着眼睛,小孩子似的咕咕笑着,跳上岸跑回家中去了。

翠翠心中乱乱的,想赶去却不赶去。

雨后放晴的天气,日头炙到肩上背上已有了点儿力量。溪边芦苇水杨柳,菜园中菜蔬,莫不繁荣滋茂,带着一分有野性的生气。草丛里绿色蚱蜢各处飞着,翅膀搏动空气时窸窸作声。枝头新蝉声音已渐渐洪大。两山深翠逼人,竹篁中,有黄鸟与竹雀杜鹃鸣叫。翠翠感觉着,望着,听着,同时也思索着:

"爷爷今年七十岁……三年六个月的歌——谁送那只白鸭子呢? ……得碾子的好运气,碾子得谁更是好运气? ……"

痴着,忽地站起,半簸箕豌豆便倾倒到水中去了。伸手把那簸箕从水中捞起时,隔溪有人喊过渡。

十二

翠翠第二天在白塔下菜园地里,第二次被祖父询问到自己主张时,仍然心儿忡忡的跳着,把头低下不作理会,只顾用手去掐葱。祖父笑着,心想:"还是等等看,再说下去这一坪葱会全掐掉了。"同时似乎又觉得这其间有点古怪处,不好再说下去,便自己按捺下言语,用一个做作的笑话,把问题引到另外一件事情上去了。

天气渐渐的越来越热了。近六月时,天气热了些,老船夫把一个满是灰尘的黑陶缸子从屋角隅里搬出,自己还匀出闲工夫,拼了几方木板作成一个圆盖。又锯木头作成一个三脚架子,且削刮了个大竹筒,用葛藤系定,放在缸边作为舀茶的家具。自从这茶缸移到屋门溪边后,每早上翠翠就烧一大锅开水,倒进那缸子里去。有时缸里加些茶叶,有时却只放下一些用火烧焦的锅巴,乘那东西还燃着时便抛进缸里去。老船夫且照例准备了些发痧肚痛治疱疡子的草根木皮,把这些药搁在家中当眼处,一见过渡人神气不对,就忙匆匆的把药取来,善意的勒迫这过路人使用他的药方,且告人这许多救急丹方的来源(这些丹方自然全是他从城中军医同巫师学来的)。他终日裸着两只膀子,在方头船上站定,头上还常常是光光的,一头短短白发,在日光下如银子。翠翠依然是个快乐人,屋前屋后跑着唱着,不走动时就坐在门前高崖树荫下吹小竹管儿玩。爷爷仿佛把大老提婚的事早已忘掉,翠翠自然也早忘掉这件事情了。

可是那做媒的不久又来探口气了,依然是同从前一样,祖父把事情成否全推到翠翠身上去,打发了媒人上路。回头又同翠翠谈了一次,也依然不得结果。

老船夫猜不透这事情在这什么方面有个疙瘩,解除不去,夜里躺在床上便常常陷入一种沉思里去,隐隐约约体会到一件事情——翠翠爱二老不爱大老,想到了这里时,他笑了,为了害怕而勉强笑了。其实他有点忧愁,因为他忽然觉得翠翠一切全像那个母亲,而且隐隐约约便感觉到这母女二人共同的命运。一堆过去的事情蜂拥而来,不能再睡下去了,一个人便跑出门外,到那临溪高崖上去,望天上的星辰,听河边纺织娘以及一切虫类如雨的声音,许久许久还不睡觉。

这件事翠翠是毫不注意的,这小女孩子日里尽管玩着,工作着,也同时为一些很神秘的东西驰骋她那颗小小的心,但一到夜里,却甜甜的睡眠了。

不过一切皆得在一份时间中变化。这一家安静平凡的生活,也因了一堆接连而来的日子,在人事上把那安静空气完全打破了。

船总顺顺家中一方面,天保大老的事已被二老知道了,傩送二老同时也让他哥哥知道了弟弟的心事。这一对难兄难弟原来同时爱上了那个撑渡船的外孙女。这事情在本地人说来并不希奇,边地俗话说:"火是各处可烧的,水是各处可流的,日月是各处可照的,爱情是各处可到的。"有钱船总儿子,爱上一个弄渡船的穷人家女儿,不能成为希罕的新闻,有一点困难处,只是这两兄弟到了谁应娶得这个女人作媳妇时,是不是也还得照茶峒人规矩,来一次流血的挣扎?

兄弟两人在这方面是不至于动刀的,但也不作兴有"情人奉让"如大都市懦怯男子爱与仇对面时作出的可笑行为。

那哥哥同弟弟在河上游一个造船的地方,看他家中那一只新船,在新船旁把一切心事全告给了弟弟,且附带说明,这点爱还是两年前植下根基的。弟弟微笑着,把话听下去。两人从造船处沿了河岸又走到王乡绅新碾坊去,那大哥就说:

"二老,你倒好,作了团总女婿,有座碾坊;我呢,若把事情弄好了,我应当接那个老的手来划渡船了。我欢喜这个事情,我还想把碧溪岨两个山头买过来,在界线上种大南竹,围着这一条小溪作为我的砦子!"

那二老仍然的听着,把手中拿的一把弯月形镰刀随意斫削路旁的草木,到了碾坊时,却站住了向他哥哥说:

"大老,你信不信这女子心上早已有了个人?"

"我不信。"

"大老,你信不信这碾坊将来归我?"

"我不信。"

两人于是进了碾坊。

二老说:"你不必——大老,我再问你,假若我不想得这座碾坊,却打量要那只渡船,而且这念头也是两年前的事,你信不信呢?"

那大哥听来真着了一惊,望了一下坐在碾盘轴上的傩送二老,知道二老不是开玩笑,于是站近了一点,伸手在二老肩上拍打了一下,且想把二老拉下来。他明白了这件事,他笑了。他说,"我相信的,你说的是真话!"

二老把眼睛望着他的哥哥,很诚实的说:

"大老,相信我,这是真事。我早就那么打算到了。家中不答应,那边若答应了,我当真预备去弄渡船的!——你告我,你呢?"

"爸爸已听了我的话,为我要城里的杨马兵做保山,向划渡船的说亲去了!"大老说到这个求亲手续时,好像知道二老要笑他,又解释要保山去的用意,只是因为老的说车有车路,马有马路,我就走了车路。"

"结果呢?"

"得不到什么结果。老的口上含李子,说不明白。"

"马路呢?"

"马路呢,那老的说若走马路,得在碧溪岨对溪高崖上唱三年六个月的歌。把翠翠心唱软,翠翠就归我了。"

"这并不是个坏主张!"

"是呀,一个结巴人话说不出还唱得出?可是这件事轮不到我了。我不是竹雀,不会唱歌。鬼知道那老的存心是要把孙女儿嫁个会唱歌的水车,还是预备规规矩矩嫁个人!"

"那你怎么样?"

"我想告那老的,要他说句实在话。只一句话。不成,我跟船下桃源去了;成呢,便是要我撑渡船,我也答应了他。"

"唱歌呢?"

"这是你的拿手好戏,你要去做竹雀你就去吧,我不会捡马粪塞你嘴巴的。"

二老看到哥哥那种样子,便知道为这件事哥哥感到的是一种如何烦恼了。他明白他哥哥的性情,代表了茶峒人粗卤爽直一面,弄得好,掏出心子来给人也很慷慨作去,弄不好,亲舅舅也必一是一二是二。大老何尝不想在车路上失败时走马路;但他一听到二老的坦白陈述后,他就知道马路只二老有份儿,自己的事不能提了。因此他有点气恼,有点愤慨,自然是无从掩饰的。

二老想出了个主意,就是两兄弟月夜里同到碧溪岨去唱歌,莫让人知道是弟兄两个,两人轮流唱下去,谁得到回答,谁便继续用那张唱歌胜利的嘴唇,服侍那划渡船的外孙女。大老不善于唱歌,轮到大老时也仍然由二老代替。两人凭命运来决定自己的幸福,这么办可说是极公平了。提议时,那大老还以为他自己不会唱,也不想请二老替他作竹雀。但二老那种诗人性格,却使他很固持的要哥哥实行这个办法。二老说必需这样作,一切方公平一点。

大老把弟弟提议想想,作了一个苦笑。"×娘的,自己不是竹雀,还请老弟做竹雀!好,就是这样子,我们各人轮流唱,我也不要你帮忙,一切我自己来吧。树林子里的猫头鹰,声音不动听,要老婆时,也仍然是自己叫下去,不请人帮忙的!"

两人把事情说妥当后,算算日子,今天十四,明天十五,后天十六,接连而来的三个日子,正是有大月亮天气。气候既到了中夏,半夜里不冷不热,穿了自家机布汗褂,到那些月光照及的高崖上去,遵照当地的习惯,很诚实与坦白去为一个"初生之犊"的黄花女唱歌。露水降了,歌声涩了,到应当回家了时,就趁残月赶回家去。或过那些熟识的整夜工作不息的碾坊里去,躺到温暖的谷仓里小睡,等候天明。一切安排皆极其自然,结果是什么,两人虽不明白,但也看得极其自然。两人便决定了从当夜起始,来作这种为当地习惯所认可的竞争。

十三

　　黄昏来时翠翠坐在家中屋后白塔下,看天空为夕阳烘成桃花色的薄云。十四中寨逢场,城中生意人过中寨收买山货的很多,过渡人也特别多,祖父在渡船上忙个不息。天快夜了,别的雀子似乎都在休息了,只杜鹃叫个不息。石头泥土为白日晒了一整天,草木为白日晒了一整天,到这时节皆放散一种热气。空气中有泥土气味,有草木气味,且有甲虫类气味。翠翠看着天上的红云,听着渡口飘乡生意人的杂乱声音,心中有些儿薄薄的凄凉。

　　黄昏照样的温柔,美丽,平静。但一个人若体念到这个当前一切时,也就照样的在这黄昏中会有点儿薄薄的凄凉。于是,这日子成为痛苦的东西了。翠翠觉得好像缺少了什么。好像眼见到这个日子过去了,想在一件新的人事上攀住它,但不成。好像生活太平凡了,忍受不住。

　　"我要坐船下桃源县过洞庭湖,让爷爷满城打锣去叫我,点了灯笼火把去找我。"

　　她便同祖父故意生气似的,很放肆的去想到这样一件事,她且想象她出走后,祖父用各种方法寻觅全无结果,到后如何无可奈何躺在渡船上。

　　人家喊,"过渡,过渡,老伯伯,你怎么的,不管事!""怎么的!翠翠走了,下桃源县了!""那你怎么办?""怎么办吗?拿把刀,放在包袱里,搭下水船去杀了她!"……

　　翠翠仿佛当真听着这种对话,吓怕起来了,一面锐声喊着她的祖父,一面从坎上跑向溪边渡口去。见到了祖父正把船拉在溪中心,船上人喁喁说着话,小小心子还依然跳跃不已。

　　"爷爷,爷爷,你把船拉回来呀!"

　　那老船夫不明白她的意思,还以为是翠翠要为他代劳了,就说:

　　"翠翠,等一等,我就回来!"

　　"你不拉回来了吗?"

　　"我就回来!"

翠翠坐在溪边，望着溪面为暮色所笼罩的一切，且望到那只渡船上一群过渡人，其中有个吸旱烟的打着火镰吸烟，且把烟杆在船边剥剥的敲着烟灰，就忽然哭起来了。

祖父把船拉回来时，见翠翠痴痴的坐在岸边，问她是什么事，翠翠不作声。祖父要她去烧火煮饭，想了一会儿，觉得自己哭得可笑，一个人便回到屋中去，坐在黑黝黝的灶边把火烧燃后，她又走到门外高崖上去，喊叫她的祖父，要他回家里来，在职务上毫不儿戏的老船夫，因为明白过渡人皆是赶回城中吃晚饭的人，来一个就渡一个，不便要人站在那岸边呆等，故不上岸来。只站在船头告翠翠，且让他做点事，把人渡完事后，就回家里来吃饭。

翠翠第二次请求祖父，祖父不理会，她坐在悬崖上，很觉得悲伤。

天夜了，有一匹大萤火虫尾上闪着蓝光，很迅速的从翠翠身旁飞过去，翠翠想，"看你飞得多远！"便把眼睛随着那萤火虫的明光追去。杜鹃又叫了。

"爷爷，为什么不上来？我要你！"

在船上的祖父听到这种带着娇有点儿埋怨的声音，一面粗声粗气的答道："翠翠，我就来，我就来！"一面心中却自言自语："翠翠，爷爷不在了，你将怎么样？"

老船夫回到家中时，见家中还黑黝黝的，只灶间有火光，见翠翠坐在灶边矮条凳上，用手蒙着眼睛。

走过去才晓得翠翠已哭了许久。祖父一个下半天来，皆弯着个腰在船上拉来拉去，歇歇时手也酸了，腰也酸了，照规矩，一到家里就会嗅到锅中所焖瓜菜的味道，且可见到翠翠安排晚饭在灯光下跑来跑去的影子。今天情形不同了一点。

祖父说："翠翠，我来慢了，你就哭，这还成吗？我死了呢？"

翠翠不作声。

祖父又说："不许哭，做一个大人，不管有什么事都不许哭。要硬扎一点，结实一点，才配活到这块土地上！"

翠翠把手从眼睛边移开，靠近了祖父身边去，"我不哭了。"

两人吃饭时，祖父为翠翠说到一些有趣味的故事。因此提到了死去了的翠翠的母亲。两人在豆油灯下把饭吃过后，老船夫因为工作疲倦，喝了半碗白酒，因此饭后兴致极好，又同翠翠到门外高崖上月光下去说故事。说了些那个可怜母亲的乖巧处，同时且说到那可怜母亲性格强硬处，使翠翠听来神往倾心。

翠翠抱膝坐在月光下，傍着祖父身边，问了许多关于那个可怜母亲的故事。间或吁一口气，似乎心中压上了些分量沉重的东西，想挪移得远一点，才吁着这种气，可是却无从把那东西挪开。

月光如银子，无处不可照及，山上篁竹在月光下皆成为黑色。身边草丛中虫声繁密如落雨。间或不知道从什么地方，忽然会有一只草莺"落落落落嘘！"啭着它的喉咙，不久之间，这小鸟儿又好像明白这是半夜，不应当那么吵闹，便仍然闭着那小小眼儿安睡了。

祖父夜来兴致很好，为翠翠把故事说下去，就提到了本城人二十年前唱歌的风气，如何驰名于川黔边地。翠翠的父亲，便是唱歌的第一手，能用各种比喻解释爱与憎的结子，这些事也说到了。翠翠母亲如何爱唱歌，且如何同父亲在未认识以前在白日里对歌，一个在半山上竹篁里吹竹子，一个在溪面渡船上拉船，这些事也说到了。

翠翠问："后来怎么样？"

祖父说："后来的事长得很，最重要的事情，就是这种歌唱出了你。"

十四

老船夫做事累了睡了，翠翠哭倦了，也睡了。翠翠不能忘记祖父所说的事情，梦中灵魂为一种美妙歌声浮起来了，仿佛轻轻的各处飘着，上了白塔，下了菜园，到了船上，又复飞窜过对山悬崖半腰——去作什么呢？摘虎耳草！白日里拉船时，她仰头望着崖上那些肥大虎耳草已极熟悉。崖壁三五丈高，平时攀折不到手，这时节却可以选顶大的叶子作伞。

一切全像是祖父说的故事，翠翠只迷迷胡胡的躺在粗麻布帐子里草荐上，以为这梦做得顶美顶甜。祖父却在床上醒着，张起个耳朵听对溪高崖上的人唱了半夜的歌。他知道那是谁唱的，他知道是河街上天保大老走马路的第一着，因此又忧愁又快乐的听下去。翠翠因为日里哭倦了，睡得正好，他就不去惊动她。

第二天，天一亮翠翠同祖父起身了，用溪水洗了脸，把早上说梦的忌讳去掉了，翠翠赶忙同祖父去说昨晚上所梦的事情。

"爷爷，你说唱歌，我昨天就在梦里听到一种顶好听的歌声，又软又缠绵，我像跟了这声音各处飞，飞到对溪悬崖半腰，摘了一大把虎耳草，得到了虎耳草，我可不知道把这个东西交给谁去了。我睡得真好，梦的真有趣！"

祖父温和悲悯的笑着，并不告给翠翠昨晚上的事实。

祖父心里想："做梦一辈子更好，还有人在梦里作宰相中状元咧。"

昨晚上唱歌的，老船夫还以为是天保大老，日来便要翠翠守船，借故到

城里去送药,探探情形。在河街见到了大老,就一把拉住那小伙子,很快乐的说:

"大老,你这个人,又走车路又走马路,是怎样一个狡猾东西!"

但老船夫却作错了一件事情,把昨晚唱歌人"张冠李戴"了。这两弟兄昨晚上同时到碧溪岨去,为了作哥哥的走车路占了先,无论如何也不肯先开腔唱歌,一定得让那弟弟先唱。弟弟一开口,哥哥却因为明知不是敌手,更不能开口。翠翠同她祖父晚上听到的歌声,便全是那个傩送二老所唱的。大老伴弟弟回家时,就决定了同茶峒地方离开,驾家中那只新油船下驶,好忘却了上面的一切。这时正想下河去看新船装货。老船夫见他神情冷冷的,不明白他的意思,就用眉眼做了一个可笑的记号,表示他明白大老的冷淡处是装成的,表示他有好消息可以奉告。他拍了大老一下,翘起一个大拇指,轻轻的说:

"你唱得很好,别人在梦里听着你那个歌,为那个歌带得很远,走了不少的路!你是第一号,是我们地方唱歌的第一号。"

大老望着弄渡船的老船夫涎皮的老脸,轻轻的说:

"算了吧,你把宝贝孙女儿送给了会唱歌的竹雀吧。"

这句话使老船夫完全弄不明白他的意思。大老从一个吊脚楼甬道走下河去了,老船夫也跟着下去。到了河边,见那只新船正在装货,许多油篓子搁在河岸边。一个水手正用茅草扎成长束,备作船舷上挡浪用的茅把。还有人坐在河边石头上,用脂油擦抹桨板。老船夫问那个水手,这船什么日子下行,谁押船。那水手把手指着大老。老船夫搓着手说:

"大老,听我说句正经话,你那件事走车路,不对;走马路,你有份的!"

那大老把手指着窗口说:"伯伯,你看那边,你要竹雀做孙女婿,竹雀在那里啊!"

老船夫抬头望见二老,正在窗口整理一个渔网。

回碧溪岨到渡船上时,翠翠问:

"爷爷,你同谁吵了架,面色那样难看!"

祖父莞尔而笑。他到城里的事情,不告给翠翠一个字。

十五

大老坐了那只新油船向下河走去了,留下傩送二老在家。老船夫方面还以为上次歌声既归二老唱的,在此后几个日子里,自然还会听到那种歌声。一到了晚间就故意从别样事情上,促翠翠注意夜晚的歌声。两人吃完饭坐在屋里,因屋前滨水,长脚蚊子一到黄昏就嗡嗡的叫着,翠翠便把蒿艾束成的烟包点燃,向屋中角隅各处晃着驱逐蚊子。晃了一阵,估计全屋子里已为蒿艾烟气熏透了,方把烟包搁到床前地上去,再坐在小板凳上来听祖父说话。从一些故事上慢慢的谈到了唱歌,祖父话说得很妙。祖父到后发问道:

"翠翠,梦里的歌可以使你爬上高崖去摘那虎耳草,若当真有谁来在对溪高崖上为你唱歌,你预备怎么样?"祖父把话当笑话说着的。

翠翠便也当笑话答道:"有人唱歌我就听下去,他唱多久我也听多久!"

"唱三年六个月呢?"

"唱得好听,我听三年六个月。"

"这不大公平吧。"

"怎么不公平? 为我唱歌的人,不是极愿意我长远听他唱歌吗?"

"照理说:'炒菜要人吃,唱歌要人听。'可是人家为你唱,是要你懂他歌里的意思!"

"爷爷,懂歌里什么意思?"

"自然是他那颗想同你要好的真心!不懂那点心事,不是同听竹雀唱歌一样吗?"

"我懂了他的心又怎么样?"

祖父用拳头把自己腿重重的捶着,且笑着:"翠翠,你人乖巧,爷爷笨得很,话说得不温柔,也莫生气。我信口开河,说个笑话给你听。你应当当笑话听。河街天保大老走车路,请保山来提亲,我告诉过你这件事了,你那神气不愿意,是不是? 可是,假若那个人还有个兄弟,想走马路,为你来唱歌,向你攀交情,你将怎么说?"

翠翠吃了一惊,低下头去。因为她不明白这笑话究竟有几分真,又不清楚这笑话是谁诌的。

祖父说:"你试告我,愿意哪一个?"

翠翠便勉强笑着,轻轻的带点儿恳求的神气说:

"爷爷,莫说这个笑话吧。"翠翠站起身了。

"我说的若是真话呢?"

"爷爷你真是个……"翠翠说着走出去了。

祖父说:"我说的是笑话,你生我的气吗?"

翠翠不敢生祖父的气,走近门边时,就把话引到另外一件事情上去:"爷爷,看天上的月亮,那么大!"说着,出了屋外,便在那一派清光的露天中站定。站了一忽儿,祖父也从屋中出到外边来了。翠翠于是坐到那白日里

为强烈阳光晒热的岩石上去,石头正散发日间所储的余热。祖父就说:

"翠翠,莫坐热石头,免得生坐板疮。"

但自己用手摸摸后,自己便也坐到那岩石上了。

月光极其柔和,溪面浮着一层薄薄白雾,这时节对溪若有人唱歌,隔溪应和,实在太美丽了。翠翠还记着先前祖父说的笑话。耳朵又不聋,祖父的话说得极分明,一个兄弟走马路,唱歌来打发这样的晚上,算是怎么回事?她似乎为了等着这样的歌声,沉默了许久。

她在月光下坐了一阵,心里却当真愿意听一个人来唱歌。久之,对溪除了一片草虫的清音复奏以外,别无所有。翠翠走回家里去,在房门边摸着了那个芦管,拿出来在月光下自己吹着。觉吹得不好,又递给祖父要祖父吹。老船夫把那个芦管竖在嘴边,吹了个长长的曲子,翠翠的心被吹柔软了。

翠翠依傍祖父坐着,问祖父:

"爷爷,谁是第一个做这个小管子的人?"

"一定是个最快乐的人,因为他分给人的也是许多快乐;可又像是个最不快乐的人,因为他同时也可以引起人不快乐!"

"爷爷,你不快乐了吗?生我的气了吗?"

"我不生你的气。你在我身边,我很快乐。"

"我万一跑了呢?"

"你不会离开爷爷的。"

"万一有这种事,爷爷你怎么样?"

"万一有这种事,我就驾了这只渡船去找你。"

翠翠嗤的笑了。"凤滩、茨滩不为凶,下面还有绕鸡笼;绕鸡笼也容易下,青浪滩浪如屋大。爷爷你渡船也能下凤滩、茨滩、青浪滩吗?那些地方的水,你不说过全是像疯子,毫不讲道理?"

祖父说:"翠翠,我到那时可真像疯子,还怕大水大浪?"

翠翠俨然极认真的想了一下,就说:"爷爷,我一定不走,可是,你会不会走?你会不会被一个人抓到别处去?"

祖父不做声了,他想到被死亡抓走那一类事情。

老船夫打量着自己被死亡抓走以后的情形,痴痴的看望天南角上一颗星子,心想:"七月八月天上方有流星,人也会在七月八月死去吧?"又想起白日在河街上同大老谈话的经过,想起中寨人陪嫁的那座碾坊,想起二老,想起一大堆过去事情,心中不免有点儿乱。

翠翠忽然说:"爷爷,你唱个歌给我听听,好不好?"

祖父唱了十个歌,翠翠傍在祖父身边,闭着眼睛听下去,等到祖父不做声时,翠翠自言自语说:"我又摘了一把虎耳草了。"

祖父所唱的歌原来便是那晚上听来的歌。

十六

二老有机会唱歌,却从此不再到碧溪岨唱歌。十五过去了,十六也过去了,到了二十六,老船夫实在忍不住了,进城往河街去找寻那个年青小伙子,到城门边正预备入河街时,就遇着上次为大老作保山的杨马兵,正牵了一匹骡马预备出城,一见老船夫,就拉住了他:

"伯伯,我正有事情告你,碰巧你就来城里!"

"什么事情?"

"你听我说:天保大老坐下水船到茨滩出了事,闪不知这个人掉到滩下漩水里就淹坏了。早上顺顺家里得到这个信息,听说二老一早就赶去了。"

这个不吉消息同有力巴掌一样,重重的捆了老船夫那么一下,他不相信这是当真的消息。他故作从容的说:

"天保大老淹坏了吗?从不闻有水鸭子被水淹坏的!"

"可是那只水鸭子仍然有那么一次被淹坏了。我赞成你的卓见,不让那小子走车路十分顺手。"

从马兵言语上,老船夫还十分怀疑这个新闻,但从马兵神气上注意,老船夫却看清楚这是个真的消息了。他惨惨的说:

"我有什么卓见可说?这是天意!一切都有天意。"老船夫说时心中充满了感情。

特为证明那马兵所说的话,有多少可靠处,老船夫同马兵分手后,于是匆匆赶到河街上去。到了顺顺家门前,正有人烧纸钱,许多人围在一处说话。参加进去听听,所说的便是杨马兵提到的那件事。但一到有人发现了身后的老船夫时,大家便把话语转了方向,故意来谈下河油价涨落情形了。老船夫心中很不安,正想找一个比较要好的水手谈谈。

一会儿船总顺顺从外面回来了,样子沉沉的,这豪爽正直的中年人,正似乎为不幸打倒,努力想挣扎爬起的神气,一见到老船夫就说:

"老伯伯,我们谈的那件事情吹了吧。天保大老已经坏了,你知道了吧?"

老船夫两只眼睛红红的,把手搓着。"怎么的,这是真事?这不会是真事!是昨天,是前天?"

另一个像是赶路同来报信的,便插嘴说道:"十六中上,船搁到石包子上,船头进了水,大老想把篙撇着,人就弹到水中去了。"

老船夫说:"你眼见他下水吗?"

"我还和他同时下水!"

"他说什么?"

"什么都来不及说!这几天来他都不说话!"

老船夫把头摇摇,向顺顺那么怯怯的溜了一眼。船总顺顺像知道他的心中不安处,就说:"伯伯,一切是天,算了吧。我这里有大兴场人送来的好烧酒,你拿一点去喝吧。"一个伙计用竹筒上了一筒酒,用新桐木叶蒙着筒口,交给了老船夫。

老船夫把酒拿走,到了河街后,低头向河码头走去,到河边天保大老前天上船处去看看。杨马兵还在那里放马到沙地上打滚,自己坐在柳树荫下乘凉,老船夫就走过去请马兵试试那大兴场的烧酒。两人喝了点酒后,兴致似乎好些了,老船夫就告给杨马兵,十四夜里二老两兄弟过碧溪岨唱歌那件事情。

那马兵听到后便说:

"伯伯,你是不是以为翠翠愿意二老,应该派归二老……"

话没说完,傩送二老却从河街下来了。这年青人正像要远行的样子,一见了老船夫就回头走去。杨马兵喊他说:"二老,二老,你来,我有话同你说呀!"

二老站定了,很不高兴的神气,问马兵有什么话说。马兵望望老船夫,就向二老说:"你来,有话说!"

"什么话?"

"我听人说你已经走了,——你过来我同你说,我不会吃掉你!你什么时候走?"

那黑脸宽肩膊、样子虎虎有生气的傩送二老,勉强似的笑着,到了柳荫下时,老船夫把空气缓和下来,指着河上游远处那座新碾坊说:"二老,听人说那碾坊将来是归你的!归了你,派我来守碾子,行不行?"

二老仿佛听不惯这个询问的用意,便不做声。杨马兵看风头有点儿僵,便说:"二老,你怎么的,预备下去吗?"那年青人把头点点,不再说什么,就走开了。

老船夫讨了个没趣,很懊恼的赶回碧溪岨去,到了渡船上时,就装作把事情看得极随便似的,告给翠翠:

"翠翠,今天城里出了件新鲜事情,天保大老驾油船下辰州,运气不好,掉到茨滩淹坏了。"

翠翠因为听不懂,对于这个报告最先好像全不在意。祖父又说:

"翠翠,这是真事。上次来到这里做保山的那个杨马兵,还说我早不答应亲事,极有见识!"

翠翠瞥了祖父一眼,见他眼睛红红的,知道他喝了酒,且有了点事情不高兴,心中想:"谁撩你生气?"船到家边时,祖父不自然的笑着向家中走去。翠翠守船,半天不闻祖父声息,赶回家去看看,见祖父正坐在门槛上编草鞋耳子。

翠翠见祖父神气极不对,就蹲到他身前去。

"爷爷,你怎么啦?"

"天保当真死了!二老生了我们的气,以为他家中出这件事情,是我们分派的!"

有人在溪边大喊渡船过渡,祖父匆匆出去了。翠翠坐在那屋角隅稻草上,心中极乱,等等还不见祖父回来,就哭起来了。

1934 年 4 月 19 日完成

《边城》导读

拓展阅读

拓展阅读

1. 李健吾:《边城》——沈从文先生作
2. 龙永干、凌宇:"自然人性"的纯化、规约及其困窘:《边城》创作心理新论

骆驼祥子（第六章）

老 舍

第六章

初秋的夜晚，星光叶影里阵阵的小风，祥子抬起头，看着高远的天河，叹了口气。这么凉爽的天，他的胸脯又是那么宽，可是他觉到空气仿佛不够，胸中非常憋闷。他想坐下痛哭一场。以自己的体格，以自己的忍性，以自己的要强，会让人当作猪狗，会维持不住一个事情，他不只怨恨杨家那一伙人，而渺茫的觉到一种无望，恐怕自己一辈子不会再有什么起色了。拉着铺盖卷，他越走越慢，好像自己已经不是拿起腿就能跑个十里八里的祥子了。

到了大街上，行人已少，可是街灯很亮，他更觉得空旷渺茫，不知道往哪里去好了。上哪儿？自然是回人和厂。心中又有些难过。作买卖的，卖力气的，不怕没有生意，倒怕有了照顾主儿而没作成买卖，像饭铺理发馆进来客人，看了一眼，又走出去那样。祥子明知道上工辞工是常有的事，此处不留爷，自有留爷处。可是，他是低声下气的维持事情，舍着脸为是买上车，而结果还是三天半的事儿，跟那些串惯宅门的老油子一个样，他觉着伤心。他几乎觉得没脸再进人和厂，而给大家当笑话说："瞧瞧，骆驼祥子敢情也是三天半就吹呀，哼！"

不上人和厂，又上哪里去呢？为免得再为这个事思索，他一直走向西安门大街去。人和厂的前脸是三间铺面房，当中的一间作为柜房，只许车夫们进来交账或交涉事情，并不准随便来回打穿堂儿，因为东间与西间是刘家父女的卧室。西间的旁边有一个车门，两扇绿漆大门，上面弯着一根粗铁条，悬着一盏极亮的，没有罩子的电灯，灯下横悬着铁片涂金的四个字——"人和车厂"。车夫们出车收车和随时来往都走这个门。门上的漆深绿，配着上面的金字，都被那支白亮亮的电灯照得发光；出来进去的又都是漂亮的车，黑漆的黄漆的都一样的油汪汪发光，配着雪白的垫套，连车夫们都感到一些骄傲，仿佛都自居为车夫中的贵族。由大门进去，拐过前脸的西间，才是个四四方方的大院子,中间有棵老槐。东西房全是敞脸的,是存车的所在;南房和南房后面小院里的几间小屋,全是车夫的宿舍。

大概有十一点多了,祥子看见了人和厂那盏极明而怪孤单的灯。柜房和东间没有灯光,西间可是还亮着。他知道虎姑娘还没睡。他想轻手蹑脚的进去,别教虎姑娘看见;正因为她平日很看得起他,所以不愿头一个就被她看见他的失败。他刚把车拉到她的窗下,虎妞由车门里出来了:

"哟,祥子?怎——"她刚要往下问,一看祥子垂头丧气的样子,车上拉着铺盖卷,把话咽了回去。

怕什么有什么,祥子心里的惭愧与气闷凝成一团,登时立住了脚,呆在了那里。说不出话来,他傻看着虎姑娘。她今天也异样,不知是电灯照的,还是擦了粉,脸上比平日白了许多;脸上白了些,就掩盖好多她的凶气。嘴唇上的确是抹着点胭脂,使虎妞也带出些媚气;祥子看到这里,觉得非常的奇怪,心中更加慌乱,因为平日没拿她当过女人看待,骤然看到这红唇,心中忽然感到点不好意思。她上身穿着件浅绿的绸子小夹袄,下面一条青洋绉肥腿的单裤。绿袄在电灯下闪出些柔软而微带凄惨的丝光,因为短小,还露出一点点白裤腰来,使绿色更加明显素净。下面的肥黑裤被小风吹得微动,像一些什么阴森的气儿,想要摆脱开那贼亮的灯光,而与黑夜联成一气。祥子不敢再看了,茫然的低下头去,心中还存着个小小的带光的绿袄。虎姑娘一向,他晓得,不这样打扮。以刘家的财力说,她满可以天天穿着绸缎,可是终日与车夫们打交待,她总是布衣布裤,即使有些花色,在布上也就不惹眼。祥子好似看见一个非常新异的东西,既熟识,又新异,所以心中有点发乱。

心中原本苦恼,又在极强的灯光下遇见这新异的活东西,他没有了主意。自己既不肯动,他倒希望虎姑娘快快进屋去,或是命令他干点什么,简直受不了这样的折磨,一种什么也不像而非常难过的折磨。

"嗨!"她往前凑了一步,声音不高的说:"别愣着!去,把车放下,赶紧回来,有话跟你说。屋里见。"

平日帮她办惯了事,他只好服从。但是今天她和往日不同,他很想要思索一下;愣在那里去想,又怪僵得慌;他没主意,把车拉了进去。看看南屋,没有灯光,大概是都睡了;或者还有没收车的。把车放好,他折回到她的门前。忽然,他的心跳起来。

"进来呀,有话跟你说!"她探出头来,半笑半恼的说。

他慢慢走了进去。

桌上有几个还不甚熟的白梨,皮儿还发青。一把酒壶,三个白磁酒盅。一个头号大盘子,摆着半只酱鸡,和些熏肝酱肚之类的吃食。

"你瞧,"虎姑娘指给他一个椅子,看他坐下了,才说:"你瞧,我今天吃犒劳,你也吃点!"说着,她给他斟上一杯酒;白干酒的辣味,混合上熏酱肉味,显着特别的浓厚沉重。"喝吧,吃了这个鸡;我已早吃过了,不必让!我刚才用骨牌打了一卦,准知道你回来,灵不灵?"

"我不喝酒!"祥子看着酒盅出神。

"不喝就滚出去;好心好意,不领情是怎着?你个傻骆驼!辣不死你!连我还能喝四两呢。不信,你看看!"她把酒盅端起来,灌了多半盅,一闭眼,哈了一声。举着盅儿:"你喝!要不我揪耳朵灌你!"

祥子一肚子的怨气,无处发泄;遇到这种戏弄,真想和她瞪眼。可是他知道,虎姑娘一向对他不错,而且她对谁都是那么直爽,他不应当得罪她。既然不肯得罪她,再一想,就爽性和她诉诉委屈吧。自己素来不大爱说话,可是今天似乎有千言万语在心中憋闷着,非说说不痛快。这么一想,他觉得虎姑娘不是戏弄他,而是坦白的爱护他。他把酒盅接过来,喝干。一股辣气慢慢的,准确的,有力的,往下走,他伸长了脖子,挺直了胸,打了两个不十分便利的嗝儿。

虎妞笑起来。他好容易把这口酒调动下去,听到这个笑声,赶紧向东间那边看了看。

"没人,"她把笑声收了,脸上可还留着笑容。"老头子给姑妈作寿去了,得有两三天的耽误呢;姑妈在南苑住。"一边说,一边又给他倒满了盅。

听到这个,他心中转了个弯,觉出在哪儿似乎有些不对的地方。同时,他又舍不得出去;她的脸是离他那么近,她的衣裳是那么干净光滑,她的唇是那么红,都使他觉到一种新的刺激。她还是那么老丑,可是比往常添加了一些活力,好似她忽然变成另一个人,还是她,但多了一些什么。他不敢对这点新的什么去详细的思索,一时又不敢随便的接受,可也不忍得拒绝。他的脸红起来。好像为是壮壮自己的胆气,他又喝了口酒。刚才他想对她诉诉委屈,此刻又忘了。红着脸,他不由的多看了她几眼。越看,他心中越乱;她越来越显出他所不明白的那点什么,越来越有一点什么热辣辣的力量传递过来,渐渐的她变成一个抽象的什么东西。他警告着自己,须要小心;可是他又要大胆。他连喝了三盅酒,忘了什么叫作小心。迷迷忽忽的看着她,他不知为什么觉得非常痛快,大胆;极勇敢的要马上抓到一种新的经验与快乐。平日,他有点怕她;现在,她没有一点可怕的地方了。他自己反倒变成了有威严与力气的,似乎能把她当作个猫似的,拿到手中。

屋内灭了灯。天上很黑。不时有一两个星刺入了银河,或划进黑暗中,带着发红或发白的光尾,轻飘的或硬挺的,直坠或横扫着,有时也点动着,颤抖着,给天上一些光热的动荡,给黑暗一些闪烁的爆裂。有时一两个星,有时好几个星,同时飞落,使静寂的秋空微颤,使万星一时迷乱起来。有时一个单独的巨星横刺入天角,光尾极长,放射着星花;红,渐黄;在最后的挺进,忽然狂悦似的把天角照白了一条,好像刺开万重的黑暗,透进并逗留一些乳白的光。余光散尽,黑暗似晃动了几下,又包合起来,静静懒懒的群星又复了原位,在秋风上微笑。地上飞着些寻求情侣的秋萤,也作着星样的游戏。

　　第二天,祥子起得很早,拉起车就出去了。头与喉中都有点发痛,这是因为第一次喝酒,他倒没去注意。坐在一个小胡同口上,清晨的小风吹着他的头,他知道这点头疼不久就会过去。可是他心中另有一些事儿,使他憋闷得慌,而且一时没有方法去开脱。昨天夜里的事教他疑惑,羞愧,难过,并且觉着有点危险。

　　他不明白虎姑娘是怎么回事。她已早不是处女,祥子在几点钟前才知道。他一向很敬重她,而且没有听说过她有什么不规矩的地方;虽然她对大家很随便爽快,可是大家没在背地里讲论过她;即使车夫中有说她坏话的,也是说她厉害,没有别的。那么,为什么有昨夜那一场呢?

　　这个既显着胡涂,祥子也怀疑了昨晚的事儿。她知道他没在车厂里,怎能是一心一意的等着他?假若是随便哪个都可以的话⋯⋯祥子把头低下去。他来自乡间,虽然一向没有想到娶亲的事,可是心中并非没有个算计;假若他有了自己的车,生活舒服了一些,而且愿意娶亲的话,他必定到乡下娶个年轻力壮,吃得苦,能洗能作的姑娘。像他那个岁数的小伙子们,即使有人管着,哪个不偷偷的跑"白房子"?祥子始终不肯随和,一来他自居为要强的人,不能把钱花在娘儿们身上;二来他亲眼得见那些花冤钱的傻子们——有的才十八九岁——在厕所里头顶着墙还撒不出尿来。最后,他必须规规矩矩,才能对得起将来的老婆,因为一旦要娶,就必娶个一清二白的姑娘,所以自己也得像那么回事儿。可是现在,现在⋯⋯想起虎妞,设若当个朋友看,她确是不错;当个娘们看,她丑,老,厉害,不要脸!就是想起抢去他的车,而且几乎要了他的命的那些大兵,也没有像想起她这么可恨可厌!她把他由乡间带来的那点清凉劲儿毁尽了,他现在成了个偷娘们的人!

　　再说,这个事要是吵嚷开,被刘四知道了呢?刘四晓得不晓得他女儿是个破货呢?假若不知道,祥子岂不独自背上黑锅?假若早就知道而不愿意管束女儿,那么他们父女是什么东西呢?他和这样人搀合着,他自己又是什么东西呢?就是他们父女都愿意,他也不能要她;不管刘老头子是有六十辆车,还是六百辆,六千辆!他得马上离开人和厂,跟他们一刀两断。祥子有祥子的本事，凭着自己的本事买上车，娶上老婆，这才正大光明！想到这里，他抬起头来，觉得自己是个好汉子，没有可怕的，没有可虑的，只要自己好好的干，就必定成功。

让了两次座儿，都没能拉上。那点别扭劲儿又忽然回来了。不愿再思索，可是心中堵得慌。这回事似乎与其他的事全不同，即使有了解决的办法，也不易随便的忘掉。不但身上好像粘上了点什么，心中也仿佛多了一个黑点儿，永远不能再洗去。不管怎样的愤恨，怎样的讨厌她，她似乎老抓住了他的心，越不愿再想，她越忽然的从他心中跳出来，一个赤裸裸的她，把一切丑陋与美好一下子，整个的都交给了他，像买了一堆破烂那样，碎铜烂铁之中也有一二发光的有色的小物件，使人不忍得拒绝。他没和任何人这样亲密过，虽然是突乎其来，虽然是个骗诱，到底这样的关系不能随便的忘记，就是想把它放在一旁，它自自然然会在心中盘绕，像生了根似的。这对他不仅是个经验，而也是一种什么形容不出来的扰乱，使他不知如何是好。他对她，对自己，对现在与将来，都没办法，仿佛是碰在蛛网上的一个小虫，想挣扎已来不及了。

迷迷糊糊的他拉了几个买卖。就是在奔跑的时节，他的心中也没忘了这件事，并非清清楚楚的，有头有尾的想起来，而是时时想到一个什么意思，或一点什么滋味，或一些什么感情，都是渺茫，而又亲切。他很想独自去喝酒，喝得人事不知，他也许能痛快一些，不能再受这个折磨！可是他不敢去喝。他不能为这件事毁坏了自己。他又想起买车的事来。但是他不能专心的去想，老有一点什么拦阻着他的心思；还没想到车，这点东西已经偷偷的溜出来，占住他的心，像块黑云遮住了太阳，把光明打断。到了晚间，打算收车，他更难过了。他必须回车厂，可是真怕回去。假如遇上她呢，怎办？他拉着空车在街上绕，两三次已离车厂不远，又转回头来往别处走，很像初次逃学的孩子不敢进家门那样。

奇怪的是，他越想躲避她，同时也越想遇到她，天越黑，这个想头越来得厉害。一种明知不妥，而很愿试试的大胆与迷惑紧紧的捉住他的心，小的时候去用竿子敲马蜂窝就是这样，害怕，可是心中跳着要去试试，像有什么邪气催着自己似的。渺茫的他觉到一种比自己还更有力气的劲头儿，把他要揉成一个圆球，抛到一团烈火里去；他没法阻止住自己的前进。

他又绕回西安门来，这次他不想再迟疑，要直入公堂的找她去。她已不是任何人，她只是个女子。他的全身都热起来。刚走到门脸上，灯光下走来个四十多岁的男人，他似乎认识这个人的面貌态度，可是不敢去招呼。几乎是本能的，他说了声："车吗？"那个人愣了一愣："祥子？"

"是呀,"祥子笑了。"曹先生?"

曹先生笑着点了点头。"我说祥子,你要是没在宅门里的话,还上我那儿来吧?我现在用着的人太懒,他老不管擦车,虽然跑得也怪麻利的;你来不来?"

"还能不来,先生!"祥子似乎连怎样笑都忘了,用小毛巾不住的擦脸。"先生,我几儿上工呢?"

"那什么,"曹先生想了想,"后天吧。"

"是了,先生!"祥子也想了想:"先生,我送回你去吧?"

"不用;我不是到上海去了一程子吗,回来以后,我不在老地方住了。现今住在北长街;我晚上出来走走。后天见吧。"曹先生告诉了祥子门牌号数,又找补了一句:"还是用我自己的车。"

祥子痛快得要飞起来,这些日子的苦恼全忽然一齐铲净,像大雨冲过的白石路。曹先生是他的旧主人,虽然在一块没有多少日子,可是感情顶好;曹先生是非常和气的人,而且家中人口不多,只有一位太太,和一个小男孩。

他拉着车一直奔了人和厂去。虎姑娘屋中的灯还亮着呢。一见这个灯亮,祥子猛的木在那里。

立了好久,他决定进去见她;告诉她他又找到了包月;把这两天的车份儿交上;要出他的储蓄;从此一刀两断——这自然不便明说,她总会明白的。

他进去先把车放好,而后回来大着胆叫了声刘姑娘。

"进来!"

他推开门,她正在床上斜着呢,穿着平常的衣裤,赤着脚。依旧斜着身,她说:"怎样?吃出甜头来了是怎着?"

祥子的脸红得像生小孩时送人的鸡蛋。愣了半天,他迟迟顿顿的说:"我又找好了事,后天上工。人家自己有车……"

她把话接了过来:"你这小子不懂好歹!"她坐起来,半笑半恼的指着他:"这儿有你的吃,有你的穿;非去出臭汗不过瘾是怎着?老头子管不了我,我不能守一辈女儿寡!就是老头子真犯牛脖子,我手里也有俩体己,咱俩也能弄上两三辆车,一天进个块儿八毛的,不比你成天满街跑臭腿去强?我哪点不好?除了我比你大一点,也大不了多少!我可是能护着你,疼你呢!"

"我愿意去拉车!"祥子找不到别的辩驳。

"地道窝窝头脑袋!你先坐下,咬不着你!"她说完,笑了笑,露出一对虎牙。

祥子青筋蹦跳的坐下。"我那点钱呢?"

"老头子手里呢;丢不了,甭害怕;你还别跟他要,你知道他的脾气?够买车的数儿,你再要,一个小子儿也短不了你的;现在要,他要不骂出你的魂来才怪!他对你不错!丢不了,短一个我赔你俩!你个乡下脑颏!别让我损你啦!"

祥子又没的说了,低着头掏了半天,把两天的车租掏出来,放在桌上:"两天的。"临时想起来:"今儿个就算交车,明儿个我歇一天。"他心中一点也不想歇息一天;不过,这样显着干脆;交了车,以后再也不住人和厂。

虎姑娘过来,把钱抓在手中,往他的衣袋里塞:"这两天连车带人都白送了!你这小子有点运气!别忘恩负义就得了!"说完,她一转身把门倒锁上。

(《老舍全集[3]·小说》,人民文学出版社,2008年)

《骆驼祥子》导读

拓展阅读

拓展阅读

1. 龙治民:虎妞其人
2. 冯波:《骆驼祥子》中的双重乡愁与老舍的跨文化焦虑

小二黑结婚

赵树理

一 神仙的忌讳

刘家峧有两个神仙,邻近各村无人不晓:一个是前庄上的二诸葛,一个是后庄上的三仙姑。二诸葛原来叫刘修德,当年做过生意,抬脚动手都要论一论阴阳八卦,看一看黄道黑道。三仙姑是后庄于福的老婆,每月初一十五都要顶着红布摇摇摆摆装扮天神。

二诸葛忌讳"不宜栽种",三仙姑忌讳"米烂了"。这里边有两个小故事:有一年春天大旱,直到阴历五月初三才下了四指雨。初四那天大家都抢着种地,二诸葛看了看历书,又掐指算了一下说:"今日不宜栽种。"初五日是端午,他历年就不在端午这天做什么,又不曾种;初六倒是个黄道吉日,可惜地干了,虽然勉强把他的四亩谷子种上了,却没有出够一半。后来直到十五才又下雨,别人家都在地里锄苗,二诸葛却领着两个孩子在地里补空子。邻家有个后生,吃饭时候在街上碰上二诸葛便问道:"老汉!今天宜栽种不宜?"二诸葛翻了他一眼,扭转头返回去了,大家就嘻嘻哈哈传为笑谈。

三仙姑有个女孩叫小芹。一天,金旺他爹到三仙姑那里问病,三仙姑坐在香案后唱,金旺他爹跪在香案前听。小芹那年才九岁,晌午做捞饭,把米下进锅里了,听见她娘哼哼得很中听,站在桌前听了一会,把做饭也忘了。一会,金旺他爹出去小便,三仙姑趁空子向小芹说:"快去捞饭!米烂了!"这句话却不料就叫金旺他爹听见,回去就传开了。后来有些好玩笑的人,见了三仙姑就故意问别人"米烂了没有?"

二 三仙姑的来历

三仙姑下神,足足有三十年了。那时三仙姑才十五岁,刚刚嫁给于福,是前后庄上第一个俊俏媳妇。于福是个老实后生,不多说一句话,只会在地里死受。于福的娘早死了,只有个爹,父子两个一上了地,家里就只留下新媳妇一个人。村里的年轻人们觉着新媳妇太孤单,就慢慢自动地来跟新媳妇作伴,不几天就集合了一大群,每天嘻嘻哈哈,十分红火。于福他爹看见不像个样子,有一天发了脾气,大骂一顿,虽然把外人挡住了,新媳妇却跟他闹起来。新媳妇哭了一天一夜,头也不梳,脸也不洗,饭也不吃,躺在炕上,谁也叫不起来,父子两个没了办法。邻家有个老婆替她请了一个神婆子,在她家下了一回神,说是三仙姑跟上她了,她也哼哼唧唧自称吾神长吾神短,从此以后每月初一十五就下起神来,别人也给她烧起香来求财问病,三仙姑的香案便从此设起来了。

青年们到三仙姑那里去,要说是去问神,还不如说是去看圣像。三仙姑也暗暗猜透大家的心事,衣服穿得更新鲜,头发梳得更光滑,首饰擦得更明,官粉搽得更匀,不由青年们不跟着她转来转去。

这是三十来年前的事。当时的青年,如今都已留下胡子,家里大半又都是子媳成群,所以除了几个老光棍,差不多都没有那些闲情到三仙姑那里去了。三仙姑却和大家不同,虽然已经四十五岁,却偏爱当个老来俏,小鞋上仍要绣花,裤腿上仍要镶边,顶门上的头发脱光了,用黑手帕盖起来,只可惜官粉涂不平脸上的皱纹,看起来好像驴粪蛋上下上了霜。

老相好都不来了,几个老光棍不能叫三仙姑满意,三仙姑又团结了一伙孩子们,比当年的老相好更多,更俏皮。

三仙姑有什么本领能团结这伙青年呢?这秘密在她女儿小芹身上。

三　小芹

三仙姑前后共生过八个孩子,就有五个没有成人,只落了一个女儿,名叫小芹。小芹当两三岁时候,就非常伶俐乖巧,三仙姑的老相好们,这个抱过来说是"我的",那个抱起来说是"我的",后来小芹长到五六岁,知道这不是好话,三仙姑教她说:"谁再这么说,你就说'是你的姑姑'。"说了几回,果然没有人再提了。

小芹今年十八了,村里的轻薄人说,比她娘年轻时候好得多。青年小伙子们,有事没事,总想跟小芹说句话。小芹去洗衣服,马上青年们也都去洗;小芹上山采野菜,马上青年们也都去采。

吃饭时候,邻居们端上碗爱到三仙姑那里坐一会,前庄上的人来回一里路,也并不觉得远。这已经是三十年来的老规矩,不过小青年们也这样热心,却是近二三年来才有的事。三仙姑起先还以为自己仍有勾引青年的本领,日子长了,青年们并不真正跟她接近,她才慢慢看出门道来,才知道人家来了为的是小芹。

不过小芹却不跟三仙姑一样:表面上虽然也跟大家说说笑笑,实际上却不跟人乱来,近二三年,只是跟小二黑好一点。前年夏天,有一天前晌,于福去地,三仙姑去串门,家里只留下小芹一个人。金旺来了,嘻皮笑脸向小芹说:"这会可算是个空子吧?"小芹板起脸来说:"金旺哥!咱们以后说话要规矩些!你也是娶媳妇大汉了!"金旺撇撇嘴说:"咦!装什么假正经?小二黑一来管保你就软了!有便宜大家讨开点,没事;要正经除非自己锅底没有黑!"说着就拉住小芹的胳膊悄悄说:"不用装模作样了!"不料小芹大声喊道:"金旺!"金旺赶紧放手跑出来。一边还咄念道:"等得住你!"说着就悄悄溜走了。

四　金旺兄弟

提起金旺来,刘家峧没有人不恨他,只有他一个本家兄弟名叫兴旺跟他对劲。

金旺他爹虽是个庄稼人,却是刘家峧一只虎,当过几十年老社首,捆人打人是他的拿手好戏。金旺长到十七八岁,就成了他爹的好帮手,兴旺也学会了帮虎吃食,从此金旺他爹想要捆谁,就不用亲自动手,只要下个命令,自有金旺兴旺代办。

抗战初年,汉奸敌探溃兵土匪到处横行,那时金旺他爹已经死了,金旺兴旺弟兄两个,给一支溃兵作了内线工作,引路绑票,讲价赎人,又做巫婆又做鬼,两头出面装好人。后来八路军来,打垮溃兵土匪,他两人才又回到刘家峧。

山里人本来就胆子小,经过几个月大混乱,死了许多人,弄得大家更不敢出头了。别的大村子都成立了村公所、各救会、武委会,刘家峧却除了县府派来一个村长以外,谁也不愿意当干部。不久,县里派人来刘家峧工作,要选举村干部,金旺跟兴旺两个人看出这又是掌权的机会,大家也巴不得有人愿干,就把兴旺选为武委会主任,把金旺选为村政委员,连金旺老婆也被选为妇救会主席,其他各干部,硬捏了几个老头子出来充数。只有青抗先队长,老头子充不得。兴旺看见小二黑这个小孩子漂亮好玩,随便提了一下名就通过了,他爹二诸葛虽然不愿,可是惹不起金旺,也没有敢说什么。

村长是外来的,对村里情形不十分了解,从此金旺兴旺比前更厉害了,只要瞒住村长一个人,村里人不论哪个都得由他两个调遣。这几年来,村里别的干部虽然调换了几个,而他两个却好像铁桶江山。大家对他两个虽是恨之入骨,可是谁也不敢说半句话,都恐怕扳不倒他们,自己吃亏。

五　小二黑

小二黑,是二诸葛的二小子,有一次反"扫荡"打死过两个敌人,曾得到特等射手的奖励。说到他的漂亮,那不只在刘家峧有名,每年正月扮故事,不论去到哪一村,妇女们的眼睛都跟着他转。

小二黑没有上过学,只是跟着他爹识了几个字。当他六岁时候,他爹就教他识字。识字课本既不是五经四书,也不是常识国语,而是从天干、地支、五行、八卦、六十四卦名等学起,进一步便学些《百中经》《玉匣记》《增删卜易》《麻衣神相》《奇门遁甲》《阴阳宅》等书。小二黑从小就聪明,像那些算属相、卜六壬课、念大小流年或"甲子乙丑海中金"等口诀,不几天就都弄熟了,二诸葛也常把他引在人前卖弄。因为他长得伶俐可爱,大人们也都爱跟他玩;这个说:"二黑,算一算十岁属什么?"那个说:"二黑,给我卜一课!"后来二诸葛因为说"不宜栽种"误了种地,老婆也埋怨,大黑也埋怨,庄上人也都传为笑谈,小二黑也跟着这事受了许多奚落。那时候小二黑十三岁,已经懂得好歹了,可是大人们仍把他当成小孩来玩弄,好跟二诸葛开玩笑的,一到了家,常好对着二诸葛问小二黑道:"二黑!算算今天宜不宜栽种?"和小二黑年纪相仿的孩子们,一跟小二黑生了气,就连声喊道:"不宜栽种不宜栽种……"小二黑因为这事,好几个月见了人躲着走,从此就和他娘商量成一气,再不信他爹的鬼八卦。

小二黑跟小芹相好已经二三年了。那时候他才十六七,原不过在冬天夜长时候,跟着些闲人到三仙姑那里凑热闹,后来跟小芹混熟了,好像是一天不见面也不能行。后庄上也有人愿意给小二黑跟小芹做媒人,二诸葛不愿意,不愿意的理由有三:第一小二黑是金命,小芹是火命,恐怕火克金;第二小芹生在十月,是个犯月;第三是三仙姑的声名不好。恰巧在这时候彰德府来了一伙难民,其中有个老李带来个八九岁的小姑娘,因为没有吃的,愿意把姑娘送给人家逃个活命。二诸葛说是个便宜,先问了一下生辰八字,掐算了半天说:"千里姻缘使线牵。"就替小二黑收作童养媳。

虽然二诸葛说是千合适万合适,小二黑却不认账。父子俩吵了几天,二诸葛非养不行,小二黑说:"你愿意养你就养着,反正我不要!"结果虽把小姑娘留下了,却到底没有说清楚算什么关系。

六　斗争会

　　金旺自从碰了小芹的钉子以后，每日怀恨，总想设法报一报仇。有一次武委会训练村干部，恰巧小二黑发疟疾没有去。训练完毕之后，金旺就向兴旺说："小二黑是装病，其实是被小芹勾引住了，可以斗争他一顿。"兴旺就是武委会主任，从前也碰过小芹一回钉子，自然十分赞成金旺的意见，并且又叫金旺回去和自己的老婆说一下，发动妇救会也斗争小芹一番。金旺老婆现任妇救会主席，因为金旺好到小芹那里去，早就恨得小芹了不得。现在金旺回去跟她说要斗争小芹，这才是巴不得的机会，丢下活计，马上就去布置，第二天，村里开了两个斗争会，一个是武委会斗争小二黑，一个是妇救会斗争小芹。

　　小二黑自己没有错，当然不承认，嘴硬到底。兴旺就下命令，把他捆起来送交政权机关处理。幸而村长脑筋清楚，劝兴旺说："小二黑发疟是真的，不是装病，至于跟别人恋爱，不是犯法的事，不能捆人家。"兴旺说："他已是有了女人的。"村长说："村里谁不知道小二黑不承认他的童养媳。人家不承认是对的；男不过十六女不过十五，不到订婚年龄。十来岁小姑娘，长大也不会来认这笔账。小二黑满有资格跟别人恋爱，谁也不能干涉。"兴旺没话说了，小二黑反要问他："无故捆人犯法不犯？"经村长双方劝解，才算放了完事。

　　兴旺还没有离村公所，小芹拉着妇救会主席也来找村长，她一进门就说："村长！捉贼要赃，捉奸要双，当了妇救会主席就不说理了？"兴旺见拉着金旺的老婆，生怕说出这事与自己有关，赶紧溜走。后来村长问了问情由，费了好大一会唇舌，才给她们调解开。

七　三仙姑许亲

　　两个斗争会开过以后，事情包也包不住了，小二黑也知道这事是合理合法的了，索性就跟小芹公开商量起来。

　　三仙姑却着了急。她跟小芹虽是母女，近几年来却不对劲。三仙姑爱的是青年们，青年们爱的是小芹。小二黑这个孩子，在三仙姑看来好像鲜果，可惜多一个小芹，就没了自己的份儿。她本想早给小芹找个婆家推出门去，可是因为自己声名不正，差不多都不愿意跟她结亲。开罢斗争会以后，风言风语都说小二黑要跟小芹自由结婚，她想要真是那样的话，以后想跟小二黑说句笑话都不能了,那是多么可惜的事,因此托东家求西家要给小芹找婆家。

"插起招军旗,就有吃粮人。"有个吴先生是在阎锡山部下当过旅长的退职军官,家里很富,才死了老婆。他在奶奶庙大会上见过小芹一面,愿意续她,媒人向三仙姑一说,三仙姑当然愿意。不几天过了礼帖,就算定了,三仙姑以为了却一宗心事。

小芹已经和小二黑商量得差不多了,如何肯听她娘的话?过礼那一天,小芹跟她娘闹起来,把吴先生送来的首饰绸缎扔下一地。媒人走后,小芹跟她娘说:"我不管!谁收了人家的东西谁跟人家去!"

三仙姑愁住了,睡了半天,晚饭以后,说是神上了身,打了两个呵欠就唱起来。她起先责备于福管不了家,后来说小芹跟吴先生是前世姻缘,还唱些什么"前世姻缘由天定,不顺天意活不成……"于福跪在地下哀求,神非教他马上打小芹一顿不可。小芹听了这话,知道跟这个装神弄鬼的娘说不出什么道理来,干脆躲了出去,让她娘一个人胡说。

小芹一个人悄悄跑到前庄上去找小二黑,恰在路上碰上小二黑去找她,两个就悄悄拉着手到一个大窑里去商量对付三仙姑的法子。

八 拿双

小芹把她娘怎样主婚怎样装神,唱些什么,从头至尾细细向小二黑说了一遍,小二黑说:"不用理她!我打听过区上的同志,人家说只要男女本人愿意,就能到区上登记,别人谁也作不了主……"说到这里,听见外边有脚步声,小二黑伸出头来一看,黑影里站着四五个人,有一个说:"拿双拿双!"他两人都听出是金旺的声音,小二黑起了火,大叫道:"拿?没有犯了法!"兴旺也来了,下命令道:"捉住捉住!我就看你犯法不犯法,给你操了好几天心了!"小二黑说:"你说去哪里咱就去哪里,到边区政府你也不能把谁怎么样!走!"兴旺说:"走?便宜了你!把他捆起来!"小二黑挣扎了一会,无奈没有他们人多,终于被他们七手八脚打了一顿捆起来了。兴旺说:"里边还有个女的,也捆起来!捉奸要双,这是她自己说的!"说着就把小芹也捆起来了。

前庄上的人都还没有睡,听见有人吵架,有些人就跑出来看,麻秆火把下看见捆着的两个人,大家不问就都知道了八九分。二诸葛也出来了,见小二黑被人家捆起来,就跪在兴旺面前哀求道:"兴旺!咱两家没有什么仇!看在我老汉面上,请你们诸位高高手……"兴旺说:"这事情,我们管不了,送给上级再说吧！"小二黑说："爹！你不用管！送到哪里也不犯法！我不怕他！"兴旺说："好小子！要硬你就硬到底！"又逼住三个民兵说："带他们走！"一个民兵问："带到村公所？"兴旺说："还到村公所干什么？上一回不是村长放了的？送给区武委会主任按军法处理！"说着就把他两个人拥上走了。

九　二诸葛的神课

邻居们见是兴旺弟兄们捆人，也没有人敢给小二黑讲情，直等到他们走后，才把二诸葛招呼回家。

二诸葛连连摇头说："唉！我知道这几天要出事啦：前天早上我上地去，才上到岭上，碰上个骑驴媳妇，穿了一身孝，我就知道坏了。我今年是罗睺星照运，要谨防戴孝的冲了运气，因此哪里也不敢去，谁知躲也躲不过？昨天晚上二黑他娘梦见庙里唱戏。今天早上一个老鸦落在东房上叫了十几声……唉！反正是时运，躲也躲不过。"他啰哩啰嗦念了一大堆，邻居们听了有些厌烦，又给他说了一会宽心话，就都散了。

有事人哪里睡得着？人散了之后，二诸葛家里除了童养媳之外，三个人谁也没有睡。二诸葛摸了摸脸，取出三个制钱占了一卦，占出之后吓得他面色如土。他说："了不得呀了不得！丑土的父母动出午火的官鬼，火旺于夏，恐怕有些危险了。唉！人家把他选成青年队长，我就说过不叫他当，小杂种硬要充人物头！人家说要按军法处理，要不当队长哪里犯得了军法？"老婆也拍手跺脚道："小爹呀！谁知道你要闯这么大的事啦？"大黑劝道："甭怕！事已经出下了，由他去吧！我想这又不是人命事，也犯不了什么大罪！既然他们送到区上了，我先到区上打听打听！你们都睡吧！"说着点了个灯笼就走了。

二诸葛打发大黑去后，仍然低头细细研究方才占的那一卦。停了一会，远远听着有个女人哭，越哭越近，不大一会就来到窗下，一推门就进来了。二诸葛还没有看清是谁，这女人就一把把他拉住，带哭带闹说："刘修德！还我闺女！你的孩子把我的闺女勾引到哪里了？还我……"二诸葛老婆正气得死去活来，一看见来的是三仙姑，正赶上出气，从炕上跳下来拉住她道："你来了好！省得我去找你！你母女两个好生生把我个孩子勾引坏，你倒有脸来找我！咱两人就也到区上说说理！"两个女人滚成一团，二诸葛一个人拉也拉不开，也再顾不上研究他的卦。三仙姑见二诸葛老婆已经不顾了命，自己先胆怯了几分，不敢恋战，少闹了一会挣脱出来就走了。二诸葛老婆追出门来,被二诸葛拦回去,还骂个不休。

十　恩典恩典

二诸葛一夜没有睡,一遍一遍念:"大黑怎么还不回来,大黑怎么还不回来。"第二天天不明就起程往区上走,走到半路,远远看见大黑、三个民兵已都回来了,还来了区上一个助理员,一个交通员。他远远就喊叫道:"大黑!怎么样?要紧不要紧?"大黑说:"没有事!不怕!"说着就走到跟前,助理员跟三个民兵先走了。大黑告交通员说:"这就是我爹!"又向二诸葛说:"区上添传你跟于福老婆。你去吧,没有事!二黑跟小芹两个人,一到区上就放开了。区上早说说兴旺跟金旺两个人不是东西,已经把他两个人押起来了,还派助理员到咱村开大会调查他们横行霸道的证据。我赶到那里人家就问罢了,听说区上还许咱二黑跟小芹结婚。"二诸葛说:"不犯罪就好,结婚可不行,命相不对!你没有听说添传我做什么?"大黑说:"不知道,大约也没有什么大事。你去吧,我先回去告我娘说。"交通员说:"老汉!这就算见了你了!你去吧,我再传那一个去!"说了就跟大黑相跟着走了。

二诸葛到了区上,看见小二黑跟小芹坐在一条板凳上,他就指着小二黑骂道:"闯祸东西!放了你你还不快回去?你把老子吓死了!不要脸!"区长道:"干什么?区公所是骂人的地方?"二诸葛不说话了。区长问:"你就是刘修德?"二诸葛答:"是!"问:"你给刘二黑收了个童养媳?"答:"是!"问:"今年几岁了?"答:"属猴的,十二岁了。"区长说:"女不过十五岁不能订婚,把人家退回娘家去,刘二黑已经跟于小芹订婚了!"二诸葛说:"她只有个爹,也不知逃难逃到哪里去了,退也没处退。女不过十五不能订婚,那不过是官家规定,其实乡间七八岁订婚的多着哩。请区长恩典恩典就过去了……"区长说:"凡是不合法的订婚,只要有一方面不愿意都得退!"二诸葛说:"我这是两家情愿!"区长问小二黑道:"刘二黑!你愿意不愿意?"小二黑说:"不愿意!"二诸葛的脾气又上来了,瞪了小二黑一眼道:"由你啦?"区长道:"给他订婚不由他,难道由你啦?老汉!如今是婚姻自主,由不得你了,你家养的那个小姑娘,要真是没有娘家,就算成你的闺女好了。"二诸葛道:"那也可以,不过还得请区长恩典恩典,不能叫他跟于福这闺女订婚!"区长说:"这你就管不着了!"二诸葛发急道:"千万请区长恩典恩典,命相不对,这是一辈子的事!"又向小二黑道:"二黑!你不要糊涂了!这是你一辈子的事!"区长道:"老汉!你不要糊涂了;强逼着你十九岁的孩子娶上个十二岁的小姑娘,恐怕要生一辈子气!我不过是劝一劝你,其实只要人家两个人愿意,你愿意不愿意都不相干。回去吧!童养媳没处退就算成你的闺女!"二诸葛还要请区长"恩典恩典",一个交通员把他推出来了。

十一　看看仙姑

三仙姑去寻二诸葛,一来为的是逞逞闹气的本领,二来为的是遮遮外人的耳目,其实让小芹吃一吃亏她很高兴,所以跟二诸葛老婆闹了一阵之后,回去就睡了。第二天早上,她起得很迟,于福虽比她着急,可是自己既没有主意,又不敢叫醒她,只好自己先去做饭,饭快成的时候,三仙姑慢慢起来梳妆,于福问她道:"不去打听打听小芹?"她说:"打听她做甚啦?她的本领多大啦?"于福也再没有敢说什么,把饭菜做成了放在炉边等,直等到她梳妆罢了才开饭。

饭还没有吃罢,区上的交通员来传她。她好像很得意,嗓子拉得长长的说:"闺女大了咱管不了,就去请区长替咱管教管教!"她吃完了饭,换上新衣服、新手帕、绣花鞋、镶边裤,又擦了一次粉,加了几件首饰,然后叫于福给她备上驴,她骑上,于福给她赶上,往区上去。

到了区上。交通员把她引到区长房子里,她趴下就磕头,连声叫道:"区长老爷,你可要给我作主!"区长正伏在桌上写字,见她低着头跪在地下,头上戴了满头银首饰,还以为是前两天跟婆婆生了气的那个年轻媳妇,便说道:"你婆婆不是有保人吗?为什么不找保人?"三仙姑莫名其妙,抬头看了看区长的脸。区长见是个擦着粉的老太婆,才知道是认错人了。交通员道:"认错人了!这就是小芹的娘!"区长打量了她一眼道:"你就是小芹的娘呀?起来!不要装神作鬼!我什么都清楚!起来!"三仙姑站起来了。区长问:"你今年多大岁数?"三仙姑说:"四十五。"区长说:"你自己看看你打扮得像个人不像?"门边站着老乡一个十来岁的小闺女嘻嘻嘻笑了。交通员说:"到外边耍!"小闺女跑了。区长问:"你会下神是不是?"三仙姑不敢答话。区长问:"你给你闺女找了个婆家?"三仙姑答:"找下了!"问:"使了多少钱?"答:"三千五!"问:"还有些什么?"答:"有些首饰布匹!"问:"跟你闺女商量过没有?"答:"没有!"问:"你闺女愿意不愿意?"答:"不知道!"区长道:"我给你叫来你亲自问问她!"又向交通员道:"去叫于小芹!"

刚才跑出去那个小闺女,跑到外边一宣传,说有个打官司的老婆,四十五了,擦着粉,穿着花鞋。邻近的女人们都跑来看,挤了半院,唧唧哝哝说:"看看!四十五了!""看那裤腿!""看那鞋!"三仙姑半辈没有脸红过,偏这会撑不住气了,一道道热汗在脸上流。交通员领着小芹来了,故意说:"看什么?人家也是个人吧,没有见过?闪开路!"一伙女人们哈哈大笑。

把小芹叫来,区长说:"你问问你闺女愿意不愿意!"三仙姑只听见院里人说:"四十五""穿花鞋",羞得只顾擦汗,再也开不得口。院里的人们忽然又转了话头,都说"那是人家的闺女""闺女不如娘会打扮",也有人说"听说还会下神",偏又有个知道底细的断断续续讲"米烂了"的故事,这时三仙姑恨不得一头碰死。

区长说:"你不问我替你问!于小芹,你娘给你找的婆家你愿意跟人家结婚不愿意?"小芹说:"不愿意!我知道人家是谁?"区长问三仙姑道:"你听见了吧?"又给她讲了一会婚姻自主的法令,说小芹跟小二黑订婚完全合法,还吩咐她把吴家送来的钱和东西原封退了,让小芹跟小二黑结婚。她羞愧之下,一一答应了下来。

十二　怎么到底

三个民兵回到刘家峧,一说区上把兴旺金旺二人押起来,又派助理员来调查他们的罪恶,真是人人拍手称快。午饭后,庙里开一个群众大会,村长报告了开会宗旨,就请大家举他两个人的作恶事实。起先大家还怕扳不倒人家,人家再返回来报仇,老大一会没有人说话,有几个胆子太小的人,还悄悄劝大家说:"忍事者安然。"有个被他两人作践垮了的年轻人说:"我从前没有忍过?越忍越不得安然!你们不说我说!"他先从金旺领着土匪到他家绑票说起,一连说了四五款,才说道:"我歇歇再说,先让别人也说几款!"他一说开了头,许多受过害的人也都抢着说起来:有给他们花过钱的,有被他们逼着上过吊的,也有产业被他们霸了的,老婆被他们奸淫过的。他两人还派上民兵给他们自己割柴,拨上民夫给他们自己锄地;浮收粮、私派款,强迫民兵捆人……你一宗他一宗,从晌午说到太阳落,一共说了五六十款。

区上根据这些罪状把他两人送到县里,县里把罪状一一证实之后,除叫他们赔偿大家损失外,又判了十五年徒刑。

经过这次大会之后,村里人也都敢出头了。不久,村干部又都经过大改选,村里人再也不敢乱投坏人的票了。这期间,金旺老婆自然也落了选。偏她还变了口吻,说:"以后我也要进步了。"

两个神仙也有了变化:

三仙姑那天在区上被一伙妇女围住看了半天,实在觉得不好意思,回去对着镜子研究了一下,真有点打扮得不像话;又想到自己的女儿快要跟人结婚,自己还卖什么老俏?这才下了个决心,把自己的打扮从顶到底换了一遍，弄得像个当长辈人的样子，把三十年来装神弄鬼的那张香案也悄悄拆去。

二诸葛那天从区上回去，又向老婆提起二黑跟小芹的命相不对，他老婆道："把你的鬼八卦收起吧！你不是说二黑这回了不得吗？你一辈子放个屁也要卜一课，究竟抵了些什么事？我看小芹满不错，能跟咱二黑过就很好！什么命相对不对？你就不记得'不宜栽种'？"二诸葛见老婆都不信自己的阴阳，也就不好意思再到别人跟前卖弄他那一套了。

小芹和小二黑各回各家，见老人们的脾气都有些改变，托邻居们趁势和说和说，两位神仙也就顺水推舟同意他们结婚。后来两家都准备了一下，就过门。过门之后，小两口都十分得意，邻居们都说是村里第一对好夫妻。

夫妻俩在自己卧房里有时候免不了说玩话：小二黑好学三仙姑下神时候唱"前世姻缘由天定"，小芹好学二诸葛说"区长恩典，命相不对"。淘气的孩子们去听窗，学会了这两句话，就给两位神仙加了新外号：三仙姑叫"前世姻缘"，二诸葛叫"命相不对"。

1943年5月写于太行

（《赵树理选集》，人民文学出版社，2002年）

《小二黑结婚》导读　　拓展阅读

拓展阅读

1. 周扬：论赵树理的创作
2. 傅修海：赵树理的革命叙事与乡土经验

倾城之恋

张爱玲

上海为了"节省天光",将所有的时钟都拨快了一小时,然而白公馆里说:"我们用的是老钟。"他们的十点钟是人家的十一点。他们唱歌唱走了板,跟不上生命的胡琴。

胡琴咿咿呀呀拉着,在万盏灯的夜晚,拉过来又拉过去,说不尽的苍凉的故事——不问也罢!……胡琴上的故事是应当由光艳的伶人来扮演的,长长的两片红胭脂夹住琼瑶鼻,唱了,笑了,袖子挡住了嘴……然而这里只有白四爷单身坐在黑沉沉的破阳台上,拉着胡琴。

正拉着,楼底下门铃响了。这在白公馆是一件稀罕事。按照从前的规矩,晚上绝对不作兴出去拜客。晚上来了客,或是平空里接到一个电报,那除非是天字第一号的紧急大事,多半是死了人。

四爷凝神听着,果然三爷三奶奶四奶奶一路嚷上楼来,急切间不知他们说些什么。阳台后面的堂屋里,坐着六小姐,七小姐,八小姐,和三房四房的孩子们,这时都有些惶惶然。四爷在阳台上,暗处看亮处,分外眼明,只见门一开,三爷穿着汗衫短裤,撑开两腿站在门槛上,背过手去,啪啦啪啦扑打股际的蚊子,远远的向四爷叫道:"老四你猜怎么着?六妹离掉的那一位,说是得了肺炎,死了!"四爷放下胡琴往房里走,问道:"是谁来给的信?"三爷道:"徐太太。"说着,回过头用扇子去撑三奶奶道:"你别跟上来凑热闹呀!徐太太还在楼底下呢,她胖,怕爬楼。你还不去陪陪她!"三奶奶去了,四爷若有所思道:"死的那个不是徐太太的亲戚么?"三爷道:"可不是。看这样子,是他们家特为托了徐太太来递信给我们的,当然是有用意的。"四爷道:"他们莫非是要六妹去奔丧?"三爷用扇子柄刮了刮头皮道:"照说呢,倒也是应该……"他们同时看了六小姐一眼。白流苏坐在屋子的一角,慢条斯理绣着一只拖鞋,方才三爷四爷一递一声说话,仿佛是没有她发言的余地,这时她便淡淡地道:"离过婚了,又去做他的寡妇,让人家笑掉了牙齿!"她若无其事地继续做她的鞋子,可是手指头上直冒冷汗,针涩了,再也拨不过去。

三爷道:"六妹,话不是这么说。他当初有许多对不起你的地方,我们全知道。现在人已经死了,难道你还记在心里?他丢下的那两个姨奶奶,自然是守不住的。你这会子堂堂正正地回去替他戴孝主丧,谁敢笑?你虽然没生下一男半女,他的侄子多着呢?随你挑一个,过继过来。家私虽然不剩什么了,他家是个大族,就是拨你看守祠堂,也饿不死你母子。"白流苏冷笑道:"三哥替我想得真周到!就可惜晚了一步,婚已经离了这么七八年了。依你说,当初那些法律手续都是糊鬼不成?我们可不能拿着法律闹着玩哪!"三爷道:"你别动不动就拿法律来吓人!法律呀,今天改,明天改,我这天理人情,三纲五常,可是改不了的!你生是他家的人,死是他家的鬼,树高千丈,叶落归根——"流苏站起身来道:"你这话,七八年前为什么不说?"三爷道:"我只怕你多了心,只当我们不肯收容你。"流苏道:"哦?现在你就不怕我多心了?你把我的钱用光了,你就不怕我多心了?"三爷直问到她脸上道:"我用了你的钱?我用了你几个大钱?你住在我们家,吃我们的,喝我们的,从前还罢了,添个人不过添双筷子,现在你去打听打听看,米是什么价钱?我不提钱,你倒提起钱来了!"

四奶奶站在三爷背后,笑了一声道:"自己骨肉,照说不该提钱的话。提起钱来,这话可就长了!我早就跟我们老四说过——我说:老四,你去劝劝三爷,你们做金子,做股票,不能用六姑奶奶的钱哪,没的沾上了晦气!她一嫁到了婆家,丈夫就变成了败家子。回到娘家来,眼见得娘家就要败光了——天生的扫帚星!"三爷道:"四奶奶这话有理。我们那时候,如果没让她入股子,决不至于弄得一败涂地!"

流苏气得浑身乱颤,把一只绣了一半的拖鞋面子抵住了下颔,下颔抖得仿佛要落下来。三爷又道:"想当初你哭哭啼啼回家来,闹着要离婚,怪只怪我是个血性汉子,眼见你给他打成那个样子,心有不忍,一拍胸脯子站出来说:好!我白老三穷虽穷,我家里短不了我妹子这一碗饭!我只道你们少年夫妻,谁没有个脾气?大不了回娘家来住个三年五载的,两下里也就回心转意了。我若知道你们认真是一刀两断,我会帮着你办离婚么?拆散人家夫妻,这是绝子绝孙的事。我白老三是有儿子的人,我还指望着他们养老呢!"流苏气到了极点,反倒放声笑了起来道:"好,好,都是我的不是!你们穷了,是我把你们吃穷了。你们亏了本,是我带累了你们。你们死了儿子,也是我害了你们伤了阴骘!"四奶奶一把揪住了她儿子的衣领,把她儿子的头去撞流苏,叫道:"赤口白话的咒起孩子来了!就凭你这句话,我儿子死了,我就得找着你!"流苏连忙一闪身躲过了,抓住四爷道:"四哥你瞧,你瞧——你——你倒是评评理看!"四爷道:"你别着急呀,有话好说,我们从长计议。三哥这都是为你打算——"流苏赌气摔开了手,一径进里屋去了。

　　里屋没点灯,影影绰绰的只看见珠罗纱帐子里,她母亲躺在红木大床上,缓缓挥动白团扇。流苏走到床跟前,双膝一软,就跪了下来,伏在床沿上,哽咽道:"妈。"白老太太耳朵还好,外间屋里说的话,她全听见了。她咳嗽了一声,伸手在枕边摸索到了小痰罐子,吐了一口痰,方才说道:"你四嫂就是这么碎嘴子!你可不能跟她一样的见识。你知道,各人有各人的难处。你四嫂天生的要强性儿,一向管着家,偏生你四哥不争气,狂嫖滥赌的,玩出一身病来不算,不该挪了公账上的钱,害得你四嫂面上无光,只好让你三嫂当家,心里咽不下这口气,着实不舒坦。你三嫂精神又不济,支持这份家,可不容易!种种地方,你得体谅他们一点。"流苏听她母亲这话风,一味的避重就轻,自己觉得好没意思,只得一言不发。白老太太翻身朝里睡了,又道:"先两年,东拼西凑的,卖一次田,还够两年吃的。现在可不行了。我年纪大了,说声走,一撒手就走了,可顾不得你们。天下没有不散的筵席,你跟着我,总不是长久之计。倒是回去是正经。领个孩子过活,熬个十几年,总有你出头之日。"

　　正说着,门帘一动,白老太太道:"是谁?"四奶奶探头进来道:"妈,徐太太还在楼下呢,等着跟您说七妹的婚事。"白老太太道:"我这就起来。你把灯捻开。"屋里点上了灯,四奶奶扶着老太太坐起身来,伺候她穿衣下床。白老太太问道:"徐太太那边找到了合式的人?"四奶奶道:"听她说得怪好的,就是年纪大了几岁。"白老太太咳了一声道:"宝络这孩子,今年也二十四了,真是我心上一个疙瘩,白替她操了心,还让人家说我:她不是我亲生的,我存心耽搁了她!"四奶奶把老太太搀到外房去,老太太道:"你把我那儿的新茶叶拿出来,给徐太太泡一碗,绿洋铁筒子里的是大姑奶奶去年带来的龙井,高罐儿里的是碧螺春,别弄错了。"四奶奶一面答应着,一面叫喊道:"来人哪!开灯哪!"只听见一阵脚步响,来了些粗手大脚的孩子们,帮着老妈子把老太太搬运下楼去了。

　　四奶奶一个人在外间屋里翻箱倒柜找寻老太太的私房茶叶,忽然笑道:"咦!七妹你打哪儿钻出来了,吓我一跳!我说怎么的,刚才你一晃就不见影儿了!"宝络细声道:"我在阳台上乘凉。"四奶奶格格笑道:"害臊呢!我说,七妹,赶明儿你有了婆家,凡事可得小心一点,别那么由着性儿闹。离婚岂是容易的事?要离就离了,稀松平常!果真那么容易,你四哥不成材,我干吗不离婚哪!我也有娘家呀,我不是没处可投奔的,可是这年头儿,我不能不给他们划算划算,我是有点人心的,就得顾着他们一点,不能靠定了人家,把人家拖穷了。我还有三分廉耻呢!"

白流苏在她母亲床前凄凄凉凉跪着,听见了这话,把手里的绣花鞋帮子紧紧按在心口上,戳在鞋上的一枚针,扎了手也不觉得疼,小声道:"这屋子里可住不得了!……住不得了!"她的声音灰暗而轻飘,像断断续续的尘灰吊子。她仿佛做梦似的,满头满脸都挂着尘灰吊子,迷迷糊糊向前一扑,自己以为是枕住了她母亲的膝盖,呜呜咽咽哭了起来道:"妈,妈,你老人家给我做主!"她母亲呆着脸,笑嘻嘻的不做声。她搂住她母亲的腿,使劲摇撼着,哭道:"妈!妈!"恍惚又是多年前,她还只十来岁的时候,看了戏出来,在倾盆大雨中和家里人挤散了。她独自站在人行道上,瞪着眼看人,人也瞪着眼看她,隔着雨淋淋的车窗,隔着一层无形的玻璃罩——无数的陌生人。人人都关在他们自己的小世界里,她撞破了头也撞不进去。她似乎是魔住了。忽然听见背后有脚步声,猜着是她母亲来了,便竭力定了一定神,不言语。她所祈求的母亲与她真正的母亲根本是两个人。

那人走到床前坐下了,一开口,却是徐太太的声音。徐太太劝道:"六小姐,别伤心了,起来,起来,大热的天……"流苏撑着床勉强站了起来,道:"婶子,我……我在这儿再也呆不下去了。早就知道人家多嫌着我,就只差明说。今儿当面锣,对面鼓,发过话了,我可没有脸再住下去了!"徐太太扯她在床沿上一同坐下,悄悄地道:"你也太老实了,不怪人家欺负你,你哥哥们把你的钱盘来盘去盘光了,就养活你一辈子也是应该的。"

流苏难得听见这几句公道话,且不问她是真心还是假意,先就从心里热起来,泪如雨下,道:"谁叫我自己糊涂呢!就为了这几个钱,害得我要走也走不开。"徐太太道:"年纪轻轻的人,不怕没有活路。"流苏道:"有活路,我早走了!我又没念过两句书,肩不能挑,手不能提,我能做什么事?"徐太太道:"找事,都是假的,还是找个人是真的。"流苏道:"那怕不行。我这一辈子早完了。"徐太太道:"这句话,只有有钱的人,不愁吃,不愁穿,才有资格说。没钱的人,要完也完不了哇!你就是剃了头发当姑子去,化个缘罢,也还是尘缘——离不了人!"流苏低头不语。徐太太道:"你这件事,早两年托了我,又要好些。"流苏微微一笑道:"可不是,我已经二十八了。"徐太太道:"放着你这样好的人才,二十八也不算什么。我替你留心着。说着我又要怪你了,离了婚七八年了,你早点儿拿定了主意,远走高飞,少受多少气!"流苏道:"婶子你又不是不知道,像我们这样的家庭,哪儿肯放我们出去交际?倚仗着家里人罢,别说他们根本不赞成,就是赞成了,我底下还有两个妹妹没出阁,三哥四哥的几个女孩子也渐渐地长大了,张罗她们还来不及呢,还顾得到我?"

徐太太笑道:"提起你妹妹,我还等着他们的回话呢。"流苏道:"七妹的事,有希望么?"徐太太道:"说得有几分眉目了。刚才我有意的让娘儿们自己商议商议,我说我上去瞧瞧六小姐就来。现在可该下去了。你送我下去,成不成?"流苏只得扶着徐太太下楼,楼梯又旧,徐太太又胖,走得吱吱格格一片响。到了堂屋里,流苏欲待开灯,徐太太道:"不用了,看得见。他们就在东厢房里。你跟我来,大家说说笑笑,事情也就过去了,不然,明儿吃饭的时候免不了要见面的,反而僵得慌。"流苏听不得"吃饭"这两个字,心里一阵刺痛,硬着嗓子,强笑道:"多谢婶子——可是我这会子身子有点不舒服,实在不能够见人,只怕失魂落魄的,说话闯了祸,反而辜负了您待我的一片心。"徐太太见流苏一定不肯,也就罢了,自己推门进去。

门掩上了,堂屋里暗着,门的上端的玻璃格子里透进两方黄色的灯光,落在青砖地上。朦胧中可以看见堂屋里顺着墙高高下下堆着一排书箱,紫檀匣子,刻着绿泥款识。正中天然几上,玻璃罩子里,搁着珐琅自鸣钟,机括早坏了,停了多年。两旁垂着朱红对联,闪着金色寿字团花,一朵花托住一个墨汁淋漓的大字。在微光里,一个个的字都像浮在半空中,离着纸老远。流苏觉得自己就是对联上的一个字,虚飘飘的,不落实地。白公馆有这么一点像神仙的洞府:这里悠悠忽忽过了一天,世上已经过了一千年。可是这里过了一千年,也同一天差不多,因为每天都是一样的单调与无聊。流苏交叉着胳膊,抱住她自己的颈项。七八年一眨眼就过去了。你年轻么?不要紧,过两年就老了,这里,青春是不稀罕的。他们有的是青春——孩子一个个的被生出来,新的明亮的眼睛,新的红嫩的嘴,新的智慧。一年又一年的磨下来,眼睛钝了,人钝了,下一代又生出来了。这一代便被吸收到朱红洒金的辉煌的背景里去,一点一点的淡金便是从前的人的怯怯的眼睛。

流苏突然叫了一声,掩住自己的眼睛,跌跌冲冲往楼上爬,往楼上爬……上了楼,到了她自己的屋子里,她开了灯,扑在穿衣镜上,端详她自己。还好,她还不怎么老。她那一类的娇小的身躯是最不显老的一种,永远是纤瘦的腰,孩子似的萌芽的乳。她的脸,从前是白得像瓷,现在由瓷变为玉——半透明的轻青的玉。下颔起初是圆的,近年来渐渐尖了,越显得那小小的脸,小得可爱。脸庞原是相当的窄,可是眉心很宽。一双娇滴滴,滴滴娇的清水眼。阳台上,四爷又拉起胡琴来了。依着那抑扬顿挫的调子,流苏不由得偏着头,微微飞了个眼风,做了个手势。她对着镜子这一表演,那胡琴听上去便不是胡琴,而是笙箫琴瑟奏着幽沉的庙堂舞曲。她向左走了几步,又向右走了几步,她走一步路都仿佛是合着失了传的古代音乐的节拍。她忽然笑了——阴阴的,不怀好意的一笑,那音乐便戛然而止。外面的胡琴继续拉下去，可是胡琴诉说的是一些辽远的忠孝节义的故事，不与她相干了。

这时候，四爷一个人躲在那里拉胡琴，却是因为他自己知道楼下的家庭会议中没有他置喙的余地。徐太太走了之后，白公馆里少不得将她的建议加以研究和分析。徐太太打算替宝络做媒说给一个姓范的，那人最近和徐先生在矿务上有相当密切的联络，徐太太对于他的家世一向就很熟悉，认为绝对可靠。那范柳原的父亲是一个著名的华侨，有不少的产业分布在锡兰马来亚等处。范柳原今年三十三岁，父母双亡。白家众人质问徐太太，何以这样的一个标准夫婿到现在还是独身的，徐太太告诉他们，范柳原从英国回来的时候，无数的太太们急扯白脸的把女儿送上门来，硬要掷给他，勾心斗角，各显神通，大大热闹过一番。这一捧却把他捧坏了。从此他把女人看成他脚底下的泥。由于幼年时代的特殊环境，他脾气本来就有点怪僻。他父母的结合是非正式的。他父亲有一次出洋考察，在伦敦结识了一个华侨交际花，两人秘密地结了婚。原籍的太太也有点风闻。因为惧怕太太的报复，那二夫人始终不敢回国。范柳原就是在英国长大的。他父亲故世以后，虽然大太太只有两个女儿，范柳原要在法律上确定他的身份，却有种种棘手之处。他孤身流落在英伦，很吃过一些苦，然后方才获到了继承权。至今范家的族人还对他抱着仇视的态度，因此他总是住在上海的时候多，轻易不回广州老宅里去。他年纪轻轻的时候受了些刺激，渐渐的就往放浪的一条路上走，嫖赌吃喝，样样都来，独独无意于家庭幸福。白四奶奶就说："这样的人，想必是喜欢存心挑剔。我们七妹是庶出的，只怕人家看不上眼。放着这么一门好亲戚，怪可惜了儿的！"三爷道："他自己也是庶出。"四奶奶道："可是人家多利害呀，就凭我们七丫头那股子傻劲儿，还指望拿得住他？倒是我那个大女孩子机灵些，别瞧她，人小心不小，真识大体！"三奶奶道："那似乎年岁差得太多了。"四奶奶道："哟！你不知道，越是那种人，越是喜欢年纪轻的。我那个大的若是不成，还有二的呢。"三奶奶笑道："你那个二的比姓范的小二十岁。"四奶奶悄悄扯了她一把，正颜厉色地道："三嫂，你别那么糊涂！你护着七丫头，她是白家什么人？隔了一层娘肚皮，就差远了。嫁了过去，谁也别想在她身上得点什么好处！我这都是为了大家好。"然而白老太太一心一意只怕亲戚议论她亏待了没娘的七小姐，决定照原来计划，由徐太太择日请客，把宝络介绍给范柳原。

徐太太双管齐下，同时又替流苏物色到一个姓姜的，在海关里做事，新故了太太，丢下了五个孩子，急等着续弦。徐太太主张先忙完了宝络，再替流苏撮合，因为范柳原不久就要上新加坡去了。白公馆里对于流苏的再嫁，根本就拿它当一个笑话，只是为了要打发她出门，没奈何，只索不闻不问，由着徐太太闹去。为了宝络这头亲，却忙得鸦飞雀乱，人仰马翻。一样是两个女儿，一方面如火如荼，一方面冷冷清清，相形之下，委实使人难堪。白老太太将全家的金珠细软，尽情搜刮出来，能够放在宝络身上的都放在宝络身上。三房里的女孩子过生日的时候，干娘给的一件累丝衣料，也被老太太逼着三奶奶拿了出来，替宝络制了旗袍。老太太自己历年攒下的私房，以皮货居多，暑天里又不能穿皮子，只得典质了一件貂皮大袄，用那笔款子去把几件首饰改镶了时新款式。珍珠耳坠子，翠玉手镯，绿宝戒指，自不必说，务必把宝络打扮得花团锦簇。

到了那天，老太太、三爷、三奶奶、四爷、四奶奶自然都是要去的。宝络辗转听到四奶奶的阴谋，心里着实恼着她，执意不肯和四奶奶的两个女儿同时出场，又不好意思说不要她们，便下死劲拖流苏一同去。一部出差汽车黑压压坐了七个人，委实再挤不下了，四奶奶的女儿金枝金蝉便惨遭淘汰。他们是下午五点钟出发的，到晚上十一点方才回家。金枝金蝉哪里放得下心，睡得着觉？眼睁睁盼着他们回来了，却又是大伙儿哑口无言。宝络沉着脸走到老太太房里，一阵风把所有的插戴全剥了下来，还了老太太，一言不发回房去了。金枝金蝉把四奶奶拖到阳台上，一叠连声追问怎么了。四奶奶怒道："也没看见像你们这样的女孩子家，又不是你自己相亲，要你这样热辣辣的！"三奶奶跟了出来，柔声缓气说道："你这话，别让人家多了心去！"四奶奶索性冲着流苏的房间嚷道："我就是指桑骂槐，骂了她了，又怎么着？又不是千年万代没见过男子汉，怎么一闻见生人气，就痰迷心窍，发了疯了？"金枝金蝉被她骂得摸不着头脑，三奶奶做好做歹稳住了她们的娘，又告诉她们道："我们先去看电影的。"金枝诧异道："看电影？"三奶奶道："可不是透着奇怪，专为看人去的，倒去坐在黑影子里，什么也瞧不见，后来徐太太告诉我说都是那范先生的主张，他在那里捣坏呢。他要把人家搁在那里搁个两三个钟头，脸上出了油，胭脂花粉褪了色，他可以看得亲切些。那是徐太太的猜想。据我看来，那姓范的始终就没有诚意。他要看电影，就为着懒得跟我们应酬。看完了戏，他不是就想溜么？"四奶奶忍不住插嘴道："哪儿的话，今儿的事，一上来挺好的，要不是我们自己窝儿里的人在里头捣乱，准有个七八成！"金枝金蝉齐声道："三妈，后来呢？后来呢？"三奶奶道："后来徐太太拉住了他，要大家一块儿去吃饭。他就说他请客。"四奶奶拍手道："吃饭就吃饭，明知道我们七小姐不会跳舞，上跳舞场去干坐着，算什么？不是我说，这就要怪三哥了，他也是外面跑跑的人，听见姓范的吩咐汽车夫上舞场去，也不拦一声！"三奶奶忙道："上海这么多的饭店，他怎么知道哪一个饭店有跳舞,哪一个饭店没有跳舞?他可比不得四爷是个闲人哪,他没那么多的工夫去调查这个!"金枝金蝉还要打听此后的发展,三奶奶给四奶奶几次一打岔,兴致索然。只道:"后来就吃饭,吃了饭,就回来了。"

金蝉道:"那范柳原是怎样的一个人?"三奶奶道:"我哪儿知道?统共没听见他说过三句话。"又寻思了一会,道:"跳舞跳得不错罢!"金枝咦了一声道:"他跟谁跳来着?"四奶奶抢先答道:"还有谁,还不是你那六姑!我们诗礼人家,不准学跳舞的,就只她结婚之后跟她那不成材的姑爷学会了这一手!好不害臊,人家问你,说不会跳不就结了?不会也不是丢脸的事。像你三妈,像我,都是大户人家的小姐,活过这半辈子了,什么世面没见过?我们就不会跳!"三奶奶叹了口气道:"跳了一次,还说是敷衍人家的面子,还跳第二次,第三次!"金枝金蝉听到这里,不禁张口结舌。四奶奶又向那边喃喃骂道:"猪油蒙了心!你若是以为你破坏了你妹子的事,你就有指望了,我叫你早早地歇了这个念头!人家连多少小姐都看不上眼呢,他会要你这败柳残花?"

流苏和宝络住着一间屋子,宝络已经上床睡了,流苏蹲在地下摸着黑点蚊烟香,阳台上的话听得清清楚楚,可是她这一次却非常的镇静,擦亮了洋火,眼看着它烧过去,火红的小小三角旗,在它自己的风中摇摆着,移,移到她手指边,她噗的一声吹灭了它,只剩下一截红艳的小旗杆,旗杆也枯萎了,垂下灰白蜷曲的鬼影子。她把烧焦的火柴丢在烟盘子里。今天的事,她不是有意的,但是无论如何,她给了他们一点颜色看看。他们以为她这一辈子已经完了么?早哩!她微笑着。宝络心里一定也在骂她,骂得比四奶奶的话还要难听。可是她知道宝络恨虽恨她,同时也对她刮目相看,肃然起敬。一个女人,再好些,得不着异性的爱,也就得不着同性的尊重。女人们就是这点贱。

范柳原真心喜欢她么?那倒也不见得。他对她说的那些话,她一句也不相信。她看得出他是对女人说惯了谎的。她不能不当心——她是个六亲无靠的人。她只有她自己了。床架子上挂着她脱下来的月白蝉翼纱旗袍。她一歪身坐在地上,搂住了长袍的膝部,郑重地把脸偎在上面。蚊香的绿烟一蓬一蓬浮上来,直熏到她脑子里去。她的眼睛里,眼泪闪着光。

隔了几天,徐太太又来到白公馆。四奶奶早就预言过:"我们六姑奶奶这样的胡闹,眼见得七丫头的事是吹了。徐太太岂有不恼的?徐太太怪了六姑奶奶,还肯替她介绍人么?这就叫偷鸡不着蚀把米。"徐太太果然不像先前那么一盆火似的了,远兜远转先解释她这两天为什么没上门。家里老爷有要事上香港去接洽,如果一切顺利,就打算在香港租下房子,住个一年半载的,所以她这两天忙着打点行李,预备陪他一同去。至于宝络的那件事,姓范的已经不在上海了,暂时只得搁一搁,流苏的可能的对象姓姜的,徐太太打听了出来,原来他在外面有了人,若要拆开,还有点麻烦。据徐太太看来,这种人不甚可靠,还是算了罢。三奶奶四奶奶听了这话,彼此使了个眼色,撇着嘴笑了一笑。

徐太太接下去攒眉说道:"我们的那一位,在香港倒有不少的朋友,就可惜远水救不着近火……六小姐若是能够到那边去走一趟,倒许有很多的机会。这两年,上海人在香港的,真可以说是人才济济。上海人自然是喜欢上海人,所以同乡的小姐们在那边听说是很受人欢迎。六小姐去了,还愁没有相当的人?真可以抓起一把来拣拣!"众人觉得徐太太真是善于辞令。前两天轰轰烈烈闹着做媒,忽然烟消火灭了,自己不得下场,便故作遁辞,说两句风凉话。白老太太便叹了口气道;"到香港去一趟,谈何容易!单讲——"不料徐太太很爽快的一口剪断了她的话道:"六小姐若是愿意去,我请她。我答应帮她的忙,就得帮到底。"大家不禁面面相觑,连流苏都怔住了。她估计着徐太太当初自告奋勇替她做媒,想必倒是一时仗义,真心同情她的境遇。为了她跑跑腿寻寻门路,治一桌酒席请那姓姜的,这点交情是有的。但是出盘缠带她到香港去,那可是所费不赀。为什么徐太太平空的要在她身上花这些钱?世上的好人虽多,可没有多少傻子愿意在银钱上做好人。徐太太一定是有背景的。难不成是那范柳原的诡计?徐太太曾经说过她丈夫与范柳原在营业上有密切接触,夫妇两个大约是很热心地捧着范柳原。牺牲一个不相干的孤苦的亲戚来巴结他,也是可能的事。流苏在这里胡思乱想着,白老太太便道:"那可不成呀,总不能让您——"徐太太打了个哈哈道:"没关系,这点小东,我还做得起!再说,我还指望着六小姐帮我的忙呢。我拖着两个孩子,血压又高,累不得,路上有了她,凡事也有个照应。我是不拿她当外人的,以后还要她多多的费神呢!"白老太太忙代流苏客气了一番。徐太太掉过头来,单刀直入地问道:"那么六小姐,你一准跟我们跑一趟罢!就算是去逛逛,也值得。"流苏低下头去,微笑道:"您待我太好了。"她迅速地盘算了一下。姓姜的那件事是无望了。以后即使有人替她做媒,也不过是和那姓姜的不相上下,也许还不如他。流苏的父亲是一个有名的赌徒,为了赌而倾家荡产,第一个领着他们往破落户的路上走。流苏的手没有沾过骨牌和骰子,然而她也是喜欢赌的。她决定用她的前途来下注。如果她输了,她声名扫地,没有资格做五个孩子的后母。如果赌赢了,她可以得到众人虎视眈眈的目的物范柳原,出净她胸中这一口恶气。

她答应了徐太太。徐太太在一星期内就要动身。流苏便忙着整理行装。虽说家无长物，根本没有什么可整理的，却也乱了几天。变卖了几件零碎东西，添制了几套衣服。徐太太在百忙中还腾出时间来替她做顾问。徐太太这样的笼络流苏，被白公馆里的人看在眼里，渐渐的也就对流苏发生了新的兴趣。除了怀疑她之外，又存了三分顾忌，背后嘀嘀咕咕议论着，当面却不那么指着脸子骂了，偶然也还叫声"六妹"，"六姑"，"六小姐"，只怕她当真嫁到香港的阔人，衣锦荣归，大家总得留个见面的余地，不犯着得罪她。

徐太太徐先生带着孩子一同乘车来接了她上船，坐的是一只荷兰船的头等舱。船小，颠簸得厉害，徐先生徐太太一上船便双双睡倒，吐个不休，旁边儿啼女哭，流苏倒着实服侍了他们几天。好容易船靠了岸，她方才有机会到甲板上去看看海景。那是个火辣辣的下午，望过去最触目的便是码头上围列着的巨型广告牌，红的，橘红的，粉红的，倒映在绿油油的海水里，一条条，一抹抹刺激性的犯冲的色素，窜上落下，在水底下厮杀得异常热闹。流苏想着，在这夸张的城里，就是栽个跟头，只怕也比别处痛些，心里不由得七上八下起来，忽然觉得有人奔过来抱住她的腿，差一点把她推了一跤，倒吃了一惊，再看原来是徐太太的孩子，连忙定了定神，过去助着徐太太照料一切。谁知那十来件行李与两个孩子，竟不肯被归着在一堆。行李齐了，一转眼又少了个孩子。流苏疲于奔命，也就不去看野眼了。

上了岸，叫了两部汽车到浅水湾饭店。那车驰出了闹市，翻山越岭，走了多时，一路只见黄土崖，红土崖，土崖缺口处露出森森绿树，露出蓝绿色的海。近了浅水湾，一样是土崖与丛林，却渐渐的明媚起来。许多游了山回来的人，乘车掠过他们的车，一汽车一汽车载满了花，风里吹落了零乱的笑声。

到了旅馆门前，却看不见旅馆在哪里。他们下了车，走上极宽的石级，到了花木萧疏的高台上，方见再高的地方有两幢黄色房子。徐先生早定下了房间，仆欧们领着他们沿着碎石小径走去，进了昏黄的饭厅，经过昏黄的穿堂，往二层楼上走。一转弯，有一扇门通着一个小阳台，搭着紫藤花架，晒着半壁斜阳。阳台上有两个人站着说话，只见一个女的，背向着他们，披着一头漆黑的长发，直垂到脚踝上，脚踝上套着赤金扭麻花镯子，光着脚，底下看不仔细是否趿着拖鞋，上面微微露出一截印度式桃红皱裥窄脚裤。被那女人挡住的一个男子，却叫了一声："咦！徐太太！"便走了过来，向徐先生徐太太打招呼，又向流苏含笑点头。流苏见是范柳原，虽然早就料到这一着，一颗心依旧不免跳得厉害。阳台上的女人一闪就不见了。柳原伴着他们上楼，一路上大家仿佛他乡遇故知似的，不断的表示惊讶与愉快。那范柳原虽然够不上称做美男子，粗枝大叶的，也有他的一种风神。徐先生夫妇指挥着仆欧们搬行李,柳原与流苏走在前面,流苏含笑问道:"范先生,你没有上新加坡去?"柳原轻轻答道:"我在这儿等着你呢。"流苏想不到他这样直爽,倒不便深究,只怕说穿了,不是徐太太请她上香港而是他请的,自己反而下不落台,因此只当他说玩笑话,向他笑了一笑。

  柳原问知她的房间是一百三十号,便站住了脚道:"到了。"仆欧拿钥匙开了门,流苏一进门便不由得向窗口笔直走过去。那整个的房间像暗黄的画框,镶着窗子里一幅大画。那酽酽的,滟滟的海涛,直溅到窗帘上,把帘子的边缘都染蓝了。柳原向仆欧道:"箱子就放在橱跟前。"流苏听他说话的声音就在耳根子底下,不觉震了一震,回过脸来,只见仆欧已经出去了,房门却没有关严。柳原倚着窗台,伸出一只手来撑在窗格子上,挡住了她的视线,只管望着她微笑。流苏低下头去。柳原笑道:"你知道么?你的特长是低头。"流苏抬头笑道:"什么?我不懂。"柳原道:"有的人善于说话,有的人善于笑,有的人善于管家,你是善于低头的。"流苏道:"我什么都不会。我是顶无用的人。"柳原笑道:"无用的女人是最最厉害的女人。"流苏笑着走开了道:"不跟你说了,到隔壁去看看罢。"柳原道:"隔壁?我的房还是徐太太的房?"流苏又震了一震道:"你就住在隔壁?"柳原已经替她开了门,道:"我屋里乱七八糟的,不能见人。"

  他敲了一敲一百三十一号的门,徐太太开门放他们进来道:"在我们这边吃茶罢,我们有个起坐间。"便揿铃叫了几客茶点。徐先生从卧室里走了出来道:"我打了个电话给老朱,他闹着要接风,请我们大伙儿上香港饭店。就是今天。"又向柳原道:"连你在内。"徐太太道:"你真有兴致,晕了几天的船,还不趁早歇歇?今儿晚上,算了罢!"柳原笑道:"香港饭店,是我所见过的顶古板的舞场。建筑、灯光、布置、乐队,都是老英国式,四五十年前顶时髦的玩艺儿,现在可不够刺激性了。实在没有什么可看的,除非是那些怪模怪样的西崽,大热的天,仿着北方人穿着扎脚裤——"流苏道:"为什么?"柳原道:"中国情调呀!"徐先生笑道:"既然来到此地,总得去看看。就委屈你做做陪客罢!"柳原笑道:"我可不能说准。别等我。"流苏见他不像要去的神气,徐先生并不是常跑舞场的人,难得这么高兴,似乎是认真要替她介绍朋友似的,心里倒又疑惑起来。

  然而那天晚上,香港饭店里为他们接风一班人,都是成双捉对的老爷太太,几个单身男子都是二十岁左右的年轻人。流苏正在跳着舞,范柳原忽然出现了,把她从另一个男子手里接了过来,在那荔枝红的灯光里,她看不清他的黝暗的脸,只觉得他异常的沉默。流苏笑道:"怎么不说话呀?"柳原笑道:"可以当着人说的话,我全说完了。"流苏嗤嗤一笑道:"鬼鬼祟祟的,有什么背人的话?"柳原道:"有些傻话,不但是要背着人说,还得背着自己。让自己听见了也怪难为情的。譬如说,我爱你,我一辈子都爱你。"流苏别过头去,轻轻啐了一声道:"偏有这些废话!"柳原道:"不说话又怪我不说话了,说话,又嫌唠叨!"流苏笑道:"我问你,你为什么不愿意我上跳舞场去?"柳原道:"一般的男人,喜欢把好女人教坏了,又喜欢感化坏的女人,使她变为好女人。我可不像那么没事找事做。我认为好女人还是老实些的好。"流苏瞟了他一眼道:"你以为你跟别人不同么?我看你也是一样的自私。"柳原笑道:"怎样自私?"流苏心里想着:你最高的理想是一个冰清玉洁而又富于挑逗性的女人。冰清玉洁,是对于他人。挑逗,是对于你自己。如果我是一个彻底的好女人,你根本就不会注意到我。她向他偏着头笑道:"你要我在旁人面前做一个好女人,在你面前做一个坏女人。"柳原想了一想道:"不懂。"流苏又解释道:"你要我对别人坏,独独对你好。"柳原笑道:"怎么又颠倒过来了?越发把人家搅糊涂了!"他又沉吟了一会道:"你这话不对。"流苏笑道:"哦,你懂了。"柳原道:"你好也罢,坏也罢,我不要你改变。难得碰见像你这样的一个真正的中国女人。"流苏微微叹了口气道:"我不过是一个过了时的人罢了。"柳原道:"真正的中国女人是世界上最美的,永远不会过了时。"流苏笑道:"像你这样的一个新派人——"柳原道:"你说新派,大约就是指的洋派。我的确不能算一个真正的中国人,直到最近几年才渐渐的中国化起来。可是你知道,中国化的外国人,顽固起来,比任何老秀才都要顽固。"流苏笑道:"你也顽固,我也顽固,你说过的,香港饭店又是最顽固的跳舞场……"他们同声笑了起来。音乐恰巧停了。柳原扶着她回到座上,向众人笑道:"白小姐有点头痛,我先送她回去罢。"流苏没提防他有这一着,一时想不起怎样对付,又不愿意得罪了他,因为交情还不够深,没有到吵嘴的程度,只得由他替她披上外衣,向众人道了歉,一同走了出来。

迎面遇见一群西洋绅士,众星捧月一般簇拥着一个女人。流苏先就注意到那人的漆黑的头发,结成双股大辫,高高盘在头上。那印度女人,这一次虽然是西式装束,依旧带着浓厚的东方色彩。玄色轻纱氅底下,她穿着金鱼黄紧身长衣,盖住了手,只露出晶亮的指甲,领口挖成极狭的V形,直开到腰际,那是巴黎最新的款式,有个名式,唤做"一线天"。她的脸色黄而油润,像飞了金的观音菩萨,然而她的影沉沉的大眼睛里躲着妖魔。古典型的直鼻子,只是太尖,太薄一点。粉红的厚重的小嘴唇,仿佛肿着似的。柳原站住了脚,向她微微鞠了一躬。流苏在那里看她,她也昂然望着流苏,那一双骄矜的眼睛,如同隔着几千里地,远远的向人望过来。柳原便介绍道:"这是白小姐。这是萨黑荑妮公主。"流苏不觉肃然起敬。萨黑荑妮伸出一双手来,用指尖碰了一碰流苏的手,问柳原道:"这位白小姐,也是上海来的?"柳原点点头。萨黑荑妮微笑道:"她倒不像上海人。"柳原笑道:"像哪儿的人呢?"萨黑荑妮把一只食指按在腮帮子上,想了一想,翘着十指尖尖,仿佛是要形容而又形容不出的样子,耸肩笑了一笑,往里走去。柳原扶着流苏继续往外走,流苏虽然听不大懂英文,鉴貌辨色,也就明白了,便笑道:"我原是个乡下人。"柳原道:"我刚才对你说过了,你是个道地的中国人,那自然跟她所谓的上海人有点不同。"

他们上了车,柳原又道:"你别看她架子搭得十足。她在外面招摇,说是克力希纳·柯兰姆帕王公的亲生女,只因王妃失宠,赐了死,她也就被放逐了,一直流浪着,不能回国。其实,不能回国倒是真的,其余的,可没有人能够证实。"流苏道:"她到上海去过么?"柳原道:"人家在上海也是很有名的。后来她跟着一个英国人上香港来。你看见她背后那老头子么?现在就是他养活着她。"流苏笑道:"你们男人就是这样,当面何尝不奉承着她,背后就说得她一个钱不值。像我这样一个穷遗老的女儿,身份还不及她高的人,不知道你对别人怎样的说我呢!"柳原笑道:"谁敢一口气把你们两人的名字说在一起?"流苏撇了撇嘴道:"也许因为她的名字太长了,一口气念不完。"柳原道:"你放心。你是什么样的人,我就拿你当什么样的人看待,准没错。"流苏做出安心的样子,向车窗上一靠,低声道:"真的?"他这句话,似乎并不是挖苦她,因为她渐渐发觉了,他们单独在一起的时候,他总是斯斯文文的,君子人模样。不知道为什么,他背着人这样稳重,当众却喜欢放肆。她一时摸不清那到底是他的怪脾气,还是他另有作用。

到了浅水湾,他搀着她下车,指着汽车道旁郁郁的丛林道:"你看那种树,是南边的特产。英国人叫它'野火花'。"流苏道:"是红的么?"柳原道:"红!"黑夜里,她看不出那红色,然而她直觉地知道它是红得不能再红了,红得不可收拾,一蓬蓬一蓬蓬的小花,窝在参天大树上,壁栗剥落燃烧着,一路烧过去,把那紫蓝的天也熏红了。她仰着脸望上去。柳原道:"广东人叫它'影树'。你看这叶子。"叶子像凤尾草,一阵风过,那轻纤的黑色剪影零零落落颤动着,耳边恍惚听见一串小小的音符,不成腔,像檐前铁马的叮当。

柳原道:"我们到那边去走走。"流苏不做声。他走,她就缓缓的跟了过去。时间横竖还早,路上散步的人多着呢——没关系。从浅水湾饭店过去一截子路,空中飞跨着一座桥梁,桥那边是山,桥这边是一堵灰砖砌成的墙壁,拦住了这边的山。柳原靠在墙上,流苏也就靠在墙上,一眼看上去,那堵墙极高极高,望不见边。墙是冷而粗糙,死的颜色。她的脸,托在墙上。反衬着,也变了样——红嘴唇,水眼睛,有血,有肉,有思想的一张脸。柳原看着她道:"这堵墙,不知为什么使我想起地老天荒那一类的话。……有一天,我们的文明整个的毁掉了,什么都完了——烧完了,炸完了,坍完了,也许还剩下这堵墙。流苏,如果我们那时候在这墙根底下遇见了……流苏,也许你会对我有一点真心,也许我会对你有一点真心。"

流苏嗔道:"你自己承认你爱装假,可别拉扯上我。你几时捉出我说谎来着?"柳原嗤的笑道:"不错,你是再天真也没有的一个人。"流苏道:"得了,别哄我了!"

柳原静了半晌,叹了口气。流苏道:"你有什么不称心的事?"柳原道:"多着呢。"流苏叹道:"若是像你这样自由自在的人,也要怨命,像我这样的。早就该上吊了。"柳原道:"我知道你是不快乐的。我们四周的那些坏事,坏人,你一定是看够了。可是,如果你这是第一次看见他们,你一定更看不惯,更难受。我就是这样。我回中国来的时候,已经二十四了。关于我的家乡,我做了好些梦。你可以想象到我是多么的失望。我受不了这个打击,不由自主的就往下溜。你……你如果认识从前的我,也许你会原谅现在的我。"流苏试着想象她是第一次看见她四嫂。她猛然叫道:"还是那样的好,初次瞧见,再坏些,再脏些,是你外面的人,你外面的东西。你若是混在那里头长大了,你怎么分得清,哪一部分是他们,哪一部分是你自己?"柳原默然,隔了一会方道:"也许你是对的。也许我这些话无非是借口,自己糊弄自己。"他突然笑了起来道:"其实我用不着什么借口呀!我爱玩——我有这个钱,有这个时间,还得去找别的理由?"他思索了一会,又烦躁起来,向她说道:"我自己也不懂得我自己——可是我要你懂得我!我要你懂得我!"他嘴里这么说着,心里早已绝望了,然而他还是固执地,哀恳似的说着:"我要你懂得我!"

流苏愿意试试看。在某种范围内,她什么都愿意。她侧过脸去向着他,小声答应着:"我懂得,我懂得。"她安慰着他,然而她不由得想到了她自己的月光中的脸,那娇脆的轮廓,眉与眼,美得不近情理,美得渺茫。她缓缓垂下头去。柳原格格地笑了起来。他换了一副声调,笑道:"是的,别忘了,你的特长是低头。可是也有人说,只有十来岁的女孩子们适宜于低头。适宜于低头的人往往一来就喜欢低头。低了多年的头,颈子上也许要起皱纹的。"流苏变了脸,不禁抬起手来抚摸她的脖子。柳原笑道:"别着急,你决不会有的。待会儿回到房里去,没有人的时候,你再解开衣袖上的钮子,看个明白。"流苏不答,掉转身就走。柳原追了上去,笑道:"我告诉你为什么你保得住你的美。萨黑荑妮上次说:她不敢结婚,因为印度女人一闲下来,呆在家里,整天坐着,就发胖了。我就说:中国女人呢,光是坐着,连发胖都不肯发胖——因为发胖至少还需要一点精力。懒倒也有懒的好处！"

流苏只是不理他。他一路赔着小心，低声下气，说说笑笑，她到了旅馆里，面色方才和缓下来，两人也就各自归房安置。流苏自己忖量着，原来范柳原是讲究精神恋爱的。她倒也赞成，因为精神恋爱的结果永远是结婚，而肉体之爱往往就停顿在某一阶段，很少结婚的希望。精神恋爱只有一个毛病：在恋爱过程中，女人往往听不懂男人的话。然而那倒也没有多大关系。后来总还是结婚，找房子，置家具，雇佣人——那些事上，女人可比男人在行得多。她这么一想，今天这点小误会，也就不放在心上。

第二天早晨，她听徐太太屋里鸦雀无声，知道她一定起来得很晚。徐太太仿佛说过的，这里的规矩，早餐叫到屋里来吃，另外要付费，还要给小账，因此流苏决定替人家节省一点，到食堂里去。她梳洗完了，刚跨出房门，一个守候在外面的仆欧，看见了她，便去敲范柳原的门。柳原立刻走了出来，笑道："一块儿吃早饭去。"一面走，他一面问道："徐先生徐太太还没升帐？"流苏笑道："昨儿他们玩得太累了罢！我没听见他们回来，想必一定是近天亮。"他们在餐室外面的走廊上拣了个桌子坐下。石阑干外生着高大的棕榈树，那丝丝缕缕披散着的叶子在太阳光里微微发抖，像光亮的喷泉。树底下也有喷水池子，可没有那么伟丽。柳原问道："徐太太他们今天打算怎么玩？"流苏道："听说是要找房子去。"柳原道："他们找他们的房子，我们玩我们的。你喜欢到海滩上去还是到城里去看看？"流苏前一天下午已经用望远镜看了看附近的海滩，红男绿女，果然热闹非凡，只是行动太自由了一点，她不免略具戒心，因此便提议进城去。他们赶上了一辆旅馆里特备的公共汽车，到了中心区。

柳原带她到大中华去吃饭。流苏一听，仆欧们全是说上海话的，四座也是乡音盈耳，不觉诧异道："这是上海馆子？"柳原笑道："你不想家么？"流苏笑道："可是……专程到香港来吃上海菜，总似乎有点傻。"柳原道："跟你在一起，我就喜欢做各种的傻事，甚至于乘着电车兜圈子，看一场看过了两次的电影……"流苏道："因为你被我传染上了傻气，是不是？"柳原笑道："你爱怎么解释，就怎么解释。"

吃完了饭，柳原举起玻璃杯来将里面剩下的茶一饮而尽，高高地擎着那玻璃杯，只管向里看着。流苏道："有什么可看的，也让我看看。"柳原道："你迎着亮瞧瞧，里头的景致使我想到马来的森林。"杯里的残茶向一边倾过来，绿色的茶叶粘在玻璃上，横斜有致，迎着光，看上去像一棵翠生生的芭蕉。底下堆积着的茶叶，蟠结错杂，就像没膝的蔓草与蓬蒿。流苏凑在上面看，柳原就探过身来指点着。隔着那绿阴阴的玻璃杯，流苏忽然觉得他的一双眼睛似笑非笑地瞅着她。她放下了杯子,笑了。柳原道:"我陪你到马来亚去。"流苏道:"做什么?"柳原道:"回到自然。"他转念一想,又道:"只是一件,我不能想象你穿着旗袍在森林里跑。……不过我也不能想象你不穿着旗袍。"流苏连忙沉下脸来道:"少胡说。"柳原道:"我这是正经话。我第一次看见你,就觉得你不应当光着膀子穿这种时髦的长背心,不过你也不应当穿西装。满洲的旗装,也许倒合式一点,可是线条又太硬。"流苏道:"总之,人长得难看,怎么打扮都也不顺眼!"柳原笑道:"别又误会了,我的意思是:你看上去不像这世界上的人。你有许多小动作,有一种罗曼谛克的气氛,很像唱京戏。"流苏抬起了眉毛,冷笑道:"唱戏,我一个人也唱不成呀!我何尝爱做作——这也是逼上梁山。人家跟我耍心眼儿,我不跟人家耍心眼儿,人家还拿我当傻子呢,准得找着我欺侮!"柳原听了这话,倒有些黯然。他举起了空杯,试着喝了一口,又放下了,叹道:"是的,都怪我。我装惯了假,也是因为人人都对我装假。只有对你,我说过句把真话。你听不出来。"流苏道:"我又不是你肚里的蛔虫。"柳原道:"是的,都怪我。可是我的确为你费了不少的心机。在上海第一次遇见你,我想着,离开了你家里那些人,你也许会自然一点。好容易盼着你到了香港……现在,我又想把你带到马来亚,到原始人的森林里去……"他笑他自己,声音又哑又涩,不等笑完他就喊仆欧拿帐单来。他们付了帐出来,他已经恢复原状,又开始他的上等的调情——顶文雅的一种。

他每天伴着她到处跑,什么都玩到了,电影,广东戏,赌场,格罗士打饭店,思豪酒店,青鸟咖啡馆,印度绸缎庄,九龙的四川菜……晚上他们常常出去散步,直到夜深。她自己都不能够相信,他连她的手都难得碰一碰。她总是提心吊胆,怕他突然摘下假面具,对她作冷不防的袭击,然而一天又一天的过去了,他维持着他的君子风度。她如临大敌,结果毫无动静。她起初倒觉得不安,仿佛下楼梯的时候踏空了一级似的,心里异常怔忡,后来也就惯了。

只有一次,在海滩上。这时候流苏对柳原多了一层认识,觉得到海边上去去也无妨,因此他们到那里去消磨了一个上午。他们并排坐在沙上,可是一个面朝东,一个面朝西。流苏嚷有蚊子。柳原道:"不是蚊子,是一种小虫,叫沙蝇。咬一口,就是个小红点,像朱砂痣。"流苏又道:"这太阳真受不了。"柳原道:"稍微晒一会儿,我们可以到凉棚底下去。我在那边租了一个棚。"那口渴的太阳汩汩地吸着海水,漱着,吐着,哗哗地响。人身上的水份全给它喝干了,人成了金色的枯叶子,轻飘飘的。流苏渐渐感到那奇异的眩晕与愉快,但是她忍不住又叫了起来:"蚊子咬!"她扭过头去,一巴掌打在她裸露的背脊上。柳原笑道:"这样好吃力。我来替你打罢,你来替我打。"流苏果然留心着,照准他臂上打去,叫道:"哎呀,让它跑了!"柳原也替她留心着。两人劈劈啪啪打着,笑成一片。流苏突然被得罪了,站起身来往旅馆里走。柳原这一次并没有跟上来。流苏走到树阴里,两座芦席棚之间的石径上,停了下来,抖一抖短裙子上的沙,回头一看,柳原还在原处,仰天躺着,两手垫在颈项底下,显然是又在那里做着太阳里的梦了,人又晒成了金叶子。流苏回到了旅馆里,又从窗户里用望远镜望出来,这一次,他的身边躺着一个女人,辫子盘在头上。就把那萨黑荑妮烧了灰,流苏也认识她。

  从这天起,柳原整日价的和萨黑荑妮厮混着。他大约是下了决心把流苏冷一冷。流苏本来天天出去惯了,忽然闲了下来,在徐太太面前交代不出理由,只得伤了风,在屋里坐了两天。幸喜天公识趣,又下起缠绵雨来,越发有了借口,用不着出门。有一天下午,她打着伞在旅舍的花园里兜了个圈子回来,天渐渐黑了,约摸徐太太他们看房子也该回来了,她便坐在廊檐下等候他们,将那把鲜明的油纸伞撑开了横搁在栏杆上,遮住了脸。那伞是粉红地子,石绿的荷叶图案,水珠一滴滴从筋纹上滑下来。那雨下得大了,雨中有汽车泼喇泼喇航行的声音,一群男女嘻嘻哈哈推着挽着上阶来,打头的便是范柳原。萨黑荑妮被他挽着,却是够狼狈的,裸腿上溅了一点点的泥浆。她脱去了大草帽,便洒了一地的水。柳原瞥见流苏的伞,便在扶梯口上和萨黑荑妮说了几句话,萨黑荑妮单独上楼去了,柳原走了过来,掏出手绢子来不住地擦他身上脸上的水渍子。流苏和他不免寒暄了几句。柳原坐了下来道:"前两天听说有点不舒服?"流苏道:"不过是热伤风。"柳原道:"这天气真闷得慌。刚才我们到那个英国人的游艇上去野餐的,把船开到了青衣岛。"流苏顺口问问他青衣岛的景致。正说着,萨黑荑妮又下楼来了,已经换了印度装,兜着鹅黄披肩,长垂及地。披肩上是二寸来阔的银丝堆花镶滚。她也靠着栏杆,远远的拣了个桌子坐下,一只手闲闲搁在椅背上,指甲上涂着银色蔻丹。流苏笑向柳原道:"你还不过去?"柳原笑道:"人家是有了主儿的人。"流苏道:"那老英国人,哪儿管得住她?"柳原笑道:"他管不住她,你却管得住我呢。"流苏抿着嘴笑道:"哟!我就是香港总督,香港的城隍爷,管这一方的百姓,我也管不到你头上呀!"柳原摇摇头道:"一个不吃醋的女人,多少有点病态。"流苏噗嗤一笑。隔了一会,流苏问道:"你看着我做什么?"柳原笑道:"我看你从今以后是不是预备待我好一点。"流苏道:"我待你好一点,坏一点,你又何尝放在心上?"柳原拍手道:"这还像句话!话音里仿佛有三分酸意。"流苏撑不住放声笑了起来道:"也没有看见你这样的人,死乞白咧的要人吃醋!"

两人当下言归于好，一同吃了晚饭。流苏表面上虽然和他热了些，心里却怯慑着：他使她吃醋，无非是用的激将法，逼着她自动的投到他怀里去。她早不同他好，晚不同他好，偏拣这个当口和他好了，白牺牲了她自己，他一定不承情，只道她中了他的计。她做梦也休想他娶她。……很明显的，他要她，可是他不愿意娶她。然而她家里穷虽穷，也还是个望族，大家都是场面上的人，他担当不起这诱奸的罪名。因此他采取了那种光明正大的态度。她现在知道了，那完全是假撇清。他处处地方希图脱卸责任。以后她若是被抛弃了，她绝对没有谁可抱怨。

流苏一念及此，不觉咬了咬牙，恨了一声。面子上仍旧照常跟他敷衍着。徐太太已经在跑马地租下了房子，就要搬过去了。流苏欲待跟过去，又觉得白扰了人家一个多月，再要长住下去，实在不好意思。这样僵持下去，也不是事。进退两难，倒煞费踌躇。这一天，在深夜里，她已经上了床多时，只是翻来覆去。好容易朦胧了一会，床头的电话铃突然朗朗响了起来。她一听，却是柳原的声音，道："我爱你。"就挂断了。流苏心跳得扑通扑通，握住了耳机，发了一回愣，方才轻轻的把它放回原处。谁知才搁上去，又是铃声大作。她再度拿起听筒，柳原在那边问道："我忘了问你一声，你爱我么？"流苏咳嗽了一声再开口，喉咙还是沙哑的。她低声道："你早该知道了。我为什么上香港来？"柳原叹道："我早知道了，可是明摆着的事实，我就是不肯相信。流苏，你不爱我。"流苏道："怎见得我不？"柳原不语，良久方道："诗经上有一首诗——"流苏忙道："我不懂这些。"柳原不耐烦道："知道你不懂，你若懂，也用不着我讲了！我念给你听：'死生契阔——与子相悦，执子之手，与子偕老。'我的中文根本不行，可不知道解释得对不对。我看那是最悲哀的一首诗，生与死与离别，都是大事，不由我们支配的。比起外界的力量，我们人是多么小，多么小！可是我们偏要说：'我永远和你在一起；我们一生一世都别离开。'——好像我们自己做得了主似的！"

流苏沉思了半晌，不由得恼了起来道："你干脆说不结婚，不就完了！还得绕着大弯子！什么做不了主？连我这样守旧的人家，也还说'初嫁从亲，再嫁从身'哩！你这样无拘无束的人，你自己不能做主，谁替你做主？"柳原冷冷地道："你不爱我，你有什么办法，你做得了主么？"流苏道："你若真爱我的话，你还顾得了这些？"柳原道："我不至于那么糊涂。我犯不着花了钱娶一个对我毫无感情的人来管束我。那太不公平了。对于你，那也不公平。噢，也许你不在乎。根本你以为婚姻就是长期的卖淫——"流苏不等他说完，啪的一声把耳机摁下了，脸气得通红。他敢这样侮辱她！他敢！她坐在床上，炎热的黑暗包着她像葡萄紫的绒毯子。一身的汗，痒痒的，颈上与背脊上的头发梢也刺恼得难受。她把两只手按在腮颊上,手心却是冰冷的。

铃又响了起来,她不去接电话,让它响去。"的铃铃……的铃铃……"声浪分外的震耳,在寂静的房间里,在寂静的旅舍里,在寂静的浅水湾。流苏突然觉悟了,她不能吵醒了整个的浅水湾饭店。第一,徐太太就在隔壁。她战战兢兢拿起听筒来,搁在褥单上。可是四周太静了,虽是离了这么远,她也听得见柳原的声音在那里心平气和地说:"流苏,你的窗子里看得见月亮么?"流苏不知道为什么,忽然哽咽起来。泪眼中的月亮大而模糊,银色的,有着绿的光棱。柳原道:"我这边,窗子上面吊下一枝藤花,挡住了一半。也许是玫瑰。也许不是。"他不再说话了,可是电话始终没挂上。许久许久,流苏疑心他可是盹着了,然而那边终于扑秃一声,轻轻挂断了。流苏用颤抖的手从褥单上拿起她的听筒,放回架子上。她怕他第四次再打来,但是他没有。这都是一个梦——越想越像梦。

第二天早上她也不敢问他,因为他准会嘲笑她——"梦是心头想",她这么迫切地想念他,连睡梦里他都会打电话来说"我爱你"?他的态度也和平时没有什么不同。他们照常的出去玩了一天。流苏忽然发觉拿他们当做夫妇的人很多很多——仆欧们,旅馆里和她搭讪的几个太太老太太。原不怪他们误会。柳原跟她住在隔壁,出入总是肩并肩,深夜还到海岸上去散步,一点都不避嫌疑。一个保姆推着孩子的车走过,向流苏点点头,唤了一声"范太太"。流苏脸上一僵,笑也不是,不笑也不是,只得皱着眉向柳原睃了一眼,低声道:"他们不知道怎么想着呢!"柳原笑道:"唤你范太太的人,且不去管他们;倒是唤你做白小姐的人,才不知道他们怎么想呢!"流苏变色。柳原用手抚摸着下巴,微笑道:"你别枉担了这个虚名!"

流苏吃惊地朝他望望,蓦地里悟到他这人多么恶毒。他有意的当着人做出亲狎的神气,使她没法可证明他们没有发生关系。她势成骑虎,回不得家乡,见不得爷娘,除了做他的情妇之外没有第二条路。然而她如果迁就了他,不但前功尽弃,以后更是万劫不复了。她偏不!就算她枉担了虚名,他不过口头上占了她一个便宜。归根究底,他还是没得到她。既然他没有得到她,或许他有一天还会回到她这里来,带了较优的议和条件。

她打定了主意,便告诉柳原她打算回上海去。柳原却也不坚留,自告奋勇要送她回去。流苏道:"那倒不必了。你不是要到新加坡去么?"柳原道:"反正已经耽搁了,再耽搁些时也不妨事,上海也有事等着料理呢。"流苏知道他还是一贯政策,唯恐众人不议论他们俩。众人越是说得凿凿有据,流苏越是百喙莫辩,自然在上海不能安身。流苏盘算着,即使他不送她回去,一切也瞒不了她家里的人。她是豁出去了,也就让他送她一程。徐太太见他们俩正打得火一般的热,忽然要拆开了,诧异非凡,问流苏,问柳原,两人虽然异口同声的为彼此洗刷,徐太太哪里肯信。

在船上,他们接近的机会很多,可是柳原既能抗拒浅水湾的月色,就能抗拒甲板上的月色。他对她始终没有一句扎实的话。他的态度有点淡淡的,可是流苏看得出他那闲适是一种自满的闲适——他拿稳了她跳不出他的手掌心去。

到了上海,他送她到家,自己没有下车。白公馆里早有了耳报神,探知六小姐在香港和范柳原实行同居了。如今她陪人家玩了一个多月,又若无其事的回来了,分明是存心要丢白家的脸。

流苏勾搭上了范柳原,无非是图他的钱。真弄到了钱,也不会无声无臭的回家来了,显然是没得到他什么好处。本来,一个女人上了男人的当,就该死;女人给当给男人上,那更是淫妇;如果一个女人想给当给男人上而失败了,反而上了人家的当,那是双料的淫恶,杀了她也还污了刀。平时白公馆里,谁有了一点芝麻大的过失,大家便炸了起来。逢到了真正耸人听闻的大逆不道,爷奶奶们兴奋过度,反而吃吃艾艾,一时发不出话来。大家先议定了:"家丑不可外扬",然后分头去告诉亲戚朋友,逼他们宣誓保守秘密,然后再向亲友们一个个的探口气,打听他们知道了没有,知道了多少。最后大家觉得到底是瞒不住,爽性开诚布公,打开天窗说亮话,拍着腿感慨一番。他们忙着这各种手续,也忙了一秋天,因此迟迟的没向流苏采取断然行动。流苏何尝不知道,她这一次回来,更不比往日。她和这家庭早是恩断义绝。她未尝不想出去找个小事,胡乱混一碗饭吃。再苦些,也强如在家里受气。但是寻了个低三下四的职业,就失去了淑女的身份。那身份,食之无味,弃之可惜。尤其是现在,她对范柳原还没有绝望,她不能先自贬身价,否则他更有了借口,拒绝和她结婚了。因此她无论如何得忍些时。

熬到了十一月底,范柳原果然从香港来了电报。那电报,整个的白公馆里的人都传观过了,老太太方才把流苏叫去,递到她手里。只有寥寥几个字:"乞来港。船票已由通济隆办妥。"白老太太长叹了一声道:"既然是叫你去,你就去罢!"她就这样的下贱么?她眼里掉下泪来。这一哭,她突然失去了自制力,她发现她已经是忍无可忍了。一个秋天,她已经老了两年——她可禁不起老!于是她第二次离开了家上香港来。这一趟,她早失去了上一次的愉快的冒险的感觉。她失败了。固然,女人是喜欢被屈服的,但是那只限于某种范围内。如果她是纯粹为范柳原的风仪与魅力所征服,那又是一说了,可是内中还掺杂着家庭的压力——最痛苦的成分。

范柳原在细雨迷濛的码头上迎接她。他说她的绿色玻璃雨衣像一只瓶,又注了一句:"药瓶。"她以为他在那里讽嘲她的孱弱,然而他又附耳加了一句:"你就是医我的药。"她红了脸,白了他一眼。

他替她定下了原先的房间。这天晚上,她回到房里来的时候,已经两点钟了。在浴室里晚妆既毕,熄了灯出来,方才记起了,她房里的电灯开关装置在床头,只得摸着黑过来,一脚绊在地板上的一只皮鞋上,差一点栽了一跤,正怪自己疏忽,没把鞋子收好,床上忽然有人笑道:"别吓着了!是我的鞋。"流苏停了一会,问道:"你来做什么?"柳原道:"我一直想从你的窗户里看月亮。这边屋里比那边看得清楚些。"……那晚上的电话的确是他打来的——不是梦!他爱她。这毒辣的人,他爱她,然而他待她也不过如此!她不由得寒心,拨转身走到梳妆台前。十一月尾的纤月,仅仅是一钩白色,像玻璃窗上的霜花。然而海上毕竟有点月意,映到窗子里来,那薄薄的光就照亮了镜子。流苏慢腾腾摘下了发网,把头发一搅,搅乱了,夹钗叮零当啷掉下地来。她又戴上网子,把那发网的梢头狠狠地衔在嘴里,拧着眉毛,蹲下身去把夹钗一只一只拣了起来,柳原已经光着脚走到她后面,一只手搁在她头上,把她的脸倒扳了过来,吻她的嘴。发网滑下地去了。这是他第一次吻她,然而他们两人都疑惑不是第一次,因为在幻想中已经发生过无数次了。从前他们有过许多机会——适当的环境,适当的情调;他也想到过,她也顾虑到那可能性。然而两方面都是精刮的人,算盘打得太仔细了,始终不肯冒失。现在这忽然成了真的,两人都糊涂了。流苏觉得她的溜溜转了个圈子,倒在镜子上,背心紧紧抵着冰冷的镜子。他的嘴始终没有离开过她的嘴。他还把她往镜子上推,他们似乎是跌到镜子里面,另一个昏昏的世界里去,凉的凉,烫的烫,野火花直烧上身来。

第二天,他告诉她,他一礼拜后就要上英国去。她要求他带她一同去,但是他回说那是不可能的。他提议替她在香港租下一幢房子住下,等个一年半载,他也就回来了。她如果愿意在上海住家,也听她的便。她当然不肯回上海。家里那些人——离他们越远越好。独自留在香港,孤单些就孤单些。问题却在他回来的时候,局势是否有了改变。那全在他了。一个礼拜的爱,吊得住他的心么?可是从另一方面看来,柳原是一个没长性的人,这样匆匆的聚了又散了,他没有机会厌倦她,未始不是于她有利的。一个礼拜往往比一年值得怀念。……他果真带着热情的回忆重新来找她,她也许倒变了呢!近三十的女人,往往有着反常的娇嫩,一转眼就憔悴了。总之,没有婚姻的保障而要长期抓住一个男人,是一件艰难的,痛苦的事,几乎是不可能的。啊,管它呢!她承认柳原是可爱的,他给她美妙的刺激,但是她跟他的目的究竟是经济上的安全。这一点,她知道她可以放心。

他们一同在巴而顿道看了一所房子,坐落在山坡上,屋子粉刷完了,雇定了一个广东女佣,名唤阿栗,家具只置办了几件最重要的,柳原就该走了。其余的都丢给流苏慢慢的去收拾。家里还没有开火仓,在那冬天的傍晚,流苏送他上船时,便在船上的大餐间里胡乱的吃了些三明治。流苏因为满心的不得意,多喝了几杯酒,被海风一吹,回来的时候,便带着三分醉。到了家,阿栗在厨房里烧水替她随身带着的那孩子洗脚。流苏到处瞧了一遍,到一处开一处的灯。客室里的门窗上的绿漆还没干,她用食指摸着试了一试,然后把那粘粘的指尖贴在墙上,一贴一个绿迹子。为什么不?这又不犯法!这是她的家!她笑了,索性在那蒲公英黄的粉墙上打了一个鲜明的绿手印。

她摇摇晃晃走到隔壁屋里去。空房,一间又一间——清空的世界。她觉得她可以飞到天花板上去。她在空荡荡的地板上行走,就像是在洁无纤尘的天花板上。房间太空了,她不能不用灯光来装满它,光还是不够,明天她得记着换上几只较强的灯泡。

她走上楼梯去。空得好!她急需着绝对的静寂。她累得很,取悦于柳原是太吃力的事,他脾气向来就古怪;对于她,因为是动了真感情,他更古怪了,一来就不高兴。他走了,倒好,让她松下这口气。现在她什么人都不要——可憎的人,可爱的人,她一概都不要。从小时候起,她的世界就嫌过于拥挤。推着,挤着,踩着,背着,抱着,驮着,老的小的,全是人。一家二十来口,合住一幢房子,你在屋子里剪个指甲也有人在窗户眼里看着。好容易远走高飞,到了这无人之境。如果她正式做了范太太,她就有种种的责任,她离不了人。现在她不过是范柳原的情妇,不露面的,她应该躲着人,人也应该躲着她。清静是清静了,可惜除了人之外,她没有旁的兴趣。她所仅有的一点学识,全是应付人的学识。凭着这点本领,她能够做一个贤惠的媳妇,一个细心的母亲。在这里她可是英雄无用武之地。"持家"罢,根本无家可持,看管孩子罢,柳原根本不要孩子。省俭着过日子罢,她根本用不着为了钱操心。她怎样消磨这以后的岁月?找徐太太打牌去,看戏?然后渐渐地姘戏子,抽鸦片,往姨太太们的路上走?她突然站住了,挺着胸,两只手在背后紧紧互扭着。那倒不至于!她不是那种下流的人。她管得住她自己。但是……她管得住她自己不发疯么?楼上品字式的三间屋,楼下品字式的三间屋,全是堂堂地点着灯。新打了蜡的地板,照得雪亮。没有人影儿。一间又一间,呼喊着的空虚……流苏躺到床上去,又想下去关灯,又动弹不得。后来她听见阿栗趿着木屐上楼来,一路扑秃扑秃关着灯,她紧张的神经方才渐归松弛。

那天是十二月七日，一九四一年。十二月八日，炮声响了。一炮一炮之间，冬晨的银雾渐渐散开，山崩、山洼子里，全岛上的居民都向海面上望去，说"开仗了，开仗了。"谁都不能够相信，然而毕竟是开仗了。流苏孤身留在巴而顿道，哪里知道什么。等到阿栗从左邻右舍探到了消息，仓皇唤醒了她，外面已经进入酣战阶段。巴而顿道的附近有一座科学试验馆，屋顶上架着高射炮，流弹不停地飞过来，尖溜溜一声长叫，"吱呦呃呃呃呃……"，然后"砰!"落下地去。那一声声的"吱呦呃呃呃呃……"撕裂了空气，撕毁了神经。淡蓝的天幕被扯成一条一条，在寒风中簌簌飘动。风里同时飘着无数剪断了的神经的尖端。

流苏的屋子是空的，心里是空的，家里没有置办米粮，因此肚子里也是空的。空穴来风，所以她感受恐怖的袭击分外强烈。打电话到跑马地徐家，久久打不通，因为全城装有电话的人没有一个不在打电话，询问哪一区较为安全，作避难的计划。流苏到下午方才接通了，可是那边铃尽管响着，老是没有人来听电话，想必徐先生徐太太已经匆匆出走，迁到平靖一些的地带。流苏没了主意。炮火却逐渐猛烈了。邻近的高射炮成为飞机注意的焦点。飞机营营地在顶上盘旋，"孜孜孜……"绕了一圈又绕回来，"孜孜……"痛楚地，像牙医的螺旋电器，直挫进灵魂的深处。阿栗抱着她的哭泣着的孩子坐在客室的门槛上，人仿佛入了昏迷状态，左右摇摆着，喃喃唱着呓语似的歌曲，哄着拍着孩子。窗外又是"吱呦呃呃呃呃……"一声，"砰!"削去屋檐的一角，沙石哗啦啦落下来。阿栗怪叫了一声，跳起身来，抱着孩子就往外跑。流苏在大门口追上了她，一把揪住她问道："你上哪儿去?"阿栗道："这儿蹲不得了! 我——我带他到阴沟里去躲一躲。"流苏道："你疯了! 你去送死!"阿栗连声道："你放我走! 我这孩子——就只这么一个——死不得的! ……阴沟里躲一躲……"流苏拼命扯住了她，阿栗将她一推，她跌倒了，阿栗便闯出门去。正在这当口，轰天震地一声响，整个的世界黑了下来，像一只硕大无朋的箱子，啪地关上了盖。数不清的罗愁绮恨，全关在里面了。

流苏只道是没有命了，谁知还活着。一睁眼，只见满地的玻璃屑，满地的太阳影子。她挣扎着爬起身来，去找阿栗。一开门，阿栗紧紧搂着孩子，垂着头，把额角抵在门洞子里的水泥墙上，人是震糊涂了。流苏拉了她进来，就听见外面喧嚷着说隔壁落了个炸弹，花园里炸出一个大坑。这一次巨响，箱子盖关上了，依旧不得安静。继续的砰砰砰，仿佛在箱子盖上用锤子敲钉，捶不完地捶。从天明捶到天黑，又从天黑捶到天明。

流苏也想到了柳原，不知道他的船有没有驶出港口，有没有被击沉。可是她想起他便觉得有些渺茫，如同隔世。现在的这一段，与她的过去毫不相干，像无线电里的歌，唱了一半，忽然受了恶劣的天气的影响，劈劈啪啪炸了起来。炸完了，歌是仍旧要唱下去的，就只怕炸完了，歌已经唱完了，那就没得听了。第二天，流苏和阿栗母子分着吃完了罐子里的几片饼干，精神渐渐衰弱下来，每一个呼啸着的子弹的碎片便像打在她脸上的耳刮子。街上轰隆轰隆驰来一辆军用卡车，意外地在门前停下了。铃一响，流苏自己去开门，见是柳原，她捉住他的手，紧紧搂住他的手臂，像阿栗搂住孩子似的，人向前一扑，把头磕在门洞子里的水泥墙上。柳原用另外的一只手托住她的头，急促地道："受了惊吓罢？别着急，别着急。你去收拾点得用的东西，我们到浅水湾去。快点，快点！"流苏跌跌冲冲奔了进去，一面问道："浅水湾那边不要紧么？"柳原道："都说不会在那边上岸的。而且旅馆里吃的方面总不成问题，他们收藏得很丰富。"流苏道："你的船……"柳原道："船没开出去。他们把头等舱的乘客送到了浅水湾饭店。本来昨天就要来接你的，叫不到汽车，公共汽车又挤不上。好容易今天设法弄到了这部卡车。"流苏哪里还定得下心整理行装，胡乱扎了个小包裹。柳原给了阿栗两个月的工钱，嘱咐她看家，两个人上了车，面朝下并排躺在运货的车厢里，上面蒙着黄绿色油布篷，一路颠簸着，把肘弯与膝盖上的皮都磨破了。

柳原叹道："这一炸，炸断了多少故事的尾巴！"流苏也怆然，半晌方道："炸死了你，我的故事就该完了。炸死了我，你的故事还长着呢！"柳原笑道："你打算替我守节么？"他们两人都有点神经失常，无缘无故，齐声大笑。而且一笑便止不住。笑完了，浑身只打颤。

卡车在"吱呦呃呃……"的流弹网里到了浅水湾。浅水湾饭店楼下驻扎着军队，他们仍旧住到楼上的老房间里。住定了，方才发现，饭店里储藏虽富，都是留着给兵吃的。除了罐头装的牛乳，牛羊肉，水果之外，还有一麻袋一麻袋的白面包，麸皮面包。分配给客人的，每餐只有两块苏打饼干，或是两块方糖，饿得大家奄奄一息。

先两日浅水湾还算平静，后来突然情势一变，渐渐火炽起来。楼上没有掩蔽物，众人容身不得，都下楼来，守在食堂里，食堂里大开着玻璃门，门前堆着沙袋，英国兵就在那里架起了大炮往外打。海湾里的军舰摸准了炮弹的来源，少不得也一一还敬。隔着棕榈树与喷水池子，子弹穿梭般来往。柳原与流苏跟着大家一同把背贴在大厅的墙上。那幽暗的背景便像古老的波斯地毯，织出各色人物，爵爷，公主，才子，佳人。毯子被挂在竹竿上，迎着风扑打上面的灰尘，啪啪打着，下劲打，打得上面的人走投无路。炮子儿朝这边射来，他们便奔到那边；朝那边射来，便奔到这边。到后来一间敞厅打得千疮百孔，墙也坍了一面，逃无可逃了，只得坐下地来，听天由命。

流苏到了这个地步，反而懊悔她有柳原在身旁，一个人仿佛有了两个身体，也就蒙了双重危险。一颗子弹打不中她，还许打中他。他若是死了，若是残废了，她的处境更是不堪设想。她若是受了伤，为了怕拖累他，也只有横了心求死。就是死了，也没有孤身一个人死得干净爽利。她料着柳原也是这般想。别的她不知道，在这一刹那，她只有他，他也只有她。

停战了。困在浅水湾饭店的男女们缓缓向城中走去。过了黄土崖，红土崖，又是红土崖，黄土崖，几乎疑心是走错了道，绕回去了，然而不，先前的路上没有这炸裂的坑，满坑的石子。柳原与流苏很少说话。从前他们坐一截子汽车，也有一席话，现在走上几十里的路，反而无话可说了。偶然有一句话，说了一半，对方每每就知道了下文，没有往下说的必要。柳原道："你瞧，海滩上。"流苏道："是的。"海滩上布满了横七竖八割裂的铁丝网，铁丝网外面，淡白的海水汨汨吞吐淡黄的沙。冬季的晴天也是淡漠的蓝色。野火花的季节已经过去了。流苏道："那堵墙……"柳原道："也没有去看看。"流苏叹了口气道："算了罢。"柳原走得热了起来，把大衣脱下来搁在臂上，臂上也出了汗。流苏道："你怕热，让我给你拿着。"若在往日，柳原绝对不肯，可是他现在不那么绅士风了，竟交了给她。再走了一程子，山渐渐高了起来。不知道是风吹着树呢，还是云影的飘移，青黄的山麓缓缓地暗了下来。细看时，不是风也不是云，是太阳悠悠地移过山头，半边山麓埋在巨大的蓝影子里。山上有几座房屋在燃烧，冒着烟——山阴的烟是白的，山阳的是黑烟——然而太阳只是悠悠地移过山头。

到了家，推开了虚掩着的门，拍着翅膀飞出一群鸽子来。穿堂里满积着尘灰与鸽粪。流苏走到楼梯口，不禁叫了一声"哎呀！"二层楼上歪歪斜斜大张口躺着她新置的箱笼，也有两只顺着楼梯滚了下来，梯脚便淹没在绫罗绸缎的洪流里。流苏弯下腰来，捡起一件蜜合色衬绒旗袍，却不是她自己的东西，满是汗垢，香烟洞与贱价香水气味。她又发现了许多陌生的女人的用品，破杂志，开了盖的罐头荔枝，淋淋漓漓流着残汁，混在她的衣服一堆。这屋子里驻过兵么？——带有女人的英国兵？去得仿佛很仓促。挨户洗劫的本地的贫农，多半没有光顾过，不然，也不会留下这一切。柳原帮着她大声唤阿栗。来一只灰背鸽，斜刺里穿出来，掠过门洞子里的黄色的阳光，飞了出去。

阿栗是不知去向了，然而屋子里的主人们，少了她也还得活下去。他们来不及整顿房屋，先去张罗吃的，费了许多事，用高价买进一袋米。煤气的供给幸而没有断，自来水却没有。柳原拎了铅桶到山里去汲了一桶泉水，煮起饭来。以后他们每天只顾忙着吃喝与打扫房间。柳原各样粗活都来得，扫地，拖地板，帮着流苏拧绞沉重的褥单。流苏初次上灶做菜，居然带点家乡风味。因为柳原忘不了马来菜，她又学会了做油炸"沙袋"，咖喱鱼。他们对于饭食上虽然感到空前的兴趣，还是极力的撙节着。柳原身边的港币带得不多，一有了船，他们还得设法回上海。

在劫后的香港住下去究竟不是长久之计。白天这么忙忙碌碌也就混了过去。一到了晚上，在那死的城市里，没有灯，没有人声，只有那莽莽的寒风，三个不同的音阶，"喔……呵……呜"无穷无尽地叫唤着，这个歇了，那个又渐渐响了，三条骈行的灰色的龙，一直线地往前飞，龙身无限制地延长下去，看不见尾。"喔……呵……呜……"叫唤到后来，索性连苍龙也没有了，只是三条虚无的气，真空的桥梁，通入黑暗，通入虚空的虚空。这里是什么都完了。剩下点断墙颓垣，失去记忆力的文明人在黄昏中跌跌绊绊摸来摸去，像是找着点什么，其实是什么都完了。

流苏拥被坐着，听着那悲凉的风。她确实知道浅水湾附近，灰砖砌的那一面墙，一定还屹然站在那里。风停了下来，像三条灰色的龙，蟠在墙头，月光中闪着银鳞。她仿佛做梦似的，又来到墙根下，迎面来了柳原。她终于遇见了柳原。……在这动荡的世界里，钱财，地产，天长地久的一切，全不可靠了。靠得住的只有她腔子里的这口气，还有睡在她身边的这个人。她突然爬到柳原身边，隔着他的棉被，拥抱着他。他从被窝里伸出手来握住她的手。他们把彼此看得透明透亮，仅仅是一刹那的彻底的谅解，然而这一刹那够他们在一起和谐地活个十年八年。

他不过是一个自私的男子，她不过是一个自私的女人。在这兵荒马乱的时代，个人主义者是无处容身的，可是总有地方容得下一对平凡的夫妻。

有一天，他们在街上买菜，碰着萨黑荑妮公主。萨黑荑妮黄着脸，把蓬松的辫子胡乱编了个麻花髻，身上不知从哪里借来一件青布棉袍穿着，脚下却依旧趿着印度式七宝嵌花纹皮拖鞋。她同他们热烈地握手，问他们现在住在哪里，急欲看看他们的新屋子。又注意到流苏的篮子里有去了壳的小蚝，愿意跟流苏学习烧制清蒸蚝汤。柳原顺口邀了她来吃便饭，她很高兴地跟了他们一同回去。她的英国人进了集中营，她现在住在一个熟识的，常常为她当点小差的印度巡捕家里。她有许久没有吃饱过。她唤流苏"白小姐"。柳原笑道："这是我太太。你该向我道喜呢！"萨黑荑妮道："真的么？你们几时结的婚？"柳原耸耸肩道："就在中国报上登了个启事。你知道，战争期间的婚姻，总是潦草的……"流苏没听懂他们的话。萨黑荑妮吻了他又吻了她。然而他们的饭菜毕竟是很寒苦，而且柳原声明他们也难得吃一次蚝汤。萨黑荑妮没有再上门过。

当天他们送她出去,流苏站在门槛上,柳原立在她身后,把手掌合在她的手掌上,笑道:"我说,我们几时结婚呢?"流苏听了,一句话也没有,只低下了头,落下泪来。柳原拉住她的手道:"来来,我们今天就到报馆里去登启事。不过你也许愿意候些时,等我们回到上海,大张旗鼓的排场一下,请请亲戚们。"流苏道:"呸!他们也配!"说着,嗤的笑了出来,往后顺势一倒,靠在他身上。柳原伸手到前面去羞她的脸道:"又是哭,又是笑!"

两人一同走进城去,走到一个峰回路转的地方,马路突然下泻,眼前只是一片空灵——淡墨色的,潮湿的天。小铁门口挑出一块洋瓷招牌,写的是:"赵祥庆牙医。"风吹得招牌上的铁钩子吱吱响,招牌背后只是那空灵的天。

柳原歇下脚来望了半晌,感到那平淡中的恐怖,突然打起寒战来,向流苏道:"现在你可该相信了:'死生契阔,'我们自己哪儿做得了主?轰炸的时候,一个不巧——"流苏嗔道:"到了这个时候,你还说做不了主的话!"柳原笑道:"我并不是打退堂鼓。我的意思是——"他看了看她的脸色,笑道:"不说了。不说了。"他们继续走路。柳原又道:"鬼使神差地,我们倒真的恋爱起来了!"流苏道:"你早就说过你爱我。"柳原笑道:"那不算。我们那时候太忙着谈恋爱了,哪里还有工夫恋爱?"

结婚启事在报上刊出了,徐先生徐太太赶了来道喜。流苏因为他们在围城中自顾自搬到安全地带去,不管她的死活,心中有三分不快,然而也只得笑脸相迎。柳原办了酒菜,补请了一次客。不久,港沪之间恢复了交通,他们便回上海来了。

白公馆里流苏只回去过一次,只怕人多嘴多,惹出是非来。然而麻烦是免不了的。四奶奶决定和四爷进行离婚,众人背后都派流苏的不是。流苏离了婚再嫁,竟有这样惊人的成就,难怪旁人要学她的榜样。流苏蹲在灯影里点蚊烟香。想到四奶奶,她微笑了。

柳原现在从来不跟她闹着玩了。他把他的俏皮话省下来说给旁的女人听。那是值得庆幸的好现象,表示他完全把她当做自家人看待——名正言顺的妻。然而流苏还是有点怅惘。

香港的陷落成全了她。但是在这不可理喻的世界里,谁知道什么是因,什么是果?谁知道呢,也许就因为要成全她,一个大都市倾覆了。成千上万的人死去,成千上万的人痛苦着,跟着是惊天动地的大改革……流苏并不觉得她在历史上的地位有什么微妙之点。她只是笑吟吟地站起身来,将蚊烟香盘踢到桌子底下去。

传奇里的倾国倾城的人大抵如此。

到处都是传奇,可不见得有这么圆满的收场。胡琴咿咿哑哑拉着,在万盏灯火的夜晚,拉过来又拉过去,说不尽的苍凉的故事——不问也罢!

1943年9月

(《张爱玲文集》[第二卷],安徽文艺出版社,1992年)

《倾城之恋》导读

拓展阅读

拓展阅读

1. 袁少冲:《倾城之恋》与张爱玲的自我追寻及自我困囿
2. 石杰:论张爱玲《倾城之恋》的哲学内涵

雷雨（第四幕）

曹 禺

景——周宅客厅内。半夜两点钟的光景。

〔开幕时，周朴园一人坐在沙发上，读文件；旁边燃着一个立灯，四周是黑暗的。

〔外面还隐隐滚着雷声，雨声淅沥可闻，窗前帷幕垂下来了，中间的门紧紧地掩了，由门上玻璃望出去，花园的景物都掩埋在黑暗里，除了偶尔天空闪过一片耀目的电光，蓝森森的看见树同电线杆，一瞬又是黑漆漆的。

周朴园　（放下文件，呵欠，疲倦地伸一伸腰）来人啦！（取眼镜，擦目，声略高）来人！（擦着眼镜，走到左边饭厅门口，又恢复平常的声调）这儿有人么？（外面闪电，停，走到右边柜前，按铃。无意中又望见侍萍的相片，拿起，戴上眼镜看）

　　　　　〔仆人上。

仆　人　老爷！

周朴园　我叫了你半天。

仆　人　外面下雨，听不见。

周朴园　（指钟）钟怎么停了？

仆　人　（解释地）每次总是四凤上的，今天她走了，这件事就忘了。

周朴园　什么时候了？

仆　人　嗯，——大概有两点钟了。

周朴园　刚才我叫账房汇一笔钱到济南去，他们弄清楚了没有？

仆　人　您说寄给济南一个，一个姓鲁的，是么？

周朴园　嗯。

仆　人　预备好了。

　　　　　〔外面闪电，朴园回头望花园。

周朴园　藤萝架那边的电线，太太叫人来修理了么？

仆　人　叫了，电灯匠说下着大雨不好修理，明天再来。

周朴园　那不危险么？

仆　人　可不是么？刚才大少爷的狗走过那儿，碰着那根电线，就给电死了。现在那儿已经用绳子圈起来，没有人走那儿。

周朴园　哦。——什么，现在几点了？

仆　人　两点多了。老爷要睡觉么？

周朴园　你请太太下来。

仆　人　太太睡觉了。

周朴园　(无意地)二少爷呢？

仆　人　早睡了。

周朴园　那么，你看看大少爷。

仆　人　大少爷吃完饭出去，还没有回来。

〔沉默半晌。

周朴园　(走回沙发前坐下，寂寞地)怎么这屋子一个人也没有？

仆　人　是，老爷，一个人也没有。

周朴园　今天早上没有一个客来。

仆　人　是，老爷。外面下着很大的雨，有家的都在家里呆着。

周朴园　(呵欠，感到更深的空洞)家里的人也只有我一个人还在醒着。

仆　人　是，差不多都睡了。

周朴园　好，你去吧。

仆　人　您不要什么东西么？

周朴园　我不要什么。

〔仆人由中门下。朴园站起来，在厅中来回沉闷地踱着，又停在右边柜前，拿起侍萍的相片。开了中间的灯。

〔冲由饭厅上。

周　冲　(没想到父亲在这儿)爸！

周朴园　(露喜色)你——你没有睡？

周　冲　嗯。

周朴园　找我么？

周　冲　不，我以为母亲在这儿。

周朴园　(失望)哦——你母亲在楼上。

周　冲　没有吧，我在她的门上敲了半天，她的门锁着。——是的，那也许。——爸，我走了。

周朴园　冲儿，(冲立)不要走。

周　　冲　　爸,您有事?

周朴园　　没有。(慈爱地)你现在怎么还不睡?

周　　冲　　(服从地)是,爸,我睡晚了,我就睡。

周朴园　　你今天吃完饭把克大夫给的药吃了么?

周　　冲　　吃了。

周朴园　　打了球没有?

周　　冲　　嗯。

周朴园　　快活么?

周　　冲　　嗯。

周朴园　　(立起,拉起他的手)为什么,你怕我么?

周　　冲　　是,爸爸。

周朴园　　(干涩地)你像是有点不满意我,是么?

周　　冲　　(窘迫)我,我说不出来,爸。

〔半晌。

〔朴园走回沙发,坐下叹一口气。招冲来,冲走近。

周朴园　　(寂寞地)今天——呃,爸爸有一点觉得自己老了。(停)你知道么?

周　　冲　　(冷淡地)不,不知道,爸。

周朴园　　(忽然)你怕你爸爸有一天死了,没有人照拂你,你不怕么?

周　　冲　　(无表情地)嗯,怕。

周朴园　　(想自己的儿子亲近他,可亲地)你今天早上说要拿你的学费帮一个人,你说说看,我也许答应你。

周　　冲　　(悔怨地)那是我糊涂,以后我不会这样说话了。

〔半晌。

周朴园　　(恳求地)后天我们就搬新房子,你不喜欢么?

周　　冲　　嗯。

〔半晌。

周朴园　　(责备地望着冲)你对我说话很少。

周　　冲　　(无神地)嗯,我——我说不出,您平时总像不愿意见我们似的。
　　　　　　(嗫嚅地)您今天有点奇怪,我——我——

周朴园　　(不愿他向下说)嗯,你去吧!

周　　冲　　是,爸爸。

〔冲由饭厅下。

〔朴园失望地看着他儿子下去,立起,拿起侍萍的照片,寂寞地呆望着四周。关上立灯,面向书房。

〔蘩漪由中门上。不做声地走进来,雨衣上的水还在往下滴,发鬓有些湿。颜色是很惨白,整个面部像石膏的塑像。高而白的鼻梁,薄而红的嘴唇死死地刻在脸上,如刻在一个严峻的假面上,整个脸庞是无表情的,只有她的眼睛烧着心内的疯狂的火,然而也是冷酷的,爱和恨烧尽了女人一切的仪态,她像是厌弃了一切,只有计算着如何报复的心念在心中起伏。

〔她看见朴园,他惊愕地望着她。

周蘩漪　(毫不奇怪地)还没有睡?(立在中门前,不动)

周朴园　你?(走近她,粗而低的声音)你上哪儿去了?(望着她,停)冲儿找你一晚上。

周蘩漪　(平常地)我出去走走。

周朴园　这样大的雨,你出去走?

周蘩漪　嗯,——(忽然报复地)我有神经病。

周朴园　我问你,你刚才在哪儿?

周蘩漪　(厌恶地)你不用管。

周朴园　(打量她)你的衣服都湿了,还不脱了它?

周蘩漪　(冷冷地,有意义地)我心里发热,我要在外面冰一冰。

周朴园　(不耐烦地)不要胡言乱语的,你刚才究竟上哪儿去了?

周蘩漪　(无神地望着他,清楚地)在你的家里!

周朴园　(烦恶地)在我的家里?

周蘩漪　(觉得报复的快感,微笑)嗯,在花园里赏雨。

周朴园　一夜晚?

周蘩漪　(快意地)嗯,淋了一夜晚。

〔半晌,朴园惊疑地望着她,蘩漪像一座石像似地仍站在门前。

周朴园　蘩漪,我看你上楼去歇一歇吧。

周蘩漪　(冷冷地)不,不,(忽然)你拿的什么?(轻蔑地)哼,又是那个女人的相片!(伸手拿)

周朴园　你可以不看,萍儿母亲的。

周蘩漪　(抢过去了,前走了两步,就向灯下看)萍儿的母亲很好看。

〔朴园没有理她,在沙发上坐下。

周蘩漪　我问你,是不是?

周朴园　嗯。

周蘩漪　样子很温存的。

周朴园　（眼睛望着前面）

周蘩漪　她很聪明。

周朴园　（冥想）嗯。

周蘩漪　（高兴地）真年轻。

周朴园　（不自觉地）不,老了。

周蘩漪　（想起）她不是早死了么？

周朴园　嗯,对了,她早死了。

周蘩漪　（放下相片）奇怪,我像是在哪儿见过似的。

周朴园　（抬起头,疑惑地）不,不会吧。——你在哪儿见过她吗？

周蘩漪　（忽然）她的名字很雅致,侍萍,侍萍,就是有点丫头气。

周朴园　好,我看你睡去吧。（立起,把相片拿起来）

周蘩漪　拿这个做什么？

周朴园　后天搬家,我怕掉了。

周蘩漪　不,不,（从他手中取过来）放在这儿一晚上,（怪样地笑）不会掉的,我替你守着她。（放在桌上）

周朴园　不要装疯！你现在有点胡闹！

周蘩漪　我是疯了。请你不用管我。

周朴园　（愠怒）好,你上楼去吧,我要一个人在这儿歇一歇。

周蘩漪　不,我要一个人在这儿歇一歇,我要你给我出去。

周朴园　（严肃地）蘩漪,你走,我叫你上楼去！

周蘩漪　（轻蔑地）不,我不愿意。我告诉你,（暴躁地）我不愿意。

〔半晌。

周朴园　（低声）你要注意这儿（指头）,记着克大夫的话,他要你静静地,少说话。明天克大大还来,我已经替你请好了。

周蘩漪　谢谢你！（望着前面）明天？哼！

〔萍低头由饭厅走出,神色忧郁,走向书房。

周朴园　萍儿。

周　萍　（抬头,惊讶）爸！您还没有睡。

周朴园　（责备地）怎么,现在才回来？

周　萍　不,爸,我早回来,我出去买东西去了。

周朴园　你现在做什么？

周　萍　我到书房,看看爸写的介绍信在那儿没有。

周朴园　你不是明天早车走么？

周　萍　我忽然想起今天夜晚两点半有一趟车,我预备现在就走。

周繁漪　（忽然）现在？

周　萍　嗯。

周繁漪　（有意义地）心里就这样急么？

周　萍　是，母亲。

周朴园　（慈爱地）外面下着大雨，半夜走不大方便吧？

周　萍　这时走，明天一早到，找人方便些。

周朴园　信就在书房书桌上，你要现在走也好。（萍点头，走向书房）你不用去！（向繁漪）你到书房把信替他拿来。

周繁漪　（看朴园，不信任地）嗯！

〔繁漪进书房。

周朴园　（望繁漪，谨慎地）她不愿上楼，回头你先陪她到楼上去，叫底下人好好地伺候她睡觉。

周　萍　（无法地）是，爸爸。

周朴园　（更小心）你过来！（萍走近，低声）告诉底下人，叫他们小心点，（烦恶地）我看她的病更重，刚才她忽然一个人出去了。

周　萍　出去了？

周朴园　嗯。（严重地）在外面淋了一夜晚的雨，说话也非常奇怪，我怕这不是好现象。——（觉得恶兆来了似的）我老了，我愿意家里平平安安地……

周　萍　（不安地）我想爸爸只要把事不看得太严重了，事情就会过去的。

周朴园　（畏缩地）不，不，有些事简直是想不到的。天意很——有点古怪，今天一天叫我忽然悟到为人太——太冒险，太——太荒唐，（疲倦地）我累得很。（如释重负）今天大概是过去了。（自慰地）我想以后——不该，再有什么风波。（不寒而栗地）不，不该！

〔繁漪持信上。

周繁漪　（嫌恶地）信在这儿！

周朴园　（如梦初醒，向萍）好，你走吧，我也想睡了。（振起喜色）嗯！后天我们一定搬新房子，你好好地休息两天。

周繁漪　（盼望他走）嗯，好。

〔朴园由书房下。

周繁漪　（见朴园走出，阴沉地）这么说你是一定要走了。

周　萍　（声略带愤）嗯。

周繁漪　（忽然急躁地）刚才你父亲对你说什么？

周　萍　（闪避地）他说要我陪你上楼去，请你睡觉。

周繁漪　（冷笑）他应当叫几个人把我拉上去,关起来。

周　萍　（故意装做不明白）你这是什么意思？

周繁漪　（迸发）你不用瞒我。我知道,我知道,（辛酸地）他说我是神经病,疯子,我知道他,要你这样看我,他要什么人都这样看我。

周　萍　（心悸）不,你不要这样想。

周繁漪　（奇怪的神色）你？你也骗我？（低声,阴郁地）我从你们的眼神看出来,你们父子都愿我快成疯子！（刻毒地）你们——父亲同儿子——偷偷在我背后说冷话,说我,笑我,在我背后计算着我。

周　萍　（镇静自己）你不要神经过敏,我送你上楼去。

周繁漪　（突然地,高声）我不要你送,走开！（抑制着,恨恶地,低声）我还用不着你父亲偷偷地,背着我,叫你小心,送一个疯子上楼。

周　萍　（抑制着自己的烦嫌）那么,你把信给我,让我自己走吧。

周繁漪　（不明白地）你上哪儿？

周　萍　（不得已地）我要走,我要收拾收拾我的东西。

周繁漪　（忽然冷静地）我问你,你今天晚上上哪儿去了？

周　萍　（敌对地）你不用问,你自己知道。

周繁漪　（低声,恐吓地）到底你还是到她那儿去了。

〔半晌,繁漪望萍,萍低头。

周　萍　（断然,阴沉地）嗯,我去了,我去了,（挑战地）你要怎么样？

周繁漪　（软下来）不怎么样。（强笑）今天下午的话我说错了,你不要怪我。我只问你走了以后,你预备把她怎么样？

周　萍　以后？——（贸然地）我娶她！

周繁漪　（突如其来地）娶她？

周　萍　（决定地）嗯。

周繁漪　（刺心地）父亲呢？

周　萍　（淡然）以后再说。

周繁漪　（神秘地）萍,我现在给你一个机会。

周　萍　（不明白）什么？

周繁漪　（劝诱地）如果今天你不走,你父亲那儿我可以替你想法子。

周　萍　不必,这件事我认为光明正大,我可以跟任何人谈。——她——她不过就是穷点。

周繁漪　（愤然）你现在说话很像你的弟弟。——（忧郁地）萍！

周　萍　干什么？

周繁漪　（阴郁地）你知道你走了以后,我会怎么样？

周　萍　不知道。

周繁漪　(恐惧地)你看看你的父亲,你难道想象不出?

周　萍　我不明白你的话。

周繁漪　(指自己的头)就在这儿,你不知道么?

周　萍　(似懂非懂地)怎么讲?

周繁漪　(好像在叙述别人的事情)第一,那位专家,克大夫免不了会天天来的,要我吃药,逼我吃药。吃药,吃药,吃药!渐渐伺候着我的人一定多,守着我,像个怪物似地守着我。他们——

周　萍　(烦)我劝你,不要这样胡想,好不好?

周繁漪　(不顾地)他们渐渐学会了你父亲的话,"小心,小心,她有点疯病!"到处都偷偷地在我背后低着声音说话,叽咕着。慢慢地无论谁都要小心点,不敢见我,最后铁链子锁着我,那我真就成了疯子了。

周　萍　(无办法)唉!(看表)不早了,给我信吧,我还要收拾东西呢。

周繁漪　(恳求地)萍,这不是不可能的。(乞怜地)萍,你想一想,你就一点——就一点无动于衷么?

周　萍　你——(故意恶狠地)你自己要走这一条路,我有什么办法?

周繁漪　(愤怒地)什么,你忘记你自己的母亲也被你父亲气死的么?

周　萍　(一了百了,更狠毒地激惹她)我母亲不像你,她懂得爱!她爱她自己的儿子,她没有对不起我父亲。

周繁漪　(爆发,眼睛射出疯狂的火)你有权利说这种话么?你忘了就在这屋子,三年前的你么?你忘了你自己才是个罪人;你忘了,我们——(突停,压制自己,冷笑)哦,这是过去的事,我不提了。(萍低头,身发颤,坐沙发上,悔恨抓着他的心,面上筋肉成不自然的拘挛。她转向他,哭声,失望地说着)哦,萍,好了。这一次我求你,最后一次求你。我从来不肯对人这样低声下气说话,现在我求你可怜可怜我,这家我再也忍受不住了。(哀婉地诉出)今天这一天我受的罪过你都看见了,这样子以后不是一天,是整月、整年地,以至到我死,才算完。他厌恶我,你的父亲;他知道我明白他的底细,他怕我。他愿意人人看我是怪物,是疯子,萍!——

周　萍　(心乱)你,你别说了。

周繁漪　(急促地)萍,我没有亲戚,没有朋友,没有一个可信的人,我现在求你,你先不要走——

周　萍　(躲闪地)不,不成。

周繁漪　（恳求地）即使你要走，你带我也离开这儿——

周　萍　（恐惧地）什么。你简直胡说！

周繁漪　（恳求地）不，不，你带我走，——带我离开这儿，（不顾一切地）日后，甚至于你要把四凤接来——一块儿住，我都可以，只要，只要，（热烈地）只要你不离开我。

周　萍　（惊惧地望着她，退后，半晌，颤声）我——我怕你真疯了！

周繁漪　（安慰地）不，你不要这样说话。只有我明白你，我知道你的弱点，你也知道我的。你什么我都清楚。（诱惑地笑，向萍奇怪地招着手，更诱惑地笑）你过来，你——你怕什么？

周　萍　（望着她，忍不住地狂喊出来）哦，我不要你这样笑！（更重）不要你这样对我笑！（苦恼地打着自己的头）哦，我恨我自己，我恨，我恨我为什么要活着。

周繁漪　（酸楚地）我这样累你么？然而你知道我活不到几年了。

周　萍　（痛苦地）你难道不知道这种关系谁听着都厌恶么？你明白我每天喝酒胡闹就因为自己恨——恨我自己么？

周繁漪　（冷冷地）我跟你说过多少遍，我不这样看，我的良心不是这样做的。（郑重地）萍，今天我做错了，如果你现在听我的话，不离开家，我可以再叫四凤回来。

周　萍　什么？

周繁漪　（清清楚楚地）叫她回来还来得及。

周　萍　（走到她面前，声沉重，慢说）你给我滚开！

周繁漪　（顿，又缓缓地）什么？

周　萍　你现在不像明白人，你上楼睡觉去吧。

周繁漪　（明白自己的命运）那么，完了。

周　萍　（疲倦地）嗯，你去吧。

周繁漪　（绝望，沉郁地）刚才我在鲁家看见你同四凤。

周　萍　（惊）什么，你刚才是到鲁家去了？

周繁漪　（坐下）嗯，我在他们家附近站了半天。

周　萍　（悔惧）什么时候你在那里？

周繁漪　（低头）我看着你从窗户进去。

周　萍　（急切）你呢？

周繁漪　（无神地望着前面）就走到窗户前面站着。

周　萍　那么有一个女人叹气的声音是你么？

周繁漪　嗯。

周　萍　后来,你又在那里站多半天?

周繁漪　(慢而清朗地)大概是直等到你走。

周　萍　哦!(走到她身旁,低声)那窗户是你关上的,是么?

周繁漪　(更低的声音,阴沉地)嗯,我。

周　萍　(恨极,恶毒地)你是我想不到的一个怪物!

周繁漪　(抬起头)什么?

周　萍　(暴烈地)你真是一个疯子!

周繁漪　(无表情地望着他)你要怎么样?

周　萍　(狠恶地)我要你死!再见吧!

〔萍由饭厅急走下,门猝然地关上。

周繁漪　(呆滞地坐了一下,望着饭厅的门。瞥见侍萍的相片,拿在手上,低声,阴郁地)这是你的孩子!(缓缓扯下硬卡片贴的相纸,一片一片地撕碎。沉静地立起来,走了两步)奇怪,心里静的很!

〔中门轻轻推开,繁漪回头,鲁贵缓缓地走进来。他的狡黠的眼睛,望着她笑着。

鲁　贵　(鞠躬,身略弯)太太,您好。

周繁漪　(略惊)你来做什么?

鲁　贵　(假笑)给您请安来了。我在门口等了半天。

周繁漪　(镇静)哦,你刚才在门口?

鲁　贵　(低声)对了。(更秘密地)我看见大少爷正跟您打架,我——(假笑)我就没敢进来。

周繁漪　(沉静地,不为所迫)你原来要做什么?

鲁　贵　(有把握地)原来我倒是想报告给太太,说大少爷今天晚上喝醉了,跑到我们家里去。现在太太既然是也去了,那我就不必多说了。

周繁漪　(嫌恶地)你现在想怎么样?

鲁　贵　(倨傲地)我想见见老爷。

周繁漪　老爷睡觉了,你要见他什么事?

鲁　贵　没有什么,要是太太愿意办,不找老爷也可以。——(着重,有意义地)都看太太要怎么样。

周繁漪　(半晌,忍下来)你说吧,我也许可以帮你的忙。

鲁　贵　(重复一遍,狡黠地)要是太太愿意做主,不叫我见老爷,多麻烦,(假笑)那就大家都省事了。

周繁漪　(仍不露声色)什么,你说吧。

鲁　贵　（谄媚地）太太做了主,那就是您积德了。——我们只是求太太还赏饭吃。

周繁漪　（不高兴地）你,你以为我——（转缓和）好,那也没有什么。

鲁　贵　（得意地）谢谢太太。（伶俐地）那么就请太太赏个准日子吧。

周繁漪　（爽快地）你们在搬了新房子后一天来吧。

鲁　贵　（行礼）谢谢太太恩典!（忽然）我忘了,太太,您没见着二少爷么?

周繁漪　没有。

鲁　贵　您刚才不是叫二少爷赏给我们一百块钱么?

周繁漪　（烦厌地）嗯?

鲁　贵　（婉转地）可是,可是都叫我们少爷回了。

周繁漪　你们少爷?

鲁　贵　（解释地）就是大海——我那个狗食的儿子。

周繁漪　怎么样?

鲁　贵　（很文雅地）我们的侍萍,实在还不知道呢。

周繁漪　（惊,低声）侍萍?（沉下脸）谁是侍萍?

鲁　贵　（以为自己被轻视了,侮慢地）侍萍就是侍萍,我的家里的——,就是鲁妈。

周繁漪　你说鲁妈,她叫侍萍?

鲁　贵　（自夸地）她也念过书。名字是很雅气的。

周繁漪　"侍萍",那两个字怎么写,你知道么?

鲁　贵　我,我,（为难,勉强笑出来）我记不得了。反正那个萍字是跟大少爷名字的萍我记得是一样的。

周繁漪　哦!（忽然把地上撕破的相片碎片拿起来对上,给他看）你看看,这个人你认识不认识?

鲁　贵　（看了一会,抬起头）不认识,太太。

周繁漪　（急切地）你认识的人没有一个像她的么?（略停）你想想看,往近处想。

鲁　贵　（摇头）没有一个,太太,没有一个。（突然疑惧地）太太,您怎么?

周繁漪　（回思,自己疑惑）多半我是胡思乱想。（坐下）

鲁　贵　（贪婪地）啊,太太,您刚才不是赏我们一百块么?可是我们大海又把钱回了,您想,——

〔中门渐渐推开。

鲁　贵　（回头）谁?

〔大海由中门进,衣服俱湿,脸色阴沉,眼不安地向四面望,疲倦,憎恨在他举动里显明地露出来。蘩漪惊讶地望着他。

鲁大海　（向鲁贵）你在这儿？
鲁　贵　（讨厌他的儿子）嗯，你怎么进来的？
鲁大海　（冰冷地）铁门关着，叫不开，我爬墙进来的。
鲁　贵　你现在来这儿干什么？你为什么不看看你妈，找四凤怎么样了？
鲁大海　（用一块湿手巾擦着脸上的雨水）四凤没找着，妈在门外等着呢。（沉重地）你看见四凤了么？
鲁　贵　（轻蔑）没有，我没有看见。（觉得大海小题大作，烦恶地皱着眉毛）不要管她，她一会儿就会回家。（走近大海）你跟我回去。周家的事情也妥了，都完了，走吧！
鲁大海　我不走。
鲁　贵　你要干什么？
鲁大海　你也别走，——你先给我把这儿大少爷叫出来，我找不着他。
鲁　贵　（疑惧地，摸着自己的下巴）你要怎么样？我刚弄好，你是又要惹祸？
鲁大海　（冷静地）没有什么，我只想跟他谈谈。
鲁　贵　（不信地）我看你不对，你大概又要——
鲁大海　（暴躁地，抓着鲁贵的领口）你找不找？
鲁　贵　（怯弱地）我找，我找，你先放下我。
鲁大海　好，（放开他）你去吧。
鲁　贵　大海，你，你得答应我，你可是就跟大少爷说两句话，你不会——
鲁大海　嗯，我告诉你，我不是打架来的。
鲁　贵　真的？
鲁大海　（可怕地走到鲁贵的面前，低声）你去不去？
鲁　贵　我，我，大海，你，你——
周蘩漪　（镇静地）鲁贵，你去叫他出来，我在这儿，不要紧的。
鲁　贵　也好，（向大海）可是我请完大少爷，我就从那门走了，我，（笑）我有点事。
鲁大海　（命令地）你叫他们把门开开，让妈进来，领她在房里避一避雨。
鲁　贵　好，好，（向饭厅下）完了，我可有事。我就走了。
鲁大海　站住！（走前一步，低声）你进去，要是不找他出来就一人跑了，你可小心我回头在家里，——哼！
鲁　贵　（生气）你，你，你——（低声，自语）这个小王八蛋！（没法子，走进饭厅下）

周繁漪　（立起）你是谁？

鲁大海　（粗鲁地）四凤的哥哥。

周繁漪　（柔声）你是到这儿来找她么？你要见我们大少爷么？

鲁大海　嗯。

周繁漪　（眼色阴沉地）我怕他会不见你。

鲁大海　（冷静地）那倒许。

周繁漪　（缓缓地）听说他现在就要上车。

鲁大海　（回头）什么！

周繁漪　（阴沉的暗示）他现在就要走。

鲁大海　（愤怒地）他要跑了，他——

周繁漪　嗯，他——

〔萍由饭厅上，脸上有些慌，他看见大海，勉强地点一点头，声音略有点颤，他极力在镇静自己。

周　萍　（向大海）哦！

鲁大海　好。你还在这儿，（回头）你叫这位太太走开，我有话要跟你一个人说。

周　萍　（望着繁漪，她不动，再走到她面前）请您上楼去吧。

周繁漪　好！（昂首由饭厅下）

〔半晌。两人都紧紧地握着拳，大海愤愤地望着他，两人不动。

周　萍　（耐不住，声略颤）没想到你现在到这儿来。

鲁大海　（阴沉沉）听说你要走。

周　萍　（惊，略镇静，强笑）不过现在也赶得上，你来得还是时候，你预备怎么样？我已经准备好了。

鲁大海　（狠恶地笑一笑）你准备好了？

周　萍　（沉郁地望着他）嗯。

鲁大海　（走到他面前）你！（用力地击着萍的脸，方才的创伤又破，血向下流）

周　萍　（握着拳抑制自己）你，你，——（忍下去，由袋内抽出白绸手绢擦脸上的血）

鲁大海　（切齿地）哼？现在你要跑了？

〔半晌。

周　萍　（压下自己的怒气，辩白地，故意用低沉的声音）我早有这个计划。

鲁大海　（恶狠地笑）早有这个计划？

周　萍　（平静下来）我以为我们中间误会太多。

鲁大海　误会？（看自己手上的血,擦在身上）我对你没有误会,我知道你是没有血性,只顾自己的一个十足的混蛋。

周　萍　（柔和地）我们两次见面,都是我性子最坏的时候,叫你得着一个最坏的印象。

鲁大海　（轻蔑地）不用推托,你是个少爷,你心地混账,你们都是吃饭太容易,有劲儿不知道怎样使,就拿着穷人家的女儿开开心,完了事可以不负一点儿责任。

周　萍　（看出大海的神气,失望地）现在我想辩白是没有用的。我知道你是有目的而来的。（平静地）你把你的枪或者刀拿出来吧。我愿意任你收拾我。

鲁大海　（侮蔑地）你会这样大方,——在你家里,你很聪明！哼,可是你不值得我这样,我现在还不愿意拿我这条有用的命换你这半死的东西。

周　萍　（直视大海,有勇气地）我想你以为我现在是怕你。你错了,与其说我怕你,不如说我怕我自己；我现在做错了一件事,我不愿做错第二件事。

鲁大海　（嘲笑地）我看像你这种人,活着就错了。刚才要不是我的母亲,我当时就宰了你！（恐吓地）现在你的命还在我的手心里。

周　萍　我死了,那是我的福气。（辛酸地）你以为我怕死,我不,我不,我恨活着,我欢迎你来。我够了,我是活厌了的人。

鲁大海　（厌恨地）哦,你——活厌了,可是你还拉着我年轻的糊涂妹妹陪着你,陪着你。

周　萍　（无法,强笑）你说我自私么？你以为我是真没有心肝,跟她开开心就完了么？你问问你的妹妹,她知道我是真爱她。她现在就是我能活着的一点生机。

鲁大海　你倒说得很好！（突然）那你为什么——为什么不娶她？

周　萍　（略顿）那就是我最恨的事情。我的环境太坏。你想想我这样的家庭怎么允许有这样的事。

鲁大海　（辛辣地）哦,所以你就可以一面表示你是真心爱她,跟她做出什么不要脸的事都可以,一面你还得想着你的家庭,你的董事长爸爸。他们叫你随便就丢掉她,再娶一个门当户对的阔小姐来配你,对不对？

周　萍　（忍耐不下）我要你问问四凤,她知道我这次出去,是离开了家庭,设法脱离了父亲,有机会好跟她结婚的。

鲁大海　（嘲弄）你推得很好。那么像你深更半夜的，刚才跑到我家里，我怎样推托呢？

周　萍　（迸发，激烈地）我所说的话不是推托，我也用不着跟你推托，我现在看你是四凤的哥哥，我才这样说。我爱四凤，她也爱我，我们都年轻，我们都是人，两个人天天在一起，结果免不了有点荒唐。然而我相信我以后会对得起她，我会娶她做我的太太，我没有一点亏心的地方。

鲁大海　这么，你反而很有理了。可是，董事长大少爷，谁相信你会爱上一个工人的妹妹，一个当老妈子的穷女儿？

周　萍　（略顿，嗫嚅）那，那——那我也可以告诉你。有一个女人逼着我，激成我这样的。

鲁大海　（紧张地，低声）什么，还有一个女人？

周　萍　嗯，就是你刚才见过的那位太太。

鲁大海　她？

周　萍　（苦恼地）她是我的后母！——哦，我压在心里多少年，我当谁也不敢说——她念过书，她受了很好的教育，她，她，——她看见我就跟我发生感情，她要我——（突停）——那自然我也要负一部分责任。

鲁大海　四凤知道么？

周　萍　她知道，我知道她知道。（含着苦痛的眼泪，苦闷地）那时我太糊涂，以后我越过越怕，越恨，越厌恶。我恨这种不自然的关系，你懂么？我要离开她，然而她不放松我。她拉着我，不放我。她是个鬼，她什么都不顾忌。我真活厌了，你明白么？我喝酒，胡闹，我只要离开她，我死都愿意。她叫我恨一切受过好教育，外面都装得很正经的女人。过后我见着四凤，四凤叫我明白，叫我又活了一年。

鲁大海　（不觉吐出一口气）哦。

周　萍　这些话多少年我对谁也说不出的，然而——（缓慢地）奇怪，我忽然跟你说了。

鲁大海　（阴沉地）那大概是你父亲的报应。

周　萍　（没想到，厌恶地）你，你胡说！（觉得方才太冲动，对一个这么不相识的人说出心中的话。半响，镇静下，自己想方才脱口说出的原因，忽然，慢慢地）我告诉你，因为我认你是四凤的哥哥，我要你相信我的诚心，我没有一点骗她。

鲁大海　（略露善意）那么你真预备要四凤么？你知道四凤是个傻孩子，她不会再嫁第二个人。

周　萍　（诚恳地）嗯,我今天走了,过了一二个月,我就来接她。

鲁大海　可是董事长少爷,这样的话叫人相信么？

周　萍　（由衣袋取出一封信）你可以看这封信,这是我刚才写给她的,就说的这件事。

鲁大海　（故意闪避地）用不着给我看,我——没有工夫！

周　萍　（半晌,抬头）那我现在再没有什么旁的保证,你口袋里那件杀人的家伙是我的担保。你再不相信我,我现在人还是在你手里。

鲁大海　（辛酸地）周大少爷,你想想这样我就完了么？（恶狠地）你觉得我真愿意我的妹妹嫁给你这种东西么？（忽然拿出自己的手枪来）

周　萍　（惊慌）你要怎么样？

鲁大海　（恨恶地）我要杀了你。你父亲虽坏,看着还顺眼。你真是世界上最用不着,最没有劲的东西。

周　萍　哦。好,你来吧！（骇惧地闭上目）

鲁大海　可是——（叹一口气,递手枪与萍）你还是拿去吧。这是你们矿上的东西。

周　萍　（莫名其妙地）怎么？（接下枪）

鲁大海　（苦闷地）没有什么。老太太们最糊涂。我知道我的妈。我妹妹是她的命,只要你能够多叫四凤好好地活着,我只好不提什么了。
〔萍还想说话,大海挥手,叫他不必再说,萍沉郁地到桌前把枪放好。

鲁大海　（命令地）那么请你把我的妹妹叫出来吧。

周　萍　（奇怪）什么？

鲁大海　四凤啊——她自然在你这儿。

周　萍　没有,没有。我以为她在你们家里呢。

鲁大海　（疑惑地）那奇怪,我同我妈在雨里找了她两个钟头,不见她。我想自然在这儿。

周　萍　（担心）她在雨里走了两个钟头,她——她没有到旁的地方去么？

鲁大海　（肯定地）半夜里她会到哪儿去？

周　萍　（突然恐惧）啊,她不会——（坐下呆望）

鲁大海　（明白）你以为——不,她不会,（轻蔑地）不,我想她没有这个胆量。

周　萍　（颤抖地）不,她会的。你不知道她。她爱脸,她性子强,她——不过她应当先见我,她（仿佛已经看见她溺在河里）不该这样冒失。

〔半晌。

鲁大海　(忽然)哼,你装得好,你想骗过我,你?——她在你这儿!她在你这儿!

〔外面远处口哨声。

周　萍　(以手止之)不,你不要嚷。(哨声近,喜色)她,她来了!我听见她!

鲁大海　什么?

周　萍　这是她的声音,我们每次见面,是这样的。

鲁大海　她在哪儿?

鲁大海　大概就在花园里?

〔萍开窗吹哨,应声更近。

周　萍　(回头,眼含着眼泪,笑)她来了!

〔中门敲门声。

周　萍　(向大海)你先暂时在旁边屋子躲一躲,她没想到你在这儿。我想她再受不得惊了。

〔忙引大海至饭厅门,大海下。

〔外面的声音:(低)萍!

周　萍　(忙跑至中门)凤儿!(开门)进来!

〔四凤由中门进,头发散乱,衣服湿透,眼泪同雨水流在脸上,眼角粘着淋漓的鬓发,衣裳贴着皮肤,雨后的寒冷逼着她发抖,她的牙齿上下地震战着。她见萍如同失路的孩子再见着母亲,呆呆地望着他。

鲁四凤　萍!

周　萍　(感动地)凤。

鲁四凤　(胆怯地)没有人吧。

周　萍　(难过,怜悯地)没有。(拉着她的手)

鲁四凤　(放开胆)哦!萍!(抱着萍抽咽)

周　萍　(如许久未见她)你怎么,你怎么会这样?你怎么会找着我?(止不住地)你怎么进来的?

鲁四凤　我从小门偷进来的。

周　萍　凤,你的手冰凉,你先换一换衣服。

鲁四凤　不,萍,(抽咽)让我先看看你。

周　萍　(引她到沙发,坐在自己一旁,热烈地)你,你上哪儿去了,凤?

鲁四凤　(看看他,含着眼泪微笑)萍,你还在这儿,我好像隔了多年一样。

周　萍　（顺手拿起沙发上的一床紫线毯给她围上）我可怜的凤儿，你怎么这样傻，你上哪儿去了？我的傻孩子！

鲁四凤　（擦着眼泪，拉着萍的手，萍蹲在旁边）我一个人在雨里跑，不知道自己在哪儿。天上打着雷，前面我只看见模模糊糊的一片；我什么都忘了，我像是听见妈在喊我，可是我怕，我拼命地跑，我想找着我们门口那一条河跳。

周　萍　（紧握着四凤的手）凤！

鲁四凤　——可是不知怎么绕来绕去我总找不着。

周　萍　哦，凤，我对不起你，原谅我，是我叫你这样，你原谅我，你不要怨我。

鲁四凤　萍，我怎么也不会怨你的。我糊糊涂涂又碰到这儿，走到花园那电线杆底下，我忽然想死了。我知道一碰那根电线，我就可以什么都忘了。我爱我的母亲，我怕我刚才对她起的誓，我怕她说我这么一声坏女儿，我情愿不活着。可是，我刚要碰那根电线，我忽然看见你窗户的灯，我想到你在屋子里。哦，萍，我突然觉得，我不能这样就死，我不能一个人死，我丢不了你。我想起来，世界大的很，我们可以走，我们只要一块儿离开这儿。萍啊，你——

周　萍　（沉重地）我们一块儿离开这儿？

鲁四凤　（急切地）就是这一条路，萍，我现在已经没有家，（辛酸地）哥哥恨死我，母亲我是没有脸见的。我现在什么都没有，我没有亲戚，没有朋友，我只有你，萍，（哀告地）你明天带我去吧。
〔半晌。

周　萍　（沉重地摇着头）不，不——

鲁四凤　（失望地）萍。

周　萍　（望着她，沉重地）不，不——我们现在就走。

鲁四凤　（不相信地）现在就走？

周　萍　（怜惜地）嗯，我原来打算一个人现在走，以后再来接你，不过现在不必了。

鲁四凤　（不信地）真的，一块儿走么？

周　萍　嗯，真的。

鲁四凤　（狂喜地，扔下线毯，立起，亲萍的一手，一面擦着眼泪）真的，真的，真的，萍，你是我的救星，你是天底下顶好的人，你是我——哦，我爱你！（在他身下流泪）

周　萍　（感动地，用手绢擦着眼泪）凤，以后我们永远在一块儿了，不分开了。
鲁四凤　（自慰地，在萍的怀里）嗯，我们离开这儿了，不分开了。
周　萍　（约束自己）好，凤，走以前我们先见见一个人。见完他我们就走。
鲁四凤　一个人？
周　萍　你哥哥。
鲁四凤　哥哥？
周　萍　他找你，他就在饭厅里头。
鲁四凤　（恐惧地）不，不，你不要见他，他恨你，他会害你的。走吧，我们就走吧。
周　萍　（安慰地）我已经见过他。——我们现在一定要见他一面，（不可挽回地）不然我们也走不了的。
鲁四凤　（胆怯）可是，萍，你——
　　　　〔萍走到饭厅门口，开门。
周　萍　（叫）鲁大海！鲁大海！——咦，他不在这儿，奇怪，也许他从饭厅的门出去了。（望着四凤）
鲁四凤　（走到萍面前，哀告地）萍。不要管他，我们走吧。（拉他向中门走）我们就这样走吧。
　　　　〔四凤拉萍至中门，中门开，鲁妈与大海进。
　　　　〔两点钟内鲁妈的样子另变了一个人。声音因为在雨里叫喊哭号已经喑哑，眼皮失望地向下垂，前额的皱纹很深地刻在上面，过度的刺激使她变成了呆滞，整个变成刻板的痛苦的模型。她的衣服像是已烘干了一部分，头发还有些湿，鬓角凌乱地贴着湿的头发。她的手在颤，很小心地走进来。
鲁四凤　（惊惧）妈！（畏缩）
　　　　〔略顿，鲁妈哀怜地望着四凤。
鲁侍萍　（伸出手向四凤，哀痛地）凤儿，来！
　　　　〔四凤跑至母亲面前，跪下。
鲁四凤　妈！（抱着母亲的膝）
鲁侍萍　（抚摸四凤的头顶，痛惜地）孩子，我的可怜的孩子。
鲁四凤　（泣不成声地）妈，饶了我吧，饶了我吧，我忘了您的话了。
鲁侍萍　（扶起四凤）你为什么早不告诉我？
鲁四凤　（低头）我疼您，妈，我怕，我不愿意有一点叫您不喜欢我，看不起我，我不敢告诉您。
鲁侍萍　（沉痛地）这还是你的妈太糊涂了，我早该想到的。（酸苦地）然而天,这谁又料得到,天底下会有这种事,偏偏又叫我的孩子们遇着呢?哦,你们妈的命太苦,我们的命也太苦了。

鲁大海　(冷淡地)妈,我们走吧,四凤先跟我们回去。——我已经跟他(指萍)商量好了,他先走,以后他再接四凤。

鲁侍萍　(迷惑地)谁说的?谁说的?

鲁大海　(冷冷地望着鲁妈)妈,我知道您的意思,自然只有这么办。所以,周家的事我以后也不提了,让他们去吧。

鲁侍萍　(迷惑,坐下)什么?让他们去?

周　萍　(嗫嚅)鲁奶奶,请您相信我,我一定好好地待她,我们现在决定就走。

鲁侍萍　(拉着四凤的手,颤抖地)凤,你,你要跟他走?

鲁四凤　(低头,不得已紧握着鲁妈的手)妈,我只好先离开您了。

鲁侍萍　(忍不住)你们不能够在一块儿!

鲁大海　(奇怪地)妈,您怎么?

鲁侍萍　(站起)不,不成!

鲁四凤　(着急)妈!

鲁侍萍　(不顾她,拉着她的手)我们走吧。(向大海)你出去叫一辆洋车,四凤大概走不动了。我们走,赶快走。

鲁四凤　(死命地退缩)妈,您不能这样做。

鲁侍萍　不,不成!(呆滞地,单调地)走,走。

鲁四凤　(哀求)妈,您愿您的女儿急得要死在您的眼前么?

周　萍　(走向鲁妈前)鲁奶奶,我知道我对不起您。不过我能尽我的力量补我的错,现在事情已经做到这一步,您——

鲁大海　妈,(不懂地)您这一次,我可不明白了!

鲁侍萍　(不得已,严厉地)你先去雇车去!(向四凤)凤儿,你听着,我情愿你没有,我不能叫你跟他在一块儿。——走吧!

　　　　〔大海刚至门口,四凤喊一声。

鲁四凤　(喊)啊,妈,妈!(晕倒在母亲怀里)

鲁侍萍　(抱着四凤)我的孩子,你——

周　萍　(急)她晕过去了。

　　　　〔鲁妈按着她的前额,低声唤"四凤"忍不住地泣下。
　　　　〔萍向饭厅跑。

鲁大海　不用去——不要紧,一点凉水就好。她小时就这样。

　　　　〔萍拿凉水洒在她面上,四凤渐醒,面呈死白色。

鲁侍萍　（拿凉水灌四凤）凤儿，好孩子。你回来，你回来。——我的苦命的孩子。
鲁四凤　（口渐张眼睁开，喘出一口气）啊，妈！
鲁侍萍　（安慰地）孩子，你不要怪妈心狠，妈的苦说不出。
鲁四凤　（叹出一口气）妈！
鲁侍萍　什么？凤儿。
鲁四凤　我，我不能不告诉你，萍！
周　萍　凤，你好点了没有？
鲁四凤　萍，我，总是瞒着你；也不肯告诉您，（乞怜地望着鲁妈）妈，您——
鲁侍萍　什么，孩子，快说。
鲁四凤　（抽咽）我，我——（放胆）我跟他现在已经有……（大哭）
鲁侍萍　（切迫地）怎样，你说你有——（过受打击，不动）
周　萍　（拉起四凤的手）四凤！怎么，真的，你——
鲁四凤　（哭）嗯。
周　萍　（悲喜交集）什么时候？什么时候？
鲁四凤　（低头）大概已经三个月。
周　萍　（快慰地）哦，四凤，你为什么不告诉我，我，我的——
鲁侍萍　（低声）天哪。
周　萍　（走向鲁）鲁奶奶，您无论如何不要再固执哪，都是我错了，我求您！（跪下）我求您放了她吧。我敢保我以后对得起她，对得起您。
鲁四凤　（立起，走到鲁妈面前跪下）妈，您可怜可怜我们，答应我们，让我们走吧。
鲁侍萍　（不做声，坐着，发痴）我是在做梦。我的儿女，我自己生的儿女，三十年工夫——哦，天哪，（掩面哭，挥手）你们走吧，我不认得你们。（转过头去）
周　萍　谢谢您！（立起）我们走吧。凤！（四凤起）
鲁侍萍　（回头，不自主地）不，不能够！
　　　　〔四凤又跪下。
鲁四凤　（哀求）妈，您，您是怎么？我的心定了。不管他是富，是穷，不管他是谁，我是他的了。我心里第一个许了他，我看得见的只有他，妈，我现在到了这一步，他到哪儿我也到哪儿；他是什么，我也跟他是什么。妈，您难道不明白，我——
鲁侍萍　（指手令她不要向下说，苦痛地）孩子。

鲁大海　妈,妹妹既然是闹到这样,让她去了也好。

周　萍　(阴沉地)鲁奶奶,您心里要是一定不放她,我们只好不顺从您的话,自己走了。凤!

鲁四凤　(摇头)萍!(还望着鲁妈)妈!

鲁侍萍　(沉重的悲伤,低声)啊,天知道谁犯了罪,谁造的这种孽!——他们都是可怜的孩子,不知道自己做的是什么。天哪,如果要罚,也罚在我一个人身上;我一个人有罪,我先走错了一步。(伤心地)如今我明白了,我明白了,事情已经做了的,不必再怨这不公平的天;人犯了一次罪过,第二次也就自然地跟着来。——(摸着四凤的头)他们是我的干净孩子,他们应当好好地活着,享着福。冤孽是在我心里头,苦也应当我一个人尝。他们快活,谁晓得就是罪过?他们年轻,他们自己并没有成心做了什么错事。(立起,望着天)今天晚上,是我让他们一块儿走,这罪过我知道,可是罪过我现在替他们犯了;所有的罪孽都是我一个人惹的,我的儿女们都是好孩子,心地干净的,那么,天,真有了什么,也就让我一个人担待吧。(回过头)凤儿,——

鲁四凤　(不安地)妈,您心里难过,——我不明白您说的什么。

鲁侍萍　(回转头。和蔼地)没有什么。(微笑)你起来,凤儿,你们一块儿走吧。

鲁四凤　(立起,感动地,抱着她的母亲)妈!

周　萍　去,(看表)不早了,还只有二十五分钟,叫他们把汽车开出来,走吧。

鲁侍萍　(沉静地)不,你们这次走,是在黑地里走,不要惊动旁人。(向大海)大海,你去叫车,我要回去,你送他们到车站。

鲁大海　嗯。

〔大海由中门下。

鲁侍萍　(向四凤哀婉地)过来,我的孩子,让我好好地亲一亲。(四凤过来抱母;鲁妈向萍)你也来,让我也看你一下。(萍至前,低头,鲁妈望他擦眼泪)好,你们走吧——我要你们两个在未走以前答应我一件事。

周　萍　您说吧。

鲁侍萍　你们不答应,我还是不要四凤走的。

鲁四凤　妈,您说吧,我答应。

鲁侍萍　(看他们两人)你们这次走,最好越走越远,不要回头。今天离开,你们无论生死,永远也不许见我。
鲁四凤　(难过)妈,那不——
周　　萍　(眼色,低声)她现在很难过,才说这样的话,过后,她就会好了的。
鲁四凤　嗯,也好,——妈,那我们走吧。
〔四凤跪下,向鲁妈叩头,四凤落泪,鲁妈竭力忍着。
鲁侍萍　(挥手)走吧!
周　　萍　我们从饭厅里出去吧,饭厅里还放着我几件东西。
〔三人——萍,四凤,鲁妈——走到饭厅门口,饭厅门开。蘩漪走出,三人俱惊视。
鲁四凤　(失声)太太!
周蘩漪　(沉稳地)咦,你们到哪儿去?外面还打着雷呢!
周　　萍　(向蘩漪)怎么你一个人在外面偷听!
周蘩漪　嗯,不只我,还有人呢。(向饭厅上)出来呀,你!
〔周冲由饭厅上,畏缩地。
鲁四凤　(惊愕)二少爷!
周　　冲　(不安地)四凤!
周　　萍　(不高兴,向弟)弟弟,你怎么这样不懂事?
周　　冲　(莫名其妙地)妈叫我来的,我不知道你们这是干什么。
周蘩漪　(冷冷地)现在你就明白了。
周　　萍　(焦躁,向蘩漪)你这是干什么?
周蘩漪　(嘲弄地)我叫你弟弟来给你们送行。
周　　萍　(气愤)你真卑——
周　　冲　哥哥!
周　　萍　弟弟,我对不起!——(突向蘩漪)不过世界上没有像你这样的母亲!
周　　冲　(迷惑地)妈,这是怎么回事?
周蘩漪　你看哪!(向四凤)四凤,你预备上哪儿去?
鲁四凤　(嗫嚅)我……我……
周　　萍　不要说一句瞎话。告诉他们,挺起胸来告诉他们,说我们预备一块儿走。
周　　冲　(明白)什么,四凤,你预备跟他一块儿走?
鲁四凤　嗯,二少爷,我,我是——
周　　冲　(半质问地)你为什么早不告诉我?
鲁四凤　我不是不告诉你;我跟你说过,叫你不要找我,因为我——我已经不是个好女人。

周　萍　（向四凤）不，你为什么说自己不好？你告诉他们！（指蘩漪）告诉他们，说你就要嫁我！

周　冲　（略惊）四凤，你——

周蘩漪　（向冲）现在你明白了。（冲低头）

周　萍　（突向蘩漪，刻毒地）你真没有一点心肝！你以为你的儿子会替——会破坏么？弟弟，你说，你现在有什么意思，你说，你预备对我怎么样？说！哥哥都会原谅你。

〔冲望蘩漪，又望四凤，自己低头。

周蘩漪　冲儿，说呀！（半晌，急促）冲儿，你为什么不说话呀？你为什么不抓着四凤问？你为什么不抓着你哥哥说话呀？（又顿。众人俱看冲，冲不语）冲儿你说呀，你怎么，你难道是个死人？哑巴？是个糊涂孩子？你难道见着自己心上喜欢的人叫人抢去，一点儿都不动气么？

周　冲　（抬头，羔羊似地）不，不，妈！（又望四凤，低头）只要四凤愿意，我没有一句话可说。

周　萍　（走到冲面前，拉着他的手）哦，我的好弟弟，我的明白弟弟！

周　冲　（疑惑地，思考地）不，不，我忽然发现……我觉得……我好像我并不是真爱四凤；（渺渺茫茫地）以前——我，我，我——大概是胡闹！

周　萍　（感激地）不过，弟弟——

周　冲　（望着萍热烈的神色，退缩地）不，你把她带走吧，只要你好好地待她！

周蘩漪　（整个幻灭，失望）哦，你呀！（忽然，气愤）你不是我的儿子；你不像我，你——你简直是条死猪！

周　冲　（受侮地）妈！

周　萍　（惊）你是怎么回事？

周蘩漪　（昏乱地）你真没有点男子气，我要是你，我就打了她，烧了她，杀了她。你真是糊涂虫，没有一点生气的。你还是你父亲养的，你父亲的小绵羊。我看错你了——你不是我的，你不是我的儿子。

周　萍　（不平地）你是冲弟弟的母亲么？你这样说话。

周蘩漪　（痛苦地）萍，你说，你说出来；我不怕，你告诉他，我现在已经不是他的母亲。

周　冲　（难过地）妈，您怎么？

周繁漪　（丢弃了拘束）我叫他来的时候，我早已忘了我自己，（向冲，半疯狂地）你不要以为我是你的母亲，（高声）你的母亲早死了，早叫你父亲压死了，闷死了。现在我不是你的母亲。她是见着周萍又活了的女人，（不顾一切地）她也是要一个男人真爱她，要真真活着的女人！

周　冲　（心痛地）哦，妈。

周　萍　（眼色向冲）她病了。（向繁漪）你跟我上楼去吧！你大概是该歇一歇。

周繁漪　胡说！我没有病，我没有病，我神经上没有一点病。你们不要以为我说胡话。（揩眼泪，哀痛地）我忍了多少年的，我在这个死地方，监狱似的周公馆，陪着一个阎王十八年了，我的心并没有死；你的父亲只叫我生了冲儿，然而我的心，我这个人还是我的。（指萍）就只有他才要了我整个的人，可是他现在不要我，又不要我了。

周　冲　（痛极）妈，我最爱的妈，您这是怎么回事？

周　萍　你先不要管她，她在发疯！

周繁漪　（激烈地）不要学你的父亲。没有疯——我这是没有疯！我要你说，我要你告诉他们——这是我最后的一口气！

周　萍　（狼狈地）你叫我说什么？我看你上楼睡觉去吧。

周繁漪　（冷笑）你不要装！你告诉他们，我并不是你的后母。

〔大家俱惊，略顿。

周　冲　（无可奈何地）妈！

周繁漪　（不顾地）告诉他们，告诉四凤，告诉她！

鲁四凤　（忍不住）妈呀！（投入鲁妈怀）

周　萍　（望着弟弟，转向繁漪）你这是何苦！过去的事你何必说呢？叫弟弟一生不快活。

周繁漪　（失了母性，喊着）我没有孩子，我没有丈夫，我没有家，我什么都没有，我只要你说：我——我是你的。

周　萍　（苦恼）哦，弟弟！你看弟弟可怜的样子，你要是有一点母亲的心——

周繁漪　（报复地）你现在也学会你的父亲了，你这虚伪的东西，你记着，是你才欺骗了你的弟弟，是你欺骗我，是你才欺骗了你的父亲！

周　萍　（愤怒）你胡说，我没有，我没有欺骗他！父亲是个好人，父亲一生是有道德的，（繁漪冷笑）——（向四凤）不要理她，她疯了，我们走吧。

雷雨（第四幕）

周繁漪　不要走,大门锁了。你父亲就下来,我派人叫他来的。

鲁侍萍　哦,太太!

周　萍　你这是干什么?

周繁漪　(冷冷地)我要你父亲见见他将来的好媳妇你们再走。(喊)朴园,朴园!……

周　冲　妈,您不要!

周　萍　(走到繁漪面前)疯子,你敢再喊!

　　　　〔繁漪跑到书房门口,喊。

鲁侍萍　(慌)四凤,我们出去。

周繁漪　不,他来了!

　　　　〔朴园由书房进,大家俱不动,静寂若死。

周朴园　(在门口)你叫什么?你还不上楼去睡。

周繁漪　(倨傲地)我请你见见你的好亲戚。

周朴园　(见鲁妈,四凤在一起,惊)啊,你,你——你们这是做什么?

周繁漪　(拉四凤向朴园)这是你的媳妇,你见见。(指着朴园向四凤)叫他爸爸!(指着鲁妈向朴园)你也认识认识这位老太太。

鲁侍萍　太太!

周繁漪　萍,过来!当着你的父亲,过来,给这个妈叩头。

周　萍　(难堪)爸爸,我,我——

周朴园　(明白地)怎么——(向鲁妈)侍萍,你到底还是回来了。

周繁漪　(惊)什么?

鲁侍萍　(慌)不,不,您弄错了。

周朴园　(悔恨地)侍萍,我想你也会回来的。

鲁侍萍　不,不!(低头)啊!天!

周繁漪　(惊愕地)侍萍?什么,她是侍萍?

周朴园　嗯。(烦厌地)你不必再故意地问我,她就是萍儿的母亲,三十年前死了的。

周繁漪　天哪!

　　　　〔半晌。四凤苦闷地叫了一声,看着她的母亲,鲁妈苦痛地低着头。萍脑筋昏乱,迷惑地望着父亲,同鲁妈。这时繁漪渐渐移到周冲身边,现在她突然发见一个更悲惨的命运,逐渐地使她同情萍,她觉出自己方才的疯狂,这使她很快地恢复原来平常母亲的情感。她不自主地愧恨地望着自己的冲儿。

周朴园　(沉痛地)萍儿,你过来。你的生母并没有死,她还在世上。

周　萍　（半狂地）不是她！爸，您告诉我，不是她！

周朴园　（严厉地）混账！萍儿，不许胡说。她没有什么好身世，也是你的母亲。

周　萍　（痛苦万分）哦，爸！

周朴园　（尊重地）不要以为你跟四凤同母，觉得脸上不好看，你就忘了人伦天性。

鲁四凤　（向母）哦，妈！（痛苦地）

周朴园　（沉重地）萍儿，你原谅我。我一生就做错了这一件事。我万没有想到她今天还在，今天找到这儿。我想这只能说是天命。（向鲁妈叹口气）我老了，刚才我叫你走，我很后悔，我预备寄给你两万块钱。现在你既然来了，我想萍儿是个孝顺孩子，他会好好地侍奉你。我对不起你的地方，他会补上的。

周　萍　（向鲁妈）您——您是我的——

鲁侍萍　（不自主地）萍——（回头抽咽）

周朴园　跪下，萍儿！不要以为自己是在做梦，这是你的生母。

鲁四凤　（昏乱地）妈，这不会是真的。

鲁侍萍　（不语，抽咽）

周繁漪　（笑向萍，悔恨地）萍，我，我万想不到是——是这样，萍——

周　萍　（怪笑，向朴园）父亲！（怪笑，向鲁妈）母亲！（看四凤，指她）你——

鲁四凤　（与萍互视怪笑，忽然忍不住）啊，天！（由中门跑下，萍扑在沙发上，鲁妈死气沉沉地立着）

周繁漪　（急喊）四凤！四凤！（转向冲）冲儿，她的样子不大对，你赶快出去看她。

〔冲由中门跑下，喊四凤。

周朴园　（至萍前）萍儿，这是怎么回事？

周　萍　（突然）爸，您不该生我！（跑，由饭厅下）

〔远处听见四凤的惨声，冲狂呼四凤，过后冲也发出惨叫。

鲁侍萍　（同时叫）四凤，你怎么啦！

周繁漪　　　　　　我的孩子，我的冲儿！

〔两人同由中门跑出。

周朴园　（急走至窗前拉开窗幕，颤声）怎么？怎么？

〔仆由中门跑上。

仆　人　（喘）老爷！

周朴园　快说,怎么啦?
仆　人　(急不成声)四凤……死了……
周朴园　(急)二少爷呢?
仆　人　也……也死了。
周朴园　(颤声)不,不,怎……么?
仆　人　四凤碰着那条走电的电线。二少爷不知道,赶紧拉了一把,两个人一块儿中电死了。
周朴园　(几晕)这不会。这,这——这不能够,不能够!
　　　　〔朴园与仆人跑下。
　　　　〔萍由饭厅出,颜色惨白,但是神气沉静地。他走到那张放鲁大海的手枪的桌前,抽开抽屉,取出手枪,手微颤,慢慢走进右边书房。
　　　　〔外面人声嘈乱,哭声、叫声、吵声,混成一片。鲁妈由中门上,脸更呆滞,如石膏人像。老年仆人跟在后面,拿着电筒。
　　　　〔鲁妈一声不响地立在台中。
老　仆　(安慰地)老太太,您别发呆!这不成,您得哭,您得好好哭一场。
鲁侍萍　(无神地)我哭不出来!
老仆人　这是天意,没有法子。——可是您自己得哭。
鲁侍萍　不,我想静一静。(呆立)
　　　　〔中门大开,许多仆人围着蘩漪,蘩漪不知是在哭在笑。
仆　人　(在外面)进去吧,太太,别看哪。
周蘩漪　(为人拥至中门,倚门怪笑)冲儿,你这么张着嘴?你的样子怎么直对我笑?——冲儿,你这个糊涂孩子。
周朴园　(走到中门中,眼泪在面上)蘩漪,进来!我的手发木,你也别看了。
老　仆　太太,进来吧。人已经叫电火烧焦了,没有法子办了。
周蘩漪　(进来,干哭)冲儿,我的好孩子。刚才还是好好的,你怎么会死,你怎么会死得这样惨?(呆立)
周朴园　(已进来)你要静一静。(擦眼泪)
周蘩漪　(狂笑)冲儿,你该死,该死!你有了这样的母亲,你该死!
　　　　〔外面仆人与鲁大海打架声。
周朴园　这是谁?谁在这时候打架?
　　　　〔老仆下问,立时另一仆人上。
周朴园　外面是怎么回事?
仆　人　今天早上那个鲁大海,他这时又来了,跟我们打架。
周朴园　叫他进来!

仆　人　老爷，他连踢带打地伤了我们好几个，他已经从小门跑了。

周朴园　跑了？

仆　人　是，老爷。

周朴园　(略顿，忽然)追他去，给我追他去。

仆　人　是，老爷。

〔仆人一齐下。屋中只有朴园、鲁妈、蘩漪三人。

周朴园　(哀伤地)我丢了一个儿子，不能再丢第二个了。

〔三人都坐下来。

鲁侍萍　都去吧！让他去了也好，我知道这孩子。他恨你，我知道他不会回来见你的。

周朴园　(寂静，自己觉得奇怪)年轻的反而走我们前头了，现在就剩下我们这些老——(忽然)萍儿呢？大少爷呢？萍儿，萍儿！(无人应)来人呀！来人！(无人应)你们给我找呀，我的大儿子呢？

〔书房枪声，屋内死一般的静默。

周蘩漪　(忽然)啊！(跑下书房，朴园呆立不动，立时蘩漪狂喊跑出)他……他……

周朴园　他……他……

〔朴园与蘩漪一同跑下，进书房。

〔鲁妈立起，向书房颠踬了两步，至台中，渐向下倒，跪在地上，如序幕结尾老妇人倒下的样子。

〔舞台渐暗，奏序幕之音乐(High Mass-Bach)若在远处奏起，至完全黑暗时最响，与序幕末尾音乐声同。幕落，即开，接尾声。

(《曹禺剧作》，浙江文艺出版社，2001年)

《雷雨》导读

拓展阅读

拓展阅读

1. 曹禺：《雷雨·序》

天　狗

郭沫若

我是一条天狗呀！
我把月来吞了，
我把日来吞了，
我把一切的星球来吞了，
我把全宇宙来吞了。
我便是我了！

我是月底光，
我是日底光，
我是一切星球底光，
我是 X 光线底光，
我是全宇宙底 Energy 底总量！

我飞奔，
我狂叫，
我燃烧。

我如烈火一样地燃烧！
我如大海一样地狂叫！
我如电气一样地飞跑！
我飞跑，
我飞跑，
我飞跑，
我剥我的皮，
我食我的肉，
我吸我的血，
我啮我的心肝，
我在我神经上飞跑，
我在我脊髓上飞跑，
我在我脑筋上飞跑。

我便是我呀！
我的我要爆了！

1920年2月初作

（上海《时事新报·学灯》，1920年2月7日）

《天狗》导读　　拓展阅读

拓展阅读

王元中：天狗·动词·我——郭沫若《天狗》一诗的三种解读方法

太阳礼赞

郭沫若

青沉沉的大海,波涛汹涌着,潮向东方。
光芒万丈地,将要出现了哟——新生的太阳!

天海中的云岛都已笑得象火一样地鲜明!
我恨不得,把我眼前的障碍一概划平!

出现了哟!出现了哟!耿晶晶地白灼的圆光!
从我两眸中有无限道的金丝向着太阳飞放。

太阳哟!我背立在大海边头紧觑着你。
太阳哟!你不把我照得个通明,我不回去!

太阳哟!你请永远照在我的面前,不使退转!
太阳哟!我眼光背开了你时,四面都是黑暗!

太阳哟!你请把我全部的生命照成道鲜红的血流!
太阳哟!你请把我全部的诗歌照成些金色的浮沤!

太阳哟!我心海中的云岛也已笑得象火一样地鲜明了!
太阳哟!你请永远倾听着,倾听着,我心海中的怒涛!

1921 年作

(上海《时事新报·学灯》,1921 年 2 月 1 日)

繁星（节选）

冰 心

七

醒着的，
　　只有孤愤的人罢！

听声声算命的锣儿，
　　敲破世人的命运。

一〇

嫩绿的芽儿，
　　和青年说：
"发展你自己！"

淡白的花儿，
　　和青年说：

"贡献你自己！"

深红的果儿，
　　和青年说：
"牺牲你自己！"

一三一

大海呵，
　　那一颗星没有光？
　　那一朵花没有香？

那一次我的思潮里
　　没有你波涛的清响？

1921 年 9 月

（《冰心诗集》，上海北新书局，1934 年）

《繁星》导读

拓展阅读

拓展阅读

石婷：冰心诗歌意象的古典性特征与现代性转型——以《繁星》《春水》为例

伊 底 眼

汪静之

伊底眼是温暖的太阳；
不然，何以伊一望着我，
我受了冻的心就热了呢？

伊底眼是解结的剪刀；
不然，何以伊一瞧着我，
我被镣铐的灵魂就自由了呢？

伊底眼是快乐的钥匙；
不然，何以伊一瞅着我，
我就住在乐园里了呢？

伊底眼变成忧愁的引火线了；
不然，何以伊一盯着我，
我就沉溺在愁海里了呢？

1922 年 6 月 4 日
(《蕙的风》，亚东图书馆，1922 年)

《伊底眼》导读

蛇

冯 至

我的寂寞是一条蛇，
静静地没有言语。
你万一梦到它时，
千万啊，不要悚惧！

它是我忠诚的侣伴，
心里害着热烈的乡思：

它想那茂密的草原——
你头上的浓郁的乌丝。

它月影一般轻轻地
从你那儿轻轻走过；
它把你的梦境衔了来
象一只绯红的花朵。

1926 年

(《冯至选集》[第一卷]，四川文艺出版社，1985 年)

《蛇》导读

拓展阅读

拓展阅读

何雪凝：冯至诗歌中蛇的思想谱系探析

弃　妇

李金发

长发披遍我两眼之前,
遂隔断了一切羞恶之疾视,
与鲜血之急流,枯骨之沉睡。
黑夜与蚊虫联步徐来,
越此短墙之角,
狂呼在我清白之耳后,
如荒野狂风怒号:
战栗了无数游牧。

靠一根草儿,与上帝之灵往返在
空谷里。
我的哀戚惟游蜂之脑能深印着;
或与山泉长泻在悬崖,
然后随红叶而俱去。

弃妇之隐忧堆积在动作上,
夕阳之火不能把时间之烦闷
化成灰烬,从烟突里飞去,
长染在游鸦之羽,
将同栖止于海啸之石上,
静听舟子之歌。

衰老的裙裾发出哀吟,
徜徉在丘墓之侧,
永无热泪,
点滴在草地
为世界之装饰。

(《中国新诗库·中国现代新诗经典:李金发诗选》,
长江文艺出版社,2003 年)

《弃妇》导读　　**拓展阅读**

拓展阅读

谈蓓芳:由李金发的《弃妇》诗谈古今文学的关联

死　水

闻一多

这是一沟绝望的死水，
清风吹不起半点漪沦。
不如多扔些破铜烂铁，
爽性泼你的剩菜残羹。

也许铜的要绿成翡翠，
铁罐上锈出几瓣桃花；
再让油腻织一层罗绮，
霉菌给他蒸出些云霞。

让死水酵成一沟绿酒，
飘满了珍珠似的白沫；
小珠笑一声变成大珠，
又被偷酒的花蚊咬破。

那么一沟绝望的死水，
也就夸得上几分鲜明。
如果青蛙耐不住寂寞，
又算死水叫出了歌声。

这是一沟绝望的死水，
这里断不是美的所在，
不如让给丑恶来开垦，
看他造出个什么世界。

1926 年 4 月

（《闻一多诗文集》，万卷出版公司，2014 年）

《死水》导读

一 句 话

闻一多

有一句话说出就是祸,
有一句话能点得着火。
别看五千年没有说破,
你猜得透火山的缄默?
说不定是突然着了魔,
突然青天里一个霹雳
　　爆一声:
　"咱们的中国!"

这话教我今天怎么说?
你不信铁树开花也可,
那么有一句话你听着:
等火山忍不住了缄默,
不要发抖,伸舌头,顿脚,
等到青天里一个霹雳
　　爆一声:
　"咱们的中国!"

(《闻一多诗文集》,万卷出版公司,2014 年)

再别康桥

徐志摩

轻轻的我走了,
　　正如我轻轻的来;
我轻轻的招手,
　　作别西天的云彩。

那河畔的金柳,
　　是夕阳中的新娘;
波光里的艳影,
　　在我的心头荡漾。

软泥上的青荇,
　　油油的在水底招摇;
在康河的柔波里,
　　我甘心做一条水草!

那榆荫下的一潭,
　　不是清泉,是天上虹;
揉碎在浮藻间,
　　沉淀着彩虹似的梦。

寻梦?撑一支长篙,
　　向青草更青处漫溯,
满载一船星辉,
　　在星辉斑斓里放歌。

但我不能放歌,
　　悄悄是别离的笙箫;
夏虫也为我沉默,
　　沉默是今晚的康桥!

悄悄的我走了,
　　正如我悄悄的来;
我挥一挥衣袖,
　　不带走一片云彩。

1928 年 11 月 6 日,中国海上
(《徐志摩诗集》,内蒙古文化出版社,2009 年)

《再别康桥》导读

别了,哥哥

殷　夫

别了,我最亲爱的哥哥,
你的来函促成了我的决心,
恨的是不能握一握最后的手,
再独立地向前途踏进。

二十年来手足的爱和怜,
二十年来的保护和抚养,
请在这最后的一滴泪水里,
收回吧,作为恶梦一场。

你诚意的教导使我感激,
你牺牲的培植使我钦佩,
但这不能留住我不向你告别,
我不能不向别方转变。

在你的一方,哟,哥哥,
有的是,安逸,功业和名号,
是治者们荣赏的爵禄,
或是薄纸糊成的高帽。

只要我,答应一声说,
"我进去听指示的圈套,"
我很容易能够获得一切,
从名号直至纸帽。

但你的弟弟现在饥渴,
饥渴着的是永久的真理,

不要荣誉,不要功建,
只望向真理的王国进礼。

因此机械的悲鸣扰了他的美梦,
因此劳苦群众的呼号震动心灵,
因此他尽日尽夜地忧愁,
想做个普罗米修士偷给人间以光明。

真理和愤怒使他强硬,
他再不怕天帝的咆哮,
他要牺牲去他的生命,
更不要那纸糊的高帽。

这,就是你弟弟的前途,
这前途满站着危崖荆棘,
又有的是黑的死,和白的骨,
又有的是砭人肌筋的冰雹风雪。

但他决心要踏上前去,
真理的伟光在地平线下闪照,
死的恐怖都辟易远退,
热的心火会把冰雪溶消。

别了,哥哥,别了,
此后各走前途,
再见的机会是在,
当我们和你隶属着的阶级交了战火。

1929.4.12

(《殷夫选集》,人民文学出版社,1960年)

血　字

殷　夫

血液写成的大字，
斜斜地躺在南京路，
这个难忘的日子——
润饰着一年一度……

血液写成的大字，
刻划着千万声的高呼，
这个难忘的日子——
几万个心灵暴怒……

血液写成的大字，
记录着冲突的经过，
这个难忘的日子——
狞笑着几多叛徒……

"五卅"哟！
立起来，在南京路上走！
把你血的光芒射到天的尽头，
把你刚强的姿态投映到黄浦江口，
把你的洪钟般的预言震动宇宙！

今日他们的天堂，
他日他们的地狱，
今日我们的血液写成字，
异日他们的泪水可入浴。

我是一个叛乱的开始，
我也是历史的长子，
我是海燕，
我是时代的尖刺。

"五"要成为报复的枷子，
"卅"要成为囚禁仇敌的铁栅，
"五"要分成镰刀和铁锤，
"卅"要成为断镣和炮弹！……

四年的血液润饰够了，
两个血字不该再放光辉，
千万的心音够坚决了，
这个日子应该即刻消毁！

1929 年 5 月底
(《殷夫选集》，人民文学出版社，1960 年)

《别了，哥哥》《血字》导读

雨 巷

戴望舒

撑着油纸伞,独自
彷徨在悠长,悠长
又寂寥的雨巷,
我希望逢着
一个丁香一样地
结着愁怨的姑娘。

她是有
丁香一样的颜色,
丁香一样的芬芳,
丁香一样的忧愁,
在雨中哀怨,
哀怨又彷徨;

她彷徨在这寂寥的雨巷,
撑着油纸伞
像我一样,
像我一样地
默默彳亍着,
冷漠,凄清,又惆怅。

她静默地走近
走近,又投出
太息一般的眼光,

她飘过
像梦一般地,
像梦一般地凄婉迷茫。

像梦中飘过
一枝丁香地,
我身旁飘过这女郎;
她静默地远了,远了,
到了颓圮的篱墙,
走尽这雨巷。

在雨的哀曲里,
消了她的颜色,
散了她的芬芳,
消散了,甚至她的
太息般的眼光,
她丁香般的惆怅。

撑着油纸伞,独自
彷徨在悠长,悠长
又寂寥的雨巷,
我希望飘过
一个丁香一样地
结着愁怨的姑娘。

(《戴望舒文集》,线装书局,2009 年)

《雨巷》导读 拓展阅读

拓展阅读

南志刚:古典意境的现代性转换——戴望舒《雨巷》解析

预 言

何其芳

这一个心跳的日子终于来临!
呵,你夜的叹息似的渐近的足音,
我听得清不是林叶和夜风私语,
麋鹿驰过苔径的细碎的蹄声!
告诉我,用你银铃的歌声告诉我,
你是不是预言中的年青的神?

你一定来自那温郁的南方!
告诉我那里的月色,那里的日光!
告诉我春风是怎样吹开百花,
燕子是怎样痴恋着绿杨!
我将合眼睡在你如梦的歌声里,
那温暖我似乎记得,又似乎遗忘。

请停下你疲劳的奔波,
进来,这里有虎皮的褥你坐!
让我烧起每一个秋天拾来的落叶,
听我低低地唱起我自己的歌!
那歌声将火光一样沉郁又高扬,
火光一样将我的一生诉说。

不要前行!前面是无边的森林:
古老的树现着野兽身上的斑纹,
半生半死的藤蟒一样交缠着,
密叶里漏不下一颗星星。
你将怯怯地不敢放下第二步,
当你听见了第一步空寥的回声。

一定要走吗?请等我和你同行!
我的脚步知道每一条熟悉的路径,
我可以不停地唱着忘倦的歌,
再给你,再给你手的温存!
当夜的浓黑遮断了我们,
你可以不转眼地望着我的眼睛!

我激动的歌声你竟不听,
你的脚竟不为我的颤抖暂停!
像静穆的微风飘过这黄昏里,
消失了,消失了你骄傲的足音!
呵,你终于如预言中所说的无语而来,
无语而去了吗,年青的神?

1931年秋天

(《何其芳诗全编》,浙江文艺出版社,1995年)

《预言》导读 拓展阅读

拓展阅读

谭德晶:何其芳《预言》艺术奥秘探寻

老　马

臧克家

总得叫大车装个够，
它横竖不说一句话，
背上的压力往肉里扣，
它把头沉重地垂下！

这刻不知道下刻的命，
它有泪只往心里咽，
眼里飘来一道鞭影，
它抬起头望望前面。

1932 年 4 月
(《臧克家诗选》，人民文学出版社，1994 年)

《老马》导读

雪落在中国的土地上

艾 青

雪落在中国的土地上，
寒冷在封锁着中国呀……

风，
像一个太悲哀了的老妇，
紧紧地跟随着
伸出寒冷的指爪
拉扯着行人的衣襟，
用着像土地一样古老的话
一刻也不停地絮聒着……

那从林间出现的，
赶着马车的
你中国的农夫
戴着皮帽
冒着大雪
你要到哪儿去呢？

告诉你
我也是农人的后裔——
由于你们的
刻满了痛苦的皱纹的脸
我能如此深深地
知道了
生活在草原上的人们的
岁月的艰辛。

而我
也并不比你们快乐啊
——躺在时间的河流上
苦难的浪涛
曾经几次把我吞没而又
卷起——
流浪与监禁
已失去了我的青春的
最可贵的日子，
我的生命
也像你们的生命
一样的憔悴呀

雪落在中国的土地上，
寒冷在封锁着中国呀……

沿着雪夜的河流，
一盏小油灯在徐缓地移行，
那破烂的乌篷船里
映着灯光，垂着头
坐着的是谁呀？

——啊，你
蓬发垢面的少妇，
是不是
你的家
——那幸福与温暖的巢穴——

已被暴戾的敌人
烧毁了么?
是不是
也像这样的夜间,
失去了男人的保护,
在死亡的恐怖里
你已经受尽敌人刺刀的戏弄?

咳,就在如此寒冷的今夜,
无数的
我们的年老的母亲,
都蜷伏在不是自己的家里,
就像异邦人
不知明天的车轮
要滚上怎样的路程……
——而且
中国的路
是如此的崎岖
是如此的泥泞呀。

雪落在中国的土地上,
寒冷在封锁着中国呀……

透过雪夜的草原
那些被烽火所啮啃着的地域,
无数的,土地的垦植者
失去了他们所饲养的家畜
失去了他们肥沃的田地
拥挤在
生活的绝望的污巷里:
饥馑的大地
朝向阴暗的天
伸出乞援的
颤抖着的两臂。
中国的苦痛与灾难
像这雪夜一样广阔而又漫长呀!

雪落在中国的土地上,
寒冷在封锁着中国呀……

中国,
我的在没有灯光的晚上所写的
无力的诗句
能给你些许的温暖么?

1937年12月28日夜间
(《中国新诗库·中国现代新诗经典:艾青诗选》,
长江文艺出版社,2003年)

《雪落在中国的土地上》导读　　拓展阅读

拓展阅读

贺仲明:自我与时代的心史——重读《雪落在中国的土地上》兼及艾青的诗歌意义

手 推 车

艾 青

在黄河流过的地域
在无数的枯干了的河底
手推车
以惟一的轮子
发出使阴暗的天穹痉挛的尖音
穿过寒冷与静寂
从这一个山脚
到那一个山脚
彻响着
北国人民的悲哀

在冰雪凝冻的日子
在贫穷的小村与小村之间
手推车
以单独的轮子
刻画在灰黄土层上的深深的辙迹
穿过广阔与荒漠
从这一条路
到那一条路
交织着
北国人民的悲哀

1938年初
(《中国新诗库·中国现代新诗经典:艾青诗选》,
长江文艺出版社,2003年)

春

穆 旦

绿色的火焰在草上摇曳,
他渴求着拥抱你,花朵。
反抗着土地,花朵伸出来,
当暖风吹来烦恼,或者快乐。
如果你是醒了,推开窗子,
看这满园的欲望多么美丽。

蓝天下,为永远的谜迷惑着
是人们二十岁的紧闭的肉体,
一如那泥土做成的鸟的歌,
你们被点燃,卷曲又卷曲,却无处归依。
啊,光,影,声,色,都已经赤裸,
痛苦着,等待伸入新的组合。

1942 年 2 月

(《穆旦诗全集》,中国文学出版社,1996 年)

《春》导读

拓展阅读

拓展阅读

吴投文:在生命的限制中对自由的张望——穆旦诗歌《春》导读及相关问题

王贵与李香香（节选）

李 季

第 一 部

三 李香香

百灵子雀雀百灵子蛋，
崔二爷家住死羊湾。

大河里涨水清混不分，
死羊湾有财主也有穷人。

死羊湾前沟里有一条水，
有一个穷老汉李德瑞。

白胡子李德瑞五十八，
家里只有一枝花。

女儿名叫李香香，
没有兄弟死了娘。

脱毛雀雀过冬天，
没有吃来没有穿。

十六岁的香香顶上牛一条，
累死挣活吃不饱。

羊肚子手巾包冰糖，
虽然人穷好心肠。

玉米结子颗颗鲜黄，
李老汉年老心肠软。

时常拉着王贵的手，
两眼流泪说："娃命苦！"

"年岁小来苦头重，
没娘没大孤零零。"

"讨吃子住在关爷庙，
我这里就算你的家。"

刮风下雨人闲下，
王贵就来把柴打。

一个妹子一个大，
没家的人儿找到了家。

四　掏苦菜

山丹丹开花红姣姣，
香香人材长的好！

一对大眼水汪汪，
就象那露水珠在草上淌。

二道糜子碾三次，
香香自小就爱庄稼汉。

地头上沙柳绿蓁蓁，
王贵是个好后生！

身高五尺浑身都是劲，
庄稼地里顶两人。

玉米开花半中腰，
王贵早把香香看中了。

小曲好唱口难开，
樱桃好吃树难栽；

交好的心思两人都有，
谁也害臊难开口。

王贵赶羊上山来，
香香在洼里掏苦菜。

赶着羊群打口哨，
一句曲儿出口了：

"受苦一天不瞌睡，
合不着眼睛我想妹妹。"

停下脚步，定一定神，
洼洼里声小像弹琴：

"山丹丹花来背洼洼开，
有那些心思慢慢来。"

"大路畔上的灵芝草，
谁也没有妹妹好！"

"马里头挑马不一般高，
人里头挑人就数哥哥好！"

"樱桃小口糯米牙，
巧口口说些哄人话。

"交上个有钱的花钱常不断，
为啥要跟我这揽工的受可怜！"

"烟锅锅点灯半炕炕明，
酒盅盅量米不嫌哥哥穷。"

"妹妹生来就爱庄稼汉，
实心实意赛过银钱。"

"红瓤子西瓜绿皮包，
妹妹的话儿我忘不了。"

"肚里的话儿乱如麻，
定下个时候，说说知心话。"

"天黑夜静人睡下，
妹妹房里把话拉。"

"满天的星星没有月亮, 小心踏在狗身上!"

1945年12月于陕北三边

(《王贵与李香香》,生活·读书·新知三联书店,1949年)

《王贵与李香香》导读

藕与莼菜

叶圣陶

同朋友喝酒,嚼着薄片的雪藕,忽然怀念起故乡来了。若在故乡,每当新秋的早晨,门前经过许多的乡人:男的紫赤的胳膊和小腿肌肉突起,躯干高大且挺直,使人起康健的感觉;女的往往裹着白地青花的头巾,虽然赤脚,却穿短短的夏布裙,躯干固然不及男的这样高,但是别有一种康健的美的风致;他们各挑着一副担子,盛着鲜嫩玉色的长节的藕。在藕的家乡的池塘里,在城外曲曲弯弯的小河边,他们把这些藕一濯再濯,所以这样洁白了。仿佛他们以为这是供人体味的珍品,这是清晨的图画里的重要题材,假若满涂污泥,就把人家欣赏的浑凝之感打破了。这是一件罪过的事情,他们不愿意担在身上,故而先把它们洗濯得这样洁白了,才挑进城里来。他们想要休息的时候,就把竹扁担横在地上,自己坐在上面,随便拣择担里的过嫩的藕枪或是较老的藕朴,大口地嚼着解渴。过路的人便站住了,红衣衫的小姑娘拣一节,白头发的老公公买两支。清淡的甘美的滋味于是普遍于家家且人人了。这种情形,差不多是平常的日课,直要到叶落秋深的时候。

在这里,藕这东西几乎是珍品了。大概也是从我们的故乡运来的,但是数量不多,自有那些伺候豪华公子硕腹巨贾的帮闲茶房们把大部分抢去了;其余的便要供在大一点的水果铺子里,位置在金山苹果吕宋香芒之间,专待善价而沽。至于挑着担子在街上叫卖的,也并不是没有,但不是瘦得像乞丐的臂腿,便涩得像未熟的柿子,实在无从欣羡。因此,除了仅有的一回,我们今年竟不曾吃过藕。

这仅有的一回不是买来吃的,是邻舍送给我们吃的。他们也不是自己买的,是从故乡来的亲戚带来的。这藕离开它的家乡大约有好些时候了,所以不复呈玉样的颜色,却满被着许多锈斑。削去皮的时候,刀锋过处,很不顺爽。切成了片,送入口里嚼着,颇有点儿甘味,但没有一种鲜嫩的感觉,而且似乎含了满口的渣,第二片就不想吃了。只有孩子很高兴,他把这许多片嚼完,居然有半点钟工夫不再作别的要求。

因为想起藕,又联想到莼菜。在故乡的春天,几乎天天吃莼菜。它本来没有味道,味道全在于好的汤。但这样嫩绿的颜色与丰富的诗意,无味之味真足令人心醉呢。在每条街旁的小河里,石埠头总歇着一两条没篷的船,满舱盛着莼菜,是从太湖里去捞来的。像这样地取求很便,当然能得日餐一碗了。

　　而在这里又不然;非上馆子,就难以吃到这东西。我们当然不上馆子,偶然有一两回去扰朋友的酒席,恰又不是莼菜上市的时候,所以今年竟不曾吃过。直到最近,伯祥的杭州亲戚来了,送他几瓶瓶装的西湖莼菜,他送我一瓶,我才算也尝了新了。

　　向来不恋故乡的我,想到这里,觉得故乡可爱极了。我自己也不明白,为什么会起这么深浓的情绪?再一思索,实在很浅显的:因为在故乡有所恋,而所恋又只在故乡有,便萦着系着不能离舍了。譬如亲密的家人在那里,知心的朋友在那里,怎得不恋?怎得不怀念?但是仅仅为了爱故乡么?不是的,不过在故乡的几个人把我们牵着罢了。若无所牵,更何所恋?像我现在,偶然被藕与莼菜所牵,所以就怀念起故乡来了。

　　所恋在哪里,哪里就是我们的故乡了。

1923 年 9 月 7 日作
(《未厌居习作》,开明出版社,1992 年)

《藕与莼菜》导读

故乡的野菜

周作人

我的故乡不止一个,我住过的地方都是故乡。故乡对于我并没有什么特别的情分,只因钓于斯游于斯的关系,朝夕会面,遂成相识,正如乡村里的邻舍一样,虽然不是亲属,别后有时也要想念到他。我在浙东住过十几年,南京东京都住过六年,这都是我的故乡;现在住在北京,于是北京就成了我的家乡了。

日前我的妻往西单市场买菜回来,说起有荠菜在那里卖着,我便想起浙东的事来。荠菜是浙东人春天常吃的野菜,乡间不必说,就是城里只要有后园的人家都可以随时采食,妇女小儿各拿一把剪刀一只"苗篮",蹲在地上搜寻,是一种有趣味的游戏的工作。那时小孩们唱道,"荠菜马兰头,姊姊嫁在后门头。"后来马兰头有乡人拿来进城售卖了,但荠菜还是一种野菜,须得自家去采。关于荠菜向来颇有风雅的传说,不过这似乎以吴地为主。《西湖游览志》云,"三月三日男女皆戴荠菜花。谚云,三春戴荠花,桃李羞繁华。"顾禄的《清嘉录》上亦说,

> 荠菜花俗呼野菜花,因谚有三月三蚂蚁上灶山之语,三日人家皆以野菜花置灶陉上,以厌虫蚁。侵晨村童叫卖不绝。或妇女簪髻上以祈清目,俗号眼亮花。

但浙东人却不很理会这些事情,只是挑来做菜或炒年糕吃罢了。

黄花麦果通称鼠曲草,系菊科植物,叶小微圆互生,表面有白毛,花黄色,簇生梢头。春天采嫩叶,捣烂去汁,和粉作糕,称黄花麦果糕。小孩们有歌赞美之云:

> 黄花麦果韧结结,
> 关得大门自要吃:
> 半块拿弗出,一块自要吃。

清明前后扫墓时,有些人家——大约是保存古风的人家——用黄花麦果作供,但不作饼状,做成小颗如指顶大,或细条如小指,以五六个作一攒,

名曰茧果，不知是什么意思，或因蚕上山时设祭，也用这种食品，故有是称，亦未可知。自从十二三岁时外出不参与外祖家扫墓以后，不复见过茧果，近来住在北京，也不再见黄花麦果的影子了。日本称作"御形"，与荠菜同为春的七草之一，也采来做点心用，状如艾饺，名曰"草饼"，春分前后多食之，在北京也有，但是吃去总是日本风味，不复是儿时的黄花麦果糕了。

  扫墓时候所常吃的还有一种野菜，俗名草紫，通称紫云英，农人在收获后，播种田内，用作肥料，是一种很被贱视的植物，但采取嫩茎瀹食，味颇鲜美，似豌豆苗。花紫红色，数十亩接连不断，一片锦绣，如铺着华美的地毯，非常好看，而且花朵状若胡蝶，又如鸡雏，尤为小孩所喜。间有白色的花，相传可以治痢，很是珍重，但不易得。日本《俳句大辞典》云，"此草与蒲公英同是习见的东西，从幼年时代便已熟识。在女人里边，不曾采过紫云英的人，恐未必有罢。"中国古来没有花环，但紫云英的花球却是小孩常玩的东西，这一层我还替那些小人们欣幸的。浙东扫墓用鼓吹，所以少年常随了乐音去看"上坟船里的姣姣"；没有钱的人家虽没有鼓吹，但是船头上篷窗下总露出些紫云英和杜鹃的花束，这也就是上坟船的确实的证据了。

1924 年 2 月
（《雨天的书》，岳麓书社，1987 年）

谈　酒

周作人

  这个年头儿，喝酒倒是很有意思的。我虽是京兆人，却生长在东南的海边，是出产酒的有名地方。我的舅父和姑父家里时常做几缸自用的酒，但我终于不知道酒是怎么做法，只觉得所用的大约是糯米，因为儿歌里说，"老酒糯米做，吃得变 nionio"——末一字是本地叫猪的俗语。做酒的方法与器具似乎都很简单，只有煮的时候的手法极不容易，非有经验的工人不办，平常做酒的人家大抵聘请一个人来，俗称"酒头工"，以自己不能喝酒者为最上，叫他专管鉴定煮酒的时节。有一个远房亲戚，我们叫他"七斤公公"，——他是我舅父的族叔，但是在他家里做短工，所以舅母只叫他作"七斤老",有时也听见她叫"老七斤",是这样的酒头工,每年去帮人家做酒;他喜吸旱烟,说玩话,打马将,但是不大喝酒(海边的人喝一两碗是不算能喝,照市价计算也不值十文钱的酒),所以生意很好,时常跑一二百里路被招到诸暨嵊县去。据他说这实在并不难,只须走到缸边屈着身听,听见里边起泡的声音切切察察的,好像是螃蟹吐沫(儿童称为蟹煮饭)的样子,便拿来煮就得了;早一点酒还未成,迟一点就变酸了。但是怎么是恰好的时期,别人仍不能知道,只有听熟的耳朵才能够断定,正如骨董家的眼睛辨别古物一样。

大人家饮酒多用酒钟,以表示其斯文,实在是不对的。正当的喝法是用一种酒碗,浅而大,底有高足,可以说是古已有之的香宾杯。平常起码总是两碗,合一"串筒",价值似是六文一碗。串筒略如倒写的凸字,上下部如一与三之比,以洋铁为之,无盖无嘴,可倒而不可筛,据好酒家说酒以倒为正宗,筛出来的不大好吃。唯酒保好于量酒之前先"荡"(置水于器内,摇荡而洗涤之谓)串筒,荡后往往将清水之一部分留在筒内,客嫌酒淡,常起争执,故喝酒老手必先戒堂倌以勿荡串筒,并监视其量好放在温酒架上。能饮者多索竹叶青,通称曰"本色","元红"系状元红之略,则着色者,唯外行人喜饮之。在外省有所谓花雕者,唯本地酒店中却没有这样东西。相传昔时人家生女,则酿酒贮花雕(一种有花纹的酒坛)中,至女儿出嫁时用以饷客,但此风今已不存,嫁女时偶用花雕,也只临时买元红充数,饮者不以为珍品。有些喝酒的人预备家酿,却有极好的,每年做醇酒若干坛,按次第埋园中,二十年后掘取,即每岁皆得饮二十年陈的老酒了。此种陈酒例不发售,故无处可买,我只有一回在旧日业师家里喝过这样好酒,至今还不曾忘记。

我既是酒乡的一个土著,又这样的喜欢谈酒,好像一定是个与"三酉"结不解缘的酒徒了。其实却大不然。我的父亲是很能喝酒的,我不知道他可以喝多少,只记得他每晚用花生米水果等下酒,且喝且谈天,至少要花费两点钟,恐怕所喝的酒一定很不少了。但我却是不肖,不,或者可以说有志未逮,因为我很喜欢喝酒而不会喝,所以每逢酒宴我总是第一个醉与脸红的。自从辛酉患病后,医生叫我喝酒以代药饵,定量是勃阑地每回二十格阑姆,蒲陶酒与老酒等倍之,六年以后酒量一点没有进步,到现在只要喝下一百格阑姆的花雕,便立刻变成关夫子了。(以前大家笑谈称作"赤化",此刻自然应当谨慎,虽然是说笑话。)有些有不醉之量的,愈饮愈是脸白的朋友,我觉得非常可以欣羡,只可惜他们愈能喝酒便愈不肯喝酒,好像是美人之不肯显示她的颜色,这实在是太不应该了。

黄酒比较的便宜一点,所以觉得时常可以买喝,其实别的酒也未尝不好。白干于我未免过凶一点,我喝了常怕口腔内要起泡,山西的汾酒与北京的莲花白虽然可喝少许,也总觉得不很和善。日本的清酒我颇喜欢,只是仿佛新酒模样,味道不很静定。蒲桃酒与橙皮酒都很可口,但我以为最好的还是勃阑地。我觉得西洋人不很能够了解茶的趣味,至于酒则很有工夫,决不下于中国。天天喝洋酒当然是一个大的漏卮,正如吸烟卷一般,但不必一定进国货党,咬定牙根要抽净丝,随便喝一点什么酒其实都是无所不可的,至少是我个人这样的想。

　　喝酒的趣味在什么地方?这个我恐怕有点说不明白。有人说,酒的乐趣是在醉后的陶然的境界。但我不很了解这个境界是怎样的,因为我自饮酒以来似乎不大陶然过,不知怎的我的醉大抵都只是生理的,而不是精神的陶醉。所以照我说来,酒的趣味只是在饮的时候,我想悦乐大抵在做的这一刹那,倘若说是陶然,那也当是杯在口的一刻罢。醉了,困倦了,或者应当休息一会儿,也是很安舒的,却未必能说酒的真趣是在此间。昏迷,梦魇,呓语,或是忘却现世忧患之一法门;其实这也是有限的,倒还不如把宇宙性命都投在一口美酒里的耽溺之力还要强大。我喝着酒,一面也怀着"杞天之虑",生恐强硬的礼教反动之后将引起颓废的风气,结果是借醇酒妇人以避礼教的迫害,沙宁(Sanin)时代的出现不是不可能的。但是,或者在中国什么运动都未必彻底成功,青年的反拨力也未必怎么强盛,那么杞天终于只是杞天,仍旧能够让我们喝一口非耽溺的酒也未可知。倘若如此,那时喝酒又一定另外觉得很有意思了罢?

1926年6月20日,于北京

(《雨天的书》,岳麓书社,1987年)

《故乡的野菜》《谈酒》导读　　拓展阅读

拓展阅读

1. 张鹏振:淡语家山情味长——周作人《故乡的野菜》赏析
2. 哈迎飞:论周作人闲适散文的思想品质和艺术特色

影的告别

鲁 迅

人睡到不知道时候的时候,就会有影来告别,说出那些话——

有我所不乐意的在天堂里,我不愿去;有我所不乐意的在地狱里,我不愿去;

有我所不乐意的在你们将来的黄金世界里,我不愿去。

然而你就是我所不乐意的。

朋友,我不想跟随你了,我不愿住。

我不愿意!

呜乎呜乎,我不愿意,我不如彷徨于无地。

我不过一个影,要别你而沉没在黑暗里了。然而黑暗又会吞并我,然而光明又会使我消失。

然而我不愿彷徨于明暗之间,我不如在黑暗里沉没。

然而我终于彷徨于明暗之间,我不知道是黄昏还是黎明。我姑且举灰黑的手装作喝干一杯酒,我将在不知道时候的时候独自远行。

呜乎呜乎,倘若黄昏,黑夜自然会来沉没我,否则我要被白天消失,如果现在是黎明。

朋友,时候近了。

我将向黑暗里彷徨于无地。

你还想我的赠品。我能献你甚么呢?无已,则仍是黑暗和虚空而已。但是,我愿意只是黑暗,或者会消失于你的白天;我愿意只是虚空,决不占你的心地。

我愿意这样,朋友——

我独自远行,不但没有你,并且再没有别的影在黑暗里。只有我被黑暗沉没,那世界全属于我自己。

1924年9月24日

(《鲁迅全集》[二],人民文学出版社,1982年)

春末闲谈

鲁　迅

　　北京正是春末,也许我过于性急之故罢,觉着夏意了,于是突然记起故乡的细腰蜂。那时候大约是盛夏,青蝇密集在凉棚索子上,铁黑色的细腰蜂就在桑树间或墙角的蛛网左近往来飞行,有时衔一支小青虫去了,有时拉一个蜘蛛。青虫或蜘蛛先是抵抗着不肯去,但终于乏力,被衔着腾空而去了,坐了飞机似的。

　　老前辈们开导我,那细腰蜂就是书上所说的果蠃,纯雌无雄,必须捉螟蛉去做继子的。她将小青虫封在窠里,自己在外面日日夜夜敲打着,祝道"像我像我",经过若干日,——我记不清了,大约七七四十九日罢,——那青虫也就成了细腰蜂了,所以《诗经》里说:"螟蛉有子,果蠃负之。"螟蛉就是桑上小青虫。蜘蛛呢? 他们没有提。我记得有几个考据家曾经立过异说,以为她其实自能生卵;其捉青虫,乃是填在窠里,给孵化出来的幼蜂做食料的。但我所遇见的前辈们都不采用此说,还道是拉去做女儿。我们为存留天地间的美谈起见,倒不如这样好。当长夏无事,遭暑林阴,瞥见二虫一拉一拒的时候,便如睹慈母教女,满怀好意,而青虫的宛转抗拒,则活像一个不识好歹的毛鸦头。

　　但究竟是夷人可恶,偏要讲什么科学。科学虽然给我们许多惊奇,但也搅坏了我们许多好梦。自从法国的昆虫学大家发勃耳(Fabre)仔细观察之后,给幼蜂做食料的事可就证实了。而且,这细腰蜂不但是普通的凶手,还是一种很残忍的凶手,又是一个学识技术都极高明的解剖学家。她知道青虫的神经构造和作用,用了神奇的毒针,向那运动神经球上只一螫,它便麻痹为不死不活状态,这才在它身上生下蜂卵,封入窠中。青虫因为不死不活,所以不动,但也因为不活不死,所以不烂,直到她的子女孵化出来的时候,这食料还和被捕当日一样的新鲜。

　　三年前,我遇见神经过敏的俄国的 E 君,有一天他忽然发愁道,不知道将来的科学家,是否不至于发明一种奇妙的药品,将这注射在谁的身上,则这人即甘心永远去做服役和战争的机器了? 那时我也就皱眉叹息,装作一齐发愁的模样,以示"所见略同"之至意,殊不知我国的圣君,贤臣,圣贤,圣贤之徒,却早已有过这一种黄金世界的理想了。不是"唯辟作福,唯辟作威,唯辟玉食"么？不是"君子劳心,小人劳力"么？不是"治于人者食(去声)人,治人者食于人"么？可惜理论虽已卓然,而终于没有发明十全的好方法。要服从作威就须不活,要贡献玉食就须不死；要被治就须不活,要供养治人者又须不死。人类升为万物之灵,自然是可贺的,但没有了细腰蜂的毒针,却很使圣君,贤臣,圣贤,圣贤之徒,以至现在的阔人,学者,教育家觉得棘手。将来未可知,若已往,则治人者虽然尽力施行过各种麻痹术,也还不能十分奏效,与果蠃并驱争先。即以皇帝一伦而言,便难免时常改姓易代,终没有"万年有道之长"；"二十四史"而多至二十四,就是可悲的铁证。现在又似乎有些别开生面了,世上诞生了一种所谓"特殊知识阶级"的留学生,在研究室中研究之结果,说医学不发达是有益于人种改良的,中国妇女的境遇是极其平等的,一切道理都已不错,一切状态都已够好。E君的发愁,或者也不为无因罢,然而俄国是不要紧的,因为他们不像我们中国,有所谓"特别国情",还有所谓"特殊知识阶级"。

  但这种工作,也怕终于像古人那样,不能十分奏效的罢,因为这实在比细腰蜂所做的要难得多。她于青虫,只须不动,所以仅在运动神经球上一螫,即告成功。而我们的工作,却求其能运动,无知觉,该在知觉神经中枢,加以完全的麻醉。但知觉一失,运动也就随之失却主宰,不能贡献玉食,恭请上自"极峰"下至"特殊知识阶级"的赏收享用了。就现在而言,窃以为除了遗老的圣经贤传法,学者的进研究室主义,文学家和茶摊老板的莫谈国事律,教育家的勿视勿听勿言勿动论之外,委实还没有更好,更完全,更无流弊的方法。便是留学生的特别发见,其实也并未轶出了前贤的范围。

  那么,又要"礼失而求诸野"了。夷人,现在因为想去取法,姑且称之为外国,他那里,可有较好的法子么？可惜,也没有。所有者,仍不外乎不准集会,不许开口之类,和我们中华并没有什么很不同。然亦可见至道嘉猷,人同此心,心同此理,固无华夷之限也。猛兽是单独的,牛羊则结队；野牛的大队,就会排角成城以御强敌了,但拉开一匹,定只能牟牟地叫。人民与牛马同流,——此就中国而言,夷人别有分类法云,——治之之道,自然应该禁止集合:这方法是对的。其次要防说话。人能说话,已经是祸胎了,而况有时还要做文章。所以苍颉造字,夜有鬼哭。鬼且反对,而况于官？猴子不会说话,猴界即向无风潮,——可是猴界中也没有官,但这又作别论,——确应该虚心取法,反朴归真,则口且不开,文章自灭:这方法也是对的。然而上文也不过就理论而言,至于实效,却依然是难说。最显著的例,是连那么专制的俄国,而尼古拉二世"龙御上宾"之后,罗马诺夫氏竟已"覆宗绝祀"了。要而言之,那大缺点就在虽有二大良法,而还缺其一,便是:无法禁止人们的思想。

于是我们的造物主——假如天空真有这样的一位"主子"——就可恨了：一恨其没有永远分清"治者"与"被治者"；二恨其不给治者生一枝细腰蜂那样的毒针；三恨其不将被治者造得即使砍去了藏着的思想中枢的脑袋而还能动作——服役。三者得一，阔人的地位即永久稳固，统御也永久省了气力，而天下于是乎太平。今也不然，所以即使单想高高在上，暂时维持阔气，也还得日施手段，夜费心机，实在不胜其委屈劳神之至……。

假使没有了头颅，却还能做服役和战争的机械，世上的情形就何等地醒目呵！这时再不必用什么制帽勋章来表明阔人和窄人了，只要一看头之有无，便知道主奴，官民，上下，贵贱的区别。并且也不至于再闹什么革命，共和，会议等等的乱子了，单是电报，就要省下许多许多来。古人毕竟聪明，仿佛早想到过这样的东西，《山海经》上就记载着一种名叫"刑天"的怪物。他没有了能想的头，却还活着，"以乳为目，以脐为口"，——这一点想得很周到，否则他怎么看，怎么吃呢，——实在是很值得奉为师法的。假使我们的国民都能这样，阔人又何等安全快乐？但他又"执干戚而舞"，则似乎还是死也不肯安分，和我那专为阔人图便利而设的理想底好国民又不同。陶潜先生又有诗道："刑天舞干戚，猛志固常在。"连这位貌似旷达的老隐士也这么说，可见无头也会仍有猛志，阔人的天下一时总怕难得太平的了。但有了太多的"特殊知识阶级"的国民，也许有特在例外的希望；况且精神文明太高了之后，精神的头就会提前飞去，区区物质的头的有无也算不得什么难问题。

1925 年 4 月 22 日

(《鲁迅全集》[五]，人民文学出版社，1998 年)

《影的告别》《春末闲谈》导读　　**拓展阅读**

拓展阅读

1. 汪卫东:《野草》的"诗心"
2. 徐张杰:论鲁迅向个体生命寻求"和谐"的艺术精神——以散文诗《影的告别》透析
3. 张中良:论鲁迅杂文的审美构成

推 背 图

鲁 迅

我这里所用的"推背"的意思,是说:从反面来推测未来的情形。

上月的《自由谈》里,就有一篇《正面文章反看法》,这是令人毛骨悚然的文字。因为得到这一个结论的时候,先前一定经过许多苦楚的经验,见过许多可怜的牺牲。本草家提起笔来,写道:砒霜,大毒。字不过四个,但他却确切知道了这东西曾经毒死过若干性命的了。

里巷间有一个笑话:某甲将银子三十两埋在地里面,怕人知道,就在上面竖一块木板,写道:"此地无银三十两。"隔壁的阿二因此却将这掘去了,也怕人发觉,就在木板的那一面添上一句道,"隔壁阿二勿曾偷。"这就是在教人"正面文章反看法"。

但我们日日所见的文章,却不能这么简单。有明说要做,其实不做的;有明说不做,其实要做的;有明说做这样,其实做那样的;有其实自己要这么做,倒说别人要这么做的;有一声不响,而其实倒做了的。然而也有说这样,竟这样的。难就在这地方。

例如近几天报章上记载着的要闻罢:

一、××军在××血战,杀敌××××人。

二、××谈话:决不与日本直接交涉,仍然不改初衷,抵抗到底。

三、芳泽来华,据云系私人事件。

四、共党联日,该伪中央已派丁部××赴口接洽。

五、××××……

倘使都当反面文章看,可就太骇人了。但报上也有"莫干山路草棚船百余只大火","××××廉价只有四天了"等大概无须"推背"的记载,于是乎我们就又胡涂起来。

听说,《推背图》本是灵验的,某朝某帝怕他淆惑人心,就添了些假造的在里面,因此弄得不能豫知了,必待事实证明之后,人们这才恍然大悟。

我们也只好等着看事实,幸而大概是不很久的,总出不了今年。

四月二日

(《鲁迅全集》[一],人民文学出版社,1998年)

寄小读者

冰 心

亲爱的小朋友：

我常喜欢挨坐在母亲的旁边，挽住她的衣袖，央求她述说我幼年的事。

母亲凝想地，含笑地，低低地说：

"不过有三个月罢了，偏已是这般多病。听见端药杯的人的脚步声，已知道惊怕啼哭。许多人围在床前，乞怜的眼光，不望着别人，只向着我，似乎已经从人群里认识了你的母亲！"

这时眼泪已湿了我们两个人的眼角！

"你的弥月到了，穿着舅母送的水红绸子的衣服，戴着青缎沿边的大红帽子，抱出到厅堂前。因看你丰满红润的面庞，使我在姊妹妯娌群中，起了骄傲。"

"只有七个月，我们都在海舟上，我抱你站在栏旁。海波声中，你已会呼唤'妈妈'和'姊姊'。"

对于这件事，父亲和母亲还不时地起争论。父亲说世上没有七个月会说话的孩子。母亲坚执说是的。在我们家庭历史中，这事至今是件疑案。

"浓睡之中猛然听得丐妇求乞的声音，以为母亲已被她们带去了。冷汗被面地惊坐起来，脸和唇都青了，呜咽不能成声。我从后屋连忙进来，珍重的揽住，经过了无数的解释和安慰。自此后，便是睡着，我也不敢轻易地离开你的床前。"

这一节，我仿佛记得，我听时写时都重新起了呜咽！

"有一次你病得重极了，地上铺着席子，我抱着你在上面膝行。正是暑月，你父亲又不在家。你断断续续说的几句话，都不是三岁的孩子所能够说的。因着你奇异的智慧，增加了我无名的恐怖。我打电报给你父亲，说我身体和灵魂上都已不能再支持。忽然一阵大风雨，深忧的我，重病的你，和你疲乏的乳母，都沉沉地睡了一大觉。这一番风雨，把你又从死神的怀抱里，接了过来。"

我不信我智慧，我又信我智慧！母亲以智慧的眼光，看万物都是智慧的,何况她的唯一挚爱的女儿?

"头发又短,又没有一刻肯安静。早晨这左右两条小辫子,总是梳不起来。没有法子,父亲就来帮忙,'站好了,站好了,要照相了!'父亲拿着照相匣子,假作照着。又短又粗的两个小辫子,好容易天天这样地将就地编好了。"

我奇怪我竟不懂得向父亲索要我每天照的相片!

"陈妈的女儿宝姐,是你的好朋友。她来了,我就关你们两个人在屋里,我自己睡午觉。等我醒来,一切的玩具,小人小马,都当做船,飘浮在脸盆的水里,地上已是水汪汪的。"

宝姐是我一个神秘的朋友,我自始至终不记得,不认识她。然而从母亲口里,我深深地爱了她。

"已经三岁了,或者快四岁了。父亲带你到他的兵舰上去,大家匆匆的替你换上衣服。你自己不知什么时候,把一只小木鹿,放在小靴子里。到船上只要父亲抱着,自己一步也不肯走。放到地上走时,只是一跛一跛的。大家奇怪了,脱下靴子,发现了小木鹿。父亲和他的许多朋友都笑了。——傻孩子!你怎么不会说?"

母亲笑了,我也伏在她的膝上羞愧地笑了。——回想起来,她的质问,和我的羞愧,都是一点理由没有的。十几年前的事,提起当面前事说,真是无谓。然而那时我们中间弥漫了痴和爱!

"你最怕我凝神,我至今不知是什么缘故。每逢我凝望窗外,或是稍微地呆了一呆,你就过来呼唤我,摇撼我,说:'妈妈,你的眼睛怎么不动了?'我有时喜欢你来抱住我,便故意地凝神不动。"

我自己也不知道是什么缘故。也许母亲凝神,多是忧愁的时候,我要搅乱她的思路,也未可知。——无论如何,这是个隐谜!

"然而你自己却也喜凝神。天天吃着饭,呆呆地望着壁上的字画,桌上的钟和花瓶,一碗饭数米粒似的,吃了好几点钟。我急了,便把一切都挪移开。"

这件事我记得,而且很清楚,因为独坐沉思的脾气至今不改。

当她说这些事的时候,我总是脸上堆着笑,眼里满了泪,听完了用她的衣袖来印我的眼角,静静地伏在她的膝上。这时宇宙已经没有了,只母亲和我,最后我也没有了,只有母亲:因为我本是她的一部分!

这是如何可惊喜的事,从母亲口中,逐渐的发现了,完成了我自己!她从最初已知道我,认识我,喜爱我,在我不知道不承认世界上有个我的时候,她已爱了我了。我从三岁上,才慢慢地在宇宙中寻到了自己,爱了自己,认识了自己；然而我所知道的自己，不过是母亲意念中的百分之一，千万分之一。

小朋友！当你寻见了世界上有一个人，认识你，知道你，爱你，都千百倍地胜过你自己的时候，你怎能不感激，不流泪，不死心塌地地爱她，而且死心塌地的容她爱你？

有一次，幼小的我，忽然走到母亲面前，仰着脸问说"妈妈，你到底为什么爱我？"母亲放下针线，用她的面颊，抵住我的前额，温柔地、不迟疑地说："不为什么，——只因你是我的女儿！"

小朋友！我不信世界上没有人能说这句话！"不为什么"这四个字，从她口里说出来，何等刚决，何等无回旋！她爱我，不是因为我是"冰心"，或是其他人世间的一切虚伪的称呼和名字！她的爱是不附带任何条件的，唯一的理由，就是我是她的女儿。总之，她的爱，是摒除一切，拂拭一切，层层的挥开我前后左右所蒙罩的，使我成为"今我"的原素，而直接地来爱我的自身。

假使我走至幕后，将我二十年的历史和一切都更变了，再走出到她面前，世界上都没有一个人认识我，只要我仍是她的女儿，她就仍用她坚强无尽的爱来包围我。她爱我的肉体，她爱我的灵魂，她爱我前后左右，过去，将来，现在的一切！

天上的星辰，骤雨般落在大海上，嗤嗤繁响。海波如山一般地汹涌，一切楼屋都在地上旋转，天如同一张蓝纸卷了起来。树叶子满空飞舞，鸟儿归巢，走兽躲到它的洞穴。万象纷乱中，只要我能寻到她，投到她的怀里……天地一切都信她！她对于我的爱，不因着万物毁灭而变更！

她的爱不但包围我，而且普遍地包围着一切爱我的人；而且因着爱我，她也爱了天下的儿女，她更爱了天下的母亲。小朋友！告诉你一句小孩子以为是极浅显，而大人们以为是极高深的话，"世界便是这样的建造起来的！"

世界上没有两件事物，是完全相同的，同在你头上的两根丝发，也不能一般长短。然而——请小朋友们和我同声赞美！——只有普天下的母亲的爱，或隐或显，或出或没，不论你用斗量，用尺量，或是用心灵的度量衡来推测；我的母亲对于我，你的母亲对于你，她的和他的母亲对于她和他；她们的爱是一般的长阔高深，分毫都不差减。小朋友！我敢说，也敢信古往今来，没有一个敢来驳我这句话。当我发觉了这神圣的秘密的时候，我竟欢喜感动得伏案痛哭！

我的心潮，沸涌到最高度，我知道于我的病体是不相宜的，而且我更知道我所写的都不出乎你们的智慧范围之外。——窗外正是下着紧一阵慢一阵的秋雨,玫瑰花的香气,也正无声地赞美她们的"自然母亲"的爱!

我现在不在母亲的身畔,——但我知道她的爱没有一刻离开我,她自己也如此说!——暂时无从再打听关于我的幼年的消息;然而我会写信给我的母亲。我说:"亲爱的母亲,请你将我所不知道的关于我的事,随时记下寄来给我。我现在正是考古家一般地,要从深知我的你口中,研究我神秘的自己。"

被上帝祝福的小朋友!你们正在母亲的怀里。——小朋友!我教给你,你看完了这一封信,放下报纸,就快快跑去找你的母亲——若是她出去了,就去坐在门槛上,静静地等她回来——不论在屋里或是院中,把她寻见了,你便上去攀住她,左右亲她的脸,你说:"母亲!若是你有工夫,请你将我小时候的事情,说给我听!"等她坐下了,你便坐在她的膝上,倚在她的胸前,你听得见她心脉和缓地跳动,你仰着脸,会有无数关于你的,你所不知道的美妙的故事,从她口里天乐一般地唱将出来!

然后,——小朋友!我愿你告诉我,她对你所说的都是什么事。

我现在正病着,没有母亲坐在旁边,小朋友一定怜念我,然而我有说不尽的感谢!造物者将我交付给我母亲的时候,竟赋予了我以记忆的心才;现在又从忙碌的课程中替我匀出七日夜来,回想母亲的爱。我病中光阴,因着这回想,寸寸都是甜蜜的。

小朋友,再谈吧,致我的爱与你们的母亲!

你的朋友冰心

1923年12月5日晨,圣卜生疗养院,威尔斯利

(《寄小读者》,商务印书馆,2015年)

《寄小读者》导读　　**拓展阅读**

拓展阅读

徐敏:论冰心散文的审美观照方式及其形成——读《寄小读者》

我所知道的康桥

徐志摩

（一）

我这一生的周折，大都寻得出感情的线索。不论别的，单说求学。我到英国是为要从罗素。罗素来中国时，我已经在美国。他那不确的死耗传到的时候，我真的出眼泪不够，还做悼诗来了。他没有死，我自然高兴。我摆脱了哥伦比亚大学博士衔的引诱，买船票过大西洋，想跟这位二十世纪的福禄泰尔认真念一点书去。谁知一到英国才知道事情变样了：一为他在战时主张和平，二为他离婚，罗素叫康桥给除名了，他原来是 Trinity College 的 Fellow，这来他的 Fellowship 也给取销了。他回英国后就在伦敦住下，夫妻两人卖文章过日子。因此我也不曾遂我从学的始愿。我在伦敦政治经济学院里混了半年，正感着闷想换路走的时候，我认识了狄更生先生。狄更生——Galsworthy Lowes Dickinson——是一个有名的作者，他的《一个中国人的通信》(*Letters From John Chinaman*) 与《一个现代聚餐谈话》(*A Modern Symposium*) 两本小册子早得了我的景仰。我第一次会着他是在伦敦国际联盟协会席上，那天林宗孟先生演说，他做主席；第二次是宗孟寓里吃茶，有他。以后我常到他家里去。他看出我的烦闷，劝我到康桥去，他自己是王家学院 (King's College) 的 Fellow。我就写信去问两个学院，回信都说学额早满了，随后还是狄更生先生替我去在他的学院里说好了，给我一个特别生的资格，随意选科听讲。从此黑方巾黑披袍的风光也被我占着了。初起我在离康桥六英里的乡下叫沙士顿的地方租了几间小屋住下，同居的有我从前的夫人张幼仪女士与郭虞裳君。每天一早我坐街车（有时自行车）上学，到晚回家。这样的生活过了一个春，但我在康桥还只是个陌生人，谁都不认识，康桥的生活，可以说完全不曾尝着，我知道的只是一个图书馆，几个课室，和三两个吃便宜饭的茶食铺子。狄更生常在伦敦或是大陆上，所以也不常见他。那年的秋季我一个人回到康桥,整整有一学年,那时我才有机会接近真正的康桥生活,同时我也慢慢的"发见"了康桥。我不曾知道过更大的愉快。

(二)

"单独"是一个耐寻味的现象。我有时想它是任何发见的第一个条件。你要发见你的朋友的"真",你得有与他单独相处的机会。你要发见你自己的真,你得给你自己一个单独的机会。你要发见一个地方(地方一样有灵性),你也得有单独玩的机会。我们这一辈子,认真说,能认识几个人?能认识几个地方?我们都是太匆忙,太没有单独的机会。说实话,我连我的本乡都没有什么了解。康桥我要算有相当交情的,再次许只有新认识的翡冷翠了。阿,那些清晨,那些黄昏,我一个人发痴似的在康桥!绝对的单独。

但一个人要写他最心爱的对象,不论是人是地,是多么使他为难的一个工作?你怕,你怕描坏了它,你怕说过分了恼了它,你怕说太谨慎了辜负了它。我现在想写康桥,也正是这样的心理,我不曾写,我就知道这回是写不好的——况且又是临时逼出来的事情。但我却不能不写,上期预告已经出去了。我想勉强分两节写,一是我所知道的康桥的天然景色,一是我所知道的康桥的学生生活。我今晚只能极简的写些,等以后有兴会时再补。

(三)

康桥的灵性全在一条河上:康河,我敢说,是全世界最秀丽的一条水。河的名是葛兰大(Granta),也有叫康河(River Cam)的,许有上下流的区别,我不甚清楚。河身多的是曲折,上游是有名的拜伦潭——"Byron's Pool"——当年拜伦常在那里玩的;有一个老村子叫格兰骞斯德,有一个果子园,你可以躺在累累的桃李树荫下吃茶,花果会掉入你的茶杯,小雀子会到你桌上来啄食,那真是别有一番天地。这是上游;下游是从骞斯德顿下去,河面展开,那是春夏间竞舟的场所。上下河分界处有一个坝筑,水流急得很,在星光下听水声,听近村晚钟声,听河畔老牛刍草声,是我康桥经验中最神秘的一种:大自然的优美,宁静,调谐在这星光与波光的默契中不期然的淹入了你的性灵。

但康河的精华是在它的中权,著名的"Backs",这两岸是几个最蜚声的学院的建筑。从上面下来是Pembroke, St. Katharine's, King's, Clare, Trinity,

St. John's。最令人留连的一节是克莱亚与王家学院的毗连处,克莱亚的秀丽紧邻着王家教堂(King's Chapel)的闳伟。别的地方尽有更美更庄严的建筑,例如巴黎赛因河的罗浮宫一带,威尼斯的利阿尔多大桥的两岸,翡冷翠维基乌大桥的周遭;但康桥的"Backs"自有它的特长,这不容易用一二个状词来概括,它那脱离尽尘埃气的一种清澈秀逸的意境可说是超出了画图而化生了音乐的神味。再没有比这一群建筑更调谐更匀称的了!论画,可比的许只有柯罗(Corot)的田野;论音乐,可比的许只有萧班(Chopin)的夜曲。就这也不能给你依稀的印象,它给你的美感简直是神灵性的一种。

假如你站在王家学院桥边的那棵大椈树荫下眺望,右侧面,隔着一大方浅草坪,是我们的校友居(Fellows Building),那年代并不早,但它的妩媚也是不可掩的,它那苍白的石壁上春夏间满缀着艳色的蔷薇在和风中摇颤,更移左是那教堂,森林似的尖阁不可淹的永远直指着天空;更左是克莱亚,阿!那不可信的玲珑的方庭,谁说这不是圣克莱亚(St. Clare)的化身,那一块石上不闪耀着她当年圣洁的精神?在克莱亚后背隐约可辨的是康桥最潢贵最骄纵的三清学院(Trinity),它那临河的图书楼上坐镇着拜伦神采惊人的雕像。

但这时你的注意早已叫克莱亚的三环洞桥魔术似的摄住。你见过西湖白堤上的西泠断桥不是(可怜它们早已叫代表近代丑恶精神的汽车公司给踩平了,现在他们跟着苍凉的雷峰塔永远辞别了人间)?你忘不了那桥上斑驳的苍苔,木栅的古色,与那桥拱下泄露的湖光与山色不是?克莱亚并没有那样体面的衬托,它也不比庐山栖贤寺旁的观音桥,上瞰五老的奇峰,下临深潭与飞瀑;他只是怯怜怜的一座三环洞的小桥,它那桥洞间也只掩映着细纹的波鳞与婆娑的树影,它那桥上栏比的小穿阑与阑节顶上双双的白石球,也只是村姑子头上不夸张的香草与野花一类的装饰;但你凝神的看着,更凝神的看着,你再反省你的心境,看还有一丝屑的俗念沾滞不?只要你审美的本能不曾泯灭时,这是你的机会实现纯粹美感的神奇!

但你还得选你赏鉴的时辰。英国的天时与气候是走极端的,冬天是荒谬的坏,逢着连绵的雾盲天你一定不迟疑的甘愿进地狱本身去试试;春天(英国是几乎没有夏天的)是更荒谬的可爱,尤其是它那四五月间最渐缓最艳丽的黄昏,那才真是寸寸黄金。在康河边上过一个黄昏是一服灵魂的补剂。阿!我那时蜜甜的单独,那时甜蜜的闲暇,一晚又一晚的,只见我出神似的倚在桥阑上向西天凝望:——

　　看一回凝静的桥影,
　　数一数螺细的波纹:

>我倚暖了石阑的青苔,
>青苔凉透了我的心坎;……

还有几句更笨重的怎能仿佛那游丝似轻妙的情景:

>难忘七月的黄昏,远树凝寂,
>像墨泼的山形,衬出轻柔暝色,
>密稠稠,七分鹅黄,三分橘绿,
>那妙意只可去秋梦边缘捕捉;……

(四)

这河身的两岸都是四季常青最葱翠的草坪,从校友居的楼上望去,对岸草场上,不论早晚,永远有十数匹黄牛与白马,胫蹄没在恣蔓的草丛中,从容的在咬嚼,星星的黄花在风中动荡,应和着它们尾鬃的扫拂。桥的两端有斜倚的垂柳与椈荫护住。水是澈底的清澄,深不足四尺,匀匀的长着长条的水草。这岸边的草坪又是我的爱宠,在清朝,在傍晚,我常去这天然的织锦上坐地,有时读书,有时看水;有时仰卧着看天空的行云,有时反仆着搂抱大地的温软。

但河上的风流还不止两岸的秀丽。你得买船去玩。船不止一种:有普通的双桨划船,有轻快的薄皮舟(Canoe),有最别致的长形撑篙船(Punt)。最末的一种是别处不常有的:约莫有二丈长,三尺宽,你站直在船梢上用长竿撑着走的。这撑是一种技术。我手脚太蠢,始终不曾学会。你初起手尝试时,容易把船身横住在河中,东颠西撞的狼狈。英国人是不轻易开口笑人的,但是小心他们不出声的皱眉! 也不知有多少次河中本来优闲的秩序叫我这莽撞的外行给搅乱了。我真的始终不曾学会:每回我不服输去租船再试的时候,有一个白胡子的船家往往带讥讽的对我说:"先生,这撑船费劲,天热累人,还是拿个薄皮舟溜溜吧!"我那里肯听话,长篙子一点就把船撑了开去,结果还是把河身一段段的腰斩了去!

你站在桥上去看人家撑,那多不费劲,多美! 尤其在礼拜天有几个专家的女郎,穿一身缟素衣服,裙裾在风前悠悠的飘着,戴一顶宽边的薄纱帽,帽影在水草间颤动,你看他们出桥洞时的姿态,捻起一根竟像没分量的长竿,只轻轻的,不经心的往波心里一点,身子微微的一蹲,这船身便波的转出了桥影,翠条鱼似的向前滑了去。她们那敏捷,那闲暇,那轻盈,真是值得歌咏的。

在初夏阳光渐暖时你去买一支小船,划去桥边荫下躺着念你的书或是做你的梦,槐花香在水面上飘浮,鱼群的唼喋声在你的耳边挑逗。或是在初秋的黄昏,近着新月的寒光,望上流僻静处远去。爱热闹的少年们携着他们的女友,在船沿上支着双双的东洋彩纸灯,带着话匣子,船心里用软垫铺着,也开向无人迹处去享他们的野福——谁不爱听那水底翻的音乐在静定的河上描写梦意与春光!

住惯城市的人不易知道季候的变迁。看见叶子掉知道是秋,看见叶子绿知道是春;天冷了装炉子,天热了拆炉子;脱下棉袍,换上夹袍,脱下夹袍,穿上单袍;不过如此罢了。天上星斗的消息,地下泥土里的消息,空中风吹的消息,都不关我们的事。忙着哪,这样那样事情多着,谁耐烦管星星的移转,花草的消长,风云的变幻?同时我们抱怨我们的生活,苦痛,烦闷,拘束,枯燥,谁肯承认做人是快乐?谁不多少回咒诅人生?

但不满意的生活大都是由于自取的。我是一个生命的信仰者,我信生活决不是我们大多数人仅仅从自身经验推得的那样暗惨。我们的病根是在"忘本"。人是自然的产儿,就比枝头的花与鸟是自然的产儿;但我们不幸是文明人,人世深似一天,离自然远似一天。离开了泥土的花草,离开了水的鱼,能快活吗?能生存吗?从大自然,我们取得我们的生命;从大自然,我们分取得我们继续的资养。那一株婆娑的大木没有盘错的根柢深入在无尽藏的地里?我们是永远不能独立的。有幸福是永远不离母亲抚育的孩子,有健康是永远接近自然的人们。不必一定与鹿豕游,不必一定回"洞府"去:为医治我们当前生活枯窘,只要"不完全遗忘自然"一张轻淡的药方,我们的病相就有缓和的希望。在青草里打几个滚,到海水里洗几次浴,到高处去看几次朝霞与晚照——你肩背上的负担就会轻松了去的。

这是极肤浅的道理,当然。但我要没有过康桥的日子,我就不会有这样的自信。我这一辈子就只那一春,说也可怜,算是不曾虚度。就只那一春,我的生活是自然的,是真愉快的!(虽则碰巧那也是我最感受人生痛苦的时期。)我那时有的是闲暇,有的是自由,有的是绝对单独的机会。说也奇怪,竟像是第一次,我辨认了星月的光明,草的青,花的香,流水的殷勤。我能忘记那初春的睥睨吗?曾经有多少个清晨我独自冒着冷去薄霜铺地的林子里闲步——为听鸟语,为盼朝阳,为寻泥土里渐次苏醒的花草,为体会最微细最神妙的春信。阿,那是新来的画眉在那边凋不尽的青枝上试它的新声!阿,这是第一朵小雪球花挣出了半冻的地面!阿,这不是新来的潮润沾上了寂寞的柳条?

静极了,这朝来水溶溶的大道,只远处牛奶车的铃声,点缀这周遭的沉默。顺着这大道走去,走到尽头,再转入林子里的小径,往烟雾浓密处走去,头顶是交枝的榆荫,透露着漠楞楞的曙色;再往前走去,走尽这林子,当前是平坦的原野,望见了村舍,初青的麦田,更远三两个馒头形的小山掩住了一条通道。天边是雾茫茫的,尖尖的黑影是近村的教寺。听,那晓钟和缓的清音。这一带是此邦中部的平原,地形像是海里的轻波,默沉沉的起伏;山岭是望不见的,有的是常青的草原与沃腴的田壤。登那土阜上望去,康桥只是一带茂林,拥戴着几处娉婷的尖阁。妩媚的康河也望不见踪迹,你只能循着那锦带似的林木想像那一流清浅。村舍与树林是这地盘上的棋子,有村舍处有佳荫,有佳荫处有村舍。这早起是看炊烟的时辰;朝雾渐渐的升起,揭开了这灰苍苍的天幕,(最好是微霞后的光景)远近的炊烟,成丝的,成缕的,成卷的,轻快的,迟重的,浓灰的,淡青的,惨白的,在静定的朝气里渐渐的上腾,渐渐的不见,仿佛是朝来人们的祈祷,参差的翳入了天听。朝阳是难得见的,这初春的天气。但它来时是起早人莫大的愉快。顷刻间这田野添深了颜色,一层轻纱似的金粉糁上了这草,这树,这通道,这庄舍。顷刻间这周遭弥漫了清晨富丽的温柔。顷刻间你的心怀也分润了白天诞生的光荣。"春"!这胜利的晴空仿佛在你的耳边私语。"春"!你那快活的灵魂也仿佛在那里回响。

伺候着河上的风光,这春来一天有一天的消息。关心石上的苔痕,关心败草里的花鲜。关心这水流的缓急,关心水草的滋长,关心天上的云霞,关心新来的鸟语。怯怜怜的小雪球是探春信的小使。铃兰与香草是欢喜的初声。窈窕的莲馨,玲珑的石水仙,爱热闹的克罗克斯,耐辛苦的蒲公英与雏菊——这时候春光已是缦烂在人间,更不须殷勤问讯。

瑰丽的春放。这是你野游的时期。可爱的路政,这里不比中国,那一处不是坦荡荡的大道?徒步是一个愉快,但骑自转车是一个更大的愉快。在康桥骑车是普遍的技术;妇人,稚子,老翁,一致享受这双轮舞的快乐。(在康桥听说自转车是不怕人偷的,就为人人都自己有车,没人要偷。)任你选一个方向,任你上一条通道,顺着这带草味的和风,放轮远去,保管你这半天的逍遥是你性灵的补剂。——这道上有的是清荫与美草,随地都可以供你休憩。你如爱花,这里多的是锦绣似的草原。你如爱鸟,这里多的是巧啭的鸣禽。你如爱儿童,这乡间到处是可亲的稚子。你如爱人情,这里多的是不嫌远客的乡人,你到处可以"挂单"借宿,有酪浆与嫩薯供你饱餐,有夺目的果鲜恣你尝新。你如爱酒,这乡间每"望"都为你储有上好的新酿,黑啤如太浓,苹果酒姜酒都是供你解渴润肺的……。带一卷书,走十里路,选一块清静地,看天,听鸟,读书,倦了时,和身在草绵绵处寻梦去——你能想像更适性的消遣吗?

　　陆放翁有一联诗句:"传呼快马迎新月,却上轻舆趁晚凉";这是做地方官的风流。我在康桥时虽没马骑,没轿子坐,却也有我的风流:我常常在夕阳西晒时骑了车迎着天边扁大的日头直追。日头是追不到的,我没有夸父的荒诞,但晚景的温存却被我这样偷尝了不少。有三两幅画图似的经验至今还栩栩的留着。只说看夕阳,我们平常只知道登山或是临海,但实际只须辽阔的天际,平地上的晚霞有时也是一样的神奇。有一次我赶到一个地方,手把着一家村庄的篱笆隔着一大田的麦浪,看西天的变幻。有一次是正冲着一条宽广的大道,过来一大群羊,放草归来的,偌大的太阳在它们后背放射着万缕的金辉,天上却是乌青青的,只剩这不可逼视的威光中的一条大路,一群生物!我心头顿时感着神异性的压迫,我真的跪下了,对着这冉冉渐翳的金光。再有一次是更不可忘的奇景,那是临着一大片望不到头的草原,满开着艳红的罂粟,在青草里亭亭的像是万盏的金灯,阳光从褐色云里斜着过来,幻成一种异样的紫色,透明似的不可逼视,霎那间在我迷眩了的视觉中,这草田变成了……不说也罢,说来你们也是不信的!

　　一别二年多了,康桥,谁知我这思乡的隐忧?也不想别的,我只要那晚钟撼动的黄昏,没遮拦的田野,独自斜俯在软草里,看第一个大星在天边出现!

1926 年 1 月 15 日

(《徐志摩全集》,商务印书馆,2019 年)

清华大学王观堂先生纪念碑铭

陈寅恪

海宁王先生自沉后二年,清华研究院同人咸怀思不能自已。其弟子受先生之陶冶煦育者有年,尤思有以永其念。佥曰,宜铭之贞珉,以昭示于无竟。因以刻石之词命寅恪,数辞不获已,谨举先生之志事,以普告天下后世。其词曰:士之读书治学,盖将以脱心志于俗谛之桎梏,真理因得以发扬。思想而不自由,毋宁死耳。斯古今仁圣所同殉之精义,夫岂庸鄙之敢望。先生以一死见其独立自由之意志,非所论于一人之恩怨,一姓之兴亡。呜呼!树兹石于讲舍,系哀思而不忘。表哲人之奇节,诉真宰之茫茫。来世不可知者也,先生之著述,或有时而不章。先生之学说,或有时而可商。惟此独立之精神,自由之思想,历千万祀,与天壤而同久,共三光而永光。

王静安先生遗书序

陈寅恪

王静安先生既殁,罗雪堂先生刊其遗书四集。后五年,先生之门人赵斐云教授,复采辑编校其前后已刊未刊之作,共为若干卷,刊行于世。先生之弟哲安教授,命寅恪为之序。寅恪虽不足以知先生之学,亦尝读先生之书,故受命不辞。谨以所见质正于天下后世之同读先生之书者。自昔大师巨子,其关系于民族盛衰学术兴废者,不仅在能承续先哲将坠之业,为其托命之人,而尤在能开拓学术之区宇,补前修所未逮。故其著作可以转移一时之风气,以示来者以轨则也。先生之学博矣,精矣,几若无涯岸之可望,辙迹之可寻。然详绎遗书,其学术内容及治学方法,殆可举三目以概括之者。

一曰取地下之实物与纸上之遗文互相释证。凡属于考古学及上古史之作，如"殷卜辞中所见先公先王考"及"鬼方昆夷玁狁考"等是也。

二曰取异族之故书与吾国之旧籍互相补正。凡属于辽金元史事及边疆地理之作，如"萌古考"及"元朝秘史之主因亦儿坚考"等是也。

三曰取外来之观念，与固有之材料互相参证。凡属于文艺批评及小说戏曲之作，如《红楼梦》评论及"宋元戏曲考""唐宋大曲考"等是也。

此三类之著作，其学术性质固有异同，所用方法亦不尽符会，要皆足以转移一时之风气，而示来者以轨则。吾国他日文史考据之学，范围纵广，途径纵多，恐亦无以远出三类之外。此先生之书所以为吾国近代学术界最重要之产物也。今先生之书，流布于世，世之人大抵能称道其学，独于其平生之志事，颇多不能解，因而有是非之论。寅恪以谓古今中外志士仁人，往往憔悴忧伤，继之以死。其所伤之事，所死之故，不止局于一时间一地域而已。盖别有超越时间地域之理性存焉。而此超越时间地域之理性，必非其同时间地域之众人所能共喻。然则先生之志事，多为世人所不解，因而有是非之论者，又何足怪耶？尝综揽吾国三十年来，人世之剧变至异，等量而齐观之，诚庄生所谓彼亦一是非，此亦一是非者。若就彼此所是非者言之，则彼此终古末由共喻，以其互局于一时间一地域故也。

呜呼！神州之外，更有九州。今世之后，更有来世。其间傥亦有能读先生之书者乎？如果有之，则其人于先生之书，钻味既深，神理相接，不但能想见先生之人，想见先生之世，或者更能心喻先生之奇哀遗恨于一时一地，彼此是非之表欤？一千九百三十四年岁次甲戌六月三日陈寅恪谨序。

（《陈寅恪文集之三 金明馆丛稿二编》，上海古籍出版社，1980年）

墓

何其芳

初秋的薄暮。翠岩的横屏环拥出旷大的草地,有常绿的柏树作天幕,曲曲的清溪流泻着幽冷。以外是碎瓷上的图案似的田亩,阡陌高下的毗连着,黄金的稻穗起伏着丰实的波浪,微风传送出成熟的香味。黄昏如晚汐一样淹没了草虫的鸣声,野蜂的翅。快下山的夕阳如柔和的目光,如爱抚的手指从平畴伸过来,从林叶探进来,落在溪边一个小墓碑上,摩着那白色的碑石,仿佛读出上面镌着的朱字:柳氏小女铃铃之墓。

这儿睡着的是一个美丽的灵魂。

这儿睡着的是一个农家的女孩,和她十六载静静的光阴,从那茅檐下过逝的,从那有泥蜂做巢的木窗里过逝的,从俯嚼着地草的羊儿的角尖,和那濯过她的手,回应过她寂寞的捣衣声的池塘里过逝的。

她有黑的眼睛,黑的头发,和浅油黑的肤色。但她的脸颊,她的双手有时是微红的,在走了一段急路的时候,回忆起一个羞涩的梦的时候,或者三月的阳光满满的晒着她的时候。照过她的影子的溪水会告诉你。

她是一个有好心肠的姑娘,她会说极和气的话,常常小心的把自己放在谦卑的地位。亲过她的足的山草会告诉你,被她用死了的蜻蜓宴请过的小蚁会告诉你,她一切小小的侣伴都会告诉你。

是的,她有许多小小的侣伴,她长成一个高高的女郎了不与它们生疏。

她对一朵刚开的花说,"给我讲一个故事,一个快乐的。"对照进她的小窗的星星说,"给我讲一个故事,一个悲哀的。"

当她清早起来到柳树旁的井里去提水,准备帮助她的母亲作晨餐,径间遇着她侣伴都向她说,"晨安。"她也说,"晨安。""告诉我们你昨夜做的梦。"她却笑着说,"不告诉你。"

当农事忙的时候,她会给她的父亲把饭送到田间去。

当蚕子初出卵的时候,她会采摘最嫩的桑叶放在篮儿里带回来,用布巾揩干那上面的露水,而且用刀切成细细的条儿去喂它们。四眠过后,她会用指头捉起一个个肥大的蚕,在光线里透视,"它腹里完全亮了。"然后放到成束的菜子杆上去。

她会同母亲一块儿去把屋后的麻茎割下,放在水里浸着,然后用刀打出白色的麻来。她会把麻分成极纤微的丝,然后用指头绩成细纱,一圈圈的放满竹筐。

她有一个小手纺车,还是她祖母留传下来的。她常常纺着棉,听那轮子唱着单调的歌,说着永远雷同的故事。她不厌烦,只在心里偷笑着,"真是一个老婆子。"

她是快乐的。她是在寂寞的快乐里长大的。

她是期待甚么的。她有一个秘密的希冀,那希冀于她自己也是秘密的。她有做梦似的眼睛,常常迷漠的望着高高的天空,或是辽远的、辽远的山以外。

十六岁的春天的风吹着她的衣衫,她的发,她想悄悄的流一会儿泪。银色的月光照着,她想伸出手臂去拥抱它,向它说"我是太快乐,太快乐。"但又无理由的流下泪。她有一点忧愁在眉尖、有一点伤感在心里。

她用手紧握着每一个新鲜的早晨,而又放开手,叹一口气让每一个黄昏过去。

她小小的侣伴们都说她病了,只有它们稍稍关心她,知道她的。"你瞧,她常默默的。""你说,甚么能使她欢喜?"它们互相耳语着,担心她的健康,担心她郁郁的眸子。

菜圃里的红豆藤还是高高的缘上竹竿,南瓜还是肥硕的压在篱脚下,古老的桂树还是飘着金黄色的香气,这秋天完全如以前的秋天。

铃铃却瘦损了。

她期待的毕竟来了,那伟大的力,那黑暗的手遮到她眼前,冷的呼息透过她的心,那无声的灵语吩咐她睡下安息。"不是你,我期待的不是你,"她心里知道,但不说出。

快下山的夕阳如温暖的红色的唇,刚才吻过那小墓碑上"铃铃"二字的,又落到溪边的柳树下,树下有白藓的石上,石上坐着的年青人雪麟的衣衫上。他有和铃铃一样郁郁的眼睛,迷漠的望着。在那眼睛里展开了满山黄叶的秋天,展开了金风拂着的一泓秋水,展开了随着羊铃声转入深邃的牧女的梦。毕竟来了,铃铃期待的。

在花香与绿阴织成的春夜里,谁曾在梦里摘取过红熟的葡萄似的第一次蜜吻?谁曾梦过燕子化作年青的女郎来入梦,穿着燕翅色的衣衫?谁曾梦过一不相识的情侣来唔别,在她远嫁的前夕?

一个个春三月的梦呵,都如一片片你偶尔摘下的花瓣,夹在你手携的一册诗集里,你又偶尔在风雨之夕翻见,仍是盛开时的红艳,仍带着春天的香气。

雪麟从外面的世界带回来的就只一些梦,如一些饮空了的酒瓶,与他久别的乡土是应该给他一瓶未开封的新酿了。

雪麟见了铃铃的小墓碑,读了碑上的名字,如第一次相见就相悦的男女们,说了温柔的"再会"才分别。

以后他的影子就踯躅在这儿的每一个黄昏里。

他渐渐猜想着这女郎的身世,和她的性情,她的喜好,如我们初认识一个美丽的少女似的。他想到她是在寂寞的屋子里过着晨夕,她最爱着甚么颜色的衣衫,而且当她微笑时脸间就现出酒涡,羞涩的低下头去。他想到她在窗外种着一片地的指甲花,花开时就摘取几朵来用那红汁染她的小指甲,而这仅仅由于她小孩似的欢喜。

铃铃的侣伴们更会告诉他,当他猜想错了或是遗漏了的时候。

"她会不会喜欢我?"他在溪边散步时偷问那多嘴的流水。

"喜欢你。"他听见轻声的回语。

"她似乎没有朋友?"他又偷问溪边的野菊。

"是的,除了我们。"

于是有一个黄昏里他就遇见了这女郎。

"我有没有这样的荣幸,和你说几句话?"

他知道她羞涩的低垂的眼光是说着允许。

他们就并肩沿着小溪散步下去。

他向她说他是多大的年龄就离开这儿,这儿是她的乡土也是他的乡土。向她说他到过许多地方,听过许多地方的风雨。向她说江南与河水一样平的堤岸,北国四季都是风吹着沙土。向她说骆驼的铃声,槐花的清芬,红墙黄瓦的宫阙,最后说:

"我们的乡土却这样美丽。"

"是的,这样美丽。"他听见轻声的回语。

"完全是崭新的发见。我不曾梦过这小小的地方有这多的宝藏,不尽的惊异,不尽的欢喜。我真有点儿骄傲这是我的乡土。——但要请求你很大的谅恕,我从前竟没有认识你。"

他看见她羞涩的头低下去。

他们散步到黄昏的深处,散步到夜的阴影里。夜是怎样一个荒唐的絮语的梦呵,但对这一双初认识的男女还是谨慎的劝告他们别去。

他们伸出告别的手来,他们温情的手约了明天的会晤。

有时,他们散步倦了,坐在石上休憩。

"给我讲一个故事,要比黄昏讲得更好。"

他就讲着"小女人鱼"的故事。讲着那最年青,最美丽的人鱼公主怎样爱上那王子,怎样忍受着痛苦,变成一个哑女到人世去。当他讲到王子和别的女子结婚的那夜,她竟如巫妇所预言的变成了浮沫,铃铃感动得伏到他怀里。

有时,她望着他的眼睛问:

"你在外面爱没有爱过谁?"

"爱过……"他俯下吻她,怕她因为这两字生气。

"说。"

"但没有谁爱过我。我都只在心里偷偷的爱着。"

"谁呢?"

"一个穿白衫的玉立亭亭的;一个秋天里穿浅绿色的夹外衣的;一个在夏天的绿杨下穿红杏色的单衫的。"

"是怎样的女郎?"

"穿白衫的有你的身材;穿绿衫的有你的头发;穿红杏衫的有你的眼睛。"说完了,又俯下吻她。

晚秋的薄暮。田亩里的稻禾早已割下,枯黄的割茎在青天下说着荒凉。草虫的鸣声,野蜂的翅声都已无闻,原野被寂寥笼罩着,夕阳如一枝残忍的笔在溪边描出雪麟的影子,孤独的,瘦长的。他独语着,微笑着。他憔悴了。但他做梦似的眼睛却发出异样的光,幸福的光,满足的光,如从 Paradise 发出的。

一九三三年

(《画梦录》,人民文学出版社,2000 年)

扇上的烟云(代序)

何其芳

设若少女妆台间没有镜子,
成天凝望悬在壁上的宫扇,
扇上的楼阁如水中倒影,
染着剩粉残泪如烟云……

"你说我们的听觉视觉都有很可怜的限制吗?"

"是的。一夏天,我和一患色盲的人散步在农场上,顺手摘一朵红色的花给他,他说是蓝的。"

"那么你替他悲哀?"

"我倒是替我自己。"

"那么你相信着一些神秘的东西了。"

"我倒是喜欢想象着一些辽远的东西,一些不存在的人物,和许多在人类的地图上找不出名字的国土。我说不清有多少日夜,象故事里所说的一样,对着壁上的画出神遂走入画里去了。但我的墙壁是白色的。不过那金色的门,那不知是乐园还是地狱的门,确曾为我开启过而已。"

"那么你对于人生?"

"对于人生我动心的不过是它的表现。唉,自从我乘桴浮于海,一片风涛把我送到这荒岛上,我是很久很久没有和人攀谈了。今天我却有一点说话的兴致。"

"那么你就说吧?"

"我说,我说我这些日子来喜欢一半句古人之言。于我如浮云。我喜欢它是我一句文章的好注脚:不知何时起世上的事都使我厌倦。那时我刚倾听了一位丹麦王子的独语,一个真疯,一个佯狂,古今来如此冷落的宇宙都显得十分热闹,一滴之饮遂使我大有醉意,不禁出语惊人了。但我现在要称赞的是这个比喻的纯粹的表现,与它的含义无关。有时我真慨叹着取譬之难。以此长久不能忘记一位匈牙利作者,他的一篇文章里有了两个优美的比喻:在黄昏里,在酒店的窗子下,他说,许多劳苦人低垂着头象一些折了帆折了桅杆的船停泊在静寂的港口;后来他描写一位少女,就只轻轻一句,说她的眼睛亮着象金钥匙。"

"是说它们可以开启乐园或者地狱的门吗?"

"而我有一次低垂着头坐在车窗边,在黄昏里,随手翻完了一册忧郁的传记,于是我抬起头,望着天边的白烟,又思索着那写过一个故事叫作《烟》的人的一生。暮色与暮年。我到哪儿去?旅途的尽头等着我的是什么?我在车厢内各种不同的乘客的脸上得着一个回答了:那些刻满了厌倦与不幸的皱纹的脸,谁要静静的多望一会儿都将哭了起来或者发狂的。但是,在那边,有一幅美丽的少女的侧面剪影。暮色作了柔和的背景了。于是我对自己说,假若没有美丽的少女,世界上是多么寂寞呵。因为从她们,我们有时可以窥见那未被诅咒之前的夏娃的面目。于是我望着天边的云彩,正如那个自言见过天使和精灵的十八世纪的神秘歌人所说,在刹那间捉住了永恒。"

"你那时到哪儿去?你这些话又胡为而来?我一点也不能追踪你思想的道路。"

"于是我很珍惜着我的梦。并且想把它们细细的描画出来。"

"是一些什么梦?"

"首先我想描画在一个圆窗上。每当清晨良夜,我常打那下面经过,虽没有窥见人影,却听见过白色的花一样的叹息从那里面飘坠下来。但正在我踌躇之间,那个窗子消隐了。我再寻不着了。后来大概是一枝梦中彩笔,写出一行字给我看:分明一夜文君梦,只有青团扇子知。醒来不胜悲哀,仿佛真有过一段什么故事似的,我从此喜欢在荒凉的地方徘徊了。一夏天,当柔和的夜在街上移动时我走入了一座墓园。猛抬头,原来是一个明月夜,《齐谐》志怪之书里最常出现的境界。我坐在白石上,我的影子象一个黑色的猫。我忍不住伸手去摸它一摸,咦,我还以为是一个苦吟的女鬼遗下的一圈腰带呢,谁知拾起来乃是一把团扇。于是我带回去珍藏着,当我有工作的兴致时就取出来描画我的梦在那上面。"

"现在那扇子呢?"

"当我厌倦了我的乡土到这海上来遨游时,哪还记得把它带在我的身边呢?"

"那么一定遗留在你所从来的那个国土里了。"

"也不一定。"

"那么我将尽我一生之力,飘流到许多大陆上去找它。"

"只怕你找着那扇上的影子早已十分朦胧了。"

一九三六年二月二十二日夜半

(《画梦录》,人民文学出版社,2000年)

《〈扇上的烟云〉代序》导读　　拓展阅读

拓展阅读

1. 魏洪丘:"独语体"朦胧散文的独特创造——略论何其芳的《画梦录》
2. 杨思中:工笔重彩画离情——读何其芳《秋海棠》

雅　舍

梁实秋

　　到四川来，觉得此地人建造房屋最是经济。火烧过的砖，常常用来做柱子，孤零零的砌起四根砖柱，上面盖上一个木头架子，看上去瘦骨嶙峋，单薄得可怜；但是顶上铺了瓦，四面编了竹篦墙，墙上敷了泥灰，远远的看过去，没有人能说不像是座房子。我现在住的"雅舍"正是这样一座典型的房子。不消说，这房子有砖柱，有竹篦墙，一切特点都应有尽有。讲到住房，我的经验不算少，什么"上支下摘""前廊后厦""一楼一底""三上三下""亭子间""茅草棚""琼楼玉宇"和"摩天大厦"，各式各样，我都尝试过。我不住在那里，只要住得稍久，对那房子便发生感情，非不得已我还舍不得搬。这"雅舍"，我初来时仅求其能蔽风雨，并不敢存奢望，现在住了两个多月，我的好感油然而生。虽然我已渐渐感觉它并不能蔽风雨，因为有窗而无玻璃，风来则洞若凉亭，有瓦而空隙不少，雨来则渗如滴漏。纵然不能蔽风雨，"雅舍"还是自有它的个性。有个性就可爱。

　　"雅舍"的位置在半山腰，下距马路约有七八十层的土阶。前面是阡陌螺旋的稻田。再远望过去是几抹葱翠的远山；旁边有高粱地，有竹林，有水池，有粪坑，后面是荒僻的榛莽未除的土山坡，若说地点荒凉，则月明之夕，或风雨之日，亦常有客到，大抵好友不嫌路远，路远乃见情谊。客来则先爬几十级的土阶，进得屋来仍须上坡，因为屋内地板乃依山势而铺，一面高，一面低，坡度甚大，客来无不惊叹，我则久而安之，每日由书房走到饭厅是上坡，饭后鼓腹而出是下坡，亦不觉有大不便处。

　　"雅舍"共是六间，我居其二。篦墙不固，门窗不严，故我与邻人彼此均可互通声息。邻人轰饮作乐，咿唔诗章，喁喁细语，以及鼾声、喷嚏声、吮汤声、撕纸声、脱皮鞋声，均随时由门窗户壁的隙处荡漾而来，破我岑寂。入夜则鼠子瞰灯，才一合眼，鼠子便自由行动，或搬核桃在地板上顺坡而下，或吸灯油而推翻烛台，或攀援而上帐顶，或在门框桌脚上磨牙，使得人不得安枕。但是对于鼠子，我很惭愧的承认，我"没有法子"。"没有法子"一语是被外国人常常引用着的，以为这话最足代表中国人的懒惰隐忍的态度。其实我的对付鼠子并不懒惰。窗上糊纸,纸一戳就破;门户关紧,而相鼠而牙,一阵咬便是一个洞洞。试问还有什么法子?洋鬼子住到"雅舍"里,不也是"没有法子"?比鼠子更骚扰的是蚊子。"雅舍"的蚊风之盛,是我前所未见的。"聚蚊成雷"真有其事!每当黄昏时候,满屋里磕头碰脑的全是蚊子,又黑又大,骨骼都像是硬的。在别处蚊子早已肃清的时候,在"雅舍"则格外猖獗,来客偶不留心,则两腿伤处累累隆起如玉蜀黍,但是我仍安之。冬天一到,蚊子自然绝迹,明年夏天——谁知道我还是否住在"雅舍"!

"雅舍"最宜月夜——地势较高,得月较先。看山头吐月,红盘乍涌,一霎间,清光四射,天空皎洁,四野无声,微闻犬吠,坐客无不悄然!舍前有两株梨树,等到月升中天,清光从树间筛洒而下,地上阴影斑斓,此时尤为幽绝。直到兴阑人散,归房就寝,月光仍然逼进窗来,助我凄凉。细雨蒙蒙之际,"雅舍"亦复有趣。推窗展望,俨然米氏章法,若云若雾,一片弥漫。但若大雨滂沱,我就又惶悚不安了,屋顶湿印到处都有,起初如碗大,俄而扩大如盆,继则滴水乃不绝,终乃屋顶灰泥突然崩裂,如奇葩初绽,砉然一声而泥水下注,此刻满室狼藉,抢救无及。此种经验,已数见不鲜。

"雅舍"之陈设,只当得简朴二字,但洒扫拂拭,不使有纤尘。我非显要,故名公巨卿之照片不得入我室;我非牙医,故无博士文凭张挂壁间;我不业理发,故丝织西湖十景以及电影明星之照片亦均不能张我四壁。我有一几一椅一榻,酣睡写读,均已有着,我亦不复他求。但是陈设虽简,我却喜欢翻新布置。西人常常讥笑妇人喜欢变更桌椅位置,以为这是妇人天性喜变之一征。诬否且不论,我是喜欢变的。中国旧式家庭,陈设千篇一律,正厅上是一条案,前面一张八仙桌,一边一把靠椅,两旁是两把靠椅夹一只茶几。我以为陈设宜求疏落参差之致,最忌排偶。"雅舍"所有,毫无新奇,但一物一事之安排布置俱不从俗。人入我室,即知此是我室。笠翁《闲情偶寄》之所论,正合我意。

"雅舍"非我所有,我仅是房客之一。但思"天地者万物之逆旅",人生本来如寄,我住"雅舍"一日,"雅舍"即一日为我所有。即使此一日亦不能算是我有,至少此一日"雅舍"所能给予之苦辣酸甜,我实躬受亲尝。刘克庄词:"客里似家家似寄。"我此时此刻卜居"雅舍","雅舍"即似我家。其实似家似寄,我亦分辨不清。

长日无俚,写作自遣,随想随写,不拘篇章,冠以"雅舍小品"四字,以示写作所在,且志因缘。

(《雅舍小品》,长江文艺出版社,2016年)

《雅舍》导读

拓展阅读

拓展阅读

刘炎生:20世纪中国散文的奇葩——梁实秋"雅舍"系列散文略论

"三八节"有感

丁 玲

"妇女"这两个字,将在什么时代才不被重视,不需要特别的被提出呢?

年年都有这一天。每年在这一天的时候,几乎是全世界的地方都开着会,检阅着她们的队伍。延安虽说这两年不如前年热闹,但似乎总有几个人在那里忙着。而且一定有大会,有演说的,有通电,有文章发表。

延安的妇女是比中国其他地方的妇女幸福的。甚至有很多人都在嫉羡地说:"为什么小米把女同志吃得那么红胖?"女同志在医院,在休养所,在门诊部都占着很大的比例,似乎并没有使人惊奇,然而延安的女同志却仍不能免除那种幸运:不管在什么场合都最能作为有兴趣的问题被谈起。而且各种各样的女同志都可以得到她应得的诽议。这些责难似乎都是严重而确当的。

女同志的结婚永远使人注意,而不会使人满意的。她们不能同一个男同志比较接近,更不能同几个都接近。她们被画家们讽刺:"一个科长也嫁了么?"诗人们也说:"延安只有骑马的首长,没有艺术家的首长,艺术家在延安是找不到漂亮的情人的。"然而她们也在某种场合聆听着这样的训词:"他妈的,瞧不起我们老干部,说是土包子,要不是我们土包子,你想来延安吃小米!"但女人总是要结婚的。(不结婚更有罪恶,她将要多的被作为制造谣言的对象,永远被诬蔑。)不是骑马的就是穿草鞋的,不是艺术家就是总务科长。她们都是生小孩。小孩也有各自的命运:有的被细羊毛线和花绒布包着,抱在保姆的怀里;有的被没有洗净的布片抱着,扔在床头啼哭,而妈妈和爸爸都在大嚼着孩子的津贴(每月二十五元,价值二斤半猪肉),要是没有这笔津贴,也许他们根本就尝不到肉味。然而女同志究竟应该嫁谁呢?事实是这样,被逼着带孩子的一定可以得到公开的讥讽:"回到家庭了的娜拉。"而有着保姆的女同志,每一个星期可以有一天最卫生的交际舞,虽说在背地里也会有难听的诽语悄声的传播着,然而只要她走到哪里,哪里就会热闹,不管骑马的,穿草鞋的,总务科长,艺术家们的眼睛都会望着她。这同一切的理论都无关,同一切主义思想也无关,同一切开会演说也无关。然而这都是人人知道,人人不说,而且在做着的现实。

离婚的问题也是一样。大抵在结婚的时候，有三个条件是必须注意到的。一、政治上纯洁不纯洁；二、年龄相貌差不多；三、彼此有无帮助。虽说这三个条件几乎是人人具备（公开的汉奸这里是没有的。而所谓帮助也可以说到鞋袜的缝补，甚至女性的安慰），但却一定堂皇地考虑到。而离婚的口实，一定是女同志的落后。我是最以为一个女人自己不进步而还要拖住她的丈夫为可耻的，可是让我们看一看她们是如何落后的。她们在没有结婚前都抱着有凌云的志向，和刻苦的斗争生活，她们在生理的要求和"彼此帮助"的蜜语之下结婚了，于是她们被逼着做了操劳的回到家庭的娜拉。她们也唯恐有"落后"的危险，她们四方奔走，厚颜地要求托儿所收留她们的孩子，要求刮子宫，宁肯受一切处分而不得不冒着生命的危险悄悄地去吃堕胎的药。而她们听着这样的回答："带孩子不是工作吗？你们只贪图舒服，好高骛远，你们到底做过一些什么了不起的政治工作！既然这样怕生孩子，生了又不肯负责，谁叫你们结婚呢？"于是她们不能免除"落后"的命运。一个有了工作能力的女人，而还能牺牲自己的事业去作为一个贤妻良母的时候，未始不被人所歌颂，但在十多年之后，她必然也逃不出"落后"的悲剧。即使在今天以我一个女人去看，这些"落后"分子，也实在不是一个可爱的女人。她们的皮肤在开始有褶皱，头发在稀少，生活的疲惫夺取她们最后的一点爱娇。她们处于这样的悲运，似乎是很自然的，但在旧社会里，她们或许会被称为可怜，薄命，然而在今天，却是自作孽，活该。不是听说法律上还在争论着离婚只须一方提出，或者必须双方同意的问题么？离婚大约多半是男子提出的，假如是女人，那一定会有更不道德的事，那完全该女人受诅咒。

我自己是女人，我会比别人更懂得女人的缺点，但我却更懂得女人的痛苦。她们不会是超时代的，不会是理想的，她们不是铁打的。她们抵抗不了社会一切的诱惑，和无声的压迫，她们每人都有一部血泪史，都有过崇高的感情（不管是升起的或沉落的，不管有幸与不幸，不管仍在孤苦奋斗或卷入庸俗），这对于来到延安的女同志说来更不冤枉，所以我是拿着很大的宽容来看一切被沦为女犯的人的。而且我更希望男子们尤其是有地位的男子，和女人本身都把这些女人的过错看得与社会有联系些。少发空议论，多谈实际的问题，使理论与实际不脱节，在每个共产党员的修身上都对自己负责些就好了。

然而我们也不能不对女同志们，尤其是在延安的女同志有些小小的企望；而且勉励着自己，勉励着友好。

世界上从没有无能的人，有资格去获取一切的。所以女人要取得平等，得首先强己。我不必说大家都懂的。而且，一定在今天会有人演说的："首先取得我们的政权"的大话，我只说作为一个阵线中的一员（无产阶级也好,抗战也好,妇女也好),每天所必须注意的事项。

第一,不要让自己生病。无节制的生活,有时会觉得浪漫,有诗意,可爱,然而对今天环境不适宜。没有一个人能比你自己还会爱你的生命些。没有什么东西比今天失去健康更不幸些。只有它同你最亲近,好好注意它,爱护它。

第二,使自己愉快。只有愉快里面才有青春,才有活力,才觉得生命饱满,才觉得能担受一切磨难,才有前途,才有享受。这种愉快不是生活的满足,而是生活的战斗和进取。所以必须每天都作点有意义的工作,都必须读点书,都能有东西给别人,游惰只使人感到生命的空白,疲软,枯萎。

第三,用脑子。最好养成一种习惯。改正不作思索,随波逐流的毛病。每说一句话,每做一件事,最好想想这话是否正确?这事是否处理的得当,不违背自己作人的原则,是否自己可以负责。只有这样才不会有后悔。这就叫通过理性,这,才不会上当,被一切甜蜜所蒙蔽,被小利所诱,才不会浪费热情,浪费生命,而免除烦恼。

第四,下吃苦的决心,坚持到底。生为现代的有觉悟的女人,就要有认定牺牲一切蔷薇色的温柔的梦幻。幸福是暴风雨中的搏斗,而不是在月下弹琴,花前吟诗。假如没有最大的决心,一定会在中途停歇下来。不悲苦,即堕落。而这种支持下去的力量却必须在"有恒"中来养成。没有大的抱负的人是难于有这种不贪便宜,不图舒服的坚忍的。而这种抱负只有真正为人类,而非为自己的人才会有。

附及:文章已经写完了,自己再重看一次,觉得关于企望的地方,还有很多意见,但因发稿时间紧迫,也不能整理了。不过又有这样的感觉,觉得有些话假如是一个首长在大会中说来,或许有人认为痛快。然而却写在一个女人的笔底下,是很可以取消的。但既然写了就仍旧给那些有同感的人看看吧。

(《"三八节"有感 关于丁玲》,北京广播学院出版社,2000年)

《"三八节"有感》导读　　拓展阅读

拓展阅读

刘飞娥:女性意识的深化与超越——重读丁玲杂文《"三八节"有感》

下 编

1949—2025

党　费

王愿坚

　　每逢我领到了津贴费,拿出钱来缴党费的时候;每逢我看着党的小组长接过钱,在我的名字下面填上钱数的时候,我就不由得心里一热,想起了1934年的秋天。

　　1934年是我们闽粤赣边区斗争最艰苦的开始。我们那儿的主力红军一部分参加了"抗日先遣队"北上了,一部分和中央红军合编,准备长征,四月天就走了。我们留下来坚持敌后斗争的一支小部队,在主力红军撤走以后,就遭到白匪疯狂的"围剿"。为了保存力量,坚持斗争,我们被逼迫得上了山。

　　队伍虽然上了山,可还是当地地下斗争的领导中心,我们支队的政治委员魏杰同志就是这个中心县委的书记。当时,我们一面瞅空子打击敌人,一面通过一条条看不见的交通线,和各地地下党组织保持着联系,领导着斗争。这种活动进行了没多久,敌人看看整不了我们,竟使出了一个叫做"移民并村"的绝着:把山脚下、偏僻的小村子的群众统统强迫迁到靠平原的大村子去了。敌人这一招来得可真绝,切断了我们和群众的联系,各地的党组织也被搞乱了,要坚持斗争就得重新组织。

　　上山以前,我是干侦察员的。那时候整天在敌人窝里逛荡,走到哪里,吃、住都有群众照顾着,瞅准了机会,一下子给敌人个"连锅端",歼灭个把小队的保安团,真干得痛快。可是自打上了山,特别是敌人来了这一手,日子不那么惬意了:生活艰苦倒不在话下,只是过去一切生活、斗争都和群众在一起,现在蓦地离开了群众,可真受不了;浑身有劲没处使,觉得憋得慌。

　　正憋得难受呢,魏杰同志把我叫去了,要我当"交通",下山和地方党组织取得联系。

　　接受了这个任务,我可是打心眼里高兴。当然,这件工作跟过去当侦察员有些不一样,任务是秘密地把"并村"以后的地下党组织联络起来,沟通各村党支部和中心县委——游击队的联系,以便进行有组织的斗争。去的落脚站八角坳,是个离山较近的大村子,有三四个村的群众新近被迫移到那里去。要接头的人名叫黄新,是个二十五六岁的媳妇,1931年入党的。

1932年"扩红"的时候,她带头把自由结婚的丈夫送去参加了红军。以后,她丈夫跟着毛主席长征了,眼下家里就剩下她跟一个才五岁的小妞儿。敌人实行"并村"的时候,把她们那村子一把火烧光了,她就随着大伙来到了八角坳。听说她在"并村"以后还积极地组织党的活动,是个忠实、可靠的同志,所以这次就去找她接头,传达县委的指示,慢慢展开活动。这些,都是魏政委交代的情况。其实我只知道八角坳的大概地势,至于接头的这位黄新同志,我并不认识。魏政委怕我找错人,在交代任务时还特别嘱咐说:"你记着,她耳朵边上有个黑痣!"就这样,我收拾了一下,换了身便衣,就趁天黑下山了。

八角坳离山有三十多里路,再加上要拐弯抹角地走小路,下半夜才赶到。这庄子以前我来过,那时候在根据地里像这样大的庄子,每到夜间,田里的活干完了,老百姓开会啦,上夜校啦,锣鼓喧天,山歌不断,闹得可热火。可是,现在呢,鸦雀无声,连个火亮儿也没有,黑沉沉的,活像个乱葬岗子。只有个把白鬼有气没力地喊两声,大概他们以为根据地的老百姓都被他们的"并村"制服了吧。可是我知道这看来阴森森的村庄里还埋着星星点点的火种,等这些火种越着越旺,连串起来,就会烧起漫天大火的。

我悄悄地摸进了庄子,按着政委告诉的记号,从东头数到第十七座窝棚,蹑手蹑脚地走到窝棚门口。也奇怪,天这么晚了,里面还点着灯,看样子是使什么遮着亮儿,不近前是看不出来的。屋里有人轻轻地哼着小调儿,听声音是个女人,声音压得很低很低的。哼的那个调儿那么熟,一听就听出是过去"扩红"的时候最流行的《送郎当红军》:

> ……
> 五送我郎当红军,
> 冲锋陷阵要争先,
> 若为革命牺牲了,
> 伟大事业侬担承。
> ……
> 十送我郎当红军,
> 临别的话儿记在心。
> 郎当红军我心乐。
> 我做工作在农村。
> ……

好久没有听这样的歌子了,在这样的时候,听到这样的歌子,心里真觉得熨帖。我想得一点也不错,群众的心还红着哩,看,这么艰难的日月,群众还想念着红军,想念着扯起红旗闹革命的红火日子。兴许这哼歌的就是我要找的黄新同志?要不,怎么她把歌子哼得七零八落呢?看样子她的心不在唱歌,她在想她那在长征路上的爱人哩。我在外面听着,真不愿打断这位红军战士的妻子对红军、对丈夫的思念,可是不行,天快亮了。我连忙贴在门边上,按规定的暗号,轻轻地敲了敲门。

歌声停了,屋里顿时静下来。我又敲了一遍,才听见脚步声走近来,一个老妈妈开了门。

我一步迈进门去,不由得一怔:小窝棚里挤挤巴巴坐着三个人,有两个女的,一个老头,围着一大篮青菜,头也不抬地在摘菜叶子。他们的态度都那么从容,像没有什么人进来一样。这一来我可犯难了:到底哪一个是黄新?万一认错了人,我的性命事小,带累了整个组织事大。怔了一霎,也算是急中生智,我说:"咦,该不是走错了门了吧?"

这一招很有效,几个人一齐抬起头来望我了。我眼珠一转,一眼就看见在地铺上坐着的那位大嫂耳朵上那颗黑痣了。我一步抢上去说:"黄家阿嫂,不认得我了吧?卢大哥托我带信来了!"末了这句话也是约好的,原来这块儿"白"了以后,她一直说她丈夫卢进勇在外地一家香店里给人家干活。

别看人家是妇道人家,可着实机灵,她满脸堆笑,像招呼老熟人似的,一把扔给我个木凳子让我坐,一面对另外几个人说:"这么的吧:这些菜先分分拿回去;盐,等以后搞到了再分!"

那几个人眉开眼笑地望望我,每人抱起一大抱青菜,悄悄地走了。

她也跟出去了,大概是去看动静去了吧。这工夫,按我们干侦察员的习惯,我仔细地打量了这个红军战士的妻子、地下党员的家:这是一间用竹篱子糊了泥搭成的窝棚,靠北墙,一堆稻草搭了个地铺,地铺上一堆烂棉套子底下躺着一个小孩子,小鼻子翅一扇一扇的睡得正香。这大概就是她的小妞儿。墙角里三块石头支着一个黑乎乎的砂罐子,这就是她煮饭的锅。再往上看,靠房顶用几根木棒搭了个小阁楼,上面堆着一些破烂家具和几捆甘蔗梢子……

正打量着,她回来了,关上了门,把小油灯遮严了,在我对面坐下来,说:"刚才那几个也是自己人,最近才联系上的。"她大概想到了我刚进门时的那副情景,又指着墙角上的一个破洞说:"以后再来,先从那里瞅瞅,别出了什么岔子。"——看,她还很老练哪。

她看去已经不止政委说的那年纪,倒像个三十开外的中年妇人了。头发往上拢着,挽了个髻子,只是头发嫌短了点;当年"剪了头发当红军"的痕迹还多少可以看得出来。脸不怎么丰满,可是两只眼睛却忽悠忽悠有神,看去是那么和善、安详又机警。眼里潮润润的,也许是因为太激动了,不多一会儿就撩起衣角擦擦眼睛。

半天,她说话了:"同志,你不知道,跟党断了联系,就跟断了线的风筝似的,真不是味儿啊!眼看着咱们老百姓遭了难处,咱们红军遭了难处,也知道该斗争,只是不知道该怎么干,现在总算好了,和县委联系上了,有我们在,有你们在,咱们想法把红旗再打起来!"

本来,下山时政委交代要我鼓励鼓励她的,我也想好了一些话要对她说,可是一看刚才这情况,听了她的话,她是那么硬实,口口声声谈的是怎么坚持斗争,根本没把困难放在心上,我还有啥好说的?干脆就直截了当地谈任务了。

我刚要开始传达县委的指示,她蓦地像想起什么似的,说:"你看,见了你我喜欢得什么都忘了,该弄点东西你吃吃。"她揭开砂罐,拿出两个红薯丝子拌和菜叶做的窝窝,又拉出一个破坛子,在里面掏了半天,摸出一块咸萝卜,递到我脸前说:"自从并了村,离山远了,白鬼看得又严,什么东西也送不上去,你们可受了苦了;好的没有,凑合着吃点吧!"

走了一夜,也实在有些饿了,再加上好久没见盐味儿了,看到了咸菜,也真想吃;我没怎么推辞就吃起来。咸菜虽说因为缺盐,腌得带点酸味,吃起来可真香。一吃到咸味,我不由得想起山上同志们那些黄瘦的脸色——山上缺盐缺得凶哪。

一面吃着,我就把魏政委对地下党活动的指示,传达了一番。县委指示的问题很多,譬如了解敌人活动情况、组织反收租夺田等等,还有一些可能遇到的困难和办法。她一边听一边点头,还断不了问几个问题,末了,她说:"魏政委说的一点也不假,是有困难哪,可咱是什么人!十八年①上刚开头干的时候,几次反'围剿'的时候,咱都坚持了,现在的任务也能完成!"她说得那么坚决又有信心,她把困难的任务都包下来了。

我们交换了一些情况,鸡就叫了。因为这是初次接头,我一时还落不住脚,要趁着早晨雾大赶回去。

在出门的时候,她又叫住了我。她揭起衣裳,把衣裳里子撕开,掏出了一个纸包。纸包里面是一张党证,已经磨损得很旧了,可那上面印的镰刀斧头和县委的印章都还鲜红鲜红的。打开党证,里面夹着两块银洋。她把银洋拿在手里掂了掂,递给我说:"程同志,这是妞她爹出征以前给我留下的,

---

① 十八年,指民国十八年,即1929年。闽西根据地的革命政权,大都是1929年"夏收暴动"以后建立的,所以当地群众多用"十八年"作为翻身的分界线。

我自从'并村'以后好几个月也没缴党费了,你带给政委,积少成多,对党还有点用处。"

那怎么行呢,一来上级对这问题没有指示,一来眼看一个女人拖着个孩子,少家没业的,还要在这样的环境里坚持工作,也得准备着点用场。我就说:"关于党费的事,上级没有指示,我不能带,你先留着吧!"

她见我不带,想了想又说:"也对,目下这个情况,还是实用的东西好些!"

缴党费,不缴钱,缴实用的东西,看她想得多周到!可是谁知道事情就出在这句话上头呢!

过了半个多月,听说白匪对"并村"以后的群众斗争开始注意了,并且利用个别动摇分子破坏我们,有一两个村里党的组织受了些损失。于是我又带着新的指示来到了八角坳。

一到黄新同志的门口,我按她说的,顺着墙缝朝里瞅了瞅。灯影里,她正忙着呢。屋里地上摆着好几堆腌好的咸菜,也摆着上次拿咸菜给我吃的那个破坛子,有腌白菜、腌萝卜、腌蚕豆……有黄的,有绿的。她把这各种各样的菜理好了,放进一个箩筐里。一边整着,一边哄孩子:

"乖妞子,咱不要,这是妈要拿去卖的,等妈卖了菜,赚了钱,给你买个大烧饼……什么都买!咱不要,咱不要!"

妞儿不如大人经折磨,比她妈瘦得还厉害,细长的脖子挑着瘦脑袋,有气无力地倚在她妈的身上。大概也是轻易不大见细盐,两个大眼轱辘轱辘地瞪着那一堆堆的咸菜,馋得不住地咂嘴巴。她不肯听妈妈的哄劝,还是一个劲地扭着她妈的衣服要吃。又爬到那个空空的破坛子口上,把干瘦的小手伸进坛子里去,用指头沾点盐水,填到口里吮着;最后忍不住竟伸手抓了一根腌豆角,就往嘴里填。她妈一扭头看见了,瞅了瞅孩子,又瞅了瞅箩筐里的菜,忙伸手把那根菜拿过来。孩子哇的一声哭了。

看了这情景,我直觉得鼻子尖一酸一酸的,我再也憋不住了,就敲了门进去。一进门我就说:"阿嫂,你这就不对了,要卖嘛,自己的孩子吃根菜也算不了啥,别屈了孩子!"

她看我来了,又提到孩子吃菜的事,长抽了一口气说:"老程啊,你寻思我当真是要卖?这年头盐比金子还贵,哪里有咸菜卖啊!这是我们几个党员凑合着腌了这点咸菜,想交给党算作党费,兴许能给山上的同志们解决点困难。这刚刚凑齐,等着你来哪!"

我想起来了,第一次接头时碰到她们在择的青菜,就是这咸菜啊!

她望望我,望望孩子,像是对我说,又像自言自语似的说:"只要有咱的党,有咱的红军,说不定能保住多少孩子哩!"

我看看孩子,孩子不哭了,可是还围着个空坛子转。我随手抓起一把豆角递到孩子手里,说:"千难万难也不差这一点点,我宁愿十天不吃啥也不能让孩子受苦!……"

我的话还没有说完,忽然门外一阵慌乱的脚步声,一个人跑到门口,轻轻地敲着门,急呼呼地说:"阿嫂,快,快开门!"

拉开门一看,原来就是第一次来时见到的择菜的一个妇女。她气喘吁吁地说:"有人走漏了消息,说山上来了人,现在,白鬼子来搜人了,快想办法吧!我再通知别人去。"说罢,悄悄地走了。我一听有情况,忙说:"我走!"

黄新一把拉住我说:"人家来搜人,还不围个风雨不透?你往哪走?快想法隐蔽起来!"

这情况我也估计到了,可是为了怕连累了她,我还想甩开她往外走。她一霎间变得严肃起来,板着脸,说话也完全不像刚才那么柔声和气了,变得又刚强,又果断。她斩钉截铁地说:"按地下工作的纪律,在这里你得听我管!为了党,你得活着!"她指了指阁楼说:"快上去躲起来,不管出了什么事也不要动,一切有我应付!"

这时,街上乱成了一团,吆喝声、脚步声越来越近了。我上了阁楼,从楼板缝里往下看,看见她把菜筐子用草盖了盖,很快地抱起孩子亲了亲,把孩子放在地铺上,又霍地转过身来,朝着我说:"程同志,既然敌人已经发觉了,看样子是逃不脱这一关了,万一我有个什么好歹,八角坳的党组织还在,反'夺田'已经布置好了,我们能搞起来!以后再联络你找胡敏英同志,就是刚才来的那个女同志。你记着,她住西头从北数第四个窝棚,门前有一棵小榕树……"她指了指那筐咸菜,又说:"你可要想着把这些菜带上山去,这是我们缴的党费!"

停了一会,她侧耳听了听外面的动静,又说话了,只是声音又变得那么和善了:"孩子,要是你能带,也托你带上山去,或者带到外地去养着,将来咱们的红军打回来,把她交给卢进勇同志。"话又停了,大概她的心绪激动得很厉害,"还有,上次托你缴的钱,和我的党证,也一起带去;有一块钱买盐用了。我把它放在砂罐里,你千万记着带走!"

话刚完,白鬼子已经赶到门口了。她连忙转过身来,搂着孩子坐下,慢条斯理地理着孩子的头发。我从板缝里看她,她还像第一次见面时那么和善,那么安详。

白匪敲门了。她慢慢地走过去,开了门。四五个白鬼闯进来,劈胸揪住了她问:"山上来的人在哪?"

她摇摇头:"不知道!"

白鬼们在屋里到处翻了一阵,眼看着泄气了,忽然一个家伙发现了那一箩筐咸菜,一脚把箩筐踢翻,咸菜全撒了。白鬼子用刺刀拨着咸菜,似乎看出了什么,问:"这咸菜是哪来的?""自己的!"

"自己的!干吗有这么多的颜色!这不是凑了来往山上送的?"那家伙打量了一下屋子,命令其他白鬼说:"给我翻!"

就这么间房子,要翻还不翻到阁楼上来?这时,只听得她大声地说:"知道了还问什么!"她猛地一挣跑到了门口,直着嗓子喊:"程同志,往西跑啊!"

两个白匪跑出去,一阵脚步声往西去了。剩下的两个白匪扭住她就往外走。

我原来想事情可以平安过去的,现在眼看她被抓走了,我能眼看着让别人替我去牺牲?我得去!凭我这身板,赤手空拳也干个够本!我刚打算往下跳,只见她扭回头来,两眼直盯着被惊呆了的孩子,拉长了声音说:"孩子,好好地听妈妈的话啊!"

这是我听到她最后的一句话。

这句话使我想到刚才发生情况时她说的话,我用力抑制住了冲动。但是这句话也只有我明白,"听妈妈的话",妈妈,就是党啊!

当天晚上,村里平静了以后,我把孩子哄得不哭了。我收拾了咸菜,从砂罐里菜窝窝底下找到了黄新同志的党证和那一块银洋,然后,把孩子也放到一个箩筐里,一头是菜,一头是孩子,挑着上山了。

见了魏政委。他把孩子揽到怀里,听我汇报。他详细地研究了八角坳的情况以后,按照往常做的那样,在登记党费的本子上端端正正地写上:

黄新同志一九三四年十一月二十一日缴到党费……

他写不下去了。他停住了笔。在他脸上我看到了一种不常见的严肃的神情。他久久地抚摸着孩子的头,看着面前的党证和咸菜。然后掏出手巾,蘸着草叶上的露水,轻轻地,轻轻地把孩子脸上的泪痕擦去。

在黄新的名字下面,他再也没有写出党费的数目。

是的,一筐咸菜是可以用数字来计算的,一个共产党员爱党的心怎么能够计算呢?一个党员献身的精神怎么能够计算呢?

1954 年 6 月 15 日初稿
1954 年 11 月 8 日三次修改
(《党费》,中国言实出版社,2021 年)

组织部来了个年轻人

王　蒙

一

　　三月，天空中纷洒着的似雨似雪。三轮车在区委会门口停住，一个年轻人跳下来。车夫看了看门口挂着的大牌子，客气地对乘客说："您到这儿来，我不收钱。"传达室的工人、复员荣军老吕微跛着脚走出，问明了那年轻人的来历后，连忙帮他搬下微湿的行李，又去把组织部的秘书赵慧文叫出来。赵慧文紧握着年轻人的两只手说："我们等你好久了。"这个叫林震的年轻人，在小学教师支部的时候就与赵慧文认识。她的苍白而美丽的脸上，两只大眼睛闪着友善亲切的光亮，只是下眼皮上有着因疲倦而现出来的青色。她带林震到男宿舍，把行李放好，解开，把湿了的毡子晾上，再铺被褥。在她料理这些事情的时候，常常撩一撩自己的头发，正像那些能干而漂亮的女同志们一样。

　　她说："我们等了你好久！半年前就要调你来，区人民委员会文教科死也不同意，后来区委书记直接找区长要人，又和教育局人事室吵了一回，这才把你调了来。"

　　"可我前天才知道，"林震说，"听说调我到区委会，真不知怎么好。咱们区委会尽干什么呀？"

　　"什么都干。"

　　"组织部呢？"

　　"组织部就做组织工作。"

　　"工作忙不忙？"

　　"有时候忙，有时候不忙。"

　　赵慧文端详着林震的床铺，摇摇头，大姐姐似的不以为然地说："小伙子，真不讲卫生。瞧那枕头布，已经由白变黑；被头呢，吸饱了你脖子上的油；还有床单，那么多褶子，简直成了泡泡纱……"

林震觉得,他一走进区委会的门,他的新的生活刚一开始,就碰到了一个很亲切的人。他带着一种节日的兴奋心情跑着到组织部第一副部长的办公室去报到。副部长有一个古怪的名字:刘世吾。在林震心跳着敲门的时候,他正仰着脸衔着烟考虑组织部的工作规划。他热情而得体地接待林震,让林震坐在沙发上,自己坐在办公桌边,推一推玻璃板上摞得高高的文件,从容地问:

"怎么样?"他的左眼微眯,右手弹着烟灰。

"支部书记通知我后天搬来,我在学校已经没事,今天就来了。叫我到组织部工作,我怕干不了,我是个新党员,过去当小学教师,小学教师的工作与党的组织工作有些不同……"

林震说着他早已准备好的话,说得很不自然,正像小学生第一次见老师一样。于是他感到这间屋子很热。三月中旬,冬天就要过去,屋里还生着火,玻璃上的霜花溶解成一条条的污道子。他的额头沁出了汗珠,他想掏出手绢擦擦,在衣袋里摸索了半天没有找到。

刘世吾机械地点着头,看也不看地从那一大叠文件中抽出一个牛皮纸袋,打开纸袋,拿出林震的党员登记表,锐利的眼光迅速掠过,宽阔的前额下出现了密密的皱纹。他闭了一下眼,手扶着椅子背站起来,披着的棉袄从肩头滑落了,他用熟练的毫不费力的声调说:

"好,好,好极了,组织部正缺干部,你来得好。不,我们的工作并不难做,学习学习就会做的,就那么回事。而且,你原来在下边工作得……相当不错嘛,是不是不错?"

林震觉得这种称赞似乎有某种嘲笑意味,他惶恐地摇头:"我工作做得并不好……"

刘世吾的不太整洁的脸上现出隐约的笑容,他的眼光聪敏地闪动着,继续说:"当然也可能有困难,可能。这是个了不起的工作。中央的一位同志说过,组织工作是给党管家的,如果家管不好,党就没有力量。"然后他不等问就加以解释:"管什么家呢? 发展党和巩固党,壮大党的组织和增强党组织的战斗力,把党的生活建立在集体领导、批评和自我批评与密切联系群众的基础上。这样做好了,党组织就是坚强的、活泼的、有战斗力的,就足以团结和指引群众,完成和更好地完成社会主义建设与社会主义改造的各项任务……"

他每说一句话,都干咳一下,但说到那些惯用语的时候,快得像说一个字。譬如他说"把党的生活建立在……上",听起来就像"把生活建在登登登上",他纯熟地驾驭那些林震觉得相当深奥的概念,像拨弄算盘珠子一样灵活。林震集中最大的注意力,仍然不能把他讲的话全部把握住。

接着,刘世吾给他分配了工作。

当林震推门要走的时候。刘世吾又叫住他,用另一种全然不同的随意神情问:

"怎么样,小林,有对象了没有?"

"没……"林震的脸刷地红了。

"大小伙子还红脸?"刘世吾大笑了,"才二十二岁,不忙。"他又问:"口袋里装着什么书?"

林震拿出书,说出书名:"《拖拉机站站长与总农艺师》。"

刘世吾拿过书去,从中间打开看了几行,问:"这是他们团中央推荐给你们青年看的吧?"

林震点头。

"借我看看。"

"您还能有时间看小说吗?"林震看着副部长桌上的大摞材料,惊异了。

刘世吾用手托了托书,试了试分量,微眯着左眼说:"怎么样?这么一薄本有半个夜车就开完啦。四本《静静的顿河》我只看了一个星期,就那么回事。"

当林震走向组织部大办公室的时候,天已经放晴,残留的几片云现出了亮晶晶的边缘,太阳照亮了区委会的大院子。人们都在忙碌:一个穿军服的同志夹着皮包匆匆走过,传达室的老吕提着两个大铁壶给会议室送茶水,可以听见一个女同志顽强地对着电话机子说:"不行,最迟明天早上!不行……"还可以听见忽快忽慢的哐哧哐哧声——是一只生疏的手使用着打字机,"她也和我一样,是新调来的吧?"林震不知凭什么理由,猜打字员一定是个女的。他在走廊上站了一站,望着耀眼的区委会的院子,高兴自己新生活的开始。

二

组织部的干部算上林震一共二十四个人,其中三个人临时调到肃反办公室去了,一个人半日工作准备考大学,一个人请产假,能按时工作的只剩下十九个人。四个人做干部工作,十五个人按工厂、机关、学校分工管理建党工作,林震被分配与工厂支部联系组织发展工作。

组织部部长由区委副书记李宗秦兼任,他并不常过问组织部的事,实际工作是由第一副部长刘世吾掌握,另一个副部长负责干部工作。具体指导林震工作的是工厂建党组组长的韩常新。

韩常新的风度与刘世吾迥然不同。他二十七岁,穿蓝色海军呢制服,干净得抖都抖不下土。他有高大的身材,配着英武的只因为粉刺太多而略有瑕疵的脸。他拍着林震的肩膀,用嘹亮的嗓音讲解工作,不时发出豪放的笑声,使林震想:"他比领导干部还像领导干部。"特别是第二天韩常新与一个支部的组织委员的谈话,加强了他给林震的这种印象。

"为什么你们只谈了半小时?我在电话里告诉你,至少要用两小时讨论发展计划!"

那个组织委员说:"这个月生产任务太忙……"

韩常新打断了他的话,富有教训意味地说:"生产任务忙就不认真研究发展工作了,这是把中心工作与经常工作对立起来,也是党不管党的一种表现……"

林震弄不明白什么叫"中心工作与经常工作对立起来"和"党不管党",他熟悉的是另外一类名词:"课堂五环节"与"直观教具"。他很钦佩韩常新的这种气魄与能力——迅速地提高到原则上分析问题和指示别人。

他转过头,看见正伏在桌上复写材料的赵慧文。她皱着眉怀疑地看一看韩常新,然后扶正头上的假琥珀发卡,用微带忧郁的目光看向窗外。

晚上,有的干部去参加基层支部的组织生活,有的休息了,赵慧文仍然赶着复写"税务分局培养、提拔干部的经验",累了一天,手腕酸疼,不时在写的中间撂下笔,摇摇手,往手上吹口气。林震自告奋勇来帮忙,她拒绝了,说:"你抄,我不放心。"于是林震帮她把抄过的美浓纸叠整齐,站在她身旁,起一点精神支援作用。她一边抄,一边时时抬头看林震,林震问:"干吗老看我?"赵慧文咬了一下复写笔,笑了笑。

三

林震是一九五三年秋天由师范学校毕业的,当时是候补党员,被分配到这个区的中心小学当教员。作了教师的他,仍然保持中学生的生活习惯:清晨练哑铃,夜晚记日记,每个大节日——五一、七一、十一——之前到处征求人们对他的意见。曾经有人预言,过不了三个月他就会被那些生活不规律的成年人"同化"。但不久以后,许多教师夸奖他也羡慕他了,说:"这孩子无忧无虑,无牵无挂,除了工作,就是工作……"

他也没有辜负这种羡慕,一九五四年寒假,由于教学上的成绩,他受到了教育局的奖励。

人们也许以为,这位年轻的教师就会这样平稳地、满足而快乐地度过自己的青年时代。但是不,孩子般单纯的林震,也有自己的心事。

一年以后,他经常焦灼地鞭策自己。是因为社会主义高潮的推动、全国青年社会主义积极分子会议的召开,还是因为年龄的增长?

他已经二十二岁了,记得在初中一年级时写过一篇作文,题目是《当我××岁的时候》,他写成《当我二十二岁的时候,我要……》。现在二十二岁,他的生命史上好像还是白纸,没有功勋,没有创造,没有冒险,也没有爱情——连给某个姑娘写一封信的事都没做过。他努力工作,但是他做得少、慢、差。和青年积极分子们比较,和生活的飞奔比较,难道能安慰自己吗?他订规划,学这学那,做这做那,他要一日千里!

这时,接到调动工作的通知。"当我二十二岁的时候,我成了党的工作者……"也许真正的生活在这里开始了?他抑制住对小学教育工作和孩子们的依恋,燃烧起对新的工作的渴望。支部书记和他谈话的那个晚上,他想了一夜。

就这样,林震口袋里装着《拖拉机站站长与总农艺师》,兴高采烈地登上区委会的石阶。他对党的工作者(他是根据电影里全能的党委书记的形象来猜测他们的)的生活,充满了神圣的憧憬。但是,等他接触到那些忙碌而自信的领导同志、看到来往的文件和同时举行的会议、听到那些尖锐争吵与高深的分析,他眨眨那些特别的淡褐色眼珠的眼睛,心里有点怯……

到区委会的第四天,林震去通华麻袋厂了解第一季度发展党员工作的情况。去以前,他看了有关的文件和名叫《怎样进行调查研究》的小册子,再三地请教了韩常新,他密密麻麻地写了一篇提纲,然后飞快地骑着新领到的自行车,向麻袋厂驶去。

工厂门口的警卫同志听说他是区委会的干部,没要他签名,信任地请他进去了。穿过一个大空场,走过一片放麻的露天仓库与机器隆隆响的厂房,他心神不安地去敲厂长兼支部书记王清泉办公室的门。得到了里面"进来"的回答后,他慢慢地走进去,怕走快了显得没有经验。他看见一个阔脸、粗脖子、身材矮小的男人正与一个头发上抹了许多油的驼背的男人下棋。小个子的同志抬起头,右手玩着棋子,问清了林震找谁以后,不耐烦地挥一挥手:"你去西跨院党支部办公室找魏鹤鸣,他是组织委员。"然后低下头继续下棋。

林震找了红脸的魏鹤鸣,开始按提纲发问了:"一九五六年第一季度,你们发展了几个人?"

"一个半。"魏鹤鸣粗声粗气地说。

"什么叫'半'?"

"有一个通过了,区委拖了两个多月还没有批下来。"

林震掏出笔记本记了下来。又问:

"发展工作是怎么样进行的,有什么经验?"

"进行过程和向来一样——和党章的规定一样。"

林震看了看对方,为什么他说出的话像搁了一个星期的窝窝头一样干巴?魏鹤鸣托着腮,眼睛看着别处,心里也像在想别的事。

林震又问:"发展工作的成绩怎么样?"

魏鹤鸣答:"刚才说过了,就是那些。"他好像应付似的希望快点谈完。

林震不知道应该再问什么了。预备了一下午的提纲,和人家只谈上五分钟就用完了,他很窘。

这时门被一只有力的手推开了,那个小个子的同志进来,匆匆忙忙地问魏鹤鸣:"来信的事你知道吗?"

魏鹤鸣无精打采地点了点头。

小个子的同志来回踱着步子,然后劈开腿站在房中央:"你们要想办法!质量问题去年就提出来了,为什么还等着合同单位给纺织工业部写信?在社会主义高潮当中我们的生产迟迟不能提高,这是耻辱!"

魏鹤鸣冷冷地看着小个子的脸,用颤抖的声音问:"您说谁?"

"我说你们大家!"小个子手一挥,把林震也包括在里面了。

魏鹤鸣因为抑制着的愤怒的爆发而显得可怕,他的红脸更红了,他站起来问:"那么您呢?您不负责任?"

"我当然负责。"小个子的同志却平静了,"对于上级,我负责,他们怎么处分我我也接受。对于我,你得负责,谁让你是生产科长呢?你得小心……"说完,他威胁地看了魏鹤鸣一眼,走了。

魏鹤鸣坐下,把棉袄的扣子全解开了,喘着气。林震问:"他是谁?"魏鹤鸣讽刺地说:"你不认识?他就是厂长王清泉。"

于是魏鹤鸣向林震详细地谈起了王清泉的情况。王清泉原来在中央某部工作,因为在男女关系上犯错误受了处分,一九五一年调到这个厂子当副厂长,一九五三年厂长调走,他就被提拔成厂长。他一向是吃饱了转一转,躲在办公室批批文件下下棋,然后每月在工会大会、党支部大会、团总支大会上讲话,批评工人群众竞赛没搞好,对质量不关心,有经济主义思想……魏鹤鸣没说完,王清泉又推门进来了。他看看左腕上的表,下令说:"今天中午十二点十分,你通知党、团、工会和行政各科室的负责人到厂长室开会。"然后把门砰地一带,走了。

魏鹤鸣嘟哝着:"你看他怎么样。"

林震说:"你别光发牢骚,你批评他,也可以向上级反映。上级绝不允许有这样的厂长。"

魏鹤鸣笑了,问林震:"老林同志,你是新来的吧?"

"老林"同志脸红了。

魏鹤鸣说:"批评不动!他根本不参加党的会议,你上哪儿批评去?偶尔参加一次,你提意见,他说:'提意见是好的,不过应该掌握分寸,也应该看时间、场合。现在,我们不应该因为个人意见侵占党支部讨论国家任务的宝贵时间。'好,不占用宝贵时间,我找他个别提,于是我们俩吵成了现在这个样子。"

"向上级反映呢?"

"一九五四年我给纺织工业部和区委写了信,部里一位张同志与你们那儿的老韩同志下来检查了一回。检查结果是:'官僚主义较严重,但主要是作风问题。任务基本上完成了,只是完成任务的方法有缺点。'然后找王清泉'批评'了一下,又鼓励了一下我开展自下而上的批评的精神,就完事了。此后,王厂长有一个来月对工作比较认真,不久他得了肾病,病好以后他说自己是'因劳致疾',就又成了这个样子。"

"你再反映呀!"

"哼,后来与韩常新也不知说过多少次,老韩也不搭理,反倒向我进行教育说,应该尊重领导,加强团结。也许我不该这样想,但我觉得,也许要等到王厂长贪污了人民币或者强奸了妇女,上级才会重视起来!"

林震出了厂子再骑上自行车的时候,车轮旋转的速度就慢多了。他深深地把眉头皱了起来,他发现他的工作的第一步就有重重的困难,但他也受到一种刺激,甚至是激励——这正是发挥战斗精神的时候啊!他想着想着,直到因为车子溜进了急行线而受到交通民警的申斥。

四

吃完午饭,林震迫不及待地找韩常新汇报情况。韩常新有些疲倦地靠着沙发背,高大的身体显得笨重,从身上掏出火柴盒,拿起一根火柴剔牙。

林震杂乱地叙述他去麻袋厂的见闻,韩常新脚尖打着地不住地说:"是的,我知道。"然后他拍一拍林震的肩膀,愉快地说:"情况没了解上来不要紧,第一次下去嘛,下次就好了。"

林震说:"可是我了解了关于王清泉的情况。"他把笔记本打开。

韩常新把他的笔记本合上,告诉他:"对,这个情况我早知道。前年区委让我处理过这个事情,我严厉地批评过他,指出他的缺点和危险性,我们谈了至少有三四个钟头……"

"可是并没有效果呀,魏鹤鸣说他只好了一个月……"林震插嘴说。

"一个月也是效果,而且绝不止一个月。魏鹤鸣那个人思想上有问题,见人就告厂长的状……"

"他告的状是不是真的?"

"很难说不真,也很难说全真。当然这个问题是应该解决的,我和区委副书记李宗秦同志谈过。"

"副书记的意见是什么?"

"副书记同意我的意见,王清泉的问题是应该解决也是可能解决的……不过,你不要一下子陷到这里边去。"

"我?"

"是的。你第一次去一个工厂,全面情况也不了解,你的任务又不是去解决王清泉的问题,而且,直爽地说,解决他的问题也需要更有经验的干部,何况我们并不是没有管过这件事……你要是一下子陷到这个里头,三个月也出不来,第一季度的建党总结还了解不了解?上级正催我们交汇报呢!"

林震说不出话。

韩常新又拍拍林震的肩膀:"不要急躁嘛!咱们区三千个党员,百十个支部,你一来就什么问题都摸还行?"他打了个哈欠,有倦意的脸上的粉刺涨红了:"啊——哈,该睡午觉了。"

"那,发展工作怎么再去了解?"林震没有办法地问。

韩常新又去拍林震的肩膀,林震不由得躲开了。韩常新有把握地说:"明天咱们俩一齐去,我帮你去了解,好不好?"然后他拉着林震一同到宿舍去。

第二天,林震很有兴趣地观察韩常新如何了解情况。三年前,林震在北京师范上学的时候,出去当过见习教师,老教师在前面讲,林震和学生一起听,学了不少东西。这次,他也抱着见习的态度,打开笔记本,准备把韩常新的工作过程详细记录下来。

韩常新问魏鹤鸣:"发展了几个党员?"

"一个半。"

"不是一个半,是两个,我是检查你们的发展情况,不是检查区委批没批。"韩常新纠正他。又问:"这两个人本季度生产计划完成的怎么样?"

"很好,他们一个超额百分之七,一个超额百分之四,厂里黑板报还表扬……"

谈起生产情况，魏鹤鸣似乎起劲了些，但是韩常新打断了他的话："他们有些什么缺点？"

魏鹤鸣想了半天，空空洞洞地说了些缺点。

韩常新叫他给所举的缺点提一些例子。

提完例子，韩常新再问他党的积极分子完成本季度生产任务的情况，他特别感兴趣的是一些数字和具体事例，至于这些先进的工人克服困难、钻研创造的过程，他听都不要听。

回来以后，韩常新用流利的行书示范地写了一个"麻袋厂发展工作简况"，内容是这样的：

……本季度（一九五六年一月至三月）麻袋厂支部基本上贯彻了积极慎重发展新党员的方针，在建党工作上取得了一定的成绩。新通过的党员朱××与范××受到了共产党员的光荣称号的鼓舞，增强了主人翁的观念，在第一季度繁重的生产任务中各超额百分之七、百分之四。广大积极分子围绕在支部周围，受到了朱××与范××模范事例的教育，并为争取入党的决心所推动，发挥了劳动的积极性与创造性，良好地完成或者超额完成了第一季度的生产任务……（下面是一系列数字与具体事例）这说明：一、建党工作不仅与生产工作不会发生矛盾，而且大大推动了生产，任何借口生产忙而忽视建党工作的做法是错误的。二、……但同时必须指出，麻袋厂支部的建党工作，也仍然存在着一定的缺点……例如……

林震把写着"简况"的片艳纸捧在手里看了又看。有一刹那，他甚至于怀疑自己去没去过麻袋厂，怀疑自己上次与韩常新同去时睡着了，为什么许多情况他根本不记得呢？他迷惑地问韩常新：

"这，这是根据什么写的？"

"根据那天魏鹤鸣的汇报呀！"

"他们在生产上取得的成绩是因为建党工作么？"林震口吃起来。

韩常新抖一抖裤脚，说："当然。"

"不吧？上次魏鹤鸣并没有这样讲。他们的生产提高了，也可能是由于开展竞赛，也许由于青年团建立了监督岗，未必是建党工作的成绩……"

"当然，我不否认。各种因素是统一起来的，不能形而上学地割裂地分析这是甲项工作的成绩，那是乙项工作的成绩。"

"那，譬如我们写第一季度的捕鼠工作总结，是不是也可以用这些数字和事例呢？"

韩常新沉着地笑了,他笑林震不懂"行",他说:"那可以灵活掌握嘛……"

林震又抓住几个小问题问:

"你怎么知道他们的生产任务是繁重的呢?"

"难道现在会有一个工厂任务很清闲吗?"

林震目瞪口呆了。

五

初到区委会十天的生活,在林震头脑中积累起的印象与产生的问题,比他在小学呆了两年的还多。区委会的工作是紧张而严肃的。在区委书记办公室,连日开会到深夜。从汉语拼音到预防大脑炎,从劳动保护到政治经济学讲座,无一不经过区委会的忠实的手。林震有一次去收发室取报纸,看见一份厚厚的材料,第一页上写着"区人民委员会党组关于调整公私合营工商业的分布、管理、经营方法及贯彻市委关于公私合营工商业工人工资问题的报告的请示"。他怀着敬畏的心情看着这份厚得像一本书的材料和它的长长的题目。有时,一眼望去,却又觉得区委干部们是随意而松懈的,他们在办公时间聊天,看报纸,大胆地拿林震认为最严肃的题目开玩笑,例如,青年监督岗开展工作,韩常新半嘲笑地说:"嚯,小青年们,脑门子热起来啦……"林震参加的一次部务会议也很有意思,讨论市委布置的一个临时任务,大家抽着烟,说着笑话,打着岔,开了两个钟头,拖拖沓沓,没有什么结果。这时,皱着眉思索了好久的刘世吾提出了一个方案,大家马上热烈地展开了讨论,很多人发表了使林震惊佩的精彩意见。林震觉得,这最后的三十多分钟的讨论要比以前的两个钟头有效十倍。某些时候,譬如说夜里,各屋亮着灯:第一会议室,出席座谈会的胖胖的工商业者愉快地与统战部长交换意见;第二会议室,各单位的学习辅导员们为"价值"与"价格"的关系争得面红耳赤;组织部坐着等待入党谈话的激动的年轻人,而市委的某个严厉的书记出现在书记办公室,找区委正副书记汇报贯彻工资改革的情况……这时,人声嘈杂,人影交错,电话铃声断断续续,林震仿佛从中听到了本区生活的脉搏的跳动,而区委会这座不新的、平凡的院落,也变得辉煌壮观起来。

在一切印象中,最突出和新鲜的印象是关于刘世吾的:刘世吾工作极多,常常同一个时间好几个电话催他去开会,但他还是一会儿就看完了《拖拉机站站长与总农艺师》,把书转借给了韩常新。而且,他已经把前一个月公布的拼音文字草案学会了,开始在开会时用拼音文字做记录了。某些传阅文件刘世吾拿过来看看题目和结尾就签上名送走,也有的不到三千字的指示他看上一下午,密密麻麻地画上各种符号。刘世吾有时一面听韩常新汇报情况,一面漫不经心地查阅其他的材料,听着听着却突然指出:"上次你汇报的情况不是这样!"韩常新不自然地笑了。刘世吾的眼睛捉摸不定地闪着光,但他并不深入追究,仍然查他的材料,于是韩常新恢复了常态,有声有色地汇报下去。

赵慧文与韩常新的关系也被林震看出了一些疑窦:韩常新对一切人都是拍着肩膀,称呼着"老王""小李",亲热而随便。独独对赵慧文,却是一种礼貌的"公事公办"的态度。这样说话:"赵慧文同志,党刊第一百零四期放在哪里?"而赵慧文也用顺从包含着警戒的神情对待他。

……四月,东风悄悄地刮起,不再被人喜爱的火炉蜷缩在阴暗的贮藏室,只有各房间熏黑了的屋顶还存留着严冬的痕迹。往年这个时候,林震就会带着活泼的孩子们去卧佛寺或者西山八大处踏青,在早开的桃李与混浊的溪水中寻找春天的消息。区委会的生活却不怎么受季节的影响,继续以那种紧张的节奏和复杂的色彩流转着。当林震从院里的垂柳上摘下一片多汁的嫩芽时,他稍微有点怅惘,因为春天来得那么快,而他,却没做出什么有意义的事情来迎接这个美妙的季节……

晚上九点钟,林震走进了刘世吾办公室的门。赵慧文正在这里,她穿着紫黑色的毛衣,脸儿在灯光下显得越发苍白。听到有人进来,她迅速地转过头来,林震仍然看见了她略略突出的颧骨上的泪迹。他回身要走,低着头吸烟的刘世吾作手势止住他:"坐在这儿吧,我们就谈完了。"

林震坐在一角,远远地隔着灯光看报,刘世吾用烟卷在空中划着圆圈,诚恳地说:

"相信我的话吧,没错。年轻人都这样,最初互相美化,慢慢发现了缺点,就觉得都很平凡。不要有不切实际的要求,没有遗弃,没有虐待,没有发现他政治上、品质上的问题,怎么能说生活不下去呢?才四年嘛。你的许多想法是从苏联电影里学来的,实际上,就那么回事……"

赵慧文没说话,她撩一撩头发,临走的时候,对林震惨然地一笑。

刘世吾走到林震旁边,问:"怎么样?"他丢下烟蒂,又掏出一支来点上火,紧接着贪婪地吸了几口,缓缓地吐着白烟,告诉林震:"赵慧文跟她爱人又闹翻了……"接着,他开开窗户,一阵风吹掉了办公桌上的几张纸,传来了前院里散会以后人们的笑声、招呼声和自行车铃响。

刘世吾把只抽了几口的烟扔出去,伸了个懒腰,扶着窗户,低声说:"真的是春天了呢!"

"我想谈谈来区委工作的情况,我有一些问题不知道怎么解决。"林震用一种坚决的神气说,同时把落在地上的纸页拾起来。

"对,很好。"刘世吾仍然靠着窗户框子。

林震从去麻袋厂说起:"……我走到厂长室,正看见王清泉同志在……"

"下棋呢还是打扑克?"刘世吾微笑着问。

"您怎么知道?"林震惊骇了。

"他老兄什么时候干什么我都算得出来。"刘世吾慢慢地说,"这个老兄棋瘾很大,有一次在咱这儿开了半截会,他出去上厕所,半天不回来,我出去一找,原来他看见老吕和区委书记的儿子下棋,他在旁边支上招儿了。"

林震把魏鹤鸣对他的控告讲了一遍。

刘世吾关上窗户,拉一把椅子坐下,用两个手扶着膝头支持着身体,轻轻地摆动着头:

"魏鹤鸣是个直性子,他一来就和王清泉吵得面红耳赤……你知道,王清泉也是个特殊人物,不太简单。抗日胜利以后,王清泉被派到国民党军队里工作,他当过国民党军的副团长,是个呱呱叫的情报人员。一九四七年以后他与我们的联系中断,直到解放以后才接上线。他是去瓦解敌人的,但是他自己也染上国民党军官的一些习气,改不过来,其实是个英勇的老同志。"

"这样……"

"是啊。"刘世吾严肃地点点头,接着说,"当然,不能以这为他辩护,党是派他去战胜敌人而不是与敌人同流合污,所以他的错误是应该纠正的。"

"怎么去解决呢?魏鹤鸣说,这个问题已经拖了好久。他到处写过信……"

"是啊。"刘世吾又干咳了一会儿,做着手势说,"现在下边支部里各类问题很多,你如果一一地用手工业的方法去解决,那是事倍功半的。而且,上级布置的任务追着屁股,完成这些任务已经感到很吃力。作为领导,必须掌握一种把个别问题与一般问题结合起来,把上级分配的任务与基层存在的问题结合起来的艺术。再者,王清泉工作不努力是事实,但还没有发展到消极怠工的地步,作风有些生硬,也不是什么违法乱纪。显然,这不是组织处理问题而是经常教育的问题。从各方面看,解决这个问题的时机目前还不成熟。"

林震沉默着,他判断不清究竟怎样对。是娜斯嘉的"对坏事绝不容忍"对呢,还是刘世吾的"条件成熟论"对。他一想起王清泉那样的厂长就觉得难受,但是,他驳不倒刘世吾的"领导艺术"。刘世吾又告诉他:"其实,有类似毛病的干部也不只一个……"这更加使得林震睁大了眼睛,觉得这跟他在小学时所听的党课的内容不是一个味儿。

后来,林震又把看到的韩常新如何了解情况与写简报的事说了说,他说,他觉得这样整理简报不太真实。

刘世吾大笑起来,说:"老韩……这家伙……真高明……"笑完了,又长出一口气,告诉林震:"对,我把你的意见告诉他。"

林震犹豫着。刘世吾问:"还有别的意见么?"

于是林震勇敢地提出:"我不知道为什么,来了区委会以后发现了许多许多缺点,过去我想象的党的领导机关不是这样……"

刘世吾把茶杯一放:"当然,想象总是好的,实际呢,就那么回事。问题不在于有没有缺点,而在于什么是主导的。我们区委的工作,包括组织部的工作,成绩是基本的呢,还是缺点是基本的?显然成绩是基本的,缺点是前进中的缺点。我们伟大的事业,正是由这些有缺点的组织和党员完成着的。"

走出办公室以后,林震有一种奇怪的感觉:和刘世吾谈话似乎可以消食化气,而他自己的那些肯定的判断,明确的意见,却变得模糊不清了。他更加惶惑了。

六

不久,在党小组会上,林震受到了一次严厉的批评。

事情是这样:有一次,林震去麻袋厂,魏鹤鸣说,由于季度生产质量指标没有达到,王厂长狠狠地训了一回工人,工人意见很大,魏鹤鸣打算找些人开个座谈会,搜集意见,准备向上反映。林震很同意这种做法,以为这样也许能促进"条件的成熟"。过了三天,王清泉气急败坏地到区委会找副书记李宗秦,说魏鹤鸣在林震支持下搞小集团进行反领导的活动,还说参加魏鹤鸣主持的座谈会的工人都有历史问题,最后说自己请求辞职。李宗秦批评了他的一些缺点,同意制止魏鹤鸣再开座谈会,"至于林震,"他对王清泉说,"我们会给予应有的教育的。"

批评会上,韩常新分析道:"林震同志没有和领导上商量,擅自同意魏鹤鸣召集座谈会,这首先是一种无组织无纪律的行为……"

林震不服气,他说:"没有请示领导,是我的错。但是我不明白为什么我们不但不去主动了解群众的意见,反而制止基层这样做。"

"谁说我们不了解?"韩常新跷起一只腿,"我们对麻袋厂的情况统统掌握……"

"掌握了而不去解决,这正是最痛心的!党章上规定着,我们党员应该向一切违反党的利益的现象做斗争……"林震的脸变青了。

富有经验的刘世吾开始发言了,他向来就专门能在一定的关头起扭转局面的作用。

"林震同志的工作热情不错,但是他刚来一个月就给组织部的干部讲党章,未免仓促了些。林震以为自己是支持自下而上的批评,是做一件漂亮事,他的动机当然是好的。不过,自下而上的批评必须有领导地去开展,譬如这回事,请林震同志想一想:第一,魏鹤鸣是不是对王清泉有个人成见呢?很难说没有。那么魏鹤鸣那样积极地去召集座谈会,可不可能有什么个人目的呢?我看不一定完全不可能。第二,参加会的人是不是有一些历史复杂别有用心的分子呢?这也应该考虑到。第三,开这样一个会,会不会在群众里造成一种王清泉快要挨整了的印象因而天下大乱了呢?等等。至于林震同志的思想情况,我愿意直爽地提出一个推测:年轻人容易把生活理想化,他以为生活应该怎样,便要求生活怎样。作为一个党的工作者,要多考虑的却是客观现实,是生活可能怎样。年轻人也容易过高估计自己,抱负甚多,一到新的工作岗位就想对缺点斗争一番,充当个娜斯嘉式的英雄。这是一种可贵的、可爱的想法,也是一种虚妄……"

林震像被打中了似的颤了一下,他紧咬住了下嘴唇。

他鼓起勇气再问:"那么王清泉……"刘世吾把头一仰:"我明天找他谈话,有原则性的并不仅是你一个人。"

七

星期六晚上,韩常新举行婚礼。林震走进礼堂,他不喜欢那弥漫的呛人的烟气和地上杂乱的糖果皮与空中杂乱的哄笑,没等婚礼开始他就退了出来。

组织部的办公室黑着,他拉开灯,看见自己桌上的信,是小学的同事们写来,其中还夹着孩子们用小手签了名的信:

> 林老师:您身体好吗?我们特别特别想您,女同学都哭了,后来就不哭了,后来我们做算术,题目特别特别难,我们费了半天劲,中于算出来了……

看着信,林震不禁独自笑起来了,他拿起笔把"中于"改成"终于",准备在回信时告诉他们下次要避免别字。他仿佛看见了系蝴蝶结的李琳琳、爱画水彩画的刘小毛和常常爱把铅笔头含在嘴里的孟飞……他猛地把头从信纸上抬起来,看见的却是电话、吸墨纸和玻璃板。他所熟悉的孩子的世界和他的单纯的工作已经离他而去了,新的工作要复杂得多……他想起前天党小组会上人们对他的批评。难道自己真的错了?真的是莽撞和幼稚,再加几分年轻人的廉价的勇气?也许真的应该切实估量一下自己,把分内的事做好,过两年,等到自己"成熟"了以后再干预一切?

礼堂里传来爆发的掌声和笑声。

一只手落在肩上,他吃惊地回过头来,灯光显得刺眼,赵慧文没有声响地站在他的身边,女同志走路都有这种不声不响的本事。

赵慧文问:"怎么不去玩?"

"我懒得去。你呢?"

"我该回家了。"赵慧文说,"到我家坐坐好吧?省得一个人在这儿想心事。"

"我没有心事。"林震分辩着,但他接受了赵慧文的好意。

赵慧文住在离区委会不远的一个小院落里。

孩子睡在浅蓝色的小床里,幸福地含着指头。赵慧文吻了儿子,拉林震到自己房间里来。

"他父亲不回来吗?"林震问。

赵慧文摇摇头。

这间卧室好像是布置得很仓促,墙壁因为空无一物而显得过分洁白,盆架孤单地缩在一角,窗台上的花瓶傻气地张着口。只有床头小桌上的收音机,好像还能扰乱这卧室的安静。

林震坐在藤椅上,赵慧文靠墙站着。林震指着花瓶说:"应该插枝花。"又指着墙壁说:"为什么不买几张画挂上?"

赵慧文说:"经常也不在,就没有管它。"然后她指着收音机问:"听不听?星期六晚上,总有好的音乐。"

收音机响了,一种梦幻般的柔美的旋律从远处飘来,慢慢变得热情激荡。提琴奏出的诗一样的主题,立即揪住了林震的心。他托着腮,屏住了气。他的青春,他的追求,他的碰壁,似乎都能与这乐曲相通。

赵慧文背着手靠在墙上,不顾衣服蹭上了石灰粉,等这段乐曲过去,她用和音乐一样的声音说:"这是柴可夫斯基的《意大利随想曲》,让人想到南国,想到海……我在文工团的时候常听它,慢慢觉得,这调子不是别人演奏出的,而是从我心里钻出来的……"

"在文工团?"

"参加军事干部学校以后被分配去的,在朝鲜,我用我的蹩脚的嗓子给战士唱过歌,我是个哑嗓子的歌手。"

　　林震像第一次见面似的又重新打量赵慧文。

　　"怎么?不像了吧?"这时电台改放"剧场实况"了,赵慧文把收音机关了。

　　"你是文工团的,为什么很少唱歌?"林震问。

　　她不回答,走到床边,坐下。她说:"我们谈谈吧,小林,告诉我,你对咱们区委的印象怎么样?"

　　"不知道,我是说,还不明确。"

　　"你对韩常新和刘世吾有点意见吧,是不?"

　　"也许。"

　　"当初我也这样,从部队转业到这里,和部队的严格准确比较,许多东西我看不惯。我给他们提了好多意见,和韩常新激动地吵过一回,但是他们笑我幼稚,笑我工作没做好意见倒一大堆,慢慢地我发现,和区委的这些缺点做斗争是我力不胜任的……"

　　"为什么力不胜任?"林震像刺痛了似的跳起来,他的眉毛拧在一起了。

　　"这是我的错。"赵慧文抓起一个枕头,放在腿上,"那时我觉得自己水平太低,自己也很不完美,却想纠正那些水平比自己高得多的同志,实在自不量力。而且,刘世吾、韩常新还有别人,他们确实把有些工作做得很好。他们的缺点散布在咱们工作的成绩里边,就像灰尘散布在美好的空气中,你嗅得出来,但抓不住,这正是难办的地方。"

　　"对!"林震把右拳头打在左手掌上。

　　赵慧文也有些激动了,她把枕头抛开,话说得更慢,她说:"我做的是事务工作,领导同志也不大过问,加上个人生活上的许多牵扯,我沉默了。于是,上班抄抄写写,下班给孩子洗尿布、买奶粉。我觉得我老得很快,参加军干校时候那种热情和幻想,不知道哪里去了。"她沉默着,一个一个地捏着自己的手指,接着说:"两个月以前,北京市进入社会主义高潮,工人、店员还有资本家,放着鞭炮,打着锣鼓到区委会报喜。工人、店员把入党申请书直接送到组织部,大街上一天一变,整个区委会彻夜通明,吃饭的时候,宣传部、财经部的同志滔滔不绝地讲着社会主义高潮中的各种气象。可我们组织部呢?工作改进很少!打电话催催发展数字,按前年的格式添几条新例子写写总结……最近,大家检查保守思想,组织部也检查,拖拖沓沓开了三次会,然后写个材料完事……哎,我说乱了,社会主义高潮中,每一声鞭炮都刺着我,当我复写批准新党员通知的时候,我的手激动得发抖,可是我们的工作就这样依然故我地下去吗?"她喘了一口气,来回踱着,然后接着说:

"我在党小组会上谈自己的想法,韩常新满足地问:'难道我们发展数字的完成比例不是各区最高的?难道市委组织部没要我们写过经验?'然后他进行分析,说我情绪不够乐观,是因为不安心事务工作……"

"开始的时候,韩常新给人一个了不起的印象,但是,实际一接触……"林震又说起那次写汇报的事。

赵慧文同意地点头:"这一两年,虽然我没提什么意见,但我无时无刻不在观察。生活里的一切,有表面也有内容,做到金玉其外,并不是难事。譬如韩常新,充领导他会拉长了声音训人,写汇报他会强拉硬扯生动的例子,分析问题他会用几个无所不包的概念,于是,俨然成了个少壮有为的干部,他漂浮在生活上边,悠然得意。"

"那么刘世吾呢?"林震问,"他绝不像韩常新那样浅薄,但是他的那些独到的见解,精辟的分析,好像包含着一种可怕的冷漠。看到他容忍王清泉这样的厂长,我无法理解,而当我想向他表示什么意见的时候,他的议论却使人越绕越糊涂,可除了跟着他走,似乎没有别的路……"

"刘世吾有一句口头语:就那么回事。他看透了一切,以为一切就那么回事。按他自己的说法,他知道什么是'是',什么是'非',还知道'是'一定战胜'非',又知道'是'不能一下子战胜'非'。他什么都知道,什么都见过——党的工作给人的经验本来很多。于是他不再操心,不再爱也不再恨。他取笑缺陷,仅仅是取笑;欣赏成绩,仅仅是欣赏。他满有把握地应付一切,再也不需要虔诚地学习什么,除了拼音文字之类的具体知识。一旦他认为条件成熟需要干一气,他就一把把事情抓在手里,教育这个,处理那个,俨然是一切人的上司。凭他的经验和智慧,他当然可以做好一些事,于是他更加自信。"赵慧文毫不容情地说道。这些话曾经在多少个不眠的夜晚萦绕在她的心头。

"我们的区委副书记兼部长呢?他不管么?"

赵慧文更加兴奋了,她说:"李宗秦身体不好,他想去做理论研究工作,嫌区委的工作过于具体。他当组织部长只是挂名,把一切事情推给刘世吾。这也是一种相当普遍的不正常的现象,有一批老党员,因为病,因为文化水平低,或者因为是首长爱人,他们挂着厂长、校长和书记的名,却由副厂长、教导主任、秘书或者某个干事做实际工作。"

"我们的正书记——周润祥同志呢?"

"周润祥是一个非常令人尊敬的领导同志,但是他工作太多,忙着肃反、私营企业的改造……各种带有突击性的任务。我们组织部的工作呢,一般说永远成不了带突击性的中心任务,所以他管得也不多。"

"那……怎么办呢?"林震直到现在,才开始明白了事情的复杂性,一个缺点,仿佛粘在从上到下的一系列的缘故上。

"是啊。"赵慧文沉思地用手指弹着自己的腿,好像在弹一架钢琴,然后她向着远处笑了,她说:"谢谢你……"

"谢我?"林震以为自己听错了。

"是的,见到你,我好像又年轻了。你天不怕地不怕,敢于和一切坏现象做斗争,于是我有一种婆婆妈妈的预感:你……一场风波要起来了。"

林震脸红了。他根本没想到这些,他正为自己的无能而十分羞耻。他嘟哝着说:"但愿是真正的风波而不是瞎胡闹。"然后他问:"你想了这么多,分析得这么清楚,为什么只是憋在心里呢?"

"我老觉得没有把握,"赵慧文把手放在自己的胸前,"我看了想,想了又看,我有时候想得一夜都睡不好,我问自己:'你的工作是事务性的,你能理解这些吗?'"

"你怎么会这样想?我觉得你刚才说得对极了!你应该把你刚才说的对区委书记谈,或者写成材料给《人民日报》……"

"瞧,你又来了。"赵慧文露出润湿的牙齿笑了。

"怎么叫又来了?"林震不高兴地站起来,使劲搔着头皮,"我也想过多少次,我觉得,人要在斗争中使自己变正确,而不能等到正确了才去做斗争!"

赵慧文突然推门出去了,把林震一个人留在这空旷的屋子里,他嗅见了肥皂的香气。马上,赵慧文回来了,端着一个长柄的小锅,她跳着进来,像一个梳着三只辫子的小姑娘。她打开锅盖,戏剧性地向林震说:

"来,我们吃荸荠,煮熟了的荸荠!我没有找到别的好吃的。"

"我从小就喜欢吃熟荸荠。"林震愉快地把锅接过来,他挑了一个大的没剥皮就咬了一口,然后他皱着眉吐了出来,"这是个坏的,又酸又臭。"赵慧文大笑了。林震气愤地把捏烂了的酸荸荠扔到地上。

临走的时候,夜已经深了,纯净的天空上布满了畏怯的小星星。有一个老头儿吆喝着"炸丸子开锅!"推车走过。林震站在门外,赵慧文站在门里,她的眼睛在黑暗中闪光,她说:"下次来的时候,墙上就有画了。"

林震会心地笑着:"而且希望你把丢下的歌儿唱起来!"他摇了一下她的手。

林震用力地呼吸着春夜的清香之气,一股温暖的泉水从心头涌了上来。

八

韩常新最近被任命为组织部副部长。新婚和被提拔,使他愈益精神焕发和朝气勃勃。他每天刮一次脸,在参观了服装展览会以后又做了一套凡尔丁料子的衣服。不过,最近他亲自出马下去检查工作少了,主要是在办公室听汇报、改文件和找人谈话。刘世吾仍然那么忙。

一天,晚饭以后,韩常新把《拖拉机站站长与总农艺师》还给林震,他用手弹一弹那本书,点点头说:"很有意思,也很荒唐。当个作家倒不坏,编得天花乱坠。赶明儿我得了风湿性关节炎或者犯错误受了处分,就也写小说去。"

林震接过书,赶快拉开抽屉,把它压在最底下。

刘世吾坐在另一边的沙发上正出神地研究一盘象棋残局,听了韩常新的话,刻薄地说:"老韩将来得关节炎或者受处分倒不见得不可能。至于小说,我们可以放心,至少在这个行星上不会看到您的大作。"他说的时候一点不像开玩笑,以致韩常新尴尬地转过头,装没听见。

这时刘世吾又把林震叫过去,坐在他旁边,问:"最近看什么书了?有没有好的借我看看?"

林震说没有。

刘世吾挪动着身体,斜躺在沙发上,两手托在脑后,半闭着眼,缓慢地说:"最近在《译文》上看了《被开垦的处女地》第二部的片段,人家写得真好,活得很……"

"您常看小说?"林震真不大相信。

"我愿意荣幸地表示,我和你一样爱读书:小说、诗歌,包括童话。解放以前,我最喜欢屠格涅夫。小学五年级,我已经读《贵族之家》,我为伦蒙那个德国老头儿流泪,我也喜欢叶琳娜,英沙罗夫写得却并不好……可他的书有一种清新的、委婉多情的调子。"他忽地站起来,走近林震,扶着沙发背,弯着腰继续说,"现在也爱看,看的时候很入迷,看完了又觉得没什么,你知道,"他紧挨林震坐下,又半闭起眼睛,"当我读一本好小说的时候,我梦想一种单纯的、美妙的、透明的生活。我想去当水手,或者穿上白衣服研究红血球,或者当一个花匠,专门培植十样锦……"他笑了,他从来没这样笑过,不是用机智,而是用心。"可还是得当什么组织部长。"他摊开了手。

"为什么您把现在的工作看得和小说那么不一样呢?党的工作不单纯,不美妙,也不透明吗?"林震友好而关切地问。

刘世吾接连摇头,咳嗽了一会儿又站起来。靠到远一点的地方,嘲笑地说:"党的工作者不适合看小说……譬如,"他用手在空中一画,"拿发展党员来说,小说可以写:'在壮丽的事业里,多少名新战士参加了无产阶级的先锋行列,万岁!'而我们呢,组织部呢,却正在发愁:第一,某支部组织委员工作马大哈,谈不清新党员的历史情况。第二,组织部压了百十个等着批准的新党员,没时间审查。第三,新党员须经常委会批准,而常委委员一听开会批准党员就请假。第四,公安局长参加常委会批准党员的时候老是打瞌睡……"

"您不对!"林震大声说,他像本人受了侮辱一样难以忍耐,"您看不见壮丽的事业,只看见某某在打瞌睡……难道您也打瞌睡了?"

刘世吾笑了笑,叫韩常新:"来,看看报上登的这个象棋残局,该先挪车呢还是先跳马?"

九

魏鹤鸣告诉林震,他要求回到车间当工人,他说:"这个支部委员和生产科长我干不了。"林震费尽唇舌,劝他把那次座谈会搜集的意见写给党报,并且质问他:"你退缩了,你不信任党和国家了,是吗?"后来魏鹤鸣和几个意见较多的工人写了一封长信,偷偷地寄给报纸,连魏鹤鸣本人都对自己有些怀疑:"也许这又是'小集团活动'?那就处罚我吧!"他是带着有罪的心情把大信封扔进邮箱的。

五月中旬,《北京日报》以显明的标题登出揭发王清泉官僚主义作风的群众来信。署名"麻袋厂一群工人"的信,愤怒地要求领导上处理这一问题。《北京日报》编者也在按语中指出:"……有关领导部门应迅速做认真的检查……"

赵慧文首先发现了,她叫林震来看。林震兴奋得手发抖,看了半天连不成句子,他想:"好!终于揭出来了!还是党报有力量!"

他把报纸拿给刘世吾看,刘世吾仔细地看了几遍,然后抖一抖报纸,客观地说:"好,开刀了!"

这时,区委书记周润祥走进来,他问:"王清泉的情况你们了解不?"

刘世吾不慌不忙地说:"麻袋厂支部的一些不健康的情况那是确实存在的。过去,我们就了解过,最近我亲自找王清泉谈过话,同时小林同志也去了解过。"他转身向林震:"小林,你谈谈王清泉的情况吧。"

有人敲门,魏鹤鸣紧张地撞进来,他的脸由红色变成了青色,他说,王厂长在看到《北京日报》以后非常生气,现在正追查写信的人。

经过党报的揭发与区委书记的过问,刘世吾以出乎林震意料之外的雷厉风行的精神处理了麻袋厂的问题。刘世吾一下决心,就可以把工作做得很出色。他把其他工作交代给别人,连日与林震一起下到麻袋厂去。他深入车间,详细调查了王清泉工作的一切情况,征询工人群众的一切意见。然后,与各有关部门进行了联系,只用了一个多星期的时间,就对王清泉做了处理——党内和行政都予以撤职处分。

处理王清泉的大会一直开到深夜。开完会,外面下起雨,雨忽大忽小,久久地不停息,风吹到人脸上有些凉。刘世吾与林震到附近的一个小铺子去吃馄饨。

这是新近公私合营的小铺子,整理得干净而且舒适。由于下雨,顾客不多。他们避开热气腾腾的馄饨锅,在墙角的小桌旁坐下来。

他们要了馄饨,刘世吾还要了白酒,他呷了一口酒,掐着手指,有些感触地说:"我这是第六次参加处理犯错误的负责干部的问题了,头几次,我的心很沉重。"由于在大会上激昂地讲过话,他的嗓音有些嘶哑,"党的工作者是医生,他要给人治病,他自己却是并不轻松的。"他用无名指轻轻敲着桌子。

林震同意地点头。

刘世吾忽然问:"今天是几号?"

"五月二十。"林震告诉他。

"五月二十,对了。九年前的今天,'青年军'二〇八师打坏了我的腿。"

"打坏了腿?"林震对刘世吾的过去历史还不了解。

刘世吾不说话,雨一阵大起来,他听着那哗啦哗啦的单调的响声,嗅着潮湿的土气。一个被雨淋透的小孩子跑进来避雨,小孩的头发在往下滴水。

刘世吾招呼店员:"切一盘肘子。"然后告诉林震:"一九四七年,我在北大当自治会主席。参加五·二〇游行的时候,二〇八师的流氓打坏了我的腿。"他挽起裤子,可以看到一道弧形的疤痕,然后他站起来:"看,我的左腿是不是比右腿短一点?"

林震第一次以深深的尊敬和爱戴的眼光看着他。

喝了几口酒,刘世吾的脸微微发红,他坐下,把肉片夹给林震,然后歪着头说:"那个时候……我是多么热情,多么年轻啊!我真恨不得……"

"现在就不年轻,不热情了么?"林震用期待的眼光看着。

"当然不。"刘世吾玩着空酒杯,"可是我真忙啊!忙得什么都习惯了,疲倦了。解放以来从来没睡够过八小时觉,我处理这个人和那个人,却没有时间处理处理自己。"他托起腮,用最质朴的人对人的态度看着林震,"是啊,一个布尔什维克,经验要丰富,但是心还要单纯……再来一两!"刘世吾举起酒杯,向店员招手。

这时林震已经开始被他深刻和真诚的抒发所感动了。刘世吾接着闷闷地说:"据说,炊事员的职业病是缺少良的好食欲,饭菜是他们做的,他们整天和饭菜打交道。我们,党工作者,我们创造了新生活,结果,生活反倒不能激动我们……"

林震的嘴动了动,刘世吾摆摆手,表示希望不要现在就和他辩论。他不说话,独自托着腮发愣。

"雨小多了,这场雨对麦子不错。"过了半天,刘世吾叹了口气,忽然又说:"你这个干部好,比韩常新强。"

林震在慌乱中赶紧喝汤。

刘世吾盯着他,亲切地笑着,问他:"赵慧文最近怎么样?"

"她情绪挺好。"林震随口说。他拿起筷子去夹熟肉,看见了他熟悉的刘世吾的闪烁的目光。

刘世吾把椅子拉近他,缓缓地说:"原谅我的直爽,但是我有责任告诉你……"

"什么?"林震停止了夹肉。

"据我看,赵慧文对你的感情有些不……"

林震颤抖着手放下了筷子。

离开馄饨铺,雨已经停了,星光从黑云下面迅速地露出来,风更凉了,积水潺潺地从马路两边的泄水池流下去。林震迷惘地跑回宿舍,好像喝了酒的不是刘世吾,倒是他。同宿舍的同志都睡得很甜,粗短的和细长的鼾声此起彼伏。林震坐在床上,摸着湿了的裤脚,眼前浮现了赵慧文的苍白而美丽的脸……他还是个毛头小伙子,他什么也没经历过,什么都不懂。他走近窗子,把脸紧贴在外面沾满了水珠的冰冷的玻璃上。

十

区委常委开会讨论麻袋厂的问题。

林震列席参加。他坐在一角,心跳、紧张,手心里出了汗。他的衣袋里装着好几千字的发言提纲,准备在常委会上从麻袋厂事件扯出组织部工作中的问题。他觉得麻袋厂问题的揭发和解决,造成了最好的机会,可以促请领导从根本上考虑一下组织部的工作。时候到了!刘世吾正在条理分明地汇报情况。书记周润祥显出沉思的神色，用左拳托着士兵式的粗壮而宽大的脸，右腕子压着一张纸，时而在上面写几个字。李宗秦用食指在空中写画着。韩常新也参加了会，他专心地把自己的鞋带解开又系上。

林震几次想说话，但是心跳得使他喘不上气。第一次参加常委会，就作这种大胆的发言，未免过于莽撞吧？不怕，不怕！他鼓励自己。他想起八岁那年在青岛学跳水，他也一边听着心跳，一边生气地对自己说："不怕，不怕！"

区委常委批准了刘世吾对于麻袋厂问题提出的处理意见，马上就要进行下面一项议程了，林震霍地举起了手。

"有意见吗？不举手就可以发言的。"周书记笑着说。

林震站起来，碰响了椅子，掏出笔记本看着提纲，他不敢看大家。

他说："王清泉个人是作了处理了，但是如何保证不再有第二、第三个王清泉出现呢？我们应该检查一下区委组织工作中的缺点：第一，我们只抓了建党，对于巩固党没给予应有的注意，使基层的党内斗争处于自流状态。第二，我们明知有问题却拖延着不去解决，王清泉来厂子整整五年，问题一直存在而且愈发展愈严重。……具体地说，我认为韩常新同志与刘世吾同志有责任……"

会场起了轻微的骚动，有人咳嗽，有人放下了烟卷，有人打开笔记本，有人挪了一下椅子。

韩常新耸了一下肩，用舌头舐了一下扭动着的牙床，讽刺地说："往往听到一种事后诸葛亮的意见：'为什么不早一点处理呢？'当然是愈早愈好啰！高、饶事件发生了，有人问为什么不早一点，贝利亚，也有人问为什么不早一点。再者，组织部并不能保证第二、第三个王清泉不会出现，林震同志也未尝能保证这一点。……"

林震抬起头，用激怒的目光看着韩常新。韩常新却只是冷冷地笑。林震压抑着自己说："老韩同志知道缺点的存在是规律，但他不知道克服缺点前进更是规律。老韩同志和刘部长，就是抱住了头一个规律，因而对各种严重的缺点采取了容忍乃至于麻木的态度！"说完，他用手抹了抹头上的汗，他也不知道自己怎么敢说得这样尖锐，但是终究说出来了，他有一种如释重负的感觉。

李宗秦在空中画着的食指停住了。周润祥转头看看林震又看看大家，他的沉重的身躯使木椅发出了吱吱声。他向刘世吾示意："你的意见？"

刘世吾点点头："小林同志的意见是对的，他的精神也给了我一些启发……"然后他悠闲地溜到桌子边去倒茶水，用手抚摸着茶碗沉思地说：

"不过具体到麻袋厂事件,倒难说了。组织部门巩固党的工作抓得不够,是的,我们干部太少,建党还抓不过来。麻袋厂王清泉的处理,应该说还是及时而有效的。在宣布处理的工人大会上,工人的情绪空前高涨,有些落后的工人也表示更认识到了党的大公无私,有一个老工人在台上一边讲话一边落泪,他们口口声声说着感谢党,感谢区委……"

林震小声说:"是的,正因为这样,我才觉得我们工作中的麻木、拖延、不负责任,是对群众犯罪。"他提高了声音,"党是人民的、阶级的心脏,我们不能容忍心脏上有灰尘,就不能容忍党的机关的缺点!"

李宗秦把两手交叉起来放在膝头,他缓缓地说,像是一边说一边思索着如何造句:"我认为林震、韩常新、刘世吾同志的主要争论有两个症结,一个是规律性与能动性的问题,……一个是……"

林震以不知从哪儿来的勇气对李宗秦说:"我希望不要只作冷静而全面的分析……"他没有说下去,他怕自己掉下眼泪来。

周润祥看一看林震,又看一看李宗秦,皱起了眉头,沉默了一会儿,迅速地写了几个字,然后对大家说:"讨论下一项议程吧。"

散会后,林震气恼得没吃下饭,区委书记的态度他没想到。他不满甚至有点失望。韩常新与刘世吾找他一齐出去散步,就像根本没理会他对他们的不满意,这使林震更意识到自己和他们力量的悬殊。他苦笑着想:"你还以为常委会上发一席言就可以起好大的作用呢!"他打开抽屉,拿起那本被韩常新嘲笑过的苏联小说,翻开第一页,上面写着:"按娜斯嘉的方式生活!"他自言自语:"真难啊!"

他缺少了什么呢?

十一

第二天下班以后,赵慧文告诉林震:"到我家吃饭去吧,我自己包饺子。"他想推辞,赵慧文已经走了。

林震犹豫了好久,终于在食堂吃了饭再到赵慧文家去。赵慧文的饺子刚刚煮熟。她穿着暗红色的旗袍,系着围裙,手上沾满面粉,像一个殷勤的主妇似的对林震说:"新下来的豆角做的馅子……"

林震嗫嚅地说:"我吃过了。"

赵慧文不信,跑出去给他拿来了筷子,林震再三表示确实吃过,赵慧文不满意地一个人吃起来。林震不安地坐在一旁,一会儿看看这,一会儿看看那,一会儿搓搓手,一会儿晃一晃身体。

"小林,有什么事么?"赵慧文停止了吃饺子。

"没……有。"

"告诉我吧。"赵慧文目不转睛地看着他。

"昨天在常委会上我把意见都提了,区委书记睬都不睬……"

赵慧文咬着筷子头想了想,她坚决地说:"不会的,周润祥同志只是不轻易发表意见……"

"也许。"林震半信半疑地说,他低下头,不敢正面接触赵慧文关切的目光。

赵慧文吃了几个饺子,又问:"还有呢?"

林震的心跳起来了。他抬起头,看见了赵慧文的好意的眼睛,他轻轻地叫:"赵慧文同志……"

赵慧文放下筷子,靠在椅子背上,有些吃惊了。

"我很想知道,你是否幸福。"林震用一种粗重的,完全像大人一样的声音说,"我看见过你的眼泪,在刘世吾的办公室,那时候春天刚来……后来忘记了。我自己马马虎虎地过日子,也不会关心人。你幸福吗?"

赵慧文略略疑惑地看着他,摇头,"有时候我也忘记……"然后点头,"会的,会幸福的。你为什么问它呢?"她安详地笑着。

林震把刘世吾对他讲的告诉了她:"……请原谅我,把刘世吾同志随便讲的一些话告诉了你,那完全是瞎说……我很愿意和你一起说话或者听交响乐,你好极了,那是自然而然的,……也许这里边有什么不好的,不合适的东西,马马虎虎的我忽然多虑了,我恐怕我扰乱谁。"林震抱歉地结束了。

赵慧文安详地笑着,接着皱起了眉尖儿,又抬起了细瘦的胳臂,用力擦了一下前额,然后她甩了一下头,好像甩掉什么不愉快的心事似的转过身去了。

她慢慢地走到墙壁上新挂的油画前边,默默地看画。那幅画的题目是《春》,莫斯科,太阳在春天初次出现,母亲和孩子一起到街头去……

一会儿,她又转过身来,迅速地坐在床上,一只手扶着床栏杆,异常平静地说:"你说了些什么呀?真是!我不会做那些不经过考虑的事。我有丈夫,有孩子,我还没和你谈过我的丈夫。"她不用常说的"爱人",而强调地说着"丈夫"。"我们在五二年结的婚,我才十九,真不该结婚那么早。他从部队里转业,在中央一个部里当科长,他慢慢地染上了一种油条劲儿,争地位、争待遇,和别人不团结。我们之间呢,好像也只剩下了星期六晚上回来和星期一走。我的看法是:或者是崇高的爱情,或者什么都没有。我们争吵了……但是我仍然等待着……他最近出差去上海,等回来,我要和他好好谈一谈。可你说了些什么呢?"她又一次问,"小林,你是我所尊敬的顶好的朋友,但你还是个孩子——这个称呼也许不对,对不起。我们都希望过一种真正的生活,我们希望组织部成为真正的党的工作机构,我觉着你像是我的弟弟,你盼望我振作起来,是吧?生活是应该有互相支援和友谊的温暖,我从来就害怕冷淡。就是这些了,还有什么呢?还能有什么呢?"

林震惶恐地说:"我不该受刘世吾话的影响……"

"不,"赵慧文摇头,"刘世吾同志是聪明人,他的警告也许并不是完全没有必要,然后……"她深深地吐一口气:"那就好了。"

她收拾起碗筷,出去了。

林震茫然地站起,来回踱着步子,他想着,想着,好像有许多话要说,慢慢地,又没有了。他要说什么呢?本来什么都没有发生。生活有时候带来某种情绪的波流,使人激动也使人困扰,然后波流流过去,没有一点痕迹……真的没有痕迹吗?它留下对于相逢者的纯洁和美好的记忆,虽然淡淡,却难忘……

赵慧文又进来了,她领着两岁的儿子,还提着一个书包。小孩已经与林震见过几次面,亲热地叫林震"夫夫"——他说不清楚"叔叔"。

林震用强健的手臂把他举了起来。空旷的屋子里顿时充满了孩子的笑闹声。

赵慧文打开书包,拿出一叠纸,翻着,说:"今天晚上,我要让你看几样东西。我已经把三年来看到的组织部工作中的一些问题和自己的意见写了一个草稿。这个……"她不好意思地摸了一下一张橡皮纸,"大概这是可笑的,我给自己规定了一个竞赛的办法,让今天的自己和昨天的自己竞赛。我画了表,如果我的工作有了失误——写入党批准通知的时候抄错了名字或者统计错了新党员人数,我就在表上画一个黑叉子,如果一天没有错,就画一个小红旗。连续一个月都是红旗,我就买一条漂亮的头巾或者别的什么奖励自己……也许,这像幼儿园的做法吧?你觉得好笑吗?"

林震入神地听着,他严肃地说:"不。我尊敬你对自己的……"

临走的时候,夜已经深了。林震站在门外,赵慧文站在门里,她的眼睛在黑暗中闪着光,她说:"今天的夜色非常好,你同意吗?你闻见槐花的香气了没有?平凡的小白花,它比牡丹清雅,比桃李浓馥。你闻不见?真是!再见,明天一早就见面了,我们各自投身在伟大而麻烦的工作里边。然后晚上来找我吧,我们听美丽的《意大利随想曲》。听完歌,我给你煮荸荠,然后我们把荸荠皮扔得满地都是……"

林震靠着组织部门前的大柱子好久好久地呆立着,望着夜的天空。初夏的南风吹拂着他——他来时是残冬,现在已经是初夏了。他在区委会度过了第一个春天。

他做好的事情简直很少,简直就是没有,但他学了很多,多懂了不少事。他懂了生活的真正的美好和真正的分量,他懂了斗争的困难和斗争的价值。他渐渐明白,在这平凡而又伟大的、包罗万象的、担负着无数艰巨任务的区委会,单凭个人的勇气是做不成任何事情的……从明天……

办公室的小刘走过,叫他:"林震,你上哪儿去了?快去找周润祥同志,他刚才找了你三次。"

区委书记找林震了吗?那么不是从明天,而是从现在,他要尽一切力量去争取领导的指引,这正是目前最重要的……

隔着窗子,他看见绿色的台灯和夜间办公的区委书记的高大侧影,他坚决地、迫不及待地敲响了领导同志办公室的门。

(《组织部来了个年轻人》,花城出版社,2009年)

《组织部来了个年轻人》导读	拓展阅读

拓展阅读

李希凡:评《组织部新来的青年人》

"锻炼锻炼"

赵树理

"争先"农业社，地多劳力少，
动员女劳力，作得不够好；
有些妇女们，光想讨点巧，
只要没便宜，请也请不到——
有说小腿疼，床也下不了，
要留儿媳妇，给她送屎尿；
有说四百二，她还吃不饱，
男人上了地，她却吃面条。
她们一上地，定是工分巧，
做完便宜活，老病就犯了；
割麦请不动，拾麦起得早，
敢偷又敢抢，纪律全不要；
开会常不到，也不上民校，
提起正经事，啥也不知道；
谁给提意见，马上跟谁闹，
没理占三分，吵得天塌了。
这些老毛病，赶紧得改造，
快请识字人，念念大字报！
　　——杨小四写

这是一九五七年秋末"争先农业社"整风时候出的一张大字报。在一个吃午饭的时间，大家正端着碗到社办公室门外的墙上看大字报，杨小四就趁这个热闹时候把自己写的这张快板大字报贴出来，引得大家丢下别的不看，先抢着来看他这一张，看着看着就轰隆轰隆笑起来。倒不因为杨小四是副主任，也不是因为他编得顺溜写得整齐才引得大家这样注意，最引人注意的是他批评的两个主要对象是"争先社"的两个有名人物——一个外号叫"小腿疼"，那一个外号叫"吃不饱"。

小腿疼是五十来岁一个老太婆,家里有一个儿子一个儿媳,还有个小孙孙。本来她瞧着孙孙做做饭媳妇是可以上地的,可是她不,她一定要让媳妇照着她当日伺候婆婆那个样子伺候她——给她打洗脸水、送尿盆、扫地、抹灰尘、做饭、端饭……不过要是地里有点便宜活的话也不放过机会。例如夏天拾麦子,在麦子没有割完的时候她可去,一到割完了她就不去了。按她的说法是"拾东西全凭偷,光凭拾能有多大出息"。后来社里发现了这个秘密,又规定拾的麦子归社,按斤给她记工,她就不干了。又如摘棉花,在棉桃盛开每天摘的能超过定额一倍的时候,她也能出动好几天,不用说刚能做到定额她不去,就是只超过定额三分她也不去。她的小腿上,在年轻时候生过连疮,不过早在二十多年前就治好了。在生疮的时候,她的丈夫伺候她;在治好之后,为了容易使唤丈夫,她说她留下了个腿疼根。"疼"是只有自己才能感觉到的。她说"疼",别人也无法证明真假,不过她这"疼",疼得有点特别:高兴时候不疼,不高兴了就疼;逛会、看戏、游门、串户时候不疼,一做活就疼;她的丈夫死后儿子还小的时候有好几年没有疼,一给孩子娶过媳妇就又疼起来;入社以后是活儿能大量超过定额时候不疼,超不过定额或者超过的少了就又要疼。乡里的医务站办得虽说还不错,可是对这种腿疼还是没有办法。

"吃不饱"原名"李宝珠",比"小腿疼"年轻得多——才三十来岁,论人材在"争先社"是数一数二的,可惜她这个优越条件,变成了她自己一个很大的包袱。她的丈夫叫张信,和她也算是自由结婚。张信这个人,生得也聪明伶俐,只是没有志气,在恋爱期间李宝珠跟他提出的条件,明明白白就说是结婚以后不上地劳动,这条件在解放后的农村是没有人能答应的,可是他答应了。在李宝珠看来,她这位丈夫也不能算最满意的人,只能说是"比上不足比下有余"——因为不是个干部——所以只把他作为"过渡时期"的丈夫,等什么时候找下了最理想的人再和他离婚。在结婚以后,李宝珠有一个时期还在给她写大字报这位副主任杨小四身上打过主意,后来打听着她自己那个"吃不饱"的外号原来就是杨小四给她起的,这才打消了这个念头。她既然只把张信当成她"过渡时期"的丈夫,自然就不能完全按"自己人"来对待他,因此她安排了一套对待张信的"政策"。她这套政策:第一是要掌握经济全权,在社里张信名下的账要朝她算,家里一切开支要由她安排,张信有什么额外收入全部缴她,到花钱时候再由她批准、支付。第二是除做饭和针线活以外的一切劳动——包括担水、和煤、上碾、上磨、扫地、送灰渣一切杂事在内——都要由张信负担。第三是吃饭穿衣的标准要由她规定——在吃饭方面她自己是想吃什么就做什么,对张信是她做什么张信吃什么;同样,在穿衣方面,她自己是想穿什么买什么,对张信自然又是她买什么张信穿什么。她这一套政策是她暗自规定暗自执行的,全面执行之后,张信完全变成了她的长工。自从实行粮食统购以来,她是时常喊叫吃不饱的。她的吃法是张信上了地她先把面条煮得吃了,再把汤里下几颗米熬两碗糊糊粥让张信回来吃,另外还做些火烧干饼锁在箱里,张信不在的时候几时想吃几时吃。队里动员她参加劳动的时候,她却说"粮食不够吃,每顿只能等张信吃完了刮个空锅,实在劳动不了"。时常做假的人,没有不露马脚的。张信常发现床铺上有干饼星星(碎屑),也不断见着糊糊粥里有一两根没有捞尽的面条,只是因为一提就得生气,一生气她就先提"离婚",所以不敢提,就那样睁只眼闭只眼吃点亏忍忍饥算了。有一次张信端着碗在门外和大家一齐吃饭,第三队(他所属的队)的队长张太和发现他碗里有一根面条。这位队长是个比较爱说俏皮话的青年。他问张信说:"吃不饱大嫂在哪里学会这单做一根面条的本事哩?"从这以后,每逢张信端着糊糊粥到门外来吃的时候,爱和他开玩笑的人常好夺过他的筷子来在他碗里找面条,碰巧的是时常不落空,总能找到那么一星半点。张太和有一次跟他说:"我看'吃不饱'这个外号给你加上还比较正确,因为你只能吃一根面条。"在参加生产方面,"吃不饱"和"小腿疼"的态度完全一样。她既掌握着经济全权,就想利用这种时机为她的"过渡"以后多弄一点积蓄,因此在生产上一有了取巧的机会她就参加,绝不受她自己所定的政策第二条的约束;当便宜活做完了她就仍然喊她的"吃不饱不能参加劳动"。

杨小四的快板大字报贴出来一小会,吃不饱听见社房门口起了哄,就跑出来打听——她这几天心里一直跳,生怕有人给她贴大字报。张太和见她来了,就想给她当个义务读报员。张太和说:"大家不要起哄,我来给大家从头念一遍!"大家看见吃不饱走过来,已经猜着了张太和的意思,就都静下来听张太和的。张太和说快板是很有工夫的。他用手打起拍子,有时候还带着表演,跟流水一样马上把这段快板说了一遍,只说得人人鼓掌、个个叫好。吃不饱就在大家鼓掌鼓得起劲的时候,悄悄溜走了。

不过吃不饱可没有回了家,她马上到小腿疼家里去了。她和小腿疼也不算太相好,只是有时候想借重一下小腿疼的硬牌子。小腿疼比她年纪大,闯荡得早,又是正主任王聚海、支书王镇海、第一队队长王盈海的本家嫂子,有理没理常常敢到社房去闹,所以比吃不饱的牌子硬。吃不饱听张太和念过大字报,气得直哆嗦,本想马上在当场骂起来,可是看见人那么多,又没有一个是会给自己说话的,所以没有敢张口就悄悄溜到小腿疼家里。她一进门就说:"大姊呀!有人贴着黑帖子骂咱们哩!"小腿疼听说有人敢骂她好像还是第一次。她好像不相信地问:"你听谁说的?""谁说的?多少人都在社房门口吵了半天了,还用听谁说?""谁写的?""杨小四那个小死材!""他这小死材都写了些什么?""写的多着哩,说你装腿疼,留下儿媳妇给你送屎尿;说你偷麦子;说你没理占三分,光跟人吵架……"她又加油加醋添了些大字报上没有写上去的话,一顿把个小腿疼说得腿也不疼了,挺挺挺挺就跑到社房里去找杨小四。

这时候,主任王聚海、副主任杨小四、支书王镇海三个人都正端着碗开碰头会,研究整风与当前生产怎样配合的问题,小腿疼一跑进去就把个小会给他们搅乱了。在门外看大字报的人们,见小腿疼的来头有点不平常,也有些人跟进去看。小腿疼一进门一句话也没有说,就伸开两条胳膊去扑杨小四,杨小四从座上跳起来闪过一边,主任王聚海趁势把小腿疼拦住。杨小四料定是大字报引起来的事,就向小腿疼说:"你是不是想打架?政府有规定,不准打架。打架是犯法的。不怕罚款、不怕坐牢你就打吧!只要你敢打一下,我就把你请得到法院!"又向王聚海说:"不要拦她!放开叫她打吧!"小腿疼一听说要出罚款要坐牢,手就软下来,不过嘴还不软。她说:"我不是要打你!我是要问问你政府规定过叫你骂人没有?""我什么时候骂过你?""白纸黑字贴在墙上你还昧得了?"王聚海说:"这老嫂!人家提你的名来没有?"小腿疼马上顶回来说:"只要不提名就该骂是不是?要可以骂我可就天天骂哩!"杨小四说:"问题不在提名不提名,要说清楚的是骂你来没有!我写的有哪一句不实,就算我是骂你!你举出来!我写的是有个缺点,那就是不该没有提你们的名字。我本来提的,主任建议叫我去了。你要嫌我写得不全,我给你把名字加上好了!""你还嫌骂得不痛快呀?加吧!你又是副主任,你又会写,还有我这不识字的老百姓活的哩?"支书王镇海站起来说:"老嫂你是说理不说理?要说理,等到辩论会上找个人把大字报一句一句念给你听,你认为哪里写得不对许你驳他!不能这样满脑一把抓来派人家的不是!谁不叫你活了?""你们都是官官相卫,我跟你们说什么理?我要骂!谁给我出大字报叫他死绝了根!叫狼吃得他不剩个血盘儿,叫……"支书认真地说:"大字报是毛主席叫贴的!你实在要不说理要这样发疯,这么大个社也不是没有办法治你!"回头向大家说:"来两个人把她送乡政府!"看的人们早有几个人忍不住了,听支书一说,马上跳出五六个人来把她围上,其中有两个人拉住她两条胳膊就要走。这时候,主任王聚海却拦住说:"等一等!这么一点事哪里值得去麻烦乡政府一趟?"大家早就想让小腿疼去受点教训,见王聚海一拦,都觉得泄气,不过他是主任,也只好听他的。小腿疼见真要送她走,已经有点胆怯,后来经主任这么一拦就放了心。她定了定神,看到局势稳定了,就强鼓着气说了几句似乎是光荣退兵的话:"不要拦他们!让他们送吧!看乡政府能不能拔了我的舌头!"王聚海认为已经到了收场的时候,就拉长了调子向小腿疼说:"老嫂!你且回去吧!没有到不了底的事!我们现在要布置明天的生产工作,等过两天再给你们解释解释!""什么解释解释?一定得说个过来过去!""好好好!就说个过来过去!"杨小四说:"主任你的话是怎么说着的?人家闹到咱的会场来了,还要给人家陪情是不是?"小腿疼怕杨小四和支书王镇海再把王聚海说倒了弄得自己不得退场,就赶紧抢了个空子和王聚海说:"我可走了!事情是你承担着的!可不许平白白地拉倒啊!"说完了抽身就走,跑出门去才想起来没有装腿疼。

　　主任王聚海是个老中农出身,早在抗日战争以前就好给人和解个争端,人们常说他是个会和稀泥的人;在抗日战争中八路军来了以后他当过村长,作各种动员工作都还有点办法;在土改时候,地主几次要收买他,都被他拒绝了,村支部见他对斗争地主还坚决,就吸收他入了党;"争先农业社"成立时候,又把他选为社主任,好几年来,因为照顾他这老资格,一直连选连任。他好研究每个人的"性格",主张按性格用人,可惜不懂得有些坏性格一定得改造过来。他给人们平息争端,主张"和事不表理",只求得"了事"就算。他以为凡是懂得他这一套的人就当得了干部,不能照他这一套来办事的人就都还得"锻炼锻炼"。例如在一九五五年党内外都有人提出可以把杨小四选成副主任,他却说"不行不行,还得好好锻炼几年",直到本年(一九五七年)改选时候他还坚持他的意见,可是大多数人都说杨小四要比他还强,结果选举的票数和他得了个平。小四当了副主任之后,他可是什么事也不靠小四做,并且常说:"年轻人,随在管委会里'锻炼锻炼'再说吧!"又如社章上规定要有个妇女副主任,在他看来那也是多余的。他说:"叫妇女们闹事可以,想叫她们办事呀,连门都找不着!"因为人家别的社里每社都有那么一个人,他也没法坚持他的主张,结果在选举时候还是选了第三队里的高秀兰来当女副主任。他对高秀兰和对杨小四还有区别,以为小四还可以"锻炼锻炼",秀兰连"锻炼"也没法"锻炼",因此除了在全体管委会议的时候按名单通知秀兰来参加以外,在其他主干碰头的会上就根本想不起来还有秀兰那么个人。不过高秀兰可没有忘了他。就在这次整风开始,高秀兰给他贴过这样一张大字报:

　　　　"争先"社,难争先,因为主任太主观;
　　　　只信自己有本事,常说别人欠锻炼;
　　　　大小事情都包揽,不肯交给别人干,

一天起来忙到晚,办的事情很有限。
遇上社员有争端,他在中间赔笑脸,
只求说个八面圆,谁是谁非不评断,
有的没理沾了光,感谢主任多照看,
有的有理受了屈,只把苦水往下咽。
正气碰了墙,邪气遮了天,
有力没处使,谁还肯争先?
希望王主任,来个大转变;
办事靠集体,说理分长短,
多听群众话,免得耍光杆!
　　　　——高秀兰写

他看了这张大字报,冷不防也吃了一惊,不过他的气派大,不像小腿疼那样马上唧唧喳喳乱吵,只是定了定神仍然摆出长辈的口气来说:"没想到秀兰这孩子还是个有出息的,以后好好'锻炼锻炼'也许能给社里办点事。"王聚海就是这样一个人。

杨小四给小腿疼和吃不饱出的那张大字报,在才写成稿子没有誊清以前,征求过王聚海的意见。王聚海坚决主张不要出。他说:"什么病要吃什么药,这两个人吃软不吃硬。你要给她们出上这么一张大字报,保证她们要跟你闹麻烦;实在想出的话,也应该把她们的名字去了。"杨小四又征求支书王镇海的意见,并且把主任的话告诉了支书,支书说:"怕麻烦就不要整风!至于名字写不写都行,一贴出去谁也知道指的是谁!"杨小四为了照顾王聚海的老面子,又改了两句,只把那两个人的名字去了,内容一点也没有变,就贴出去了。

当小腿疼一进社房来扑杨小四,王聚海一边拦着她,一边暗自埋怨杨小四:"看你惹下麻烦了没有?都只怨不听我的话!"等到大家要往乡政府送小腿疼,被他拦住用好话把小腿疼劝回去之后,他又暗自夸奖他自己的本领:"试试谁会办事?要不是我在,事情准闹大了!"可是他没有想到当小腿疼走出去、看热闹的也散了之后,支书批评他说:"聚海哥!人家给你提过那么多意见,你怎么还是这样无原则?要不把这样无法无天的人的气焰打下去,这整风工作还怎么往下做呀?"他听了这几句批评觉得很伤心。他想:"你们闯下了事自己没法了局,我给你们做了开解,倒反落下不是了?"不过他摸得着支书的"性格"是"认理不认人、不怕不了事"的,所以他没有把真心话说出来,只勉强承认说:"算了算了!都算我的错!咱们还是快点布置一下明后天的生产工作吧!"

一谈起布置生产来,支书又说:"生产和整风是分不开的。现在快上冻了,妇女大半不上地,棉花摘不下来,花秆拔不了,牲口闲站着,地不能犁,要不整风,怎么能把这种情况变过来呢?"主任王聚海说:"整风是个慢工夫,一两天也不能转变个什么样子;最救急的办法,还是根据去年的经验,把定额减一减——把摘八斤籽棉顶一个工,改成六斤一个工,明天马上就能把大部分人动员起来!"支书说:"事情就坏到去年那个经验上!现在一天摘十斤也摘得够,可是你去年改过那么一下,把那些自私自利的人改得心高了,老在家里等那个便宜。这种落后思想照顾不得!去年改成六斤,今年她们会要求改成五斤,明年会要求改成四斤!"杨小四说:"那样也就对不住人家进步的妇女!明天要减了定额,这几天的工分你怎么给人家算?一个多月以前定额是二十斤,实际能摘到四十斤,落后的抢着摘棉花,叫人家进步的去割谷,就已经亏了人家;如今摘三遍棉花,人家又按八斤定额摘了十来天了,你再把定额改小了让落后的来抢,那像话吗?"王聚海说:"不改定额也行,那就得个别动员。会动员的话,不论哪一个都能动员出来,可惜大家在作动员工作方面都没有'锻炼',我一个人又只有一张嘴,所以工作不好作……"接着他就举出好多例子,说哪个媳妇爱听人夸她的手快,哪个老婆爱听人说她干净……只要摸得着人的"性格",几句话就能说得她愿意听你的话。他正唠唠叨叨举着例子,支书打断他的话说:"够了够了!只要克服了资本主义思想,什么'性格'的人都能动员出来!"

话才说到这里,乡政府来送通知,要主任和支书带两天给养马上到乡政府集合,然后到城关一个社里参观整风大辩论。两个人看了通知,主任说:"怎么办?"支书说:"去!""生产?""交给副主任!"主任看了看杨小四,带着讽刺的口气说:"小四!生产交给你!支书说过,'生产和整风分不开',怎样布置都由你!""还有人家高秀兰哩!""你和她商量去吧!"

主任和支书走后,杨小四去找高秀兰和副支书,三个人商量了一下,晚上召开了个社员大会。

人们快要集合齐了的时候,向来不参加会的小腿疼和吃不饱也来了。当她们走近人群的时候,吃不饱推着小腿疼的脊背说:"快去快去!凑他们都还没有开口!"她把小腿疼推进了场,她自己却只坐在圈外。一队的队长王盈海看见她们两个来得不大正派,又见小腿疼被推进场去以后要直奔主席台,就趁了两步过来拦住她说:"你又要干什么?""干什么?今天晌午的事你又不是不知道!先得把小四骂我的事说清楚,要不今天晚上的会开不好!"前边提过,王盈海也是小腿疼的一个本家小叔子,说话要比王聚海、王镇海都尖刻。王盈海当了队长,小腿疼虽然能借着个叔嫂关系跟他耍无赖,不过有时候还怕他三分。王盈海见小腿疼的话头来得十分无理,怕她再把个会场搅乱了,就用话顶住她说:"你的兴就还没有败透?人家什么地方屈说了你?你的腿到底疼不疼?""疼不疼你管不着!""编在我队里我就要管你!说你腿疼哩,闹起事来你比谁跑得也快;说你不疼哩,你却连饭也不能做,把个媳妇拖得上不了地!人家给你写了张大字报,你就跟被蝎子螫了一样,唧唧喳喳乱叫喊!叫吧!越叫越多!再要不改造,大字报会把你的大门上也贴满了!"这样一顶,果然有效,把个小腿疼顶得关上嗓门慢慢退出场外和吃不饱坐到一起去。杨小四看见小腿疼息了虎威,悄悄和高秀兰说:"咱们主任对小腿疼的'性格'摸得还是不太透。他说小腿疼是'吃软不吃硬',我看一队长这'硬'的比他那'软'的更有效些。"

宣布开会了,副支书先讲了几句话说:"支书和主任今天走得很急促,没有顾上详细安排整风工作怎样继续进行。今天下午我和两位副主任商议了一下,决定今天晚上暂且不开整风会,先来布置明天的生产。明天晚上继续整风,开分组检讨会,谁来检讨、检讨什么,得等到明天另外决定。我不说什么了,请副主任谈生产吧!"副支书说了这么几句简单的话就坐下了。有个人提议说:"最好是先把检讨人和检讨什么宣布一下,好让大家准备准备!"副支书又站起来说:"我们还没有商量好,还是等明天再说吧!"

接着就是杨小四讲话。他说:"咱们现在的生产问题,大家都看得很清楚:棉花摘不下来,花秆拔不了,牲口闲站着,地不能犁,再过几天地一冻,秋杀地就算误了。摘完了的棉花秆,断不了还要丢下一星半点,拔花秆上熏了肥料,觉着很可惜,要让大家自由拾一拾吧,还有好多三遍花没有摘,说不定有些手不干净的人要偷偷摸摸的。我们下午商量了一下,决定明后两天,由各队妇女副队长带领各队妇女,有组织地自由拾花;各队队长带领男劳力,在拾过自由花的地里拔花秆,把这一部分地腾清以后,先让牲口犁着,然后再摘那没有摘过三遍的花。为了防止偷花的毛病,现在要宣布几条纪律:第一,明天早晨各队正副队长带领全队队员到村外南池边犁过的那块地里集合,听候分配地点。第二,各队妇女只准到指定地点拾花,不许乱跑。第三,谁要不到南池边集合,或者不往指定地点,拾的花就算偷的,还按社里原来的规定,见一斤扣除五个劳动日的工分,不愿叫扣除的送到法院去改造。完了!散会!"

大会没有开够十分钟就散了,会后大家纷纷议论:有的说:"青年人究竟没有经验!就定一百条纪律,该偷的还是要偷!"有的说:"队长有什么用?去年拾自由花,有些妇女队长也偷过!"有的说:"年轻人可有点火气,真要处罚几个人,也就没人敢偷了!"有的说:"他们不过替人家当两天家,不论说得多么认真,王聚海回来还不是平塌塌地又放下了?"准备偷花的妇女们,也互相交换着意见:"他想的倒周全,一分开队咱们就散开,看谁还管得住谁?""分给咱们个好地方咱们就去,要分到没出息的地方,干脆都不要跟上队长走!""他一只手拖一个,两只手拖两个,还能把咱们都拖住?""我们的队长也不那么老实!"……

"新官上任,不摸秉性",议论尽管议论,第二天早晨都还得到村外南池边那块犁过的地里集合。

要来的人都来到犁耙得很平整的这块地里来坐下,村里再没有往这里走的人了,小四、秀兰和副支书一看,平常装病、装忙、装饿的那些妇女们这时候差不多也都到齐,可是小腿疼和吃不饱两个有名人物没有来。他们三个人互相看了看,秀兰说:"大概是一张大字报真把人家两个人惹恼了!"大家又稍微等了一下,小四说:"不等她们了,咱们就按咱们的计划来吧!"他走到面向群众那一边说:"各队先查点一下人数,看一共来了多少人!男女分别计算!"各个队长查点了一遍,把数字报告上来。小四又说:"请各队长到前边来,咱们先商量一下!"各队长都集中到他们三个人跟前来。小四和各队长低声说了几句话,各个队长一听都大笑起来,笑过之后,依小四的吩咐坐在一边。

小四开始讲话了。小四说:"今天大家来得这样齐整,我很高兴。这几天,队长每天去动员人摘花,可是说来说去,来的还是那几个人,不来的又都各有理由:有的说病了,有的说孩子病了,有的说家里忙得离不开……指东划西不出来,今天一听说自由拾花大家就什么事也没有了!这不明明是自私自利思想作怪吗?摘头遍花能超过定额一倍的时候,大家也是这样来得整齐。你们想想:平常活叫别人做,有了便宜你们讨,人家长年在地里劳动的人吃你们多少亏?你们真是想'拾'花吗?一个人一天拾不到一斤籽棉,值上两三毛钱,五天也赚不够一个劳动日,谁有那么傻瓜?老实说:愿意拾花的根本就是想偷花!今年不能像去年,多数人种地让少数人偷!花秆上丢的那一点棉花不拾了,把花秆拔下来堆在地边让每天下午小学生下了课来拾一拾,拾过了再熏肥。今天来了的人一个也不许回去!妇女们各队到各队地里摘三遍花,定额不动,仍是八斤一个劳动日;男人们除了往麦地担粪的还去担粪,其余到各队摘尽了花的地里拔花秆!我的话讲完了!副支书还要讲话!"有一个媳妇站起来说:"副主任!我不说瞎话!我今天不能去!我孩子的病还没有好!不信你去看看!"小四打断她的话说:"我不看!孩子病不好你为什么能来?""本来就不能来,因为……""因为听说要自由拾花!本来不能来你怎么来的?天天叫也叫不到地,今天没有人去叫你,你怎么就来了？副支书马上就要跟你们讲这些事！"这个媳妇再没有说的，还有几个也想找理由请假，见她受了碰，也都没有敢开口。她们也想到悄悄溜走，可是坐在村外一块犁过的地里，各个队长又都坐在通到村里去的路上，谁动一动都看得见，想跑也跑不了。

副支书站起来讲话了。他说："我要说的话很简单；有人昨天晚上要我把今天的分组检讨会布置一下，把检讨人和检讨什么告大家说，让大家好准备。现在我可以告大家说了：检讨人就是每天不来今天来的人，检讨的事就是'为什么只顾自己不顾社'，现在先请各队的记工员把每天不来今天来的人开个名单。"

一会，名单也开完了，小四说："谁也不准回村去！谁要是半路偷跑了，或者下午不来了，把大字报给她出到乡政府！"秀兰插话说："我们三队的地在村北哩，不回村怎么过去？"小四向三队队长张太和说："太和！你和你副队长把人带过村去，到村北路上再查点一下，一个也不准回去！各队干各队的事！散会！"

在散会中间又有些小议论："小四比聚海有办法！""想得出来干得出来！""这伙懒婆娘可叫小四给整住了！""也不止小四一个，他们三个人早就套好了！""聚海只学过内科，这些年轻人能动手术！""聚海的内科也不行，根本治不了病！""可惜小腿疼和吃不饱没有来！"……说着就都走开了。

第三队通过了村，到了村北的路上，队长查点过人数，就往村北的杏树底地里来。这地方有两丈来高一个土岗，有一棵老杏树就长在这土岗上，围着这土岗南、东、北三面有二十来亩地在成立农业社以后连成了一块，这一年种的是棉花，东南两面向阳地方的棉花已经摘尽了，只有北面因为背阴一点，第三遍花还没有摘。他们走到这块地里，把男劳力和高秀兰那样强一点的女劳力留在南头拔花秆，让妇女队长带着软一点的女劳力上北头去摘花。

妇女们绕过了南边和东边快要往北边转弯了，看见有四个妇女早在这块地里摘花，其中有小腿疼和吃不饱两个人。大家停住了步，妇女队长正要喊叫，有个妇女向她摆摆手低声说："队长不要叫她们！你一叫她们不拾了！咱们也装成自由拾花的样子慢慢往那边去！到那里咱们摘咱们的，她们拾她们的！让她们多拾一点处理起来也有个分量！"妇女队长说："我说她们怎么没有出来！原来早来了！"另一个不常下地的妇女说："吃不饱昨天夜里散会以后，就去跟我商量过不要到南池边去集合，早一点往地里去，我没有敢听她的话。"大家都想和小腿疼她们开开玩笑，就都装作拾花的样子，一边在摘过的空花秆上拾着零花，一边往北边走。

原来头天晚上开会时候，小腿疼没有闹起事来，不是就退出场外和吃不饱坐在一起了吗?她们一听到第二天叫自由拾花,吃不饱就对住小腿疼的耳朵说:"大婶!咱明天可不要管他那什么纪律!咱们叫上几个人天不明就走,赶她们到地,咱们就能弄他好几斤!她们到南池边集合,咱们到村北杏树底去,谁也碰不上谁;赶她们也到杏树底来咱们跟她们一块儿拾。拾东西谁也不能不偷,她们一偷,就不敢去告咱们的状了!"小腿疼说:"我也是这么想!什么纪律?犯纪律的多哩!处理过谁?光咱们俩人去多好!不要叫别人!""要叫几个人,犯了也有个垫背的;不过也不要叫得太多,太多了轮到一个人手里东西就不多了!"她们一共叫过五个人,不过有三个没有敢来,临出发只来了两个,就相跟着到杏树底来了。她们正在五六亩大的没有摘过三遍花的地里偷得起劲,听见有人说话,抬头一看,见三队的妇女都来了,就溜到摘过的这一边来;后来见三队的人也到没有摘过的那边去了,她们就又溜回去。三队的人都哈哈大笑起来。小腿疼说:"笑什么?许你们偷不许我们偷?"有个人说:"你们怎么拾了那么多?""谁不叫你们早点来?"三队的人都是挨着摘,小腿疼她们四个人可是满地跑着拣好的。三队有个人说:"要偷也该挨住片偷呀!"小腿疼说:"自由拾花你管我们怎么拾哩?要说是偷,你们不也是偷吗?"大家也不认真和她辩论,有些人隔一阵还忍不住要笑一次。

妇女队长悄悄和一个队员说:"这样一直开玩笑也不大好。我离开怕她们闹起来,请你跑到南头去和队长、副主任说一声,叫他们看该怎么办!"那个队员就去了。

队长张太和更是个开玩笑大王。他一听说小腿疼和吃不饱那两个有名人物来了,好像有点幸灾乐祸的样子:"来了才合理!我早就想到这些人物碰上这些机会不会不出马!你先回去摘花,我马上就到!"他又向高秀兰说:"副主任!你先不要出面,等我把她们整住了请你你再去!你把你的上级架子扎得硬硬地!"可是高秀兰不愿意那样做。高秀兰说:"咱们都是才学着办事,还是正正经经来吧!咱们一同去!"他们走到北头,队员们看见副主任和队长都来了,又都大笑起来。张太和依照高秀兰的意见,很正经地说:"大家不要笑了!你们那几位也不要满地跑了!"小腿疼又耍她的厉害:"自由拾花!你管不着!""就算自由拾花吧!你们来抢我三队的花,我就要管!都先把篮子缴给我!"吃不饱说:"我可是三队的!三队的花许别人偷就得许我偷!要缴大家都缴出来!"张太和说:"谁也得缴!"说着就先把她们四个人的篮子夺下来,然后就问她们说:"你们为什么不到南池边集合?"吃不饱说:"你且不要问这个!你不是说'谁也得缴'吗?为什么不缴她们的?""她们是给社里摘!""我们也是给社里摘!""谁叫你们摘的?""谁叫她们摘的?""对!现在就先要给你们讲明是谁叫她们摘的!"接着就把在南池边集合的时候那一段事给她们四个讲述了一遍,讲得她们都软下来。小腿疼说:"不叫拾不拾算了!谁叫你们不先告我们说?""不告说为什么还叫到南池边集合?告你说你不去听,别人有什么办法?"小腿疼说:"算我们白拾了一趟!你们把花倒下,给我们篮子我们走!"

　　这时候,高秀兰说话了。她说:"事情不那么简单:事前宣布纪律,为的是让大家不犯,犯了可就不能随便了事!这棉花分明是偷的。太和同志!把这些棉花送回社里,过一过秤,让保管给她们每一个篮子上贴上个条子,写明她们的姓名和棉花的分量,连篮子一同保存起来,等以后开个社员大会,让大家商量一个处理办法来处理!"张太和把四个篮子拿起来走了,小腿疼说:"秀兰呀!你可不能说我们是偷的!我们真正不知道你们今天早上变了卦!"秀兰说:"我们一点也没有变卦!昨天晚上杨小四同志给大家说得明白:'谁要不到南池边集合,拾的花就都算偷的',何况你们明明白白在没有摘过的地里来抢哩,这是妨害全社利益的事,我们不能自作主张,准备交给群众讨论个处理办法!你们有什么话到社员大会上说去吧!"

　　小腿疼和吃不饱偷了棉花的事,等到吃早饭的时候,就传遍了全村。上午,各队在做活的时候提起这事,差不多都要求把整风的分组检讨会推迟一天,先在本天晚上开个社员大会处理偷花问题——因为大多数人都想叫在王聚海回来之前处理了,免得他回来再来个"八面圆"把问题平放下来。两个副主任接受了大家的要求,和副支书商量把整风会推迟一天,晚上就召开了处理偷花问题的社员大会。

　　大会开了。会议的项目是先由高秀兰报告捉住四个偷花贼的经过,再要她们四个人坦白交代,然后讨论处理办法。

　　在她们四个人坦白交代的时候,因为篮子和偷的棉花都还在社里,爱"了事"的主任又不在家,所以除了小腿疼还想找一点巧辩的理由外,一般都还交代得老实。前头是那两个垫背的交代的。一个说是她头天晚上没有参加会,小腿疼约她去她就去了,去到杏树底见地里没有人,根本没有到已经摘尽了的地里去拾,四个人一去,就跑到北头没摘过的地里去了。另一个说的和第一个大体相同,不过她自己是吃不饱约她的。这两个人交代过之后,群众中另有三个人插话说小腿疼和吃不饱也约过她们,她们没有敢去。第三个就叫吃不饱交代。吃不饱见大风已经倒了,老老实实把她怎样和小腿疼商量,怎样去拉垫背的,计划几时出发、往哪块地去……详细谈了一遍。有人追问她拉垫背的有什么用处,她说根据主任处理问题的习惯,犯案的人越多了处理得越轻,有时候就不处理;不过人越多了,每个人能偷到的东西就太少了,所以最好是少拉几个,既不孤单又能落下东西。她可以算是摸着主任的"性格"了。

最后轮着小腿疼作交代了。主席杨小四所以把她排在最后,就是因为她好倚老卖老来巧辩,所以让别人先把事实摆一摆来减少她一些巧辩的机会。可是这个小老太婆真有两下子,有理没理总想争个盛气。她装作很受屈的样子说:"说什么?算我偷了花还不行?"有人问她:"怎么'算'你偷了?你究竟偷了没有?""偷了!偷也是副主任叫我偷的!"主席杨小四说:"哪个副主任叫你偷的?""就是你!昨天晚上在大会上说叫大家拾花,过了一夜怎么就不算了?你是说话呀是放屁哩?"她一骂出来,没有等小四答话,群众就有一半以上的人"哗"地一下站起来:"你要造反!""叫你坦白呀叫你骂人?"……三队长张太和说:"我提议:想坦白也不让她坦白了!干脆送法院!"大家一齐喊"赞成"。小腿疼着了慌,头像货郎鼓一样转来转去四下看。她的孩子、媳妇见说要送她也都慌了。孩子劝她说:"娘你快交代呀!"小四向大家说:"请大家稍静一下!"然后又向小腿疼说:"最后问你一次:交代不交代?马上答应,不交代就送走!没有什么客气的!""交交交代什么呀!""随你的便!想骂你就再骂!""不不不那是我一句话说错了!我交代!"小四问大家说:"怎么样?就让她交代交代看吧?""好吧!"大家答应着又都坐下了。小腿疼喘了几口气说:"我也不会说什么!反正自己做错了!事情和宝珠说的差不多:昨天晚上快散会的时候,宝珠跟我说:'咱明天可不要管他那什么纪律!咱们叫上几个人……'"

这时候忽然出了点小岔子:城关那个整风辩论会提前开了半天,支书和主任摸了几里黑路赶回来了。他们见场里有灯光,预料是开会,没有回家就先到会场上来。主任远远看见小腿疼先朝着小四说话然后又转向群众,以为还是争论那张大字报的问题,就赶了几步赶进场里,根本也没有听小腿疼正说什么,就拦住她说:"回去吧老嫂!一点点小事还值得追这么紧?过几天给你们解释解释就完了……"大家初看见他进到会场时候本来已经觉得有点泄气,赶听到他这几句话,才知道他还根本不了解情况,"轰隆"一声都笑了。有个年纪老一点的人说:"主任!你且坐下来歇歇吧!'没有调查就没有发言权'!"支书也拉住他说:"咱们打听打听再说话吧!离开一天多了,你知道人家的工作是怎样安排的?"主任觉得很没意思,就和支书一同坐下。

小腿疼见主任王聚海一回来,马上长了精神。她不接着往下交代了。她离开自己站的地方走到王聚海面前说:"老弟呀!你走了一天,人家就快把你这没出息嫂嫂摆弄死了!"她来了这一下,群众又上都站起来:"你不用装蒜!""你犯了法谁也替不了你!"……主任站起来走到小四旁边面向大家说:"大家请坐下!我先给大家谈谈!没有了不了的事……"有人说:"你请坐下!我们今天没有选你当主席!""这个事我们会'了'!"……支书急了,又把主任拉住说:"你为什么这么肯了事?先打听一下情况好不好?让人家开会,我们到社房休息休息!"又问副支书说:"你要抽得出身来的话,抽空子到社房给我们谈谈这两天的事!"副支书说:"可以!现在就行!"

他们三个离了会场到社房,副支书把他和杨小四、高秀兰怎样设计把那些光想讨巧不想劳动的妇女调到南池边,怎样批评了他们,怎样分配人力摘花,拔花秆,怎样碰上小腿疼她们偷花……详细谈了一遍,并且说:"棉花明天就可以摘完,今天下午犁地的牲口就全部出动了,花秆拔得赶得上犁,剩下的男劳力仍然往准备冬浇的小麦地里运粪。"他报告完了情况,就先赶回会场去。

副支书走了,支书想了一想说:"这些年轻人还是有办法!做法虽然有点开玩笑,可是也解决了问题!"主任说:"我看那种动员办法不可靠!不捉摸每个人的'性格',勉强动员到地里去,能做多少活哩?""再不要相信你摸得着人的'性格'了!我看人家几个年轻同志非常摸得着人的'性格'。那些不好动员的妇女们有她们的共同'性格',那就是'偷懒''取巧'。正因为摸透了她们这种性格,才把她们都调动出来。人家不止'摸得着'这种性格,还能'改变'这种性格。你想:开了那么一个'思想展览会',把她们的坏思想抖出来了,他们还能原封收回去吗?你说人家动员的人不能做活,可是棉花是靠那些人摘下来的。用人家的办法两天就能摘完,要仍用你那'摸性格'的老办法,恐怕十天也摘不完——越摘人越少。在整风方面,人家一来就找着两个自私自利的头子,你除不帮忙,还要替人家'解释解释'。你就没有想到全社的妇女你连一半人数也没有领导起来,另一半就是咱那个小腿疼嫂嫂和李宝珠领导着的!我的老哥!我看你还是跟那几位年轻同志在一块'锻炼锻炼'吧!"主任无话可说了,支书拉住他说:"咱们去看看人家怎样处理这偷花问题。"

他们又走到会场时候,小腿疼正向小四求情。小腿疼说:"副主任!你就让我再交代交代吧!"原来自她说了大家"捉弄"了她以后,大家就不让她再交代,只讨论了对另外三个人的处分问题,留下她准备往法院送。有个人看见主任来了,就故意讽刺小腿疼说:"不要要求交代了!那不是?主任又来了!"主任说:"不要说我!我来不来你们该怎么办还怎么办!刚才怨我太主观,不了解情况先说话!"小腿疼也抢着说:"只要大家准我交代,不论谁来了我也交代!"小腿疼看了看群众,群众不说话;看了看副支书和两个副主任,这三个人也不说话。群众看了看主任,主任不说话;看了看支书,支书也不说话。全场冷了一下以后,小腿疼的孩子站起来说:"主席!我替我娘求个情!还是准她交代好不好?"小四看了看这青年,又看了看大家说:"怎么样?大家说!"有个老汉说:"我提议,看在孩子的面上还让她交代吧!"又有人接着说:"要不就让她说吧!"小四又问:"大家看怎么样?"有些人也答应:"就让她说吧!""叫她说说试试!"……小腿疼见大家放了话,因为怕进法院,恨不得把她那些对不起大家的事都说出来,所以坦白得很彻底。她说完了,大家决定也按一斤籽棉五个劳动日处理,不过也跟给吃不饱规定的条件一样,说这工一定得她做,不许用孩子的工分来顶。

散会以后,支书走在路上和主任说:"你说那两个人'吃软不吃硬'你可算没有摸透她们的'性格'吧?要不是你的认识给她们撑了腰,她们早就不敢那么猖狂了!所以我说你还是得'锻炼锻炼'!"

1958 年 7 月 14 日

(《"锻炼锻炼"》,山西人民出版社,1958 年)

《"锻炼锻炼"》导读　　拓展阅读

拓展阅读

1. 李杨:"赵树理方向"与《讲话》的历史辩证法
2. 商昌宝:找不到方向的"方向作家"——对赵树理被误读的重新解读

永远的尹雪艳

白先勇

一

尹雪艳总也不老。十几年前那一班在上海百乐门舞厅替她捧场的五陵年少，有些头上开了顶，有些两鬓添了霜；有些来台湾降成了铁厂、水泥厂、人造纤维厂的闲顾问，但也有少数却升成了银行的董事长、机关里的大主管。不管人事怎么变迁，尹雪艳永远是尹雪艳，在台北仍旧穿着她那一身蝉翼纱的素白旗袍，一径那么浅浅的笑着，连眼角儿也不肯皱一下。

尹雪艳着实迷人。但谁也没能道出她真正迷人的地方。尹雪艳从来不爱擦胭抹粉，有时最多在嘴唇上点着些似有似无的蜜丝佛陀；尹雪艳也不爱穿红戴绿，天时炎热，一个夏天，她都浑身银白，净扮的了不得。不错，尹雪艳是有一身雪白的肌肤，细挑的身材，容长的脸蛋儿配着一副俏丽甜净的眉眼子，但是这些都不是尹雪艳出奇的地方。见过尹雪艳的人都这么说，也不知是何道理，无论尹雪艳一举手、一投足，总有一份世人不及的风情。别人伸个腰、蹙一下眉，难看，但是尹雪艳做起来，却又别有一番妩媚了。尹雪艳也不多言、不多语，紧要的场合插上几句苏州腔的上海话，又中听、又熨帖。有些荷包不足的舞客，攀不上叫尹雪艳的台子，但是他们却去百乐门坐坐，观观尹雪艳的风采，听她讲几句吴侬软语，心里也是舒服的。尹雪艳在舞池子里，微仰着头，轻摆着腰，一径是那么不慌不忙的起舞着；即使跳着快狐步，尹雪艳从来也没有失过分寸，仍旧显得那么从容，那么轻盈，像一球随风飘荡的柳絮，脚下没有扎根似的。尹雪艳有她自己的旋律，尹雪艳有她自己的拍子。绝不因外界的迁异，影响到她的均衡。

尹雪艳迷人的地方实在讲不清，数不尽。但是有一点却大大增加了她的神秘。尹雪艳名气大了，难免招忌，她同行的姊妹淘醋心重的就到处嘈起说：尹雪艳的八字带着重煞，犯了白虎，沾上的人，轻者家败，重者人亡。谁知道就是为着尹雪艳享了重煞的令誉，上海洋场的男士们都对她增加了十分的兴味。生活悠闲了，家当丰沃了，就不免想冒险，去闯闯这颗红遍了黄浦滩的煞星儿。上海棉纱财阀王家的少老板王贵生就是其中探险者之一。天天开着崭新的凯迪拉克，在百乐门门口候着尹雪艳转完台子，两人一同上国际饭店二十四楼的屋顶花园去共进华美的宵夜。望着天上的月亮及灿烂的星斗，王贵生说，如果用他家的金条儿能够搭成一道天梯，他愿意爬上天空去把那弯月牙儿掐下来，插在尹雪艳的云鬓上。尹雪艳吟吟的笑着，总也不出声，伸出她那兰花般细巧的手，慢条斯理的将一枚枚涂着俄国乌鱼子的小月牙儿饼拈到嘴里去。

王贵生拼命的投资，不择手段的赚钱，想把原来的财富堆成三倍四倍，将尹雪艳身边那批富有的逐鹿者一一击倒，然后用钻石玛瑙串成一根链子，套在尹雪艳的脖子上，把她牵回家去。当王贵生犯上官商勾结的重罪，下狱枪毙的那一天，尹雪艳在百乐门停了一宵，算是对王贵生致了哀。

最后赢得尹雪艳的却是上海金融界一位热可炙手的洪处长。洪处长休掉了前妻，抛弃了三个儿女，答应了尹雪艳十条条件，于是尹雪艳变成了洪夫人，住在上海法租界一幢从日本人接收过来华贵的花园洋房里。两三个月的工夫，尹雪艳便像一株晚开的玉梨花，在上海上流社会的场合中以压倒群芳的姿态绽发起来。

尹雪艳着实有压场的本领。每当盛宴华筵，无论在场的贵人名媛，穿着紫貂，围着火狸，当尹雪艳披着她那件翻领束腰的银狐大氅，像一阵三月的微风，轻盈盈的闪进来时，全场的人都好像给这阵风熏中了一般，总是情不自禁的向她迎过来。尹雪艳在人堆子里，像个冰雪化成的精灵，冷艳逼人，踏着风一般的步子，看得那些绅士以及仕女们的眼睛都一齐冒出火来，这就是尹雪艳：在兆丰夜总会的舞厅里、在兰心剧院的过道上，以及在霞飞路上一幢幢侯门官府的客堂中，一身银白，歪靠在沙发椅上，嘴角一径挂着那流吟吟浅笑，把场合中许多银行界的经理、协理，纱厂的老板及小开，以及一些新贵和他们的夫人们都拘到跟前来。

可是洪处长的八字到底软了些，没能抵得住尹雪艳的重煞。一年丢官，两年破产，到了台北来连个闲职也没捞上。尹雪艳离开洪处长时还算有良心，除了自己的家当外，只带走一个从上海跟来的名厨师及两个苏州娘姨。

二

尹雪艳的新公馆落在仁爱路四段的高级住宅区里，是一幢崭新的西式洋房,有个十分宽敞的客厅,容得下两三桌酒席。尹雪艳对她的新公馆倒是刻意经营过一番。客厅的家具是一色桃花心红木桌椅。几张老式大靠背的沙发,塞满了黑丝面子鸳鸯戏水的湘绣靠枕,人一坐下去就陷进了一半,倚在柔软的丝枕上,十分舒适。到过尹公馆的人,都称赞尹雪艳的客厅布置妥帖,叫人坐着不肯动身。打麻将有特别设备的麻将间,麻将桌、麻将灯都设计得十分精巧。有些客人喜欢挖花,尹雪艳还特别腾出一间有隔音设备的房间,挖花的客人可以关在里面恣意唱和。冬天有暖炉,夏天有冷气,坐在尹公馆里,很容易忘记外面台北市的阴寒及溽暑。客厅案头的古玩花瓶,四时都供着鲜花。尹雪艳对于花道十分讲究,中山北路的玫瑰花店常年都送来上选的鲜货。整个夏天,尹雪艳的客厅中都细细的透着一股又甜又腻的晚香玉。

尹雪艳的新公馆很快的便成为她旧遇新知的聚会所。老朋友来到时,谈谈老话,大家都有一腔怀古的幽情,想一会儿当年,在尹雪艳面前发发牢骚,好像尹雪艳便是上海百乐门时代永恒的象征,京沪繁华的佐证一般。

"阿囡,看看干爹的头发都白光唻!侬还像枝万年青一式,愈来愈年轻!"

吴经理在上海当过银行的总经理,是百乐门的座上常客,来到台北赋闲,在一家铁工厂挂个顾问的名义。见到尹雪艳,他总爱拉着她半开玩笑而又不免带点自怜的口吻这样说。吴经理的头发确实全白了,而且患着严重的风湿,走起路来,十分蹒跚,眼睛又害沙眼,眼毛倒插,常年淌着眼泪,眼圈已经开始溃烂,露出粉红的肉来。冬天时候,尹雪艳总把客厅里那架电暖炉移到吴经理的脚跟前,亲自奉上一盅铁观音,笑吟吟地说道:

"哪里的话,干爹才是老当益壮呢!"

吴经理心中熨帖了,恢复了不少自信,眨着他那烂掉了睫毛的老花眼,在尹公馆里,当众票了一出"坐宫",以苍凉沙哑的嗓子唱出:"我好比浅水龙,被困在沙滩。"

尹雪艳有迷男人的功夫,也有迷女人的功夫。跟尹雪艳结交的那班太太们,打从上海起,就背地数落她。当尹雪艳平步青云时,这起太太们气不忿,说道:凭你怎么爬,左不过是个货腰娘。当尹雪艳的靠山相好遭到厄运的时候,她们就叹气道:命是逃不过的,煞气重的娘儿们到底沾惹不得。可是十几年来这起太太们一个也舍不得离开尹雪艳,到了台北都一窝蜂似的聚到尹雪艳的公馆里,她们不得不承认尹雪艳实在有她惊动人的地方。尹雪艳在台北的鸿翔绸缎庄打得出七五折,在小花园里挑得出最登样的绣花鞋儿,红楼的绍兴戏码,尹雪艳最在行,吴艳丽唱"孟丽君"的时候,尹雪艳可以拿得到免费的前座戏票,论起西门町的京沪小吃,尹雪艳又是无一不精了。于是这班太太们,由尹雪艳领队,逛西门町,看绍兴戏,坐在三六九里吃桂花汤团,往往把十几年来不如意的事儿一股脑儿抛掉,好像尹雪艳周身都透着上海大千世界荣华的麝香一般,熏得这起往事沧桑的中年妇人都进入半醉的状态,而不由自主都津津乐道起上海五香斋的蟹黄面来。这班太太们常常容易闹情绪。尹雪艳对于她们都一一施以广泛的同情,她总耐心的聆听她们的怨艾及委曲,必要时说几句安抚的话,把她们焦躁的脾气一一熨平。

"输呀,输得精光才好呢!反正家里有老牛马垫背,我不输,也有旁人替我输!"

每逢宋太太搓麻将输了钱时就向尹雪艳带着酸意的抱怨道。宋太太在台湾得了妇女更年期的痴肥症,体重暴增到一百八十多磅,形态十分臃肿,走多了路,会犯气喘。宋太太的心酸话较多,因为她先生宋协理有了外遇,对她颇为冷落,而且对方又是一个身段苗条的小酒女。十几年前宋太太在上海的社交场合出过一阵风头,因此她对以往的日子特别向往。尹雪艳自然是宋太太倾诉衷肠的适当人选,因为只有她才能体会宋太太那种今昔之感。有时讲到伤心处,宋太太会禁不住掩面而泣。

"宋家阿姐,'人无千日好,花无百日红',谁又能保得住一辈子享荣华,受富贵呢?"

于是尹雪艳便递过热毛巾给宋太太揩面,怜悯的劝说道。宋太太不肯认命,总要抽抽搭搭的怨怼一番:"我就不信我的命又要比别人差些!像侬吧,尹家妹妹,侬一辈子是不必发愁的,自然有人会来帮衬侬。"

三

尹雪艳确实不必发愁,尹公馆门前的车马从来也未曾断过。老朋友固然把尹公馆当做世外桃源,一般新知也在尹公馆找到别处稀有的吸引力。尹雪艳公馆一向维持它的气派。尹雪艳从来不肯把它降低于上海霞飞路的排场。出入的人士,纵然有些是过了时的,但是他们有他们的身份,有他们的派头,因此一进到尹公馆,大家都觉得自己重要,即使是十几年前作废了的头衔,经过尹雪艳娇声亲切的称呼起来,也如同受过诰封一般,心理上恢复了不少的优越感。至于一般新知,尹公馆更是建立社交的好所在了。

当然,最吸引人的,还是尹雪艳本身。尹雪艳是一个最称职的主人。每一位客人,不分尊卑老幼,她都招呼得妥妥帖帖。一进到尹公馆,坐在客厅中那些铺满黑丝面椅垫的沙发上,大家都有一种宾至如归,乐不思蜀的亲切之感,因此,做会总在尹公馆开标,请生日酒总在尹公馆开席,即使没有名堂的日子,大家也立一个名目,凑到尹公馆成一个牌局。一年里,倒有大半的日子,尹公馆里总是高朋满座。

　　尹雪艳本人极少下场,逢到这些日期,她总预先替客人们安排好牌局;有时两桌,有时三桌。她对每位客人的牌品及癖性都摸得清清楚楚,因此牌搭子总配得十分理想,从来没有伤过和气。尹雪艳本人督导着两个头干脸净的苏州娘姨在旁边招呼着。午点是宁波年糕或者湖州粽子。晚饭是尹公馆上海名厨的京沪小菜:金银腿、贵妃鸡、炝虾、醉蟹——尹雪艳亲自设计了一个转动的菜牌,天天转出一桌桌精致的筵席来。到了下半夜,两个娘姨便捧上雪白喷了明星花露水的冰面巾,让大战方酣的客人们揩面醒脑,然后便是一碗鸡汤银丝面作了宵夜。客人们掷下的桌面十分慷慨,每次总上两三千。赢了钱的客人固然值得兴奋,即使输了钱的客人也是心甘情愿。在尹公馆里吃了玩了,末了还由尹雪艳差人叫好计程车,一一送回家去。

　　当牌局进展激烈的当儿,尹雪艳便换上轻装,周旋在几个牌桌之间,踏着她那风一般的步子,轻盈盈的来回巡视着,像个通身银白的女祭司,替那些作战的人们祈祷和祭祀。

　　"阿囡,干爹又快输脱底喽!"

　　每到败北阶段,吴经理就眨着他那烂掉了睫毛的眼睛,向尹雪艳发出讨救的哀号。

　　"还早呢,干爹,下四圈就该你摸清一色了。"

　　尹雪艳把个黑丝椅垫枕到吴经理害了风湿症的背脊上,怜恤的安慰着这个命运乖谬的老人。

　　"尹小姐,你是看到的。今晚我可没打错一张牌,手气就那么背!"

　　女客人那边也经常向尹雪艳发出乞怜的呼吁,有时宋太太输急了,也顾不得身份,就抓起两颗骰子啐道:"呸!呸!呸!勿要面孔的东西,看你霉到啥个辰光!"

　　尹雪艳也照例过去,用着充满同情的语调,安抚她们一番。这个时候,尹雪艳的话就如同神谕一般令人敬畏。在麻将桌上,一个人的命运往往不受控制,客人们都讨尹雪艳的口采来恢复信心及加强斗志。尹雪艳站在一旁,叼着金嘴子的三个九,徐徐的喷着烟圈,以悲天悯人的眼光看着她这一群得意的、失意的、老年的、壮年的、曾经叱咤风云的、曾经风华绝代的客人们,狂热的互相厮杀,互相宰割。

四

新来的客人中,有一位叫徐壮图的中年男士,是上海交通大学的毕业生;生得品貌堂堂,高高的个儿,结实的身体,穿着剪裁合度的西装,显得分外英挺。徐壮图是个台北市新兴的实业巨子,随着台北市的工业化,许多大企业应运而生,徐壮图头脑灵活,具有丰富的现代化工商管理的知识,才是四十出头,便出任一家大水泥公司的经理。徐壮图有位贤惠的太太及两个可爱的孩子。家庭美满,事业充满前途,徐壮图成为一个雄心勃勃的企业家。

徐壮图第一次进入尹公馆是在一个庆生酒会上。尹雪艳替吴经理做六十大寿,徐壮图是吴经理的外甥,也就随着吴经理来到尹雪艳的公馆。

那天尹雪艳着实装饰了一番穿着一袭月白短袖的织锦旗袍,襟上一排香妃色的大盘扣;脚上也是月白缎子的软底绣花鞋,鞋尖却点着两瓣肉色的海棠叶儿。为了讨喜气,尹雪艳破例的在右鬓簪上一朵酒杯大血红的郁金香,而耳朵上却吊着一对寸把长的银坠子。客厅里的寿堂也布置得喜气洋洋。案上全换上才铰下的晚香玉,徐壮图一踏进去,就嗅到一阵沁人脑肺的甜香。

"阿囡,干爹替侬带来顶顶体面的一位人客。"吴经理穿着一身崭新的纺绸长衫,佝着背,笑呵呵的把徐壮图介绍给尹雪艳道,然后指着尹雪艳说:

"我这位干小姐呀,实在孝顺不过。我这个老朽三灾五难的还要赶着替我做生。我忖忖:我现在又不在职,又不问世,这把老骨头天天还要给触霉头的风湿症来折磨。管他折福也罢,今朝我且大模大样的生受了干小姐这场寿酒再讲。我这位外甥,年轻有为,难得放纵一回,今朝也来跟我们这群老朽一道开心开心。阿囡是个最妥当的主人家,我把壮图交把侬,侬好好的招待招待他吧。"

"徐先生是稀客,又是干爹的令戚,自然要跟别人不同一点。"尹雪艳笑吟吟的答道,发上那朵血红的郁金香颤巍巍的抖动着。

徐壮图果然受到尹雪艳特别的款待。在席上,尹雪艳坐在徐壮图旁边一径殷勤的向他劝酒让菜,然后歪向他低声说道:

"徐先生,这道是我们大师傅的拿手,你尝尝,比外面馆子做的如何?"

用完席后,尹雪艳亲自盛上一碗冰冻杏仁豆腐捧给徐壮图,上面却放着两颗鲜红的樱桃。用完席成上牌局的时候,尹雪艳走到徐壮图背后看他打牌。徐壮图的牌张不熟,时常发错张子。才是八圈,已经输掉一半筹码。有

一轮,徐壮图正当发出一张梅花五筒的时候,突然尹雪艳从后面欠过身伸出她那细巧的手把徐壮图的手背按住说道:

"徐先生,这张牌是打不得的。"

那一盘徐壮图便和了一副"满园花",一下子就把输出去的筹码赢回了大半。客人中有一个开玩笑抗议道:

"尹小姐,你怎么不来替我也点点张子,瞧瞧我也输光啦。"

"人家徐先生头一趟到我们家,当然不好意思让他吃了亏回去的喽。"徐壮图回头看到尹雪艳正朝着他满面堆着笑容,一对银耳坠子吊在她乌黑的发脚下来回的浪荡着。

客厅中的晚香玉到了半夜,吐出一蓬蓬的浓香来。席间徐壮图喝了不少热花雕,加上牌桌上和了那盘"满园花"的亢奋,临走时他已经有些微醺的感觉了。

"尹小姐,全得你的指教,要不然今晚的麻将一定全盘败北了。"

尹雪艳送徐壮图出大门时,徐壮图感激的对尹雪艳说道。尹雪艳站在门框里,一身白色的衣衫,双手合抱在胸前,像一尊观世音,朝着徐壮图笑吟吟的答道:

"哪里的话,隔日徐先生来白相,我们再一道研究研究麻将经。"

隔了两日,果然徐壮图又来到了尹公馆,向尹雪艳讨教麻将的诀窍。

五

徐壮图太太坐在家中的藤椅上,呆望着大门,两腮一天天削瘦,眼睛凹成了两个深坑。

当徐太太的干妈吴家阿婆来探望她的时候,她牵着徐太太的手失惊叫道:

"嗳呀,我的干小姐,才是个把月没见着,怎么你就瘦脱了形?"

吴家阿婆是一个六十来岁的妇人,硕壮的身材,没有半根白发,一双放大的小脚,仍旧行走如飞。吴家阿婆曾经上四川青城山去听过道,拜了上面白云观里一位道行高深的法师做师父。这位老法师因为看上吴家阿婆天生异禀,飞升时便把衣钵传了给她。吴家阿婆在台北家中设了一个法堂,中央供着她老师父的神像。神像下面悬着八尺见方黄绫一幅。据吴家阿婆说,她老师父常在这幅黄绫上显灵,向她授予机宜,因此吴家阿婆可以预卜凶吉,消灾除祸。吴家阿婆的信徒颇众,大多是中年妇女,有些颇有社会地位。经济环境不虞匮乏,这些太太们的心灵难免感到空虚。于是每月初一十五,她们便停止一天麻将，或者标会的聚会，成群结队来到吴家阿婆的法堂上，虔诚的念经叩拜，布施散财，救济贫困，以求自身或家人的安宁。有些有疑难大症，有些有家庭纠纷，吴家阿婆一律慷慨施以许诺，答应在老法师灵前替她们祈求神助。

"我的太太，我看你的气色竟是不好呢！"吴家阿婆仔细端详了徐太太一番，摇头叹息。徐太太低首俯面忍不住伤心哭泣，向吴家阿婆道出了衷肠话来。

"亲妈，你老人家是看到的，"徐太太流着泪断断续续的诉说道，"我们徐先生和我结婚这么久，别说破脸，连句重话都向来没有过。我们徐先生是个争强好胜的人。他一向都这么说：'男人的心五分倒有三分应该放在事业上。'来台湾熬了这十来年，好不容易盼着他们水泥公司发达起来，他才出了头，我看他每天为公事在外面忙着应酬，我心里只有暗暗着急。事业不事业倒在其次，求祈他身体康宁，我们母子再苦些也是情愿的。谁知道打上月起，我们徐先生竟好像变了一个人似的。经常两晚三晚不回家。我问一声，他就摔碗砸筷，脾气暴得不得。前天连两个孩子都挨了一顿狠打。有人传话给我听，说是我们徐先生外面有了人，而且人家还是个有头有脸的人物。亲妈，我这个本本分分的人哪里经过这些事情？人还撑得住不走样？"

"干小姐，"吴家阿婆拍了一下巴掌说道，"你不提呢，我也就不说了。你晓得我是最怕兜揽是非的人。你叫了我声亲妈，我当然也就向着你些。你知道那个胖婆儿宋太太呀，她先生宋协理搞上个什么'五月花'的小酒女。她跑到我那里一把鼻涕一把眼泪要我替她求求老师父。我拿她先生的八字来一算，果然冲犯了东西。宋太太在老师父灵前许了重愿，我替她念了十二本经。现在她男人不是乖乖的回去了？后来我就劝宋太太：'整天少和那些狐狸精似的女人穷混，念经做善事要紧！'宋太太就一五一十的把你们徐先生的事情原原本本数了给我听。那个尹雪艳呀，你以为她是个什么好东西？她没有两下，就能拢得住这些人？连你们徐先生那么个正人君子她都有本事抓得牢。这种事情历史上是有的：褒姒、妲己、飞燕、太真——这起祸水！你以为都是真人吗？妖孽！凡是到了乱世，这些妖孽都纷纷下凡，扰乱人间。那个尹雪艳还不知道是个什么东西变的呢！我看你呀，总得变个法儿替你们徐先生消了这场灾难才好。"

"亲妈，"徐太太忍不住又哭了起来，"你晓得我们徐先生不是那种没有良心的男人。每次他在外面逗留了回来，他嘴里虽然不说，我晓得他心里是过意不去的。有时他一个人闷坐着猛抽烟，头筋叠暴起来，样子真唬人。我又不敢去劝解他，只有干着急。这几天他更是着了魔一般，回来嚷着说公司里人人都寻他晦气。他和那些工人也使脾气,昨天还把人家开除了几个。我劝他说犯不着和那些粗人计较,他连我也喝斥了一顿。他的行径反常得很,看着不像,真不由得不叫人担心哪!"

"就是说呀!"吴家阿婆点头说道,"怕是你们徐先生也犯着了什么吧?你且把他的八字递给我,回去我替他测一测。"

徐太太把徐壮图的八字抄给了吴家阿婆说道:

"亲妈,全托你老人家的福了。"

"放心,"吴家阿婆临走时说道,"我们老师父最是法力无边,能够替人排难解厄的。"

然而老师父的法力并没有能够拯救徐壮图。有一天,正当徐壮图向一个工人拍起桌子喝骂的时候,那个工人突然发了狂,一把扁钻从徐壮图前胸刺穿到后背。

六

徐壮图的治丧委员会吴经理当了总干事。因为连日奔忙,风湿又弄翻了,他在极乐殡仪馆穿出穿进的时候,一径挂着拐杖,十分蹒跚。开吊的那一天,灵堂就设在殡仪馆里。一时亲朋友好的花圈丧幛白簇簇的一直排到殡仪馆的门口来。水泥公司同仁挽的却是"痛失英才"四个大字。来祭吊的人从早上九点钟起开始络绎不绝。徐太太早已哭成了痴人,一身麻衣丧服带着两个孩子,跪在灵前答谢。吴家阿婆却率领了十二个道士,身着法衣,手执拂尘,在灵堂后面的法坛打解冤洗业醮。此外并有僧尼十数人在念经超度,拜大悲忏。

正午的时候,来祭吊的人早挤满了一堂,正当众人熙攘之际,突然人群里起了一阵骚动,接着全堂静寂下来,一片肃穆。原来尹雪艳不知什么时候却像一阵风一般的闪了进来。尹雪艳仍旧一身素白打扮,脸上未施脂粉,轻盈盈的走到管事台前,不慌不忙的提起毛笔,在签名簿上一挥而就的签上了名,然后款款的步到灵堂中央,客人们都傃地分开两边,让尹雪艳走到灵台跟前,尹雪艳凝着神,敛着容,朝着徐壮图的遗像深深的鞠了三鞠躬。这时在场的亲友大家都呆如木鸡。有些显得惊讶,有些却是忿愤,也有些满脸惶惑,可是大家都好似被一股潜力镇住了,未敢轻举妄动。这次徐壮图的惨死,徐太太那一边有些亲戚迁怒于尹雪艳,他们都没有料到尹雪艳居然有这个胆识闯进徐家的灵堂来。场合过分紧张突兀,一时大家都有点手足无措。尹雪艳行完礼后,却走到徐太太面前,伸出手抚摸了一下两个孩子的头,然后庄重的和徐太太握了一握手。正当众人面面相觑的当儿,尹雪艳却踏着她那轻盈盈的步子走出了极乐殡仪馆。一时灵堂里一阵大乱,徐太太突然跪倒在地,昏厥了过去,吴家阿婆赶紧丢掉拂尘,抢身过去,将徐太太抱到后堂去。

当晚,尹雪艳的公馆里又成上了牌局,有些牌搭子是白天在徐壮图祭悼会后约好的。吴经理又带了两位新客人来。一位是南国纺织厂新上任的余经理;另一位是大华企业公司的周董事长。这晚吴经理的手气却出了奇迹,一连串的在和满贯。吴经理不停的笑着叫着,眼泪从他烂掉了睫毛的血红眼圈一滴滴淌落下来。到了第二十圈,有一盘吴经理突然双手乱舞大叫起来:

"阿囡,快来!快来!'四喜临门'!这真是百年难见的怪牌。东、南、西、北——全齐了,外带自摸双!人家说和了大四喜,兆头不祥。我倒楣了一辈子,和了这副怪牌,从此否极泰来。阿囡,阿囡,侬看看这副牌可爱不可爱?有趣不有趣?"

吴经理喊着笑着把麻将撒满了一桌子。尹雪艳站到吴经理身边,轻轻的按着吴经理的肩膀,笑吟吟的说道:

"干爹,快打起精神多和两盘。回头赢了余经理及周董事长他们的钱,我来吃你的红!"

(《台北人》,人民文学出版社,1992 年)

《永远的尹雪艳》导读　　拓展阅读

拓展阅读

1. 刘俊:从"单纯的怀旧"到"动能的怀旧"——论《台北人》和《纽约客》中的怀旧、都市与身份建构
2. 张晓玥:书写心灵无言的痛楚——论白先勇小说

李顺大造屋

高晓声

一

老一辈的种田人总说,吃三年薄粥,买一条黄牛。说来似乎容易,做到就很不简单了。试想,三年中连饭都舍不得吃,别的开支还能不紧缩到极点吗?何况多半还是句空话!如果本来就吃不起饭,那还有什么好节省的呢!

李顺大家从前就是这种样子,所以,在解放前,他并没有做过买牛的梦。可是,土地改革以后,却立了志愿,要用"吃三年薄粥,买一条黄牛"的精神,造三间屋。

造三间屋,究竟要吃几个"三年粥"呢?他不晓得,反正和解放前是不同了,精打细算过日子的确有得积余,因此他就有足够的信心。

那时候,李顺大二十八岁,粗黑的短发,黑红的脸膛,中长身材,背阔胸宽,俨然一座铁塔。一家四口(自己、妻子、妹妹、儿子)倒有三个劳动力,分到六亩八分好田。他觉得浑身的劲道比天还大,一铁耙把地球锄一个对穿洞也容易,何愁造不成三间屋!他那镇定而并不机灵的眼睛,刺虎鱼般压在厚嘴唇上的端正阔大的鼻子,都显示出坚强的决心;这决心是牛也拉不动的了。

别说牛,就是火车也拉不动。李顺大的爹、娘,还有一个周岁的弟弟,都是死在没有房子上的。他们本来是船户,在江南的河浜里打鱼,到处漂泊,自己也不知道祖籍在哪里。到李顺大爹手里,这只木船已经很破旧了;钉头锈出漏洞,芦棚开了天窗,经不起风浪,打不得鱼虾了。一家人改了行,有的拾荒,有的用糖换破烂,有的扒螺蛳,挣一口粥吃。一九四二年,李顺大十九岁,寒冬腊月,破船停在陈家村边河浜里。那一天,云黑风紧,李顺大带了十四岁的妹妹顺珍上岸,一个换破烂,一个拾荒。走出去十多里路。傍晚回来时,风停云灰,漫天大雪,顷刻迷路。幸亏碰着一座破庙,兄妹俩躲过一夜。天亮后赶回陈家村,破船已被大雪压沉在河浜里,爹娘和小弟冻死在一家农户大门口。原来大雪把船压沉前,他们就上岸叩门呼救,先后敲过十几家大门。怎奈兵荒马乱,盗贼如毛,他们在外面喊救命,人们还以为是强盗上了村,谁也不敢开门,结果他们活活冻死在雪地里。天没有眼睛,地没有良心,穷人受的灾,想也想不到,说也说不尽,……没有房子,唉!

　　李顺大兄妹俩哭昏在爹娘身边,陈家村上的穷苦人无不伤心。他们把那条沉船拖上岸来,拆了一半做棺材,埋葬了死人;剩下的半只,翻身底朝天,在坟边搭成一个小窝棚,让李顺大安家落户。

　　抗战结束,内战开始,国民党抽壮丁,谁也不肯去。保长收了壮丁捐,看中李顺大是六亲无靠的异乡人,出三石米强迫他卖了自己去当兵。他看看窝棚,窝棚上没有门,怕自己走了,妹妹被人糟蹋,就用卖身钱造了四步草屋,才揩干眼泪去扛那"七斤半"。

　　他怎么肯替国民党卖命!隔了三个月,一上前线就开小差逃了回来。到了明年,保长又把他买了去。前前后后,他一共把自己卖了三次。第二次的卖身钱,付了草屋的地皮钱;第三次的卖身钱,付了爹娘的坟地钱。咳,如果再把自己卖三次,钱也都会给别人搞去的。

　　然而还亏得有了四步草屋,总算找着了老婆。他出去当兵时,妹妹找来了一个无依无靠的讨饭姑娘同住做伴,后来就成了他的妻。一年后生了个胖小子,哪一点都不比别人的孩子差。

　　土改分到了田,却没有分到屋。陈家村上只有一户地主,房子造在城里,没法搬到乡下来分。李顺大只有自己想办法了。他粗粗一码算,兄妹两人二个房(妹妹以后出嫁了就让儿子住)起坐、灶头各半间,养猪、养羊、堆柴也要一间,看来一家人家,至少至少要三间屋。

　　这就是李顺大翻身以后立下的奋斗目标。

二

　　一个翻身的穷苦人,把造三间屋当做奋斗目标,也许眼光太短浅,志向太渺小了。但李顺大却认为,他是靠了共产党,靠了人民政府,才有这个雄心壮志,才有可能使雄心壮志变成现实。所以,他是真心诚意要跟着共产党走到底的。一直到现在,他的行动始终证明了这一点。在他看来,搞社会主义就是"楼上楼下,电灯电话",主要也是造房子。不过,他以为,一间楼房不及二间平房合用,他宁可不要楼上要楼下。他自己也只想造平房,但又不知道造平房算不算社会主义。至于电灯,他是赞成要的。电话就用不着,他没有什么亲戚朋友,要电话做什么?给小孩子弄坏了,修起来要花钱,岂不是败家当东西吗？这些想法他都公开说出来,倒也没有人认为有什么不是。

陈家村上的种田汉,不但没有轻视他的奋斗目标,反而认为他的目标过高了。有人用了当地一句老话开头,说:"'十亩三间,天下难拣',在我们这里要造三间屋,谈何容易!"有的说:"真要造得成,你也得吃半辈子苦。"有的说:"解放后的世界,要容易些,怕也少不了十年积聚。"

这些话是很实在的。当时沪宁线两侧,以奔牛为界,民房的格局,截然不同:奔牛以西,八成是土墙草屋;奔牛以东,十九是青砖瓦房。陈家村在奔牛以东百多里,全村除了李顺大,没有一家是草屋。李顺大穷虽穷,在这种环境里,倒也看惯了好房子。唉,这个老实人,还真有点好高骛远,竟想造三间砖房,谈何容易啊!

在众多的议论面前,李顺大总是笑笑说:"总不比愚公移山难。"他说话的时候,厚嘴唇掀动着笨重的大鼻子,显得很吃力,因此,那说出的简单的话,给人的印象,倒是很有分量的。

从此,李顺大一家,开始了一场艰苦卓绝的战斗,他们以最简单的工具进行拼命的劳动去挣得每一颗粮,用最原始的经营方式去积累每一分钱。他们每天的劳动所得是非常微小的,但他们完全懂得任何庞大都是无数微小的积累,表现出惊人的乐天而持续的勤俭精神。有时候,李顺大全家一天的劳动甚至不敷当天正常生活的开支,他们就决心带饿一点,每人每餐少吃半碗粥,把省下来的六碗看成了盈余。甚至还有这样的时候,例如连天大雨或大雪,无法劳动,完全"失业"了,他们就躺在床上不起来,一天三顿合并成两顿吃,把节约下来的一顿纳入当天的收入。烧菜粥放进几颗黄豆,就不再放油了,因为油本来是从黄豆里榨出来的;烧螺蛳放一勺饭汤,就不用酒了,因为酒也无非是米做的……长年养鸡不吃蛋,清明买一斤肉上坟祭了父母,要留到端阳脚下开秧元①才吃。

只要一有空闲,李顺大就操起祖业,挑起糖担在街坊、村头游转,把破布、报纸、旧棉絮、破鞋子等废品换回来,分门别类清理后卖给收购站,有时能得到很好的利润。废品中还往往有可以补了穿的衣裤、雨鞋等物,就拣出来补了穿一阵,到无法再补的时候仍纳入废品中,这样也省了不少生活费用。那换废品的糖,是买了饴糖回来自己加工的,成本很便宜,可是李顺大的独生儿子小康,长到七岁还不知道那就是糖,不知道是甜的还是咸的。八岁的时候,被村上小伙伴怂恿着偷回去尝了一块,就被娘当贼捉出来,打他的屁股,让他痛得杀猪似的叫,被娘逼着发誓从此洗心革面。娘还口口声声说

---

① 开秧元——莳秧第一天。

他长大了要做败家精,说他会把父母想造的三间屋吃光的,说将来讨不着老婆休要怪爹娘!

最可敬佩的事情,是发生在李顺大的妹妹顺珍身上。一九五一年分进土地时,她已经二十三岁了。当时政府还没有号召晚婚,按照习惯,正到了结婚的妙龄。她不但肯苦能干,温顺老实,而且一副相貌,也长得出奇的漂亮。细细看去,似乎和她哥哥一模一样,只是鼻子小了一点,嘴唇薄了一点;就在这两个"一点"上,造化却又显露出了它无所不能的伟大,把高挑个儿、鹅蛋脸型的李顺珍衬出了一派清秀俏丽之气。当时,附近村上一些小伙子央人登门求婚的,也不是三个两个。可是,不管对方条件怎样,人品如何,顺珍姑娘只是说自己年纪还轻,一概回绝。她是哥哥抚养长大的,她决心要报答哥哥的恩情。她知道离开她的帮助,哥哥的奋斗目标就很难实现;如果她出嫁,哥哥不但少了一个坚强可靠的助手,而且还得把她名下分到的一亩七分田让她带走。这样一来,她哥哥的经济基础和劳动能力都会大大削弱,不知要到何年何月才能造出三间屋。因此,她甘愿把一生中最美好的时代——称得上是青春中的青春,留给她哥哥的事业。

一直到了一九五七年底,李顺大已经买回了三间青砖瓦屋的全部建筑材料,李顺珍才算了却心事,以二十九岁的大姑娘嫁给邻村一个三十岁的老新郎。新郎因为要负担两个老人和一个残废妹妹的生活,穷得家徒四壁,鹑衣百结,才独身至今。所以,迎接李顺珍的,仍然是艰苦的生活。因为她已苦惯了,所以并不在乎。

三

办过妹妹的婚事,就跨进了一九五八年。李顺大这时候还缺少什么呢?还缺些瓦木匠的工钱和买小菜的费用,再有一年,问题就可完全解决了。而且公社化以后,对李顺大很为有利。土地都归公了,他可以随意选择一块最合适的地基造屋。这不是太理想了吗。

可是,李顺大终究不是革命家,他不过是一个跟跟派。听毛主席话,跟共产党走,能坚决做到,而且完全落实,随便哪个党员讲一句,对他都是命令。有一夜李顺大一觉醒来,忽然听说天下已经大同,再不分你的我的了。解放八年来,群众手里确实是有点东西了。例如李顺大不是就有三间屋的建筑材料吗?那么,何妨把大家的东西都归拢来加快我们的建设呢?我们的建设完全是为了大家,大家势必全力支援这个建设。任何个人的打算都没有必要,将来大家的生活都会一样美满。那点少得可怜的私有财产算得了什么,把它投入伟大的事业才是光荣的行为。不要有什么顾虑,统统归公使用,这是大家大事①,谁也不欺。

　　这种理论,毫无疑问出自公心。李顺大看看想想,顿觉七窍齐开,一身轻快。虽然自己的砖头被拿去造炼铁炉,自己的木料被拿去制推土车,最后,剩下的瓦片也上了集体猪舍的屋顶,他也曾肉痛得簌簌流泪。但想到将来的幸福又感到异常的快慰。近来的经验也改变了他原来的看法,他认为楼房比平房更优越了。因为粮食存放在楼上不会霉烂,人住在楼上不会患湿疹。看来以后还是住分配到的楼房好,何必自讨苦吃,像蜗牛那样老是把房子作为自己的负担呢。所以,他的思想就彻底解放了,不管集体要什么,他都乐意拿出来。如果需要他的破床,他也会毫不吝惜;因为他和他的老婆,都不是困在床上长大的。他的老婆,那个原先的讨饭姑娘,说真的倒比他多了一个心眼。但十二级台风早把大家刮得身不由己了,她一个女人家又有什么用!多一个心眼无非多一层愁。不过究竟也藏下一只铁锅,没有送进炼铁炉里熔化,所以集体食堂散了以后,不曾要去登记排队买锅子。

　　后来是没有本钱再玩下去了,才回过头来重新搞社会主义。自家人拆烂污,说多了也没意思。不过在战场尚未打扫之前,李顺大确实常常跑去凭吊,看着那倒坍了的炼铁炉和丢弃在荒滩上的推土车,睁着泪眼,迎风唏嘘。他想起了六年的心血和汗水,想起了饿着肚皮省下来的粮食,想起了从儿子手里夺下来的糖块,想起了被耽误了的妹妹的青春……

四

　　政府的退赔政策,毫无疑问是大得人心的。但是,把李顺大的建筑材料拿去用光的不是国家,而是集体。这个集体,当然也要执行退赔政策。可是集体也弄得穷透了,要赔材料没材料,要赔钞票也困难,当干部的只好尽一切力量去做思想工作,提高李顺大这类人的政治觉悟,要求他们作出自我牺牲,以最低的价格落实退赔政策。

　　李顺大的损失是很不小的,但政治觉悟是确实提高了。因为在这以前,从不曾有人对他进行过像这样认真细致的思想教育。区委书记刘清同志,一个作风正派、威信很高的领导人,特地跑来探望他,同他促膝谈心,说明他的东西,并不是哪个贪污掉的,也不是谁同他有仇故意搞光的。党和政府的出发点都是很好的,纯粹是为了加快实现社会主义建设,让大家早点过幸福

---

①　大家大事——大家一样。

生活。为了这个目的,国家和集体投入的财物比他李顺大投入的大了不知多少倍,因此,受到的损失也无法估计。现在,党和政府不管本身损失多大,还是决定对私人的损失进行退赔。除了共产党,谁会这样做?历史上从来没有过。只有共产党,才对我们农民这样关心。希望他理解党的困难,以国家集体利益为重,分担一些损失;经过这几年,党和政府也有了经验教训,以后发展起来就快了。只要国家和集体的经济一好转,个人的事情也就好办了。你要造那三间屋,现在看起来困难重重,其实将来是容易煞的。不要失望。最后,刘清同志又帮助他和供销社联系,要供销社在任何困难的情况下都要尽量供应饴糖,使他能够换破烂,多挣一点钱。

李顺大的感情是容易激动的,得到刘清同志的教导和具体的帮助,他的眼泪,早就噗落噗落流了出来,二话没说,呜咽着满口答应了。

另有两万片瓦,由生产队拿去盖了七间五步头猪舍,现在还完整地铺在屋面上,应该是可以原物归还的。但是,如果拆下来,一时买不到新瓦换上去,猪就得养在露天;瓦又是易碎物品,拆拆卸卸,损坏也不会少,还是不拆为宜。后经双方协商同意,互相照顾困难,决定不拆,而由生产队腾出两间猪舍来,借给顺大暂住;等将来李顺大造新屋时,队里还瓦,他也让出猪舍。那猪舍也比李顺大住的草屋强,两间共有十步,够宽敞的;屋脊也有一丈一尺高,就是后步比人矮,但房主人也没有必要挺起胸膛在屋里逞威风,无妨大局。况且李顺大是从小钻惯船棚的,他自然不嫌。

退赔问题就这样解决了。尽管李顺大衷心接受干部们的开导,但是,他从这一件事里也吸取了特殊的教训,在这以前,他想到的是旧社会的通货膨胀,钞票存放在手里是靠不住的;所以,一有余钱,就买了东西存放起来。现在有了新的体验,觉得在新社会里,存放货物是靠不住的,还是把钞票藏在枕头底下保险。老实说,从这种主张里,嗅觉特别敏锐的"左"派是闻得出"反党"味道来的。

从一九六二年到六五年,靠了"六十条",靠了刘清同志特别照顾的饴糖,李顺大又积聚了差不多能造三间屋的钞票。但是他什么也没有买,他打定主张:要么不买,要买就一下子把材料买齐,马上造成屋,免得夜长梦多,再吃从前的亏。

这个李顺大,真和许多农民一样,具有这种向后看的小聪明。因此,当他认为有把握不再吃老亏的时候,转眼又跌倒在前边路上了。说真话,扶着这种人前进,手也真酸。

那时候,物资丰富,什么都敞开供应,他偏不买。过了几年,物资样样紧张起来,没有点"三分三"的人什么都买不到了,他倒又想一下子样样都买全,岂不又做了阿木林!其实怪他也冤枉,谁又是诸葛亮呢?

五

在通常情况下,李顺大觉得自己做一个跟跟派,也还胜任,真心实意,感情上毫不勉强。可是"文化大革命"开始以后,他就跟不上了。要想跟也不知道去跟谁,东南西北都有人在喊:"惟我正确!"究竟谁对谁错,谁好谁坏,谁真谁假,谁红谁黑,他头脑里轰轰响,乱了套,只得蹲下来,赖着不跟了。"是非之心,人皆有之",这话口气挺大,其实是没有经过"文化大革命",太天真了。你总不能光看人家在台上唱什么,还得看看在台底下干的什么吧。"好恶之心,人皆有之",这倒也还有理。李顺大就是有一点不高兴。这不高兴和他想造房子有密切关系。他看到那汹汹的气势,和五八年的更不相同,五八年不过是弄坏点东西罢了,这一次倒是要弄坏点人了,动不动就性命交关。这房子目前是造不成的了,谁知道明天会怎样呢!他为此真有点厌恶。转而又庆幸自己住到村中心的猪舍里来了,如果还孤零零地呆在河边的草屋里,他枕头底下的造屋钱只怕还要遭到盗劫呢。

李顺大想得太落后了,在文明的时代里,文明的人是无须使用那野蛮手段的。有一个造反派的头头,在光天化日之下,腰里插着手枪,肩上挂着红宝书,由生产队长陪同,到李顺大家作客来了。原来他是公社砖瓦厂的"文革"主任,很讲义气,知道李顺大要造房子买不到砖,特地跑来帮助解决困难。他大骂了一通走资派刘清不替贫下中农谋利益,现在则轮到他来当救世主了,只要李顺大拿出二百一十七元钱来,他负责代买一万砖头,下个月就可以提货。这话说得过分漂亮,原是值得怀疑的。但李顺大却认为,彼此都住同一大队,虽然没有交情,也三天两头见面,从前也不曾听说过这人有什么劣迹,现在出来革命,总也想做点好事,不见得一上马就骗人。况且又是生产队长同来的,还有枪有红宝书,真是讲交情有交情,讲信仰有信仰,讲威势有威势。李顺大虽然当过三次逃兵,还没有经过这种软硬兼施的场面,心一吓,面一软,双手颤颤数出了二百一十七。

到了下个月,大概本来是可以提货的,想不到李顺大交了厄运,被公社的专政机关请去了,要他交代几件事:一、你是哪里人?老家是什么成分?二、你当过三次反动兵,快把枪交出来。三、交代反动言行(例如他说过"楼房不及平房适用,电话坏了修不起"的话,就是恶毒攻击社会主义)。

后来的事情就不用说了,那是人人皆知的。他自己出来后也没有多言。不过有两点颇有性格,第一是他吃不消喊救命的时候,是砖瓦厂的"文革"

主任解了他的围。作为报答,事后私下商定从此不再提起那二百一十七。第二是关押他的那间房子造得相当牢固,他平生第一次详细地在那里研究了建筑学,对自己将来要造的屋,有了非常清楚的轮廓。

等到放出来,他扶着儿子(已经十九岁了)的肩胛拐回家。流着眼泪的老婆、妹妹问他为了什么事,吃了什么苦?他嘶哑着喉咙说了两个莫名其妙的短语:"他们恶啊!我的屋啊!"

之后有一年多时间不能劳动,腰里不好受,碰到阴天和交节气,浑身骨头痛。他有点奇怪,虽然这顿生活从前不曾挨过,但毕竟从小就苦苦拉拉、跌跌掼掼过来的,怎么现在这样娇嫩了?莫非也变"修"了吗?他有点吃惊,觉得自己变牛变马都可以,但是不能变"修"。"修"是什么东西呢?是一只黑锅,是一只不能烧饭、只能驮在背上的装饰品,是一个没有生命因而不会死亡,能够世代相传的"传家宝"。儿子今年十九岁了,如果背上这只锅,到哪里去讨媳妇呢?而房子又没有造,一点条件也没有。

李顺大想到这一点,心中恐慌又迷信。他从小听过不少老故事,其中就有说到人会变成多种东西的。讲的人总这样说:"一夜过来,他变成了××。"而且在变化之前,也总有异样的感觉,比如浑身骨头痛、热皮爆燥……等等。所以,李顺大一碰到身子难受,就怕黑夜,怕自己睡着了。他总是睁大眼睛,以防在昏睡中不知不觉变成一只黑锅。他的警惕性一直很高,所以至今还不曾变过去。

在那些不敢睡着的夜里,李顺大为了打发掉肉体上的痛苦,也想过一点使人开心的文娱生活。他没有收音机,想读书又不认几个字,而且也浪费火油;因此,惟一的办法是去回忆从小听过的故事、看过的戏文和老一辈教给孩儿们的俚歌。后来身体好一些,他挑起糖担出去换废品,嘴里常常不三不四唱着一个小曲儿,招惹孩子们。据他说这就是他在那些夜晚回忆出来的。从这些就可以看出他当时究竟想的是什么。他唱道:

> 稀奇稀奇真稀奇,
> 老公公困在摇篮里;
> 稀奇稀奇真稀奇,
> 八仙台装在袋袋里;
> 稀奇稀奇真稀奇,
> 老鼠咬破猫肚皮;
> 稀奇稀奇真稀奇,
> 狮子长受跳蚤气;
> 稀奇稀奇真稀奇,

狗派黄鼠狼去看鸡；
　　稀奇稀奇真稀奇，
　　天鹅肉进了蛤蟆嘴；
　　稀奇稀奇真稀奇，
　　大船翻在阴沟里；
　　稀奇稀奇真稀奇，
　　长人做了短人梯；
　　哎呀呀，癞痢头戴西瓜皮，
　　蚌壳兜里一泡尿，
　　皮球肚里装个屁，
　　穿袍的邪神一胎泥。
　　稀奇呀，稀奇呀，真稀奇，
　　火赤练①过冬钻在菩萨肚皮里，
　　闻着香火装神气。

　　这确是一只公认的装满一兜肚"稀奇"的儿歌，而且老掉了牙。不过，各人兜肚里的货色是不同的，总要把自认为稀奇的东西装进去。但如果追查起来，李顺大决不承认自己加进了什么。他又不是作家，不会有黑字落在白纸上，是不怕有什么把柄落在别人手里的。他虽然笨，究竟也经过锻炼了，晓得当时那一班人——造反的当权派和当权的造反派，如果要触你的霉头，倒不在乎你做了什么，而在于要达到一个这样那样的目的，例如他的二百一十七。

　　有一天，他在邻村换糖唱歌，偶然碰到了在那里劳改的走资派——老区委书记刘清，悲喜交集，久久不忍离开，最后刘清央求他再唱一遍稀奇歌，他毫不犹豫地唱起来，那悲惨、沉重、愤怒的声音使空气也颤抖，两个人都流下了眼泪。

六

　　一年病拖下来，李顺大有点心灰意懒了。他常常想自己还能活几年？何必要再操心造屋！愚公立下移山志，也是靠后代去完成的，为啥一定要亲手造成功！再说也算积有一笔钱，也有点汗马功劳，不算坍台了。可是凡胎未脱，尘心难破，儿子已经二十出头了，房子造不出，媳妇就找不着，猪舍做新

---

① 火赤练——赤练蛇。

房,谁肯来住!要像自己那样拾个要饭姑娘做妻子,现在也没有这种好机会了。那可不行,没有媳妇哪有孙子?没有孙子哪有重孙?将来建成共产主义过幸福生活,焉能独缺他李顺大的后代?看来房子还是非造不可,而且要抓紧时间。就算这样,儿子恐怕也得拖到政府规定的晚婚年龄以后才有婚结了。

经过动摇之后又坚定下来,立即开始行动。他挑起拾破烂的箩筐,悠悠地从这个市镇晃荡到那个市镇,县城里大小街巷也几乎跑遍,却从不见有建筑材料出售,询问有关商店,才知道买一块砖也得有本地三级证明,更无空口说白话的余地。他晓得再瞎跑也没有用,只有向当地生产队、大队、公社申请了。幸亏自己是带了箩筐出来的,虽不曾买到造屋材料,拾到的破烂倒也卖得十几元钱,不算白误了工。

接着自然是找生产队、大队干部打证明,人家听了笑笑说:"打证明有什么用,民用建筑材料,有时稍微有一点,有时简直就没有。给了证明,你也买不到。"李顺大不肯信,以为是干部筑坝。又不敢反驳,怕弄僵。就耐着性子赖着不走,搞变相静坐示威。谁知人家倒并不放在心上,到吃晚饭时发现他没有走,就说:"走吧,锁门了。"他也只得回去,到了明天,又去坐。如此三天,干部不耐烦了,说:"好话你不听,瞎缠。你以为有用,就打个证明给你!"果然打了。他高高兴兴上供销社。营业员看了证明,也和大队干部一样笑笑,说:"没办法,无货供应。"

"几时有呢?"

"不晓得。"营业员说,"有空你就常来问问。"

从此李顺大就如学生上学校,七天里去问六次;半年下来,还是不曾买到一块砖。那营业员是个好心人,暗地里叹息顺大太笨,却也被他的精神感动了。终于有一天,悄悄告诉他说:"你还是省点工夫吧,不要来跑了。这几年革命革得厉害,地皮都快革光了,难得有点东西来,干部都照顾不周全,哪会轮到你。真要有你的份,也都是经过千拣万拣拣剩的落脚货,价钱倒和拣走的好货一样大,你也不划算。我劝你还是另想办法吧!"

李顺大得了这个忠告,十分失望,又非常感激。因此由不得要请教:"另想别的什么法?"

营业员沉吟半晌,说:"可有至亲好友当干部的?"

"没有。"李顺大沉重而吃力地说,"只有一个种田的妹婿,没有第二个亲戚。"

"那就没有路了。"营业员惋惜道,"现在是'圆圆头'不及'点点头'①,

---

① 圆圆头——印章。点点头——私人交情。

你没有亲友可靠,除了买黑市,还有什么办法。"

　　李顺大信以为真,从此想办法买黑市材料。那晓得营业员倒也并无这方面的经验,不懂得黑市交易的复杂,一万砖头,市价二百一十七元,黑市要卖到四百左右,而且必须先付钱,过上一年半载才能提货,往往还会碰到骗子手。李顺大已经上过一次当了,钞票当然是不肯轻易出手的。所以,跑了千里路,说了万句话,过了三年也不曾买成。倒还是那个营业员肯帮忙,替他买了一吨官价石灰。那石灰原是分配在蚕室里用的,只为近年来一个劲儿旱改水,许多桑田改莳水稻了,剩下几棵癞痢毛桑树,还能养几条蚕!也就用不了那么多石灰;倒给营业员钻了空子,李顺大拾着了便宜。为此他想买包好烟请营业员的客,却又买不到。偶然碰见砖瓦厂的原"文革"主任(已当上厂革委会主任了),想起他从来是吸好烟的,他亏待过自己,现在请他买包烟总肯吧。就老着脸皮上去拉交情。主任倒也爽快,拿了他五角钱,从袋里掏出一包还没有开封的"大前门"。但是,在递给他之前,竟自作主张拆开来拿一支抽了,并且说:"我就这一包,要不是你,我谁也不回。"

　　李顺大拿了十九支去送给营业员,营业员坚决不收,拗不过面子,才抽了一支。其余十八支,硬是让顺大带回去了。

　　李顺大回家路上,想到自己今天做了一件从来没有做过的欠妥事情,他竟请了自己的恩人和仇人各一支烟。到吃晚饭的时候他真的发怒了,骂他的儿子没出息,二十五岁了,还吃隐下饭①,害他老子在外面受罪。

七

　　闹腾了许多年,李顺大房子没造成,造房的名气倒很大了。精诚所至,金石为开,不仅感动了营业员,而且还感动了上帝。这上帝不是别人,就是他未来的媳妇,名叫新来。新来姑娘住在邻村,早就同李顺大吃隐下饭的儿子小康有串联活动。她倒不在乎房子造了没有,反正看中了人,过了门造屋也行。可是她爹筑坝,怎么说也不肯把女儿嫁到猪舍里去。他以自己的模范事例教导女儿,因为他尽管穷,也想法造了两间屋,才讨了第一房媳妇。他骂李顺大是屠头,是阿木林,不会做事情。可是,想不到老天爷爱开玩笑,喜欢打说满话人的嘴巴。事隔一年,公社里一班打倒了走资派的当权派,为了要把山河重安排,看着一条河像老家伙似的弯着背,很不舒服。硬是动用了几千民工,花了几万个劳动日开出一条笔直的样板河,足以使火星上的高

---

① 隐下饭——不出头露面,只做事,不拿主张的意思。

等动物看了,称赞地球人的伟大。新来姑娘家那两间新屋,偏偏就在样板河的河床上(当然也不止两间),只好拆了搬走。公社补贴搬屋费每间一百五十元,拆拆造造,又借了三百元添进去,才勉强重新搭起一间半来。新来爹瘦了两个膘,头发白了七八成。而且还要老做小,听新来姑娘的教育。新来建议他应该向李顺大伯伯学习,人家就是精明,不盲动,钞票放在枕头边,一个也不少。要造房子,也该看准了形势动手呀!他说不响嘴,只得服输,任凭女儿婚姻自主。

李顺大不但有了儿媳妇,而且也知道儿媳妇在理论上对他的实践作了充分肯定,非常的高兴。因此,在儿子结婚那天晚上,喝了几杯酒,灵机一动,对着亲家翁说了两句神来之话,他说:"现在是地牌吃天牌,烂污二封王,你的房子造得太急了,天天闹地震,大家宁愿住牛棚,还要房子做什么。我一万砖头给窑鬼吃在肚里,也比你省心。"……他还想说下去,幸亏老婆警惕性高,为了挽救他,当着新亲的面,开口就训他"灌了点酒就像吃了尿,说话没有关拦,骨头痛的日子忘记了!"这才转话收场,皆大欢喜。

从那时开始,李顺大不再白花心计去买东买西,他挑着糖担,东转一天,西转一天,替国家收废品,赚一点生活费。可是,事情也怪,造房子的人家,还真多着呢。他看了不禁眼馋,往往就要打听打听,这幢那幢是谁家造的,哪里买的材料。得到的答复也真千种百样,细细说来,每一幢屋都能写一本书,但也不惹人看,无非是"大官送上门,小官开后门,老百姓求别人"而已。那些吃尽苦头的人,反而羡慕起李顺大来。说还是他乖巧,不曾钻进这苦胆里头去,不愧为识时务的俊杰。有个熟人竟不忌讳,忿然对他说:"我这一块砖、一片瓦,没一样不是黑市货,造两间屋,用了四间的钱。上梁那天,靠造反起家的大队书记来吃了我一顿,还说我这房子,没有'文化大革命',哪能造得出。×他娘,我这房子又不是他那官衔,是用拳头打得来的吗!"

到此为止,李顺大对于建筑学的知识,本来已经登峰造极,叹为观止了。想不到天地渊博,造化无穷,值得大书特书的事情,如长江浊流,滚滚而来。竟无法忍心不看。那鸡零狗碎的事,恕不细说,但值得大书特书的奇迹,放过未免可惜。例如有一个大队,要把全部民房拆了,合并到一个地方去,造一列式的楼房,名曰"新农村"。民房拆下的材料,折价归公,谁要住新房,重新出钱买。李顺大听了,大为振奋,认为"楼上楼下"果然要实现了。耐不住挑着糖担,飞奔去自费参观。

那个地方,李顺大从前也常走过,此番看去,果然大不一样,村村巷巷,都有人家在拆屋,拆了把材料运到公路边头一块大田里,那里正在造第一排楼房。那些拆屋的人家,议论非常热烈,甚至到了激烈的程度,都说盘古开天辟地以来,像这样的事情,从未有过;因此有人流出眼泪来,大概过于兴奋了。有些屋上卸下来的瓦,还沾着窑里的煤灰,分明盖了上去还没有经过雨淋,倒又翻身了。看了这些,李顺大觉得自己二十几年来空喊造屋没有造成,倒是平生做的一件最正确的事情,不过想着拆屋主过去的一番心血,也不禁有点眼酸。他慨叹着一路低头走去,忽听有人喊道:"喂,换糖的。"

李顺大抬头一看,见一个老头带着个女孩站在公路旁看造屋。十分面熟,却想不起是谁了。那老头笑道:"怎么,不认识了?"

李顺大恍然大悟,忙道:"原来是你,老书记。还在劳改吗?"他忽然伤心起来。想不到,几年不见,竟变得认不出了。可见老书记的心境不直落。

老书记笑笑说:"劳还在劳,改却未改。你呢,又来搜集唱稀奇歌材料吗?"

"唉唉,老书记,你取笑我。"李顺大难为情地说:"这可是'楼上楼下',搞'新农村'。我到今天才晓得,原来这农村分新旧,就在这房子上。倒不在集体化不集体化。"

老书记轻轻地嘘了口气,说:"唉,有话你就说清楚点吧。"

李顺大笑笑说:"自然,说给你听听没关系。不过也不能知法犯法。从前我说过楼房不如平房适用的话,已经当反动言论批过了,现在看了这种样子,倒还真有点想法。满好的屋,有的还是新的,倒又拆了再造,何必呢?有这个力气,不好把田地种种熟吗?这种事情,阳间里人不敢说,阴间里看了也要盯白眼呢。"

听了这"反动"话,老书记不但不驳斥,反而点了点头,严肃地答腔说:"'何必呢?'你问得对。告诉你吧,有人想把这个当上天梯。你倒也明白,晓得集体化是新农村的根本,可是人家搞起复辟来,公社这个组织形式也是可以利用的。你的眼睛还要睁大些。你看看吧,贫下中农吃了二十多年苦造了点房子,一声拆就得拆,还管群众死活吗?可是公社不仍旧是公社!"

李顺大听了,虽有所悟,也不能完全领会,只得张开嘴巴,睁大眼睛,尊敬地看着这个老人,默默无言。

老人愤怒地哼了一声,也不再说,低头看了看小女孩,指着顺大说:"叫公公。"

小女孩亲热地叫了一声。李顺大大为感动,连忙敲下一块糖塞在她小手里,称她是最乖最乖的小囡。他今年五十四岁,一个拾破烂的外乡人,还是第一次有人叫他公公,这给了他非常有力的鼓舞,竟把别的念头都冲淡了。

从此以后,他同老书记交了朋友。

八

到了一九七七年春节,李顺大带了几块糖去看老书记,才知道老书记重新上了任,又在区里办公了。李顺大喜出望外,把糖给了小囡,吃了小囡妈烧出来的点心,兴冲冲就往区里跑。他觉得如今有了区委书记做朋友,总弄得着造屋材料了。

老朋友一见面,果然十分亲热。可是一提到材料,老书记沉吟不语,打起嗝顿来,弄得顺大心也一颤,觉得不妙。只听老书记慢腾腾说:"老弟,你的困难,我都知道。从前你唱稀奇歌,我十分赞成。现在你我总不能做稀奇事了吧。"

李顺大忙说:"老书记,别人不做,我也不做。现在不是还通行吗,为什么惟独你我不做,岂不太吃亏!"

老书记笑笑说:"十一年混乱,积习难改。现在应该拨乱反正了。否则的话,建设国家的计划,就成了空话。别人做,我们是不能做的。全区干部来说,第一应从我改起;群众来说,先从唱稀奇歌的人改起,你说合理不合理?"

听了这番话,李顺大心里糖罐醋瓶,一齐打翻,一方面感到书记要同他一起带头整风,不禁自豪;一方面又想到好不容易交了个大官朋友,竟又不能拉私人关系,不禁怅然。他经过"文化大革命",也学得很乖了,不愿吃这个亏。想了一下,振振有词道:"老书记,你讲的道理我服帖,不过,话说在前头,叫我不做稀奇事,一定照办。你可也不能动摇,不要以后碰到交情比我深的,面子比我大的,就帮他开后门,让别人笑我同你白交了一场。那我是要造你的反的。"

老书记哈哈大笑,拿过纸笔,迅速把顺大的话写了下来,说:"我念一遍,你听。"他念了,和顺大讲的一字不差,然后说,"你拿去请人写一张大字报来,贴在我的办公室里。"

李顺大愕然道:"我不,这不是要你的好看!"

老书记说:"哪里哪里,这才叫帮了我的大忙,我还真怕有大面子的人来开臭口呢!你贴了这大字报,就不用我作难了。"

李顺大高高兴兴真的照办了。

到了一九七七年冬天,李顺大家忽然忙碌起来;老书记刘清同志,在那位"文革"主任出身的砖瓦厂厂长身上做了点工作,让他把李顺大的一万砖头退赔了,公社革委会也批准了李顺大的报告,同意供应十八根水泥桁条。

那位好心的供销社营业员,通知李顺大,现在椽子已经敞开供应了。这一次,李顺大的房屋,会有把握造成了。要运回这么多东西,李顺大一家四口,哪里忙得过来,只得把妹妹、妹婿、儿媳妇的兄弟姐姆都请来帮忙,摇船的摇船,推车的推车,连年老的亲家公也高高兴兴地流了几身汗,大大热闹了一番。

不过,在高兴的时候,也还发生了一点扫兴的事情。运回那一万砖头,曾经过一些波折。大船停在砖瓦厂,人家不发货,皮笑肉不笑地对他说:"你的桁条还没有买,砖头拿回去白堆在那儿没有用,再等等吧。"李顺大同他吵了个脸红耳赤,说桁条已经落实了。那个人却比李顺大更懂李顺大,一口咬定他没有桁条。幸而他的亲家公跑来,凭自己买过砖头的经验,暗地里告诉李顺大什么叫"桁条",李顺大这才恍然大悟,马上到供销社买了两条最好的香烟送过去,这才皆大欢喜,砖头下船。后来到水泥制品厂运桁条,李顺大再不用别人开口,就散发了一条香烟,免得人家说他还没有买到椽子。

做了这些腐蚀别人的事,李顺大内心惭愧,不敢告诉老书记。但是他的灵魂不得安宁,有时候半夜醒过来,想起这件事,总要骂自己说:"唉、呃,我总该变得好些呀!"

(《李顺大造屋》,江苏人民出版社,1979年)

《李顺大造屋》导读

爱,是不能忘记的

张 洁

我和我们这个共和国同年。三十岁,对于一个共和国来说,那是太年青了。而对一个姑娘来说,却有嫁不出去的危险。

不过,眼下我倒有一个正儿八经的求婚者。看见过希腊伟大的雕塑家米伦所创造的"掷铁饼者"那座雕塑么?乔林的身躯几乎就是那尊雕塑的翻版。即使在冬天,臃肿的棉衣也不能掩盖住他身上那些线条优美的轮廓。他的面孔黝黑,鼻子、嘴巴的线条都很粗犷。宽阔的前额下,是一双长长的眼睛。光看这张脸和这个身躯,大多数姑娘都会喜欢他。

可是,倒是我自己拿不准主意要不要嫁给他。因为我闹不清楚我究竟爱他的什么,而他又爱我的什么?

我知道,已经有人在背地里说长道短:"凭她那些条件,还想找个什么样的?"

在他们的想象中,我不过是一头劣种的牲畜,却变着法儿想要混个肯出大价钱的冤大头。这使他们感到气恼,好像我真的干了什么伤天害理的、冒犯了众人的事情。

自然,我不能对他们过于苛求。在商品生产还存在的社会里,婚姻,也像其他的许多问题一样,难免不带着商品交换的烙印。

我和乔林相处将近两年了,可直到现在我还摸不透他那缄默的习惯到底是因为不爱讲话,还是因为讲不出来什么?逢到我起意要对他来点智力测验,一定逼着他说出对某事或某物的看法时,他也只能说出托儿所里常用的那种词汇:"好!"或"不好!"就这么两档,再也不能换换别的花样儿了。

当我问起:"乔林,你为什么爱我?"的时候,他认真地思索了好一阵子。对他来说,那段时间实在够长了。凭着他那宽阔的额头上难得出现的皱纹,我知道,他那美丽的脑壳里面的组织细胞,一定进行着紧张的思维活动。我不由地对他生出一种怜悯和一种歉意,好像我用这个问题刁难了他。

然后,他抬起那双儿童般的、清澈的眸子对我说:"因为你好!"

我的心被一种深刻的寂寞填满了。"谢谢你,乔林!"

我不由地想:当他成为我的丈夫,我也成为他的妻子的时候,我们能不能把妻子和丈夫的责任和义务承担到底呢?也许能够。因为法律和道义已经紧紧地把我们拴在一起。而如果我们仅仅是遵从着法律和道义来承担彼此的责任和义务,那又是多么悲哀啊!那么,有没有比法律和道义更牢固、更坚实的东西把我们联系在一起呢?

逢到我这样想着的时候,我总是有一种古怪的感觉,好像我不是一个准备出嫁的姑娘,而是一个研究社会学的老学究。

也许我不必想这么许多,我们可以照大多数的家庭那样生活下去:生儿育女,厮守在一起,绝对地保持着法律所规定的忠诚……虽说人类社会已经进入了二十世纪七十年代,可在这点上,倒也不妨像几千年来人们所做过的那样,把婚姻当成一种传宗接代的工具,一种交换、买卖,而婚姻和爱情也可以是分离着的。既然许多人都是这么过来的,为什么我就偏偏不可以照这样过下去呢?

不,我还是下不了决心。我想起小的时候,我总是没缘没故地整夜啼哭,不仅闹得自己睡不安生,也闹得全家睡不得安生。我那没有什么文化,却相当有见地的老保姆说我"贼风入耳"了。我想这带有预言性的结论,大概很有一点科学性,因为直到如今我还依然如故,总好拿些不成问题的问题不但搅扰得自己不得安宁,也搅扰得别人不得安宁。所谓"禀性难移"吧!

我呢,还会想到我的母亲,如果她还活着,她会对我的这些想法,对乔林,对我要不要答应他的求婚说些什么?!

我之所以习惯地想到她,绝不因为她是一个严酷的母亲,即使已经不在人世也依然用她的阴魂主宰着我的命运。不,她甚至不是母亲,而是一个推心置腹的朋友。我想,这多半就是我那么爱她,一想到她已经离我远去便悲从中来的原因吧!

她从不教训我,她只是用她那没有什么女性温存的低沉的嗓音,柔和地对我谈她一生中的过失或成功,让我从这过失或成功里找到我自己需要的东西。不过,她成功的时候似乎很少,一生里总是伴着许许多多的失败。

在她最后的那些日子里,她总是用那双细细的、灵秀的眼睛长久地跟随着我,仿佛在估量着我有没有独立生活下去的能力,又好像有什么重要的话要叮嘱我,可又拿不准主意该不该对我说。准是我那没心没肺,凡事都不大有所谓的派头让她感到了悬心。她忽然冒出了一句:"珊珊,要是你吃不准自己究竟要的是什么,我看你就是独身生活下去,也比糊里糊涂地嫁出去要好得多!"

照别人看来,做为一个母亲,对女儿讲这样的话,似乎不近情理。而在我看来,那句话里包含着以往生活里的极其痛苦的经验。我倒不觉得她这样叮咛我是看轻我或是低估了我对生活的认识。她爱我,希望我生活得没有烦恼,是不是?

"妈妈,我不想嫁人!"我这么说,绝不是因为害臊或是在忸怩作态。说真的,我真不知道一个姑娘什么时候需要做出害臊或忸怩的姿态,一切在一般人看来应该对孩子隐讳的事情,母亲早已从正面让我认识了它。

"要是遇见合适的,还是应该结婚。我说的是合适的!"

"恐怕没有什么合适的!"

"有还是有,不过难一点——因为世界是这么大,我担心的是你会不会遇上就是了!"她并不关心我嫁得出去还是嫁不出去,她关心的倒是婚姻的实质。

"其实,您一个人过得不是挺好吗?"

"谁说我过得挺好?"

"我这么觉得。"

"我是不得不如此……"她停住了说话,沉思起来。一种淡淡的,忧郁的神情来到了她的脸上。她那忧郁的、满是皱纹的脸,让我想起我早年夹在书页里的那些已经枯萎了的花。

"为什么不得不如此呢?"

"你的为什么太多了。"她在回避我。她心里一定藏着什么不愿意让我知道的心事。我知道,她不告诉我,并不是因为她耻于向我披露,而多半是怕我不能准确地估量那事情的深浅而曲扭了它,也多半是因为人人都有一点珍藏起来的、留给自己带到坟墓里去的东西。想到这里,我有点不自在。这不自在的感觉迫使我没有礼貌,没有教养地追问下去:"是不是您还爱着爸爸?"

"不,我从没有爱过他。"

"他爱您吗?"

"不,他也不爱我!"

"那你们当初为什么结婚呢?"

她停了停,准是想找出更准确的字眼来说明这令人费解和反常的现象,然后显出无限悔恨的样子对我说:"人在年轻的时候,并不一定了解自己追求的、需要的是什么,甚至别人的起哄也会促成一桩婚姻。等到你再长大一些、更成熟一些的时候,你才会明白你真正需要的是什么。可那时,你已经干了许多悔恨得让你感到锥心的蠢事。你巴不得付出任何代价,只求重新生活一遍才好,那你就会变得比较聪明了。人说'知足者常乐',我却享受不到这样的快乐。"说着,她自嘲地笑了笑,"我只能是一个痛苦的理想主义者。"

莫非我那"贼风入耳"的毛病是从她那里来的?大约我们的细胞中主管"贼风入耳"这种遗传性状的是一个特别尽职尽责的基因。

"您为什么不再结婚呢?"

她不大情愿地说:"我怕自己还是吃不准自己到底要什么。"她明明还是不肯对我说真话。

我不记得我的父亲。他和母亲在我很小的时候便分手了。我只记得母亲曾经很害羞地对我说过他是一个相当漂亮的、公子哥儿似的人物。我明白,她准是因为自己也曾追求过那种浅薄而无聊的东西而感到害臊。她对我说过:"晚上睡不着觉的时候,我常常迫使自己硬着头皮去回忆青年时代所做过的那些蠢事、错事!为的是使自己清醒。固然,这是很不愉快的,我常会羞愧地用被单蒙上自己的脸,好像黑暗里也有许多人在盯着我瞧似的。不过这种不愉快的感觉里倒也有一种赎罪似的快乐。"

我真对她不再结婚感到遗憾。她是一个很有趣味的人,如果她和一个她爱着的人结婚,一定会组织起一个十分有趣味的家庭。虽然她生得并不漂亮,可是优雅、淡泊,像一幅淡墨的山水画。文章写得也比较美,和她很熟悉的一位作家喜欢开这样的玩笑:"光看你的作品,人家就会爱上你的!"

母亲便会接着说:"要是他知道他爱的竟是一个满脸皱纹、满头白发的老太婆,他准会吓跑了。"

到了这种年龄,她绝不会是还不知道自己到底要什么。这分明是一句遁词。我之所以这么说,是因为她有一些引起我生出许多疑惑的怪毛病。

比如,不论她上哪儿出差,她必得带上那二十七本一套的,一九五〇年到一九五五年出版的契诃夫小说选集中的一本。并且叮咛着我:"千万别动我这套书。你要看,就看我给你买的那一套。"这话明明是多余的,我有自己的一套,干嘛要去动她的那套呢?况且这话早已三令五申地不知说过多少遍了。可她还是怕有个万一的时候,她爱那套书爱得简直像是得了魔症一般。

我们家有两套契诃夫小说选集。这也许说明对契诃夫的爱好是我们家的家风,但也许更多的是为了招架我和别的喜欢契诃夫的人。逢到有人想要借阅的时候,她便拿了我房间里的那套给人。有一次,她不在家的时候,一位很熟的朋友拿了她那套里的一本。她知道了之后,急得如同火烧了眉毛,立刻拿了我的一本去换了回来。

从我记事的那天起,那套书便放在她的书橱里了。别管我多么钦佩伟大的契诃夫,我也不能明白,那套书就那么百看不厌,二十多年来有什么必要天天非得读它一读?

有时,她写东西写累了,便会端着一杯浓茶,坐在书橱对面,瞧着那套契诃夫小说选集出神。要是这个时候我突然走进了她的房间,她便会显得慌乱不安,不是把茶水泼了自己一身,便是像初恋的女孩子,头一次和情人约会便让人撞见似地羞红了脸。

我便想:她是不是爱上了契诃夫?要是契诃夫还活着,没准真会发生这样的事。

当她神志不清,就要离开这个世界的时候,她对我说的最后一句话是:"那套书——"她已经没有力气说出:"那套契诃夫小说选集"这样一个长句子。不过我明白她指的就是那一套。"……还有,写着,'爱,是不能忘记的'……笔记本,和我,一同火葬。"

她最后叮咛我的这句话,有些,我为她做了,比如那套书。有些,我没有为她做,比如那些题着"爱,是不能忘记的"笔记本子。我舍不得。我常想,要是能够出版,那一定是她写过的那些作品里最动人的一篇,不过它当然是不能出版的。

起先,我以为那不过是她为了写东西而积累的一些素材。因为它既不像小说,也不像札记;既不像书信,也不像日记。只是当我从头到尾把它们读了一遍的时候,渐渐地,那些只言片语与我那支离破碎的回忆交织成了一个形状模糊的东西。经过久久的思索,我终于明白,我手里捧着的,并不是没有生命、没有血肉的文字,而是一颗灼人的、充满了爱情和痛苦的心,我还看见那颗心怎样在这爱情和痛苦里挣扎、熬煎。二十多年啦,那个人占有着她全部的情感,可是她却得不到他。她只有把这些笔记本当做是他的替身,在这上面和他倾心交谈。每时,每天,每月,每年。

难怪她从没有对任何一个够意思的求婚者动过心,难怪她对那些说不出来是善意的愿望或是恶意的闲话总是淡然地一笑付之。原来她的心已经填得那么满,任什么别的东西都装不进去了。我想起"曾经沧海难为水,除却巫山不是云"的诗句,想到我们当中多半有人不会这样去爱,而且也没有人会照这个样子来爱我的时候,我便感到一种说不出来的怅惘。

我知道了三十年代末,他在上海做地下工作的时候,一位老工人为了掩护他而被捕牺牲,撇下了无依无靠的妻子和女儿。他,出于道义、责任、阶级情谊和对死者的感念,毫不犹豫地娶了那位姑娘。逢到他看见那些由于"爱情"而结合的夫妇又因为"爱情"而生出无限的烦恼的时候,他便会想:"谢天谢地,我虽然不是因为爱情而结婚,可是我们生活得和睦、融洽,就像一个人的左膀右臂。"几十年风里来、雨里去,他们可以说是患难夫妻。

他一定是她那机关里的一位同志。我会不会见过他呢？从到过我家的客人里，我看不出任何迹象，他究竟是谁呢？

大约六二年的春天，我和母亲去听音乐会。剧场离我们家不太远，我们没有乘车。

一辆黑色的小轿车悄无声息地停在人行道旁边。从车上走下来一个满头白发、穿着一套黑色毛呢中山装的、上了年纪的男人。那头白发生得堂皇而又气派！他给人一种严谨的、一丝不苟的、脱俗的、明澄得像水晶一样的印象。特别是他的眼睛，十分冷峻地闪着寒光，当他急速地瞥向什么东西的时候，会让人联想起闪电或是舞动着的剑影。要使这样一对冰冷的眼睛充满柔情，那必定得是特别强大的爱情，而且得为了一个确实值得爱的女人才行。

他走过来，对母亲说："您好！钟雨同志，好久不见了。"

"您好！"母亲牵着我的那只手突然变得冰凉，而且轻轻地颤抖着。

他们面对面地站着，脸上带着凄厉的、甚至是严峻的神情，谁也不看着谁。母亲瞧着路旁那些还没有抽出嫩芽的灌木丛。他呢，却看着我："已经长成大姑娘了。真好，太好了，和妈妈长得一样。"

他没有和母亲握手，却和我握了握手。而那手也和母亲的手一样，也是冰冷的，也是轻轻地颤抖着的。我好像变成了一路电流的导体，立刻感到了震动和压抑。我很快地从他的手里抽出我的手，说道："不好，一点也不好！"

他惊讶地问我："为什么不好？"或许我以为他故作惊讶。因为凡是孩子们说了什么直率得可爱的话的时候，大人们都会显出这副神态的。

我看了看妈妈的面孔，是，我真像她。这让我有些失望："因为她不漂亮！"

他笑了起来，幽默地说："真可惜，竟然有个孩子嫌自己的妈妈不漂亮。记得吗？五三年你妈妈刚调到北京，带你来机关报到的那一天？她把你这个小淘气留在了走廊外面，你到处串楼梯，扒门缝，在我房间的门上夹疼了手指头。你哇啦哇啦地哭着，我抱着你去找妈妈？"

"不，我不记得了。"我不大高兴，他竟然提起我穿开裆裤时代的事情。

"啊，还是上了年纪的人不容易忘记。"他突然转身向我的母亲说："您最近写的那部小说我读过了。我要坦率地说，有一点您写得不准确。您不该在作品里非难那位女主人公……要知道，一个人对另一个人产生感情原没有什么可以非议的地方，她并没有伤害另一个人的生活……其实，那男主人公对她也会有感情的。不过为了另一个人的快乐，他们不得不割舍自己的爱情……"

这时,有一个交通民警走到停放小汽车的地方,大声地训斥着司机,说车停的不是地方,司机为难地解释着。他停住了说话,回头朝那边望了望,匆匆地说了声:"再见!"便大步走到汽车旁边,向那民警说:"对不起,这不怪司机,是我……"

我看着这上了年纪的人,也俯首帖耳地听着民警的训斥,觉得很是有趣。当我把顽皮的笑脸转向母亲的时候,我看见她是怎样地窘迫呀!就像小学校里一个一年级的小女孩,凄凄惶惶地站在那严厉的校长面前一样,好像那民警训斥的是她而不是他。

汽车开走了,留下了一道轻烟。很快地,就连这道轻烟也随风消散了,好像什么都没有发生过,而我,不知道为什么却没有很快地忘记。

现在分析起来,他准是以他那强大的精神力量引动了母亲的心。那强大的精神力量来自他那成熟而坚定的政治头脑,他在动荡的革命时代里出生入死的经历,他活跃的思维、工作上的魄力,文学艺术上的素养……而且——说起来奇怪,他和母亲一样喜欢双簧管。对了,她准是崇拜他,她说过,要是她不崇拜那个人,那爱情准连一天也维持不了。

至于他爱不爱我的母亲,我就猜不透了。要是他不爱她,为什么笔记本里会有这样一段记载呢?

"这礼物太厚重了。不过您怎么知道我喜好契诃夫呢?"

"您说过的!"

"我不记得了。"

"我记得。我听到你有一次在和别人闲聊的时候说起过。"

原来那套契诃夫小说选集是他送给母亲的。对于她,那几乎就是爱情的信物。

没准儿,他这个不相信爱情的人,到了头发都白了的时候才意识到他心里也有那种可以称为爱情的东西存在,到了他已经没有权力去爱的时候,却发生了这足以使他献出全部生命的爱情。这可真够凄惨的。也许不只是凄惨,也许还要深刻得多。

关于他,能够回到我的记忆里来的就是这么一小点。

她那迷恋他,却又得不到他的心情有多么苦呀!为了看一眼他乘的那辆小车、以及从汽车的后窗里看一眼他的后脑勺,她怎样煞费苦心地计算过他上下班可能经过那条马路的时间;每当他在台上做报告,她坐在台下,隔着距离、烟雾、昏暗的灯光、窜动的人头,看着他那模糊不清的面孔,她便觉得心里好像有什么东西凝固了,泪水会不由地充满她的眼眶。为了把自己的泪水瞒住别人,她使劲地咽下它们。逢到他咳嗽得讲不下去,她就会揪心地想到为什么没人阻止他吸烟?担心他又会犯了气管炎。她不明白为什么他离她那么近而又那么遥远?

他呢,为了看她一眼,天天,从小车的小窗里,眼巴巴地瞧着自行车道上流水一样的自行车辆,闹得眼花缭乱,担心着她那辆自行车的闸灵不灵,会不会出车祸;逢到万一有个不开会的夜晚,他会不乘小车,自己费了许多周折来到我们家的附近,不过是为了从我们家的大院门口走这么一趟;他在百忙中也不会忘记注意着各种报刊,为的是看一看有没有我母亲发表的作品。

在他的一生中,一切都是那么清楚、明确,哪怕是在最困难的时刻。但在这爱情面前却变得这样软弱,这样无能为力。这在他的年纪来说,实在是滑稽可笑的。他不能明白,生活为什么偏偏是这样安排着的?

可是,临到他们难得地在机关大院里碰了面,他们又竭力地躲避着对方,匆匆地点个头便赶紧地走开去。即使这样,也足以使我母亲失魂落魄,失去听觉、视觉和思维的能力,世界立刻会变成一片空白……如果那时她遇见一个叫老王的同志,她一定会叫人家老郭,对人家说些连她自己也听不懂的话。

她一定死死地挣扎过,因为她写道:

  我们曾经相约:让我们互相忘记。可是我欺骗了你,我没有忘记。我想,你也同样没有忘记。我们不过是在互相欺骗着,把我们的苦楚深深地隐藏着。不过我并不是有意要欺骗你,我曾经多么努力地去实行它。有多少次我有意地滞留在远离北京的地方,把希望寄托在时间和空间上,我甚至觉得我似乎忘记了。可是等到我出差回来,火车离北京越来越近的时候,我简直承受不了冲击得使我头晕眼花的心跳。我是怎样急切地站在月台上张望,好像有什么人在等着我似地。不,当然不会有。我明白了,什么也没有忘记,一切都还留在原来的地方。年复一年,就跟一棵大树一样,它的根却越来越深地扎下去,想要拔掉这生了根的东西实在太困难了,我无能为力。

  每当一天过去,我总是觉得忘记了什么重要的事情,或是夜里突然从梦中惊醒:发生了什么事情?不,什么也没有发生,我清清楚楚地意识到:没有你!于是什么都显得是有缺陷的,不完满的,而且是没有任何东西可以弥补的。我们已经到了这一生快要完结的时候了,为什么还要像小孩子一样地忘情?为什么生活总是让人经过艰辛的跋涉之后才把你追求了一生的梦想展现在你的眼前?而这梦想因为当初闭着眼睛走路,不但在岔道上错过了,而且这中间还隔着许多不可逾越的沟壑。

对了,每每母亲从外地出差回来,她从不让我去车站接她,她一定愿意自己孤零零地站在月台上,享受他去接她的那种幻觉。她,头发都白了的、可怜的妈妈,简直就像个痴情的女孩子。

那些文字并没有多少是叙述他们的爱情的,而多半记载的都是她生活里的一些琐事:她的文章为什么失败,她对自己的才能感到了惶惑和猜疑;珊珊(就是我)为什么淘气,该不该罚她;因为心神恍惚她看错了戏票上的时间,错过了一场多么好的话剧;她出去散步,忘了带伞,淋得像个落汤鸡……她的精神明明日日夜夜都和他在一起,就像一对恩爱的夫妻。其实,把他们这一辈子接触过的时间累计起来计算,也不会超过二十四小时。而这二十四小时,大约比有些人一生享受到的东西还深、还多。莎士比亚笔下的朱丽叶说过:"我不能清算我财富的一半。"大约,她也不能清算她的财富的一半。

似乎他在"文化大革命"中死于非命。也许因为当时那种特定的历史条件,这一段的文字记载相当含糊和隐晦。我奇怪我那因为写文章而受着那么厉害的冲击的母亲,是用什么办法把这习惯坚持下来的?从这隐晦的文字里,我还是可以猜得出,他大约是对那位红极一世,权极一时的"理论权威"的理论提出了疑问,并且不知对谁说过:"这简直就是右派言论。"从母亲那沾满泪痕的纸页上可以看出,他被整得相当惨,不过那老头子似乎十分坚强,从没有对这位有大来头的人物低过头,直到死的时候,留下来的最后一句话还是:"就是到了马克思那里,这个官司也非打下去不可!"

这件事一定发生在六九年的冬天,因为在那个冬天里,还刚近五十岁的母亲一下子头发全白了。而且,她的手臂上还缠上了一道黑纱。那时,她的处境也很难,为了这条黑纱,她挨了好一顿批斗,说她坚持四旧,并且让她交代这是为了谁?

"妈妈,这是为了谁?"我惊恐地问她。

"为一个亲人!"然后怕我受惊似地解释着,"一个你不熟悉的亲人!"

"我要不要戴呢?"她做了一个许久都没有对我做过的动作,用手拍了拍我的脸颊,就像我小的时候她常做的那样。她好久都没有显出过这么温柔的样子了。我常觉得,随着她的年龄和阅历的增长,特别是那几年她所受过的折磨,那种温柔的东西似乎离她越来越远了,也或许是被她越藏越深了,以致常常让我感到她像个男人。

她恍惚而悲凉地笑了笑,说:"不,你不用戴。"

她那双又干又涩的眼睛显得没有一点水分,好像已经把眼泪哭干了。我很想安慰她,或是做点什么使她高兴的事。她却对我说:"去吧!"

我当时不知为什么生出了一种恐怖的感觉,我觉得我那亲爱的母亲似乎有一半已经随着什么离我而去了。我不由地叫了一声:"妈妈!"

我的心情一定被我那敏感的妈妈一览无余地看透了。她温和地对我说:"别怕,去吧!让我自己呆一会儿。"

我没有错,因为她的确这样地写着:

你去了。似乎我灵性里的一部分也随你而去了。

我甚至不能知道你的下落,更谈不上最后看你一眼。我也没有权利去向他们质询,因为我既不是亲眷又不是生前友好……我们便这样地分离了。我恨不能为你承担那非人的折磨,而应该让你活下去!为了等到昭雪的那一天,为了你将重新为这个社会工作,为了爱你的那些个人们,你都应该活着啊!我从不相信你是什么三反分子,你是被杀害的、最优秀中间的一个。假如不是这样,我怎么会爱你呢?我已经不怕说出这三个字。

纷纷扬扬的大雪不停地降落着。天哪,连上帝也这样地虚伪,他用一片洁白覆盖了你的鲜血和这谋杀的丑恶。

我独自一人,走在我们惟一一次曾经一同走过的那条柏油小路上,听着我一个人的脚步声在沉寂的夜色里响着、响着……我每每在这小路上徘徊、流连,哪一次也没有像现在这样使我肝肠寸断。那时,你虽然也不在我身边,但我知道,你还在这个世界上,我便觉得你在伴随着我,而今,你的的确确不在了,我真不能相信!

我走到了小路的尽头,又折回去,重新开始,再走一遍。

我弯过那道栅栏,习惯地回头望去,好像你还站在那里,向我挥手告别。我们曾淡淡地、心不在焉地微笑着,像两个没有什么深交的人,为的是尽力地掩饰住我们心里那镂骨铭心的爱情。那是一个没有一点诗意的初春的夜晚,依然在刮着冷峭的风。我们默默地走着,彼此离得很远。你因为长年害着气管炎,微微地喘息着。我心疼你,想要走得慢一点,可不知为什么却不能。我们走得飞快,好像有什么重要的事情在等着我们去做,我们非得赶快走完这段路不可。我们多么珍惜这一生中惟一的一次"散步",可我们分明害怕,怕我们把持不住自己,会说出那可怕的、折磨了我们许多年的那三个字:"我爱你"。除了我们自己,大概这个世界上没有一个活着的人会相信我们连手也没有握过一次!更不要说到其它!

不,妈妈,我相信,再没有人能像我那样眼见过你敞开的灵魂。

啊,那条柏油小路,我真不知道它是那样充满了辛酸的回忆的一条小路。我想,我们切不可忽略世界上任何一个最不起眼的小角落,谁知道呢?那些意想不到的小角落会沉默地蕴藏着多少隐秘的痛苦和欢乐呢?

难怪她写东西写得疲倦了的时候,常会沿着我们窗后的那条柏油小路慢慢地踱来踱去。有时是彻夜不眠后的清晨,有时甚至是月黑风高的夜晚,哪怕是在冬天,哪怕峭厉的风像发狂的野兽般地吼叫,卷着沙石噼哩叭啦地敲打着窗棂……那时,我只以为那不过是她的一种怪僻,却不知她是去和他的灵魂相会。

她还喜欢站在窗前,瞅着窗外的那条柏油小路出神。有一次,她显出那样奇特的神情,以致我以为柏油小路上走来了我们最熟悉的、最欢迎的客人。我连忙凑到窗前,在深秋的傍晚,只有冷风卷着枯黄的落叶,飘过那空荡荡的小路的路面。

好像他还活着一样,用文字和他倾心交谈的习惯并没有因为他的去世而中断。直到她自己拿不起来笔的那一天。在最后一页上,她对他说了最后的话:

> 我是一个信仰唯物主义的人。现在我却希冀着天国,倘若真有所谓天国,我知道,你一定在那里等待着我。我就要到那里去和你相会,我们将永远在一起,再也不会分离。再也不必怕影响另一个人的生活而割舍我们自己。亲爱的,等着我,我就要来了——

我真不知道,妈妈,在她行将就木的这一天,还会爱得那么沉重。像她自己所说的,那是镂骨铭心的。我觉得那简直不是爱,而是一种疾痛,或是比死亡更强大的一种力量。假如世界上真有所谓不朽的爱,这也就是极限了。她分明至死都感到幸福:她真正地爱过。她没有半点遗憾。

如今,他们的皱纹和白发早已从碳水化合物变成了其它的什么元素。可我知道,不管他们变成什么,他们仍然在相爱着。尽管没有什么人间的法律和道义把他们拴在一起,尽管他们连一次手也没有握过,他们却完完全全地占有着对方。那是任什么都不能使他们分离的。哪怕千百年过去,只要有一朵白云追逐着另一朵白云;一棵青草傍依着另一棵青草;一层浪花拍打着另一层浪花;一阵轻风紧跟着另一阵轻风……相信我,那一定就是他们。

每每我看着那些题着"爱,是不能忘记的"笔记本,我就不能抑制住自己的眼泪。我哭,这不止一次地痛哭,仿佛遭了这凄凉而悲惨的爱情的是我自己。这要不是大悲剧就是大笑话。别管它多么美,多么动人,我可不愿意重复它!

英国大作家哈代说过:"呼唤人的和被呼唤的很少能互相答应。"我已经不能从普通意义上的道德观念去谴责他们应该或是不应该相爱。我要谴责的却是:为什么当初他们没有等待着那个呼唤着自己的灵魂?

如果我们都能够互相等待,而不糊里糊涂地结婚,我们会免去多少这样的悲剧哟!

到了共产主义,还会不会发生这种婚姻和爱情分离着的事情呢?既然世界是这么大,互相呼唤的人也就可能有互相不能答应的时候,那么说,这样的事情还会发生?可是,那是多么悲哀啊!可也许到了那时,便有了解脱这悲哀的办法!

我为什么要钻牛角尖呢?

说到底,这悲哀也许该由我们自己负责。谁知道呢?也说不定还得由过去的生活所遗留下来的那种旧意识负责。因为一个人要是老不结婚,就会变成对这种意识的一种挑战。有人就会说你的神经出了毛病,或是你有什么见不得人的隐私,或是你政治上出了什么问题,或是你刁钻古怪,看不起凡人,不尊重千百年来的社会习惯,你准是个离经叛道的邪人……总之,他们会想出种种庸俗无聊的玩意儿来糟蹋你。于是,你只好屈从于这种意识的压力,草草地结婚了事。把那不堪忍受的婚姻和爱情分离着的镣铐套到自己的脖子上去,来日又会为这不能摆脱的镣铐而受苦终生。

我真想大声疾呼地说:"别管人家的闲事吧!让我们耐心地等待着,等着那呼唤我们的人,即使等不到也不要糊里糊涂地结婚!不要担心这么一来独身生活会成为一种可怕的灾难。要知道,这兴许正是社会生活在文化、教养、趣味……等等方面进化的一种表现!"

一九七九年五月

(《爱,是不能忘记的 小说散文集》,花城出版社,1980年)

《爱,是不能忘记的》导读　　拓展阅读

拓展阅读

李希凡:"倘若真有所谓天国……"——《爱,是不能忘记的》阅读琐记

受 戒

汪曾祺

明海出家已经四年了。

他是十三岁来的。

这个地方的地名有点怪,叫庵赵庄。赵,是因为庄上大都姓赵。叫做庄,可是人家住得很分散,这里两三家,那里两三家。一出门,远远可以看到,走起来得走一会,因为没有大路,都是弯弯曲曲的田埂。庵,是因为有一个庵。庵叫菩提庵,可是大家叫讹了,叫成荸荠庵,连庵里的和尚也这样叫。"宝刹何处?"——"荸荠庵。"庵本来是住尼姑的。"和尚庙""尼姑庵"嘛。可是荸荠庵住的是和尚。也许因为荸荠庵不大,大者为庙,小者为庵。

明海在家叫小明子。他是从小就确定要出家的。他的家乡不叫"出家",叫"当和尚"。他的家乡出和尚。就像有的地方出劁猪的,有的地方出织席子的,有的地方出箍桶的,有的地方出弹棉花的,有的地方出画匠,有的地方出婊子,他的家乡出和尚。人家弟兄多,就派一个出去当和尚。当和尚也要通过关系,也有帮。这地方的和尚有的走得很远。有到杭州灵隐寺的、上海静安寺的、镇江金山寺的、扬州天宁寺的。一般的就在本县的寺庙。明海家田少,老大、老二、老三,就足够种的了。他是老四。他七岁那年,他当和尚的舅舅回家,他爹、他娘就和舅舅商议,决定叫他当和尚。他当时在旁边,觉得这实在是在情在理,没有理由反对。当和尚有很多好处。一是可以吃现成饭,哪个庙里都是管饭的。二是可以攒钱。只要学会了放瑜伽焰口,拜梁皇忏,可以按例分到辛苦钱。积攒起来,将来还俗娶亲也可以;不想还俗,买几亩田也可以。当和尚也不容易,一要面如朗月,二要声如钟磬,三要聪明记性好。他舅舅给他相了相面,叫他前走几步,后走几步,又叫他喊了一声赶牛打场的号子:"格当嘚——",说是"明子准能当个好和尚,我包了!"要当和尚,得下点本,——念几年书。哪有不认字的和尚呢!于是明子就开蒙入学,读了《三字经》《百家姓》《四言杂字》《幼学琼林》"上论下论""上孟下孟",每天还写一张仿。村里都夸他字写得好,很黑。

舅舅按照约定的日期又回了家,带了一件他自己穿的和尚领的短衫,叫明子娘改小一点,给明子穿上。明子穿了这件和尚短衫,下身还是在家穿的紫花裤子,赤脚穿了一双新布鞋,跟他爹、他娘磕了一个头,就随舅舅走了。

他上学时起了个学名,叫明海。舅舅说,不用改了。于是"明海"就从学名变成了法名。

过了一个湖。好大一个湖!穿过一个县城。县城真热闹:官盐店,税务局,肉铺里挂着成边的猪,一个驴子在磨芝麻,满街都是小磨香油的香味,布店,卖茉莉粉、梳头油的什么斋,卖绒花的,卖丝线的,打把式卖膏药的,吹糖人的,耍蛇的,……他什么都想看看。舅舅一劲地推他:"快走!快走!"

到了一个河边,有一只船在等着他们。船上有一个五十来岁的瘦长瘦长的大伯,船头蹲着一个跟明子差不多大的女孩子,在剥一个莲蓬吃。明子和舅舅坐到舱里,船就开了。

明子听见有人跟他说话,是那个女孩子。

"是你要到荸荠庵当和尚吗?"

明子点点头。

"当和尚要烧戒疤呕!你不怕?"

明子不知道怎么回答,就含含糊糊地摇了摇头。

"你叫什么?"

"明海。"

"在家的时候?"

"叫明子。"

"明子!我叫小英子!我们是邻居。我家挨着荸荠庵。——给你!"

小英子把吃剩的半个莲蓬扔给明海,小明子就剥开莲蓬壳,一颗一颗吃起来。

大伯一桨一桨地划着,只听见船桨泼水的声音:

"哗——许!哗——许!"

…………

荸荠庵的地势很好,在一片高地上。这一带就数这片地高,当初建庵的人很会选地方。门前是一条河。门外是一片很大的打谷场。三面都是高大的柳树。山门里是一个穿堂。迎门供着弥勒佛。不知是哪一位名士撰写了一副对联:

　　大肚能容容天下难容之事
　　开颜一笑笑世间可笑之人

弥勒佛背后,是韦驮。过穿堂,是一个不小的天井,种着两棵白果树。天井两边各有三间厢房。走过天井,便是大殿,供着三世佛。佛像连龛才四尺来

高。大殿东边是方丈,西边是库房。大殿东侧,有一个小小的六角门,白门绿字,刻着一副对联:

　　一花一世界
　　三藐三菩提

进门有一个狭长的天井,几块假山石,几盆花,有三间小房。

小和尚的日子清闲得很。一早起来,开山门,扫地。庵里的地铺的都是箩底方砖,好扫得很,给弥勒佛、韦驮烧一炷香,正殿的三世佛面前也烧一炷香,磕三个头,念三声"南无阿弥陀佛",敲三声磬。这庵里的和尚不兴做什么早课、晚课,明子这三声磬就全都代替了。然后,挑水,喂猪。然后,等当家和尚,即明子的舅舅起来,教他念经。

教念经也跟教书一样,师父面前一本经,徒弟面前一本经,师父唱一句,徒弟跟着唱一句。是唱哎。舅舅一边唱,一边还用手在桌上拍板。一板一眼,拍得很响,就跟教唱戏一样。是跟教唱戏一样,完全一样哎。连用的名词都一样。舅舅说,念经:一要板眼准,二要合工尺。说:当一个好和尚,得有条好嗓子。说:民国二十年闹大水,运河倒了堤,最后在清水潭合龙,因为大水淹死的人很多,放了一台大焰口,十三大师——十三个正座和尚,各大庙的方丈都来了,下面的和尚上百。谁当这个首座?推来推去,还是石桥——善因寺的方丈!他往上一坐,就跟地藏王菩萨一样,这就不用说了;那一声"开香赞",围看的上千人立时鸦雀无声。说:嗓子要练,夏练三伏,冬练三九,要练丹田气!说:要吃得苦中苦,方为人上人!说:和尚里也有状元、榜眼、探花!要用心,不要贪玩!舅舅这一番大法说得明海和尚实在是五体投地,于是就一板一眼地跟着舅舅唱起来:

　　"炉香乍爇——"
　　"炉香乍爇——"
　　"法界蒙薰——"
　　"法界蒙薰——"
　　"诸佛现金身……"
　　"诸佛现金身……"
　　…………

等明海学完了早经,——他晚上临睡前还要学一段,叫做晚经,——荸荠庵的师父们就都陆续起床了。

这庵里人口简单,一共六个人。连明海在内,五个和尚。

有一个老和尚,六十几了,是舅舅的师叔,法名普照,但是知道的人很少,因为很少人叫他法名,都称之为老和尚或老师父,明海叫他师爷爷。这是个很枯寂的人,一天关在房里,就是那"一花一世界"里。也看不见他念佛,只是那么一声不响地坐着。他是吃斋的,过年时除外。

下面就是师兄弟三个,仁字排行:仁山、仁海、仁渡。庵里庵外,有的称他们为大师父、二师父;有的称之为山师父、海师父。只有仁渡,没有叫他"渡师父"的,因为听起来不像话,大都直呼之为仁渡。他也只配如此,因为他还年轻,才二十多岁。

仁山,即明子的舅舅,是当家的。不叫"方丈",也不叫"住持",却叫"当家的",是很有道理的,因为他确确实实干的是当家的职务。他屋里摆的是一张账桌,桌子上放的是账簿和算盘。账簿共有三本。一本是经账,一本是租账,一本是债账。和尚要做法事,做法事要收钱,——要不,当和尚干什么?常做的法事是放焰口。正规的焰口是十个人。一个正座,一个敲鼓的,两边一边四个。人少了,八个,一边三个,也凑合了。荸荠庵只有四个和尚,要放整焰口就得和别的庙里合伙。这样的时候也有过。通常只是放半台焰口。一个正座,一个敲鼓,另外一边一个。一来找别的庙里合伙费事;二来这一带放得起整焰口的人家也不多。有的时候,谁家死了人,就只请两个,甚至一个和尚咕噜咕噜念一通经,敲打几声法器就算完事。很多人家的经钱不是当时就给,往往要等秋后才还。这就得记账。另外,和尚放焰口的辛苦钱不是一样的。就像唱戏一样,有份子。正座第一份。因为他要领唱,而且还要独唱。当中有一大段"叹骷髅",别的和尚都放下法器休息。只有首座一个人有板有眼地曼声吟唱。第二份是敲鼓的。你以为这容易呀?哼,单是一开头的"发擂",手上没功夫就敲不出迟疾顿挫!其余的,就一样了。这也得记上:某月某日、谁家焰口半台,谁正座,谁敲鼓……省得到年底结账时赌咒骂娘。……这庵里有几十亩庙产,租给人种,到时候要收租。庵里还放债。租、债一向倒很少亏欠,因为租佃借钱的人怕菩萨不高兴。这三本账就够仁山忙的了。另外香烛灯火、油盐"福食",这也得随时记记账呀。除了账簿之外,山师父的方丈的墙上还挂着一块水牌,上漆四个红字:"勤笔免思"。

仁山所说当一个好和尚的三个条件,他自己其实一条也不具备。他的相貌只要用两个字就说清楚了:黄、胖。声音也不像钟磬,倒像母猪。聪明么?难说,打牌老输。他在庵里从不穿袈裟,连海青直裰也免了。经常是披着件短僧衣,袒露着一个黄色的肚子。下面是光脚跋拉着一双僧鞋,——新鞋他也是跋拉着。他一天就是这样不衫不履地这里走走,那里走走,发出母猪一样的声音:"嗯——嗯——"。

二师父仁海。他是有老婆的。他老婆每年夏秋之间来住几个月,因为庵里凉快。庵里有六个人,其中之一,就是这位和尚的家眷。仁山、仁海叫她嫂子,明海叫她师娘。这两口子都很爱干净,整天的洗涮。傍晚的时候,坐在天井里乘凉。白天,闷在屋里不出来。

三师父是个很聪明精干的人。有时一笔账大师兄扒了半天算盘也算不清,他眼珠子转两转,早算得一清二楚。他打牌赢的时候多,二三十张牌落地,上下家手里有些什么牌,他就差不多都知道了。他打牌时,总有人爱在他后面看歪头胡。谁家约他打牌,就说"想送两个钱给你"。他不但经忏俱通(小庙的和尚能够拜忏的不多),而且身怀绝技,会"飞铙"。七月间有些地方做盂兰会,在旷地上放大焰口,几十个和尚,穿绣花袈裟,飞铙。飞铙就是把十多斤重的大铙钹飞起来。到了一定的时候,全部法器皆停,只几十副大铙紧张急促地敲起来。忽然起手,大铙向半空中飞去,一面飞,一面旋转。然后,又落下来,接住。接住不是平平常常地接住,有各种架势,"犀牛望月""苏秦背剑"……这哪是念经,这是耍杂技。也许是地藏王菩萨爱看这个,但真正因此快乐起来的是人,尤其是妇女和孩子。这是年轻漂亮的和尚出风头的机会。一场大焰口过后,也像一个好戏班子过后一样,会有一个两个大姑娘、小媳妇失踪,——跟和尚跑了。他还会放"花焰口"。有的人家,亲戚中多风流子弟,在不是很哀伤的佛事——如做冥寿时,就会提出放花焰口。所谓"花焰口"就是在正焰口之后,叫和尚唱小调,拉丝弦,吹管笛,敲鼓板,而且可以点唱。仁渡一个人可以唱一夜不重头。仁渡前几年一直在外面,近二年才常住在庵里。据说他有相好的,而且不止一个。他平常可是很规矩,看到姑娘媳妇总是老老实实的,连一句玩笑话都不说,一句小调山歌都不唱。有一回,在打谷场上乘凉的时候,一伙人把他围起来,非叫他唱两个不可。他却情不过,说:"好,唱一个。不唱家乡的。家乡的你们都熟,唱个安徽的。"

> 姐和小郎打大麦,
> 一转子讲得听不得。
> 听不得就听不得,
> 打完了大麦打小麦。

唱完了,大家还嫌不够,他就又唱了一个:

> 姐儿生得漂漂的,
> 两个奶子翘翘的。
> 有心上去摸一把,

心里有点跳跳的。

……………

这个庵里无所谓清规,连这两个字也没人提起。

仁山吃水烟,连出门做法事也带着他的水烟袋。

他们经常打牌。这是个打牌的好地方。把大殿上吃饭的方桌往门口一搭,斜放着,就是牌桌。桌子一放好,仁山就从他的方丈里把筹码拿出来,哗啦一声倒在桌上。斗纸牌的时候多,搓麻将的时候少。牌客除了师兄弟三人,常来的是一个收鸭毛的,一个打兔子兼偷鸡的,都是正经人。收鸭毛的担一副竹筐,串乡串镇,拉长了沙哑的声音喊叫:

"鸭毛卖钱——!"

偷鸡的有一件家什——铜蜻蜓。看准了一只老母鸡,把铜蜻蜓一丢,鸡婆子上去就是一口。这一啄,铜蜻蜓的硬簧绷开,鸡嘴撑住了,叫不出来了。正在这鸡十分纳闷的时候,上去一把薅住。

明子曾经跟这位正经人要过铜蜻蜓看看。他拿到小英子家门前试了一试,果然!小英的娘知道了,骂明子:

"要死了!儿子!你怎么到我家来玩铜蜻蜓了!"

小英子跑过来:

"给我!给我!"

她也试了试,真灵,一个黑母鸡一下子就把嘴撑住,傻了眼了!

下雨阴天,这二位就光临荸荠庵,消磨一天。

有时没有外客,就把老师叔也拉出来,打牌的结局,大都是当家和尚气得鼓鼓的:"×妈妈的!又输了!下回不来了!"

他们吃肉不瞒人。年下也杀猪。杀猪就在大殿上。一切都和在家人一样,开水、木桶、尖刀。捆猪的时候,猪也是没命地叫。跟在家人不同的,是多一道仪式,要给即将升天的猪念一道"往生咒",并且总是老师叔念,神情很庄重:

"……一切胎生、卵生、息生,来从虚空来,还归虚空去。往生再世,皆当欢喜。南无阿弥陀佛!"

三师父仁渡一刀子下去,鲜红的猪血就带着很多沫子喷出来。

…………

明子老往小英子家里跑。

小英子的家像一个小岛,三面都是河,西面有一条小路通到荸荠庵。独门独户,岛上只有这一家。岛上有六棵大桑树,夏天都结大桑椹,三棵结白的,三棵结紫的;一个菜园子,瓜豆蔬菜,四时不缺。院墙下半截是砖砌的,上半截是泥夯的。大门是桐油油过的,贴着一副万年红的春联:

　　向阳门第春常在
　　积善人家庆有余

　　门里是一个很宽的院子。院子里一边是牛屋、碓棚;一边是猪圈、鸡窠,还有个关鸭子的栅栏。露天地放着一具石磨。正北面是住房,也是砖基土筑,上面盖的一半是瓦,一半是草。房子翻修了才三年,木料还露着白茬。正中是堂屋,家神菩萨的画像上贴的金还没有发黑。两边是卧房。隔扇窗上各嵌了一块一尺见方的玻璃,明亮亮的,——这在乡下是不多见的。房檐下一边种着一棵石榴树,一边种着一棵栀子花,都齐房檐高了。夏天开了花,一红一白,好看得很。栀子花香得冲鼻子。顺风的时候,在荸荠庵都闻得见。

　　这家人口不多。他家当然是姓赵,一共四口人:赵大伯、赵大妈,两个女儿,大英子、小英子。老两口没有儿子。因为这些年人不得病,牛不生灾,也没有大旱大水闹蝗虫,日子过得很兴旺。他们家自己有田,本来够吃的了,又租种了庵上的十亩田。自己的田里,一亩种了荸荠,——这一半是小英子的主意,她爱吃荸荠,一亩种了茨菇。家里喂了一大群鸡鸭,单是鸡蛋鸭毛就够一年的油盐了。赵大伯是个能干人。他是一个"全把式",不但田里场上样样精通,还会罩鱼、洗磨、凿砻、修水库、修船、砌墙、烧砖、箍桶、劈篾、绞麻绳。他不咳嗽,不腰疼,结结实实,像一棵榆树。人很和气,一天不声不响。赵大伯是一棵摇钱树,赵大娘就是个聚宝盆。大娘精神得出奇。五十岁了,两个眼睛还是清亮亮的。不论什么时候,头都是梳得滑溜溜的,身上衣服都是格挣挣的。像老头子一样,她一天不闲着。煮猪食,喂猪,腌咸菜,——她腌的咸萝卜干非常好吃,春粉子,磨小豆腐,编蓑衣,织芦筐。她还会剪花样子。这里嫁闺女,陪嫁妆,磁坛子、锡罐子,都要用梅红纸剪出吉祥花样,贴在上面,讨个吉利,也才好看:"丹凤朝阳"呀、"白头到老"呀、"子孙万代"呀、"福寿绵长"呀。二三十里的人家都来请她:"大娘,好日子是十六,你哪天去呀?"——"十五,我一大清早就来!"

　　"一定呀!"——"一定!一定!"

　　两个女儿,长得跟她娘像一个模子里托出来的。眼睛长得尤其像,白眼珠鸭蛋青,黑眼珠棋子黑,定神时如清水,闪动时像星星。浑身上下,头是头,脚是脚。头发滑溜溜的,衣服格挣挣的。——这里的风俗,十五六岁的姑娘就都梳上头了。这两个丫头,这一头的好头发!通红的发根,雪白的簪子!娘女三个去赶集,一集的人都朝她们望。

姐妹俩长得很像,性格不同。大姑娘很文静,话很少,像父亲。小英子比她娘还会说,一天咭咭呱呱地不停。大姐说:

"你一天到晚咭咭呱呱——"

"像个喜鹊!"

"你自己说的!——吵得人心乱!"

"心乱?"

"心乱!"

"你心乱怪我呀!"

二姑娘话里有话。大英子已经有了人家。小人她偷偷地看过,人很敦厚,也不难看,家道也殷实,她满意。已经下过小定,日子还没有定下来。她这二年,很少出房门,整天赶她的嫁妆。大裁大剪,她都会。挑花绣花,不如娘。她可又嫌娘出的样子太老了。她到城里看过新娘子,说人家现在绣的都是活花活草。这可把娘难住了。最后是喜鹊忽然一拍屁股:"我给你保举一个人!"

这人是谁?是明子。明子念"上孟下孟"的时候,不知怎么得了半套《芥子园》,他喜欢得很。到了荸荠庵,他还常翻出来看,有时还把旧账簿子翻过来,照着描。小英子说:

"他会画!画得跟活的一样!"

小英子把明海请到家里来,给他磨墨铺纸,小和尚画了几张,大英子喜欢得了不得:

"就是这样!就是这样!这就可以乱孱!"——所谓"乱孱"是绣花的一种针法;绣了第一层,第二层的针脚插进第一层的针缝,这样颜色就可由深到淡,不露痕迹,不像娘那一代绣的花是平针,深浅之间,界限分明,一道一道的。小英子就像个书童,又像个参谋:

"画一朵石榴花!"

"画一朵栀子花!"

她把花掐来,明海就照着画。

到后来,凤仙花、石竹子、水蓼、淡竹叶、天竺果子、腊梅花,他都能画。

大娘看着也喜欢,搂住明海的和尚头:

"你真聪明!你给我当一个干儿子吧!"

小英子捺住他的肩膀,说:

"快叫,快叫!"

小明子跪在地下磕了一个头,从此就叫小英子的娘做干娘。

大英子绣的三双鞋,三十里方圆都传遍了。很多姑娘都走路坐船来看。

看完了,就说"啧啧啧,真好看！这哪是绣的,这是一朵鲜花！"她们就拿了纸来央大娘求了小和尚来画。有求画帐檐的,有求画门帘飘带的,有求画鞋头花的。每回明子来画花,小英子就给他做点好吃的,煮两个鸡蛋,蒸一碗芋头,煎几个藕团子。

因为照顾姐姐赶嫁妆,田里的零碎生活小英子就全包了。她的帮手,是明子。

这地方的忙活是栽秧、车高田水、薅头遍草,再就是割稻子、打场了。这几茬重活,自己一家是忙不过来的。这地方兴换工。排好了日期,几家顾一家,轮流转。不收工钱,但是吃好的。一天吃六顿,两头见肉,顿顿有酒。干活时,敲着锣鼓,唱着歌,热闹得很。其余的时候,各顾各,不显得紧张。

薅三遍草的时候,秧已经很高了,低下头看不见人。一听见非常脆亮的嗓子在一片浓绿里唱:

> 栀子哎开花哎六瓣头哎……
> 姐家哎门前哎一道桥哎……

明海就知道小英子在哪里,三步两步就赶到,赶到就低头薅起草来。傍晚牵牛"打汪",是明子的事。——水牛怕蚊子。这里的习惯,牛卸了轭,饮了水,就牵到一口和好泥水的"汪"里,由它自己打滚扑腾,弄得全身都是泥浆,这样蚊子就咬不透了。低田上水,只要一挂十四轧的水车,两个人车半天就够了。明子和小英子就伏在车杠上,不紧不慢地踩着车轴上的拐子,轻轻地唱着明海向三师父学来的各处山歌。打场的时候,明子能替赵大伯一会,让他回家吃饭。——赵家自己没有场,每年都在荸荠庵外面的场上打谷子。他一扬鞭子,喊起了打场号子:

"格当嘚——"

这打场号子有音无字,可是九转十三弯,比什么山歌号子都好听。赵大娘在家,听见明子的号子,就侧起耳朵:

"这孩子这条嗓子!"

连大英子也停下针线:

"真好听!"

小英子非常骄傲地说:

"一十三省数第一!"

晚上,他们一起看场。——荸荠庵收来的租稻也晒在场上。他们并肩坐在一个石碌子上,听青蛙打鼓,听寒蛇唱歌,——这个地方以为蝼蛄叫是蚯蚓叫,而且叫蚯蚓叫"寒蛇",听纺纱婆子不停地纺纱,"唦——",看萤火虫飞来飞去,看天上的流星。

"呀！我忘了在裤带上打一个结！"小英子说。

这里的人相信,在流星掉下来的时候在裤带上打一个结,心里想什么好事,就能如愿。

…………

"揢"荸荠,这是小英子最爱干的生活。秋天过去了,地净场光,荸荠的叶子枯了,——荸荠的笔直的小葱一样的圆叶子里是一格一格的,用手一捋,哔哔地响,小英子最爱捋着玩,——荸荠藏在烂泥里。赤了脚,在凉浸浸滑溜溜的泥里踩着,——哎,一个硬疙瘩！伸手下去,一个红紫红紫的荸荠。她自己爱干这生活,还拉了明子一起去。她老是故意用自己的光脚去踩明子的脚。

她挎着一篮子荸荠回去了,在柔软的田埂上留下一串脚印,明海看着她的脚印,傻了。五个小小的趾头,脚掌平平的,脚跟细细的,脚弓部分缺了一块。明海身上有一种从来没有过的感觉,他觉得心里痒痒的。这一串美丽的脚印把小和尚的心搞乱了。

…………

明子常搭赵家的船进城,给庵里买香烛,买油盐。闲时是赵大伯划船；忙时是小英子去,划船的是明子。

从庵赵庄到县城,当中要经过一片很大的芦花荡子。芦苇长得密密的,当中一条水路,四边不见人。划到这里,明子总是无端端地觉得心里很紧张,他就使劲地划桨。

小英子喊起来：

"明子！明子！你怎么啦？你发疯啦？为什么划得这么快？"

…………

明海到善因寺去受戒。

"你真的要去烧戒疤呀？"

"真的。"

"好好的头皮上烧八个洞,那不疼死啦？"

"咬咬牙。舅舅说这是当和尚的一大关,总要过的。"

"不受戒不行吗？"

"不受戒的是野和尚。"

"受了戒有啥好处？"

"受了戒就可以到处云游、逢寺挂褡。"

"什么叫'挂褡'?"

"就是在庙里住。有斋就吃。"

"不把钱?"

"不把钱。有法事,还得先尽外来的师父。"

"怪不得都说'远来的和尚会念经'。就凭头上这几个戒疤?"

"还要有一份戒牒。"

"闹半天,受戒就是领一张和尚的合格文凭呀!"

"就是!"

"我划船送你去。"

"好。"

小英子早早就把船划到荸荠庵门前。不知是什么道理,她兴奋得很。她充满了好奇心,想去看看善因寺这座大庙,看看受戒是个啥样子。

善因寺是全县第一大庙,在东门外,面临一条水很深的护城河,三面都是大树,寺在树林子里,远处只能隐隐约约看到一点金碧辉煌的屋顶,不知道有多大。树上到处挂着"谨防恶犬"的牌子。这寺里的狗出名的厉害。平常不大有人进去。放戒期间,任人游看,恶狗都锁起来了。

好大一座庙!庙门的门坎比小英子的胯膝都高。迎门蹲着两块大牌,一边一块,一块写着斗大两个大字:"放戒",一块是:"禁止喧哗",这庙里果然是气象庄严,到了这里谁也不敢大声咳嗽。明海自去报名办事,小英子就到处看看。好家伙,这哼哈二将、四大天王,有三丈多高,都是簇新的,才装修了不久。天井有二亩地大,铺着青石,种着苍松翠柏。"大雄宝殿",这才真是个"大殿"!一进去,凉飕飕的。到处都是金光耀眼。释迦牟尼佛坐在一个莲花座上。单是莲座,就比小英子还高。抬起头来也看不全他的脸,只看到一个微微闭着的嘴唇和胖敦敦的下巴。两边的两根大红蜡烛,一搂多粗。佛像前的大供桌上供着鲜花、绒花、绢花,还有珊瑚树、玉如意、整棵的大象牙。香炉里烧着檀香。小英子出了庙,闻着自己的衣服都是香的。挂了好些幡。这些幡不知是什么缎子的,那么厚重,绣的花真细。这么大一口磬,里头能装五担水!这么大一个木鱼,有一头牛大,漆得通红的。她又去转了转罗汉堂,爬到千佛楼上看了看。真有一千个小佛!她还跟着一些人去看了看藏经楼。藏经楼没有什么看头,都是经书!妈吔!逛了这么一圈,腿都酸了。小英子想起还要给家里打油,替姐姐配丝线,给娘买鞋面布,给自己买两个坠围裙飘带的银蝴蝶,给爹买旱烟,就出庙了。

等把事情办齐,晌午了。她又到庙里看了看,和尚正在吃粥。好大一个"膳堂",坐得下八百个和尚。吃粥也有这样多讲究:正面法座上摆着两个锡胆瓶,里面插着红绒花,后面盘膝坐着一个穿了大红满金绣袈裟的和尚,手里拿了戒尺。这戒尺是要打人的。哪个和尚吃粥吃出了声音,他下来就是一戒尺。不过他并不真的打人,只是做个样子。真稀奇,那么多的和尚吃粥,竟然不出一点声音!她看见明子也坐在里面,想跟他打个招呼又不好打。想了想,管他禁止不禁止喧哗,就大声喊了一句:"我走啦!"她看见明子目不斜视地微微点了点头,就不管很多人都朝自己看,大摇大摆地走了。

第四天一大清早小英子就去看明子。她知道明子受戒是第三天半夜,——烧戒疤是不许人看的。她知道要请老剃头师傅剃头,要剃得横摸顺摸都摸不出头发茬子,要不然一烧,就会"走"了戒,烧成了一片。她知道是用枣泥子先点在头皮上,然后用香头子点着。她知道烧了戒疤就喝一碗蘑菇汤,让它"发",还不能躺下,要不停地走动,叫做"散戒"。这些都是明子告诉她的。明子是听舅舅说的。

她一看,和尚真在那里"散戒",在城墙根底下的荒地里。一个一个,穿了新海青,光光的头皮上都有八个黑点子。——这黑疤掉了,才会露出白白的、圆圆的"戒疤"。和尚都笑嘻嘻的,好像很高兴。她一眼就看见了明子。隔着一条护城河,就喊他:

"明子!"

"小英子!"

"你受了戒啦?"

"受了。"

"疼吗?"

"疼。"

"现在还疼吗?"

"现在疼过去了。"

"你哪天回去?"

"后天。"

"上午?下午?"

"下午。"

"我来接你!"

"好!"

…………

小英子把明海接上船。

小英子这天穿了一件细白夏布上衣,下边是黑洋纱的裤子,赤脚穿了一双龙须草的细草鞋,头上一边插着一朵栀子花,一边插着一朵石榴花。她看见明子穿了新海青,里面露出短褂子的白领子,就说:"把你那外面的一件脱了,你不热呀!"

他们一人一把桨。小英子在中舱,明子扳艄,在船尾。

她一路问了明子很多话,好像一年没有看见了。

她问,烧戒疤的时候,有人哭吗?喊吗?

明子说,没有人哭,只是不住地念佛,有个山东和尚骂人:

"俺日你奶奶!俺不烧了!"

她问善因寺的方丈石桥是相貌和声音都很出众吗?

"是的。"

"说他的方丈比小姐的绣房还讲究?"

"讲究。什么东西都是绣花的。"

"他屋里很香?"

"很香。他烧的是伽楠香,贵得很。"

"听说他会做诗,会画画,会写字?"

"会。庙里走廊两头的砖额上,都刻着他写的大字。"

"他是有个小老婆吗?"

"有一个。"

"才十九岁?"

"听说。"

"好看吗?"

"都说好看。"

"你没看见?"

"我怎么会看见?我关在庙里。"

明子告诉她,善因寺一个老和尚告诉他,寺里有意选他当沙弥尾,不过还没有定,要等主事的和尚商议。

"什么叫'沙弥尾'?"

"放一堂戒,要选出一个沙弥头,一个沙弥尾。沙弥头要老成,要会念很多经。沙弥尾要年轻,聪明,相貌好。"

"当了沙弥尾跟别的和尚有什么不同?"

"沙弥头,沙弥尾,将来都能当方丈。现在的方丈退居了,就当。石桥原来就是沙弥尾。"

"你当沙弥尾吗?"

"还不一定哪。"

"你当方丈,管善因寺？管这么大一个庙?!"

"还早呐!"

划了一气,小英子说:"你不要当方丈!"

"好,不当。"

"你也不要当沙弥尾!"

"好,不当。"

又划了一气,看见那一片芦花荡子了。

小英子忽然把桨放下,走到船尾,趴在明子的耳朵旁边,小声地说:"我给你当老婆,你要不要？"

明子眼睛鼓得大大的。

"你说话呀!"

明子说:"嗯。"

"什么叫'嗯'呀！要不要,要不要？"

明子大声地说:"要!"

"你喊什么!"

明子小小声说:"要——!"

"快点划!"

英子跳到中舱,两只桨飞快地划起来,划进了芦花荡。

芦花才吐新穗。紫灰色的芦穗,发着银光,软软的,滑溜溜的,像一串丝线。有的地方结了蒲棒,通红的,像一枝一枝小蜡烛。青浮萍,紫浮萍。长脚蚊子,水蜘蛛。野菱角开着四瓣的小白花。惊起一只青桩(一种水鸟),擦着芦穗,扑鲁鲁鲁飞远了。

…………

一九八〇年八月十二日,写四十三年前的一个梦

(《汪曾祺小说全编》[中]全集版,人民文学出版社,2016年)

《受戒》导读

人生（第三、四章）

路　遥

第三章

　　吃过早饭不久，在大马河川道通往县城的简易公路上，已经开始出现了熙熙攘攘去赶集的庄稼人。由于这两年农村政策的变化，个体经济有了大发展，赶集上会，买卖生意，已经重新成了庄稼人生活的重要内容。

　　公路上，年轻人骑着用彩色塑料缠绕得花花绿绿的自行车，一群一伙地奔驰而过。他们都穿上了崭新的"见人"衣裳，不是涤卡，就是的确良，看起来时兴得很。粗糙的庄稼人的赤脚片上，庄重地穿上尼龙袜和塑料凉鞋。脸洗得干干净净，头梳得光光溜溜，兴高采烈地去县城露面：去逛商店，去看戏，去买时兴货，去交朋友，去和对象见面……

　　更多的庄稼人大都是肩挑手提：担柴的、挑菜的、吆猪的、牵羊的、提蛋的、抱鸡的、拉驴的、推车的；秤匠、鞋匠、铁匠、木匠、石匠、箍匠、毡匠、箍锅匠、泥瓦匠、游医、巫婆、赌棍、小偷、吹鼓手、牲口贩子……都纷纷向县城涌去了。川北山根下的公路上，蹚起了一股又一股的黄尘。

　　当高加林挽着一篮子蒸馍加入这个洪流的时候，他立刻后悔起来。他感到自己突然变成一个真正的乡巴佬了。他觉得公路上前前后后的人都朝他看。他，一个曾经是潇潇洒洒的教师，现在却像一个农村老太婆一样，上集卖蒸馍去了！他的心难受得像无数虫子在咬着。

　　但这一切是毫无办法的。严峻的生活把他赶上了这条尘土飞扬的路。他不得不承认，他现在只能这样开始新的生活。家里已经连买油盐的钱都没了，父母亲那么大的年纪都还整天为生活苦熬苦累，他一个年轻轻的后生，怎好意思一股劲呆下吃闲饭呢？

　　他提着蒸馍篮子，头尽量低着，什么也不看，只瞅着脚下的路，匆匆地向县城走。路上，他想起父亲临走时安咐他，叫他卖馍时要吆喝。他的脸立刻感到火辣辣地发烧。天啊，他怎能喊出声来！

"可是,"他想,"如果我不叫卖,谁知道我提这蒸馍是干啥哩?"

走到一个小沟岔的时候,高加林突然想:干脆让我先跑到这没人的拐沟里试验喊叫一下,到城里好习惯一些嘛!

他满脸通红朝公路两头望了望,见没什么人,于是就像做一件见不得人的事一样,匆忙地折身走进了公路边的那条拐沟里。

他在这荒沟里走了好一段路,直到看不见公路的时候才站住。

他站住,口张了一下,但没勇气喊出声来。又张了一下口,还是不行。短短的时间里,汗水已经沁满了他的额头。四野里静悄悄的,几只雪白的蝴蝶在他面前一丛淡蓝色的野花里安详地飞着;两面山坡上茂密的苦艾发出一股新鲜刺鼻的味道。高加林感到整个大地都在敛声屏气地等待他那一声"白蒸馍哎——!"

啊呀,这是那么的难人!他感到就像要在大庭广众面前学一声狗叫唤一样受辱。

他用手背擦了一下额头的汗水,决心下一声非喊出来不可!他狠狠地咽了一口唾沫,把眼一闭,张开嘴怪叫一声:"白蒸馍哎——"

他听见四山里都在回荡着他那一声演戏般的、悲哀的喊叫声。他牙咬住嘴唇,强忍着没让眼里的泪花子溢出来。

他直愣愣地在这个荒沟野地里站了老半天,才难受地回到公路上,继续向县城走去。从他们村到县城只有十来里路,但他感到这段路是多么的漫长和艰难。他知道,更大的困难还在前头——在那万头攒动的集市上!

当他走到大马河与县河交汇的地方,县城的全貌已经出现在视野之内了。一片平房和楼房交织的建筑物,高低错落,从半山坡一直延伸到河岸上。亲爱的县城还像往日一样,灰蓬蓬地显出了它那诱人的魅力。他没有走过更大的城市,县城在他的眼里就是大城市,就是别一番天地。他对这里的一切都是熟悉的,亲切的;从初中到高中,他都是在这里度过。他对自己和社会的深入认识,对未来生活的无数梦想,都是在这里开始的。学校、街道、电影院、商店、浴池、体育场……生活是多么的丰富多彩!可是,三年前,他就和这一切告别了……

现在,他又来了。再不是当年的翩翩少年,衣服整洁而笔挺,满身的香皂味,胸前骄傲地别着本县最高学府的校徽。他现在提着蒸馍篮子,是一个普通的赶集的庄稼人了。

往事的回忆使他心酸。他靠在大马河桥的石栏杆上,感到头有点眩晕起来。四面八方赶集的人群正源源不绝地通过大桥,进了街道。远处城市中心街道的上空,腾起很大一片灰尘,嘈杂的市声听起来像蜂群发出的嗡嗡声一般。

他猛然想到一个更糟糕的问题:要是碰上他在县城的同学怎么办?

他下意识地抬起头,先慌忙朝前后看了看。这时候他才真正后悔赶这趟集了。一般的赶集倒也没什么,可他是来卖蒸馍的呀!

现在折回去吗,可这怎行呢!他已经走到了县城。再说,家里连一点零花钱都没有了,这样回去,父母亲虽然不会说什么,但他们肯定心里会难受的——不仅为这篮没卖掉的蒸馍,更为他的没出息而难受!

"不,"他想,"我既然来了,就是硬是头皮也要到集上去!"当然,他也在心里祷告,千万不要碰上县城里的同学。

他很快提起篮子,过了桥,向街道上走去。他准备穿过街道,到南关里去。那里是猪市、粮食市和菜市,人很稠,除过买菜的干部,大部分都是庄稼人,不显眼。

当他路过汽车站候车室外面的马路时,脸刷一下白了——白了的脸很快又变得通红。他感到全身的血一下都向脸上涌上来了:他猛然看见他高中时的同班同学黄亚萍和张克南正站在候车室门口。躲是来不及了,他俩显然也看见了他,已经先后向他走过来了。

高加林恨不得把这篮子馍一下扔到一个人所不知的地方。张克南和黄亚萍很快走到他面前了,他只好伸出空着的那只手和克南握了握手。

他俩问他提个篮子干啥去呀?他即兴撒了个谎,说去城南一个亲戚家里走一趟。

黄亚萍很热情地对他说:"加林,你进步真大呀!我看见你在地区报上发表的那几篇散文啦!真不简单!文笔很优美,我都在笔记本上抄了好几段呢!"

"你还在马店教书吗?"克南问他。

他摇摇头,苦笑了一下说:"已经被大队书记的儿子换下来了,现在已经回队当了社员。"

黄亚萍立刻焦虑地说:"那你学习和写文章的时间更少了!"

高加林解嘲地说:"时间更多了!不是有一个诗人写诗说:'我们用镢头在大地上写下了无数的诗行'吗?"

他的幽默把他的两个同学都逗笑了。

"你们出差去吗?"加林问他们俩。他隐约地感到,他两个的关系似乎有点微妙。在中学时,他俩的关系倒也很一般。

"我不出去。克南要到北京给他们单位买彩色电视机。我是闲逛哩……"黄亚萍说着,似乎有点不好意思。

"你还在副食公司当保管吗?"加林问克南。

"不。前不久刚调到副食门市上。"克南说。

"高升了!当了门市部主任!不过,前面还有个副字!"亚萍有点嘲弄地看了看克南,不以为然地撇了一下嘴。

"要买什么烟酒一类的东西,你来,我尽量给你想办法。我这人没其它能耐,就能办这么些具体事。唉,现在乡下人买一点东西真难!"克南对他说。

尽管张克南这些话都是真诚的,但高加林由于他自己的地位,对这些话却敏感了。他觉得张克南这些话是在夸耀自己的优越感。他的自尊心太强了,因此精神立刻处于一种藐视一切的状态,稍有点不客气地说:"要买我想其它办法,不敢给老同学添麻烦!"

一句话把张克南刺了个大红脸。

黄亚萍也是个灵人,已经听出他俩话不投机,便对高加林说:"你下午要是有空,上我们广播站来坐坐嘛!你毕业后,进县城从不来找我们拉拉话。你还是那个样子,脾气真犟!"

"你们现在位置高了,咱区区老百姓,实在不敢高攀!"加林的坏毛病又犯了!一旦他感到自己受了辱,话立刻变得非常刻薄,简直叫人下不了台。

张克南已经明显地有点受不了了,正好车站的广播员让旅客排队买票,这一下把大家都解脱了。

克南马上和他握了手,先走了。亚萍犹豫了一下,对他说:"……我真的想和你拉拉话。你知道,我也爱好文学,但这几年当个广播员,光练了嘴皮子了,连一篇小小的东西都写不成,你一定来!"

她的邀请是真诚的,但高加林不知为什么,心里感到很不舒服。他对亚萍说:"有空我会来的。你快去送克南吧,我走了。"

黄亚萍的脸刷一下红了,说:"我不是去送他的!我来车站接一个老家来的亲戚……"她显然也即兴撒了个谎。加林心里想:你根本没必要撒谎!

高加林再不说什么,他向她很礼貌地点点头,便转身向街道上走去。他一边走,一边心里为他和亚萍各自撒的谎感到好笑,忍不住自言自语说:"你去接你的'亲戚'吧,我也得看我的'亲戚'去了……"

但是,刚才和克南、亚萍的见面,很快又勾起了他对往日学校生活的回忆。

在学校时,亚萍是班长,他是学习干事,他们之间的交往是比较多的。他俩也是班上学习最好的,又都爱好文学,互相都很尊重。他和克南平时不是太接近的,因为都在校篮球队,只是打球的时候才在一块交往得多一些。

黄亚萍是江苏人,她父亲是县武装部长和县委常委。亚萍是在他刚上高中的那年随父亲调来县上,插入他那个班的。她带有鲜明的南方姑娘的特点,又经见过世面;那种聪敏、大方和不俗气,立刻在整个学校都很惹眼了。高加林虽然出身农民家庭,也没走过大城门,但平时读书涉猎的范围很广;又由于山区闭塞的环境反而刺激了他爱幻想的天性,因而显得比一般同学飘洒,眼界也宽阔。黄亚萍很快发现了他的这种气质,很自然地在班上更接近他。他同样也喜欢和她在一块儿。因为在这之前,他还没有接触过这样的女生。本地女同学和黄亚萍相比,都有点不大方,有的又很俗气,动不动就说吃说穿,学习大部分都赶不上男同学,他很少和她们交往。他俩有时在一块儿讨论共同看过的一本小说,或者说音乐,说绘画,谈论国际问题。班上的同学一度曾议论过他们的长长短短。他当时并不敢想什么出边的事。他和黄亚萍相比,有难以克服的自卑感。这不是说他个人比她差,而是指家庭、经济条件和社会地位这些方面而言。在这些方面,张克南全部有。克南父亲是县商业局长,他母亲也是县药材公司的副经理,在县上都是很像样的人物。当时克南也对亚萍有好感,经常设法和她接近,但看出她并没有和他过多交往的愿望。

很快,高中毕业了。他们班一个也没有考上大学。农村户口的同学都回了农村,城市户口的纷纷寻门路找工作。亚萍凭她一口高水平的普通话到了县广播站,当了播音员。克南在县副食公司当了保管。生活的变化使他们很快就隔开很远了,尽管他们相距只有十来里路,但在实际生活中,他们已经是在两个世界了。

高加林回村后,起初每当听见黄亚萍清脆好听的普通话播音的时候,总有一种很惆怅的感觉,就好像丢了一件贵重的东西,而且没指望找回来了。后来,这一切都渐渐地淡漠了。只是不知什么时候,他隐约听另外村一个同学说,黄亚萍可能正和张克南谈恋爱时,他才又莫名其妙地难受了一下。以后他便很快把这一切都推得更远了,很长时间甚至没有想到过他们……

他刚才碰见他们,感到很晦气。他现在一边提着蒸馍篮子往热闹的集市中间走,一边眼睛灵活地转动着,以防再碰上城里工作的同学。

刚到十字街口,接近人流漩涡的地方,他又碰到了一个熟人!

不过,这回他倒没什么恐慌。当他们城关公社文教专干马占胜有点尴尬地过来和他握手时,他这一刻不觉得胳膊上挽的蒸馍篮子丢人了——哼!让他看看吧,正是他们把他逼到了这个地步!

当专干问他干啥时,他很干脆地告诉他:卖蒸馍!他并且从篮子里取出一个来,硬往马占胜手里塞;他感到他拿的是一颗冒烟的、带有强烈报复性的手榴弹!

马占胜两只手慌忙把这个蒸馍捉住,又重新硬塞到篮子里,手在已经有了胡茬的脸上摸了一把,显得很难受的样子说:

"加林!你大概一直在心里恨我哩!我一肚子苦水无处倒哇!有些话,我真想给你说,又不好说!现在你听我给你说。"马占胜把高加林拉在十字街自行车修理部的一个拐角处,又摸了一把脸,放低声音说:

"唉,好加林哩!你不知情!咱公社的赵书记和你们村的高明楼是十几年的老交情了。别看是上下级关系,两人好得不分你我。前几年,明楼家没什么要安排的人,就一直让你教书。今年他二小子高中毕业了,他在公社跑了几回,老赵当然要考虑。你知道,这几年国民经济调整哩,国家在农村又不招工招干,因此农村把民办教师这工作看得很重要。明楼当然想叫他小子干这事嘛!下另外村子的教师,人家谁让哩?因此,就只好把你下了,让三星上。这事虽然是我在会上宣布的,可这不是我决定的嘛!我马占胜哪有这么大的牛皮!因此,好加林哩,你千万不要恨我!"

高加林心不在焉地用手指头理了理头发,对专干说:"老马,你太多心了。你不说,我也都了解这些情况。我们共事几年了,你应该了解我。"

"我当然了解你!全公社教师里面,你是拔尖的!再说,你这娃娃心眼活,性子硬,我就喜欢这号人。不怕!……噢,我忘记告诉你了,我已经调到县政府的劳动局,算是提拔了,当了个副局长。我前几天还给公社赵书记谈过,叫他有机会就考虑再让你当教师。赵书记满口答应了……不怕!你等着!……你快忙你的,我还要开个会哩。新官上任三把火!咱烧不起来火,最起码得按时给人家应酬嘛!……"

马占胜说完,手在脸上摸了一把,和高加林握了一下手,像逃避什么似的很快就钻到了人群里。

高加林因为一直就对这个公社有名的滑头没有好感,所以基本上没认真听他说了些什么。他现在只知道他离开了城关公社,高升到县政府了。但这些和他有什么关系呢?他现在最要紧的是把胳膊上挽的这篮子蒸馍卖掉!

高加林很快从街道里的人群中挤过,向南关的交易市场走去。

第四章

县城南关的交易市场热闹得简直叫人眼花缭乱。一大片空场地,挤满了各式各样买卖东西的人。以菜市、猪市、牲口市和熟食摊为主,形成了四个基本的中心。另一个最大的人群中心是河南一个什么县的驯兽表演团，用破旧的蓝布围了一个大圈当剧场，庄稼人挤破脑袋两毛钱买一张票，去看狗熊打篮球，哈巴狗跳罗圈。市场上弥漫着灰尘，噪音像洪水声一般喧嚣，到处充满了庄稼人的烟味和汗味。

　　高加林提着那篮子馍，从本县那条主要的大街上满头大汗地挤过来，就投入到这个闹哄哄的人海里了。

　　他提着篮子在人群里瞎挤了一气，自己也不知道该到哪里去。他是个讲卫生的人，雪白的毛巾一直把馍篮子盖得严严的，生怕落进去灰尘。谁也看不出他是个干什么的，有几次他试图把口张开，喊叫一声，但怎么也喊不出声音来。他听见市场上所有卖东西的人都在吆喝，尤其是一些生意油子，那叫卖的声音简直成了一种表演艺术。他以前听见这样的喊叫，只觉得好笑。可现在他在心里很佩服这种什么也不顾忌的欢畅舒坦的叫喊声；觉得也是一种很大的本事。他自己明显地感到，他在这个世界里，成了一个最无能的人。

　　正当他在人堆里茫然乱挤的时候，听见背后有个妇女对旁边一个什么人说："今儿个死老头子又要喝酒，请下一堆客人，热得不想做饭，国营食堂的馍又黑又脏，串了半天，这市场上还没个卖好白馍的……"

　　高加林一听，赶忙转过身，准备把蒸馍上的毛巾揭开。可他身子刚转过去，马上又转了过来，慌忙躲到一个卖木锨的老汉身后——他看见那个寻找着买馍的妇女正好是张克南他妈！以前上学时，他去过克南家一两次，克南他妈认识他！

　　可怜的小伙子像小偷一样藏在那个卖木锨的老汉背后，直等到看不见克南他妈才又走动起来。也许克南他妈早认不得他了，但他的自尊心使他不能和这样一个过去认识的人做这笔买卖。

　　这时候，满城的高音喇叭响了起来。喇叭里传来了黄亚萍预报节目的声音。亚萍的声音通过扩音器，变得更庄重而柔和；普通话的水平简直可以和中央台的女播音员乱真。

　　高加林疲乏地背靠在一根水泥电杆上，两道剑眉在眉骨上一跳一跳的。他眼睛微微地闭住，牙齿咬着嘴唇。他想到克南此刻也许正在长途汽车上悠闲地观赏着原野上的风光；黄亚萍正坐在漂亮的播音室里，高雅地念着广播稿……而他，却在这尘土飞扬的市场上颠簸着为几个钱受屈受辱，心里顿时翻起了一股苦涩的味道。

　　他已经完全无心卖馍了。他决定离开这个他无能为力的场所，到一个稍微清静的地方呆一会儿。至于馍卖不了怎么办，现在他也不想考虑了。

到哪里去呢？他突然想起了他已经久违的县文化馆阅览室。

他很快又从大街里挤过来，来到十字街以北的县文化馆。因为他爱好文学，文化馆他有几个熟人，本来想进去喝点水，但他很快又打消了这个念头——他今天怕见任何熟人！

他径直进了阅览室，把馍篮放在长椅的角上，从报架上把《人民日报》《光明日报》《中国青年报》《参考消息》和本省的报纸取了一堆，坐在椅子上看起来。这里没什么人。在城市喧嚣的海洋里，难得有这平静的一隅。

他最近由于生活发生了混乱，很多天没看报纸杂志了。他从初中就养成了每天看报的习惯，一天不看报纸总像缺个什么似的。当他好多天以后重新进入报纸的世界，立刻就把所有的一切都忘了个一干二净。

他首先看《人民日报》的国际版。他很关心国际问题，曾梦想过进国际关系学院读书。在高中时，他曾钉过一个很大的笔记本，里面虚张声势地写上"中东问题""欧洲共同体国家相互政治经济关系研究""东盟五国和印支三国未来关系的演变""中美苏三角关系中美国的因素"等等胡思乱想的"研究"题目。现在他想起来已经有点可笑，但当时的"气派"却把同学们吓了一跳！其实他也并没能"研究"什么，只不过剪贴了一点报刊资料而已。

他先把各种报纸翻着浏览了一遍，然后找了一篇长一点的文章"过瘾"。他身子蜷曲在长椅子里，看起了韩念龙在联合国召开的柬埔寨国际会议上的发言。

他把几种大报好多天的重要内容几乎通通看完以后，浑身感到一种十分熨帖舒服的疲倦。

直到阅览室的工作人员来关门的时候，他才大吃一惊：现在已经到城里人吃下午饭的时光了！

他慌忙提起蒸馍篮子，出了阅览室。

太阳已经远远向西边倾斜过去了。市声基本落下，街道上稀稀落落的没有了多少人。

啊呀，他在阅览室呆的时间太长了！现在怎么办呢？庄稼人大部分都已经像潮水一样退出了城市，这时候他要是再出现在街上，很容易碰见熟悉的同学。

想来想去，没有什么办法了。他站在阅览室的门口踌躇了半天，最后只好决定提着篮子回家去。

他垂头丧气出了城，向大马河川道那里走去。一切都还是来时的样子，篮子里的白馍一个也没少。他赶这回集，连一分钱的买卖都没做。

他走到大马河桥上时，突然看见他们村的巧珍立在桥头上，手里拿块红手帕扇着脸,身边撑着他们家新买的那辆"飞鸽"牌自行车。

巧珍看见他,主动走过来了,并且站在了他的面前——实际上等于把他堵在了路上。

"加林,你是不是卖馍去了?"她脸红扑扑的,不知为什么,看来精神有点紧张,身体像发抖似的微微颤动着,两条腿似乎都有点站不稳。

"嗯……"高加林应承了一声,很奇怪地看了她一眼,没话寻话地说:"你也赶集去了?"

"嗯……"巧珍用手帕揩着脸上沁出的汗珠,眼睛斜看着她的自行车,但精神却在注意着他,说:"我来赶集,一点事也没……加林,"她突然转过脸看着他说,"我知道你一个馍也没卖掉!我知道哩!你怕丢人!你干脆把馍给我,你在这里把我的车子看住,让我给你卖去!"

巧珍说着,两只手很快过来拿他的篮子。

高加林闷头闷脑地还没反应过来这是怎么一回事,巧珍已经从他胳膊上把篮子夺走了。她什么话也没说,提着篮子就返身向街道上走去了。

高加林望着她远去的苗条的背影,不知该如何是好。他两只手在桥栏杆上摸来摸去,怎么也弄不清楚为什么突然出现了这样的事情。

对于巧珍来说,她今天的行动是蓄谋已久的。不是一天两天,而是多少年埋藏在她心中的感情,已经忍无可忍——她要爆发了!否则,她觉得自己简直活不下去了!

刘立本这个漂亮得像花朵一样的二女子,并不是那种简单的农村姑娘。她虽然没有上过学,但感受和理解事物的能力很强,因此精神方面的追求很不平常。加上她天生的多情,形成了她极为丰富的内心世界。村前庄后的庄稼人只看见她外表的美,而不能理解她那绚丽的精神光彩。可惜她自己又没文化,无法接近她认为"更有意思"的人。她在有文化的人面前,有一种深刻的自卑感。她常在心里怨她父亲不供她上学。等她明白过来时,一切都已经为时过晚了。为了这个无法弥补的不幸,她不知暗暗哭过多少回鼻子。

但她决心要选择一个有文化、而又在精神方面很丰富的男人做自己的伴侣。就她的漂亮来说,要找个公社的一般干部,或者农村出去的国家正式工人,都是很容易的;而且给她介绍这方面对象的媒人把她家的门槛都快踩断了。但她统统拒绝了。这些人在她看来,有的连农民都不如。退一步说,就是和这样的人结婚了,男人经常在门外,一年回不来几次;娃娃、家庭都要她一个人操磨。这样的例子在农村多得很!而最根本的是,这些人里没有她看得上的。如果真正有合她心的男人,她就是做出任何牺牲也心甘情愿。

她就是这样的人!

她父亲虽然生了她,养活了她,但根本不理解她。他见她不寻干部、工人,就急着给她找农村的。并且一心看上个马店的马拴。马拴这人前几年公社农田基建会战时,她和他接触不少。他人诚实,心眼也不死,做买卖很利索,劳动也是村前庄后出名的。家里的光景富裕而殷实,拿农村的眼光看,算是上等人家。但她就是产生不了爱马拴的感情。尽管马拴热心地三一回五一回常往她家里跑,她总是躲着不见面,急得她父亲把她骂过好几回了。

其实,她并不是没有自己心上的人。多年来,她内心里一直都在为这个人发狂发痴——这人就是高加林!

巧珍刚懂得人世间还有爱情这一回事的时候,就在心里爱上了加林。她爱他的潇洒的风度,漂亮的体形和那处处都表现出来的大丈夫气质。她认为男人就应该像个男人;她最讨厌男人身上的女人气。她想,她如果跟了加林这样的男人,就是跟上他跳下崖也值得!她同时也非常喜欢他的那一身本事:吹拉弹唱,样样在行;会安电灯,会开拖拉机,还会给报纸上写文章哩!再说,又爱讲卫生,衣服不管新旧,常穿得干干净净,浑身的香皂味!

她曾在心里无数次梦想她和这个人在一起的情景:她把她的手放在他的手里,让他拉着,在春天的田野里,在夏天的花丛中,在秋天的果林里,在冬天的雪地上,走呀,跑呀,并且像人家电影里一样,让他把她抱住,亲她……

可是在现实生活里,她的自卑感使她连走近他的勇气都没有。她时时刻刻在想念他,又处处在躲避他。她怕她的走路、姿势和说话在他面前显出什么不妥当来,惹她心爱的人笑话。但是,她的心思和眼睛却从来也没有离开过他啊!

加林上高中时,她尽管知道人家将来肯定要远走高飞,她永远不会得到他,但她仍然一往情深,在内心里爱着他。每当加林星期天回来的时候,她便找借口不出山,坐在她家院子的河畔上,偷偷地望对面加林家的院子。加林要是到村子前面的水潭去游泳,她就赶忙提个猪草篮子到水潭附近的地里去打猪草。星期天下午,她目送着加林出了村子,上县城去了,她便忍不住眼泪汪汪,感到他再也不回高家村了。

加林高中毕业没考上大学,灰溜溜地回到村里以后,巧珍高兴得几乎发了疯。她多少次的梦想露出了希望的光芒。她谋算:加林现在成了农民,大概将来就得找个农村媳妇吧?如果他找农村户口的姑娘,她虽然没文化,但她自己有信心让他爱她。她知道她有一个别的姑娘很难比上的长处:俊。

可是,希望的光芒很快暗淡了。加林当了教师。教师现在是唯一有希望进入商品粮世界的。按加林的能力来说,将来完全有把握转成正式教师。

她又陷入了深深的痛苦之中。她常常一个人躲在她们家河畔上的那棵老槐树后面,向学校那里呆呆地张望。她目送着加林从那条被学生娃踩得白光刺眼的小路上向学校走去;又望着他从那条路上向村里走来……

她是个心眼很活的姑娘,所有这一切做得谁也看不出来。是的,村里谁也不知道这个俊女孩子的梦想和痛苦!只有她在县城正上高中的妹妹巧玲,似乎有一点觉察,有时对她麻木的发呆和莫名其妙的焦躁不安,诡秘地一笑,或真诚地为她叹息一声!现在,在高加林又一次当了农民的时候,她那长期被压抑的感情又一次剧烈地复活了。这次就好像火山冲破了地壳,感情的洪流简直连她自己也控制不住了。她为他当了农民而高兴,又同时为他的痛苦而痛苦——为此,她甚至还在她大姐面前骂高明楼不是个人。

她不知道该怎样心疼他。昨天中午,她看见他去游泳的时候,匆忙提了猪草篮在水潭边的玉米地里穿过,顺便摘了自留地的一个甜瓜,想破开脸皮去安慰一下他;今天她看见他上集去了,又骑了个车子撵来了。她今天上集的确什么事也没;她赶这回集,完全是想找机会对他说出她全部的心里话!她今天实际上一直都不远不近地跟着加林在集上的人群里挤。她看见亲爱的人提着蒸馍篮子,在人群里躲躲闪闪,一个也卖不了,后来痛苦地靠在水泥电杆上闭起眼睛的时候,她脸上的泪水也刷刷地淌着,手帕揩也揩不及。

后来,她看见加林进了文化馆,知道他的蒸馍是卖不出去了。她当时很想也进阅览室去,但她想自己不识字,进那里去干什么?再说,那里面人多,她不好和加林说什么话。于是,她就骑车来到大马河桥上,在那里等他过来,从中午一直站到下午……

刘巧珍现在提着一篮子蒸馍,兴奋地走在县城的大街上,感到天地一下子变得非常明亮了;好像街道上所有的人都在咧开嘴巴或者抿着嘴向她笑。迎面过来一群幼儿园刚放了学的娃娃,她抱住一个就亲了一口!

直到过了十字街,穿过城里那条主要街道,来到南关的自由交易市场时,她才停住了脚步,忍不住害臊地笑自己的荒唐:她原来根本不是打算来卖这篮蒸馍的,而准备送给城里她的一个姨姨家。她姨家住在十字街上面的山坡上,她现在却疯头涨脑地跑到了这里!至于馍钱,她不会向姨姨要的,她早已给加林准备好了。她并且还给加林买了一条好烟,已放在自行车的花布提包里了。

她很快又掉转身,向姨姨家走去。巧珍把一篮子蒸馍给姨姨家放下,折转身就起身。她姨和她姨夫硬拉住让她吃饭,她坚决地拒绝了:她怕加林在桥上等她等得不耐烦。

她提着空篮子从姨姨家出来,几乎是跑着向大马河桥上赶去。

(《路遥全集·人生》,北京十月文艺出版社,2010 年)

《人生》导读

透明的红萝卜

莫 言

一

　　秋天的一个早晨,潮气很重,杂草上、瓦片上都凝结着一层透明的露水。槐树上已经有了浅黄色的叶片,挂在槐树上的红锈斑斑的铁钟也被露水打得湿漉漉的。队长披着夹袄,一手里拃着一块高粱面饼子,一手里捏着一棵剥皮的大葱,慢吞吞地朝着钟下走。走到钟下时,手里的东西全没了,只有两个腮帮子像秋田里搬运粮草的老田鼠一样饱满地鼓着。他拉动钟绳,钟锤撞击钟壁,"嘡嘡嘡"响成一片。老老少少的人从胡同里涌出来,汇集到钟下,眼巴巴地望着队长,像一群木偶。队长用力把食物吞咽下去,抬起袖子擦擦被络腮胡子包围着的嘴。人们一齐瞅着队长的嘴,只听到那张嘴一张开——那张嘴一张开就骂:"他娘的腿!公社里这些狗娘养的,今日抽两个瓦工,明日调两个木工,几个劳力全被他们给零打碎敲了。小石匠,公社要加宽村后的滞洪闸,每个生产队里抽调一个石匠,一个小工,只好你去了。"队长对着一个高个子宽肩膀的小伙子说。

　　小石匠长得很潇洒,眉毛黑黑的,牙齿是白的,一白一黑,衬托得满面英姿。

　　他把脑袋轻轻摇了一下,一绺滑到额头上的头发轻轻地甩上去。他稍微有点口吃地问队长去当小工的人是谁,队长怕冷似的把膀子抱起来,双眼像风车一样旋转着,嘴里嘟嘟地说:"按说去个妇女好,可妇女要拾棉花。去个男劳力又屈了材。"最后,他的目光停在墙角上。墙角上站着一个十岁左右的男孩子。孩子赤着脚,光着脊梁,穿一条又肥又长的白底带绿条条的大裤头子,裤头上染着一块块的污渍,有的像青草的汁液,有的像干结的鼻血。裤头的下沿齐着膝盖。孩子的小腿上布满了闪亮的小疤点。

　　"黑孩儿,你这个小狗日的还活着?"队长看着孩子那凸起的瘦胸脯,说:
　　"我寻思着你该去见阎王了。打摆子好了吗?"

黑孩不说话,只是把两只又黑又亮的眼睛直盯着队长看。他的头很大,脖子细长,挑着这样一个大脑袋显得随时都有压折的危险。

"你是不是要干点活儿挣几个工分?你这个熊样子能干什么?放个屁都怕把你震倒。你跟上小石匠到滞洪闸上去当小工吧,怎么样?回家找把小锤子,就坐在那儿砸石头子儿,愿意动弹就多砸几块,不愿动弹就少砸几块,根据历史的经验,公社的差事都是糊弄洋鬼子的干活。"

黑孩慢慢地蹭到小石匠身边,扯扯小石匠的衣角。小石匠友好地拍拍他的光葫芦头,说:"回家跟你后娘要把锤子,我在桥头上等你。"

黑孩向前跑了。有跑的动作,没有跑的速度,两只细胳膊使劲甩动着,像谷地里被风吹动着的稻草人。人们的目光都追着他,看着他光着的背,忽然都感到身上发冷。队长把夹袄使劲扯了扯,对着黑孩喊:"回家跟你后娘要件褂子穿着,嗐,你这个小可怜虫儿。"

他翘腿蹽脚地走进家门。一个挂着两条清鼻涕的小男孩正蹲在院子里和着尿泥,看着他来了,便扬起那张扁乎乎的脸,夯煞着手叫:"可……可……抱……"黑孩弯腰从地上捡起一个浅红色的杏树叶儿,给后母生的弟弟把鼻涕擦了,又把粘着鼻涕的树叶像贴传单一样"吧唧"拍到墙上。对着弟弟摆摆手,他向屋里溜去,从墙角上找到一把铁柄羊角锤子,又悄悄地溜出来。小男孩又冲着他叫唤,他找了一根树枝,围着弟弟画了一个大大的圆圈,扔掉树枝,匆匆向村后跑去。他的村子后边是一条不算大也不算小的河,河上有一座九孔石桥。河堤上长满垂柳,由于夏天大水的浸泡,树干上生满了红色的须根。现在水退了,须根也干巴了。柳叶已经老了,桔黄色的落叶随着河水缓缓地向前漂。几只鸭子在河边上游动着,不时把红色的嘴插到水草中,"呱唧呱唧"地搜索着,也不知吃到什么没有。

黑孩跑上河堤,已经累得气喘吁吁。凸起的胸脯里像有只小母鸡在打鸣。

"黑孩!"小石匠站在桥头上大声喊他,"快点跑!"

黑孩用跑的姿势走到小石匠跟前,小石匠看了他一眼,问:"你不冷?"

黑孩怔怔地盯着小石匠。小石匠穿着一条劳动布的裤子,一件劳动布夹克式上装,上装里套着一件火红色的运动衫,运动衫领子耀眼地翻出来,黑孩盯着领口,像盯着一团火。

"看着我干什么?"小石匠轻轻拨拉了一下黑孩的头,黑孩的头像货郎鼓一样晃了晃。"你呀,"小石匠说,"生被你后娘给打傻了。"

小石匠吹着口哨,手指在黑孩头上轻轻地敲着鼓点,两人一起走上了九孔桥。黑孩很小心地走着,尽量使头处在最适宜小石匠敲打的位置上。小石匠的手指骨节粗大，坚硬得像小棒槌，敲在光头上很痛，黑孩忍着，一声不吭，只是把嘴角微微吊起来。小石匠的嘴非常灵巧，两片红润的嘴唇忽而噘起，忽而张开，从他唇间流出百灵鸟的婉转啼声，响，脆，直冲到云霄里去。

过了桥上了对面的河堤，向西走半里路，就是滞洪闸，滞洪闸实际上也是一座桥，与桥不同的是它插上闸板能挡水，拔开闸板能放洪。河堤的漫坡上栽着一簇簇蓬松的紫穗槐。河堤里边是几十米宽的河滩地，河滩细软的沙土上，长着一些大水落后匆匆生出来的野草。河堤外边是辽阔的原野，连年放洪，水里挟带的沙土淤积起来，改良了板结的黑土，土地变得特别肥沃。今年洪水不大，没有危及河堤，滞洪闸没开闸滞洪，放洪区里种植了大片的孟加拉国黄麻。黄麻长得像原始森林一样茂密。正是清晨，还有些薄雾缭绕在黄麻梢头，远远看去，雾下的黄麻地像深邃的海洋。

小石匠和黑孩悠悠逛逛地走到滞洪闸上时，闸前的沙地上已集合了两堆人。一堆男，一堆女，像两个对垒的阵营。一个公社干部拿着一个小本子站在男人和女人之间说着什么，他的胳膊忽而扬起来，忽而垂下去。小石匠牵着黑孩，沿着闸头上的水泥台阶，走到公社干部面前。小石匠说："刘副主任，我们村来了。"小石匠经常给公社出官差，刘副主任经常带领人马完成各类工程，彼此认识。黑孩看着刘副主任那宽阔的嘴巴。那构成嘴巴的两片紫色嘴唇碰撞着，发出一连串音节："小石匠，又是你这个滑头小子！你们村真他妈的会找人，派你这个笊篱捞不住的滑蛋来，够我淘的啦。小工呢？"

黑孩感到小石匠的手指在自己头上敲了敲。

"这也算个人？"刘副主任捏着黑孩的脖子摇晃了几下，黑孩的脚跟几乎离了地皮。"派这么个小瘦猴来，你能拿动锤子吗？"刘副主任虎着脸问黑孩。

"行了，刘副主任，刘太阳。社会主义优越性嘛，人人都要吃饭。黑孩家三代贫农，社会主义不管他谁管他？何况他没有亲娘跟着后娘过日子，亲爹鬼迷心窍下了关东，一去三年没个影，不知是被熊瞎子舔了，还是被狼崽子咳了。你的阶级感情哪儿去了？"小石匠把黑孩从刘太阳副主任手里拽过来，半真半假地说。

黑孩被推搡得有点头晕。刚才靠近刘副主任时，他闻到了那张阔嘴里喷出了一股酒气。一闻到这种味儿他就恶心，后娘嘴里也有这种味。爹走了以后，后娘经常让他拿着地瓜干子到小卖铺里去换酒。后娘一喝就醉，喝醉了他就要挨打，挨拧，挨咬。

"小瘦猴！"刘副主任骂了黑孩一句，再也不管他，继续训起话来。

黑孩提着那把羊角铁锤,焉儿咕唧地走上滞洪闸。滞洪闸有一百米长,十几米高,闸的北面是一个和闸身等长的方槽,方槽里还残留着夏天的雨水。黑孩站在闸上,把着石栏杆,望着水底下的石头,几条黑色的瘦鱼在石缝里笨拙地游动。滞洪闸两头连结着高高的河堤,河堤也就是通往县城的道路。闸身有五米宽,两边各有一道半米高的石栏杆。前几年,有几个骑自行车的人被马车搡到闸下,有的摔断了腿,有的摔折了腰,有的摔死了。那时候他比现在当然还小,但比现在身上肉多,那时候父亲还没去关东,后娘也不喝酒。他跑到闸上来看热闹,他来得晚了点,摔到闸下的人已被拉走了,只有闸下的水槽里还有几团发红发浑的地方。他的鼻子很灵,嗅到了水里飘上来的血腥味……

他的手扶住冰凉的白石栏杆,羊角锤在栏杆上敲了一下,栏杆和锤子一齐响起来。倾听着羊角铁锤和白石栏杆的声音,往事便从眼前消散了。太阳很亮地照着闸外大片的黄麻,他看到那些薄雾匆匆忙忙地在黄麻里钻来钻去。黄麻太密了,下半部似乎还有间隙,上半部的枝叶挤在一起,湿漉漉,油亮亮。他继续往西看,看到黄麻地西边有一块地瓜地,地瓜叶子紫勾勾地亮。黑孩知道这种地瓜是新品种,蔓儿短,结瓜多,面大味道甜,白皮红瓤儿,煮熟了就爆炸。地瓜地的北边是一片菜园,社员的自留地统统归了公,队里只好种菜园。黑孩知道这块菜园和地瓜都是五里外的一个村庄的,这个村子挺富。菜园里有白菜,似乎还有萝卜。萝卜缨儿绿得发黑,长得很旺。菜园子中间有两间孤独的房屋,住着一个孤独的老头,黑孩都知道。菜园的北边是一望无际的黄麻。菜园的西边又是一望无际的黄麻。三面黄麻一面堤,使地瓜地和菜地变成一个方方的大井。黑孩想着,想着,那些紫色的叶片,绿色的叶片,在一瞬间变成井中水,紧跟着黄麻也变成了水,几只在黄麻梢头飞蹿的麻雀变成了绿色的翠鸟,在水面上捕食鱼虾……

刘副主任还在训话。他的话的大意是,为了农业学大寨,水利是农业的命脉,八字宪法水是一法,没有水的农业就像没有娘的孩子,有了娘,这个娘也没有奶子,有了奶子,这个奶子也是个瞎奶子,没有奶水,孩子活不了,活了也像那个瘦猴。(刘副主任用手指指着闸上的黑孩。黑孩背对着人群,他脊梁上有两块大疤痢,被阳光照得呼啦呼啦打闪电)。而且这个闸太窄,不安全,年年摔死人,公社革委特别重视,认真研究后决定加宽这个滞洪闸。因此调来了全公社各大队共合二百余名民工。第一阶段的任务是这样的,姑娘媳妇半老婆子加上那个瘦猴(他又指指闸上的黑孩,阳光照着大疤痢,像照着两面小镜子),把那五百方石头砸成柏子养心丸或者是鸡蛋黄那么大的石头子儿。石匠们要把所有的石料按照尺寸剥磨整齐。这两个是我们的铁匠(他指着两个棕色的人,这两个人一个高,一个低,一个老,一个少),负责修理石匠们秃了尖的钢钻子之类。吃饭嘛,离村近的回家吃,离村远的到前边村里吃,我们开了一个伙房。睡觉嘛,离村近的回家睡,离村远的睡桥洞(他指指滞洪闸下那几十个桥洞)。女的从东边向西睡,男的从西边向东睡。桥洞里铺着麦秸草,暄得像钢丝床,舒服死你们这些狗日的。

"刘副主任,你也睡桥洞吗?"

我是领导。我有自行车。我愿意在这儿睡不愿意在这儿睡是我的事,你别操心烂了肺。官长骑马士兵也骑马吗?狗日的,好好干,每天工分不少挣,还补你们一斤水利粮,两毛水利钱,谁不愿干就滚蛋。连小瘦猴也得一份钱粮,修完闸他保证要胖起来……

刘副主任的话,黑孩一句也没听到。他的两根细胳膊拐在石栏杆上,双手夹住羊角锤。他听到黄麻地里响着鸟叫般的音乐和音乐般的秋虫鸣唱。逃逸的雾气碰撞着黄麻叶子和深红或是淡绿的茎秆,发出震耳欲聋的声响。蚂蚱剪动翅羽的声音像火车过铁桥。他在梦中见过一次火车,那是一个独眼的怪物,趴着跑,比马还快,要是站着跑呢?那次梦中,火车刚站起来,他就被后娘的扫炕笤帚打醒了。后娘让他去河里挑水。笤帚打在他屁股上,不痛,只有热乎乎的感觉。打屁股的声音好像在很远的地方有人用棍子抽一麻袋棉花。他把扁担钩儿挽上去一扣,水桶刚刚离开地皮。担着满满两桶水,他听到自己的骨头"咯崩咯崩"地响。肋条跟胯骨连在了一起。爬陡峭的河堤时,他双手扶着扁担,摇摇晃晃。上堤的小路被一棵棵柳树扭得弯弯曲曲。柳树干上像装了磁铁,把铁皮水桶吸得摇摇摆摆。树撞了桶,把水撒在小路上,很滑,他一脚踏上去,像踩着一块西瓜皮。不知道用什么姿势他趴下了,水像瀑布一样把他浇湿了。他的脸碰破了路,鼻子尖成了一个平面,一根草梗在平面上印了一个小沟沟。几滴鼻血流到嘴里,他吐了一口,咽了一口。铁桶一路欢唱着滚到河里去了。他爬起来,去追赶铁桶。两个桶一个歪在河边的水草里,一个被河水载着向前漂。他沿着水边追上去,脚下长满了四个棱的他和一班孩子们称之为"狗蛋子"的野草。尽管他用脚指头使劲扒着草根,还是滑到了河里。河水温暖,没到了他的肚脐。裤头湿了,漂起来,围在他的腰间,像一团海蜇皮。他呼呼隆隆蹚着水追上去,抓住水桶,逆着水往回走。他把两只胳膊孛煞开,一只手拖着桶,另一只手一下一下划着水。水很硬,顶得他趔趔趄趄。他把身体斜起来,弓着脖子往前用力。好像有一群鱼把他包围了,两条大腿之间有若干温柔的鱼嘴在吻他。他停下来,仔细体会着,但一停住,那种感觉顿时就消逝了。水面忽地一暗,好像鱼群惊惶散开。一走起来,愉快的感觉又出现了,好像鱼儿又聚拢过来。于是他再也不停,半闭着眼睛,向前走啊,走……

"黑孩!"

"黑孩!"

他猛然惊醒,眼睛大睁开,那些鱼儿又忽地消失了。羊角铁锤从他手中挣脱了,笔直地钻到闸下的绿水里,溅起了一朵白菊花一样的水花。

"这个小瘦猴,脑子肯定有毛病。"刘太阳上闸去,拧着黑孩的耳朵,大声说:

"过去,跟那些娘们砸石子去,看你能不能从里边认个干娘。"

小石匠也走上来,摸摸黑孩凉森森的头皮,说:"去吧,去摸上你的锤子来。砸几块算几块,砸够了就耍耍。"

"你敢偷奸磨滑我就割下你的耳朵下酒。"刘太阳张着大嘴说。

黑孩哆嗦了一下。他从栏杆空里钻出去,双手勾住最下边一根石杆,身子一下子挂在栏杆下边。

"你找死!"小石匠惊叫着,猫腰去扯黑孩的手。黑孩往下一缩,身体贴在桥墩菱状突出的石棱上,轻巧地溜了下去。黑孩贴在白桥墩上,像粉墙上一只壁虎。他哧溜到水槽里,把羊角锤摸上来,然后爬出水槽,钻进桥洞不见了。

"这小瘦猴!"刘太阳摸着下巴说,"他妈的这个小瘦猴!"

黑孩从桥洞里钻出来,畏畏缩缩地朝着那群女人走去。女人们正在笑骂着。话很脏,有几个姑娘夹杂在里边,想听又怕听,脸儿一个个红扑扑的像鸡冠子花。黑孩黑黑地出现在她们面前时,她们的嘴一下子全封住了。愣了一会儿,有几个咬着耳朵低语,看着黑孩没反应,声音就渐渐大了起来。

"瞧瞧,这个可怜样儿!都什么节气了还让孩子光着。"

"不是自己腔里养出来的就是不行。"

"听说他后娘在家里干那行呢……"

黑孩转过身去,眼睛望着河水,不再看这些女人。河水一块红一块绿,河南岸的柳叶像蜻蜓一样飞舞着。

一个蒙着一条紫红色方头巾的姑娘站在黑孩背后,轻轻地问:"哎,小孩,你是哪个村的?"

黑孩歪歪头,用眼角扫了姑娘一下。他看到姑娘的嘴上有一层细细的金黄色的茸毛,她的两眼很大,但由于眼睫毛太多,毛茸茸的,显出一副睡眼惺忪的样子。

"小孩,你叫什么名字?"

黑孩正和沙地上一棵老蒺藜作战,他用脚指头把一个个六个尖或是八个尖的蒺藜撕下来,用脚掌去捻。他的脚像骡马的硬蹄一样,蒺藜尖一根根断了,蒺藜一个个碎了。

姑娘愉快地笑起来:"真有本事,小黑孩,你的脚象挂着铁掌一样。哎,你怎么不说话?"姑娘用两个手指戳着黑孩的肩头说:"听到了没有,我问你话呢!"

黑孩感觉到那两个温暖的手指顺着他的肩头滑下去,停到他背上的伤疤上。

"哎,这,是怎么弄的?"

黑孩的两个耳朵动了动。姑娘这才注意到他的两耳长得十分夸张。

"耳朵还会动,哟,小兔一样。"

黑孩感觉到那只手又移到他的耳朵上,两个指头在捻着他漂亮的耳垂。

"告诉我,黑孩,这些伤疤,"姑娘轻轻地扯着男孩的耳朵把他的身体调转过来,黑孩齐着姑娘的胸口。他不抬头,眼睛平视着,看见的是一些由红线交叉成的方格,有一条梢儿发黄的辫子躺在方格布上。"是狗咬的?生疮啦?上树拉的?你这个小可怜……"

黑孩感动地仰起脸来,望着姑娘浑圆的下巴。他的鼻子吸了一下。

"菊子,想认个干儿吗?"一个脸盘肥大的女人冲着姑娘喊。

黑孩的眼睛转了几下,眼白像灰蛾儿扑棱。

"对,我就叫菊子,前屯的,离这儿十里,你愿意说话就叫我菊子姐好啦。"姑娘对黑孩说。

"菊子,是不是看上他了?想招个小女婿吗?那可够你熬的,这只小鸭子上架要得几年哩……"

"臭老婆,张嘴就喷粪。"姑娘骂着那个胖女人。她把黑孩牵到像山岭一样的碎石堆前,找了一块平整的石头摆好,说,"就坐在这儿吧,靠着我,慢慢砸。"她自己也找了一块光滑石头,给自己弄了个座位,靠着男孩坐下来。很快,滞洪闸前这一片沙地上,就响起了"噼噼啪啪"的敲打石头声。女人们以黑孩为话题议论着人世的艰难和造就这艰难的种种原因,这些"娘儿们哲学"里,永恒真理羼杂着胡说八道,菊子姑娘一点都没往耳里入,她很留意地观察着黑孩。黑孩起初还以那双大眼睛的偶然一瞥来回答姑娘的关注,但很快就像入了定一样,眼睛大睁着,也不知他看着什么,姑娘紧张地看着他。他左手摸着石头块儿,右手举着羊角锤,每举一次都显得筋疲力竭,锤子落下时好像猛抛重物一样失去控制。有时姑娘几乎要惊叫起来,但什么也没发生,羊角铁锤在空中划着曲里拐弯的轨迹,但总能落到石头上。

黑孩的眼睛本来是专注地看着石头的,但是他听到了河上传来了一种奇异的声音,很像鱼群在喳喋,声音细微,忽远忽近,他用力地捕捉着,眼睛与耳朵并用,他看到了河上有发亮的气体起伏上升,声音就藏在气体里。只要他看着那神奇的气体,美妙的声音就逃跑不了。他的脸色渐渐红润起来,嘴角上漾起动人的微笑。他早忘记了自己坐在什么地方干什么,仿佛一上一下举着的手臂是属于另一个人的。后来,他感到右手食指一阵麻木,右胳膊也不由自主地抽搐了一下。他的嘴里突然迸出了一个音节,像哀叫又像叹息。低头看时,发现食指指甲盖已经破成好几半,几股血从指甲破缝里渗出来。

"小黑孩,砸着手了是不?"姑娘耸身站起,两步跨到黑孩面前蹲下,"亲娘哟,砸成了什么样子?哪里有像你这样干活的?人在这儿,心早飞到不知哪国去了。"

姑娘数落着黑孩。黑孩用右手抓起一把土按到砸破的手指上。

"黑孩,你昏了?土里什么脏东西都有!"姑娘拖起黑孩向河边走去,黑孩的脚板很响地扇着油光光的河滩地。在水边上蹲下,姑娘抓住黑孩的手浸到河水里。一股小小的黄浊流在黑孩的手指前形成了。黄土冲光手,血丝又渗出来,像红线一样在水里抖动,黑孩的指甲像砸碎的玉片。

"痛吗?"

他不吱声。这时候他的眼睛又盯住了水底的河虾,河虾身体透亮,两根长须冉冉飘动,十分优美。

姑娘掏出一条绣着月季花的手绢,把他的手指包起来。牵着他回到石堆旁,姑娘说:"行了,坐着耍吧,没人管你,冒失鬼。"

女人们也都停下了手中的锤子,把湿漉漉的目光投过来,石堆旁一时很静。一群群绵羊般的白云从青蓝蓝的天上飞奔而过,投下一团团稍纵即逝的暗影,时断时续地笼罩着苍白的河滩和无可奈何的河水。女人们脸上都出现一种荒凉的表情,好像寸草不生的盐碱地。待了好长一会儿,她们才如梦初醒,重新砸起石子来,锤声寥落单调,透出了一股无可奈何的情绪。

黑孩默默地坐着,目不转睛地看着手绢上的红花儿。在红花旁边又有一朵花儿出现了,那是指甲里的血渗出来了。女人们很快又忘了他,"嘎嘎咕咕"地说笑起来。黑孩把伤手举起来放在嘴边,用牙齿咬开手绢的结儿,又用右手抓起一把土,按到伤指上。姑娘刚要开口说话,却发现他用牙齿和右手又把手绢扎好了。她长长地叹了一口气,举起锤子,沉重地打在一块酱红色的石片上。石片很坚硬,石棱儿像刀刃一样,石棱与锤棱相接,碰出了几个很大的火星,大白天也看得清。

中午,刘副主任骑着辆乌黑的自行车从黑孩和小石匠的村子里窜出来。他站在滞洪闸上吹响了收工哨。他接着宣布,伙房已经开火,离家五里以外的民工才有资格去吃饭。人们匆匆地收拾着工具。姑娘站起来。黑孩站起来。

"黑孩,你离家几里?"

黑孩不理她,脑袋转动着,像在寻找什么。姑娘的头跟着黑孩的头转动,当黑孩的头不动时,她也把头定住,眼睛向前望,正碰上小石匠活泼的眼睛,两人对视了几十秒钟。小石匠说:"黑孩,走吧,回家吃饭,你不用瞪眼,瞪眼也是白瞪眼,咱俩离家不到二里,没有吃伙房的福分。"

"你们俩是一个村的?"姑娘问小石匠。

小石匠兴奋地口吃起来,他用手指指村子,说他和黑孩就是这村人,过了桥就到了家。姑娘和小石匠说了一些平常但很热乎的话。小石匠知道了姑娘家住前屯,可以吃伙房,可以睡桥洞。姑娘说,吃伙房愿意,睡桥洞不愿意。秋天里刮秋风,桥洞凉。姑娘还悄悄地问小石匠黑孩是不是哑巴。小石匠说绝对不是,这孩子可灵性哩,他四五岁时说起话来就像竹筒里晃豌豆,咯崩咯崩脆。可是后来,话越来越少,动不动像一尊小石像一样发呆,谁也不知道他寻想着什么。你看看他那双眼睛吧,黑洞洞的,一眼看不到底。姑娘说看得出来这孩子灵性,不知为什么我很喜欢他,就像我的小弟弟一样。小石匠说,那是你人好心眼儿善良。

小石匠、姑娘、黑孩儿,不知不觉落到了最后边,他和她谈得很热乎,恨不得走一步退两步。黑孩跟在他俩身后,高抬腿、轻放脚,那神情和动作很像一只沿着墙边巡逻的小公猫。在九孔桥上,刚刚在紫穗槐树丛里耽误了时间的刘太阳骑着车子"嘎嘎啦啦"地赶上来,桥很窄,他不得不跳下车子。

"你们还在这儿磨蹭?黑猴,今天上午干得怎么样?噢,你的爪子怎么啦?"

"他的手让锤子打破了。"

"他妈的。小石匠,你今天中午就去找你们队长,让他趁早换人,出了人命我可担不起。"

"他这是公伤,你忍心撵他走?"姑娘大声说。

"刘副主任,咱俩多年的老交情了,你说,这么大个工地,还多这么个孩子?你让他瘸着只手到队里去干什么?"小石匠说。

"瘦猴儿,真你妈的,"刘太阳沉吟着说,"给你调个活儿吧,给铁匠炉拉风匣,怎么样?会不会?"

黑孩求援似地看看小石匠,又看看姑娘。

"会拉,是不是黑孩?"小石匠说。

姑娘也冲着他鼓励地点点头。

二

　　黑孩在铁匠炉上拉风箱拉到第五天,赤裸的身体变得像优质煤块一样乌黑发亮;他全身上下,只剩下牙齿和眼白还是白的。这样一来,他的眼睛就更加动人,当他闭紧嘴角看着谁的时候,谁的心就像被热铁烙着一样难受。他的鼻翼两侧的沟沟里落满煤屑,头发长出有半寸长了,半寸长的头发间也全是煤屑。现在,全工地的男人女人们都叫他"黑孩"儿,他谁也不理,连认真看你一眼也不。只有菊子姑娘和小石匠来跟他说话时,他才用眼睛回答他们。昨天中午,工地上的人们全去吃饭了,铁匠师傅的一把小锤和一个淬火用的新水桶被人偷走了。刘太阳在滞洪闸上大骂了半个小时。他分派给黑孩一个新任务:每天中午放工吃饭后,留在工地看守工具,午饭由铁匠师傅从伙房里带来。刘副主任说,便宜黑孩这个狗小子一顿午饭。

　　人全走了,喧闹了一上午的工地静得很。黑孩走出桥洞,在闸前的沙地上慢慢地踱步。他倒背着胳膊,双手捂着屁股,蹙着眉毛,额头上出现三道深深的皱纹。他翻来覆去地数着桥洞,从两片嘴唇间"叭儿叭儿"地吐出一个个小泡泡儿。在第七个桥墩前,他站住了,然后双腿夹住桥墩的菱状石棱,一耸一耸地往上爬。爬到半截时,他滑了下来,肚皮上擦破了一大块,渗出一层血珠来。他弯腰抓起一把土,按到肚子上。然后倒退几步,抬起手掌打着眼罩,看着桥墩与桥面相接处那道石缝,他放心了。

　　很快他又走到了妇女们砸石子的地方,他曾经坐过的那块石头没有了。他很准地找到了菊子姑娘的座位,他认识她那把六棱石匠锤。他坐在姑娘的座位上,不断地扭动着身体,变换着姿势,一直等调整到眼睛跟第七个桥墩上那条石缝成一条直线时,才稳稳地坐住,双眼紧盯着石缝里那个东西……

　　那天中午,他早早地跑到滞洪闸下,在西边第一个桥洞里蹲下来。他眼睛一遍遍地抚摸红炉、铁钳、大锤、小锤、铁桶、煤铲,甚至每块煤,甚至每块煤渣。快到上工时间了,他右手拿起煤铲,捅开了压住火的红炉,左手用力一拉风箱,煤烟和着煤灰飞起来,迷了眼睛,他使劲揉着,眼眶处充血发了紫。风箱里新勒了鸡毛,很沉,他一只手拉起来有些吃力。右手食指被碰了一下。看手指时才想起那条包着伤指的手绢。手绢已经不白了,月季花还是鲜红的。他转了一个念头,走出桥洞,四下打量着。在第七个桥墩前,他解下手绢用口叼着,费力地爬上去,把手绢塞到石缝里……三捅两戳,火灭了。他的额上沁出一层汗珠。这时桥洞外响起踢踢踏踏的脚步声,他惶恐地倒退着,一直退到脊背贴着凉凉的石壁。黑孩看到一个短腿的青年弯着腰走进桥洞,那姿势好像要证明桥洞很低他人很高。黑孩咧了咧嘴。短腿青年看着被捅灭的火炉和拉出半截的风箱,又看看紧贴石壁站着的他,骂一声:"小狗崽子!你来折腾什么?火也捅灭了,风匣也拉歪了,欠揍的小混蛋"。黑孩听到头上响起一阵风声,感到有一个带棱角的巴掌在自己头皮上扇过去,紧接着听到一个很脆的响,像在地上摔死一只青蛙。

"滚出去砸你的石头子儿,小混蛋!"青年人骂着。

黑孩这才知道这就是小铁匠。小铁匠的脸上布满密集的粉刺疙瘩,鼻子像牛犊的鼻子一样,扁扁的,平平的,上边布满汗珠。黑孩看到小铁匠麻利地清理炉膛。又看着他从桥洞的角上抓过一把金黄的麦秸塞到炉膛里,点燃,轻轻地拉几下风箱,麦秸先冒出又轻又白的烟,紧跟着窜出火苗。小铁匠铲了一铲湿漉漉的煤,薄薄地撒在正在燃烧的麦秸上,拉风箱的手一直不停。又撒了一层煤。又撒了一层煤。炉里蹿起焦黄的烟,烟里夹带着呛鼻子的煤味。小铁匠用铁铲尖儿把炉中煤一戳,几缕强劲有力的暗红色的火苗蹿了出来,煤着了。

黑孩兴奋地"噢"了一声。

"你还不滚,小混蛋!"

一个又高又瘦的老头子慢吞吞地走进桥洞,问小铁匠:"不是压住火了吗?怎么又生?"他的语声沉闷,声音像是从胸膈以下发出来的。

"被这个小混蛋给捅灭了。"小铁匠抬起煤铲指指黑孩。

"你让他拉吧。"老头说。他把一块蛋黄色的油布围在腰间,把两块蛋黄色的油布绑在脚脖子上护住了脚面。油布上布满了火星烧成的洞洞眼眼。黑孩知道这就是老铁匠了。

"让他拉风匣,你专管打锤,这样你也轻松一点。"老铁匠说。

"让这么个毛孩子拉风匣?你看他瘦得那个猴样,在火炉边还不给烤成干柴棍儿!"小铁匠不满意地嘟哝着。

刘太阳一步闯进来,翻着眼皮说:"怎么啦?不是你说的要个拉火的吗?"

"要拉火的不要他!刘副主任,你看看他瘦得那个样子,恐怕连他妈的煤铲都拿不动,你派他来干什么?臭杞摆碟凑样数!"

"我知道你小子的鬼心眼子。你想要个大姑娘来给你拉火是不是?挑个最漂亮的,让那个蒙着紫红色方头巾的来?美得你这个臊包狗蛋!黑孩,拉风箱吧。"刘太阳冲着小铁匠说,"你他妈的好好教教他!"

黑孩畏畏缩缩地走到风箱前站定,目光却期待什么似地望着老铁匠的脸。黑孩发现,老铁匠的脸色像炒焦了的小麦,鼻子尖像颗熟透了的山楂。他走上前来,教给黑孩一些烧火的要领。黑孩的耳朵抖动着,把老铁匠的话儿全听进去了。

刚开始拉火时,他手忙脚乱,满身都是汗水,火焰烤得他的皮肤像针尖刺着一样疼痛。老铁匠面部没有表情,僵硬犹如瓦片,连看也不看他一眼。黑孩咬着下嘴唇,不断地抬起黑胳膊擦着流到眼睛上边的汗水。他的鸡胸脯一起一伏,嘴和鼻孔像风箱一样"呼哧呼哧"喷着气。

小石匠送来磨秃的钢钻待修,看着黑孩那副样子,说:"能不能挺住？挺不住就吱声,还去砸你的石头子儿。"

黑孩连头都没抬。

"这倔种!"小石匠把钢钻扔在地上,走了。但很快他又折了回来,和菊子姑娘一起。菊子把方头巾扎在脖子上,整个脸显得更加完整。

桥洞里的小铁匠忽然感到眼前一亮,使劲咽了一口唾液,又用肥厚的舌头舔了舔干裂的嘴唇。他的两只眼睛不比黑孩的眼睛小,但右眼里有一个鸭蛋皮色的"萝卜花"遮盖了瞳孔。天长日久地用左眼看东西,养成了脑袋往右歪的习惯。他的头枕在右肩上,左眼里射出一道灼热的光,直盯着姑娘红扑扑的脸膛。十八磅的大铁锤头朝下站在他的两腿间,他手扶锤把子,像拄着一根拐棍。

炉中烟火升腾,黑烟夹带着火星直冲到桥面上,又愤怒地反扑下来。黑孩的脸笼罩在烟雾里,他咳嗽着,胸脯里"咝咝"地响。老铁匠冷冷地看了黑孩一眼,从磨得油亮的皮口袋里掏出烟袋,慢吞吞地装上烟,就着炉火点燃,把两股白色烟喷进黑色烟里,鼻孔里两撮黑毛抖动着,他从烟雾里漠然地看了一眼桥洞口的小石匠和菊子,这才对黑孩说:"少加煤,撒匀一点。"

黑孩急促地拉着风箱,瘦身子前倾后仰,炉火照着他汗湿的胸脯,每一根肋巴条都清清楚楚。左胸脯的肋条缝中,他的心脏像只小耗子一样可怜巴巴地跳动着。老铁匠说:"拉长一点,一下是一下。"

菊子姑娘看到黑孩的下唇流出深红的血,眼睛里顿时充满泪水。她喊道:"黑孩,不给他们干了。走,回去跟我砸石子儿。"她走到风箱前,捏住了黑孩那两条干柴棍一样的细胳膊。黑孩拼命挣扎着,喉咙里呜呜地响着,像一条要咬人的小狗。他身体很轻,姑娘架着他的胳膊把他端出了桥洞,他粗糙的脚趾划着地面,地上的碎石片儿哗哗地响着。

"黑孩,咱不给他们干了,你顶不住烟熏火燎,你这么瘦,流光了汗,就烤成锅巴啦。还是跟姐姐去砸石子儿轻松。"一边说着,一边把他放下,用一只手拖着他往石堆那边走。她的胳膊粗壮有力,手很大很柔软,捏着黑孩的手腕,像捏着一条小山羊腿。黑孩打着坠,脚后跟哗哗啦啦犁着地上的碎石片。"小傻瓜,小拗种,好好跟我走。"姑娘停住脚,回头对他说着,手用力捏捏他的腕子,"看看你这小狗腿,我要一用劲,保准捏碎了,那么重的活你怎么干得了?"黑孩恨恨地盯了她一眼,猛地低下头,在姑娘胖胖的手腕上狠狠地咬了一口。她"哎哟"了一声,松开手,黑孩转身跑回了桥洞。

黑孩的牙齿十分锋利,姑娘的手腕上被咬出了两排深深的牙印。他的犬齿是两个锥牙儿,这两个锥牙在姑娘腕上钻出了两个流血的小洞。小石匠关切地走上前去,掏出一条皱巴巴的手绢要给姑娘包扎。她推开他,眼睛也不看他,弯腰从地上抓起一把土,按在伤口上。

"有病菌!"小石匠吃惊地叫喊。

姑娘走回乱石堆前,寻着自己的座位坐下来,呆呆地瞅着河水上层出不穷的波纹,一块石头儿也不砸。

"看看,又傻了一个。"

"黑孩八成会使魔法。"

女人们咬着耳朵低语。

"黑孩,你给我滚出来,狗崽子,狗咬吕洞宾,不识好人心。"小石匠骂着往铁匠炉所在的桥洞里走。

一股脏乎乎、热烘烘的水泼出来,劈头盖脸蒙住了小石匠。小石匠对得正,桥洞里瞄得准,半桶水几乎没浪费一滴。他柔软的黄头发上,劳动布夹克衫上、大红运动衫翻领上,沾满了铁屑和煤灰,脏水像小溪一样从头往脚流。

"瞎了狗眼了!"小石匠大骂着冲进桥洞,"谁干的?说,谁干的?"

没有人答理他。桥洞里黑烟散尽,炉火正旺,紫红色的老铁匠用一把长长的铁钳子把一根烧得发白透亮的钢钻子从炉里夹出来,钻子尖上"噼噼"地爆着耀眼的钢花。老铁匠把钻子放在铁砧上,用小叫锤敲了一下铁砧的边缘,铁砧清脆地回答着他。他的左手操着长把铁钳,铁钳夹着钻子,钻子按着他的意思翻滚着;右手的小叫锤很快地敲着钢钻。他的小锤敲到哪儿,独眼小铁匠的十八磅大铁锤就打到哪儿。老铁匠的小锤像鸡啄米一样迅疾,小铁匠的大锤一步不让,桥洞里生出习习热风。在惊心动魄的锻打声中,钢钻子火星四溅,火星溅到老铁匠和小铁匠围腰护脚的油布上,"滋滋"地冒着白色的烟。火星也飞到了黑孩裸露的皮肤上,他咧着嘴,龇出两排雪白的小狼牙齿。钢火在他肚皮上烫起几个大燎泡,他一点都没有痛的表情,眼睛里跳动着心荡神迷的火苗,两个瘦削的肩头耸起来,脖子使劲缩着,双臂交叠在胸前,手捂着下巴和嘴巴,挤得鼻子上满是皱纹。

秃钻子被打出了尖,颜色暗淡下来——先是殷红,继而是银白。地下落着一层灰白的铁屑,铁屑引燃了一根草梗,草梗悠闲地冒着袅袅的白烟。

"谁他妈的泼了我?"小石匠盯着小铁匠骂。

"老子泼的,怎么着?"小铁匠遍体放光,双手拄着锤把,优雅地歪着头,说。

"你瞎眼了吗?"

"瞎了一个。老爹泼水你走路,碰上了算你运气。"

"你讲理不讲?"

"这年头,拳头大就有理。"小铁匠捏起拳头,胳膊上的肉隆起来。

"来吧,独眼龙!老子今天把你这只狗眼也打瞎。"小石匠怒气冲冲地靠了前,老铁匠好像无意地往前跨了一步,撞了他一下。小石匠猛然觉得老人那双深深地眍着的眼窝里射出了一股物质,好像暗示着什么,他顿时感到浑身肌肉松弛。老铁匠微微扬起脸,极随便地哼唱了一句说不出是什么味道的戏文或是歌词来。

恋着你刀马娴熟通晓诗书少年英武,跟着你闯荡江湖风餐露宿吃尽了世上千般苦。

老铁匠只唱了这一句,声音戛然而止,听得出他把一大截悲怆凄楚的尾音咽进了肚子。老铁匠又看了小石匠一眼,低下头去给刚打出尖的钻子淬火。淬火前,他捋起右手衣袖,把手伸进水桶里试着水温,他的小臂上有一个深紫色的伤疤,圆圆的,中间凸出,尽管这个伤疤不像一只眼睛,但小石匠却觉得这个紫疤像一只古怪的眼睛盯着自己。他撇了一下嘴,恍恍惚惚像中了魔症,飘飘地出了桥洞,红炉这边,一下午没见到他的影子。

……黑孩的眼睛酸了,头皮也晒得发烫。他从姑娘的座位上站起来,踱回到铁匠炉边。桥洞里很暗,他摸摸索索地坐在老铁匠的马扎上,什么都不想的时候,双手便火烧火燎地痛起来,他把手放在凉森森的石壁上,赶快去想过去的事情。

三天前,老铁匠请假回家拿棉衣和铺盖,他说人老了腿值钱,不愿天天往家跑,在红炉边絮个铺,冻不着的。(黑孩抬眼看看老铁匠的铺。桥洞的北边已经用闸板堵起来了,几缕亮光从板缝里漏进来,斜照着老铁匠那件油晃晃的棉袄和那条狗毛脱落的皮褥子。)老师傅回了家,小铁匠成了一洞之主。那天上午进桥洞来,他挺着胸,凸着肚,好颜好色地说:"黑孩,生火,老东西回家了,咱们俩干。"

黑孩看着他。

"瞪什么眼,兔崽子!你瞧不起老子是不?老子跟着老东西已经熬了整三年啦,他那点把戏我全知道。"小铁匠说。

黑孩懒洋洋地生起火来。小铁匠得意地哼着什么。他把几支头天没来得及修的钢钻插进炉膛烧着。黑孩把火拉得很旺,照着自己的黑脸透出红来。小铁匠忽然笑起来,说:"黑孩,你小子冒充老红军准行,浑身是疤。"

黑孩使劲拉火。

"这几天怎么也不见你那个浪干娘来看你啦?你咬了她一口,把她得罪啦,狗儿子。她的胳膊什么味儿?是酸的还是甜的?你狗日的好口福。要是让我捞到她那条白嫩胳膊,我像吃黄瓜一样啃着吃了。"

黑孩提起长钳,夹起一根烧透了的钢钻扔到砧子上。

"哟,儿子,好快!"小铁匠抄起一把比大锤小比小锤大的中锤,一手掌钳,一手抡锤,狠狠地打起来。黑孩呆呆地看着。小铁匠一身好力气,铁锤耍得出神出鬼,打出的钢钻尖儿棱角分明,像支削好的铅笔。黑孩很悲哀地看着老铁匠那把小叫锤儿。小铁匠用铁钳夹着打好的钢钻到桶边淬火,他淬火的动作跟老铁匠一模一样。黑孩背过脸,又去看那把躺在砧子旁边的小叫锤,小叫锤的木把儿像老牛的角尖一样又光又滑。

小铁匠好马快刀,一会儿功夫就修好十几支钢钻。他得意地坐在师傅的马扎上卷烟。卷好烟,插进嘴,吩咐黑孩夹过一块通红的炭给他点着。

"儿子,看到了吧?没有老梆子我们照样干!"

小铁匠正得意着,刚才拿走钻子的石匠们找他来了。

"小铁匠,你淬得什么鸟火?不是崩头就是弯尖,这是剥石头,不是打豆腐。没有弯弯肚子,别吞镰头刀子。等你师傅回来吧,别拿着我们的钢钻练功夫。"

石匠们把那十几支坏钻子扔在地上。走了。小铁匠脸变了色,咋呼着黑孩拉火烧钻子。一会儿工夫他又把钻子打好,淬好,亲自抱着送到工地上。他前脚进了桥洞,石匠们后脚就跟来了。坏钻子扔在地上,脏话扔在小铁匠头上:"去你娘的蛋,别耍我们的大头了,看看你淬的火!全崩了你娘的尖啦!"

黑孩看看小铁匠,嘴角上漾出两道纹来,谁也不知道他是高兴还是难过。小铁匠把工具摔得"噼哩卡啦"响,蹲到地上,呼呼地吐闷气。他抽了一支烟,那只独眼骨碌碌地转着,射出迷茫暴躁的光线,两条大蝌蚪一样的眉毛急遽地扭动着。他扔掉烟屁股,站起来,说:

"妈的,就不信羊不吃荞子!黑孩,拉火再干!"

黑孩无精打采地拉着风箱,动作一下比一下迟缓。小铁匠催他,骂他,他连头都不抬。钻子又烧好了。小铁匠草草打了几锤,就急不可耐地到桶边淬火。这次他改变了方式,不是像老铁匠那样一点点地淬,而是把整个钻子一下插到水里。桶里的水吱吱地叫着,一股白气绞着麻花冲起来。小铁匠把钢钻提起来,举到眼前,歪着头察看花纹和颜色。看了一阵,他就把这支钻子放在砧子上,用锤轻轻一敲,钢钻断成两半。他沮丧地把锤子扔到地上,把那半截钻子用力甩到桥洞外边去。坏钻子躺在洞前石片上,怎么看都难受。

"去把那根钻子捡回来!"小铁匠怒冲冲地吩咐黑孩。黑孩的耳朵动了动,脚却没有动。他的屁股上挨了一脚,肩膀上被捅了一钳子,耳边响起打雷一样的吼声:"去把钻子捡回来。"

黑孩垂着头走到钻子前,一点一点弯下腰去,伸手把钻子抓起来。他听到手里"滋滋啦啦"地响,像握着一只知了。鼻子里也嗅到炒猪肉的味道。钻子沉重地掉在地上。

小铁匠一愣,紧接着大笑起来:"兔崽子,老子还忘了钻子是热的,烫熟了猪爪子,啃吧!"

黑孩走回桥洞,一眼也不看小铁匠,把烫熟了皮肉的手淹到水桶里泡了泡,又慢悠悠走出桥洞。他弯下腰去,仔细地端详着那半截钢钻子。钢钻是银灰色的,表面粗糙,有好多小颗粒。地上的湿土在钢钻下冒着白气,那白气很细,若有若无。他更低地俯下身去,屁股高高地翘起来,大裤头全褪到屁股上,露出比小腿颜色略浅的大腿。他的一只手揸在背上,一只手从肩前垂下去,慢慢地接近钢钻,水珠沿着指尖滴下去,钢钻子嗤啦一声响。水珠在钻子上跳动着,叫着,缩小着,变成一圈波纹,先扩大一下,立即收缩,终于消逝了。他的指尖已经感到了钢钻的灼热,这种灼热感一直传导到他心里去。

"你他妈的在那儿干什么,弯腰撅腚,冒充走资派吗?"小铁匠在桥洞里喊他。

他一把攥住钢钻,哆嗦着,左手使劲抓着屁股,不慌不忙走回来。小铁匠看到黑孩手里冒出黄烟,眼像风瘫病人一样咽斜着叫道:"扔、扔掉!"他的嗓子变了调,像猫叫一样,"扔掉呀,你这个小混蛋!"

黑孩在小铁匠面前蹲下,松开手,抖了两抖,钻子打了两滚儿躺在小铁匠脚前。然后就那么蹲着,仰望着小铁匠的脸。

小铁匠浑身哆嗦起来:"别看我,狗小子,别看我。"他拧过脸去。黑孩站起来,走出桥洞……他记得他走出桥洞后望了一会儿西天,天上连一丝云彩也没有,只有半个又白又薄的月亮,像一块小小的云……

他想得很累,耳朵里有蜜蜂的叫声。从马扎子上起来,走到老铁匠的铺前躺下来。头枕着棉袄,眼皮不知不觉合上了。他感到有一个人在抚摸自己的脸,抚摸自己的手,痛,他忍着。有两滴沉甸甸的水珠落下来,一滴落在两片唇间,他咽了;一滴打到鼻尖上,鼻子被砸得酸溜溜的。

"黑孩、黑孩,醒醒,吃饭啦。"

他觉得鼻子酸得厉害,匆忙爬起来,看着姑娘。有两股水儿想从眼窝里滚出来,他使劲憋住,终于让水儿流进喉咙。

"给你。"姑娘解开那条紫红色头巾。头巾里包着两个窝窝头。一个窝窝头的眼里塞着一根腌黄瓜,一个窝窝头眼里栽着一棵大葱。一根长长的梢儿发黄的头发沾在窝窝头上。姑娘用两个指头拈起头发,轻轻一弹,头发落地时声音很响,黑孩听到了。

"吃吧,你这条小狗!"姑娘摸着他的脖子说。

黑孩咬葱咬黄瓜咬窝窝头,一边咀嚼一边看姑娘。

"手是怎么烫的?是不是独眼龙使坏?还咬我吗?看看你的狗牙多快。"

黑孩的耳朵使劲忽扇着,左手举起窝窝头,右手举起大葱腌黄瓜,遮住了脸。

三

夜里,莫名其妙地下了一场雷阵雨。清晨上工时,人们看到工地上的石头子儿被洗得干干净净,沙地被拍打得平平整整。闸下水槽里的水增了两拃,水面蓝汪汪地映出天上残余的乌云。天气仿佛一下子冷了,秋风从桥洞里穿过来,和着海洋一样的黄麻地里的窸窣之声,使人感到从心里往外冷。老铁匠穿上了他那件亮甲似的棉袄,棉袄的扣子全掉光了,只好把两扇襟儿交错着掩起来,拦腰捆上一根红色胶皮电线。黑孩还是只穿一条大裤头子,光背赤足,但也看不出他有半点瑟缩。他原来扎腰的那根布条儿不知是扔了还是藏了,他腰里现在也扎着一节红胶皮电线。他的头发这几天像发疯一样地长,已经有二寸长,头发根根竖起,像刺猬的硬毛。民工们看着他赤脚踩着石头上积存的雨水走过工地,脸上都表现出怜悯加敬佩的表情来。

"冷不冷?"老铁匠低声问。

黑孩惶惑地望着老铁匠,好像根本不理解他问话的意思。"问你哩!冷吗?"老铁匠提高了声音。惶惑的神色从他眼里消失了,他垂下头,开始生火。他左手轻拉风箱,右手持煤铲,眼睛望着燃烧的麦秸草。老铁匠从草铺上拿起一件油腻腻的褂子给黑孩披上。黑孩扭动着身体,显出非常难受的样子。老铁匠一离开,他就把褂子脱下来,放回到铺上去。老铁匠摇摇头,蹲下去抽烟。

"黑孩,怪不得你死活不离开铁匠炉,原来是图着烤火暖和哩,妈的,人小心眼儿不少。"小铁匠打了一个百无聊赖的呵欠,说。

工地上响起哨子声,刘副主任说,全体集合。民工们集合到闸前向阳的地方,男人抱着膀子,女人纳着鞋底子。黑孩偷觑着第七个桥墩上的石缝,心里忐忑不安。刘副主任说,天就要冷,因此必须加班赶,争取结冰前浇完混凝土底槽。从今天起每晚七点到十点为加班时间,每人发给半斤粮,两毛钱。谁也没提什么意见。二百多张脸上各有表情。黑孩看到小石匠的白脸发红发紫,姑娘的红脸发灰发白。

当天晚上,滞洪闸工地上点亮了三盏汽灯。汽灯发着白炽刺眼的光,一盏照耀石匠们的工场,一盏照着妇女们砸石子儿的地方。妇女们多数有孩子和家务,半斤粮食两毛钱只好不挣。灯下只围着十几个姑娘。她们都离村较远,大着胆子挤在一个桥洞里睡觉,桥洞两头都堵上了闸板,只在正面留了个洞,钻进钻出。菊子姑娘有时钻桥洞,有时去村里睡(村里有她一个姨表姐,丈夫在县城当临时工,有时晚上不回家睡,表姐就约她去作伴)。第三盏汽灯放在铁匠炉的桥洞里,照着老年、青年和少年。石匠工场上锤声叮当,钢钻子啃着石头,不时迸出红色的火星。石匠们干得还算卖劲,小石匠脱掉夹克衫,大红运动衣像火炬一样燃烧着。姑娘们围灯坐着,产生许多美妙联想。有时嘎嘎大笑,有时窃窃私语,砸石子的声音零零落落。在她们发出的各种声音的间隙里,充填着河上的流水声。菊子放下锤子,悄悄站起来,向河边走去。灯光把她的影子长长地投在沙地上。"当心被光棍子把你捉去。"一个姑娘在菊子身后说。菊子很快走出灯光的圈子。这时她看到的灯光像几个白亮亮的小刺球,球刺儿伸到她面前停住了,刺尖儿是红的、软的。后来她又迎着灯光走上去。她忽然想去看看黑孩儿在干什么,便躲避着灯光,闪到第一个桥墩的暗影里。

她看到黑孩儿像个小精灵一样活动着,雪亮的灯光照着他赤裸的身体,像涂了一层釉彩。仿佛这皮肤是刷着铜色的陶瓷橡皮,既有弹性又有韧性,撕不烂也扎不透。黑孩似乎胖了一点点,肋条和皮肤之间疏远了一些。也难怪么,每天中午她都从伙房里给他捎来好吃的。黑孩很少回家吃饭,只是晚上回家睡觉,有时候可能连家也不回——姑娘有天早晨发现他从桥洞里钻出来,头发上顶着麦秸草。黑孩双手拉着风箱,动作轻柔舒展,好像不是他拉着风箱而是风箱拉着他。他的身体前倾后仰,脑袋像在舒缓的河水中漂动着的西瓜,两只黑眼睛里有两个亮点上下起伏着,如萤火虫优雅地飞动。

小铁匠在铁砧子旁边以他一贯的姿势立着,双手拄着锤柄,头歪着,眼睛瞪着,像一只深思熟虑的小公鸡。

老铁匠从炉子里把一支烧熟的大钢钻夹了出来,黑孩把另一支坏钻子捅到大钢钻腾出的位置上。烧透的钢钻白里透着绿。老铁匠把大钢钻放到铁砧上,用小叫锤敲敲砧子边,小铁匠懒洋洋地抄起大锤,像抡麻秆一样抡起来,大锤轻飘飘地落在钢钻子上,钢花立刻光彩夺目地向四面八方飞溅。钢花碰到石壁上,破碎成更多的小钢花落地,钢花碰到黑孩微微凸起的肚皮,软绵绵地弹回去,在空中画出一个个漂亮的半圆弧,坠落下去。钢花与黑孩肚皮相撞以及反弹后在空中飞行时,空气摩擦发热发声。打过第一锤,小铁匠如同梦中猛醒一般绷紧肌肉,他的动作越来越快,姑娘看到石壁上一个怪影在跳跃,耳边响彻"咣咣咣咣"的钢铁声。小铁匠塑铁成形的技术已经十分高超,老铁匠右手的小叫锤只剩下干敲砧子边的份儿。至于该打钢钻的什么地方,小铁匠是一目了然。老铁匠翻动钢钻,眼睛和意念刚刚到了钢钻的某个需要锻打的部位,小铁匠的重锤就敲上去了,甚至比他想的还要快。

姑娘目瞪口呆地欣赏着小铁匠的好手段,同时也忘不了看着黑孩和老铁匠。打得最精彩的时候,是黑孩最麻木的时候(他连眼睛都闭上了,呼吸和风箱同步),也是老铁匠最悲哀的时候,仿佛小铁匠不是打钢钻而是打他的尊严。

钢钻锻打成形,老铁匠背过身去淬火,他意味深长地看了小铁匠一眼,两个嘴角轻蔑地往下撇了撇。小铁匠直勾勾地看着师傅的动作。姑娘看到老铁匠伸出手试试桶里的水,把钻子举起来看了看,然后身体弯着像对虾,眼瞅着桶里的水,把钻子尖儿轻轻地、试试探探地触及水面,桶里水"哒哒"地响着,一股很细的蒸气窜上来,笼罩住老铁匠的红鼻子。一会儿,老铁匠把钢钻提起来举到眼前,像穿针引线一样瞄着钻子尖,好像那上边有美妙的画图,老头脸上神采飞扬,每条皱纹里都溢出欣悦。他好像得出一个满意答案似的点点头,把钻子全淹到水里,蒸气轰然上升,桥洞里形成一个小小的蘑菇烟云。汽灯光变得红殷殷的,一切全都朦胧晃动。雾气散尽,桥洞里恢复平静,依然是黑孩梦幻般拉风箱,依然是小铁匠公鸡般冥思苦想,依然是老铁匠如枣者脸如漆者眼如屎壳螂者臂上疤痕。

老铁匠又提出一支烧熟的钢钻,下面是重复刚才的一切,一直到老铁匠要淬火时,情况才发生了一些变化。老铁匠伸手试水温。加凉水。满意神色。正当老铁匠要为手中的钻子淬火时,小铁匠耸身一跳到了桶边,非常迅速地把右手伸进了水桶。老铁匠连想都没想,就把钢钻戳到小伙子的右小臂上。一股烧焦皮肉的腥臭味儿从桥洞里飞出来,钻进姑娘的鼻孔。

小铁匠"嗷"地号叫一声,他直起腰,对着老铁匠恶狠狠地笑着,大声喊:

"师傅,三年啦!"

老铁匠把钢钻扔在桶里,桶里翻滚着热浪头,蒸气又一次弥漫桥洞。姑娘看不清他们的脸子,只听到老铁匠在雾中说:"记住吧!"

没等烟雾散尽她就跑了,她使劲捂住嘴,有一股苦涩的味儿在她胃里翻腾着。坐在石堆前,旁边一个姑娘调皮地问她:"菊子,这一大会儿才回去,是跟着大青年钻黄麻地了吧?"她没有回腔,听凭着那个姑娘奚落。她用两个手指捏着喉咙,极力不让自己发出声音。

收工的哨声响了。三个钟头里姑娘恍惚在梦幻中。"想汉子了吗?菊子?""走吧,菊子。"她们招呼着她。她坐着不动,看着灯光下幢幢的人影。

"菊子,"小石匠板板整整地站在她身后说,"你表姐让我捎信给你,让你今夜去做伴,咱们一道走吗?"

"走吗?你问谁呢?"

"你怎么啦?是不是冻病啦?"

"你说谁冻病啦?"

"说你哩!"

"别说我。"

"走吗?"

"走。"

石桥下水声响亮,她站住了。小石匠离她只有一步远。她回过头去,看到滞洪闸西边第一个桥洞还是灯火通明,其他两盏汽灯已经熄灭。她朝滞洪闸工地走去。

"找黑孩吗?"

"看看他。"

"我们一块去吧,这小混蛋,别迷迷糊糊掉下桥。"

菊子感觉到小石匠离自己很近了,似乎能听到他"怦怦"的心跳声。走着,走着。她的头一倾斜,立刻就碰到小石匠结实的肩膀,她又把身子往后一仰,一只粗壮的胳膊便把她揽住了。小石匠把自己一只大手捂在姑娘窝窝头一样的乳房上,轻轻地按摩着,她的心在乳房下像鸽子一样乱扑棱。脚不停地朝着闸下走,走进亮圈前,她把他的手从自己胸前移开。他通情达理地松开了她。

"黑孩!"她叫。

"黑孩!"他也叫。

小铁匠用一只眼看着她和他,腮帮子抽动一下。老铁匠坐在自己的草铺上,双手端着烟袋,像端着一杆盒子炮。他打量了一下深红色的菊子和淡黄色的小石匠,疲惫而宽厚地说:"坐下等吧,他一会儿就来。"

……黑孩提着一只空水桶,沿着河堤往上爬。收工后,小铁匠伸着懒腰说:"饿死啦。黑孩,提上桶,去北边扒点地瓜,拔几个萝卜来,我们开夜餐。"

黑孩睡眼迷蒙地看看老铁匠。老铁匠坐在草铺上,像只羽毛凌乱的败阵公鸡。

"瞅什么?狗小子,老子让你去你尽管去。"小铁匠腰挺得笔直,脖子一抻一抻地说。他用眼扫了一下瘫坐在铺上的师傅。胳膊上的烫伤很痛,但手上愉快的感觉完全压倒了臂上的伤痛,那个温度可是绝对的舒适绝对的妙。

黑孩拎起一只空水桶,踢踢踏踏往外走。走出桥洞,仿佛"扑通"一声掉下了井,四周黑得使他的眼睛里不时迸出闪电一样的虚光,他胆怯地蹲下去,闭了一会眼睛,当他睁开眼睛时,天色变淡了,天空中的星光暖暖地照着地,也照着瓦灰色的大地……

河堤上的紫穗槐枝条交叉伸展着,他用一只手分拨着枝条,仄着肩膀往上走。他的手捋着湿漉漉的枝条和枝条顶端一串串结实饱满的树籽,微带苦涩的槐枝味儿直往他面上扑。他的脚忽然碰到一个软绵绵热乎乎的东西,脚下响起一声"唧喳",没及他想起这是只花脸鹌,这只花脸鹌就懵头转向地飞起来,像一块黑石头一样落到堤外的黄麻地里。他惋惜地用脚去摸花脸鹌适才趴窝的地方,那儿很干燥,有一簇干草,草上还留着鸟儿的体温。站在河堤上,他听到姑娘和小石匠喊他。他拍了一下铁桶,姑娘和小石匠不叫了。这时他听到了前边的河水明亮地向前流动着,村子里不知哪棵树上有只猫头鹰凄厉地叫了一声。后娘一怕天打雷,二怕猫头鹰叫。他希望天天打雷,夜夜有猫头鹰在后娘窗前啼叫。槐枝上的露水把他的胳膊濡湿了,他在裤头上擦擦胳膊。穿过河堤上的路走下堤去。这时他的眼睛适应了黑暗,看东西非常清楚,连咖啡色的泥土和紫色的地瓜叶儿的细微色调差异也能分辨。他在地里蹲下,用手扒开瓜垅儿,把地瓜撕下来,"叮叮当当"地扔到桶里。扒了一会儿,他的手指上有什么东西掉下,打得地瓜叶儿哆嗦着响了一声。他用右手摸摸左手,才知道那个被打碎的指甲盖儿整个儿脱落了。水桶已经很重,他提着水桶往北走。在萝卜地里,他一个挨一个地拔了六个萝卜,把缨儿拧掉扔在地上,萝卜装进水桶……

"你把黑孩弄到哪儿去了?"小石匠焦急地问小铁匠。

"你急什么？又不是你儿子！"小铁匠说。

"黑孩呢？"姑娘两只眼盯着小铁匠一只眼问。

"等等，他扒地瓜去了。你别走，等着吃烤地瓜。"小铁匠温和地说。

"你让他去偷？"

"什么叫偷？只要不拿回家去就不算偷！"小铁匠理直气壮地说。

"你怎么不去扒？"

"我是他师傅。"

"狗屁！"

"狗屁就狗屁吧！"小铁匠眼睛一亮，对着桥洞外骂道："黑孩，你他妈的去哪里扒地瓜？是不是到了阿尔巴尼亚？"

黑孩歪着肩膀，双手提着桶鼻子，趔趔趄趄地走进桥洞，他浑身沾满了泥土，像在地里打过滚一样。

"哟，我的儿！真够下狠的了，让你去扒几个，你扒来一桶！"小铁匠高声地埋怨着黑孩，说，"去，把萝卜拿到池子里洗洗泥。"

"算了，你别指使他了。"姑娘说，"你拉火烤地瓜，我去洗萝卜。"

小铁匠把地瓜转着圈子垒在炉火旁，轻松地拉着火。菊子把萝卜提回来，放在一块干净石头上。一个小萝卜滚下来，沾了一身铁屑停在小石匠脚前，他弯腰把它捡起来。

"拿来，我再去洗洗。"

"算了，光那五个大萝卜就尽够吃了。"小石匠说着，顺手把那个小萝卜放在铁砧子上。

黑孩走到风箱前，从小铁匠手里把风箱拉杆接过来。小铁匠看了姑娘一眼，对黑孩说："让你歇歇哩，狗日的。闲着手痒痒？好吧，给你，这可不怨我，慢着点拉，越慢越好，要不就烤糊了。"

小石匠和菊子并肩坐在桥洞的西边石壁前。小铁匠坐在黑孩后边。老铁匠面南坐在北边铺上，烟锅里的烟早烧透了，但他还是双手捧烟袋，双肘支在膝盖上。

夜已经很深了，黑孩温柔地拉着风箱，风箱吹出的风犹如婴孩的鼾声。河上传来的水声越加明亮起来，似乎它既有形状又有颜色，不但可闻，而且可见。河滩上影影绰绰，如有小兽在追逐，尖细的趾爪踩在细沙上，声音细微如同鼷毛纤毫毕现，有一根根又细又长的银丝儿，刺透河的明亮音乐般穿过来。闸北边的黄麻地里，"泼剌剌"一声响，麻秆儿碰撞着，摇晃着，好久才平静。全工地上只剩下这盏汽灯了，开初在那两盏汽灯周围寻找过光明的飞虫们，经过短暂的迷惘之后，一齐麇集到铁匠炉边来，为了追求光明，把汽灯的玻璃罩子撞得"哔哔啪啪"响。小石匠走到汽灯前,捏着汽杆,"噗唧噗唧"打气。汽灯玻璃罩破了一个洞,一只蟪蛄猛地撞进去,炽亮的石棉纱罩撞掉了,桥洞里一团黑暗。待了一会儿,才能彼此看清嘴脸。黑孩的风箱把炉火吹得如几片柔软的红绸布在抖动,桥洞里充溢着地瓜熟了的香味。小铁匠用铁钳把地瓜挨个翻动一遍。香味越来越浓,终于,他们手持地瓜红萝卜吃起来。扒掉皮的地瓜白气袅袅,他们一口凉,一口热,急一口,慢一口,咯咯吱吱,唏唏溜溜,鼻尖上吃出汗珠。小铁匠比别人多吃了一个萝卜两个地瓜。老铁匠一点也没吃,坐在那儿如同石雕。

"黑孩,回家吗?"姑娘问。

黑孩伸出舌头,舔掉唇上残留的地瓜渣儿,他的小肚子鼓鼓的。

"你后娘能给你留门吗?"小石匠说,"钻麦秸窝儿吗?"

黑孩咳嗽了一声。把一块地瓜皮扔到炉火里,拉了几下风箱,地瓜皮卷曲,燃烧,桥洞里一股焦糊味。

"烧什么你? 小杂种,"小铁匠说,"别回家,我收你当个干儿吧,又是干儿又是徒弟,跟着我闯荡江湖,保你吃香的喝辣的。"

小铁匠一语未了,桥洞里响起凄凉亢奋的歌唱声。小石匠浑身立时爆起一层幸福的鸡皮疙瘩,这歌词或是戏文他那天听过一个开头。

　　　恋着你刀马娴熟,通晓诗书,少年英武,跟着你闯荡江湖,风餐露宿,受尽了世上千般苦——

老头子把脊梁靠在闸板上,从板缝里吹进来的黄麻地里的风掠过他的头顶,他头顶上几根花白的毛发随着炉里跳动不止的煤火轻轻颤动。他的脸无限感慨。腮上很细的两根咬肌像两条蚯蚓一样蠕动着,双眼恰似两粒燃烧的炭火。

　　　……你全不念三载共枕,如云如雨,一片恩情,当作粪土。奴为你夏夜打扇,冬夜暖足,怀中的香瓜,腹中的火炉……你骏马高官,良田万亩,丢弃奴家招赘相府,我我我我是苦命的奴呀……

姑娘的心高高悬着,嘴巴半张开,睫毛也不眨动一下地瞅着老铁匠微微仰起的表情无限丰富的脸和他细长的脖颈上那个像水银珠一样灵活地上下移动着的喉结。凄婉哀怨的旋律如同秋雨抽打着她心中的田地,她正要哭出来时,那旋律又变得昂扬壮丽浩渺无边,她的心像风中的柳条一样飘荡着,同时,有一种麻酥酥的感觉从脊椎里直冲到头顶,于是她的身体非常自然地歪在小石匠肩上,双手把玩着小石匠那只厚茧重重的大手,眼里泪光点点,身心沉浸在老铁匠的歌里,意里。老铁匠的瘦脸上焕发出夺目的光彩,她仿佛从哪儿发现了自己像歌声一样的未来……

小石匠怜爱地用胳膊搂住姑娘,那只大手又轻轻地按在姑娘硬邦邦的乳房上。小铁匠坐在黑孩背后,但很快他就坐不住了,他听到老铁匠像头老驴一样叫着,声音刺耳,难听。一会儿,他连驴叫声也听不到了。他半蹲起来,歪着头,左眼几乎竖了起来,目光像一只爪子,在姑娘的脸上撕着,抓着。小石匠温存地把手按到姑娘胸脯上时,小铁匠的肚子里燃起了火,火苗子直冲到喉咙,又从鼻孔里、嘴巴里喷出来。他感到自己蹲在一根压缩的弹簧上,稍一松神就会被弹射到空中,与滞洪闸半米厚的钢筋混凝土桥面相撞,他忍着,咬着牙。

黑孩双手扶着风箱杆儿,炉中的火已经很弱了,一绺蓝色火苗和一绺黄色火苗在煤结上跳跃着,有时,火苗儿被气流托起来,离开炉面很高,在空中浮动着,人影一晃动,两个火苗又落下去。黑孩目中无人,他试图用一只眼睛盯住一个火苗,让一只眼黄一只眼蓝,可总也办不到,他没法把双眼视线分开。于是他懊丧地从火上把目光移开,左右巡睃着,忽然定在了炉前的铁砧上。铁砧踞伏着,像只巨兽。他的嘴第一次大张着,发出一声感叹(感叹声淹没在老铁匠高亢的歌声里)。黑孩的眼睛原本大而亮,这时更变得如同电光源。他看到了一幅奇特美丽的图画:光滑的铁砧子。泛着青幽幽蓝幽幽的光。泛着青蓝幽幽光的铁砧子上,有一个金色的红萝卜。红萝卜的形状和大小都像一个大个阳梨,还拖着一条长尾巴,尾巴上的根根须须像金色的羊毛。红萝卜晶莹透明,玲珑剔透。透明的、金色的外壳里包孕着活泼的银色液体。红萝卜的线条流畅优美,从美丽的弧线上泛出一圈金色的光芒。光芒有长有短,长的如麦芒,短的如睫毛,全是金色,……老铁匠的歌唱被推出去很远很远,像一个小蝇子的嗡嗡声。他像个影子一样飘过风箱,站在铁砧前,伸出了沾满泥土煤屑、挨过砸伤烫伤的小手,小手抖抖索索……当黑孩的手就要捉住小萝卜时,小铁匠猛地窜起来,他踢翻了一个水桶,水汩汩地流着,渍湿了老铁匠的草铺。他一把将那个萝卜抢过来,那只独眼充着血:"狗日的!公狗!母狗!你也配吃萝卜?老子肚里着火,嗓里冒烟,正要它解渴!"小铁匠张开牙齿焦黑的大嘴就要啃那个萝卜。黑孩以少有的敏捷跳起来,两只细胳膊插进小铁匠的臂弯里,身体悬空一挂,又嘟噜滑下来,萝卜落到了地上。小铁匠对准黑孩的屁股踢了一脚,黑孩一头扎到姑娘怀里,小石匠大手一翻,稳稳地托住了他。

老铁匠停下了嘶哑的歌喉,慢慢地站起来。姑娘和小石匠也站起来。六只眼睛一起瞪着小铁匠。黑孩头很晕,眼前的一切都在转动。使劲晃晃头,他看到小铁匠又拿着萝卜往嘴里塞。他抓起一块煤渣投过去,煤渣擦着小铁匠腮边飞过,碰到闸板上,落在老铁匠铺上。

"日你娘,看我打死你!"小铁匠咆哮着。

小石匠跨前一步,说:"你要欺负黑孩?"

"把萝卜还给他!"姑娘说。

"还给他?老子偏不。"小铁匠冲出桥洞,扬起胳膊猛力一甩,萝卜带着飕飕的风声向前飞去,很久,河里传来了水面的破裂声。

黑孩的眼前出现了一道金色的长虹,他的身体软软地倒在小石匠和姑娘中间。

四

那个金色红萝卜砸在河面上,水花飞溅起来。萝卜漂了一会儿,便慢慢沉入水底。在水底下它慢滚动着,一层层黄沙很快就掩埋了它。从萝卜砸破的河面上,升腾起沉甸甸的迷雾,凌晨时分,雾积满了河谷,河水在雾下伤感地呜咽着。几只早起的鸭子站在河边,忧悒地盯着滚动的雾。有一只大胆的鸭子耐不住了,蹒跚着朝河里走。在蓬生的水草前,浓雾像帐子一样挡住了它。它把脖子向左向右向前伸着,雾像海绵一样富于伸缩性,它只好退回来,"呷呷"地发着牢骚。后来,太阳钻出来了,河上的雾被剑一样的阳光劈开了一条条胡同和隧道,从胡同里,鸭子们望见一个高个子老头儿挑着一卷铺盖和几件沉甸甸的铁器,沿着河边往西走去了。老头的背驼得很厉害,担子沉重,把它的肩膀使劲压下去,脖子像天鹅一样伸出来。老头子走了,又来了一个光背赤脚的黑孩。那只公鸭子跟它身边那只母鸭子交换了一个眼神,意思是说:记得吧?那次就是他,水桶撞翻柳树滚下河,人在堤上做狗趴,最后也下了河拖着桶残水,那只水桶差点没把麻鸭那个臊包砸死……母鸭子连忙回应:是呀是呀是呀,麻鸭那个讨厌家伙,天天追着我说下流话,砸死它倒利索……

黑孩在水边慢慢地走着,眼睛极力想穿透迷雾,他听到河对岸的鸭子在"呷呷呷呷,嘎嘎嘎嘎"地乱叫着。他蹲下去,大脑袋放在膝盖上,双手抱住凉森森的小腿。他感觉到太阳出来了,阳光晒着背,像在身后生着一个铁匠炉。夜里他没回家,猫身在一个桥洞里睡了。公鸡啼鸣时他听到老铁匠在桥洞里很响地说了几句话,后来一切归于沉寂。他再也睡不着,便踏着冰凉的沙土来到河边。他看到了老铁匠伛偻的背影,正想追上去,不料脚下一滑,摔了一个屁股墩,等他爬起来时,老铁匠已经消逝在迷雾中了。现在他蹲着,看着阳光把河雾像切豆腐一样分割开,他望见了河对岸的鸭子,鸭子也用高贵的目光看着他。露出来的水面像银子一样耀眼,看不到河底,他非常失望。他听到工地上吵嚷起来,刘太阳副主任响亮地骂着:"娘的,铁匠炉里出了鬼了,老混蛋连招呼都不打就卷了铺盖,小混蛋也没了影子,还有没有组织纪律性?"

"黑孩!"

"黑孩!"

"那不是黑孩吗?瞧,在水边蹲着。"

姑娘和小石匠跑过来,一人架着一只胳膊把他拉起来。

"小可怜,蹲在这儿干什么?"姑娘伸手摘掉他头顶上的麦秸草,说,"别蹲在这儿,怪冷的。"

"昨夜里还剩下些地瓜,让独眼龙给你烤烤。"

"老师傅走了。"姑娘沉重地说。

"走了。"

"怎么办?让他跟着独眼?要是独眼折磨他呢?"

"没事,这孩子没有吃不了的苦。再说,还有我们呢,谅他不敢太过火的。"

两个人架着黑孩往工地上走,黑孩一步一回头。

"傻蛋,走吧,走吧,河里有什么好看的?"小石匠捏捏黑孩的胳膊。

"我以为你狗日的让老猫叼了去了呢!"刘太阳冲着黑孩说。他又问小铁匠:"怎么样你?把老头挤兑走了,活儿可不准给我误了。淬不出钻子来我剜了你的独眼。"

小铁匠傲慢地笑笑,说:"请看好吧,刘头。不过,老头儿那份钱粮可得给我补贴上,要不我不干。"

"我要先看看你的活。中就中,不中你也滚他妈的蛋!"

"生火,干儿。"小铁匠命令黑孩。

整整一个上午,黑孩就像丢了魂一样,动作杂乱,活儿毛糙,有时,他把一大铲煤塞到炉里,使桥洞里黑烟滚滚;有时,他又把钢钻倒头儿插进炉膛,该烧的地方不烧,不该烧的地方反而烧化了。"狗日的,你的心到哪儿去啦?"小铁匠恼怒地骂着。他忙得满身是汗,绝技在身的兴奋劲儿从汗珠缝里不停地流溢出来。黑孩看到他在淬火前先把手插到桶里试试水温,手臂上被钢钻烫伤的地方缠着一道破布,似乎有一股臭鱼烂虾的味道从伤口里散出来。黑孩的眼里蒙着一层淡淡的云翳,情绪非常低落。九点钟以后,阳光异常美丽,阴暗的桥洞里,一道光线照着西壁,折射得满洞辉煌。小铁匠把钢钻淬好,亲自拿着送给石匠师傅去鉴定。黑孩扔下手中工具,蹑手蹑脚溜出桥洞,突然的光明也像突然的黑暗一样使他头晕眼花。略微迟疑了一下,他便飞跑起来,只用了十几秒钟,他就站在河水边缘上了。那些四个棱的狗蛋子草好奇地望着他,开着紫色花朵的水芡和擎着咖啡色头颅的香附草贪婪地嗅着他满身的煤烟味儿。河上飘逸着水草的清香和鲢鱼的微腥,他的鼻翅扇动着,肺叶像活泼的斑鸠在展翅飞翔。河面上一片白,白里掺着黑和紫。他的眼睛生涩刺痛,但还是目不转睛,好像要看穿水面上漂着的这层水银般的亮色。后来,他双手提起裤头的下沿,试试探探下了水,跳舞般向前走。河水起初只淹到他的膝盖,很快淹到大腿,他把裤头使劲捆起来,两半葡萄色的小屁股露了出来,这时候他已经立在河的中央了,四周的光一齐往他身上扑,往他身上涂,往他眼里钻,把他的黑眼睛染成了坝上青香蕉一样的颜色。河水湍急,一股股水流撞着他的腿。他站在河的硬硬的沙底上,但一会儿,脚下的沙便被流水淘走了,他站在沙坑里,裤头全湿了,一半贴着大腿,一半在屁股后飘起来,裤头上的煤灰把一部分河水染黑了。沙土从脚下卷起来,抚摸着他的小腿,两颗琥珀色的水珠挂在他的腮上,他的嘴角使劲抽动着。他在河中走动起来,用脚试探着,摸索着,寻找着。

"黑孩!黑孩!"

他听到小铁匠在桥洞前喊叫着。

"黑孩,想死吗?"

他听到小铁匠到了水边,连头也不回,小铁匠只能看到他青色的背。

"上来呀!"小铁匠挖起一块泥巴,对准黑孩投过去,泥巴擦着他的头发梢子落到河水里,河面上荡开椭圆形的波纹。又一坨泥巴扔过来,正打着他的背,他往前扑了一下,嘴唇沾到了河水。他转回身,"嗵嗵隆隆"地蹚着水往河边上走。黑孩遍身水珠儿,站在小铁匠面前。水珠儿从皮肤上往下滚动,一串一串的,"嘟噜噜"地响。大裤头子贴在身上,小鸡子像蚕蛹一样硬邦邦地翘着。小铁匠举起那只熊掌一样的大巴掌刚要扇下去,忽然觉得心脏让猫爪子给剐了一下子,黑孩的眼睛直盯着他的脸。

"快去拉火。师傅我淬出的钢钻,不比老家伙差。"他得意地拍拍黑孩的脖颈。

铁匠炉上暂时没有活儿,小铁匠把昨夜剩下的生地瓜放在炉边烤着。黄麻地里的风又轻轻地吹进来了。阳光很正地射进桥洞。小铁匠用铁钳翻动着烤出焦油的地瓜,嘴里得意地哼着:"从北京到南京,没见过裤裆里拉电灯。黑孩,你见过裤裆里拉电灯吗?你干娘裤裆里拉电灯哩……"小铁匠忽然记起似的对黑孩说:"快点,拔两个萝卜去,拔回来赏你两个地瓜。"

黑孩的眼睛猛然一亮,小铁匠从他肋条缝里看到他那颗小心儿使劲地跳了两下,正想说什么没及开口,黑孩就像家兔一样跑走了。

黑孩爬上河堤时,听到菊子姑娘远远地叫了他一声。他回过头,阳光捂住了他的眼。他下了河堤,一头钻进黄麻地。黄麻是散种的,不成垅也不成行,种子多的地方黄麻杆儿细如手指,铅笔;种子少的地方,麻秆如镰柄,手臂,但全都是一样高矮。他站在大堤上望黄麻田时,如同望着微波荡漾的湖水。他用双手分拨着粗粗细细的麻秆往前走,麻秆上的硬刺儿扎着他的皮肤,成熟的麻叶纷纷落地。他很快就钻到了和萝卜地平行着的地方,拐了一个直角往西走。接近萝卜地时,他趴在地上,慢慢往外爬。很快他就看到了满地墨绿色的萝卜缨子。萝卜缨子的间隙里,阳光照着一片通红的萝卜头儿。他刚要钻出黄麻地,又悄悄地缩回来。一个老头正在萝卜垅里爬行着,一边爬一边从口袋里往外掏着麦粒,一穴一穴地点种在萝卜垅沟中间。骄傲的秋阳晒着他的背,他穿着一件白布褂儿,脊沟渥湿了,微风扬起灰尘,使汗渥的地方发了黄。黑孩又膝行着退了几米远,趴在地上,双手支起下巴,透过麻秆的间隙,望着那些萝卜。萝卜田里有无数的红眼睛望着他,那些萝卜缨子也在一瞬间变成了乌黑的头发,像飞鸟的尾羽一样耸动不止……

一个红脸膛汉子从地瓜地里大步走过来,站在老头背后,猛不丁地说:"哎,老生,你说昨天夜里遭了贼?"

老头手忙脚乱地爬起来,垂着手回答:"遭了,偷了六个萝卜,缨子留下了,地瓜八墩,蔓子留下了。"

"怕是让修闸的那些狗日的偷去了,加点小心,中午饭晚点回去吃。"

"我听着啦,队长。"老头儿说。

黑孩和老头一起,目送着红脸汉子走上大堤。老头坐在萝卜地里,面对着黑孩。黑孩又慌乱地往后退出一节,这时,密密麻麻的黄麻把他的视线遮住了。

"黑孩!"

"黑孩!"

姑娘和小石匠站在大堤上,对着黄麻地喊着。他们背对着正响的太阳,阳光照着散工的人群。

"我看到他钻到黄麻地里,我还以为他去撒尿拉屎了呢!"姑娘说。

"独眼龙难道又欺负他了?"小石匠说。

"黑孩!"

"黑孩!"

姑娘和小石匠的男女声二重喊贴着黄麻梢头像燕子一样滑翔,正在黄麻梢头捕食灰色小蛾的家燕被惊吓得高飞,好一会儿才落下来。小铁匠站在桥洞前边,独眼望着这并肩站着的男女,感到肚子越胀越大。方才姑娘和小石匠来找黑孩,那语气那神态就像找他们的孩子。"等着吧,丫头养的你们!"他恨恨地低语着。

"黑孩!黑孩!"姑娘说,"他怕是钻到黄麻地里睡着了。"

"去看看吗?"小石匠乞求地看着姑娘。

"去吗?去吧。"

两个人拉着手下了堤,钻到黄麻地里。小铁匠尾追着冲上河堤,他看到黄麻叶子像波浪一样翻滚着,黄麻杆子"唰拉拉"地响着,一男一女的声音在喊叫黑孩,声音像从水里传上来的一样……

黑孩趴累了,舒了一口气,翻了一个身,仰面朝天躺起来。他的身下是干燥的沙土,沙上铺着一层薄薄的黄麻落叶。他后脑勺枕着双手,肚子很瘪地凹陷着,一个带着红点的黄叶飘飘地落下来,盖住了他满是煤灰的肚脐。他望着上方,看到一缕粗一缕细的蓝色光线从黄麻叶缝中透下来,黄麻叶片好像成群的金麻雀在飞舞。成群的金麻雀有时又像一簇簇的葫芦蛾,蛾翅上的斑点像小铁匠眼中那个棕色的萝卜花一样愉快地跳动。

"黑孩!"

"黑孩!"

熟悉的声音把他从梦幻中唤醒,他坐起来,用手臂撞了一下身边那棵粗大的黄麻。

"这孩子,睡着了吗?"

"不会的,我们这么大声喊。他肯定是溜回家去了。"

"这小东西……"

"这里真好……"

"是好……"

声音越来越低,像两只鱼儿在水面上吐水泡。黑孩身上像有细小的电流通过,他有点紧张,双膝跪着,扭动着耳朵,调整着视线,目光终于通过了无数障碍,看到了他的朋友被麻秆分割得影影绰绰的身躯。一时间极静了的黄麻地里掠过了一阵小风,风吹动了部分麻叶,麻秆儿全没动。又有几个叶片落下来,黑孩听到了它们振动空气的声音。他很惊异很新鲜地看到一根紫红色头巾轻飘飘地落到黄麻秆上,麻秆上的刺儿挂住了围巾,像挑着一面沉默的旗帜,那件红格儿上衣也落到地上。成片的黄麻像浪潮一样对着他涌过来。他慢慢地站起来,背过身,一直向前走,一种异样的感觉猛烈冲击着他。

五

一连十几天,姑娘和小石匠好像把黑孩忘记了,再也不结伴到桥洞里来看望他。每当中午和晚上,黑孩就听到黄麻地里响起百灵鸟婉转的歌唱声,他的脸上浮起冰冷的微笑,好像他知道这只鸟在叫着什么。小铁匠是比黑孩晚好几天才注意到百灵鸟的叫声的。他躲在桥洞里仔细观察着,终于发现了奥秘:只要百灵鸟叫起来,工地上就看不见小石匠的影子,菊子姑娘就坐立不安,眼睛四下打量,很快就会扔下锤子溜走。姑娘溜走后一会儿,百灵鸟就歇了歌喉。这时,小铁匠的脸色就变得更加难看,脾气变得更加暴躁。他开始喝起酒来。黑孩每天都要走过石桥到村里小卖部给他装一瓶地瓜烧酒。

这天晚上,月光皎洁如水,百灵鸟又叫起来了。黄麻地里的熏风像温柔的爱情扑向工地。小铁匠攥着酒瓶子,把半瓶烧酒一气灌下去,那只眼睛被烧得泪汪汪的。刘太阳副主任这些天回家娶儿媳妇去了,工地上人心涣散,加夜班的石匠们多半躺在桥洞里吸烟,没有钻子要修理,炉火半死不活地跳动着。

"黑孩……去,给老子拔几个萝卜来……"酒精烧着小铁匠的胃,他感到口中要喷火。

黑孩像木棍一样立在风箱边上,看着小铁匠。

"你,等着老子揍你吗?去……"

黑孩走进月光地,绕着月光下无限神秘的黄麻地,穿过花花绿绿的地瓜地,到了晃动着沙漠蜃影的萝卜地。等他提着一个萝卜走回桥洞时,小铁匠已经歪在草铺上呼呼地睡了。黑孩把萝卜放在铁砧子上,手颤抖着拨亮炉火,可再也弄不出那一蓝一黄升腾到空中的火苗,他变换着角度,瞅那个放在铁砧子上的萝卜,萝卜像蒙着一层暗红色的破布,难看极了,黑孩沮丧地垂下头。

这天夜里,黑孩没有睡好。他躺在一个桥洞里,翻来覆去地打着滚。刘副主任不在,民工们全都跑回家去睡觉。桥洞里只剩下一层薄薄的麦秸草。月光斜斜地照进桥洞,桥洞里一片清冷光辉,河水声、黄麻声、小铁匠在最西边桥洞里发出的鼾声。以及其它一些莫名其妙的声音,一齐钻进了他的耳朵。石头上的麦草闪闪烁烁,直扎着他的眼睛。他把所有的麦秸草都收拢起来,堆成一个小草岭,然后钻进去,风还是能从草缝里钻进来,他使劲蜷缩着,不敢动了。他想让自己睡觉,可总是睡不着。他总是想着那个萝卜,那是个什么样的萝卜呀。金色的,透明。他一会儿好像站在河水中,一会儿又站在萝卜地里,他到处找呀,到处找……

第二天早晨,太阳还没出来,月亮还没完全失去光彩,成群的黑老鸹惊惶失措地叫着从工地上空掠过,滞洪闸上留下了它们脱落的肮脏羽毛。东边的地平线上,立着十几条大树一样的灰云,枝杈上挂满了破烂的布条。黑孩从桥洞里一钻出来就感到浑身发冷,像他前些日子打摆子时寒颤上来一样滋味。刘副主任昨天回来了,检查了工地上的情况,他非常生气,大骂了所有的民工。所以今天人们来得都很早,干活也卖力,工地上的锤声像池塘里的蛙鸣连成一片。今天要修的钢钻很多,小铁匠的工作态度也非常认真,活儿干得又麻利又漂亮。来换钢钻的石匠们不断地夸奖他,说他的淬火功夫甚至超过了老铁匠,淬出的钢钻又快又韧,下下都咬石头。

太阳两竿子高的时候,小石匠送来两支钢钻待修。这是两支新钻,每支要值四五块钱。小铁匠瞥瞥神采焕发的小石匠,独眼里射出一道冷光。小石匠没觉察到小铁匠的表情,幸福的眼睛里看到的全是幸福。黑孩儿感到心里害怕,他看出小铁匠要作弄小石匠了。小铁匠把那两支钢钻烧得像银子一样白,草草地在砧子上打出尖儿,然后一下子浸到水里去……

小石匠提着钢钻走了,小铁匠嘴上滑过一个得意的笑容,他对着黑孩睒睒眼,说:"孙子,他他妈的也配使老子淬出的钻子?儿子,你说他配吗?"黑孩缩在角落里,使劲打着哆嗦。一会儿,小石匠回到铁匠炉边,他把两支钻子扔到小铁匠跟前,骂道:"独眼龙,你这是淬得什么火?"

"孙子,叫唤什么?"小铁匠说。

"睁开你那只独眼看看!"

"这是你的钻子不好。"

"放屁,你这是成心捉弄老子。"

"捉弄你又怎么着?爷们看着你就长气!"

"你、你,"小石匠气得脸色煞白,说,"有种你出来!"

"老子怕你不成!"小铁匠撕下腰间扎着的油布,光着背,像只棕熊一样蹽过去。

小石匠站在闸前的沙地上,把夹克衫和红运动衣脱下来,只穿一件小背心。他身材高大,面孔像个书生,身体壮得像棵树。小铁匠脚上还扎着那两块防烫的油布,脚掌踩得地上尖利的石嗖嗖地响,他的臂长腿短,上身的肌肉非常发达。

"文打还是武打?"小铁匠不屑一顾地说。

"随你的便。"小石匠也不屑一顾地说。

"你最好回家让你爹立个字据,打死了别让我赔儿子。"

"你最好回家先钉口棺材。"

骂着阵,两个人靠在了一起。黑孩远远地蹲着,一直没停地打着哆嗦。他看到,小铁匠和小石匠最初的交锋很像开玩笑。小石匠卷着舌头啐了小铁匠一脸唾沫,小铁匠扬起长臂,把拳头捅过去,小石匠一退,这一拳打空了。又啐。又一拳。又退。闪空。但小石匠的第三口唾沫没迸出唇,肩头上就被小铁匠猛捅了一拳,他的身体不由自主地转了一圈。

人们惊叫着围拢上来,高喊着:"别打了,别打了。"但没有人上前拉架。后来,连喊声也没有了,大家都睁大眼,屏住气,看着这两个身段截然不同的小伙子比试力气。菊子姑娘脸色灰白,使劲地抓住她身边一个姑娘的肩头。当她的情人吃了小铁匠的铁拳时,她就低声呻唤着,眼睛像一朵盛开的墨菊。

决斗还难分高低,你打我一拳,我也打你一拳,小石匠个头高,拳头打得漂亮潇洒,但显然有点飘,有点花哨,力量不很足,小铁匠动作稍慢一点,但出拳凶狠扎实,被他懵上一拳,小石匠就要转一个圈。后来,小铁匠头上挨了一拳,有点晕头转向,小石匠趁机上前,雨点般的拳头打得小铁匠的身体澎澎地响。小铁匠一猫腰,钻进了小石匠腋下,两只长臂像两条鳗鱼一样缠住了小石匠的腰,小石匠急忙夹住小铁匠的头,两个人前进,后退,后退,又前进,小石匠支持不住,仰面朝天摔在沙地上。

人群里爆发了一阵欢呼。

小铁匠站起来,吐吐口中的血沫子,歪着头,像只斗胜的公鸡。

小石匠爬起来,向着小铁匠扑过去。一白一黑两个身体又扭在一起。这次小石匠把身体伏得很低,保护着自己的下三路不让小铁匠得手,四只胳膊紧紧地纠缠着,有时候,小石匠把小铁匠撩起来,转着圈抡动,但并不能把小铁匠摔出去。小石匠气喘吁吁,满身都是汗水,小铁匠却连一个汗珠都没掉。小石匠体力不支,步伐错乱,眼前出现重影,稍一懈怠,手臂便被拨开,小铁匠抱住他的腰,箍得他出气不匀,他再次仰天倒地。

第三个回合小石匠败得更惨,小铁匠一个癞狗钻裆把他扛起来,摔出去足有两米远。

菊子姑娘哭着扑上去,扶起了小石匠。在菊子姑娘的哭声中,小铁匠脸上的喜色顿时消逝,换上了满面凄凉。他呆呆地站着。小石匠爬起来,拨开菊子的手,抓起一把沙土,对准小铁匠的脸打上去。沙土迷住了小铁匠的独眼,他像野兽一样嗥叫着,使劲搓着眼睛。小石匠趁机扑上去,卡着小铁匠的脖子把他按倒,拳头像擂鼓一样对着小铁匠的脑袋乱打……

这时候，从人们的腿缝里，钻出了一个黑色的影子。这是黑孩。他像只大鸟一样飞到小石匠背后，用他那两只鸡爪一样的黑手抓住小石匠的腮帮子使劲往后扳，小石匠龇着牙，咧着嘴，"噢噢"地叫着，又一次沉重地倒在沙地上。

小铁匠挣扎着坐起来，两只大手摸起地上的碎石片儿，向着四周抛撒。"畜牲！狗！"骂声和着石头片儿，像冰雹一样横扫着周围的人群，人们慌乱地躲闪着。菊子姑娘突然惨叫了一声。小铁匠的手像死了一样停住了。他的独眼里的沙土已被泪水冲积到眼角上，露出了瞳孔。他朦胧地看到菊子姑娘的右眼里插着一块白色的石片，好像眼里长出一朵银耳。他怪叫一声，捂着眼睛，躺在地上痛苦地扭动着。

黑孩听到姑娘的惨叫，便松开了自己的手。他的手指把小石匠的腮帮子抓出两排染着煤灰的血印。趁着人们慌乱的时候，他悄悄地跑回桥洞，蹲在最黑暗的角落上，牙齿"的的"地打着战，偷眼望着工地上乱纷纷的人群。

六

第二天，滞洪闸工地上消失了小石匠和菊子姑娘的影子，整个工地笼罩着沉闷压抑的气氛。太阳像抽风般颤抖着，一股股肃杀的秋风把黄麻吹得像大海一样波浪起伏，一群群麻雀惊恐不安地在黄麻梢头躁叫着。风穿过桥洞，扬起尘土，把半边天都染黄了。一直到九点多钟，风才停住，太阳也慢慢恢复正常。

刚娶完儿媳妇回来的刘太阳副主任碰上了这些事，心里窝着一腔火，他站在铁匠炉前，把小铁匠骂得狗血淋头，并扬言要抠出他那只独眼给菊子姑娘补眼。小铁匠一声不吭，黑脸上的刺疙瘩一粒粒憋得通红，他大口喘着气，大口喝着酒。

石匠们不知被什么力量催动着，玩命儿地干活，钢钻子磨秃了一大批，堆在红炉旁等着修理。小铁匠像大虾一样蜷曲在草铺上，咕咕地灌着酒，桥洞里酒气扑鼻。

刘副主任发火了，用脚踹着小铁匠骂："你害怕了？装孙子了？躺着装死就没事了？滚起来修钻子，这样也许能将功补过。"

小铁匠把手中的酒瓶向上抛起来，酒瓶在桥面上砰然撞碎，碎玻璃掺着烧酒落了刘副主任一头。小铁匠跳起来，一路歪斜跑出去，喊着："老子怕什么，老子天都不怕，死都不怕，还怕什么？"他爬上滞洪闸，继续高叫着："我谁都不怕!"他的腿碰到了石栏杆,身子歪歪扭扭,桥下有人喊:"小铁匠,当心掉下桥。""掉下桥?"他哈哈大笑起来,笑着攀上石栏杆,一松手,抖抖擞擞地站在石栏杆上。桥下的人都中了魔,入了定,呼吸也不敢用力。

小铁匠双臂煞开,一上一下起伏着,像两只羽毛丰满的翅膀。他在窄窄的石栏杆上走起来,身体晃来晃去。他慢走变成快走,快走变成小跑,桥下的人捂住眼睛,又松手露出眼睛。

小铁匠一起一伏晃晃悠悠地在石栏杆上跑着,栏杆下乌蓝的水里映出他变了形的身影。他从西头跑到东头,又从东头跑回来,一边跑一边唱起来:"南京到北京,没见过裤裆里拉电灯,格里咙格里格咙,里格咙,里格咙,南京到北京,没见过裤裆里打弹弓……"

几个大胆的石匠跑上闸去,把小铁匠拖了下来。他拼命挣扎着,骂着:"别他妈的管我,老子是杂技英豪,那些大妞在电影上走绳子,老子在闸上走栏杆,你们说,谁他妈的厉害……"几个人累得气喘吁吁,总算把他弄回桥洞里。他像块泥巴一样瘫在铺上,嘴里吐着白沫,手撕着喉咙,哭叫着:"亲娘哟,难受死了,黑孩,好徒弟,救救师傅吧,去拔个萝卜来……"

人们突然发现,黑孩穿上了一件包住屁股的大褂子,褂子是用崭新的、又厚又重的小帆布缝的。这种布非常结实,五年也穿不破。那条大裤头子在褂子下边露出很短的一截,好像褂子的一个花边。黑孩的脚上穿着一双崭新的回力球鞋,由于鞋子太大,只好紧紧地系住鞋带,球鞋变得像两条丑陋的胖头鲇鱼。

"黑孩,听到了吗?你师傅让你去干什么?"一个老石匠用烟袋杆子戳着黑孩的背说。

黑孩走出桥洞,爬上河堤,钻进黄麻地。黄麻地里已经有了一条依稀可辨的小径,麻秆儿都向两边分开。走着走着,他停住脚。这儿一片黄麻倒地,像有人打过滚。他用手背揉揉眼睛,抽泣了一声,继续向前走。走了一会,他趴下,爬进萝卜地。那个瘦老头不在,他直起腰,走到萝卜地中央,蹲下去,看到萝卜垄里点种的麦子已经钻出紫红的锥芽,他双膝跪地,拔出了一个萝卜,萝卜的细根与土壤分别时发出水泡破裂一样的声响。黑孩认真地听着这声响,一直追着它飞到天上去。天上纤云也无,明媚秀丽的秋阳一无遮拦地把光线投下来。黑孩把手中那个萝卜举起来,对着阳光察看。他希望还能看到那天晚上从铁砧上看到的奇异景像,他希望这个萝卜在阳光照耀下能像那个隐藏在河水中的萝卜一样晶莹剔透,泛出一圈金色的光芒。

但是这个萝卜使他失望了。它不剔透也不玲珑,既没有金色光圈,更看不到金色光圈里包孕着的活泼的银色液体。他又拔出一个萝卜,又举在阳光下端详,他又失望了。以后的事情就变得很简单了。他膝行一步。拔两个萝卜。举起来看看。扔掉。又膝行一步,拔,举,看,扔……

看菜园的老头子眼睛像两滴混浊的水,他蹲在白菜地里捉拿钻心虫儿。捉一个用手指捏死,再捉一个还捏死。天近中午了,他站起来,想去叫醒正在看园屋子里睡觉的队长。队长夜里误了觉,白天村里不安宁,难以补觉,看园屋子里只能听到秋虫浅吟,正好睡觉。老头儿一直起腰,就听到脊椎骨"叭哽叭哽"响。他恍然看到阳光下的萝卜地一片通红,好像遍地是火苗子。老头打起眼罩,急步向前走,一直走到萝卜地里,他才看得那遍地通红的竟是拔出来的还没有完全长成的萝卜。

"作孽啊!"老头子大叫一声。他看到一个孩子正跪在那儿,举着一个大萝卜望太阳。孩子的眼睛是那么大,那么亮,看着就让人难受。但老头子还是不客气地抓住他,扯起来,拖到看园屋子里,叫醒了队长。

"队长,坏了,萝卜,让这个小熊给拔了一半。"

队长睡眼惺忪地跑到萝卜地里看了看,走回来时他满脸杀气。对着黑孩的屁股他狠踢了一脚,黑孩半天才爬起来。队长没等他清醒过来,又给了他一耳巴子。

"小兔崽子,你是哪个村的?"

黑孩迷惘的眼睛里满是泪水。

"谁让你来搞破坏?"

黑孩的眼睛清澈如水。

"你叫什么名字?"

黑孩的眼睛里水光潋滟。

"你爹叫什么名字?"

两行泪水从黑孩眼里流下来。

"他娘的,是个小哑巴。"

黑孩的嘴唇轻轻嚅动着。

"队长,行行好,放了他吧。"瘦老头说。

"放了他?"队长笑着说,"是要放了他。"

队长把黑孩的新褂子、新鞋子、大裤头子全剥下来,团成一堆,扔到墙角上,说:"回家告诉你爹,让他来给你拿衣裳。滚吧!"

黑孩转身走了,起初他还好像害羞似地用手捂住小鸡儿,走了几步就松开了手。老头子看着这个一丝不挂的黑孩,抽抽答答地哭起来。

黑孩钻进了黄麻地,像一条鱼儿游进了大海。扑簌簌黄麻叶儿抖,明晃晃秋天阳光照。

黑孩——黑孩——

(《透明的红萝卜》,青海人民出版社,2002年)

《透明的红萝卜》导读　　**拓展阅读**

拓展阅读

1. 季红真:忧郁的土地,不屈的精魂——莫言散论
2. 张志忠:论莫言小说

白鹿原(第九章)

陈忠实

第九章

　　黑娃落脚到渭北一个叫将军寨的村子里,给一家郭姓的财东熬活。将军寨坐落在一道叫做将军坡下的河川里,一马平川望不到尽头,全是平展展的水浇地。人说,下了将军坡,土地都姓郭。郭家是个大财东,一家拥有的土地比白鹿村全村的土地还多,骡马拴下三大槽,连驹儿带犊儿十几头。郭家的儿孙全都在外头干事,有的为政,有的从军,有的经商,家里没留住一个经营庄稼的。那么多的土地就租给本村和邻近村庄的佃农去耕种,每年夏秋两季收缴议定的租子。只是佃户租种不完的土地才雇长工耕种,剩下不足百亩土地,其实用不了那么多畜力,那些牲畜一年到头白吃草料,有的一年里几乎连一回使役也轮不上。财东郭老汉特别喜欢骡马,繁殖下小驹子,好的留下养,差的就卖掉了,槽头的高骡子大马全都是经过严格筛选汰劣存优的结果,一个个都像昭陵六骏。郭老汉是清朝的一位武举,会几路拳脚,也能使枪抡棍,常常在傍晚夕阳将尽大地涂金的时刻,骑了马在乡村的官路上奔驰,即使年过花甲,仍然乐此不疲。老举人很豪爽,对长工不抠小节,活儿由你干,饭由你吃,很少听见他盯在长工尻子上嘟嘟囔囔啰啰嗦嗦的声音。

　　黑娃来时,郭家已有两个长工,一个四十多岁的中年汉子姓李,在郭家已经熬过近十年活儿了,算是长工头儿。另一个是二十几岁姓王的小伙,还未娶妻,平素不大说话,见谁都抿嘴一笑,十分温厚。黑娃年龄最小,又极伶俐,脚快手快,常被长工头儿指使着去做许多家务杂活儿,扫庭院,掏茅厕,绞水担水,晒土收土,拉牛饮马。时日稍长,郭举人的两个女人也都很喜欢这个诚实勤快的小伙计,很放心地指使他到附近的将军镇上去买菜割肉或者抓药。郭举人本人也喜欢黑娃,有天傍晚又要出去遛马,接过黑娃备好了鞍子的缰绳,突然问:"黑娃,你会不会骑马?"黑娃说:"我骑过猪,没骑过马。"郭举人听了乐得哈哈大笑:"你想不想骑马?"黑娃说:"想。"郭举人说:"你去把那副鞍子给红马备上,你试着骑上遛遛。"黑娃骑上了红马,陪着郭举人在官道上遛着,竟然不觉一丝害怕。郭举人一边勒缰扬鞭,一边喊着指导着黑娃控制马的要诀,两匹马在乡村官路上奔驰。

晚上,三个长工都睡在马号里的大炕上,一溜进被窝就开始说女人。这时候,沉默寡言的长工王相①就活跃起来:"头儿,今黑该说'四香'了。"长工头儿李相洋洋自得地笑起来,装得一本正经地说:"不说了不说了,把鹿相教瞎了咋办?鹿相娃娃还没见过啥哩。"王相却像背书一样说起了李相昨晚或前晚讲过的内容:"李相我说说'四硬'你看对不对?木匠的锛子铁匠的砧,小伙儿的朘子金刚钻。还有'四软',姑娘的腰棉花包,火晶柿子猪尿脬。对不对?"李相这时就被逗引起来:"'四香'嘛——你听着,头茬子苜蓿二淋子醋,姑娘的舌头腊汁的肉。香不香?都把人能香死!"王相就笑得几乎噎气,又重复诵记起来。黑娃却毫无察觉,甚至莫名其妙:"头茬苜蓿香,二淋子醋也香,腊汁肉我尝过一回,真香死人了。姑娘的舌头有啥味气?唾沫涎水还不恶心死人。"李相就对笑得失了声的王相说:"黑娃是个瓜蛋儿,咱们得给他启蒙。黑娃哎!你将来娶下媳妇了,你就尝出味儿来了,你就会明白最香的还不是腊汁肉……"长工头李相装了一肚子有关男盗女娼的酸溜溜故事,有的隐秘含蓄,有的赤裸裸毫无遮掩。黑娃有的听不明白,有的就听得浑身潮热。长工头李相煞有介事地问:"黑娃,你看咱们主儿家六十多快奔七十的人了,啥脸色?红堂堂;啥身板?硬邦邦;说话像敲钟,走路刮大风。你说人家为啥这么结实?你要是猜着了,我把一年的薪俸全给你;你要是猜不着,罚你天天晚上取尿桶,天天早起倒尿桶。"黑娃连着说出了主儿家吃白米细面,山珍海味,鸡鸭猪羊肉,以及遛马又不干重活这些人皆能想到的原因。李相绷着脸儿连续说着不对。王相涵性不足,忍不住开口先揭出谜底来,刚开口自己倒先笑得说不成话:"郭举人吃、吃、吃泡枣儿!"黑娃不以为然地说:"泡枣有什么好?烧酒泡人参才养人哩。"王相诡气地笑着:"泡枣儿比人参酒养人多了。你听李叔说怎么泡枣儿吧——"长工头压低声说郭举人娶下那个二房女人不是为了睡觉要娃,专意儿是给他泡枣的。每天晚上给女人的那个地方塞进去三个干枣儿,浸泡一夜,第二天早上掏出来淘洗干净,送给郭举人空腹吃下。郭举人自打吃起她的泡枣儿,这二年返老还童了。黑娃听了觉得心里很难受,说不出是一种什么感觉,憋得堵得胸脯发胀。王相突然伸过手来抓住了他的下身,嘻嘻笑着向李相报

---

① 关中地区的城镇和乡村,对被雇佣的工人、店员、长工称为相公,王相是日常口头称谓。

告:"李叔李叔,黑娃的牛牛挺得像根竹笋!"黑娃一下子羞了。

第二天一早,黑娃起来照例扛上长柄扫帚去打扫庭院,看见郭举人的小女人提着一只瓷盆倒尿回来,进了厢房,窗子里传出撩水洗脸的声音。黑娃竟然不敢抬头,当他扫完前院直起身准备走出院子的当儿,忍不住瞧了一眼敞开窗扇的窗户,小女人正在窗前梳理头发,黑油油的头发从肩头拢到胸前,像一条闪光的黑缎。小女人举着木梳从头顶拢梳的时候,宽宽的衣袖就倒捋到肩胛处,露出粉白雪亮的胳膊。黑娃又觉得气堵胸憋,可别把泡着的枣儿掉下来,慌忙转过身就要走掉。那女人在窗户里说话了:"鹿相,扫了地,给那棵玉兰树浇桶水。树旱了。"黑娃撂下扫帚挑起木桶,到过庭的井台上绞了一桶水浇到玉兰花树下,又浇了院庭中间的玫瑰花。他对小女人指派他做活儿感到很荣幸,他还想浇什么树什么花却没有了。他提着空桶别有兴致地欣赏着玉兰树,花儿早已谢了,墨绿色的扁圆的叶子滴着露珠儿;玫瑰花正含苞待放。他又给厨房的水瓮里绞了一担水,竟然有点依依不舍地离开了。回到长工们住的马号门口,长工头李相和王相已经扛着犁拉着牲畜要下地种棉花了。李相责问:"黑娃你碎驴日的扫地扫这长工夫?"王相蔫叽叽地说:"大概想讨一颗泡枣儿……"黑娃不由地红了脸,似乎自己真讨过泡枣儿一样,急忙解释说自己扫了院子又绞水浇花耽搁了时辰。李相说:"浇人也用不了这长工夫。"

收罢麦子进入伏天,郭举人就和他的大女人从厅房里屋搬进后院的窑洞去下榻。微明的时候,郭举人在院子里练一会拳脚,然后洗了脸喝了茶再回窑洞去睡个把时辰的套觉,此后就躺着或坐着抽烟喝茶,直到傍晚暑热减退才兴致勃勃地出去遛马。

大女人日夜厮守着老头儿,给他扇凉,给他点烟,给他沏茶,陪他说话儿,伴他睡觉。三顿饭由小女人做好,用紫红色的核桃木漆盘端进窑洞,晚上提尿盆,早上倒尿水,都是小女人的功课,除此小女人就没有什么正当理由进入凉爽的窑洞里去了。大老婆给举人订下严格的法纪,每月逢一(初一、十一、二十一)进小女人的厢房去逍遥一回,事完之后必须回到窑洞(平时在厅房)。郭举人身体好,精力充沛,往往感到不大满足,完事以后就等待着想再来一次,厢房窗外就响起大女人关怀至诚的声音:"你不要命了哇?"

自从郭举人和大女人搬进窑洞避暑以后,前边庭院就显得冷寂了,黑娃去扫院去绞水也觉得自如自在了。他同时发觉,小女人指派他做什么事的声音甜润了,脸上的神色活泛了,前院里的空气也通畅了。三个长工蹲在玉兰树的荫凉下吃饭,小女人坐在对面厨房里的小凳上,听见筷子刮响碗底的声音就走出来,用一只条盘托了碗回去,然后盛满了饭再用条盘端出来。这样的规矩是为了避免交接碗筷时男女间手指和手指接触的可能。黑娃和这个小女人的全部有幸和不幸,就是从递饭时破例废掉木盘开始的。

　　那天早晨,郭举人指派黑娃到十里外的潘家村去捉一对鸽子,那是老交情潘老大送给郭举人的一对棕红色的凤冠头儿,回来错过了饭时。李相和王相已经吃罢饭上地去了,黑娃一个人坐在玉兰树的荫凉下等待小女人端来馍饭。长工吃饭不准进入厨房自拿自舀,这也是郭家的规矩。小女人站在厨房门口说:"鹿相,你稍微等一下下儿,饭凉了我给你热一下再吃。"黑娃有点紧张,只剩下他一个人就有一种莫名的紧张,装出无所谓的口气说:"不怕不怕,不用热了不用热了。这热的天,吃凉饭才好哩!"小女人却说:"天热倒是热,冷饭还是不敢吃。你甭急,稍等一下下儿……"风箱响起来,房顶的烟囱冒出一股蓝烟。黑娃坐着等着,心却无端地一阵阵跳。小女人端着木盘走到玉兰树下,把一碟辣椒和一碟蒜泥放到青石桌上,一个竹编的浅篮里垒着四五个馍馍也放到石桌上,小女人戴着镂花银镯的光洁白净的手腕就一次又一次伸到黑娃眼前。小女人转身回到厨房又端来了小米稀饭。黑娃看见她省去了条盘,双手托着走来了,黑娃连忙站起去接。四只手交接在一只黄色大碗上。黑娃的手指触到了勾在碗底上的小女人的手指。那一瞬间,黑娃的心就猛地跳弹起来,竟然不敢看她的眼睛。她似乎毫不在意,叮嘱说:"鹿相,你款款吃。吃好。出门在外,饭要吃好。"黑娃吃不出饭的滋味,蒜不辣,辣子也不辣了,馍馍嚼着就像是一团泥巴。他的喉咙淤塞,胸腔憋胀,顿然没有一丝食欲了。小女人又走到玉兰树下,把一盘腌渍蒜薹放到石桌上说:"你看你看,我忘了给你搁菜了。"黑娃却站起来:"算咧算咧!我不吃了。"小女人眼里露出惊疑不定的神色:"你只吃了一个馍?米汤也没喝,这是咋咧?"黑娃淡淡地说:"我……我不饿。"小女人殷切地说:"咋能不饿?早起到这会儿啥也没吃呀……"黑娃就诚实地说:"肚里刚才进门时还饿得慌慌哩,不知咋弄的这阵又吃不下。"小女人温和地说:"许是路上受了热。天多热!你一会儿饿了再来取馍吃噢!"黑娃盯一眼小女人,僵硬地点点头,转身就要走了。小女人却问:"鹿相,俺家掌柜的说没说你下来做啥?"黑娃说:"掌柜的说来,不叫我到地里去了,叫我照看槽上的牲口,也叫我歇歇腿儿。郭掌柜人好。"小女人就如意地笑笑:"你来回跑了二十多里路,这热的天,歇是该歇的。你给我再绞一担水,我洗衣裳呀!"黑娃就转过身走到井口上:"好好好,绞十担八担也不费啥。"黑娃双手上下控制着辘轳,咿啦啦转着绽开井绳,然后绞动拐把,辘轳吱呀响着,绷紧的井绳一圈一圈缠在辘轳上。黑娃庆幸能有单独和小女人在一起的机会,心里潮起向小女人献殷勤的强烈欲望。他绞起一桶水来,欢悦地问:"二姨把水搁哪儿?"小女人在厢房里说:"就搁在井台上,我一会儿提。"说着,一只手拎着洗衣盆,一只手提着搓板,从竹帘里出来了。下砖头台阶的当儿,小女人脚下一拐,摔倒了,木盆在院庭的砖地上滚得好远。小女人跌坐在台阶下,起了三次才勉强站起来,手扶住墙却移不开脚步,轻声呻吟着。黑娃连忙把第二桶水绞上来,跑到跟前问:"二姨,你咋咧?崴了脚腕子是不是?""怕是岔住气了。"小女人疼痛不堪地蹙着眉头,"哎哟疼死了!"黑娃站在旁边不知所措,小女人的痛苦使他心疼心焦:"咋办呀?二姨,我去叫掌柜的。"小女人强忍着摇摇头:"你扶我进去躺一会儿就没事了。"黑娃就搀住小女人的胳膊,扶她走上台阶,揭开竹皮帘子,刚跷脚进厢房门槛,小女人又"哎哟"一声,几乎跌倒。黑娃忙搭上另一只手,揽住小女人的腰。小女人借势扒住黑娃的肩膀,双手从后肩和前胸搂住黑娃的脖子。黑娃几乎是肩背着她往炕前挪步。黑娃浑身燥热,心似乎已经跳弹到喉咙口了。他跷进这个厢房的门槛时,就紧张得腿肚发抖。那温热的胸脯贴着他的腰,那柔软的头发蹭着他的脖颈,他已经浑身痉挛。他扶她坐到炕边上刚松开手,她又"哎哟"一声,几乎从炕边上翻跌下来。他急忙抱住她,她的胸脯紧紧贴着他的胸脯,黑娃觉得简直要焚毁了。他一用劲就把她托起来,轻轻放到铺着竹篾凉席的炕面上,他感到她搂扒着的手臂依依不舍地松开了。他慌忙抹一把汗,对小女人说:"二姨,你好好歇着,我饮牛去呀!"小女人歪过头说:"我的腰里有个老毛病,不小心就岔住气了,疼死人。你给用拳头捶几下就好了。"黑娃迟疑片刻就又走到炕边,问:"二姨,你说捶哪儿?"小女人用手指着腰肋下说:"就这儿。"黑娃就攥起拳头轻轻在她手指的地方捶击。小女人呻唤一声:"哎哟!太重了!"黑娃就更轻一点叩击。小女人怨怨艾艾地说:"黑娃你真笨!你轻轻揉一揉。"黑娃就松开拳头,用手掌抚摩起来。小女人穿着一件白色细格洋布衫,比家织的粗布衫儿绵软而光滑,温热的肌肤透过薄薄的洋布传感到黑娃粗硬的掌心,胸腔里便涨起汹涌鼓荡的潮水,他想跳上炕去把她压扁挤碎,又想一把揪起她来搂住。但他却压抑着种种念头轻轻问:"你好点了没有二姨?我该饮牛去咧。"小女人说:"好了好得多了。你再揉一下下就全好了。"黑娃就继续揉抚着。他看一眼小女人仰躺着的隆起的胸脯,小女人迷离的眼睛异样地瞅着他说:"黑娃,你日后甭叫我二姨了,你该叫我姐姐……娥儿姐。"黑娃忙说:"那不乱了辈分儿咧?你家郭举人我叫大叔,怎么能跟你叫姐呢?"小女人挖一眼他说:"你真是个瓜蛋儿!有旁人在场,你就还叫二姨;只有你跟我在一搭时,你叫娥儿姐。记下记不下?"黑娃似乎心领神会了一个信号,一个期待着的又是令人惊悸的信号,他的头发似乎倒提起来,手臂抖颤,喉咙憋得说不出话,只好点点头。小女人就悄着声说:"你试着先叫一声姐……"黑娃咬着嘴唇,自觉血已涌上脸膛,颤着声叫道:"姐吔——娥儿姐——"小女人听着一把抓住他的胳膊,从炕上翻坐起来,扑进他的怀里。黑娃双臂紧紧搂抱着小女人,那个美好的肉体在他怀里抖颤不止。他不知道怎么办,一股无法遏止的欲望催着他把她死死地箍抱到怀里,似乎要把她纳进自己的胸膛才能达到某种含混的目标。她的双臂箍住他的脖子,浑身却像一口袋粮食一样往下坠。他就这样紧紧地搂着她,不知道还应该做什么。她突然往上一蹿,咬住他的嘴唇。她痴迷地咧着嘴,示意他把她咬疼了,却又把嘴唇努着迎上来,暗示着他的嘴唇。他在这一瞬间准确无误地解开了那个哑语式的暗示,她同时就倒下去,背倚在炕边上,把他也坠倒了,压在她的身上。这当儿,他的浑身像遭到电击一样,一股奇异的感觉从腹下潮起,迅即传到全身,他几乎承受不住那种美妙无比的感觉的冲击,几乎要融化成水了。那种美妙的感觉太短暂了,像夏天的一阵骤雨,他一身松软一身疲惫一身轻松,喉咙里通畅了,胸腔里也空寂了,燥热退去了。他有点懊悔,站起来说:"二姨——噢——娥儿姐,我该饮牛饮马去了。"小女人跳起来猛地抱住他,又深深地在他的嘴上亲了两口:"好兄弟……"

院庭里很静,正午的阳光从玉兰树浓密的枝叶间隙投射到砖地上。两只盛满水的木桶搁在井台上,洗衣盆扣在墙根下,显得很凌乱。黑娃把木盆拎起来放到井台下的渗坑边上,那是小女人往常洗衣服的地方。看看庭院里没有任何异常的变化,他撩起布衫下襟擦擦脸上的汗,就走出了这个空寂安谧的院子。他一走进牛棚马号,顺手掩插了门板,扑通一声仰躺在大炕上,紧张的肌肉一下子松弛下来,心似乎这会儿才稳定在原来的位置上。他躺了一下就翻起身抹下裤子,这才看见裤裆里湿了一大片。他迅即系好裤子,把湿了的地方打个褶窝到里头,然后就动手去解缰绳,拉上骡马到涝池去饮水。

他牵着马缰绳走在村巷里,从容地回味着那紧张慌乱的时刻,咀嚼着那说不清比不准却十分诱人的舌尖。头茬子苜蓿二淋子醋,姑娘的舌头腊汁的肉。他现在回味长工头李相讲过的那许多酸故事,就由朦胧进入清晰的境界了。当他往返四五趟饮完牲口以后,他觉得沉寂下去的那种诱惑又潮溢起来,那种憋闷的感觉又充斥着胸腔,一种无形的力量又催逼他再回到井台上去。

他忍着,到了午饭时,李相和王相汗流浃背地从地里回来了,根本想不到黑娃已经发生的美妙的秘密,只是带着明显不饰的忌妒说:"黑娃,你狗崽子比郭掌柜的干儿子还牛皮!你跟掌柜的遛马耍鹁鸽……"黑娃嘿嘿嘿笑着不无得意:"这怪谁呢?掌柜的硬叫我陪他遛马,给他捉鹁鸽,我敢不去吗?"三个人就走进院子去吃午饭。黑娃瞧着小女人用木盘端来了盐碟辣碟醋碗和蒜罐儿,就不由得心跳;看见她戴着银镯的手腕,就回味到握着时的那种温柔和细腻;瞧见她颤动着的胸脯,就异常清晰地感到贴着时的痴迷和消融。小女人谁也不看,转身又用木盘托来了三只大碗,碗里盛着冒过碗沿儿的凉皮。这是暑热的天气里最可口的面食了。小女人放下碗就回厨房去了。黑娃嚼着凉凉的面皮,还是察觉到了李相和王相没有察觉出来的变化,小女人走路的步子轻盈了,两只秀溜的小脚麻利地扭着,胸脯上的那两团诱人的奶子就颤悠悠弹着,眼睛像雨后的青山一样明澈,往日里那种死气沓沓的神色已经扫荡净尽。

吃完午饭回到马号,三人就躺下来歇晌。李相贼气地说:"这个二婆娘今日个比往日不一样,大概举人昨黑个把她弄受活了,你看今日个走路都飘手飘脚的!"话说完就拉起鼾声。王相也傻笑一声就匍匐睡着了。黑娃却睡不着。

整个一个后晌,黑娃和李相王相在播种最后一块苞谷地。他有点神不守舍,吆犁犁歪了犁沟儿,点种又把不住稀稠。长工头竟破口骂起来:"黑娃,你崽子丢了魂了不是?"黑娃不在乎地笑笑。愈接近天黑,他愈变得不可忍耐,直到吃罢晚饭,他也找不到单独和小女人说话的机会。三人吃了晚饭,抹着嘴起身走出院子时,小女人说:"黑娃,你把泔水桶捎过去。"黑娃心里得救似的喜悦,从灶房里提了装满泔水的木桶回到马号,用泔水饮了牛,再把桶送过来,对着正在洗锅刷碗的小女人说:"娥儿姐,我黑间来。"

黑娃开始实施他后晌种苞谷时反复琢磨过的行动方案:"李大叔,我今黑到王庄寻我嘉道叔去呀。让他回家时给我捎一双鞋来。"长工头李相毫不在意地应允了。黑娃到王村找着嘉道叔叔,确实说了让他捎鞋的事,又闲谝了半夜在郭家熬活儿的事,感激嘉道叔叔给他寻下一个好主家,并说郭举人瞧得起自己,让他陪他遛马放鸽子的快活事,嘉道高兴地叮嘱说:"这就好,这就好。人家待咱好咧,咱也要知好,凡事都多长点眼色,甭叫人家先宠后恼……"黑娃应着,早已心不在焉,看看夜深人静,告别嘉道叔回到将军寨。

按照白天观察好的路线,黑娃爬上墙根的一棵椿树跨上了墙头,轻轻一跳就进入院里了。郭举人和他的大女人在后院窑洞里,前院只住着小女人一个。黑娃望一眼关死的窗户，就撩起竹帘，轻轻推一下门。门关死着，他用指头叩了三下，门闩滑动了一下就开了，黑暗里可以闻见一股奇异的纯属女人身体散发的气味。小女人一丝不挂站在门里，随手又轻轻推上门闩，转过身就吊到黑娃的脖子上，黑娃搂住她的光滑细腻的腰身的时候，几乎晕眩了。他现在急切地寻找她的嘴唇，急切地要重新品尝她的舌头。她却吝啬起来，咬紧的牙齿只露出一丁点舌尖，使他的舌头只能触接而无法咂吮，使他情急起来。她拽着他在黑暗里朝炕边移动。她的手摸着他胸脯上的纽扣一个一个解开了，脱下他的粗布衫子。他的赤裸的胸脯触接到她的胸脯以后，不由地"哎呀"叫了一声，就把她死死地拥抱在胸前，那温热柔美的奶子使他迷醉，浑身又潮起一股无法排解的燥热。她的手已经伸到他的腰际，摸着细腰带的活头儿一拉就松开了，宽腰裤子自动抹到脚面。黑娃觉得从每一根头发到脚尖的指甲都鼓胀起来，像充足了气，像要崩破炸裂了。她已经爬上炕，他也被拽上炕去。黑娃不知该怎么办了，感觉到她把他导引到一个陌生的所在，脑子里闪过一道彩虹，一下子进入了渴盼想往已久却又含混陌生的福地，这一刻，黑娃膨胀已至极点的身体轰然爆裂，一种爆裂时的无可比拟的欢悦使他顿然觉得消融为水了。黑娃躺在光滑细密的竹皮凉席上，静静地躺在她的旁边。她也静静地偎在他的怀里，贴着他的耳朵说："兄弟，我明日或是后日死了，也不记惦啥啥了！"

此后黑娃就陷入无法摆脱的痛苦之中。他白天和李相王相一块去翻耕麦茬地，晚上同在马号里的大炕上睡觉，难得与小女人再次重温美梦，不能再二再三撒谎去找嘉道叔呀！早晨他去扫院绞水的当儿，郭举人踢腿舞臂在院庭里晨练功夫，无法与小女人接近。唯一可钻的空子，就是晚饭后他拎了泔水饮罢牛马送还空桶的时候，在厨房里和小女人急急慌慌摸捏一下就做贼似的匆匆离去。

烦闷焦躁中，机会总是有的。麦茬地全部翻耕一遍，让三伏的毒日头曝晒，曝晒透了，如落透雨，再翻耕一遍，耙糖一遍，土地就像发酵的面团一样绵软，只等秋分开犁播种麦子了。苞谷苗子陆续冒出地皮，间苗锄草施肥还得半个月以后。财东家就给长工们暂付了半年的薪俸或实物麦子，给他们三五天假期，让长工把钱或麦子送回家去安顿一下，会一会亲人，再来复工，此后一直到收罢秋种罢麦子甚至到腊月二十三祭灶君才算完结。然后讲定下年还雇不雇或干不干，主家愿雇长工愿干的就在过罢正月十五小年以后来，一年又开始了。郭举人在他们耕完最后一块麦茬地那天晚上来到马号，摇着扇子爽朗地说："前一阵子又收又种还要犁地，诸位都辛苦了。明日个李相王相就可以起身，今年你俩一搭走，回去把老的小的安顿好再来。目下地里没啥紧活儿,鹿相只要抚弄好牲口就行了。等你二位来了,鹿相再回家。鹿相屋里有指靠,迟回去几天没啥。"黑娃巴不得如此安排。李相和王相当晚灌好麦子,一夜竟然高兴得难以成眠,鸡叫三遍就推着木轮小车装着粮食上路了。黑娃欢跃鼓舞,也无法入睡,俟到天色微明就去扫除绞水。吃早饭的时候,他大胆抓住小女人的手,跳起来亲了一口,小女人吓得脸都黄了:"你疯了?"黑娃坐下来说:"等着。今黑好机会。"他回到马号就喂马,连着喂过两槽草料,把牛马和骡子牵出来拴到树荫下,用扫帚刷掉牲畜身上的土屑粪疤,回头又给圈里垫了干土,把水缸装满,吃罢午饭就躺下睡着了。后响更加漫长,他索性背起大笼和草镰去割苜蓿。

郭举人很赞赏他的勤快和主动性儿,也蹲下来往铡刀下擩苜蓿。黑娃压着铡刀把儿,瞅着眼皮底下郭举人银白头发的大脑袋,心里忽然懊悔起来:郭举人待他不错,早看得出他很喜欢他,让他陪他遛马,替他背上鸽子笼儿到这里那里去放鹁鸽,很放心地让他一个人侍喂骡马,他却偷偷地把人家的小女人睡了!他的漫荡着欢愉的胸腔开始冷寂,滋浮起一缕愧悔羞耻的灰败气氛……

随着深夜的到来,黑娃在马号里第一次独自一人过夜,浑身又潮起那种催逼他翻墙跳院的欲望了。他脱光了衣服,用葫芦瓢儿从头顶往身上浇水,冲洗得清清爽爽,就走出了马号的门。

走同样的路,翻同一道围墙,爬同一棵椿树,轻捷似猫儿一样钻进虚掩着门的厢房。朦胧的月光下,炕上躺着玉雕冰琢似的肉体。两张同样焦渴的嘴互相濡沫,两双都急欲捕捉对方的胳膊交缠在一起。黑娃已不再慌乱,也不陌生,小女人再不说"兄弟你瓜瓜娃"的话,痴迷地陶醉在黑娃越来越熟练的爱抚之中。他们现在跨越了羞怯慌乱和无知的障碍进入从容不迫的自由境界,接受对方的种种爱抚也把种种爱抚给予对方,愉悦地纵容对方做更进一步更大胆些的行动,第一次得到了同步销魂的最佳状态。他们已经从肉体感官越来越强烈的刺激需要进入感情抒发的需要,情切切意绵绵的呢喃自然流涌。"兄弟呀,姐疼你都要疼死了!""娥儿姐呀,兄弟想你都快想疯了!"他们一次又一次走向峰顶,一次又一次从峰顶销魂般下落,没有满足,直到鸡啼三遍才难舍难离地分手。

继来的一夜更加完满。他们从情意缠绵的胶着状态走进了轻松欢快的又一个新的境界,开始有兴致谈笑逗趣互相开心。黑娃把在马号里听到的长工头李相讲的酸故事复述给小女人,小女人乐得笑得几乎岔气,爱抚地拧着掐着捶着黑娃,嘴里喷骂着:"黑娃你跟那些瞎熊长工学成瞎熊了。"黑娃得意地笑着问:"姐呀,听说你给郭掌柜泡枣儿是不是真事?"小女人顺手抽了他一个嘴巴,抽得很重不像玩的。黑娃哑了口,后悔自己忘乎所以说错了话。小女人随之就坐起来,把那个尿盆拿到黑娃跟前。黑娃欠起身一瞅,黄蜡蜡的尿里头漂着三颗枣儿,已经浸泡得肥大起来。小女人憎恨地说,提到泡枣的事她就像挨了一锥子。大女人每天晚上来看着监视着她把三只干枣塞进下身才走掉,她后来就想出了报复的办法,把干枣儿再掏出来扔到尿盆里去。"他吃的是用我的尿泡下的枣儿。"小女人说着,又上了气,"等会儿我把你流下的尿给他抹到枣儿上面,让他个老不死的吃去!"一提到郭举人,黑娃就有点怯。小女人气过之后就哭了:"兄弟呀,姐在这屋里连只狗都不如!我看咱俩偷空跑了,跑到远远的地方,哪怕讨吃要喝我都不嫌,只要有你兄弟日夜跟我在一搭……"黑娃压根没有想过往后的事,支吾说:"姐呀,你甭急……我还没想过跑……咱明黑间再说。"小女人说:"兄弟你甭害怕,我也是瞎说。我能跟你相好这几回,死了也值当了。"

黑娃有点沉重地回到马号,开始思谋怎么办。翻墙跳院偷偷摸摸的相会总不是长远之计呀。这时候,马号的门板敲响了,黑娃忙问:"谁?"一个沉稳平实的声音答:"我。"黑娃听出郭举人的声音就有点慌,瞬即侥幸地想:他要是发现了什么蛛丝马迹肯定到当场捉奸,不会叫他回到马号的。他装出睡意惺忪的样子拉开门闩。郭举人走进来说:"点上灯。"黑娃怕自己脸色不好不想点灯,郭举人坚持要点灯,他就拼打火石点着了油灯。郭举人背抄着双手,站在对面说:"你刚才做啥去了?"黑娃慌了:"我肚子坏了上茅房……"郭举人冷冷地说:"茅房不在那边,再说也不用翻墙。"一切侥幸都被粉碎,事情完全败露了,黑娃眼前一黑,几乎跌坐下去:"掌柜的,你说咋样处治——"郭举人一摆头说:"要是想处治你,刚才我就当场把你捉住了,不会让你跑回马号来。处治你还不跟蹬死一只臭虫一样容易?这事嘛,我不全怪你,只怪她肉臭甭怪旁人用十八两秤戥。她一个烂女人死了也就死了,你爸养你这么大可不容易。门面抹了黑,怕是你娃娃一辈子也难寻个女人了。"黑娃这时完全崩溃了,抬不起头也说不出话。郭举人说:"这样吧,我把你前半年的工钱给你,你另到别处找个主家去。记住,日后再甭做这号丢脸丧德的事了。"说着从腰里摸出几块银元搁到炕边。黑娃忙说:"你不处治我就够了我的了,钱我不敢拿。掌柜的你真是个好人,我……"黑娃腿一软就跪下了。郭举人不以为然地说:"这事全当没有发生过。再不提了都不说了。你把钱拿上走吧。现在就走。"黑娃不敢拿钱又不敢不拿,把钱拿了装进口袋,背起来时的褡裢,向郭举人深深鞠了一躬就走出马号的门去。

黑娃走到村巷的转弯处不由得回头瞧瞧,马号的窗户仍然亮着灯火,郭举人今晚得亲自侍守牲畜了。他心里很难过,恨不得抽自己两个耳光:做下这种对不起主人的事,自己还算人吗?他出了村子就踏上往南去的路,忽然想到回去怎么给父亲交代?旋即又转折到往西的路上去了,走得愈远愈好,随便找一家缺人的主户熬活就行了。走到一条小河边,黑娃蹲下来脱鞋,听到后边有脚步声,回头一看,两个黑影朝他跑过来,边跑边喊着:"鹿相,等等有话说。"黑娃拎着鞋等着。星光下,黑娃辨出来人是郭举人的两个亲门侄儿,跑得气喘吁吁,一前一后把黑娃夹在中间。一个说:"你怎么松松泛泛就走呀?"黑娃说:"掌柜的叫我走的。"另一个插嘴说:"叫你走是叫你走远点,甭臭了一个村子。"黑娃什么已不再想,只觉得走投无路了。一个骂:"你个驴日下的六畜。"另一个骂:"今黑把你狗日的皮剥下来绷鼓!"骂着就拉开了架势。黑娃被打了一拳,背后又挨了一脚。他忍着躲着,终于瞅中机会,照一个的脸上迎面砸了一拳,手感告诉他击中了对方的鼻子,那个人趔趔趄趄退了几步被河滩上的石头绊倒了。他一扬腿就踢到另一个的裆里,那人哎哟一声蹲到沙滩上了。在他们重新扑上来之前,黑娃转身扑进水里,一蹚就顺水漂走了。

  黑娃爬上岸时,辨不清到了什么地方,肚子饿得咕咕叫,循着甜瓜的气味摸到沙滩岸上的一个瓜园里,摸了几个半生不熟的甜瓜,又顺着河岸上的小路往前走。他嚼着有一股草汁味儿的尚未熟透的甜瓜,皮儿瓤儿籽儿全都咽下去了。郭举人暗地里派两个侄儿来拾掇他,掐死勒死或者用石头砸死扔到水里就消除一切痕迹了。黑娃现在再不觉得对不住郭举人了,这两个蠢笨家伙的行动反倒使黑娃解除了负疚感,只是在心里叫苦:娥儿姐不知要受啥罪哩?

  他漫无目的地朝西走去,天明了仍不停步,走得愈远肯定愈安全。午饭时分,估摸已经走出百余里了,黑娃就在一个不大的村子里停下来,打听谁家需要雇长工,短工也可以。有人好心告诉他,前边一个叫黄家围墙的村子,有个叫黄老五的财东,刚刚辞退了一个长工正需要雇人,不过那主儿有点啬皮,年长人罢咧,年轻人怕受不下。黑娃已是饥不择食慌不择路,只要他是个人我就能受下。

  在黄家围墙黄老五家干了半个月活儿,黑娃就看出黄老五啬皮果然名不虚传。黄老五天不明就呼喊他下地,三伏天竟然不歇晌,而且理由充足:"难得这么硬的日头,锄下草一个也活不了,得抓住这好日头晒草。"如果不是大雨浇得人睁不开眼,黄老五仍然有说词儿:"哈呀真好!下这种濛丝儿雨才凉快了,干活才不热了。"黑娃不在乎,再说黄老五本人也不歇晌也不避雨陪着他一样干。黄老五吃饭也是一天三顿陪着他,除了晌午吃一顿稀汤面全部都是杂粮,苞谷黑豆稻黍豌豆变换着蒸馍。苞谷馍倒罢了,黑豆面儿无论蒸的馍馍或是烙下锅盔，都改不了猫屎一样黑的颜色，也去不掉那股苦焦味儿；豌豆面馍馍茬口硬，咬一丁点就嚼得满口沙子似的硬粒儿，吃下以后就生屁。黑娃和黄老五上地去的路上屁声此伏彼起，黄老五自己也笑了："黑娃你闻一闻这屁不臭。豌豆生下的屁不臭。麦子面生的屁臭得恶心人。"黑娃不久也就明白，黄老五其实也是个粗笨庄稼汉，凭着勤苦节俭一亩半亩购置土地成了个小财东，根本无法与郭举人相比。但最使他难以忍受的不是干活的劳累和吃食的粗劣，而是一种无法忍受的舔碗的习惯。在黄家吃头一顿饭时，黑娃就看见了黄老五舔碗的动作，一阵恶心，差点把吃下的饭吐出来。以后再吃饭时，他就加快速度，赶在黄老五吃毕舔碗之前放下筷子抹嘴走掉，以免听见他的长舌头舔出的吧唧吧唧的声响。这天午饭后，黄老五用筷子指点着凳子说："鹿相你坐下，甭急忙走，我有话说。"黑娃重新坐下来。黄老五说："把碗舔了。"黑娃瞅着自己刚刚吃完了糁子面儿的大碗，残留着稀稀拉拉的黄色的苞谷糁子，几只苍蝇在碗里嗡嗡着，说："我不会舔。我自小也没舔过碗。"黄老五说："自小没舔过，现在学着舔也不迟。一粒一粥当思来之不易。你不舔我教你舔。"说罢就扬起碗作示范。他伸出又长又肥的舌头，沿着碗的内沿，吧唧一声舔过去，那碗里就像抹布擦过了一样干净。一下接一下舔过去，双手转动着大粗瓷碗，发出一连串狗舔食时一样吧唧吧唧的响声，舔了碗边又扬起头舔碗底儿。黄老五把舔得干净的碗亮给他看："这多好！一点也不糟践粮食。"黑娃说："我在俺屋也没舔过碗。俺家比你家穷也没人舔碗。"黄老五说："所以你才出门给人扛活儿！要是从你爷手里就舔碗，到你手里刚好三辈人，家里按六口人说，百十年碗底上洗掉多少粮食？要是把洗掉的粮食积攒下来，你娃娃就不出门熬活反是要雇人给你熬活啰！"黑娃的胃肠早已随着黄老五的舌头伸出缩进搅动起来，一阵阵恶心，话也说不出来。黄老五说："鹿相你这娃娃事事都好，干活泼势又不弹嫌吃食，只有不会舔碗这一样毛病。你知道不知道？顿顿饭毕你先走了，我都替你把碗舔了。你只要从今往后学着舔碗，我就雇你干三年五年，工钱还可以往上添。"黑娃说："哪怕不要工钱，我都不舔碗。"说罢就转过身走了，走到过道转过身，黄老五抱着他的碗舔得正欢。黑娃看见别人舔自己的碗更加难以容忍，"哇"的一声吐了。随后居然成了一种毛病，他一看见黄老五的嘴唇就想呕吐，整得他干脆拿上两个馍馍躲到牛圈里单独吃了。他终于忍受不住，咬咬牙舍弃了一月的工钱，吃罢早饭借着单独上地的工夫逃走了。

他强烈地思念小女人。一月来她的日子怎么过？他沿着一条官道扯开步子再往东走，当夜静更深时分，黑娃已经站在那棵熟悉的椿树底下了。他爬上树,翻过墙,跳进院子,摸到西厢房门口,竹帘子卷在门楣上方,门上吊着一只黄铜长锁。黑娃不敢久停,沿着原路又出了院子,转身来到隔壁的马号。黑娃翻上土围墙,看见长工头李相和王相睡在马号院子里。他跳下去,摇醒了李相,吓得李相嘴里呜呜哇哇话不成串。黑娃悄声问:"李大叔,小女人呢?"李相说:"回娘家去了。"黑娃再问:"知道不知道约摸啥时候回来?"李相已完全清醒,恢复了活泼的天性:"你龟孙把人家日了,郭举人早把她休了,还回来个毬!"黑娃急问:"好叔哩!小女人娘家在啥村子?"李相说:"你还撑到人家娘家门上去日呀?"黑娃求告说:"好叔哩!啥时候呀你还尽说笑,快给我说一声。"李相说:"往北走,三十里,有个田家什字——"黑娃作个揖,亲昵地摸了一把还在酣梦中的王相,就拉开门闩出了马号院子。

第二天早饭时,黑娃踟蹰在田家什字的村巷里,打听谁家雇人熬活。人说,田秀才近日病倒,正需雇人管理棉田。黑娃找到田秀才家门口,正遇见秀才娘子:"婶呀,听说咱家想雇个人?"娘子看他一眼说:"你等一会儿,我去问问掌柜的。"娘子出来的时候就有了主意,说了工价,就引黑娃到屋里吃饭。端饭出来的果然就是那个令他牵肠挂肚的小女人,他的娥儿姐。她端着木盘走出厨房看见他的那一瞬间,脸色骤变,几乎失手丢了木盘。黑娃瞅了一眼就偏低了头,装作陌生人顺势在院子里的小木凳上坐下来。她瘦了!瘦得叫人心疼。

黑娃照例住进牛圈。田秀才家原有一个打长年的长工,姓孙,人很实受厚诚,黑娃很快就和孙相混熟了。他告诉黑娃,田秀才是个书呆子,村里人叫他"啃书虫儿"。考中秀才以后,举人屡考不得中,一直考到清家不再考了才没奈何不考了。田秀才仍然早诵午习,念书写字,只在农活紧密的季节才搭手作务庄稼。目下正是棉花牛长顶费手的时节,田秀才却病倒在炕上,干不了活儿也啃不动书了。孙相悄声说:"秀才的女子跟个长工私通,给人家休了。秀才是念书人——要脸顾面子的人呀!一下就气得病倒炕上咧。"黑娃装出惊讶地"噢"了一声。孙相说:"田秀才托亲告友,要尽快尽早把这个丢脸丧德的女子打发出门,像用锨铲除拉在院庭里的一泡狗屎一样急切。可是,像样的人家谁也不要这个声名狼藉的女人,穷家小户又怕娇惯下的女子难以侍弄;人家宁可订娶一个名正言顺的寡妇,也不要一个不守贞节的财东女子。"黑娃听罢说:"孙叔,你去给田掌柜说,这女人我要哩!"孙相大惊道:"你年轻轻的小伙娃儿,要这号女人做啥?"黑娃撒谎说:"我爸穷得很,给我订不起媳妇呀!"孙相凛然说:"娃娃,拉光身汉也不要这号二荏子女人,哪怕办寡妇,实在不行哪怕到城里逛窑子,也不能收拾这号烂货!"

黑娃说:"我思量过了。我家离这儿百把二百里,这女人名声再不好也吹不到俺村里,只要我日后把她看严点就行了。"孙相看黑娃执意要娶,话儿也不无道理,就答应了:"我去给田掌柜说句话不费啥事。我估摸田秀才一听准成,肯定连聘礼全都不要的。"

田秀才的态度正如长工孙相所料,当即拍板定夺,病气当下就减去大半。田秀才随即召见黑娃,不仅不要彩礼,反倒贴给他两摞子银元,让他回家买点地置点房好好过日月;只是有一条戒律,再不许女儿上门;待日后确实生儿育女过好了日子,到那时再说。黑娃全都答应了。第二天鸡啼时分,黑娃引着那位娥儿姐离开了田家什字,出村不远,俩人就抱在一起痛哭起来……

(《白鹿原》,人民文学出版社,1993年)

《白鹿原》导读

拓展阅读

拓展阅读

1. 周燕芬:《白鹿原》:文学经典及其"未完成性"
2. 陈忠实:寻找属于自己的句子——《白鹿原》写作手记

长恨歌(第一部第四章)

王安忆

第四章

爱丽丝公寓

爱丽丝公寓是在闹中取静的一角,没有多少人知道它。它在马路的顶端上,似乎就要结束了,走进去却洞开一个天地。那里的窗帘总是低垂着,鸦雀无声。里头的人从来不出来,连老妈子都不和人啰嗦的。一到夜晚,铁门拉上,只留一扇小门,还有一盏电灯,更不知何时何处,何人的世界。"爱丽丝"这名字不知是什么人起的,怀着什么样的用心。"爱丽丝"这三个字听起来,是一个美人,再加一段情。它在我们凡俗的世界,真是一个奇境,与我们虽然比邻,却是相隔天涯,谁也看不见谁的。我们不知道在那些低垂的窗幔后面,是一些什么样的故事。这些故事在这城市的上空,就像是美丽的谣言,不怕不知道,只怕吓一跳。那都是女人的历险故事,爱情作舟筏的,她游到多远,"爱丽丝"就在多远。爱丽丝公寓是这闹市中的一个最静,这静不是处子的无风无波的静,而是望夫石一般的,凝冻的静。那是用闲置的青春和独守的更岁作代价的人间仙境,但这仙境却是一日等于百年,决非凡人可望。不甘于平凡,好作奇思异想的女人,谁不想做"爱丽丝"?这城市的马路上,到处走着磕磕碰碰的"爱丽丝"。这城市自由真不少,机会却不多,最终能走进这公寓的,可说是爱丽丝的精英。

假如能揭开"爱丽丝"的屋顶,旖旎的景色便出现在了眼前。这是个绫罗和流苏织成的世界,天鹅绒也是材料一种,即便是木器,也流淌着绸缎柔亮的光芒。这世界里堆纱叠绉,什么都是曳地遮天,是分外的柔软亮滑,澡盆前是绣花的脚垫,沙发上是绣花的蒲团,床上是绣花的帐幔,桌边是绣花的桌围。这世界是绣花针缝起,千针万线;线是五色缤纷,一个红里也要分出上百种不同。这又是花的世界,灯罩上是花,衣柜边雕着花,落地窗是槟榔玻璃的花,墙纸上是漫洒的花,瓶里插着花,手帕里夹一朵白兰花,茉莉花是飘在茶盅里,香水是紫罗兰香型,胭脂是玫瑰色,指甲油是凤仙花的红,衣裳是雏菊的苦清气。这等的娇艳只有爱丽丝公寓才有,这等的风情也只有爱丽丝公寓才有,这是把娇艳风情做到了头,女人也做到了头。这是女人国的景象,女人的天下。在这钢筋水泥的城市里,哪里能有这等的温馨和柔软,"爱丽丝"就有。"爱丽丝"的灯光也是蒙纱的,将什么都照得绰绰约约,富于梦幻,又是柔上加柔。什么都是无骨,手可在里头穿行,握起来,是一捧水,指缝间可渗漏的。"爱丽丝"还有一个特点,就是镜子多,迎门是镜子,关上门还是镜子。床前有一面,橱里边有一面,浴间里是梳头的镜子,梳妆台上是化妆的镜子,粉盒里的小镜子是补妆用的,枕头边还有一面,是照墙上的影子玩的。所以,"爱丽丝"的人都是成双的,影也是成双的影,欢喜是成对,寂寞也是成对。什么都是有两个,一个实,一个虚;一个真,一个假。留声机的歌声都是带双音的,唱针磨平了头,走着双道。梦是醒的影子,暗是亮的影子,都是一半对一半的。

"爱丽丝"是女人的心,丝丝缕缕,又细又多,墙上壁上,窗上幔上,都挂着的。地上床上,桌上椅上,都铺着的。针线里藏着,梳妆盒里收着,不穿的衣服里掖着,积攒的金银片里搁着。"爱丽丝"原来是这样的巢,栖一颗女人的心,这心是鸟儿一样,尽往高处飞,飞也飞不倦,又不怕危险的。"爱丽丝"是那高枝上的巢,专栖高飞的自由的心,飞到这里,就像找到了本来的家。"爱丽丝"的女人都不是父母生父母养,是自由的精灵,天地间的钟灵毓秀。她们是上天直接播撒到这城市来的种子,随风飘扬,飘到哪算哪,自生自灭。"爱丽丝"是枝蔓丛生的女儿心,见风就长,见土就扎根。这是有些野的,任性任情,没有规矩,不成方圆,好赖都能活,死了也无悔的。这颗心啊,因为是太洒脱了,便有些不知往哪里去,茫茫然的,是彷徨的心。鸟从天上落到地下,其实全是因为彷徨。彷徨消耗了它们的体力和信心,还有希望。飞到越高就越危险。

"爱丽丝"的静其实是在表面,骚动是压在心里的。那厚窗幔后面传出的电话铃便是透露。铃声在宽阔的客厅回荡,在绫罗绸缎里穿行,被揉搓得格外柔软,都有些暗哑了,是殷切之声。只有听见电话铃声,才可领会到"爱丽丝"的悸动不安,像那静河里的暗流似的。电话是爱丽丝公寓少不了的。它是动脉一样的组成部分,注入以生命的活力。我们不必去追究是谁打来的电话,谁打来的都一样,都是召唤和呼应,是使"爱丽丝"活起来的声音。那铃声是在深夜里也会响起的,从寂寞中穿心而过的样子,是最悸动的声音，过后还会有很长一段的不平静。门铃也是一种动静。这是果决的，不像电话铃那样缠绵，萦绕不绝。它是独断专行，我行我素，是静河里最强劲的暗流，主宰河的走向，甚至带有源头的性质。我们也不必去追究是谁按的门铃，总是那有权力有承诺的人。这两种铃声在爱丽丝公寓漫行，就好像主人在漫行，是哪个角落都去得了。如花如锦如梦如幻的"爱丽丝"，就好像托在这铃声之上，悬浮在这铃声之上，是由它串起的珠子。

"爱丽丝"也有热闹的时间，是由那铃声做先行官的。"爱丽丝"的热闹也是厚窗幔捂着，实在捂不住进出来的那一点，就已叫人目眩，忘也忘不了。这是"爱丽丝"的节日，这节日不是跟着日历排，而是自有定规。这节日有时是长达数月，有时只一夜良宵，平时都把笑和闹积攒着，到这一天来用。眼泪也是积攒到这一日来抛洒。老妈子平时是闲养着，专到这一日来用，一个不够，还要到燕云楼定菜请厨子。这可真是喜上眉梢的日子，大红灯笼都要挂起的，红蜡烛也要点起的。过年的新衣穿上身，鸳鸯被一针一线缝起来。"爱丽丝"的热闹还总是你一日，我一日，她一日，攒起来一年也有三百六十天；"爱丽丝"的热闹还总是你一轮，我一轮，她一轮，总也不断头，岁岁年年的形势，许多人合成的好年景。斜对面的百乐门也是热闹，是铺陈开来；"爱丽丝"的热闹是包心的。百乐门的热闹是脸上的，背地里不知是什么样的暗街陋巷；"爱丽丝"的热闹虽不多，却是心口一致，表里如一。百乐门的热闹是流水，一去不回头的；"爱丽丝"的热闹却是河岸，等着人来的。百乐门的歌舞夜夜达旦，其实是虚张的声势，朝不保夕；"爱丽丝"是个定心丸，昼夜循序，按部就班。

这城市不知有多少"爱丽丝"这样的公寓，它们是这城市的世外桃源，公寓里的生涯总有着隐秘感，有多少不为人知。我们再也猜不出在那灰白的水泥墙后面，有一个美轮美奂的世界。这世界嵌在这城市的一些个零星角落，从总体看，是蚁穴似的，贝壳一般薄脆的壁；那美也是萤火虫似的，一昼一夜的寿命，一星一点的光芒，可就是这些，已是那些自由的精灵，拼尽全力的照耀。这城市还有着许多看不见的自由精灵的残骸，它们做了爬墙虎的肥料，所有的爬墙虎，都是哀悼她们的挽联。这样的公寓里，寄存了她们人生里最大的快乐，是由寂寞作养料的。她们的做女人的心意，全是在"爱丽丝"这样的公寓里实现的。这心意看上去是不起眼的，零零碎碎，都是那主宰命运的大理想的边角料，连边角料也称不上的琐屑，可却是饱含着心血，是终身的希冀。"爱丽丝"这样的公寓，其实还是这心意的墓穴一类的地方，它是将它们锁起独享。它们是因自由而来，这里却是自由的尽头。这是心也甘情也愿的囚禁，自己禁自己的。爬墙虎还是她们残存了的一点渴望,是缘壁的自由,墙缝里透出去的。所以,爱丽丝公寓还是牺牲,献给自由女神的祭礼,也是献给自己的,那就是"爱丽丝"。

这样的公寓还有一个别称,就叫做"交际花公寓"。"交际花"是唯有这城市才有的生涯,它在良娼之间,也在妻妾之间,它其实是最不拘形式,不重名只重实。它也是最大的自由,是城市里逐水草而生的游牧生涯,公寓是像营帐一样的避风雨,求饱暖。她们将它绣成了织锦帐。她们个个都是美,还是高贵,那美和高贵也是别具一格,另有标准。她们是彻底的女人,不为妻不为母,她们是美了还要美,说她们是花一点不为过。她们的花容月貌是这城市财富一样的东西,是我们的骄傲。感谢栽培她们的人,他们真是为人类的美色着想。她们的漫长一生都只为了一个短促的花季,百年一次的盛开。这盛开真美啊!她们是美的使者,这美真是光荣,这光荣再是浮云,也是五彩的云霞,笼罩了天地。那天地不是她们的,她们宁愿做浮云,虽然一转眼,也是腾起在高处,有过一时的俯瞰。虚浮就虚浮,短暂就短暂,哪怕过后做它百年的爬墙虎。

爱丽丝的告别

王琦瑶住进爱丽丝公寓是一九四八年的春天。这是局势分外紧张的一年,内战烽起,前途未决。但"爱丽丝"的世界总是温柔富贵乡,绵绵无尽的情势。这也是十九岁的王琦瑶安身立命的春天,终于有了自己的家。她搬进这里住的事,除了家里,谁也不知道。程先生找她,家里人推说去苏州外婆家了,问什么时候回来,回答说不定。程先生甚至去了一次苏州。白兰花开的季节,满城的花香,每一扇白兰花树下的门里,似乎都有着王琦瑶的身影,结果又都不是。那木头刻的指甲大小的茶壶茶盅也有的卖,用那茶壶茶盅玩过家家的女孩都是小时候的王琦瑶,长大就不见了的。蛋砟路上都印着王琦瑶的脚印儿,却怎么也追不上,飘忽而去的样子。程先生去的时候是茫然,回来更加茫然。乘在回上海的夜车上,窗外漆黑的一片,心里也漆黑一片。程先生禁不住落下泪来,他自己也不知道自己为什么这样伤感,像是没有道理,可伤感却是不可抗拒。从苏州回来后,他再也不去找王琦瑶,心像死了似的。照相机也是不碰,彻底地忘了。他一早一晚地进出家门,总是视而不见地从那照相间穿过,径直进了卧室,或者出了家门。那一切都是不堪入目的。这一年,他已是二十九岁了,孤身一人。他不想成家的事,也没什么事业心,照相这点嗜好,也算是过去了。他真是一无所有的样子,还是万念俱灰的样子。他戴着礼帽,手里还拿了一根斯迪克,走在上海的马路上,好像是一幅欧洲古典风景。那绝望一半是真,另一半是表演,表演给自己看,也给人家看。这表演欲里还蕴含着一些做人的兴趣和希望的。

当程先生找王琦瑶的时候,也有一个人在找程先生,那就是蒋丽莉。蒋丽莉找程先生也是遭受挫折的,可她却不服输。她先到程先生供职的洋行去,那里的人说程先生早就不来上班。据说去了另一家洋行。她就到另一家洋行去问,另一家洋行则从来没听见过程先生的名字,她只能再回到原先那家洋行去打听程先生的住处。被问的人两次见这小姐问程先生,又是急不可耐的样子,便有意隐了不说,怕给程先生招麻烦,自己也要担责任。蒋丽莉这时就想去找王琦瑶了。她明知道是不合情理,可她是不管这些的。然而,此时此刻,竟连王琦瑶也不见了。蒋丽莉也想过这两人会不会在了一处,但细想过便觉不会,程先生那方面没有结婚的消息,王琦瑶这边也没有。最后,她是通过吴佩珍,从那导演的途径,得到了程先生的地址。去找吴佩珍的时候,两人都避开王琦瑶不提,但心里却全是王琦瑶。她们虽然同学多年,可很少有接触,现在,彼此是由王琦瑶曲曲折折地联系起来。这王琦瑶是她们各人心里的一个伤痕似的纪念。蒋丽莉去找程先生的那股劲头,什么也阻挡不了,终于得了他地址的那一天,她便去了他家。

电梯将她送上了顶楼,程先生的门关着,按了几声铃也没回应。程先生还没回家,她便在门口等着。楼梯口的窗户是临黄浦江的,已是薄暮时分。江水是暗红色的,有轮船的汽笛传来。蒋丽莉倚在楼梯栏杆站着,心里也是渺茫。程先生什么时候回来呢?她已经有多久没有见他了呀!最后一次见是什么样的情景?那第一次见他又是什么样的情景?思绪涌上心来,百感交集。晚霞在天边结起了红云,一朵一朵,迅速地变深变黑,有鸽子在飞,一点一点的,不知飞往了哪里。楼里的顶灯亮了,程先生还没回来。蒋丽莉的腿也站酸了,还觉着了寒意,却不觉一点饿。电梯总是在下边升降,再不上来的。那升降的声音虽是静静的,却格外地清晰入耳。有一阵子特别频繁,是下班回家的时分,可还是不上顶楼。蒋丽莉干脆在楼梯上铺块手绢坐下来等。她不相信程先生会不回来,她也不相信她会找不到程先生。窗外是有光的夜空,也有雾。这楼里满是肃穆的空气,门都是威严紧闭,没有人间冷暖的。偶尔有谁家的门启开一回,传出点人声和饭菜的香气,才找回一些生活的信心似的。蒋丽莉感觉到身下大理石沁出的凉气,她双手抱着胳膊,有点蜷缩的,干脆把时间都忘了。然后她就听见电梯一直升上了顶楼。程先生走出电梯,她几乎没有认出来,也是不相信自己的眼睛。他本来就瘦削,这时几乎形销骨立,剩个衣服架子,挂了礼帽和西装,再挂着斯迪克。她也不去追究程先生这般憔悴是因何人,只觉得一阵鼻酸。她叫一声"程先生",就落泪了。程先生却是有点懵了,半天回不过神来,等渐渐明白,看清了眼前的人,不由的往事回到眼前。

程先生和蒋丽莉别后重逢,各人都怀着一段遭际,伤心落意的,见面便分外亲切。虽然不是相知相爱的人,却是茫茫人海中的两个相熟,有一些共同的往事和共同的旧人。他们两人的见面,是把中断的故事再续了起来,却各是各的一段,支离破碎。因此也是感慨丛生,悲喜交加。程先生开了门,打开灯,引蒋丽莉进了房间。蒋丽莉是头一回来到这里,无比的惊奇。照相间虽然荒芜了,却也是另一个世界。她走过去,摸摸这个,摸摸那个,摸了满手的灰。程先生在一边看着,忽也有些唤回,走去揭开灯具上罩的布,灰尘像一场小雨似的。他说:蒋丽莉,你坐好,我给你照张相吧!蒋丽莉便坐下,沾了一旗袍的灰。灯亮的一刹那,程先生竟一阵恍惚,以为眼前这人是王琦瑶,再一定睛,才见是蒋丽莉。她端坐着,双手搁在膝上,脸上是紧张和幸福的表情。她的全身心都是在程先生目光的笼罩里,不敢动不敢笑的。她真希望这一刹那是永远。可是程先生手里的快门响了,灯灭了。她还怔着,却听程先生在同她说话,问她有没有见到王琦瑶。蒋丽莉热腾腾的心凉了一凉,她生硬着口气说:程先生,我还没吃饭呢!程先生愣着,不明白她吃不吃饭于自己有什么责任。蒋丽莉又说:我下午就来这里,等到你至今。程先生便有些羞愧地低下了头,那样子是像大男孩的。蒋丽莉不由柔和了语气,说:程先生,陪我吃晚饭怎么样?程先生就说好,两人一前一后出了房门。

出了楼,见那灯和星光在江面相映成辉,车和人都是活跃的,心里便也有些沸腾。程先生兴致盎然地说:蒋丽莉,我要带你去一个有趣的地方吃饭。蒋丽莉说:无论你带我去哪里,我总是服从。程先生便在前边带路,脚步飞快,蒋丽莉几乎小跑着才能跟上。程先生走着走着,脚步又沉缓起来,好像想起了什么。蒋丽莉问他话,他也没在意。就这样,来到一个小小的饭馆。走上窄窄的木楼梯,是普通人家的沿街的二楼,好像不专为饭馆陈设的。临窗的餐桌刚撤下,他们便坐上了。楼下是嘈杂的小马路,水果摊前的灯光和馄饨铺的油烟汽混淆着,扑面而来。程先生也不问蒋丽莉爱吃什么,兀自点了糟鸭蹼,干丝等几个菜,然后就对了窗外出神。停了一会儿,说,有回同王琦瑶在这里吃饭,忽然想吃桔子,就用一根绳子系了手绢和钱吊下去,让摊主包了几个桔子,再又吊上来。程先生很久不提王琦瑶的名字,是躲避,也是自戕,要痛上加痛似的。今天见了蒋丽莉,是不由地要提起,一提起就放不下了。他也不为蒋丽莉的感情着想,甚至有些借着这感情任性胡来,本能里是知道无论自己说什么,蒋丽莉都只有听的份。

蒋丽莉虽说知道程先生和王琦瑶的往来,可这样听程先生正面描绘还是头一遭,她有些气,有些急,还有些委屈,便伏在桌子上哭了起来。程先生这才收住了话,不知所措地望了蒋丽莉,一个字的劝慰也没有的。蒋丽莉哭了一阵,不哭了,摘下眼镜擦了眼泪,强笑道:程先生,我等你这大半天,难道是为了来听你说王琦瑶的吗?程先生就低了头,望着桌面的缝出神。蒋丽莉又说:难道不说王琦瑶别的话一句也没有吗?程先生就惭愧地笑笑。蒋丽莉扭头对了窗外。水果摊上不是桔子,而是黄金瓜,很灿烂的颜色,赌气也想像王琦瑶那样买个瓜,又觉得重蹈旧辙没什么意思。桌上的菜也是王琦瑶爱吃的,那人是叫王琦瑶收了心去的。可无论怎么样,王琦瑶是无影无踪,千呼万唤没回应的,是人还怕个影子吗?蒋丽莉振作了一些,她讽刺地一笑,说:你程先生再牵记王琦瑶,王琦瑶却并不牵记你,你的心可不是白费了?这话说到了程先生的痛处,可他毕竟是个男人,没叫眼泪流下来,只是把头垂到了桌面上。蒋丽莉又有点心疼,就换了口气说:其实,我也在找王琦瑶,可是没消息,她家的人,全是封口瓶子的嘴,半点真情也探不出来。程先生抬起头,很可怜地:你再去问一次呢?兴许多问问就能问出,你是她的好朋友。蒋丽莉听见"好朋友"这话便心头火起,她大了声说:朋友值几个钱?我现在可再不信朋友的话了,全是骗人,越是朋友越是栽得厉害。这话也是说到要害处的,程先生不敢出声,只听着。蒋丽莉出了气,渐渐平静下来,停了会儿,又说:其实我倒是不怕去问的,心里也是很好奇,看她家的人神秘兮兮的样子,说出来只怕吓人一跳。听她这么一说,程先生倒不敢求她去问了。

其实,王琦瑶住进李主任为她租的爱丽丝公寓,可算是上海滩的一件大事,又是在这样的局势之下,也是乱世里的一件平安事吧!只不过程先生是另一个社会的人,又由于灰心,竟是有些隔世起来。蒋丽莉呢,则因为寻找程先生,凡事都搁置一旁,不闻不问。待到静下心来,稍留些神,不用问,消息自己就来了。消息的来源,不是别人,正是蒋丽莉的母亲。她说:你那同学,在我们家住过一阵的,在做女寓公了呢!据说还是李主任的人。蒋丽莉就问哪个李主任,她母亲其实也搞不清李主任是谁,不过鹦鹉学舌而已,只说是个大人物,无人不晓的。蒋丽莉心里暗暗一惊,心想王琦瑶怎么走了这一条路,这才想起她家人吞吞吐吐的神情,正是合了这事实。母亲又说:这样出身的女孩子,不见世面还好,见过世面的就只有走这条路了。这话虽是有成见的,也有些小气量,但还是有几分道理。可蒋丽莉不要听,一甩手走了。

王琦瑶是伤了她的心,她也正期望王琦瑶早日有归宿,好把程先生让给她,但这消息依然叫她难过,心里还存了一丝不信。她想:王琦瑶是受过教育的,平时言谈里也很有主见,怎么会走这样的路,是自我的毁灭啊!然后她就着手去作进一步的调查,想证明消息的不确实。而事情则越来越确凿无疑,连王琦瑶住的哪一幢公寓都肯定的。蒋丽莉还是不信,她想:耳听为虚,眼见为实,我何不自己走一趟,找到那王琦瑶,倘若真是这样,程先生也好死心了。这时她才想起程先生。这事本是程先生所托,如今却成她自己的事一样了。程先生将会如何的伤心!这念头刺痛了她。她痴痴地想了半天,觉得了自己的可怜。从小到大,都是别人为她做的多,唯有两个人是反过来,是她为他们做的多,这就是王琦瑶和程先生,偏偏是这两个人,是最不顾忌她,当她可有可无的。

爱丽丝公寓这地方,蒋丽莉听说过,没到过,心里觉得是个奇异的世界,去那里有点像探险,不知会有什么样的遭际。再加是个阴霾很重的下午,乌云压顶的,心情沉郁得厉害。她乘了一辆三轮车,觉着那三轮车夫的眼光都是特别的。车从百乐门前走过时,已有了异常的气氛。车停在路口,她付钱下车,然后走进了弄堂的铁门,背后也是有眼睛的。那弄内悄无声息,窗户都是紧闭,窗内拉着帘子,有一幅帘子上是漫洒的春花,有些天真的乡气。蒋丽莉似乎嗅见了王琦瑶的气息,她想:王琦瑶真是在这里的啊!她有些胆怯地按了电铃,不知是盼还是怕那开门的人就是王琦瑶。天就像要挤出水来的样子,阴得不能再阴。门开了一道缝,露出一张脸,看不清眉目的,问她找谁,说的是浙江口音。她说找王琦瑶,是她的同学,姓蒋。门重又关上,只一小会儿便开了,让她进去。客厅里很暗,打蜡地板反着棕色的光,客厅那头的房门开着,有一块亮光,光里站着王琦瑶,穿了曳地的晨衣,头发留长,电烫成波浪,人就像高大了一圈。她们俩都背着光,彼此看不清脸,只看见身形,是熟又是生。王琦瑶说:你好,蒋丽莉。蒋丽莉说:你好,王琦瑶。她们说过这话便走拢来,到了客厅中间的沙发前,这时,那浙江娘姨端来了茶,两人便坐下。王琦瑶又说:蒋丽莉,你母亲好不好?还有你兄弟好不好?蒋丽莉一一回答了好。窗帘上透进些微天光,映在王琦瑶的脸上。她比以前丰腴了,气色也鲜润了些,晨衣是粉红的,底边绣了大朵的花,沙发布和灯罩也是大花的。蒋丽莉眼前出现王琦瑶昔日旗袍上的小碎花,想那花也随了主人堂皇起来的。

她们面对面坐着,有些没话说。由于物人皆非,连往事也难再提,甚至都好像想不起的。停了一会儿,蒋丽莉说:是程先生托我来看你的。王琦瑶淡淡一笑,说:程先生在忙些什么呢?还是成天地照相,洗印?那照相间里有没有添新设备?记得有几盏灯是烧坏了,准备再买的。蒋丽莉说:他早已不碰那些东西了,别说是照相的灯,只怕连一般的电灯都快拉不亮了。王琦瑶又笑了,说:这个程先生啊!好像程先生是个顽皮的小孩。然后她对蒋丽莉说:你呢,什么时候戴博士帽呢?这时,连蒋丽莉都成了小孩。王琦瑶活跃起来。接着说:写了什么新诗没有?蒋丽莉沉下了脸,想她有点欺人,却不知是仗着什么,便反诘道:王琦瑶,你呢?是不是很好?王琦瑶微微一昂下巴,说:不错。这表情是过去不曾有过的,带着慷慨凛然之气,做了烈士似的。王琦瑶说:我知道你心里在想什么,我还知道你母亲心里在想什么,你母亲一定会想你父亲在重庆的那个家,是拿我去作比的;蒋丽莉,你不要怪我说这样的话,我要不把这话全说出来,我们大约就没别的话可讲,在你的位置当然是不好说,是要照顾我的面子,那么就让我来说。蒋丽莉的脸红一阵白一阵,无地自容的样子,心里却不得不承认王琦瑶的聪敏过人,可谓一针见血。王琦瑶接着说:对不起我要作这样的比喻,怎么比喻呢?你母亲是在面子上做人,做给人家看的,所谓"体面",大概就是这个意思;而重庆的那位却是在芯子里做人,见不得人的,却是实惠。你母亲和重庆那人各得一半天下,谁也不多,谁也不少;至于谁是哪一半,倒是不由自己说了算,也是有个命的。蒋丽莉此时此刻脸不红心也不跳,虽是拿她父母做例子,却是像上课似的,全是处世为人的道理。这道理还不是那些言情小说上的粉饰过的做梦般的道理,是要直率得多,也真实得多。王琦瑶也像是在说别人的事似的,不动心不动气。她又说:要说自然是面子和芯子两全为好,也就是圆满的意思了,可人的条件都是有定数,倘若定数只能面也凑合,里也凑合,还不如丢下一边,要个满满的半边,也是不圆满里的圆满;再说,还有句老话叫作月满则亏,水满则溢呢!缺一半,另一半反可更牢靠更安全还说不定呢!蒋丽莉听了王琦瑶这一席话,心想方才被她看成小孩并不吃亏,这些道理是可与做她母亲的人去平齐的。

　　正像王琦瑶说的,把这话说出来,别的话便也好说了。这是最大的忌讳,摆出来也不过如此的,更何况枝枝节节的难堪。两人都轻松下来,蒋丽莉问了些李主任的情况,王琦瑶也都不瞒她,还告诉了些事情的经过,再就带她参观房间。进卧室时,王琦瑶抢行一步,将床上的什么塞进了床头柜里,脸上掠过一片红晕,使蒋丽莉想起她不再是姑娘了,两人间好像有了一条分界线,有些隔河相望了。看毕,王琦瑶又吩咐那浙江娘姨去买蟹粉小笼作点心,一边吃一边告诉蒋丽莉左邻右舍的闲事,许多上海滩上盛传的流言竟在此得到证实,也作了细节上的更正。这时,天倒有些亮起来,晴了一半。两人又好像回到了过去的时光,却是将嫌隙搁下不谈,只说些好的。因此那程先生便再不提了,没这人似的,倒是李主任说得多些。王琦瑶拿来李主任的板烟斗给蒋丽莉看,大小各异的,装在一个金属盒里。王琦瑶拿起一个在嘴上,做那抽烟的姿态,很孩子气的。蒋丽莉起身告辞,王琦瑶却怎么也不让走,非留她吃晚饭,嘱那娘姨做这做那。主仆都有些兴奋,想来蒋丽莉是这里的头一个客人。吃晚饭时,王琦瑶对蒋丽莉说了一句动感情的话,她说:总是我在你家吃饭,今天终于可以请你在我家吃饭了。这话使蒋丽莉也有些触动,她头一回体谅到王琦瑶住在她家的心情,这本是她从来没想过的。窗外全黑了,客厅里开了灯,亮堂堂的,留声机上放了一张梅兰芳的唱片,咿咿呀呀不知在唱什么,似歌似泣。灯下的杯盘都是安宁的样子,饭菜可口,还有一些温过的花雕酒,冒着轻烟。

　　蒋丽莉不知该如何去对程先生说,她不免也为程先生着想,生怕他经受不住这打击。她还是为自己着想,倘若他真的垮到底,心都死绝,她又希望何在呢?这时候,她是可怜程先生也可怜自己,可怜他们两个都是被动,由不得自己做主。这天她决定去和程先生谈,约他在公园里见面。她老远就看见程先生的身影,茕茕孑立的样子。想到自己带给他的竟是那样的消息,不由地感到了抱歉。她还没下车,程先生便迎了过来,然后两人一起进了公园。走在甬道上,一时都无语,程先生想问不敢问,蒋丽莉想说又不好说。两人沿了甬道走了一圈,到了湖边,租了船,一头一尾坐着,荡到了湖心。虽是面对面,中间却隔了个王琦瑶,夺去了注意力。划了一会儿桨,蒋丽莉说:程先生还记得吗?前一回来这里划船,是我们三个人。说这话是为了渐入正题,让程先生有个准备。程先生好像预感到前边有什么祸事等着他,不由红了脸,避开话题,要蒋丽莉去看岸边的一株垂柳,说是可以入画的。若在平时,这正是对蒋丽莉心思的话题,可今天却是有另外的任务。她没有搭程先生的腔,重起头道:我妈昨天还说,王琦瑶不来,程先生也不来了。程先生强笑了一声,想打岔却找不出话来,便垂下眼去看水面。蒋丽莉虽是不忍,但想长痛不如短熬,就一鼓作气说道:我妈还告诉我有关王琦瑶的一些流言。程先生险些儿丢了手中的桨,苍白着脸说:流言是不可信的,上海这地方,什么样的流言没有啊!蒋丽莉被他抢白了一通,又好气又好笑,禁不住嘲讽说:我还没说是哪一种流言呢,你就不相信。程先生的眼睛在镜片后闪了一闪,早忘了划桨,船兀自打着转。蒋丽莉倒难以启口了,可话已说到这个地步,要不说怕是再没机会了,便平淡了口气,一五一十将她听到看到的都告诉了程先生。程先生手里划动了桨,一下一下,不说也不哭,变成个牵线人似的。他把船划到岸边,用桨够住岸边一块石头,把缆绳绕住,然后上了岸,也不管船上还有一个蒋丽莉。等蒋丽莉手慌脚忙地爬上岸去,还替他拿着斯迪克,他已进了一片小树林子,面对了一棵树站着。她走近去,本想埋怨他,却见他在流泪。

程先生！蒋丽莉轻轻地唤他，他不是不答应而是听不见。蒋丽莉又轻轻地扯他衣袖，他也不是不理睬，而是不觉得。蒋丽莉不由地叹了一声道：你这么难过，叫我怎么办呢？程先生这才回头望了她一眼，无限惨淡地说了声：还不如死了好呢！蒋丽莉潸然泪下，心想她这人原来还抵不上一死的，心里正过不去，不料程先生却将她搂住，头抵着她的头。她便不由自主地抱住了程先生，嗅到了他衣领上的生发水气味，很清淡的。她心里升起了希望，虽然是从程先生的绝望里硬挤出来的一线，那也是希望。

　　以后的日子里，程先生再不提王琦瑶了，蒋丽莉也不提。他们俩每星期都有约会，或是吃饭，或是看电影。那吃饭和看电影的地方都是另选的，不是过去三个人常去的，也不是程先生单独与王琦瑶同去的。就好像在躲王琦瑶，越想躲越躲不了，每一回见面，两人都会无端地生出紧张，生怕做错了什么似的。那王琦瑶在彼此的心里都占了大地方，留给他们自己知心知交的只有些缝隙了，打擦边球似的。不过，虽然只是缝隙里的情义，却是真情义，没有欺骗和作假的，有就有，没有就没有。蒋丽莉对程先生自然是没话说，程先生对蒋丽莉至少是没有反感，还有些感激。感激她对自己，也感激她对王琦瑶，是兄妹朋友的感情，也是起作用的感情。有一段，他们的往来还相当密切，几乎天天见面，甚至两人还共同出席一些亲朋好友的宴席和聚会，俨然一对情侣，婚娶之事就在眼前的形势。这段日子，是心底平静，不说大的憧憬，却有些小计划的。程先生是蒋家的座上客，连那木头样的少爷，见面也有几句客套的。蒋丽莉过二十岁生日的时候，父亲从内地回来，郑重地见了面，彼此都留下了好印象。程先生虽然没有正式提出求婚，可言语间已不把自己当外人的。蒋丽莉的母亲开始着手为蒋丽莉设计结婚的仪式，还有喜宴上穿的旗袍，同时也想起自己出阁的情景，又是喜又是悲。

　　在这热腾腾的气氛中，蒋丽莉的心却有点凉。程先生分明在与她接近，她倒觉得是远了。她得到程先生的感情越是多就越是不满足。蒋丽莉不免是得寸进尺。她天性里就是有占有欲和权利心的，先前的宽忍不过是形势所迫，不得已为之。这也是此一时彼一时的人之常情，但在蒋丽莉身上则表现得尤为极端，退也是到底，进也是到底，没有中间道路的。这时候，她对程先生的态度几近苛求，稍一个走神都是不可以，且又将王琦瑶看得过重，凡事都往这上面联想。开始，是心里想，嘴上还是不提，设个禁区，也是留有余地，可后来情形就有些变了。这日，两人走在马路上，是去先施公司为友人买礼券。正说着话，程先生却有点对不上茬，分明是心不在焉。顺了他的目光看去，前边有一架三轮车，车上大包小包中间坐了个披斗篷的年轻女人。蒋丽莉先还有些不明白，再仔细看去，才恍然若悟，也停了说话。她不说话，程先生倒像醒了，问她说到一半怎么不说了，蒋丽莉冷笑：我以为前边那人就是王琦瑶，就忘了话是说到哪里了。程先生冷不防被她点穿了心思，笑也不是，恼也不是，只好不做声。这是自那日划船以来头一回提王琦瑶的名字，把彼此的隐衷都抖落出来的意思，有些撕破脸的。蒋丽莉见程先生不说话，便当他是承认，还是不服气，一下子火了起来，买东西的心思全没了，当下叫住一辆三轮车，上去就走，把程先生丢在了马路上。程先生虽是难堪可也无奈，谁让自己不留心呢？他自个儿去先施公司买了礼券，又去采芝斋为蒋丽莉买了点松仁糖，便乘电车去了蒋丽莉家。蒋丽莉本来在客厅，见他来了，转身上楼进了房间，还把门反锁了。程先生又不便大声，只得压低了声音，里边就是不开门，待他认了输准备走开，却听那门锁嗒地一声开了。推开门，见蒋丽莉站在门前，眼睛哭成个桃了。于是百般地劝慰，直到天近黄昏，才将她劝慰过来。

事情有过第一次，就有第二次，渐渐地，蒋丽莉是有些把王琦瑶挂在嘴边，动辄便来。有时说的准，有时却是出错的，而不论对错，程先生总是一概吃下去，赔不是。次数多了，程先生自己也有些糊涂，真以为自己是非王琦瑶莫属的了。王琦瑶本是要靠时间去抹平，哪经得住这么反来复去地提醒，真成了刻骨铭心。程先生经历了割心割肺的疼痛，渐渐也习惯了没有王琦瑶的日子，虽然也是没有奈何。如今，蒋丽莉却告诉他，他原来可以用心存放王琦瑶的。王琦瑶又好像回来了，朝夕相伴的，还免去了早先的牵肠挂肚，是更自由的念想。他开始喜欢独处，一个人的时候，就是和王琦瑶在一起的时候。他重新又摆弄起照相机，却热衷于拍些风景啊，静物啊，建筑什么的，没有人物，是给王琦瑶留着空的。于是，就将蒋丽莉忽略了，见面的次数稀疏下来。开始，蒋丽莉赌气也不约他，好容易来了电话或者来了人，还爱理不理的。甚至干脆拒绝。有点欲擒故纵，也有点动真气。可后来，程先生干脆没消息了，蒋丽莉不由着了慌，开始给程先生打电话。听筒里传来程先生的声音，一颗心是放定了，气却又上来了。虽是见了面，终是不欢而散，彼此都是扫兴。几次下来，程先生竟也婉拒她的约请了。这样，事情就退到最初的状态，两个人的认真和努力都付之东流似的，有徒劳的感觉。蒋丽莉是不甘心的，也是不相信。程先生的婉拒反倒激励了她，使她一而再，再而三地打电话过去。她又一次退到底，变得谦卑起来，怎么都可以，只要与他见面。程先生却是有点怕了，躲着她的。这"怕"倒不是专对蒋丽莉的，而对了男女之情来的。程先生的两次恋爱都是折磨人的，付出去的全是真心，真心和真心是有不同，有的是爱，有的是情义，可用心都是良苦，然而收回的是什么呢？因此，他开始从根本上怀疑有没有什么两情相悦。他想男女之情真是种瓜不得瓜,种豆不得豆。不得是磨人,得也是磨人。

　　蒋丽莉打电话过去就没人接了,去程先生新供职的公司打听,却说他请长假回了老家,什么时候返沪尚不可知。蒋丽莉又去他那外滩的顶楼的居所,想找找有没有留下字条一类的线索。她已有那寓所的一把钥匙,倒是不常用的,因总是程先生上她家的多。电梯无声地上了顶楼,穹顶下有一股荒凉的气息扑面而来,像是没有人烟的气息,很多灰尘在空气中飞舞着。她将钥匙插入锁孔,开门进去。屋里是黑的,拉着窗帘,从缝隙间漏进光线,灰尘便在那里飞舞。她站了一会儿,适应了眼前的暗,才渐渐走动起来。地板是蒙灰的,照相机上是蒙灰的,桌上椅上都是蒙灰的,灯上罩了布,左一架,右一架,也是蒙灰的。她在中间的空地上走了几步,想象着灯光亮起的情景。她心里有说不出的空,无着无落的,一颗心便无底地往下掉。那些作布景用的台阶几凳照原样放着,有一副冷清的表情。蒋丽莉看着它们,只觉着心里的空。蒋丽莉走进化妆间,开了梳妆桌上的灯,桌上是收拾过的,干干净净,只是有灰。她看见了镜里的自己,是这顶楼公寓里的唯一的活物,却也是抽了心去,只剩下躯壳。她关上灯再去暗房,暗房倒是有亮的,不知哪来的光。铅丝上,夹了一条旧底片,迎光一看,是无人的景物,左一张右一张,也是放空的心似的。蒋丽莉丢下不看,走了出来。然后就来到程先生的卧房,卧房里只一张床,一具衣柜,还有一个衣帽架,上面挂了件夹上衣,没穿走的,一碰也是扬灰。房间也是收拾过的,一丝不乱,面无表情的样子,好像无话可说。蒋丽莉几乎能听见灰尘从天花板降落的声气。她晓得程先生这一走是千呼万唤不回头了,她这一回是真的失去他了。

　　蒋丽莉同程先生一波三折,从始到终的时候,王琦瑶只有一件事可做,那就是等李主任来。李主任将她安置在爱丽丝公寓之后,曾与她共同生活过半个月。像李主任这样的忙人,时间都是一日当两日过的,所以也可算是一个蜜月了。然后,李主任便是来也匆匆,去也匆匆,有时是过一夜,有时只是半天。王琦瑶从不追问李主任从哪来,又到哪去,政局和公务是她不懂也没兴趣的。李主任的私事,她又不便过问,过问也是没趣。李主任就是喜欢她这浑然不觉不闻不问,里面是有女人的自知之明,也有着女人的可怜,便又增添了爱惜,只是苦于无术分身,无法多陪她。这段日子,李主任是像箭在弦上,又像千钧一发,他夜里熟睡着也会挺身而起,要去发命或者受命。梦魇屡屡发作,便挣扎着叫喊。逢到这时,王琦瑶就拥住他,不停地抚慰,直到他大汗淋漓地醒来,翻身将王琦瑶抱在怀里,身心的紧张都得到些缓解。还有的夜晚他睡不着,一个人悄悄地起来,坐在客厅里,轻轻放一张梅兰芳的唱片。在王琦瑶面前,李主任还须撑持着,藏住心里的疲累,而对了梅兰芳的声音,他却是彻底地解除武装,软弱下来。李主任的内心,只有留声机里的梅兰芳知道,他知道了也不会去说。王琦瑶有时候一觉睡到天亮,身边没了人,赶紧出房门,却见李主任一个人在沙发上熟睡,烟斗里的烟丝全成了灰,唱针在唱盘上空转,一圈又一圈。

  李主任每一次走,都不说回来的日期,王琦瑶便也无心一天天地数日子,日历都不翻的。光阴连成一条线地过去,无所谓是昼还是夜。她吃饭睡觉都只为一个目的,等李主任回来。王琦瑶认识了李主任,才知道这世界是有多大,距离有多远,可以走上十几日也不回来的;王琦瑶跟了李主任,也才知道这世界有多隔绝,那电车的当当声都像是遥远地方传来,漠不相关的;王琦瑶等着李主任,知道了什么是聚,什么是散,以及聚散的无常。她有时候想,天下雨李主任会来;雨天里则想,天出太阳李主任就来。她还扔铜板占卦,这一面是李主任来,那一面则是不来,她又看瓶里的花苞,花开了李主任就来。她不数日子,却数墙上的光影,多少次从这面墙移到那面墙。她想:"光阴"这个词其实该是"光影"啊!她又想:谁说时间是看不见的呢?分明历历在目。她等李主任是寂寞,又是填寂寞,寂寞套寂寞的,真是里里外外的寂寞。她不想去娘家,怕家里人问这问那,更不想让他们来,也是怕问这问那,连电话都懒得打,几乎断了来往。蒋丽莉来过那一次以后,还来过两次,一同出去看电影,后来也不来了。没有人来,她也不出去。她不出去,也不让娘姨出去,去买菜是给她掐着时间,要让她也尝尝寂寞的滋味,这其实是寂寞加寂寞的。还是灶火冷清,王琦瑶就像是不吃饭的,一天至多吃一顿,吃什么也是不知道的。她有时也听梅兰芳的唱片,努力想听出李主任听的意思,好和李主任作约会似的,更是无从抓挠,越听离得越远。她想,她和李主任的缘,大约就是等人的缘,从开始起,就是等,接下来,还是等,等的日子比不等的多,以等为主的。她不知道,爱丽丝公寓,那一套套的房间里,盛的全是各色各样的等。

  李主任回来的时候,王琦瑶难免是要流泪,虽然什么也不说,李主任也知道她委屈。知道她委屈,要走的时候还得走。李主任不觉有身不由己之感,这心情一旦生出,就不是此时此地,一人一物,而是多少年多少事的浓缩。不知从什么时候开始,李主任当头的一个"敢"字,变成了一个"难"。他是因为"敢",才涉足世事的核心,越往深处越无回旋之地,如今是举步维艰。世人以为他有权,其实他是连对自己的权利都没有的。李主任可怜王琦瑶,也可怜自己,因可怜自己,更可怜王琦瑶,不知道该怎么待她好。越这样,王琦瑶越恋他。事到如今,两人是真有些夫妻的恩爱了。这恩爱也是从等里面生出来的,是苦多乐少的恩爱,还是得过且过的恩爱,有一日是一日。

王琦瑶不知道时局的动荡不安,她只知道李主任来去无定,把她的心搞得动荡不安。她还知道,李主任每一次来都要比上一次更憔悴,苍老几岁的样子。她就有洞中一日,世上千年的心情。她只能担心,却帮不上一点忙。李主任的世界是云水激荡的世界,而她,云是行云,水是流水,除了等,又还能做什么?她除了送一个"等"给李主任,又还能送什么?李主任的世界啊,她是望也望不着,别说去够了。她听着他的汽车在弄口发动,片刻间无声无息。

有一回李主任来,缱绻之后,正色道,对谁也别承认她与李主任的关系,反正这房子是以王琦瑶名义顶下的,他每一回来去都无人知无人晓,虽说上海传言很盛,但传言只是传言,毕竟不作数的。王琦瑶躺在枕上听他这一席话,觉得他是要摆脱干系的,便冷笑一声道,她自知攀不上李家,也从未有过做李家什么人的奢望,因此也从未对别人承认过什么,像他今天这一番叮嘱,其实是大可不必。李主任知道她是有误解,又不便说明,只苦笑一声说:本以为王琦瑶不会闹小心眼儿,结果却也会的。王琦瑶听出了他话里的苦衷,再看他焦愁的面容,头发几乎白了一半的,不由一阵后悔的辛酸,她强笑道:和你开玩笑的。李主任抱住她,不觉有些动情,说道,他这一生,是如履薄冰,如临深渊的一生,怕是自身难保,能不牵连她们这些人就算是最好,她们这些人是最最无辜的了。他说着这话,眼睛都有些要湿的样子。这是他的肺腑之言,轻易不吐,这会儿是吐给王琦瑶,也是吐给自己。王琦瑶听在耳里却惊在心里,想这话越说越不善,要去打断他,却哽住喉头,眼泪流了下来。

这一个夜晚事后想来是不同寻常,天格外的黑,格外的静,桂花糖的梆子,一记没敲,百乐门的歌舞声也偃息着。屋里静的呀,连那娘姨在自己房间的梦哭声,都一清二楚。他们两人几乎通宵未眠。先是说话,后是躺着想心事,各想各的,但都是伤感。李主任听见王琦瑶的隐泣,装着听不见,不是不想劝,而是没法劝,他说什么都是无法兑现的,不如不说。王琦瑶听见李主任起床,在客厅里走动,也装着不知道,李主任是通天的人,倘若他都是过不去,又有谁能帮得上他。所以,这一夜是极其孤独的夜晚,两个人在一处,却谁也安慰不了谁,由着各自难过。两人都是有预感的,李主任的预感有凭有据,王琦瑶却是一笔糊涂账。她朦胧觉着,有什么事情即将来临,却又不敢多想,对自己说:天亮就会好了。她心里盼着天亮,不知不觉地睡着,梦见自己要去苏州外婆家,还没去就被推醒了。屋里一片漆黑,李主任的脸却是清晰的,俯视着她,将一个西班牙雕花的桃花心木盒放在她枕边,又抽出她的手,把一枚钥匙按在她手心,说要走了,汽车已在门外。王琦瑶不由搂住他脖子大哭起来,从未有过的失态。她像个孩子一般耍赖着不让他走,心想他这一走又不知什么时候才能来了,她又要日等夜等,寝食不安,数着墙上的光影度日,墙上的光影是要它快时它慢,要它慢时它快,毫不解人意,梧桐树也不解人意,秋风未起就已落叶满地。王琦瑶不知哭了有多少时间,李主任解开她的胳膊,走出了公寓,她还在哭。这一个夜晚,是从眼泪里浸泡过去的。最后,晨曦照进了房间,有一点亮了,王琦瑶也哭累了。

王琦瑶这一回等李主任回来,不是坐在公寓里等的。她坐不下来,非要出去走动着才行。她穿戴整齐了,叫一辆三轮车,说一个地方,让那车夫去。她坐在三轮车上,望着街景,那街景是与她隔着心的,她兀自从中间穿过,回头的兴致也没有。橱窗里的鞋帽告诉她,时代又前进了一步,这前进也与她无关,时代是人家的时代。电影院在上演新片,新的男欢女爱,在她则是上一代的故事了。咖啡馆里面对面坐的年轻男女也是上一代的故事,她已是过来人了。阳光从树叶间洒下,是如碎银一般的,除了照她的眼,叫她目眩,也是没有意义。她看着马路上的人,心中不平地想,这么多的人里面,为什么偏偏没有李主任!她让车夫拉她到一处地方,然后便下车去。她对自己说,是要来买东西,却不知该买什么。她有时候是空手而回,有时候则买了乱七八糟不明所以的一大堆。乘在三轮车上,心里的茫然总好一些,因是在向前走,走一点近一点,虽然不知是要去哪里。两边的街景向后退去,时间也在退去,毕竟有点声色。

王琦瑶出去逛街的日子,爱丽丝公寓里有几户相继离去,留下几套空房。王琦瑶并不知晓,只觉得这里越发的静,静得发空。她放着梅兰芳的唱片,声音很响,要把房间填满,不料却是起回声的,一个梅兰芳呼,一个梅兰芳应,更显得大和空。有一回她推开窗户,想看看天,却看见楼上的阳台栏杆停满了麻雀,心里别的一跳,知那主人已经离去。再看左右,又有几户窗门紧闭,不露声色,窗台上铺着落叶,也是人去楼空的意思。"爱丽丝"已是一片凋零了,她心里也是凋零。她安慰自己,只要李主任回来,就一切都好,可是李主任什么时候回来呢?她出去得更勤了,有时一日里会出去三回,早一回,午一回,晚一回。她还总嫌车夫踏得太慢,要他骑得风样的快,和汽车赛跑似的。她匆匆地去,匆匆地回,要事在身的样子。车走在马路,她的眼睛则四下搜索,好像要把李主任从人群中挖出来。她心里焦灼,嘴上都起了干皮。李主任这回走,她是算了日子的,已有整整半个月过去了。这半个月是比半辈子还长,她的耐心已到了头,一分钟也挨不下去了。这一日,她刚出门,李主任就来了,也是满脸的焦灼,问娘姨王琦瑶去哪里了。娘姨说去买东西。又问去多长时间回来。娘姨说不定规,或许短,或许长,又问李主任中午饭怎么吃。李主任说他中午前就得走,是抽空回来看看的。他走进卧房,卧房里拉着窗帘,有王琦瑶的气息,他又去洗澡间刮脸,也是王琦瑶的气息,处处是她触及过的痕迹,洗脸池上的水迹,发刷上的几根断发。他刮了脸,在客厅里坐着等,王琦瑶却是不来。他也坐不住了,来回地踱步,抬头看墙上的钟。他这一趟来,本是个随意,可一旦来到,王琦瑶又不在,就变得非见不可了。他从来没有这般地想见王琦瑶,难忍的渴望。到了最后一分钟,王琦瑶还是不回来,他心里竟是绝望的了。他一边穿外衣,一边还期待王琦瑶在最后一秒钟里出现,可是没有。他走出爱丽丝公寓,怀着悲凉的心情,想,什么时候才能看见她呢?

仅只十分钟之后,他就看见了王琦瑶。在他的汽车里,从车窗的纱帘背后,看见一辆三轮车飞快地驶着,几乎与他的汽车平行,车上坐着王琦瑶。她穿一件秋大衣,头发有些叫风吹乱。她手里紧捏着羊皮手袋,眼睛直视前方,紧张地追寻着什么。三轮车与汽车并齐走了一段,还是落后了。王琦瑶退出了眼帘。这不期而遇非但没有安慰李主任,反使他伤感加倍。这真是乱世中的一景,也是苍茫人生的一景。他想,他们两个其实是天涯同命人,虽是一个明白,一个不明白。可明白与不明白都是无可奈何,都是随风而去。他们两人都是无依无托,自己靠自己的,两个孤魂。这时刻,他们就像深秋天气里的两片落叶,被风卷着,偶尔碰着一下,又各分东西。汽车在车水马龙中穿行,焦躁地按着喇叭,时间已有点迟,都为了等王琦瑶的。这是一九四八年的深秋,这城市将发生大的变故,可它什么都不知道,兀自灯红酒绿,电影院放着好莱坞的新片,歌舞厅里也唱着新歌,新红起的舞女挂上了头牌。王琦瑶也什么都不知道,她一心一意地等李主任,等来的却是失之交臂。

这天晚上,爱丽丝公寓又来了一个人,是吴佩珍。她穿一件黑大衣,烫了发,唇上涂了口红,是少妇的样子,比过去好看了,也成熟了。她进来时,王琦瑶竟有些不敢认,等认出了,便有些吃惊,心想吴佩珍其实是有几分姿色的,过去却藏而不露,也是过谦了吧!吴佩珍似乎为自己的形象不好意思,很不自在的,红了脸说:我结婚了。王琦瑶的心被敲击了一下,嘴里说:恭喜。眼睛却是怔怔的,自己坐了下来,也没给吴佩珍让座。这时,娘姨送茶来,说声:小姐请用茶。王琦瑶厉声道:分明是太太,却叫人家小姐,耳朵听不见,眼睛也看不见吗?那娘姨被她劈脸一顿训斥,丈二不摸头脑,但晓得她心情不好,便也不作计较,转身走了。吴佩珍却尴尬了,她本就不笨,新近做了人妻,又心领许多原委,人情世故都深了一层。她听出王琦瑶这番脾气的来由,怪自己不该进门便说此事,就像是专为炫耀而来。其实,这又有什么可炫耀的呢?她收起些忸怩,身子坐正,抬起脸,对着王琦瑶说,她这次冒昧地上门,是来向她告别的,她本来不准备打搅她,可临到要走,总觉得不见她一面就走不了,这一走,不知什么时候才能见面。王琦瑶是她最好的朋友,也是唯一的,她对于王琦瑶也许情形不同,可王琦瑶对于她确实如此,上海这地方叫她留恋的,除了父母家人,就是王琦瑶了,和王琦瑶做朋友的那一段,是她最快乐,最无忧虑的时光。这话原是有些夸张,但此时此地,却是吴佩珍的最真实。在这一个忧患的年头,忧患就像是空气,无处不在,无论是知道和不知道,都感到忧心忡忡,前途茫然,而过去的每一分钟都是好时光。

王琦瑶听着吴佩珍的话,心里恍恍惚惚,抓不住要领。这一天发生的事情真是太多了,太杂了,乱成一团麻了。等李主任,李主任不来;不等他,他却来了;回到家,他倒走了,闹得她头都痛。这时候,吴佩珍竟在了面前,先说结婚,后又说要走。她的思路渐渐理出一个头绪,问道:你去哪里?吴佩珍被她打断了话,停一下才回答是去香港,跟她的婆家一起走。她婆家也是个中等产业的企业主,决定把家业全都搬到香港,船票已买好,正是明天。王琦瑶笑了一笑,说:吴佩珍,看不出来,我们三个人中间,倒是你最有福啊!吴佩珍有些糊涂地,问:哪三个人?王琦瑶就说:你,我,还有蒋丽莉。听到她提蒋丽莉的名字,吴佩珍就有些别扭,转过脸去。在她心底里,总觉得是蒋丽莉夺去了王琦瑶的友谊。她虽然已经长大,做了人家的太太,却还有着一些女学生的意气,寄存着女学生的恩怨,到老都不会忘的。王琦瑶没注意吴佩珍的心思,继续说:我和蒋丽莉都不如你啊!蒋丽莉大约要做老小姐了,我是妻不妻,妾不妾,只有你,嫁得如意郎君,有享不尽的荣华富贵。吴佩珍被她说得低下了头,一声不吭。王琦瑶说着说着便兴奋起来,眼睛放着光,手指甲在沙发布上划过来划过去,眼看就要折断的样子。吴佩珍握住她的手,说:你跟我一起去香港吧!王琦瑶愣住了,把正说着的话也忘了,等明白过来,便笑了,说:我去算什么?做仆,还是做妾?倘若一样做妾,还是在上海好,一动不如一静。吴佩珍说:你再不要妾不妾的,你知道我对你的心,我从来把你看作比我好。王琦瑶身上一颤,软了下来。她扭过脸去对了墙壁望了一会儿,再回过来时,眼睛里全是泪了,她说:谢谢你,吴佩珍,我不能走,我要留在这里等他,我要走了,他倒回来了,那怎么办?他要回来,见我不在,一定会怪我。

第二日,吴佩珍走的时间里,王琦瑶就好像能听见轮船离岸的汽笛声。和吴佩珍在一起的情景出现在眼前,一幕接一幕。那时候的她们就像是白绢似的,后来就渐渐写上了字,字又连成了句,成了历史。没有字的日子是轻盈自由的日子，想怎么就怎么，没有一点要负的责任，忧愁也是不负责任的忧愁。她和吴佩珍的关系是彼此没有责任的关系，全凭的是友情。与蒋丽莉便不同了，是有些利益的，当然，利益也不是不好的利益。她和吴佩珍的关系是有些类似萍水的关系，至清而无鱼，和蒋丽莉却是莲藕和泥塘。吴佩珍的走，是将王琦瑶这段无字的历史剪下带走的，剩下的全是有字，有些混乱不成章节，是过于认真写，笔墨太重，反不那么流畅自然了。

  王琦瑶还是等李主任，自从那次与李主任失之交臂之后，她再不敢出去了。自从看见邻居空关的门窗后，她也再不敢开窗，终日拉着窗帘，倒可避免去看墙上的光影。那公寓里，白天也须开着灯，昼和夜连成一串，钟是停摆的，有没有时间无所谓。唯一有点声气的是留声机，放着梅兰芳的唱段，咿咿哦哦，百折千回。王琦瑶终日只穿一件曳地的晨衣，松松地系着腰带，她像是着戏装的梅兰芳，演的是楚霸王的虞姬。她想，时间这东西，你当它没有就没有。她现在反倒安下心来，有时听那梅兰芳唱段也能听进深处，听见一点心声一样的东西，这正是李主任要听的东西。那就是一个女人的极其温婉的争取，绵里藏针的，这争取是向着男人来的，也是向着这世界来的，只有男人才看得懂，女人自己是不自觉的，做了再说，而这却是男女之间称得上知音的一点东西。公寓里毕静，梅兰芳的曲声是衬托这静的。这静是一九四八年的上海的奇观。在这城市许多水泥筑成的蚁穴一样的格子里，盛着和撑持着这静。这静其实都是那大动里的止，就好像光投下的影，是相辅相成，休戚相关的。王琦瑶几乎忘记了外面的世界，连报纸也不看，广播也不听。这些日子，报纸上的新闻格外的多而纷乱：淮海战役拉开帷幕；黄金价格暴涨；股市大落；枪毙王孝和；沪甬线的江亚轮爆炸起火，二千六百八十五人沉冤海底；一架北平至上海的飞机坠毁，罹难者名单上有位名叫张秉良的成年男性，其实就是化名的李主任。

(《长恨歌》第 5 版，作家出版社，2001 年)

《长恨歌》导读

流浪地球

刘慈欣

刹车时代

我没见过黑夜,我没见过星星,我没见过春天、秋天和冬天。

我出生在刹车时代结束的时候,那时地球刚刚停止转动。

地球自转刹车用了四十二年,比联合政府的计划长了三年。妈妈给我讲过我们全家看最后一个日落的情景,太阳落得很慢,仿佛在地平线上停住了,用了三天三夜才落下去。当然,以后没有"天"也没有"夜"了,东半球在相当长的一段时间里(有十几年吧)将处于永远的黄昏中,因为太阳在地平线下并没落深,还在半边天上映出它的光芒。就在那次漫长的日落中,我出生了。

黄昏并不意味着昏暗,地球发动机把整个北半球照得通明。地球发动机安装在亚洲和美洲大陆上,因为只有这两个大陆完整坚实的版块结构才能承受发动机对地球巨大的推力。地球发动机共有一万二千台,分布在亚洲和美洲大陆的各个平原上。从我住的地方,可以看到几百台发动机喷出的等离子体光柱。你想象一个巨大的宫殿,有雅典卫城上的神殿那么大,殿中有无数根顶天立地的巨柱,每根柱子像一根巨大的日光灯管那样发出蓝白色的强光。而你,是那巨大宫殿地板上的一个细菌,这样,你就可以想象到我所在的世界是什么样子了。其实这样描述还不是太准确,是地球发动机产生的切线推力分量刹住了地球的自转,因此地球发动机的喷射必须有一定的角度,这样天空中的那些巨型光柱是倾斜的,我们是处在一个将要倾倒的巨殿中!南半球的人来到北半球后突然置身于这个环境中,有许多人会神经失常的。比这景象更可怕的是发动机带来的酷热,户外气温高达摄氏七八十度,必须穿冷却服才能外出。在这样的气温下常常会有暴雨,而发动机光柱穿过乌云时的景象简直是一场噩梦!光柱蓝白色的强光在云中散射,变成无数种色彩组成的疯狂涌动的光晕,整个天空仿佛被白热的火山岩浆所覆盖。爷爷老糊涂了,有一次被酷热折磨得实在受不了,看到下大雨喜出望外,赤膊冲出门去,我们没来得及拦住他。外面雨点已被地球发动机超高温的等离子光柱烤热,把他身上烫起了一层皮。

但对于我们这一代在北半球出生的人来说,这一切都很自然,就如同对于刹车时代以前的人们,太阳星星和月亮那么自然,我们把那以前人类的历史都叫做前太阳时代,那真是个让人神往的黄金时代啊!

我在小学入学时,作为一门课程,教师带我们班的三十个孩子进行了一次环球旅行。这时地球已经完全停转,地球发动机除了维持这个行星的这种静止状态外,只进行一些姿态调整,所以在从我三岁到六岁这三年中,光柱的光度大为减弱,这使得我们可以在这次旅行中更好地认识我们的世界。

我们首先在近距离见到了地球发动机,是在石家庄附近的太行山出口处看到它的,那是一座金属的高山,在我们面前赫然耸立,占据了半个天空,同它相比,西边的太行山山脉如同一串小土丘。有的孩子惊叹它如珠峰一样高。我们的班主任小星老师是一位漂亮姑娘,她笑着告诉我们,这座发动机的高度是一万一千米,比珠峰还要高一千多米,人们管它们叫"上帝的喷灯"。我们站在它巨大的阴影中,感受着它通过大地转来的震动。

地球发动机分为两大类,大一些的叫"山",小一些的叫"峰"。我们登上了"华北794号山"。登"山"比登"峰"花的时间长,因为"峰"是靠巨型电梯上下的,上"山"则要坐汽车沿盘"山"公路走。我们的汽车混在不见首尾的长车队中,沿着光滑的钢铁公路向上爬行。我们的左边是青色的金属峭壁,右边是万丈深渊。车队是由50吨的巨型自卸卡车组成,车上满载着从太行山上挖下的岩石。汽车很快升到了5000米以上,下面的大地已看不清细节,只能看到反射的地球发动机的一片青光。小星老师让我们戴上氧气面罩。随着我们距喷口越来越近,光度和温度都在剧增,面罩的颜色渐渐变深,冷却服中的微型压缩机也大功率地忙碌起来。在六千米外,我们见到了进料口,一车车的大石块倒进那闪着幽幽红光的大洞中,一点声音都没传出来。我问小星老师地球发动机是如何把岩石做燃料的。

"重元素聚变是一门很深的学问,现在给你们还讲不明白。你们只需要知道,地球发动机是人类建造的力量最大的机器,比如我们所在的华北794号,全功率运行时能向大地产生150亿吨的推力。"

我们的汽车终于登上了顶峰,喷口就在我们头顶上。由于光柱的直径太大,我们现在抬头看到的是一堵发着蓝光的等离子体巨墙,这巨墙向上延伸到无限高处。这时,我突然想起不久前的一堂哲学课,那个憔悴的老师给我们出了一个谜语。

"你在平原上走着走着,突然迎面遇到一堵墙,这墙向上无限高,向下无限深,向左无限远,向右无限远,这墙是什么?"

我打了一个寒战,接着把这个谜语告诉了身边的小星老师。她想了好大一会儿,困惑地摇摇头。我把嘴凑到她耳边,把那个可怕的谜底告诉她。

"死亡。"

她默默地看了我几秒钟,突然把我紧紧地抱在怀里。我从她的肩上极目望去,迷蒙的大地上,耸立着一片金属的巨峰,从我们周围一直延伸到地平线。巨峰吐出的光柱,如一片倾斜的宇宙森林,刺破我们摇摇欲坠的天空。

我们很快到达了海边,看到城市摩天大楼的尖顶伸出海面,退潮时白花花的海水从大楼无数的窗子中流出,形成一道道瀑布……刹车时代刚刚结束,其对地球的影响已触目惊心:地球发动机加速造成的潮汐吞没了北半球三分之二的大城市,发动机带来的全球高温融化了极地冰川,更使这大洪水雪上加霜,波及到南半球。爷爷在三十年前亲眼目睹了百米高的巨浪吞没上海的情景,他现在讲这事的时候眼还直勾勾的。事实上,我们的星球还没启程就已面目全非了,谁知道在以后漫长的外太空流浪中,还有多少苦难在等着我们呢?

我们乘上一种叫船的古老的交通工具在海面上航行。地球发动机的光柱在后面越来越远,一天以后就完全看不见了。这时,大海处在两片霞光之间,一片是西面地球发动机的光柱产生的青蓝色霞光,一片是东方海平面下的太阳产生的粉红色霞光,它们在海面上的反射使大海也分成了闪耀着两色光芒的两部分,我们的船就行驶在这两部分的分界处,这景色真是奇妙。但随着青蓝色霞光的渐渐减弱和粉红色霞光的渐渐增强,一种不安的气氛在船上弥漫开来。甲板上见不到孩子们了,他们都躲在船舱里不出来,舷窗的帘子也被紧紧拉上。一天后,我们最害怕的那一时刻终于到来了,我们集合在那间用做教室的大舱中,小星老师庄严地宣布:

"孩子们,我们要去看日出了。"

没有人动,我们目光呆滞,像突然冻住一样僵在那儿。小星老师又催了几次,还是没人动。她的一位男同事说:

"我早就提过,环球体验课应该放在近代史课前面,学生在心理上就比较容易适应了。"

"没那么简单,在近代史课前,他们早就从社会知道一切了。"小星老师接着对几位班干部说,"你们先走,孩子们,不要怕,我小时候第一次看日出也很紧张的,但看过一次就好了。"

孩子们终于一个个站了起来,朝着舱门挪动脚步。这时,我感到一只湿湿的小手抓住了我的手,回头一看,是灵儿。

"我怕……"她嘤嘤地说。

"我们在电视上也看到过太阳,反正都一样的。"我安慰她说。

"怎么会一样呢,你在电视上看蛇和看真蛇一样吗?"

"……反正我们得上去,要不这门课会扣分的!"

我和灵儿紧紧拉着手,和其他孩子一起战战兢兢地朝甲板走去,去面对我们人生中的第一次日出。

"其实,人类把太阳同恐惧连在一起也只是这三四个世纪的事。这之前,人类是不怕太阳的,相反,太阳在他们眼中是庄严和壮美的。那时地球还在转动,人们每天都能看到日出和日落。他们对着初升的太阳欢呼,赞颂落日的美丽。"小星老师站在船头对我们说,海风吹动着她的长发,在她身后,海天连接处射出几道光芒,好像海面下的一头大得无法想象的怪兽喷出的鼻息。

终于,我们看到了那令人胆寒的火焰,开始时只是天水连线上的一个亮点,很快增大,渐渐显示出了圆弧的形状。这时,我感到自己的喉咙被什么东西掐住了,恐惧使我窒息,脚下的甲板仿佛突然消失,我在向海的深渊坠下去,坠下去……和我一起下坠的还有灵儿,她那蛛丝般柔弱的小身躯紧贴着我颤抖着;还有其他孩子,其他的所有人,整个世界,都在下坠。这时我又想起了那个谜语,我曾问过哲学老师,那堵墙是什么颜色的,他说应该是黑色的。我觉得不对,我想象中的死亡之墙应该是雪亮的,这就是为什么那道等离子体墙让我想起了它。这个时代,死亡不再是黑色的,它是闪电的颜色,当那最后的闪电到来时,世界将在瞬间变成蒸气。

三个多世纪前,天体物理学家们就发现这太阳内部氢转化为氦的速度突然加快,于是他们发射了上万个探测器穿过太阳,最终建立了这颗恒星完整精确的数学模型。巨型计算机对这个模型计算的结果表明,太阳的演化已向主星序外偏移,氦元素的聚变将在很短的时间内传遍整个太阳内部,由此产生一次叫氦闪的剧烈爆炸,之后,太阳将变为一颗巨大但暗淡的红巨星,它膨胀到如此之大,地球将在太阳内部运行!事实上在这之前的氦闪爆发中,我们的星球已被气化了。

这一切将在四百年内发生,现在已过了三百八十年。

太阳的灾变将炸毁和吞没太阳系所有适合居住的类地行星,并使所有类木行星完全改变形态和轨道。自第一次氦闪后,随着重元素在太阳中心的反复聚集,太阳氦闪将在一段时间反复发生,这"一段时间"是相对于恒星演化来说的,其长度可能相当于上千个人类历史。所以,人类在以后的太阳系中已无法生存下去,唯一的生路是向外太空恒星际移民,而照人类目前的技术力量,全人类移民唯一可行的目标是人马座比邻星,这是距我们最近的恒星,有4.3光年的路程。以上看法人们已达成共识,争论的焦点在移民方式上。

为了加强教学效果,我们的船在太平洋上折返了两次,又给我们制造了两次日出。现在我们已完全适应了,也相信了南半球那些每天面对太阳的孩子确实能活下去。

以后我们就在太阳下航行了,太阳在空中越升越高,这几天凉爽下来的天气又热了起来。我正在自己的舱里昏昏欲睡,听到外面有骚乱的人声。灵儿推开门探进头来。

"嗨,飞船派和地球派又打起来了!"

我对这事儿不感兴趣,他们已经打了四个世纪了。但我还是到外面看了看,在那打成一团的几个男孩儿中,一眼就看出了挑起事儿的是阿东,他爸爸是个顽固的飞船派,因参加一次反联合政府的暴动,现在还被关在监狱里,有其父必有其子。

小星老师和几名粗壮的船员好不容易才拉开架,阿东鼻子血乎乎的,振臂高呼:"把地球派扔到海里去!"

"我也是地球派,也要扔到海里去?"小星老师问。

"地球派都扔到海里去!"阿东毫不示弱,现在,在全世界飞船派情绪又呈上升趋势,所以他们又狂起来了。

"为什么这么恨我们?"小星老师问,其他几个飞船派小子接着喊了起来。

"我们不和地球派傻瓜在地球上等死!"

"我们要坐飞船走!飞船万岁!"

……

小星老师按了一下手腕上的全息显示器,我们面前的空中立刻显示出一幅全息图像,孩子们的注意力立刻被它吸引过去,暂时安静下来。那是一个晶莹透明的密封玻璃球,大约有10厘米直径,球里有三分之二充满了水,水中有一只小虾、一小枝珊瑚和一些绿色的藻类植物,小虾在水中悠然地游动着。小星老师说:"这是阿东的一件自然课的设计作业,小球中除了这几样东西外,还有一些看不见的细菌。它们在密封的玻璃球中相互依赖,相互作用。小虾以海藻为食,从水中摄取氧气,然后排出含有机物质的粪便和二氧化碳废气,细菌将这些东西分解成无机物质和二氧化碳,然后海藻利用了这些无机物质与人造阳光进行光合作用,制造营养物质,进行生长和繁殖,同时放出氧气供小虾呼吸。这样的生态循环应该能使玻璃球中的生物在只有阳光供应的情况下生生不息。这是我见过的最好的课程设计,我知道,这里面凝聚了阿东和所有飞船派孩子的梦想,这就是你们梦中飞船的缩影啊!阿东告诉我,他按照计算机中严格的数学模型,对球中每一样生物进行了基因设计,使他们的新陈代谢正好达到平衡。他坚信,球中的生命世界会长期活下去,直到小虾寿命的终点。老师们都很钟爱这件作业,我们把它放到所要求强度的人造阳光下,也坚信阿东的预测,默默地祝福他创造的这个小小的世界。但现在,时间只过去了十几天……"

小星老师从随身带来的一个小箱子中小心翼翼地拿出了那个玻璃球,死去的小虾漂浮在水面上,水已混浊不堪,腐烂的藻类植物已失去了绿色,变成一团没有生命的毛状物覆盖在珊瑚上。

"这个小世界死了。孩子们,谁能说出为什么?"小星老师把那个死亡的世界举到孩子们面前。

"它太小了!"

"说得对,太小了,小的生态系统,不管多么精确,是经不起时间的风浪的。飞船派们想象中的飞船也一样。"

"我们的飞船可以造得像上海或纽约那么大。"阿东说,声音比刚才低了许多。

"是的,按人类目前的技术也只能造这么大,同地球相比,这样的生态系统还是太小了,太小了。"

"我们会找到新的行星。"

"这连你们自己也不相信。人马座没有行星,最近有行星的恒星在八百五十光年以外,目前人类能建造的最快的飞船也只能达到光速的百分之零点五,这样就需十七万年时间才能到那儿,飞船规模的生态系统连这十分之一的时间都维持不了。孩子们,只有像地球这样规模的生态系统,这样气势磅礴的生态循环,才能使生命万代不息!人类在宇宙间离开了地球,就像婴儿在沙漠里离开了母亲!"

"可……老师,我们来不及的,地球来不及的,它还来不及加速到足够快,航到足够远,太阳就爆炸了!"

"时间是够的,要相信联合政府!这我说了多少遍,如果你们还不相信,我们就退一万步说,人类将自豪地去死,因为我们尽了最大的努力!"

人类的逃亡分为五步:第一步,用地球发动机使地球停止转动,使发动机喷口固定在地球运行的反方向;第二步,全功率开动地球发动机,使地球加速到逃逸速度,飞出太阳系;第三步,在外太空继续加速,飞向比邻星;第四步,在中途使地球重新自转,调转发动机方向,开始减速;第五步,地球泊入比邻星轨道,成为这颗恒星的卫星。人们把这五步分别称为刹车时代,逃逸时代,流浪时代Ⅰ(加速),流浪时代Ⅱ(减速),新太阳时代。

整个移民过程将延续两千五百年时间,一百代人。

我们的船继续航行,航到了地球黑夜的部分,在这里,阳光和地球发动机的光柱都照不到,在大西洋清凉的海风中,我们这些孩子第一次看到了星空。天啊,那是怎样的景象啊,美得让我们心醉。小星老师一手搂着我们,一手指着星空,"看,孩子们,那就是人马座,那就是比邻星,那就是我们的新家!"说完她哭了起来,我们也都跟着哭了,周围的水手和船长,这些铁打的汉子也流下了眼泪。所有的人都用泪眼探望着老师指的方向,星空在泪水中扭曲抖动,唯有那个星星是不动的,那是黑夜大海狂浪中远方陆地的灯塔,那是冰雪荒原中快要冻死的孤独旅人前方隐现的火光,那是我们心中的星星,是人类在未来一百代人的苦海中唯一的希望和支撑……

在回家的航程中,我们看到了启航的第一个信号:夜空中出现了一个巨大的彗星,那是月球。人类带不走月球,就在月球上也安装了行星发动机,把它推离地球轨道,以免在地球加速时相撞。月球上行星发动机产生的巨大彗尾使大海笼罩在一片蓝光之中,群星看不见了。月球移动产生的引力潮汐使大海巨浪冲天,我们改乘飞机向南半球的家飞去。

启航的日子终于到了!

我们一下飞机,就被地球发动机的光柱照得睁不开眼,这些光柱比以前亮了几倍,而且所有光柱都由倾斜变成笔直。地球发动机开到了最大功率,加速产生的百米巨浪轰鸣着滚上每个大陆,灼热的飓风夹着滚烫的水沫,在林立的顶天立地的等离子光柱间疯狂呼啸,拔起了陆地上所有的大树……这时从宇宙空间看,我们的星球也成了一个巨大的彗星,蓝色的彗尾刺破了黑暗的太空。

地球上路了,人类上路了。

就在启航时,爷爷去世了,他身上的烫伤已经感染。弥留之际他反复念叨着一句话:

"啊,地球,我的流浪地球啊……"

逃逸时代

学校要搬入地下城了,我们是第一批入城的居民。校车钻进了一个高大的隧洞,隧洞成不大的坡度向地下延伸。走了有半个钟头,我们被告知已入城了。可车窗外哪有城市的样子?只看到不断掠过的错综复杂的支洞,和洞壁上无数的密封门,在高高洞顶的一排泛光灯下,一切都呈单调的金属蓝色。想到后半生的大部分时光都要在这个世界中度过,我们不禁黯然神伤。

"原始人就住洞里,我们又住洞里了。"灵儿低声说,这话还是让小星老师听见了。

"没有办法的,孩子们,地面的环境很快就要变得很可怕很可怕,那时,冷的时候,吐一口唾沫,还没掉到地上呢,就冻成小冰块儿了;热的时候,再吐一口唾沫,还没掉到地上,就变成蒸汽了!"

"冷我知道,因为地球离太阳越来越远了;可为什么还会热呢?"同车的一个低年级的小娃娃问。

"笨,没学过变轨加速吗?"我没好气地说。

"没。"

灵儿耐心地解释起来,好像是为了分散刚才的悲伤。"是这样:跟你想的不同,地球发动机没那么大劲儿,它只能给地球很小的加速度,不能把地球一下子推出太阳轨道,在地球离开太阳前,还要绕着它转15个圈呢!在这15个圈中地球慢慢加速。现在,地球绕太阳转着一个挺圆的圈儿,可它的速度越快呢,这圈儿就越扁,越快越扁越快越扁,太阳越来越移到这个扁圈的一边儿,所以后来,地球有时离太阳会很远很远,当然冷了……"

"可……还是不对!地球到最远的地儿是很冷,可在扁圈的另一头儿,它离太阳……嗯,我想想,按轨道动力学,还是现在这么近啊,怎么会更热呢?"

真是个小天才,记忆遗传技术使这样的小娃娃成了平常人,这是人类的幸运,否则,像地球发动机这样连神都不敢想的奇迹,是不会在四个世纪内变成现实的。

我说:"可还有地球发动机呢,小傻瓜,现在,一万多台那样的大喷灯全功率开动,地球就成了火箭喷口的护圈了……你们安静点吧,我心里烦!"

我们就这样开始了地下的生活,像这样在地下五百米处人口超过百万的城市遍布各个大陆。在这样的地下城中,我读完小学并升入中学。学校教育都集中在理工科上,艺术和哲学之类的教育已压缩到最少,人类没有这份闲心了。这是人类最忙的时代,每个人都有做不完的工作。很有意思的是,地球上所有的宗教在一夜之间消失得无影无踪,人们现在终于明白,就算真有上帝,他也是个王八蛋。历史课还是有的,只是课本中前太阳时代的人类历史对我们就像伊甸园中的神话一样。

父亲是空军的一名近地轨道宇航员,在家的时间很少。记得在变轨加速的第五年,在地球处于远日点时,我们全家到海边去过一次。运行到远日点顶端那一天,是一个如同新年或圣诞节一样的节日,因为这时地球距太阳最远,人们都有一种虚幻的安全感。像以前到地面上去一样,我们需穿上带有核电池的全密封加热服。外面,地球发动机林立的刺目光柱是主要能看见的东西,地面世界的其他部分都淹没于光柱的强光中,也看不出变化。我们乘飞行汽车飞了很长时间,到了光柱照不到的地方,到了能看见太阳的海边。这时的太阳已成了一个棒球大小,一动不动地悬在天边,它的光芒只在自己的周围映出了一圈晨曦似的亮影,天空呈暗暗的深蓝色,星星仍清晰可见。举目望去,哪有海啊,眼前是一片白茫茫的冰原。在这封冻的大海上,有大群狂欢的人。焰火在暗蓝色的空中开放,冰冻海面上的人们以一种不正常的忘情在狂欢着,到处都是喝醉了在冰上打滚的人,更多的人在声嘶力竭地唱着不同的歌,都想用自己的声音压住别人。

"每个人都在不顾一切地过自己想过的生活,这也没有什么不好。"爸爸突然想起了一件事,"呵,忘了告诉你们,我爱上了黎星,我要离开你们和她在一起。"

"她是谁?"妈妈平静地问。

"我的小学老师。"我替爸爸回答,我升入中学已两年,不知道爸爸和小星老师是怎么认识的,也许是在两年前的毕业仪式上?

"那你去吧。"妈妈说。

"过一阵子我肯定会厌倦,那时我就回来,你看呢?"

"你要愿意当然行。"妈妈的声音像冰冻的海面一样平稳,但很快激动起来,"啊,这一颗真漂亮,里面一定有全息散射体!"她指着刚在空中开放的一朵焰火,真诚地赞美着。

在这个时代,人们看四个世纪以前的电影和小说时都莫名其妙,他们不明白,前太阳时代的人怎么会在不关生死的事情上倾注那么多的感情。当看到男女主人公为爱情而痛苦或哭泣时,他们的惊奇是难以言表的。在这个时代,死亡的威胁和逃生的欲望压倒了一切,除了当前太阳的状态和地球的位置,没有什么能真正引起他们的注意并打动他们了。这种注意力高度集中的关注,渐渐从本质上改变了人类的心理状态和精神生活,对于爱情这类东西,他们只是用余光瞥一下而已,就像赌徒在盯着轮盘的间隙抓住几秒钟喝口水一样。

过了两个月,爸爸真从小星老师那儿回来了,妈妈没有高兴,也没有不高兴。

爸爸对我说:"黎星对你印象很好,她说你是一个有创造力的学生。"

妈妈一脸茫然:"她是谁?"

"小星老师嘛,我的小学老师,爸爸这两个月就是同她在一起的!"

"哦,想起来了!"妈妈摇头笑了,"我还不到四十,记忆力就成了这个样子。"她抬头看看天花板上的全息星空,又看看四壁的全息森林,"你回来挺好,把这些图像换换吧,我和孩子都看腻了,但我们都不会调整这玩艺儿。"

当地球再次向太阳跌去的时候,我们全家都把这事忘了。

有一天,新闻报道海在融化,于是我们全家又到海边去。这是地球通过火星轨道的时候,按照这时太阳的光照量,地球的气温应该仍然是很低的,但由于地球发动机的影响,地面的气温正适宜。能不穿加热服或冷却服去地面,那感觉真令人愉快。地球发动机所在的这个半球天空还是那个样子,但到达另一个半球时,却真正感到了太阳的临近:天空是明朗的纯蓝色,太阳在空中已同启航前一样明亮了。可我们从空中看到海并没融化,还是一片白色的冰原。当我们失望地走出飞行汽车时,听到惊天动地的隆隆声,那声音仿佛来自这颗星球的最深处,真像地球要爆炸一样。

"这是大海的声音!"爸爸说,"因为气温骤升,厚厚的海冰层受热不均匀,这很像陆地上的地震。"

突然,一声雷霆般尖利的巨响插进这低沉的隆隆声中,我们后面看海的人们欢呼起来。我看到海面上裂开一道长缝,其开裂速度之快如同广阔的冰原上突然出现的一道黑色的闪电。接着在不断的巨响中,这样的裂缝一条接一条地在海冰上出现,海水从所有的裂缝中喷出,在冰原上形成一条条迅速扩散的急流……

回家的路上,我们看到荒芜已久的大地上,野草在大片大片地钻出地面,各种花朵在怒放,嫩叶给枯死的森林披上绿装……所有的生命都在抓紧时间发泄着活力。

随着地球和太阳的距离越来越近,人们的心也一天天揪紧了。到地面上来欣赏春色的人越来越少,大部分人都深深地躲进了地下城中,这不是为了躲避即将到来的酷热、暴雨和飓风,而是躲避那随着太阳越来越近的恐惧。有一天在我睡下后,听到妈妈低声对爸爸说:"可能真的来不及了。"

爸爸说:"前四个近日点时也有这种谣言。"

"可这次是真的,我是从钱德勒博士夫人口中听说的,她丈夫是航行委员会的那个天文学家,你们都知道他的。他亲口告诉她已观测到氦的聚集在加速。"

"你听着,亲爱的,我们必须抱有希望,这并不是因为希望真的存在,而是因为我们要做高贵的人。在前太阳时代,做一个高贵的人必须拥有金钱、权力或才能,而在今天只要拥有希望,希望是这个时代的黄金和宝石,不管活多长,我们都要拥有它!明天把这话告诉孩子。"

和所有的人一样,我也随着近日点的到来而心神不定。有一天放学后,我不知不觉走到了城市中心广场,在广场中央有喷泉的圆形水池边呆立着,时而低头看着蓝莹莹的池水,时而抬头望着广场圆形穹顶上梦幻般的光波纹,那是池水反射上去的。这时我看到了灵儿,她拿着一个小瓶子和一根小管儿,在吹肥皂泡。每吹出一串,她都呆呆地盯着空中飘浮的泡泡,看着它们一个个消失,然后再吹出一串……

"都这么大了还干这个,这好玩吗?"我走过去问她。

灵儿见了我以后喜出望外,"我们俩去旅行吧!"

"旅行?去哪?"

"当然是地面啦!"她挥手在空中划了一下,从手腕上的计算机甩出一幅全息景象,显示出一个落日下的海滩,微风吹拂着棕榈树,道道白浪,金黄的沙滩上有一对对的情侣,他们在铺满碎金的海面前呈一对对黑色的剪影。"这是梦娜和大刚发回来的,他们俩现在还满世界转呢,他们说外面现在还不太热,外面可好呢,我们去吧!"

"他们因为旷课刚被学校开除了。"

"哼,你根本不是怕这个,你是怕太阳!"

"你不怕吗?别忘了你因为怕太阳还看过精神病医生呢。"

"可我现在不一样了,我受到了启示!你看,"灵儿用小管儿吹出了一串肥皂泡,"盯着它看!"她用手指着一个肥皂泡说。

我盯着那个泡泡,看到它表面上光和色的狂澜,那狂澜以人的感觉无法把握的复杂和精细在涌动,好像那个泡泡知道自己生命的长度,疯狂地把自己渺如烟海的记忆中无数的梦幻和传奇向世界演绎。很快,光和色的狂澜在一次无声的爆炸中消失了,我看到了一小片似有似无的水汽,这水汽也只存在了半秒钟,然后什么都没有了,好像什么都没有存在过。

"看到了吗?地球就是宇宙中的一个小水泡,啪一下,什么都没了,有什么好怕的呢?"

"不是这样的,据计算,在氦闪发生时,地球被完全蒸发掉至少需要一百个小时。"

"这就是最可怕之处了!"灵儿大叫起来,"我们在这地下五百米,就像馅饼里的肉馅一样,先给慢慢烤熟了,再蒸发掉!"

一阵冷颤传遍我的全身。

"但在地面就不一样了,那里的一切瞬间被蒸发,地面上的人就像那泡泡一样,啪一下……所以,氦闪时还是在地面上为好。"

不知为什么,我没同她去,她就同阿东去了,我以后再也没见到他们。

氦闪并没有发生,地球高速掠过了近日点,第六次向远日点升去,人们绷紧的神经松弛下来。由于地球自转已停止,在太阳轨道的这一面,亚洲大陆上的地球发动机正对它的运行方向,所以在通过近日点前都停了下来,只是偶尔做一些调整姿态的运行,我们这儿处于宁静而漫长的黑夜之中。美洲大陆上的发动机则全功率运行,那里成了火箭喷口的护圈。由于太阳这时也处于西半球,那儿的高温更是可怕,草木生烟。

地球的变轨加速就这样年复一年地进行着。每当地球向远日点升去时,人们的心也随着地球与太阳距离的日益拉长而放松;而当它在新的一年向太阳跌去时,人们的心又一天天紧缩起来。每次到达近日点,社会上就谣言四起,说太阳氦闪就要在这时发生了;直到地球再次升向远日点,人们的恐惧才随着天空中渐渐变小的太阳平息下来,但又在酝酿着下一次的恐惧……人类的精神像在荡着一个宇宙秋千,更恰当地说,在经历着一场宇宙俄罗斯轮盘赌:升上远日点和跌向太阳的过程是在转动弹仓,掠过近日点时则是扣动扳机!每扣一次时的神经比上一次更紧张,我就是在这种交替的恐惧中度过了自己的少年时代。其实仔细想想,即使在远日点,地球也未脱离太阳氦闪的威力圈,如果那时太阳爆发,地球不是被气化而是被慢慢液化,那种结果还真不如在近日点。

在逃逸时代,大灾难接踵而至。

由于地球发动机产生的加速度及运行轨道的改变,地核中铁镍核心的平衡被扰动,其影响穿过古腾堡不连续面,波及地幔,各个大陆地热逸出,火山横行,这对于人类的地下城市是致命的威胁。从第六次变轨周期后,在各大陆的地下城中,岩浆渗入灾难频繁发生。

那天当警报响起来的时候,我正走在放学回家的路上,听到市政厅的广播:"F112市全体市民注意,城市北部屏障已被地应力破坏,岩浆渗入!岩浆渗入!现在岩浆流已到达第四街区!公路出口被封死,全体市民到中心广场集合,通过升降梯向地面撤离。注意,撤离时按《危急法》第五条行事,强调一遍,撤离时按《危急法》第五条行事!"

我环视了一下四周迷宫般的通道,地下城现在看上去并没有什么异常。但我知道现在的危险:只有两条通向外部的地下公路,其中一条去年因加固屏障的需要已被堵死,如果剩下的这条也堵死了,就只有通过经竖井直通地面的升降梯逃命了。升降梯的载运量很小,要把这座地下城的36万人运出去需要很长时间,但也没有必要去争夺生存的机会,联合政府的《危急法》把一切都安排好了。

古代曾有过一个伦理学问题:当洪水到来时,一个只能救走一个人的男人,是去救他的父亲呢,还是去救他的儿子? 在这个时代的人看来,提出这个问题很不可理解。

当我到达中心广场时,看到人们已按年龄排起了长长的队。最靠近电梯口的是由机器人保育员抱着的婴儿,然后是幼儿园的孩子,再往后是小学生……我排在队伍中间靠前的部分。爸爸现在在近地轨道值班,城里只有我和妈妈,我现在看不到妈妈,就顺着几公路长的队身后跑,没跑多远就被士兵拦住了。我知道她在最后一段,因为这个城市主要是学校集中地,家庭很少,她已经算年纪大的那批人了。

长队以让人心里着火的慢速度向前移动,三个小时后轮到我跨进升降梯时,心里一点都不轻松,因为这时在妈妈和生存之间,还隔着两万多名大学生呢!而我已闻到了浓烈的硫磺味……

我到地面两个半小时后,岩浆就在五百米深的地下吞没了整座城市。我心如刀绞地想象着妈妈最后的时刻:她同没能撤出的一万八千人一起,看着岩浆涌进市中心广场。那时已经停电,整个地下城只有岩浆那可怖的暗红色光芒。广场那高大的白色穹顶在高温中渐渐变黑,所有的遇难者可能还没接触到岩浆,就被这上千度的高温夺去了生命。

但生活还在继续,这严酷恐惧的现实中,爱情仍不时闪现出迷人的火花。为了缓解人们的紧张情绪,在第十二次到达远日点时,联合政府居然恢复了中断达两个世纪的奥运会。我作为一名机动冰橇拉力赛的选手参加了奥运会,比赛是驾驶机动冰橇,从上海出发,从冰面上横穿封冻的太平洋,到达终点纽约。

发令枪响过之后,上百只雪橇在冰冻的海洋上以每小时二百公里左右的速度出发了。开始还有几只雪橇相伴,但两天后,他们或前或后,都消失在地平线之外。这时背后地球发动机的光芒已经看不到了,我正处于地球最黑的部分。在我眼中,世界就是由广阔的星空和向四面无限延伸的冰原组成的,这冰原似乎一直延伸到宇宙的尽头,或者它本身就是宇宙的尽头。而在无限的星空和无限的冰原组成的宇宙中,只有我一个人!雪崩般的孤独感压倒了我,我想哭。我拼命地赶路,名次已无关紧要,只是为了在这可怕的孤独感杀死我之前尽早地摆脱它,而那想象中的彼岸似乎根本就不存在。

就在这时,我看到天边出现了一个人影。近了些后,我发现那是一个姑娘,正站在她的雪橇旁,她的长发在冰原上的寒风中飘动着。你知道这时遇见一个姑娘意味着什么,我们的后半生由此决定了。她是日本人,叫山杉加代子。女子组比我们先出发十二个小时,她的雪橇卡在冰缝中,把一根滑杆卡断了。我一边帮她修雪橇,一边把自己刚才的感觉告诉她。

"您说的太对了,我也是那样的感觉!是的,好像整个宇宙中就只有你一个人!知道吗?我看到您从远方出现时,就像看到太阳升起一样耶!"

"那你为什么不叫救援飞机?"

"这是一场体现人类精神的比赛,要知道,流浪地球在宇宙中是叫不到救援的!"她挥动着小拳头,以日本人特有的执着说。

"不过现在总得叫了,我们都没有备用滑杆,你的雪橇修不好了。"

"那我们坐您的雪橇一起走好吗?如果您不在意名次的话。"

我当然不在意,于是我和加代子一起在冰冻的太平洋上走完了剩下的漫长路程。经过夏威夷后,我们看到了天边的曙光。在这被那个小小的太阳照亮的无际冰原上,我们向联合政府的民政部发去了结婚申请。

当我们到达纽约时,这个项目的裁判们早等得不耐烦,收摊走了。但有一个民政局的官员在等着我们,他向我们致以新婚的祝贺,然后开始履行他的职责:他挥手在空中划出一个全息图像,上面整齐地排列着几万个圆点,这是这几天全世界向联合政府登记结婚的数目。由于环境的严酷,法律规定每三对新婚配偶中只有一对有生育权,抽签决定。加代子对着半空中那几万个点犹豫了半天,点了中间的一个。当那个点变为绿色时,她高兴得跳了起来。但我的心中却不知是什么滋味,我的孩子出生在这个苦难的时代,是幸运还是不幸呢?那个官员倒是兴高采烈,他说每当一对儿"点绿"的时候他都十分高兴,他拿出了一瓶伏特加,我们三个轮着一人一口地喝着,都为人类的延续干杯。我们身后,遥远的太阳用它微弱的光芒给自由女神像镀上了一层金辉,对面,是已无人居住的曼哈顿的摩天大楼群,微弱的阳光把它们的影子长长地投在纽约港寂静的冰面上,醉意朦胧的我,眼泪涌了出来。

地球,我的流浪地球啊!

分手前,官员递给我们一串钥匙,醉醺醺地说:"这是你们在亚洲分到的房子,回家吧,哦,家多好啊!"

"有什么好的?"我漠然地说,"亚洲的地下城充满危险,这你们在西半球当然体会不到。"

"我们马上也有你们体会不到的危险了,地球又要穿过小行星带,这次是西半球对着运行方向。"

"上几个变轨周期也经过小行星带,不是没什么大事吗?"

"那只是擦着小行星带的边缘走,太空舰队当然能应付,他们可以用激光和核弹把地球航线上的那些小石块都清除掉。但这次……你们没看新闻?这次地球要从小行星带正中穿过去!舰队只能对付那些大石块,唉……"

在回亚洲的飞机上,加代子问我:"那些石块很大吗?"

我父亲现在就在太空舰队干那件工作,所以尽管政府为了避免惊慌照例封锁消息,我还是知道一些情况。我告诉加代子,那些石块大得像一座大山,五千万吨级的热核炸弹只能在上面打出一个小坑。"他们就要使用人类手中的威力最大的武器了!"我神秘地告诉加代子。

"你是说反物质炸弹?!"

"还能是什么?"

"太空舰队的巡航范围是多远?"

"现在他们力量有限,我爸说只有一百五十万公里左右。"

"啊,那我们能看到了!"

"最好别看。"

加代子还是看了,而且是没戴护目镜看的。反物质炸弹的第一次闪光是在我们起飞不久后从太空传来的,那时加代子正在欣赏飞机舷窗外空中的星星,这使她的双眼失明了一个多小时,以后的一个多月都红肿流泪。那真是让人心惊肉跳的时刻,反物质炮弹不断地击中小行星,湮灭的强光此起彼伏地在漆黑的太空中闪现,仿佛宇宙中有一群巨人围着地球用闪光灯疯狂拍照似的。

半小时后,我们看到了火流星,它们拖着长长的火尾划破长空,给人一种恐怖的美感。火流星越来越多,每一个在空中划过的距离越来越长。突然,机身在一声巨响中震颤了一下,紧接着又是连续的巨响和震颤。加代子惊叫着扑到我怀中,她显然以为飞机被流星击中了,这时舱里响起了机长的声音。

"请各位乘客不要惊慌,这是流星冲破音障产生的超音速爆音,请大家戴上耳机,否则您的听觉会受到永久的损害。由于飞行安全已无法保证,我们将在夏威夷紧急降落。"

这时我盯住了一个火流星,那个火球的体积比别的大出许多,我不相信它能在大气中烧完。果然,那火球疾驰过大半个天空,越来越小,但还是坠入了冰海。我从万米高空看到,海面被击中的位置出现了一个小白点,那白点立刻扩散成一个白色的圆圈,圆圈迅速在海面扩大。

"那是浪吗?"加代子颤着声儿问我。

"是浪,上百米的浪。不过海封冻了,冰面会很快使它衰减的。"我自我安慰地说,不再看下面。

我们很快在檀香山降落,由当地政府安排去地下城。我们的汽车沿着海岸走,天空中布满了火流星,那些红发恶魔好像是从太空中的某一个点同时迸发出来的。一颗流星在距海岸不远处击中了海面,没有看到水柱,但水蒸气形成的白色蘑菇云高高地升起。涌浪从冰层下传到岸边,厚厚的冰层轰隆隆地破碎了,冰面显出了浪的形状,好像有一群柔软的巨兽在冰下排着队游过。

"这块有多大?"我问那位来接应我们的官员。

"不超过五公斤,不会比你的脑袋大吧。不过刚接到通知,在北方八百公里的海面上,刚落下一颗二十吨左右的。"

这时他手腕上的通讯机响了,他看了一眼后对司机说:"来不及到204号门了,就近找个入口吧!"

汽车拐了个弯,在一个地下城入口前停了下来。我们下车后,看到入口外有几个士兵,他们都一动不动地盯着远方的一个方向,眼里充满了恐惧。我们都顺着他们的目光看去,在天海连线处,我们看到一层黑色的屏障,初一看好像是天边低低的云层,但那"云层"的高度太齐了,像一堵横在天边的长墙,再仔细看,墙头还镶着一线白边。

"那是什么呀?"加代子怯生生地问一个军官,得到的回答让我们毛发直竖。

"浪。"

地下城高大的铁门隆隆地关上了,约莫过了十分钟,我们感到从地面传来的低沉的声音,咕噜噜的,像一个巨人在地面打滚。我们面面相觑,大家都知道,百米高的巨浪正在滚过夏威夷,也将滚过各个大陆。但另一种震动更吓人,仿佛有一只巨拳从太空中不断地击打地球,在地下这震动并不大,只能隐约感到,但每一个震动都直达我们灵魂深处。这是流星在不断地击中地面。

我们的星球所遭到的残酷轰炸断断续续持续了一个星期。

当我们走出地下城时,加代子惊叫:"天啊,天怎么是这样的!"

天空是灰色的,这是因为高层大气弥漫着小行星撞击陆地时产生灰尘,星星和太阳都消失在这无际的灰色中,仿佛整个宇宙在下着一场大雾。地面上,滔天巨浪留下的海水还没来得及退去就封冻了,城市幸存的高楼形单影只地立在冰面上,挂着长长的冰凌柱。冰面上落了一层撞击尘,于是这个世界只剩下一种颜色:灰色。

我和加代子继续回亚洲的旅行。在飞机越过早已无意义的国际日期变更线时,我们见到了人类所见过的最黑的黑夜,飞机仿佛潜行在墨汁的海洋中。看着机舱外那没有一丝光线的世界,我们的心情也暗到了极点。

"什么时候到头儿呢?"加代子喃喃地说。我不知道她指的是这个旅程还是这充满苦难和灾难的生活,我现在觉得两者都没有尽头。是啊,即使地球航出了氦闪的威力圈,我们得以逃生,又怎么样呢?我们只是那漫长阶梯的最下一级,当我们的一百代重孙爬上阶梯的顶端,见到新生活的光明时,我们的骨头都变成灰了。我不敢想象未来的苦难和艰辛,更不敢想象要带着爱人和孩子走过这条看不到头的泥泞路,我累了,实在走不动了……就在我被悲伤和绝望窒息的时候,机舱里响起了一声女人的惊叫:

"啊!不!不能,亲爱的!!"

我循声看去,见那个女人正从旁边的一个男人手中夺下一支手枪,他刚才显然想把枪口凑到自己的太阳穴上。这人很瘦弱,目光呆滞地看着前方无限远处。女人把头埋在他膝上,嘤嘤地哭了起来。

"安静。"男人冷冷地说。

哭声消失了,只有飞机发动机的嗡嗡声在轻响,像不变的哀乐。在我的感觉中,飞机已粘在这巨大的黑暗中,一动不动,而整个宇宙,除了黑暗和飞机,什么都没有了。加代子紧紧钻在我怀里,浑身冰凉。

突然,机舱前部有一阵骚动,有人在兴奋地低语。我向窗外看去,发现飞机前方出现了一片朦胧的光亮,那光亮是蓝色的,没有形状,十分均匀地出现在前方弥漫着撞击尘的夜空中。

那是地球发动机的光芒。

西半球的地球发动机已被陨石击毁了三分之一,但损失比启航前的预测要少;东半球的地球发动机由于背向撞击面,完好无损。从功率上来说,它们是能使地球完成逃逸航行的。

在我眼中,前方朦胧的蓝光,如同从深海漫长的上浮后看到的海面的亮光,我的呼吸又顺畅起来。

我又听到那个女人的声音:"亲爱的,痛苦呀恐惧呀这些东西,也只有在活着时才能感觉到,死了,死了什么也没有了,那边只有黑暗。还是活着好,你说呢?"

那瘦弱的男人没有回答,他盯着前方的蓝光看,眼泪流了下来。我知道他能活下去了,只要那希望的蓝光还亮着,我们就都能活下去,我又想起了父亲关于希望的那些话。

一下飞机,我和加代子没有去我们在地下城中的新家,而是到设在地面的太空舰队基地去找父亲,但在基地,我只见到了追授他的一枚冰冷的勋章。这勋章是一名空军少将给我的,他告诉我,在清除地球航线上的小行星的行动中,一块被反物质炸弹炸出的小行星碎片击中了父亲的单座微型飞船。

"当时那个石块和飞船的相对速度有每秒一百公里,撞击使飞船座舱瞬间气化了,他没有一点痛苦,我向您保证,没有一点痛苦。"将军说。

当地球又向太阳跌回去的时候,我和加代子又到地面上来看春天,但没有看到。世界仍是一片灰色,阴暗的天空下,大地上分布着由残留海水形成的一个个冰冻湖泊,见不到一点绿色。大气中的撞击尘挡住了阳光,使气温难以回升。甚至在近日点,海洋和大地都没有解冻,太阳呈一个朦胧的光晕,仿佛是撞击尘后面的一个幽灵。

三年以后,空中的撞击尘才有所消散,人类终于最后一次通过近日点,向远日点升去。在这个近日点,东半球的人有幸目睹了地球历史上最快的一次日出和日落。太阳从海平面上一跃而起,迅速划过长空,大地上万物的影子在很快地变换着角度,仿佛是无数根钟表的秒针。这也是地球上最短的一个白天,只有不到一个小时。当一小时后太阳跌入地平线,黑暗降临大地时,我感到一阵伤感。这转瞬即逝的一天,仿佛是对地球在太阳系四十五亿年进化史的一个短暂的总结。直到宇宙的末日,它不会再回来了。

"天黑了。"加代子忧伤地说。

"最长的一夜。"我说。东半球的这一夜将延续两千五百年,一百代人后,人马座的曙光才能再次照亮这个大陆。西半球也将面临最长的白天,但比这里黑夜要短得多。在那里,太阳将很快升到天顶,然后一直静在那个位置上渐渐变小,在半世纪内,它就会融入星群难以分辨了。

按照预定的航线,地球升向与木星的会合点。航行委员会的计划是:地球第15圈的公转轨道是如此之扁,以至于它的远日点到达木星轨道,地球将与木星在几乎相撞的距离上擦身而过,在木星巨大引力的拉动下,地球将最终达到逃逸速度。

离开近日点后两个月,就能用肉眼看到木星了,它开始只是一个模糊的光点,但很快显出圆盘的形状,又过了一个月,木星在地球上空已有满月大小了,呈暗红色,能隐约看到上面的条纹。这时,十五年来一直垂直的地球发动机光柱中有一些开始摆动,地球在做会合前最后的姿态调整,木星渐渐沉到地平线下。以后的三个多月,木星一直处在地球的另一面,我们看不到它,但知道两颗行星正在交会之中。

有一天我们突然被告知东半球也能看到木星了。于是人们纷纷从地下城中来到地面。当我走出城市的密封门来到地面时,发现开了十五年的地球发动机已经全部关闭了,我再次看到了星空,这表明同木星最后的交会正在进行。人们都在紧张地盯着西方的地平线,地平线上出现了一片暗红色的光,那光区渐渐扩大,伸延到整个地平线的宽度。我现在发现那暗红色的区域上方同漆黑的星空有一道整齐的边界,那边界呈弧形,那巨大的弧形从地平线的一端跨到了另一端,在缓缓升起,巨弧下的天空都变成了暗红色,仿佛一块同星空一样大小的暗红色幕布在把地球同整个宇宙隔开。当我回过神来时,不由倒吸一口冷气,那暗红色的幕布就是木星!我早就知道木星的体积是地球的1300倍,现在才真正感觉到它的巨大。这宇宙巨怪在整个地平线上升起时产生的那种恐惧和压抑感是难以用语言描述的,一名记者后来写道:"不知是我身处噩梦中,还是这整个宇宙都是一个造物主巨大而变态的头脑中的噩梦!"木星恐怖地上升着,渐渐占据了半个天空。这时,我们可以清楚地看到它云层中的风暴,那风暴把云层搅动成让人迷茫的混乱线条。我知道那厚厚的云层下是沸腾的液氢和液氦的大洋。著名的大红斑出现了,这个在木星表面维持了几十万年的大旋涡大得可以吞下整个地球。这时木星已占满了整个天空,地球仿佛是浮在木星沸腾的暗红色云海上的一只气球!而木星的大红斑就处在天空正中,如一只红色的巨眼盯着我们的世界,大地笼罩在它那阴森的红光中,……这时,谁都无法相信小小的地球能逃出这巨大怪物的引力场,从地面上看,地球甚至连成为木星的卫星都不可能,我们就要掉进那无边云海覆盖着的地狱中去了!但领航工程师们的计算是精确的,暗红色的迷乱的天空在缓缓移动着,不知过了多长时间,西方的天边露出了黑色的一角,那黑色迅速扩大,其中有星星在闪烁,地球正在冲出木星的引力魔掌。这时警报尖叫起来,木星产生的引力潮汐正在向内陆推进,后来得知,这次大潮百多米高的巨浪再次横扫了整个大陆。在跑进地下城的密封门时,我最后看了一眼仍占据半个天空的木星,发现木星的云海中有一道明显的划痕,后来知道,那是地球引力作用在木星表面留下的痕迹,我们的星球也在木星表面拉起了如山的液氢和液氦的巨浪。这时,木星巨大的引力正在把地球加速甩向外太空。

离开木星时,地球已达到了逃逸速度,它不再需要返回潜藏着死亡的太阳,向广漠的外太空飞去,漫长的流浪时代开始了。

就在木星暗红色的阴影下,我的儿子在地层深处出生了。

叛 乱

离开木星后,亚洲大陆上一万多台地球发动机再次全功率开动,这一次它们要不停地运行五百年,不停地加速地球。这五百年中,发动机将把亚洲大陆上一半的山脉用做燃料消耗掉。

从四个多世纪死亡的恐惧中解脱出来，人们长出了一口气。但预料中的狂欢并没有出现，接下来发生的事情出乎所有人的想象。

　　在地下城的庆祝集会后，我一个人穿上密封服来到地面。童年时熟悉的群山已被超级挖掘机夷为平地，大地上只有裸露的岩石和坚硬的冻土，冻土上到处有白色的斑块，那是大海潮留下的盐渍。面前那座爷爷和爸爸度过了一生的曾有千万人口的大城市现在已是一片废墟，高楼钢筋外露的残骸在地球发动机光柱的蓝光中拖着长长的影子，好像是史前巨兽的化石……一次次的洪水和小行星的撞击已摧毁了地面上的一切，各大陆上的城市和植被都荡然无存，地球表面已变成火星一样的荒漠。

　　这一段时间，加代子心神不定。她常常扔下孩子不管，一个人开着飞行汽车出去旅行，回来后，只是说她去了西半球。最后，她拉我一起去了。

　　我们的飞行汽车以四倍音速飞行了两个小时，终于能够看到太阳了，它刚刚升出太平洋，这时看上去只有棒球大小，给冰封的洋面投下一片微弱的、冷冷的光芒。加代子把飞行汽车悬停在五千米的空中，然后从后面拿出了一个长长的东西，去掉封套后我看到那是一架天文望远镜，业余爱好者用的那种。加代子打开车窗，把望远镜对准太阳，让我看。

　　从有色镜片中我看到了放大几百倍的太阳，我甚至清楚地看到太阳表面的缓缓移动的明暗斑点，还有日球边缘隐隐约约的日珥。

　　加代子把望远镜同车内的计算机联起来，把一个太阳影像采集下来。然后，她又调出了另一个太阳图像，说："这个是四个世纪前的太阳图像。"接着，计算机对两个图像进行比较。

　　"看到了吗？"加代子指着屏幕说，"它们的光度、像素排列、像素概率、层次统计等参数都完全一样！"

　　我摇摇头说："这能说明什么？一架玩具望远镜，一个低级图像处理程序，加上你这个无知的外行……别自寻烦恼了，别信那些谣言！"

　　"你是个白痴。"她说着，收回望远镜，把飞行汽车向回开去。这时，在我们的上方和下方，我又远远地看到了几辆飞行汽车，同我们刚才一样悬在空中，从每辆车的车窗中都伸出一架望远镜对着太阳。

　　以后的几个月中，一个可怕的说法像野火一样在全世界蔓延。越来越多的人自发地用更大型更精密的仪器观测太阳。后来，一个民间组织向太阳发射了一组探测器，它们在三个月后穿过日球。探测器发回的数据最后证实了那个事实。

　　同四个世纪前相比，太阳没有任何变化。

　　现在，各大陆的地下城已成了一座座骚动的火山，局势一触即发。一天,按照联合政府的法令,我和加代子把儿子送进了养育中心。回家的路上我们俩都感到维系我们关系的唯一纽带已不存在了。走到市中心广场,我们看到有人在演讲,另一些人在演讲者周围向市民分发武器。

"公民们!地球被出卖了!人类被出卖了!!文明被出卖了!!!我们都是一个超级骗局的牺牲品!这个骗局之巨大之可怕,上帝都会为之休克!太阳还是原来的太阳,它不会爆发,过去现在将来都不会,它是永恒的象征!爆发的是联合政府中那些人阴险的野心!他们编造了这一切,只是为了建立他们的独裁帝国!他们毁了地球!他们毁了人类文明!!公民们,有良知的公民们!拿起武器,拯救我们的星球!拯救人类文明!!我们要推翻联合政府,控制地球发动机,把我们的星球从这寒冷的外太空开回原来的轨道!开回到我们的太阳温暖的怀抱中!!"

加代子默默地走上前去,从分发武器的人手中接过了一支冲锋枪,加入到那些拿到武器的市民的队列中,她没有回头,同那支庞大的队列一起消失在地下城的迷雾里。我呆呆地站在那儿,手在衣袋中紧紧攥着父亲用生命和忠诚换来的那枚勋章,它的边角把我的手扎出了血……

三天后,叛乱在各个大陆同时爆发了。

叛军所到之处,人民群起响应,到现在,很少有人怀疑自己受骗了。但我加入了联合政府的军队,这并非由于对政府的坚信,而是我三代前辈都有过军旅生涯,他们在我心中种下了忠诚的种子,不论在什么情况下,背叛联合政府对我来说是一件不可想象的事。

美洲、非洲、大洋洲和南极洲相继沦陷,联合政府收缩防线死守地球发动机所在的东亚和中亚。叛军很快对这里构成包围态势,他们对政府军占有压倒优势,之所以在相当长一段时间里攻势没有取得进展,完全是由于地球发动机。叛军不想毁掉地球发动机,所以在这一广阔的战区没有使用重武器,使得联合政府得以苟延残喘。这样双方相持了三个月,联合政府的十二个集团军相继临阵倒戈,中亚和东亚防线全线崩溃。两个月后,大势已去的联合政府连同不到十万军队在靠近海岸的地球发动机控制中心陷入重围。

我就是这残存军队中的一名少校。控制中心有一座中等城市大小,它的中心是地球驾驶室。我拖着一条被激光束烧焦的手臂,躺在控制中心的伤兵收容站里。就是在这儿,我得知加代子已在澳洲战役中阵亡。我和收容站里所有的人一样,整天喝得烂醉,对外面的战事全然不知,也不感兴趣。不知过了多久,听到有人在高声说话。

"知道你们为什么这样吗?你们在自责,在这场战争中,你们站到了反人类的一边,我也一样。"

我转头一看,发现讲话的人肩上有一颗将星,他接着说:"没关系的,我们还有最后的机会拯救自己的灵魂。地球驾驶室距我们这儿只有三个街区,我们去占领它,把它交给外面理智的人类!我们为联合政府已尽到了责任,现在该为人类尽责任了!"

我用那只没受伤的手抽出手枪,随着这群突然狂热起来的受伤和没受伤的人,沿着钢铁通道,向地球驾驶室冲去。出乎预料,一路上我们几乎没遇到抵抗,倒是有越来越多的人从错综复杂的钢铁通道的各个分支中加入我们。最后,我们来到了一扇巨大的门前,那钢铁大门高得望不到顶。它轰隆隆地打开了,我们冲进了地球驾驶室。

尽管以前无数次在电视中看到过,所有的人还是被驾驶室的宏伟震惊了。从视觉上看不出这里的大小,因为驾驶室淹没在一幅巨型全息图中。那是一幅太阳系的模拟图。整个图像实际就是一个向所有方向无限伸延的黑色空间,我们一进来,就悬浮在这空间之中。由于尽量反映真实的比例,太阳和行星都很小很小,小得像远方的萤火虫,但能分辨出来。以那遥远的代表太阳的光点为中心,一条醒目的红色螺旋线扩展开来,像广阔的黑色洋面上迅速扩散的红色波圈。这是地球的航线。在螺旋线最外面的一点上,航线变成明亮的绿色,那是地球还没有完成的路程。那条绿线从我们的头顶掠过,顺着看去,我们看到了灿烂的星海,绿线消失在星海的深处,我们看不到它的尽头。在这广漠的黑色的空间中,还飘浮着许多闪亮的灰尘,其中几个尘粒飘近,我发现那是一块块虚拟屏幕,上面翻滚着复杂的数字和曲线。

我看到了全人类瞩目的地球驾驶台,它好像是飘浮在黑色空间中的一个银白色的小行星,看到它我更难以把握这里的巨大——驾驶台本身就是一个广场,现在上面密密麻麻地站着五千多人,包括联合政府的主要成员、大部分负责实施地球航行计划的星际移民委员会的成员,和那些最后忠于政府的人。这时我听到最高执政官的声音在整个黑色空间响了起来。

"我们本来可以战斗到底的,但这可能导致地球发动机失控,这种情况一旦发生,过量聚变的物质将烧穿地球,或蒸发全部海洋,所以我们决定投降。我们理解所有的人,因为已经进行了四十代人、还要延续一百代人的艰难奋斗中,永远保持理智确实是一个奢求。但也请所有的人记住我们,站在这里的这五千多人,这里有联合政府的最高执政官,也有普通的列兵,是我们把信念坚持到了最后。我们都知道自己看不到真理被证实的那一天,但如果人类得以延续万代,以后所有的人都将在我们的墓前洒下自己的眼泪,这颗叫地球的行星,就是我们永恒的纪念碑!"

控制中心巨大的密封门隆隆开启,那五千多名最后的地球派一群群走了出来,在叛军的押送下向海岸走去。一路上两边挤满了人,所有人都冲他们吐唾沫,用冰块和石块砸他们。他们中有人密封服的面罩被砸裂了,外面零下一百多度的严寒使那些人的脸麻木了,但他们仍努力地走下去。我看到一个小女孩,举起一大块冰用尽全身力气狠命地向一个老者砸去,她那双眼睛透过面罩射出疯狂的怒火。

当我听到这五千人全部被判处死刑时,觉得太宽容了。难道仅仅一死吗?这一死就能偿清他们的罪恶吗?!能偿清他们用一个离奇变态的想象和骗局毁掉地球、毁掉人类文明的罪恶吗?他们应该死一万次!这时,我想起了那些做出太阳爆发预测的天体物理学家,那些设计和建造地球发动机的工程师,他们在一个世纪前就已作古,我现在真想把他们从坟墓中挖出来,让他们也死一万次。

真感谢死刑的执行者们,他们为这些罪犯找了一种好的死法:他们收走了被判死刑的每个人密封服上加热用的核能电池,然后把他们丢在大海的冰面上,让零下百度的严寒慢慢夺去他们的生命。

这些人类文明史上最险恶最可耻的罪犯在冰海上站了黑压压的一片,在岸上有十几万人在看着他们,十几万双牙齿咬得崩崩响,十几万双眼睛喷出和那个小女孩一样的怒火。

这时,所有的地球发动机都已关闭,壮丽的群星出现在冰原之上。

我能想象出严寒像无数把尖刀刺进他们的身体,他们的血液在凝固,生命从他们的体内一点点流走,这想象中的感觉变成一种快感,传遍我的全身。看到那些在严寒的折磨中慢慢死去,岸上的人们快活起来,他们一起唱起了《我的太阳》。我唱着,眼睛看着星空的一个方向,在那个方向上,有一颗稍大些刚刚显出圆盘形状的星星发出黄色的光芒,那就是太阳。

啊,我的太阳,生命之母,万物之父,我的大神,我的上帝!还有什么比您更稳定,还有什么比您更永恒,我们这些渺小的、连灰尘都不如的炭基细菌,拥挤在围着您转的一粒小石头上,竟敢预言您的末日,我们怎么能蠢到这个程度?!

一个小时过去了,海面上那些反人类的罪犯虽然还全都站着,但已没有一个活人,他们的血液已被冻结了。

我的眼睛突然什么都看不见了,几秒钟后,视力渐渐恢复,冰原、海岸和岸上的人群又在眼前慢慢显影,最后完全清晰了,而且比刚才更清晰,因为这个世界现在笼罩在一片强烈的白光中,刚才我眼睛的失明正是由于这突然出现的强光的刺激。但星空没有重现,所有的星光都被这强光所淹没,仿佛整个宇宙都被强光融化了,这强光从太空中的一点迸发出来,那一点现在成了宇宙中心,那一点就在我刚才盯着的方向。

太阳氦闪爆发了。

《我的太阳》的合唱戛然而止,岸上的十几万人呆住了,似乎同海面上那些人一样,冻成了一片僵硬的岩石。

太阳最后一次把它的光和热撒向地球。地面上冰结的二氧化碳干冰首先气化,腾起了一阵白色的蒸汽;然后海冰表面也开始融化,受热不均的大海冰层发出惊天动地的巨响;渐渐地,照在地面上的光柔和起来,天空出现了微微的蓝色;后来,强烈的太阳风产生的极光在空中出现,苍穹中飘动着巨大的彩色光幕……

在这突然出现的灿烂阳光下,海面上最后的地球派们仍稳稳地站着,仿佛五千多尊雕像。

太阳爆发只持续了很短的时间,两个小时后强光开始急剧减弱,很快熄灭了。在太阳的位置上出现了一个暗红色球体,它的体积慢慢膨胀,最后从这里看它,已达到了在地球轨道上看到的太阳大小,那么它的实际体积已大到越出火星轨道,而水星、火星和金星这三颗地球的伙伴行星这时已在上亿度的辐射中化为一缕轻烟。但它已不是太阳,它不再发出光和热,看去如同贴在太空中一张冰冷的红纸,它那暗红色的光芒似乎是周围星光的散射。这就是小质量恒星演化的最后归宿:红巨星。

五十亿年的壮丽生涯已成为飘逝的梦幻,太阳死了。

幸运的是,还有人活着。

流浪时代

当我回忆这一切时,半个世纪已过去了。二十年前,地球航出了冥王星轨道,航出了太阳系,在寒冷广漠的外太空继续着它孤独的航程。

最近一次去地面是十几年前的事了,那是儿子和儿媳陪我去的,儿媳是一个金发碧眼的姑娘,就要做母亲了。

到地面后,我首先注意到,虽然所有地球发动机仍全功率运行,巨大的光柱却看不到了,这是因为地球大气已消失,等离子体的光芒没有散射的缘故。我看到地面上布满了奇怪的黄绿相间的半透明晶体块,这是固体氧氮,是已冻结的空气。有趣的是空气并没有均匀地冻结在地球表面,而是形成了小山丘似的不规则的隆起,在原来平滑的大海冰原上,这些半透明的小山形成了奇特的景观。银河系的星河纹丝不动地横过天穹,也像被冻结了,但星光很亮,看久了还刺眼呢。

地球发动机将不间断地开动五百年,到时地球将加速至光速的千分之五,然后地球将以这个速度滑行一千三百年,之后地球就走完了三分之二的航程,它将调转发动机的方向,开始长达五百年的减速,地球在航行二千四百年后到达比邻星,再过一百年时间,它将泊入这颗恒星的轨道,成为它的一颗卫星。

  我知道已被忘却
  流浪的航程太长太长
  但那一时刻要叫我一声啊
  当东方再次出现霞光

  我知道已被忘却
  启航的时代太远太远
  但那一时刻要叫我一声啊
  当人类又看到了蓝天

  我知道已被忘却
  太阳系的往事太久太久
  但那一时刻要叫我们一声啊
  当鲜花重新挂上枝头
  ……

每当听到这首歌,一股暖流就涌进我这年迈僵硬的身躯,我干涸的老眼又湿润了。我好像看到人马座三颗金色的太阳在地平线上依次升起,万物沐浴在它温暖的光芒中。固态的空气熔化了,变成了碧蓝的天。两千多年前的种子从解冻的土层中复苏,大地绿了。我看到我的第一百代孙子孙女们在绿色的草原上欢笑,草原上有清澈的小溪,溪中有银色的小鱼……我看到了加代子,她从绿色的大地上向我跑来,年轻美丽,像个天使……

啊,地球,我的流浪地球……

2000.1.12 于娘子关
(《流浪地球》,长江文艺出版社,2008年)

茶馆（第一幕）

老 舍

时　间　一八九八年（戊戌）初秋，康梁等的维新运动失败了。早半天。
地　点　北京，裕泰大茶馆。
人　物　王利发　刘麻子　庞太监　唐铁嘴　康　六　小牛儿　松二爷
　　　　黄胖子　宋恩子　常四爷　秦仲义　吴祥子　李　三　老　人
　　　　康顺子　二德子　乡　妇　茶客甲、乙、丙、丁　马五爷　小　妞
　　　　茶房一二人

〔幕启：这种大茶馆现在已经不见了。在几十年前，每城都起码有一处。这里卖茶，也卖简单的点心与菜饭。玩鸟的人们，每天在蹓够了画眉、黄鸟等之后，要到这里歇歇腿，喝喝茶，并使鸟儿表演歌唱。商议事情的，说媒拉纤的，也到这里来。那年月，时常有打群架的，但是总会有朋友出头给双方调解；三五十口子打手，经调人东说西说，便都喝碗茶，吃碗烂肉面（大茶馆特殊的食品，价钱便宜，作起来快当），就可以化干戈为玉帛了。总之，这是当日非常重要的地方，有事无事都可以来坐半天。

〔在这里，可以听到最荒唐的新闻，如某处的大蜘蛛怎么成了精，受到雷击。奇怪的意见也在这里可以听到，象把海边上都修上大墙，就足以挡住洋兵上岸。这里还可以听到某京戏演员新近创造了什么腔儿，和煎熬鸦片烟的最好的方法。这里也可以看到某人新得到的奇珍——一个出土的玉扇坠儿，或三彩的鼻烟壶。这真是个重要的地方，简直可以算作文化交流的所在。

〔我们现在就要看见这样的一座茶馆。

〔一进门是柜台与炉灶——为省点事，我们的舞台上可以不要炉灶；后面有些锅勺的响声也就够了。屋子非常高大，摆着长桌与方桌，长凳与小凳，都是茶座儿。隔窗可见后院。高搭着凉棚，棚下也有茶座儿。屋里和凉棚下都有挂鸟笼的地方。各处都贴着"莫谈国事"的纸条。

〔有两位茶客,不知姓名,正眯着眼,摇着头,拍板低唱。有两三位茶客,也不知姓名,正入神地欣赏瓦罐里的蟋蟀。两位穿灰色大衫的——宋恩子与吴祥子,正低声地谈话,看样子他们是北衙门的办案的(侦缉)。

〔今天又有一起打群架的,据说是为了争一只家鸽,惹起非用武力解决不可的纠纷。假若真打起来,非出人命不可,因为被约的打手中包括着善扑营的哥儿们和库兵,身手都十分厉害。好在,不能真打起来,因为在双方还没把打手约齐,已有人出面调停了——现在双方在这里会面。三三两两的打手,都横眉立目,短打扮,随时进来,往后院去。

〔马五爷在不惹人注意的角落,独自坐着喝茶。

〔王利发高高地坐在柜台里。

〔唐铁嘴踏拉着鞋,身穿一件极长极脏的大布衫,耳上夹着几张小纸片,进来。

王利发　唐先生,你外边蹓蹓吧!

唐铁嘴　(惨笑)王掌柜,捧捧唐铁嘴吧!送给我碗茶喝,我就先给您相相面吧!手相奉送,不取分文!(不容分说,拉过王利发的手来)今年是光绪二十四年,戊戌。您贵庚是……

王利发　(夺回手去)算了吧,我送给你一碗茶喝,你就甭卖那套生意口啦!用不着相面,咱们既在江湖内,都是苦命人!(由柜台内走出,让唐铁嘴坐下)坐下!我告诉你,你要是不戒了大烟,就永远交不了好运!这是我的相法,比你的更灵验!

〔松二爷和常四爷都提着鸟笼进来,王利发向他们打招呼。他们先把鸟笼子挂好,找地方坐下。松二爷文绉绉的,提着小黄鸟笼;常四爷雄赳赳的,提着大而高的画眉笼。茶房李三赶紧过来,沏上盖碗茶。他们自带茶叶。茶沏好,松二爷、常四爷向邻近的茶座让了让。

松二爷
常四爷　您喝这个!(然后,往后院看了看)

松二爷　好像又有事儿?

常四爷　反正打不起来!要真打的话,早到城外头去啦;到茶馆来干吗?

〔二德子,一位打手,恰好进来,听见了常四爷的话。

二德子　(凑过去)你这是对谁甩闲话呢?

常四爷　(不肯示弱)你问我哪?花钱喝茶,难道还教谁管着吗?

松二爷　(打量了二德子一番)我说这位爷,您是营里当差的吧?来,坐下

二德子　　喝一碗,我们也都是外场人。
二德子　　你管我当差不当差呢?
常四爷　　要抖威风,跟洋人干去,洋人厉害!英法联军烧了圆明园,尊家吃着官饷,可没见您去冲锋打仗!
二德子　　甭说打洋人不打,我先管教管教你!(要动手)
　　　　　〔别的茶客依旧进行他们自己的事。王利发急忙跑过来。
王利发　　哥儿们,都是街面上的朋友,有话好说。德爷,您后边坐!
　　　　　〔二德子不听王利发的话,一下子把一个盖碗搂下桌去,摔碎。翻手要抓常四爷的脖领。
常四爷　　(闪过)你要怎么着?
二德子　　怎么着?我碰不了洋人,还碰不了你吗?
马五爷　　(并未立起)二德子,你威风啊!
二德子　　(四下扫视,看到马五爷)喝,马五爷,您在这儿哪?我可眼拙,没看见您!(过去请安)
马五爷　　有什么事好好地说,干吗动不动地就讲打?
二德子　　嗻!您说的对!我到后头坐坐去。李三,这儿的茶钱我候啦!(往后面走去)
常四爷　　(凑过来,要对马五爷发牢骚)这位爷,您圣明,您给评评理!
马五爷　　(立起来)我还有事,再见!(走出去)
常四爷　　(对王利发)邪!这倒是个怪人!
王利发　　您不知道这是马五爷呀?怪不得您也得罪了他!
常四爷　　我也得罪了他?我今天出门没挑好日子!
王利发　　(低声地)刚才您说洋人怎样,他就是吃洋饭的。信洋教,说洋话,有事情可以一直地找宛平县的县太爷去,要不怎么连官面上都不惹他呢!
常四爷　　(往原处走)哼,我就不佩服吃洋饭的!
王利发　　(向宋恩子、吴祥子那边稍一歪头,低声地)说话请留点神!(大声地)李三,再给这儿沏一碗来!(拾起地上的碎磁片)
松二爷　　盖碗多少钱?我赔!外场人不作老娘们事!
王利发　　不忙,待会儿再算吧!(走开)
　　　　　〔纤手刘麻子领着康六进来。刘麻子先向松二爷、常四爷打招呼。
刘麻子　　您二位真早班儿?(掏出鼻烟壶,倒烟)您试试这个!刚装来的,地道英国造,又细又纯!
常四爷　　唉!连鼻烟也得从外洋来!这得往外流多少银子啊!

刘麻子　咱们大清国有的是金山银山，永远花不完！您坐着，我办点小事！
　　　　（领康六找了个座儿）
　　　　〔李三拿过一碗茶来。
刘麻子　说说吧，十两银子行不行？你说干脆的！我忙，没工夫专伺候你！
康　六　刘爷！十五岁的大姑娘，就值十两银子吗？
刘麻子　卖到窑子去，也许多拿一两八钱的，可是你又不肯！
康　六　那是我的亲女儿！我能够……
刘麻子　有女儿，你可养活不起，这怪谁呢？
康　六　那不是因为乡下种地的都没法子混了吗？一家大小要是一天能吃上一顿粥，我要还想卖女儿，我就不是人！
刘麻子　那是你们乡下的事，我管不着。我受你之托，教你不吃亏，又教你女儿有个吃饱饭的地方，这还不好吗？
康　六　到底给谁呢？
刘麻子　我一说，你必定从心眼里乐意！一位在宫里当差的！
康　六　宫里当差的谁要个乡下丫头呢？
刘麻子　那不是你女儿的命好吗？
康　六　谁呢？
刘麻子　庞总管！你也听说过庞总管吧？侍候着太后，红的不得了，连家里打醋的瓶子都是玛瑙作的！
康　六　刘大爷，把女儿给太监作老婆，我怎么对得起人呢？
刘麻子　卖女儿，无论怎么卖，也对不起女儿！你胡涂！你看，姑娘一过门，吃的是珍馐美味，穿的是绫罗绸缎，这不是造化吗？怎样，摇头不算点头算，来个干脆的！
康　六　自古以来，哪有……他就给十两银子？
刘麻子　找遍了你们全村儿，找得出十两银子找不出？在乡下，五斤白面就换个孩子，你不是不知道！
康　六　我，唉！我得跟姑娘商量一下！
刘麻子　告诉你，过了这个村可没这个店，耽误了事别怨我！快去快来！
康　六　唉！我一会儿就回来！
刘麻子　我在这儿等着你！
康　六　（慢慢地走出去）
刘麻子　（凑到松二爷、常四爷这边来）乡下人真难办事，永远没个痛痛快快！

松二爷　这号生意又不小吧?
刘麻子　也甜不到哪儿去,弄好了,赚个元宝!
常四爷　乡下是怎么了?会弄得这么卖儿卖女的!
刘麻子　谁知道!要不怎么说,就是一条狗也得托生在北京城里嘛!
常四爷　刘爷,您可真有个狠劲儿,给拉拢这路事!
刘麻子　我要不分心,他们还许找不到买主呢!(忙岔话)松二爷,(掏出个小时表来)您看这个!
松二爷　(接表)好体面的小表!
刘麻子　您听听,嘎登嘎登地响!
松二爷　(听)这得多少钱?
刘麻子　您爱吗?就让给您!一句话,五两银子,您玩够了,不爱再要了,我还照数退钱!东西真地道,传家的玩艺!
常四爷　我这儿正哑摸这个味儿:咱们一个人身上有多少洋玩艺儿啊!老刘,就看你身上吧:洋鼻烟,洋表,洋缎大衫,洋布裤褂……
刘麻子　洋东西可是真漂亮呢!我要是穿一身土布,象个乡下脑壳,谁还理我呀!
常四爷　我老觉乎着咱们的大缎子,川绸,更体面!
刘麻子　松二爷,留下这个表吧,这年月,戴着这么好的洋表,会教人另眼看待!是不是这么说,您哪?
松二爷　(真爱表,但又嫌贵)我……
刘麻子　您先戴两天,改日再给钱!
　　　　〔黄胖子进来。
黄胖子　(严重的沙眼,看不清楚,进门就请安)哥儿们,都瞧我啦!我请安了!都是自己弟兄,别伤了和气呀!
王利发　这不是他们,他们在后院哪!
黄胖子　我看不大清楚啊!掌柜的,预备烂肉面。有我黄胖子,谁也打不起来!(往里走)
二德子　(出来迎接)两边已经见了面,您快来吧!
　　　　〔二德子同黄胖子入内。
　　　　〔茶房们一趟又一趟地往后面送茶水。老人进来,拿着些牙签、胡梳、耳挖勺之类的小东西,低着头慢慢地挨着茶座儿走;没人买他的东西。他要往后院去,被李三截住。
李　三　老大爷,您外边蹓蹓吧!后院里,人家正说和事呢,没人买您的东西!

　　　　　（顺手儿把剩茶递给老人一碗）
松二爷　（低声地）李三！（指后院）他们到底为了什么事，要这么拿刀动杖的？
李　三　（低声地）听说是为一只鸽子。张宅的鸽子飞到了李宅去，李宅不肯交还……唉，咱们还是少说话好，（问老人）老大爷您高寿啦？
老　人　（喝了茶）多谢！八十二了，没人管！这年月呀，人还不如一只鸽子呢！唉！（慢慢走出去）
　　〔秦仲义，穿得很讲究，满面春风，走进来。
王利发　哎哟！秦二爷，您怎么这样闲在，会想起下茶馆来了？也没带个底下人？
秦仲义　来看看，看看你这年轻小伙子会作生意不会！
王利发　唉，一边作一边学吧，指着这个吃饭嘛。谁叫我爸爸死的早，我不干不行啊！好在照顾主儿都是我父亲的老朋友，我有不周到的地方，都肯包涵，闭闭眼就过去了。在街面上混饭吃，人缘儿顶要紧。我按着我父亲遗留下的老办法，多说好话，多请安，讨人人的喜欢，就不会出大岔子！您坐下，我给您沏碗小叶茶去！
秦仲义　我不喝！也不坐着！
王利发　坐一坐！有您在我这儿坐坐，我脸上有光！
秦仲义　也好吧！（坐）可是，用不着奉承我！
王利发　李三，沏一碗高的来！二爷，府上都好？您的事情都顺心吧？
秦仲义　不怎么太好！
王利发　您怕什么呢？那么多的买卖，您的小手指头都比我的腰还粗！
唐铁嘴　（凑过来）这位爷好相貌，真是天庭饱满，地阁方圆，虽无宰相之权，而有陶朱之富！
秦仲义　躲开我！去！
王利发　先生，你喝够了茶，该外边活动活动去！（把唐铁嘴轻轻推开）
唐铁嘴　唉！（垂头走出去）
秦仲义　小王，这儿的房租是不是得往上提那么一提呢？当年你爸爸给我的那点租钱，还不够我喝茶用的呢！
王利发　二爷，您说的对，太对了！可是，这点小事用不着您分心，您派管事的来一趟，我跟他商量，该涨多少租钱，我一定照办！是！嗻！
秦仲义　你这小子，比你爸爸还滑！哼，等着吧，早晚我把房子收回去！
王利发　您甭吓唬着我玩，我知道您多么照应我，心疼我，决不会叫我挑着大茶壶，到街上卖热茶去！

秦仲义　你等着瞧吧！

〔乡妇拉着个十来岁的小妞进来。小妞的头上插着一根草标。李三本想不许她们往前走，可是心中一难过，没管。她们俩慢慢地往里走。茶客们忽然都停止说笑，看着她们。

小　妞　（走到屋子中间，立住）妈，我饿！我饿！

〔乡妇呆视着小妞，忽然腿一软，坐在地上，掩面低泣。

秦仲义　（对王利发）轰出去！

王利发　是！出去吧，这里坐不住！

乡　妇　哪位行行好？要这个孩子，二两银子！

常四爷　李三，要两个烂肉面，带她们到门外吃去！

李　三　是啦！（过去对乡妇）起来，门口等着去，我给你们端面来！

乡　妇　（立起，抹泪往外走，好象忘了孩子；走了两步，又转回身来，搂住小妞吻她）宝贝！宝贝！

王利发　快着点吧！

〔乡妇、小妞走出去。李三随后端出两碗面去。

王利发　（过来）常四爷，您是积德行好，赏给她们面吃！可是，我告诉您：这路事儿太多了，太多了！谁也管不了！（对秦仲义）二爷，您看我说的对不对？

常四爷　（对松二爷）二爷，我看哪，大清国要完！

秦仲义　（老气横秋地）完不完，并不在乎有人给穷人们一碗面吃没有。小王，说真的，我真想收回这里的房子！

王利发　您别那么办哪，二爷！

秦仲义　我不但收回房子，而且把乡下的地，城里的买卖也都卖了！

王利发　那为什么呢？

秦仲义　把本钱拢在一块儿，开工厂！

王利发　开工厂？

秦仲义　嗯，顶大顶大的工厂！那才救得了穷人，那才能抵制外货，那才能救国！（对王利发说而眼看着常四爷）唉，我跟你说这些干什么，你不懂！

王利发　您就专为别人，把财产都出手，不顾自己了吗？

秦仲义　你不懂！只有那么办，国家才能富强！好啦，我该走啦。我亲眼看见了，你的生意不错，你甭再耍无赖，不涨房钱！

王利发　您等等，我给您叫车去！

秦仲义　用不着，我愿意蹓跶蹓跶！

〔秦仲义往外走,王利发送。

〔小牛儿搀着庞太监走进来。小牛儿提着水烟袋。

庞太监　哟!秦二爷!
秦仲义　庞老爷!这两天您心里安顿了吧?
庞太监　那还用说吗?天下太平了,圣旨下来,谭嗣同问斩!告诉您,谁敢改祖宗的章程,谁就掉脑袋!
秦仲义　我早就知道!

〔茶客们忽然全静寂起来,几乎是闭住呼吸地听着。

庞太监　您聪明,二爷,要不然您怎么发财呢!
秦仲义　我那点财产,不值一提!
庞太监　太客气了吧?您看,全北京城谁不知道秦二爷!您比作官的还厉害呢!听说呀,好些财主都讲维新!
秦仲义　不能这么说,我那点威风在您的面前可就施展不出来了!哈哈哈!
庞太监　说得好,咱们就八仙过海,各显其能吧!哈哈哈!
秦仲义　改天过去给您请安,再见!(下)
庞太监　(自言自语)哼,凭这么个小财主也敢跟我逗嘴皮子,年头真是改了!(问王利发)刘麻子在这儿哪?
王利发　总管,您里边歇着吧!

〔刘麻子早已看见庞太监,但不敢靠近,怕打搅了庞太监、秦仲义的谈话。

刘麻子　喝,我的老爷子!您吉祥!我等了您好大半天了!(搀庞太监往里面走)

〔宋恩子、吴祥子过来请安,庞太监对他们耳语。

〔众茶客静默了一阵之后,开始议论纷纷。

茶客甲　谭嗣同是谁?
茶客乙　好象听说过!反正犯了大罪,要不,怎么会问斩呀!
茶客丙　这两三个月了,有些作官的,念书的,乱折腾乱闹,咱们怎能知道他们捣的什么鬼呀!
茶客丁　得!不管怎么说,我的铁杆庄稼又保住了!姓谭的,还有那个康有为,不是说叫旗兵不关钱粮,去自谋生计吗?心眼多毒!
茶客丙　一份钱粮倒叫上头克扣去一大半,咱们也不好过!
茶客丁　那总比没有强啊!好死不如癞活着,叫我去自己谋生,非死不可!
王利发　诸位主顾,咱们还是莫谈国事吧!

〔大家安静下来,都又各谈各的事。

庞太监　（已坐下）怎么说？一个乡下丫头，要二百银子？
刘麻子　（侍立）乡下人，可长得俊呀！带进城来，好好地一打扮、调教，准保是又好看，又有规矩！我给您办事，比给我亲爸爸作事都更尽心，一丝一毫不能马虎！
　　　　〔唐铁嘴又回来了。
王利发　铁嘴，你怎么又回来了？
唐铁嘴　街上兵荒马乱的，不知道是怎么回事！
庞太监　还能不搜查搜查谭嗣同的余党吗？唐铁嘴，你放心，没人抓你！
唐铁嘴　嘁，总管，您要能赏给我几个烟泡儿，我可就更有出息了！
　　　　〔有几个茶客好象预感到什么灾祸，一个个往外溜。
松二爷　咱们也该走啦吧！天不早啦！
常四爷　嗻！走吧！
　　　　〔二灰衣人——宋恩子和吴祥子走过来。
宋恩子　等等！
常四爷　怎么啦？
宋恩子　刚才你说"大清国要完"？
常四爷　我，我爱大清国，怕它完了！
吴祥子　（对松二爷）你听见了？他是这么说的吗？
松二爷　哥儿们，我们天天在这儿喝茶。王掌柜知道：我们都是地道老好人！
吴祥子　问你听见了没有？
松二爷　那，有话好说，二位请坐！
宋恩子　你不说，连你也锁了走！他说"大清国要完"，就是跟谭嗣同一党！
松二爷　我，我听见了，他是说……
宋恩子　（对常四爷）走！
常四爷　上哪儿？事情要交代明白了啊！
宋恩子　你还想拒捕吗？我这儿可带着"王法"呢！（掏出腰中带着的铁链子）
常四爷　告诉你们，我可是旗人！
吴祥子　旗人当汉奸，罪加一等！锁上他！
常四爷　甭锁，我跑不了！
宋恩子　量你也跑不了！（对松二爷）你也走一趟，到堂上实话实说，没你的事！
　　　　〔黄胖子同三五个人由后院过来。

黄胖子	得啦,一天云雾散,算我没白跑腿!
松二爷	黄爷!黄爷!
黄胖子	(揉揉眼)谁呀?
松二爷	我!松二!您过来,给说句好话!
黄胖子	(看清)哟,宋爷,吴爷,二位爷办案哪?请吧!
松二爷	黄爷,帮帮忙,给美言两句!
黄胖子	官厅儿管不了的事,我管!官厅儿能管的事呀,我不便多嘴!(问大家)是不是?
众	嗻!对!

〔宋恩子、吴祥子带着常四爷、松二爷往外走。

松二爷	(对王利发)看着点我们的鸟笼子!
王利发	您放心,我给送到家里去!

〔常四爷、松二爷、宋恩子、吴祥子同下。

黄胖子	(唐铁嘴告以庞太监在此)哟,老爷在这儿哪?听说要安份儿家,我先给您道喜!
庞太监	等吃喜酒吧!
黄胖子	您赏脸!您赏脸!(下)

〔乡妇端着空碗进来,往柜上放。小妞跟进来。

小 妞	妈!我还饿!
王利发	唉!出去吧!
乡 妇	走吧,乖!
小 妞	不卖妞妞啦?妈!不卖啦?妈!
乡 妇	乖!(哭着,携小妞下)

〔康六带着康顺子进来,立在柜台前。

康 六	姑娘!顺子!爸爸不是人,是畜生!可你叫我怎办呢?你不找个吃饭的地方,你饿死,我不弄到手几两银子,就得叫东家活活地打死!你呀,顺子,认命吧,积德吧!
康顺子	我,我……(说不出话来)
刘麻子	(跑过来)你们回来啦?点头啦?好!来见见总管!给总管磕头!
康顺子	我……(要晕倒)
康 六	(扶住女儿)顺子!顺子!
刘麻子	怎么啦?
康 六	又饿又气,昏过去了!顺子!顺子!

庞太监　我要活的,可不要死的!

〔静场。

茶客甲　(正与乙下象棋)将!你完啦!

——幕落

(《老舍剧作全集》[第二卷],中国戏剧出版社,1982年)

《茶馆》导读

拓展阅读

拓展阅读

张晓玥:情感与形式:"配合不上"的《茶馆》

暗恋·桃花源（存目）

赖声川

故事梗概

人　物：

云之凡——恋人女

江滨柳——恋人男

导　演——暗恋剧组导演

副导演——暗恋剧组副导演，女人，三十多岁

江太太——江滨柳妻子

护　士——台北医院护士

女　人——现代装的，寻找刘子骥的女人

老　陶——渔夫

春　花——渔夫妻

袁老板——房东

小　林——桃花源剧组美工

顺　子——桃花源剧组布景

某剧场这晚迎来现代爱情悲剧《暗恋》和古装爱情喜剧《桃花源》两个不相干的剧组，因为都与之签订了当晚的彩排合约，又都是演出在即，双方为了独占唯一的舞台而争执，结果是只能间隔着排戏。

第一幕

《暗恋》剧组中的江滨柳和云之凡在上海外滩公园的秋千上轻轻摇摆，眼中充满了希望。第二天云之凡就要回昆明老家，江滨柳将写给云之凡的信全部交到她手上，云之凡幸福地想起两人的相识。

　　云之凡：……可是我们居然在昆明不认识，跑到上海来才认识——这么大的上海，要碰到还真不容易呢！如果我们在上海也不认识，不晓得会怎么样？

江滨柳:[笃定的]不会的,我们一定会在上海认识!
云之凡:你那么肯定?
江滨柳:当然!我没有办法想象如果我们没有在上海认识的话,生活会变得多么空虚。[停顿]我们就算在上海没有认识,在十年之后,我们在[想]……汉口也会认识!如果十年之后在汉口没有认识,那么三、四十、五十、六十年后在[想]……海外也会认识的![笃定的]我们一定会认识的!
云之凡:可是那样的话,我们都老了。那还有什么意思?
江滨柳:老了,也很美呀!

云之凡送给江滨柳一条围巾,说这次回昆明是抗战以来的家庭大团圆,这让江滨柳想起回不去的东北老家。云之凡安慰情绪低落的江滨柳,提到在抗战时有次躲避日本人轰炸,意外碰到个桃花源似的村落,两人约定以后要去看看。

第二幕

灯光亮起,《暗恋》剧组导演站在江滨柳和云之凡之间沉思,认为两人演得不对。江滨柳让导演讲具体些。与此同时,饰演江太太和护士的两位演员也出场与云之凡讨论。最后导演要求从过年那里重排。

第三幕

云之凡安慰不能回东北的江滨柳。此时《桃花源》剧组成员在舞台后方陆续出现,扰乱了《暗恋》的演出,《暗恋》导演大喊"停"。两个剧组发生争执,双方都声称是剧场安排的今天彩排。《暗恋》导演去找剧场管理员。老陶要求排练不能受干扰,虽然袁老板一再保证,但老陶并不相信。剧务顺子看起来迷迷糊糊的,总有事情做不好。

第四幕

老陶独自在家,想喝酒喝不成,想吃饼咬不动;埋怨过鱼儿们串通好了不入网,又埋怨老婆满街跑没人管。老陶妻子春花买药回家,两人为谁该吃药和生不出孩子是谁的问题发生争吵,春花说袁老板讲这药很有效。本就怀疑春花和袁老板有私情的老陶更加生气。此时袁老板哼着歌来送专门托人从苏州买的棉被,三人欣赏新被子时,袁老板与春花情不自禁地抱在一起,又突然惊醒,尴尬万分。老陶无奈邀请袁老板坐下边喝边聊:

袁老板:[指]上游有大鱼,你为什么不去上游去看看呢?

老　陶:袁老板,您这么说话就太那个了?谁不知道上游有大鱼?可是上游也有激流啊,我的船就那么一点大,我去吧,去吧!去了就回不来了!

春　花:[憋不住了]你要是有点本事,往上游去打打看!

……

春　花:你说了半天那个什么,你到底说了什么?

老　陶:我说了半天那个什么还不够那个什么吗?

春　花:怎么可能够那个什么?

袁老板:老陶,你说了半天这个这个那个那个,你干脆把话直接说出来不就那个什么了!

最终三人谈崩,同时飞腿落地作揖齐声说:"我死!"

第五幕

老陶边划船边庄严地念白:"晋太原中武陵人,捕鱼为业",又道:"我是夫妻失和、家庭破碎、愤世嫉俗、情绪失调!往上游去吧!"此时《暗恋》导演等人带着场地租约上台,要求《桃花源》剧组离场。袁老板顾不上回应他们,原来顺子把演出主布景错发往高雄,袁老板很生气,只身去追装主布景的卡车。《暗恋》剧组乘机上场布置。神秘女子拉住《暗恋》导演说要找刘子骥,导演将其推给顺子。

第六幕

老年江滨柳躺在病床上看着报纸,听着凄凉的音乐。护士拿着《中国时报》走进病房,询问江滨柳为何登寻人启事:

护　士:我第一次认识会登寻人启事的人耶![念报纸]云之凡:自从上海一别,至今已有四十余年,近来身体一日不如一日……[对江]你好无聊喔!在报纸上写这个干什么?[又念]……自友人处得知你早已来台。盼见报后,速来与我晤面。长庚医院——二○病房,江滨柳。

[兴奋的]她是你什么人,和我说好不好?

江滨柳:你是哪一年生的?

护　士:一九七二。

江滨柳:[摇头]你不会懂的。

护　士:[揉着江的肩膀]你说说看!说嘛!我会懂的!

江滨柳:[慢慢叙述]三十七年夏天……我们两个人在上海认识。那个夏天是我一生中最快乐的夏天。到了九月,她要回昆明老家,我们在上海公园中分手。以为只是小别几个月就可以再相聚,没想到就一辈子没看到了……[沉默]

护　士:你们不是很要好吗?怎么会让她跑掉?

江滨柳:跑掉?[摇头]你没办法懂,在那个大时代里——人在里头好小……现在这种小时代里,人变得更小。

江太太进来打断了两人的谈话,随后江滨柳进入梦乡。舞台前侧,江太太和护士聊如何认识江滨柳以及婚后生活;舞台后侧,江滨柳在梦境中与青年云之凡又站在秋千前,重复第一幕的对话。之后江滨柳一边看着通过电话向别人哭诉病情的江太太,一边看着青年云之凡,左右矛盾。《暗恋》导演再次喊"停"并上台与演员们讨论剧情,结果自己陷入回忆无法自拔。找回主幕布的袁老板重新占领舞台,神秘女子和顺子又引出一系列啼笑皆非的故事。

第七幕

老陶念着陶渊明的《桃花源记》,进入桃花源。

第八幕

老陶在桃花源中遇到一对酷似袁老板和春花的白袍夫妻,他向这对夫妻讲述了春花有私情的事,并接受了这对夫妻的邀请,暂时住在桃花源。

第九幕

老陶在桃花源中与白袍夫妻玩捉迷藏游戏,游戏结束时被陆续站在他们身后的《暗恋》组全体成员吓一大跳。双方互相指责,最后协商舞台各占用一半,同时排练。

第十幕

舞台一侧,护士劝江滨柳说不可能见到云之凡,被进来的江太太打断。

舞台另一侧,老陶想回武陵看望春花。两个剧组的对白互相搅在一起,让排演无法进行。最终《暗恋》导演妥协,让《桃花源》组先排练。

护　士:你看你,每一次听这首歌,你就这个样子!

老　陶:〔对白袍女子〕我想家!

护　士:〔对江〕你不能老想那一件事情。

白袍女子:〔对陶〕你已经来了这么久了,回去干嘛?

护　士:〔对江〕你算算看,从你登报那一天起,都已经……〔扳着手指头算〕

老　陶:〔对白袍女子〕多久了?

护　士:〔对江〕——五天了!

白袍女子:〔对陶〕好久了!

　　　　　〔护士和白袍女子互看一眼。〕

护　士:〔对江〕你还在等她?我看不必了!

老　陶:〔对白袍女子〕我怕她还在等我。

白袍女子:〔对陶〕她不一定想来!

护　士:……第一天云小姐没有来,到第二天我就知道她铁定是不会来的!

老　陶:〔对白袍女子〕不!她会来!

　　　　　〔两组的人停顿,互看一眼。〕

白袍女子:〔继续,对陶〕她可能把你给忘了!

护　士:〔对江〕……再说,云小姐还在不在这个世上都不知道,你干吗这样?

老　陶:〔对白袍女子〕你怎么可以这么讲?

护士、白袍女子:〔同时说出〕对不起……我不是那个意思!

　　　　　〔台上全愣。〕

　　　　　〔白袍男子踱步从左上,微笑着,继续演"桃花源"的戏。"暗恋"组又泄气地四处站着。〕

白袍男子:哪一个意思?

老　陶:大哥!

白袍男子:〔温柔的〕你们在说什么啊?

白袍女子：他以为我说他"那个"了，其实如果他真的"那个"了，才可能会那个什么嘛！

白袍男子：[听明白了]哦——！不要回去吗！过去那边干什么？[瞄着左边]你现在过去会干扰到他们的生活！

　　　　　[护士情绪稳定下来，继续"暗恋"接下来的台词。]

护　　士：[对江]我是说，说不定云小姐真的来的话，事情反而会更麻烦！

老　　陶：[对白袍男子]这话怎么说？

护　　士：[对江]因为你可能会更难过！……

老　　陶：[答护士的话]不会！

　　　　　[白袍男子劈头一巴掌打陶。]

白袍男子：你讲哪儿去了？

第十一幕

　　春花和袁老板生活在一起并生了个孩子，两人因为鸡零狗碎的事情大吵不已。在争吵中，穿着白袍的老陶回到家中。老陶自以为只出去了几个月，看到桌上放着他的牌位和似是而非的家才有所悟。老陶想带春花和袁老板一起去桃花源，但两人认为老陶是鬼魂，后又以为老陶得了精神病。三人谈话时孩子的哭声让袁老板和春花又争吵起来，老陶只好凄凉地离去。

第十二幕

　　老陶苦苦寻找回桃花源的浮标。后面两个剧组各自在搬道具，剧场管理员登上舞台赶大家离开剧场。在大家的哀求下，管理员同意延长十分钟。他正准备离开，却被神秘女子误认为是刘子骥，《暗恋》导演连忙拉走神秘女子。

第十三幕

　　江滨柳带着云之凡送的围巾向江太太交代后事时，老年云之凡敲门，护士赶紧带江太太去缴费。江滨柳和云之凡互述来台之后的苦寻和无奈成家的经历。分别前，云之凡蹲下，与坐在轮椅上的江滨柳互相紧握双手。云之凡走后，江滨柳倚在江太太怀里哭泣。

第十四幕

袁老板和《暗恋》导演惺惺相惜地走过舞台,管理员再次赶人并威胁要关门,神秘女子默默在地上拾了一摞纸钱,然后扔上天空,与飘落的桃花瓣混在一起。

(《暗恋桃花源》,中信出版社,2019年)

《暗恋·桃花源》导读

回　答

何其芳

一

从什么地方吹来的奇异的风，
吹得我的船帆不停地颤动：
我的心就是这样被鼓动着，
它感到甜蜜，又有一些惊恐。

轻一点吹呵，让我在我的河流里
勇敢地航行，借着你的帮助，
不要猛烈得把我的桅杆吹断，
吹得我在波涛中迷失了道路。

二

有一个字火一样灼热，
我让它在我的唇边变为沉默。
有一种感情海水一样深，
但它又那样狭窄，那样苛刻。

如果我的杯子里不是满满地
盛着纯粹的酒，我怎么能够
用它的名字来献给你呵，
我怎么能够把一滴说为一斗？

三

不，不要期待着酒一样的沉醉！
我的感情只能是另一种类。
它像天空一样广阔，柔和，
没有忌妒，也没有痛苦的眼泪。

唯有共同的美梦，共同的劳动
才能够把人们亲密地联合在一起，
创造出的幸福不只是属于个人，
而是属于巨大的劳动者全体。

四

一个人劳动的时间并没有多少，
鬓间的白发警告着我四十岁的来到。
我身边落下了树叶一样多的日子，

为什么我结出的果实这样稀少？
难道我是一棵不结果实的树？
难道生长在祖国的肥沃的土地上，

我不也是除了风霜的吹打，　　还接受过许多雨露，许多阳光？

五

你愿我永远留在人间，不要让　　人怎样能够超出自然的限制？
灰暗的老年和死神降临到我的　　我又用什么来回答你的爱好，
身上。　　你的鼓励？呵，人是平凡的，
你说你痴心地倾听着我的歌声，　　但人又可以升得很高很高！
彻夜失眠，又从它得到力量。

六

我伟大的祖国，伟大的时代，　　我们现在的歌声却那么微茫！
多少英雄花一样在春天盛开；　　哪里有古代传说中的歌者，
应该有不朽的诗篇来讴歌他们，　　唱完以后，她的歌声的余音
让他们的名字流传到千年万载。　　还在梁间缭绕，三日不绝？

七

呵，在我祖国的北方原野上，　　我也爱和树林一样密的工厂，
我爱那些藏在树林里的小村庄，　　红色的钢铁像水一样疾奔，
收获季节的手车的轮子的转动声，　　从那震耳欲聋的马达的轰鸣里
农民家里的风箱的低声歌唱！　　我听见了我的祖国的前进！

八

我祖国的疆域是多么广大：　　"那么你为什么这样沉默？
北京飞着雪，广州还开着红花。　　难道为了我们年轻的共和国，
我愿意走遍全国，不管我的头　　你不应该像鸟一样飞翔，歌唱，
将要枕着哪一块土地睡下。　　一直到完全唱出你胸脯里的血？"

九

我的翅膀是这样沉重，　　像是尘土，又像有什么悲恸，

压得我只能在地上行走,　　　　望着我,说着无尽的话,
我也要努力飞腾上天空。　　　　又像殷切地从我期待着什么——
你闪着柔和的光辉的眼睛　　　　请接受吧,这就是我的回答。

1952 年 1 月写成前五节
1954 年劳动节前夕续完

(《何其芳诗全编》,浙江文艺出版社,1995 年)

草 木 篇

流沙河

寄言立身者
勿学柔弱苗
——（唐）白居易

白　杨

她，一柄绿光闪闪的长剑，孤零零地立在平原，高指蓝天。也许，一场暴风会把她连根拔去。但，纵然死了吧，她的腰也不肯向谁弯一弯！

藤

他纠缠着丁香，往上爬，爬，爬……终于把花挂上树梢。丁香被缠死了，砍作柴烧了。他倒在地上，喘着气，窥视着另一株树……

仙 人 掌

她不想用鲜花向主人献媚，遍身披上刺刀。主人把她逐出花园，也不给水喝。在野地里，在沙漠中，她活着，繁殖着儿女……

梅

在姐姐妹妹里，她的爱情来得最迟。春天，百花用媚笑引诱蝴蝶的时候，她却把自己悄悄地许给了冬天的白雪。轻佻的蝴蝶是不配吻她的，正如别的花不配被白雪抚爱一样。在姐姐妹妹里，她笑得最晚，笑得最美丽。

毒　菌

在阳光照不到的河岸,他出现了。白天,用美丽的彩衣,黑夜,用暗绿的磷火,诱惑人类。然而,连三岁孩子也不去采他。因为,妈妈说过,那是毒蛇吐的唾液……

1956 年 10 月 30 日成都
(《流沙河诗集》,上海文艺出版社,1982 年)

《草木篇》导读

错　误

郑愁予

我打江南走过
那等在季节里的容颜如莲花的开落

东风不来，三月的柳絮不飞
你的心如小小的寂寞的城
恰若青石的街道向晚
跫音不响，三月的春帷不揭
你的心是小小的窗扉紧掩

我达达的马蹄是美丽的错误
我不是归人，是个过客……

（《郑愁予诗选》，中国友谊出版公司，1984年）

等你,在雨中

余光中

等你,在雨中,在造虹的雨中
　　蝉声沉落,蛙声升起
一池的红莲如红焰,在雨中

你来不来都一样,竟感觉
　　每朵莲都象你
尤其隔着黄昏,隔着这样的细雨

永恒,刹那,刹那,永恒
　　等你,在时间之外,
在时间之内,等你,在刹那,在永恒

如果你的手在我的手里,此刻
　　如果你的清芬
在我的鼻孔,我会说,小情人

诺,这只手应该采莲,在吴宫
　　这只手应该
摇一柄桂桨,在木兰舟中

一颗星悬在科学馆的飞檐
　　耳坠子一般地悬着
瑞士表说都七点了。忽然你走来

步雨后的红莲,翩翩,你走来
　　象一首小令
从一则爱情的典故里你走来

从姜白石的词里,有韵地,你走来

1962.5.27

(《余光中诗选》,海峡文艺出版社,1988年)

《等你,在雨中》导读　　**拓展阅读**

拓展阅读

李元洛:隔海的缪斯——论台湾诗人余光中的诗艺

致 太 阳

多 多

给我们家庭,给我们格言
你让所有的孩子骑上父亲肩膀
给我们光明,给我们羞愧
你让狗跟在诗人后面流浪

给我们时间,让我们劳动
你在黑夜中长睡,枕着我们的希望
给我们洗礼,让我们信仰
我们在你的祝福下,出生然后死亡

查看和平的梦境、笑脸
你是上帝的大臣
没收人间的贪婪、嫉妒
你是灵魂的君王

热爱名誉,你鼓励我们勇敢
抚摸每个人的头,你尊重平凡
你创造,从东方升起
你不自由,像一枚四海通用的钱!

1973 年
(《多多诗选》,花城出版社,2005 年)

冬

穆 旦

一

我爱在淡淡的太阳短命的日子,
临窗把喜爱的工作静静做完;
才到下午四点,便又冷又昏黄,
我将用一杯酒灌溉我的心田。
多么快,人生已到严酷的冬天。

我爱在枯草的山坡,死寂的原野,
独自凭吊已埋葬的火热一年,
看着冰冻的小河还在冰下面流,
不知低语着什么,只是听不见。
呵,生命也跳动在严酷的冬天。

我爱在冬晚围着温暖的炉火,
和两三昔日的好友会心闲谈,
听着北风吹得门窗沙沙地响,
而我们回忆着快乐无忧的往年。
人生的乐趣也在严酷的冬天。

我爱在雪花飘飞的不眠之夜,
把已死去或尚存的亲人珍念,
当茫茫白雪铺下遗忘的世界,
我愿意感情的热流溢于心间,
来温暖人生的这严酷的冬天。

二

寒冷,寒冷,尽量束缚了手脚,
潺潺的小河用冰封住口舌,
盛夏的蝉鸣和蛙声都沉寂,
大地一笔勾销它笑闹的蓬勃。

谨慎,谨慎,使生命受到挫折,
花呢?绿色呢?血液闭塞住欲望,

经过多日的阴霾和犹疑不决,
才从枯树枝漏下淡淡的阳光。

奇怪!春天是这样深深隐藏,
哪儿都无消息,都怕峥露头角,
年轻的灵魂裹进老年的硬壳,
仿佛我们穿着厚厚的棉袄。

三

你大概已停止了分赠爱情，
把书信写了一半就住手，
望望窗外，天气是如此肃杀，
因为冬天是感情的刽子手。

你把夏季的礼品拿出来，
无论是蜂蜜，是果品，是酒，
然后坐在炉前慢慢品尝，
因为冬天已经使心灵枯瘦。

你拿一本小说躺在床上，
在另一个幻象世界周游，
它使你感叹，或使你向往，
因为冬天封住了你的门口。

你疲劳了一天才得休息，
听着树木和草石都在嘶吼，
你虽然睡下，却不能成梦，
因为冬天是好梦的刽子手。

四

在马房隔壁的小土屋里，
风吹着窗纸沙沙响动，
几只泥脚带着雪走进来，
让马吃料，车子歇在风中。

高高低低围着火坐下，
有的添木柴，有的在烘干，
有的用他粗而短的指头
把烟丝倒在纸里卷成烟。

一壶水滚沸，白色的水雾
弥漫在烟气缭绕的小屋，
吃着，哼着小曲，还谈着
枯燥的原野上枯燥的事物。

北风在电线上朝他们呼唤，
原野的道路还一望无际，
几条暖和的身子走出屋，
又迎面扑进寒冷的空气。

1976 年 12 月

（《穆旦诗全集》，中国文学出版社，1996 年）

《冬》导读

回 答

北 岛

卑鄙是卑鄙者的通行证，
高尚是高尚者的墓志铭。
看吧，在那镀金的天空中，
飘满了死者弯曲的倒影。

冰川纪已过去了，
为什么到处都是冰凌？
好望角发现了，
为什么死海里千帆相竞？

我来到这个世界上，
只带着纸、绳索和身影。
为了在审判之前，
宣读那些被判决的声音：

告诉你吧，世界，
我——不——相——信！

纵使你脚下有一千名挑战者，
那就把我算作第一千零一名。

我不相信天是蓝的；
我不相信雷的回声；
我不相信梦是假的；
我不相信死无报应。

如果海洋注定要决堤，
就让所有的苦水都注入我心中；
如果陆地注定要上升，
就让人类重新选择生存的峰顶。

新的转机和闪闪的星斗，
正在缀满没有遮拦的天空。
那是五千年的象形文字，
那是未来人们凝视的眼睛。

1976 年 4 月

（《北岛的诗》，时代文艺出版社，2003 年）

《回答》导读

神 女 峰

舒 婷

在向你挥舞的各色花帕中
是谁的手突然收回
紧紧捂住了自己的眼睛
当人们四散离去,谁
还站在船尾
衣裙漫飞,如翻涌不息的云
江涛
高一声
低一声

美丽的梦留下美丽的忧伤
人间天上,代代相传
但是,心
真能变成石头吗
为眺望远天的杳鹤
而错过无数次春江月明
沿着江岸
金光菊和女贞子的洪流
正煽动新的背叛
与其在悬崖上展览千年
不如在爱人肩头痛哭一晚

1981年6月于长江
(《舒婷诗选》,人民文学出版社,2007年)

中国，我的钥匙丢了

梁小斌

中国，我的钥匙丢了

那是十多年前，
我沿着红色大街疯狂地奔跑，
我跑到了郊外的荒野上欢叫，
后来，
我的钥匙丢了。

心灵，苦难的心灵
不愿再流浪了，
我想回家
打开抽屉、翻一翻我儿童时代的画片，
还看一看那夹在书页里的
翠绿的三叶草。

而且，
我还想打开书橱，
取出一本《海涅歌谣》，
我要去约会，
我向她举起这本书，
做为我向蓝天发出的
爱情的信号。

这一切，
这美好的一切都无法办到，
中国，我的钥匙丢了。

天，又开始下雨，
我的钥匙啊，
你躺在哪里？
我想风雨腐蚀了你，
已经锈迹斑斑了；
不，我不那样认为，
我要顽强地寻找，
希望能把你重新找到。

太阳啊，
你看见了我的钥匙了吗？
愿你的光芒
为它热烈地照耀。

我在这广大的田野上行走，
我沿着心灵的足迹寻找，
那一切丢失了的，
我都在认真思考。

1979年12月—1980年8月
（中国作家协会创作研究部选编《致橡树》，
时代文艺出版社，2000年）

《中国，我的钥匙丢了》导读　　拓展阅读

拓展阅读

1. 徐敬亚：崛起的诗群
2. 孙绍振：新的美学原则在崛起

母 亲

翟永明

无力到达的地方太多了,脚在疼痛,母亲,你没有
教会我在贪婪的朝霞中染上古老的哀愁。
我的心只象你

你是我的母亲,我甚至是你的血液在黎明流出的
血泊中使你惊讶地看到你自己,你使我醒来

听到这世界的声音,你让我生下来,你让我与不幸构成
这世界的可怕的双胞胎。多年来,我已记不得今夜的哭声

那使你受孕的光芒,来得多么遥远,多么可疑,站在生与死
之间,你的眼睛拥有黑暗而进入脚底的阴影何等沉重

在你怀抱之中,我曾露出谜底似的笑容,有谁知道
你让我以童贞方式领悟一切,但我却无动于衷

我把这世界当作处女,难道我对着你发出的
爽朗的笑声没有燃烧起足够的夏季吗?没有?

我被遗弃在世上,只身一人,太阳的光线悲哀地
笼罩着我,当你俯身世界时是否知道你遗落了什么?

岁月把我放在磨子里,让我亲眼看着自己被碾碎
呵,母亲,当我终于变得沉默,你是否为之欣喜

没有人知道我是怎样不着痕迹地爱你,这秘密
来自你的一部分,我的眼睛象两个伤口痛苦地望着你

活着为了活着，我自取灭亡，以对抗亘古已久的爱
一块石头被抛弃，直到象骨髓一样风干，这世界

有了孤儿，使一切祝福暴露无遗，然而谁最清楚
凡在母亲手上站过的人，终会因诞生而死去

1984 年
(《女人》,漓江出版社,1988 年)

感　觉

顾　城

天是灰色的　　　　　在一片死灰之中
路是灰色的　　　　　走过两个孩子
楼是灰色的　　　　　一个鲜红
雨是灰色的　　　　　一个淡绿

1980 年 7 月
(《顾城的诗》,人民文学出版社,1998 年)

《感觉》导读

祖国(或以梦为马)

海 子

我要做远方的忠诚的儿子
和物质的短暂情人
和所有以梦为马的诗人一样
我不得不和烈士和小丑走在同一道路上

万人都要将火熄灭　我一人独将此火高高举起
此火为大　开花落英于神圣的祖国
和所有以梦为马的诗人一样
我借此火得度一生的茫茫黑夜

此火为大　祖国的语言和乱石投筑的梁山城寨
以梦为上的敦煌——那七月也会寒冷的骨骼
如雪白的柴和坚硬的条条白雪　横放在众神之山
和所有以梦为马的诗人一样
我投入此火　这三者是囚禁我的灯盏　吐出光辉

万人都要从我刀口走过　去建筑祖国的语言
我甘愿一切从头开始
和所有以梦为马的诗人一样
我也愿将牢底坐穿

众神创造物中只有我最易朽　带着不可抗拒的死亡的速度
只有粮食是我珍爱　我将她紧紧抱住　抱住她　在故乡生儿育女
和所有以梦为马的诗人一样
我也愿将自己埋葬在四周高高的山上
守望平静的家园

面对大河我无限惭愧
我年华虚度　空有一身疲倦
和所有以梦为马的诗人一样
岁月易逝　一滴不剩　水滴中有一匹马儿一命归天

千年后如若我再生于祖国的河岸
千年后我再次拥有中国的稻田　和周天子的雪山　天马踢踏
和所有以梦为马的诗人一样
我选择永恒的事业

我的事业　就是要成为太阳的一生
他从古至今——"日"——他无比辉煌无比光明
和所有以梦为马的诗人一样
最后我被黄昏的众神抬入不朽的太阳

太阳是我的名字
太阳是我的一生
太阳的山顶埋葬　诗歌的尸体——千年王国和我
骑着五千年凤凰和名字叫"马"的龙——
　　我必将失败
但诗歌本身以太阳必将胜利

1987 年

（《海子的诗》，人民文学出版社，2005 年）

一无所有（歌词）

崔　健

我曾经问个不休　你何时跟我走
可你却总是笑我　一无所有
我要给你我的追求　还有我的自由
可你却总是笑我　一无所有
噢……你何时跟我走
噢……你何时跟我走
脚下的地在走　身边的水在流
可你却总是笑我　一无所有
为何你总笑个没够　为何我总要追求
难道在你面前　我永远是一无所有
噢……你何时跟我走
噢……你何时跟我走
脚下的地在走　身边的水在流
告诉你我等了很久　告诉你我最后的要求
我要抓起你的双手　你这就跟我走
这时你的手在颤抖　这时你的泪在流
莫非你是在告诉我　你爱我一无所有
噢……你这就跟我走
噢……你这就跟我走
噢……你这就跟我走

1986 年

（《新长征路上的摇滚》，中国旅游声像出版社，1989 年）

一个人老了

西 川

一个人老了,在目光和谈吐之间,
在黄瓜和茶叶之间,
像烟上升,像水下降。黑暗迫近。
在黑暗之间,白了头发,脱了牙齿,
像旧时代的一段逸闻,
像戏曲中的一个配角。一个人老了。

秋天的大幕沉重地落下。
露水是凉的。音乐一意孤行。
他看到落伍的大雁、熄灭的火,
庸才、静止的机器、未完成的画像。
当青年恋人们走远,一个人老了,
飞鸟转移了视线。

他有了足够的经验评判善恶,
但是机会在减少,像沙子
滑下宽大的指缝,血门在闭合。
一个青年活在他身体之中;
他说话是灵魂附体,
他抓住的行人是稻草。

有人造屋,有人绣花,有人下赌。
生命的大风吹出世界的精神,
唯有老年人能看出这其中的摧毁。
一个人老了,徘徊于
昔日的大街,偶尔停步,
便有落叶飘来,要将他遮盖。

更多的声音挤进耳朵,
像他整个身躯将挤进一只小木盒;
那是一系列游戏的结束:
藏起失败,藏起成功。
在房梁上,在树洞里,他已藏好
张张纸条,写满爱情和痛苦。

要他收获已不可能。
要他脱身已不可能。
一个人老了,重返童年时光,
然后像动物一样死亡。他的骨头
已足够坚硬,撑得起历史,
让后人把不属于他的箴言刻上。

(《西川的诗》,人民文学出版社,1999 年)

《一个人老了》导读

在哈尔盖仰望星空

西　川

有一种神秘你无法驾驭
你只能充当旁观者的角色
听凭那神秘的力量
从遥远的地方发出信号
射出光来,穿透你的心
像今夜,在哈尔盖
在这个远离城市的荒凉的
地方,在这青藏高原上的
一个蚕豆般大小的火车站旁
我抬起头来眺望星空
这时河汉无声,鸟翼稀薄

青草向群星疯狂地生长
马群忘记了飞翔
风吹着空旷的夜也吹着我
风吹着未来也吹着过去
我成为某个人,某间
点着油灯的陋室
而这陋室冰凉的屋顶
被群星的亿万只脚踩成祭坛
我像一个领取圣餐的孩子
放大了胆子,但屏住呼吸

(《西川的诗》,人民文学出版社,1999年)

感谢父亲

于　坚

一年十二月
您的烟斗开着罂粟花
温暖如春的家庭　不闹离婚
不管闲事　不借钱　不高声大笑
安静如鼠　比病室干净
祖先的美德　光滑如石
永远不会流血　在世纪的洪水中
花纹日益古朴
作为父亲　您带回面包和盐
黑色长桌　您居中而坐
那是属于皇帝　教授和社论的位置
儿子们拴在两旁　不是谈判者
而是金纽扣　使您闪闪发光
您从那儿抚摸我们　目光充满慈爱
像一只胃　温柔而持久
使我一天天学会做人
早年您常常胃痛
当您发作时　儿子们变成甲虫
朝夕相处　我从未见过您的背影
成年我才看到您的档案
积极肯干　热情诚恳　平易近人
尊重领导　毫无怨言　从不早退
有一回您告诉我　年轻时喜欢足球
尤其是跳舞　两步
使我大吃一惊　以为您在谈论一头海豹
我从小就知道您是好人　非常的年代
大街上坏蛋比好人多

当这些异教徒被抓走、流放、一去不返
您从公园里出来　当了新郎
一九五七年您成为父亲
作为好人　爸爸　您活得多么艰难
交代　揭发　检举　告密
您干完这一切　夹着皮包下班
夜里您睡不着　老是侧耳谛听
您悄悄起来　检查儿子的日记和梦话
像盖世太保一样认真
亲生的老虎　使您忧心忡忡
小子出言不逊　就会株连九族
您深夜排队买煤　把定量油换成奶粉
您远征上海　风尘仆仆　采购衣服和鞋
您认识医生校长司机以及守门的人
老谋深算　能伸能屈　光滑如石
就这样　在黑暗的年代　在动乱中
您把我养大了　领到了身份证
长大了　真不容易　爸爸
我成人了　和您一模一样
勤勤恳恳　朴朴素素　一尘不染
这小子出生时相貌可疑　八字不好
说不定会精神失常或死于脑炎
说不定会乱闯红灯　跌断腿成为残废
说不定被坏人勾引　最后判刑劳改
说不定酗酒打架赌博吸毒患上艾滋病
爸爸　这些事我可从未干过　没有自杀
父母在　不远游　好好学习　天天向上
九点半上床睡觉　星期天洗洗衣服
童男子　二十八岁通过婚前检查
三室一厅　双亲在堂　子女绕膝
一家人围着圆桌　温暖如春
这真不容易　我白发苍苍的父亲

1987年12月21日
(《于坚的诗》,人民文学出版社,2000年)

答 问
——给费迎晓

宋 琳

一

所以,小姐,一旦我们问:"为什么?"
那延宕着的就变成了质疑。
它就像一柄剑在匣中鸣叫着,虽然
佩剑的人还没诞生。迄今为止
诗歌并未超越那尖锐的声音。

二

我们不过是流星。原初的
沉睡着,有待叩问,但岁月匆匆。
当一行文字迷失于雾中,我们身上的逝者
总会适时回来,愤怒地反驳,
或微笑着为我们指点迷津。

三

写作是一扇门,开向原野,
我们的进出也是太阳每天的升降,
有一种恍惚难以抵达。于是秋天走来,
涂抹体内的色彩,使它深化,
然后消隐,像火狐的一瞥。

四

这些是差异:过去意味着反复,
未来难以预测;面对着面的人
陷入大洋的沉默。而风在躯体的边缘
卷曲。风摇着我们,像摇着帆,
不知不觉中完成了过渡。

五

所以我们必须警惕身份不明的,
长久失踪的东西,隶属于更大的传统,
在更远的地方移动,遮蔽在光线中——
真实,像一只准确无误的杯子,
被突然递到我们面前。

(《雪夜访戴——宋琳诗选》,作家出版社,2015年)

望远镜

张 枣

我们的望远镜像五月的一支歌谣
鲜花般地讴歌你走来时的静寂
它看见世界把自己缩小又缩小,并将
距离化成一片晚风,夜莺的一点泪滴

它看见生命多么浩大,呵,不,它是闻到了
这一切;迷途的玫瑰正找回来
像你一样奔赴幽会;岁月正脱离
一部痛苦的书,并把自己交给浏亮的雨后的

长笛;呵,快一点,再快一点,越阡度陌
不再被别的什么耽延;让它更紧张地
闻着,呓语着你浴后的耳环发鬓
请让水抵达天堂,飞鸣的箭不再自已

啊,无穷的山水,你腕上羞怯的脉搏
神的望远镜像五月的一支歌谣
看见我们更清晰,更集中,永远是孩子
神的望远镜还听见我们海誓山盟

(《张枣的诗》,人民文学出版社,2020 年)

玫瑰伞

臧 棣

随着风暴渐渐平息，
巨人传里有一个转轴
也慢慢开始减速，将你的形影
像掷出的骰子那般
投系在刚修理好的玫瑰伞上。
但是，请不要误会
古老的变形记的难题——
此时，已被解决。
对深渊里的降落而言——
你太庞大，已无法修理；
也许会有一点快感，但是很短暂，
根本就无法形成可靠的记忆。
而另一面，尽管构造精妙，
但玫瑰伞又显得太小，
它能承受的试探其实很有限。
撑开它，用来阻挡
雨水中的鞭子，也不现实；
所以，当你突然出现在
仍然沾满花粉的伞骨之间，
被迫和迷途的蚂蚁对峙一种眼神，
现实和梦境已被混淆，
你对人类道德的反思
才有可能是真实的。

(《大家》，2024 年第 4 期)

挈 云
——纪念骆一禾

西 渡

把攀索系在云的悬案上。
议论远了,风声却越来越紧
你从大衣兜里翻出一枚鹰卵
摊开手,一只雏鹰穿云而去
证实你在山中停留的时间。
与我们不同的是,鸟儿生来便会
裁剪梦的锦被:那大花朵朵。
最难的是,无法对一人说出你的孤独。

贴紧天之蓝的皮肤,一丝丝地凉。
太阳盛大,道路笔直向上。
只有心跳在告诉血液:你不放弃。
这时候想起心爱的人,心是重的。
小心掉头,朝下看,视野内并无所见
除非云朵一阵阵下降
赶去做高原的雨。星星的谈话,
是关于灵魂出生的时刻。说,尚未到来。

银河上漂浮着空空的筏子。
人间的事愈是挂念
愈觉得亲切。胼胝是离你最近的
现实,也是你所热爱的。
泪水使心情晶莹:你一呼吸
就咽下一颗星星,直到通体透明
在夜空中为天文学勾勒出新的人形星座

闪闪发光,高于事物。

这是你布下的棋局,但远未下完。
你以你的重,你艰难的攀升
更新了人们关于高度的观念。
你攀附的悬岩,是冷的意志
黑暗,而且容易碎裂。
那个关于下坠的梦做了无数遍。
恐惧是真实的,而愿望同样真实。
最后的选择,几乎不成为选择:

抽去梯子,解开绳扣,飞行开始。

(《天使之箭》,上海教育出版社,2020年)

野长城

朱　朱

I

地球表面的标签
或记忆深处的一道勒痕,消褪在
受风沙和干旱的侵蚀
而与我们的肤色更加相似的群山。

我们曾经在这边。即使
是一位征召自小村镇的年轻士兵,
也会以直立的姿势与富有者的心情
透过箭垛打量着外族人,
那群不过是爬行在荒原上的野兽。

在这边,我们已经营造出一只巨大的浴缸,
我们的日常是一种温暖而慵倦的浸泡。
当女人们在花园里荡秋千,
男人们的目光嗜好于从水中找到倒影;

带血的、未煮熟的肉太粗俗了,
我们文明的屋檐
已经精确到最后那一小截的弯翘。

II

现在,经历着

所有的摧毁中最彻底的一种：
遗忘——它就像

一头爬行动物的脊椎
正进入风化的尾声，
山脊充满了侏罗纪的沉寂，
随着落日的遥远马达渐渐地平息，
余晖像锈蚀的箭镞坠落。

我来追溯一种在我们出生前就消失的生活，
如同考据学的手指苦恼地敲击
一只空壳的边沿，
它的内部已经掏干了。

Ⅲ

在陡坡的那几棵桃树上，
蜜蜂们哼着歌来回忙碌着，
它们选择附近的几座
就像摔破的陶罐般的烽火台
作为宿营地。

那歌词的大意仿佛是：
一切都还给自然……

野草如同大地深处的手指，
如同蓬勃的、高举矛戟的幽灵部队
登上了坍塌的台阶，
这样的时辰，无数受惊的风景
一定正从各地博物馆的墙壁上仓惶地逃散。

(《我身上的海：朱朱诗选》，北京联合出版公司，2021年)

听听那冷雨

余光中

惊蛰一过,春寒加剧。先是料料峭峭,继而雨季开始,时而淋淋漓漓,时而淅淅沥沥,天潮潮地湿湿,即使在梦里,也似乎把伞撑着。而就凭一把伞,躲过一阵潇潇的冷雨,也躲不过整个雨季。连思想也都是潮润润的。每天回家,曲折穿过金门街到厦门街迷宫式的长巷短巷,雨里风里,走入霏霏令人更想入非非。想这样子的台北凄凄切切完全是黑白片的味道,想整个中国整部中国的历史无非是一张黑白片子,片头到片尾,一直是这样下着雨的。这种感觉,不知道是不是从安东尼奥尼那里来的。不过那一块土地是久违了,二十五年,四分之一的世纪,即使有雨,也隔着千山万山、千伞万伞。二十五年,一切都断了,只有气候,只有气象报告还牵连在一起。大寒流从那块土地上弥天卷来,这种酷冷吾与古大陆分担。不能扑进她怀里,被她的裾边扫一扫吧,也算是安慰孺慕之情。

这样想时,严寒里竟有一点温暖的感觉了。这样想时,他希望这些狭长的巷子永远延伸下去,他的思路也可以延伸下去,不是金门街到厦门街,而是金门到厦门。他是厦门人,至少是广义的厦门人,二十年来,不住在厦门,住在厦门街,算是嘲弄吧,也算是安慰。不过说到广义,他同样也是广义的江南人、常州人、南京人、川娃儿、五陵少年。杏花春雨江南,那是他的少年时代了。再过半个月就是清明。安东尼奥尼的镜头摇过去,摇过去又摇过来。残山剩水犹如是。皇天后土犹如是。纭纭黔首纷纷黎民从北到南犹如是。那里面是中国吗?那里面当然还是中国,永远是中国。只是杏花春雨已不再,牧童遥指已不再,剑门细雨渭城轻尘也都已不再。然则他日思夜梦的那片土地,究竟在哪里呢?

在报纸的头条标题里吗?还是香港的谣言里?还是傅聪的黑键白键马思聪的跳弓拨弦?还是安东尼奥尼的镜底勒马洲的望中?还是呢,故宫博物院的壁头和玻璃橱内,京戏的锣鼓声中太白和东坡的韵里?

杏花。春雨。江南。六个方块字,或许那片土就在那里面。而无论赤县也好神州也好中国也好,变来变去,只要仓颉的灵感不灭美丽的中文不老,那形象,那磁石一般的向心力当必然长在。因为一个方块字是一个天地。太初有字,于是汉族的心灵他祖先的回忆和希望便有了寄托。譬如凭空写一个"雨"字,点点滴滴,滂滂沱沱,淅沥淅沥淅沥,一切云情雨意,就宛然其中了。视觉上的这种美感,岂是什么 rain 也好 pluie 也好所能满足?翻开一部《辞源》或《辞海》,金木水火土,各成世界,而一入"雨"部,古神州的天颜千变万化,便悉在望中,美丽的霜雪云霞,骇人的雷电霹雹,展露的无非是神的好脾气与坏脾气,气象台百读不厌门外汉百思不解的百科全书。

听听,那冷雨。看看,那冷雨。嗅嗅闻闻,那冷雨。舔舔吧那冷雨。雨下在他的伞上这城市百万人的伞上雨衣上屋上天线上。雨下在基隆港在防波堤在海峡的船上,清明这季雨。雨是女性,应该最富于感性。雨气空蒙而迷幻,细细嗅嗅,清清爽爽新新,有一点点薄荷的香味。浓的时候,竟发出草和树沐发后特有的淡淡土腥气,也许那竟是蚯蚓和蜗牛的腥气吧,毕竟是惊蛰了啊。也许地上的地下的生命,也许古中国层层叠叠的记忆皆蠢蠢而蠕,也许是植物的潜意识和梦吧,那腥气。

第三次去美国,在高高的丹佛他山居了两年。美国的西部,多山多沙漠,千里干旱,天,蓝似安格罗·萨克逊人的眼睛;地,红如印第安人的肌肤;云,却是罕见的白鸟。落矶山簇簇耀目的雪峰上,很少飘云牵雾。一来高,二来干,三来森林线以上,杉柏也止步,中国诗词里"荡胸生层云",或是"商略黄昏雨"的意趣,是落矶山上难睹的景象。落矶山岭之胜,在石,在雪。那些奇岩怪石,相叠互倚,砌一场惊心动魄的雕塑展览,给太阳和千里的风看。那雪,白得虚虚幻幻,冷得清清醒醒,那股皑皑不绝一仰难尽的气势,压得人呼吸困难,心寒眸酸。不过要领略"白云回望合,青霭入看无"的境界,仍须回中国。台湾湿度很高,最饶云气氤氲雨意迷离的情调。两度夜宿溪头,树香沁鼻,宵寒袭肘,枕着润碧湿翠苍苍交叠的山影和万籁都歇的岑寂,仙人一样睡去。山中一夜饱雨,次晨醒来,在旭日未升的原始幽静中,冲着隔夜的寒气,踏着满地的断柯折枝和仍在流泻的细股雨水,一径探入森林的秘密,曲曲弯弯,步上山去。溪头的山,树密雾浓,蓊郁的水汽从谷底冉冉升起,时稠时稀,蒸腾多姿,幻化无定,只能从雾破云开的空处,窥见乍现即隐的一峰半壑,要纵览全貌,几乎是不可能的。至少入山两次,只能在白茫茫里和溪头诸峰玩捉迷藏的游戏。回到台北,世人问起,除了笑而不答心自闲,故作神秘之外,实际的印象,也无非山在虚无之间罢了。云缭烟绕,山隐水迢的中国风景,由来予人宋画的韵味。那天下也许是赵家的天下,那山水却是米家的山水。而究竟,是米氏父子下笔像中国的山水,还是中国的山水上纸像宋画,恐怕是谁也说不清楚了吧?

雨不但可嗅,可亲,更可以听。听听那冷雨。听雨,只要不是石破天惊的台风暴雨,在听觉上总是一种美感。大陆上的秋天,无论是疏雨滴梧桐或是骤雨打荷叶,听去总有一点凄凉,凄清,凄楚。于今在岛上回味,则在凄楚之外,更笼上一层凄迷了。

雨打在树上和瓦上,韵律都清脆可听。尤其是铿铿敲在屋瓦上,那古老的音乐,属于中国。王禹偁在黄冈,破如橡的大竹为屋瓦。据说住在竹楼上面,急雨声如瀑布,密雪声比碎玉。而无论鼓琴,咏诗,下棋,投壶,共鸣的效果都特别好。这样岂不像住在竹筒里面,任何细脆的声响,怕都会加倍夸大,反而令人耳朵过敏吧。

雨天的屋瓦,浮漾湿湿的流光,灰而温柔,迎光则微明,背光则幽黯,对于视觉,是一种低沉的安慰。至于雨敲在鳞鳞千瓣的瓦上,由远而近,轻轻重重轻轻,夹着一股股的细流沿瓦槽与屋檐潺潺泻下,各种敲击音与滑音密织成网,谁的千指百指在按摩耳轮。"下雨了。"温柔的灰美人来了,她冰冰的纤手在屋顶拂弄着无数的黑键啊灰键,把响午一下子奏成了黄昏。

在古老的大陆上,千屋万户是如此。二十多年前,初来这岛上,日式的瓦屋亦是如此,先是天暗了下来,城市像罩在一块巨幅的毛玻璃里,阴影在户内延长复加深。然后凉凉的水意弥漫在空间,风自每一个角落里旋起,感觉得到,每一个屋顶上呼吸沉重都覆着灰云。雨来了,最轻的敲打乐敲打这城市,苍茫的屋顶,远远近近,一张张敲过去,古老的琴,那细细密密的节奏,单调里自有一种柔婉与亲切,滴滴点点滴滴,似幻似真,若孩时在摇篮里,一曲耳熟的童谣摇摇欲睡,母亲吟哦鼻音与喉音。或是江南的泽国水乡,一大筐绿油油的桑叶被啮于千百头蚕,细细琐琐屑屑,口器与口器咀咀嚼嚼。雨来了,雨来的时候瓦这么说,一片瓦说千亿片瓦说,说轻轻地奏吧沉沉地弹,徐徐地叩吧挞挞地打,间间歇歇敲一个雨季,即兴演奏从惊蛰到清明,在零落的坟上冷冷奏挽歌,一片瓦吟千亿片瓦吟。

在日式的古屋里听雨,听四月霏霏不绝的黄梅雨,朝夕不断,旬月绵延,湿黏黏的苔藓从石阶下一直侵到他舌底,心底。到七月,听台风台雨在古屋顶上一夜盲奏,千寻海底的热浪沸沸被狂风挟来,掀翻整个太平洋只为向他的矮屋檐重重压下,整个海在他的蜗壳上哗哗泻过。不然便是雷雨夜,白烟一般的纱帐里听羯鼓一通又一通,滔天的暴雨滂滂沛沛扑来,强劲的电琵琶忐忐忑忑忐忐忑忑,弹动屋瓦的惊悸腾腾欲掀起。不然便是斜斜的西北雨,斜斜刷在窗玻璃上,鞭在墙上打在阔大的芭蕉叶上,一阵寒濑泻过,秋意便弥漫日式的庭院了。

在日式的古屋里听雨,从春雨绵绵听到秋雨潇潇,从少年听到中年,听听那冷雨。雨是一种单调而耐听的音乐,是室内乐是室外乐,户内听听,户外听听,冷冷,那音乐。雨是一种回忆的音乐,听听那冷雨,回忆江南的雨下得满地是江湖下在桥上和船上,也下在四川在秧田和蛙塘,下肥了嘉陵江下湿了布谷咕咕的啼声。雨是潮潮润润的音乐下在渴望的唇上,舐舐那冷雨。

因为雨是最最原始的敲打乐从记忆彼端敲起。瓦是最最低沉的乐器灰蒙蒙的温柔覆盖着听雨的人,瓦是音乐的雨伞撑起。但不久公寓的时代来临,台北你怎么一下子长高了。瓦的音乐竟成了绝响。千片万片的瓦翩翩,美丽的灰蝴蝶纷纷飞走,飞入历史的记忆。现在雨下下来下在水泥的屋顶和墙上,没有音韵的雨季。树也砍光了,那月桂,那枫树,柳树和擎天的巨椰,雨来的时候不再有丛叶嘈嘈切切,闪动湿湿的绿光迎接。鸟声减了啾啾,蛙声沉了阁阁,秋天的虫吟也减了唧唧。70年代的台北不需要这些,一个乐队接一个乐队便遣散尽了。要听鸡叫,只有去《诗经》的韵里寻找。现在只剩下一张黑白片,黑白的默片。

正如马车的时代去后,三轮车的时代也去了。曾经在雨夜,三轮车的油布篷挂起,送她回家的途中,篷里的世界小得多可爱,而且躲在警察的辖区以外。雨衣的口袋越大越好,盛得下他的一只手里握一只纤纤的手。台湾的雨季这么长,该有人发明一种宽宽的双人雨衣,一人分穿一只袖子,此外的部分就不必分得太苛。而无论工业如何发达,一时似乎还废不了雨伞。只要雨不倾盆,风不横吹,撑一把伞在雨中仍不失古典的韵味。任雨点敲在黑布伞或是透明的塑胶伞上,将骨柄一旋,雨珠向四方喷溅,伞缘便旋成了一圈飞檐。跟女友共一把雨伞,该是一种美丽的合作吧。最好是初恋,有点兴奋,更有点不好意思,若即若离之间,雨不妨下大一点。真正初恋,恐怕是兴奋得不需要伞的,手牵手在雨中狂奔而去,把年轻的长发和肌肤交给漫天的淋淋漓漓,然后向对方的唇上颊上尝凉凉甜甜的雨水。不过那要非常年轻且激情,同时,也只能发生在法国的新潮片里吧。

大多数的雨伞想来不会为约会张开。上班下班,上学放学,菜市来回的途中,现实的伞,灰色的星期三。握着雨伞,他听那冷雨打在伞上。索性更冷一些就好了,他想。索性把湿湿的灰雨冻成干干爽爽的白雨,六角形的结晶体在无风的空中回回旋旋地降下来,等须眉和肩头白尽时,伸手一拂就落了。二十五年,没有受故乡白雨的祝福,或许发上下一点白霜是一种变相的自我补偿吧。一位英雄,经得起多少次雨季?他的额头是水成岩削成还是火成岩?他的心底究竟有多厚的苔藓?厦门街的雨巷走了二十年,与记忆等长,一座无瓦的公寓在巷底等他,一盏灯在楼上的雨窗子里,等他回去,向晚餐后的沉思冥想去整理青苔深深的记忆。前尘隔海。古屋不再。听听那冷雨。

1974年春分之夜

(《余光中选集 5 卷 散文集 第 2 卷》,安徽教育出版社,1999 年)

《听听那冷雨》导读

夏天的瓶供

周瘦鹃

凡是爱好花木的人,总想经常有花可看,尤其是供在案头,可以朝夕坐对,而使一室之内,也增加了生气。供在案头的,当然最好是盆栽和盆景;如果条件不够,或佳品难得,那么有了瓶供,也可以过过花瘾。

对于瓶供的爱好,古已有之。如宋代诗人张道洽《瓶梅》云:

> 寒水一瓶春数枝,清香不减小溪时。
> 横斜竹底无人见,莫与微云淡月知。

徐献可《书斋》云:

> 十日书斋九日扃,春晴何处不闲行。
> 瓶花落尽无人管,留得残枝叶自生。

方回惜《砚中花》云:

> 花担移来锦绣丛,小窗瓶水浸春风。
> 朝来不忍轻磨墨,研落香粘数点红。

这与我的情况恰恰相同,紫罗兰盦南窗下的书桌上,四时不断地供着一瓶花,瓶下恰有一方端砚,花瓣往往落在砚上,我也往往不忍磨墨,生怕玷污了它,足见惜花人的心理,是约略相同的。

说到夏天的瓶供,我是与盆供并重的,从园了里的细种莲花开放之后,就陆续采来供在爱莲堂中央的桌子上,如洒金、层台、大绿、粉千叶等,都是难得的名种。我轮替地用一只古铜大圆瓶、一只雍正黄瓷大胆瓶和一只紫红瓷窑变的扁方瓶来插供,以花的颜色来配瓶的颜色,务求其调和悦目。单单插了莲花还不够,更要采三片小样的莲叶来搭配着,花二朵或三朵,配上了三片叶子,插得有高有低,有直有敧,必须像画家笔下画出来的一样。倘有一朵花先谢了,剩下一只小莲蓬,仍然留在瓶里,再去采一朵半开的花来补缺,这样要连续插供到细种莲花全部开完后为止。在这一个多月的时间里,我把这一大瓶高花大叶的莲花,用树根几或红木几高供中央,总算不辜负了"爱莲堂"这块老招牌;而上面挂着的,恰又是林伯希老画师所画的一幅《爱莲图》，更觉相映成趣。

　　除了瓶供的莲花之外，还有瓶供的菖兰。菖兰的色彩是多种多样的，有白、红、淡黄、深黄、洒金、茄紫诸色；而我园有一种深紫而有绒光的，更为富丽。我也将花与瓶的颜色互相配合，互相衬托，花以三枝、五枝或七枝为规律，再插上几片叶，高低疏密，都须插得适当，看上去自有画意。有时瓶用得腻了，便改用一只明代欧瓷的长方形小型水盘，插上三五枝小样的菖兰，衬以绿叶，配上大小拳石两块，更觉幽雅入画了。

　　我爱用水盘插花，觉得比用瓶来插花，更有趣味。除了菖兰，无论大丽、月季、蜀葵等，都是夏天常见的，都可用水盘来插；不过叶子也需要，再用拳石或书带草来一衬托，那是更富于诗情画意了。爱莲堂里有一只长方形的白石大水盘，下有红木几座，落地安放着，我在盘的右边竖了一块二尺高的英石奇峰，像个独秀峰模样，盘中盛满了水，散满了碧绿的小浮萍。清早到园子里，采了大石缸中刚开放的大红色睡莲二三朵和小样的莲叶三五张；回来放在水盘里，就好像把一个小小的莲塘，搬到了屋子里来，徘徊观赏，真的是"心上莲花朵朵开"了。每天傍晚，只要把闭拢了的花朵撩起来，放在露天的浅水盆中过夜，明天早上，花依然开放，依然放到水盘里。天天这样做，可以持续三四天。

选自《拈花集》
(《周瘦鹃文集》，文汇出版社，2010年)

《夏天的瓶供》导读

县委书记的榜样
——焦裕禄

穆青 冯健 周原

1962年冬天,正是豫东兰考县遭受内涝、风沙、盐碱三害最严重的时刻。这一年,春天风沙打毁了20万亩麦子,秋天淹坏了30多万亩庄稼,盐碱地上有10万亩禾苗碱死,全县的粮食产量下降到了历年的最低水平。

就是在这样的关口,党派焦裕禄来到了兰考。

展现在焦裕禄面前的兰考大地,是一幅多么严重的灾荒的景象呵!横贯全境的两条黄河故道,是一眼看不到边的黄沙;片片内涝的洼窝里,结着青色的冰凌;白茫茫的盐碱地上,枯草在寒风中抖动。

困难,重重的困难,像一副沉重的担子,压在这位新到任的县委书记的双肩。但是,焦裕禄是带着《毛泽东选集》来的,是怀着改变兰考灾区面貌的坚定决心来的。在这个贫农出身的共产党员看来,这里有36万勤劳的人民,有烈士们流鲜血解放出来的90多万亩土地。只要加强党的领导,一时有天大的艰难,也一定能杀出条路来。

第二天,当大家知道焦裕禄是新来的县委书记时,他已经下乡了。

他到灾情最重的公社和大队去了。他到贫下中农的草屋里,到饲养棚里,到田边地头,去了解情况,观察灾情去了。他从这个大队到那个大队,他一路走,一路和同行的干部谈论。见到沙丘,他说:"栽上树,岂不是成了一片好绿林!"见到涝洼窝,他说:"这里可以栽苇、种蒲、养鱼。"见到碱地,他说:"治住它,把一片白变成一片青!"转了一圈回到县委,他向大家说:"兰考是个大有作为的地方,问题是要干,要革命。兰考是灾区,穷,困难多,但灾区有个好处,它能锻炼人的革命意志,培养人的革命品格。革命者要在困难面前逞英雄。"

焦裕禄的话,说得大家心里热乎乎的。大家议论说,新来的县委书记看问题高人一着棋,他能从困难中看到希望,能从不利条件中看到有利因素。

"关键在于县委领导核心的思想改变"

连年受灾的兰考,整个县上的工作,几乎被发统销粮、贷款、救济棉衣和烧煤所淹没了。有人说县委机关实际上变成了一个供给部。那时候,很多群众等待救济,一部分干部被灾害难住了,对改变兰考面貌缺少信心,少数人甚至不愿意留在灾区工作。他们害怕困难,更害怕犯错误……

焦裕禄想:"群众在灾难中两眼望着县委,县委挺不起腰杆,群众就不能充分发动起来。'干部不领,水牛掉井',要想改变兰考的面貌,必须首先改变县委的精神状态。"

夜,已经很深了,焦裕禄躺在床上翻来覆去睡不着。他披上棉衣,找县委副书记张钦礼谈心去了。

在这么晚的时候,张钦礼听见叩门声,吃了一惊。他迎进焦裕禄,连声问:"老焦,出了啥事?"

焦裕禄说:"我想找你谈谈。你在兰考十多年了,情况比我熟,你说,改变兰考面貌的主要问题在哪里?"

张钦礼沉思了一下,回答说:"在于人的思想的改变。"

"对。"焦裕禄说:"但是,应该在思想前面加两个字:领导。眼前关键在于县委领导核心的思想改变。没有抗灾的干部,就没有抗灾的群众。"

两个人谈得很久,很深,一直说到后半夜。他们的共同结论是,除"三害"首先要除思想上的病害;特别是要对县委的干部进行抗灾的思想教育。不首先从思想上把人们武装起来,要想完成除"三害"斗争,将是不可能的。

严冬,一个风雪交加的夜晚,焦裕禄召集在家的县委委员开会。人们到齐后,他并没有宣布议事日程,只说了一句:"走,跟我出去一趟。"就领着大家到火车站去了。

当时,兰考车站上,北风怒号,大雪纷飞。车站的屋檐下,挂着尺把长的冰柱。一列运送兰考灾民前往丰收地区的专车,正从这里飞驰而过。也还有一些灾民,穿着国家救济的棉衣,蜷曲在待发的货车上,拥挤在破旧的候车室里。

焦裕禄指着他们,沉重地说:"同志们,你们看,他们绝大多数人,都是我们的阶级兄弟。是灾荒逼迫他们背井离乡的,不能责怪他们,我们有责任。党把这个县 36 万群众交给我们,我们不能领导他们战胜灾荒,应该感到羞耻和痛心……"

他没有再讲下去,所有的县委委员都沉默着低下了头,这时有人才理解,为什么焦裕禄深更半夜领着大家来看风雪严寒中的车站。

从车站回到县委,已经是半夜时分了,会议这时候才正式开始。

焦裕禄听了大家的发言,最后说:"我们经常口口声声说要为人民服务,我希望大家能牢记着今晚的情景,这样我们就会带着阶级感情,去领导群众改变兰考的面貌。"

紧接着,焦裕禄组织大家学习《为人民服务》《纪念白求恩》《愚公移山》等文章,鼓舞大家的革命干劲,勉励大家像张思德、白求恩那样工作。

以后,焦裕禄又专门召开了一次常委会,回忆兰考的革命斗争史。在残酷的武装斗争年代,兰考县的干部和人民,同敌人英勇搏斗,前仆后继。有一个区,曾经在一个月内有九个区长为革命牺牲。烈士马福重被敌人破腹后,肠子被拉出来挂在树上。……焦裕禄说:"兰考这块地方,是同志们用鲜血换来的。先烈们并没有因为兰考人穷灾大,就把它让给敌人,难道我们就不能在这里战胜灾害?"

一连串的政治思想教育和形势教育,使县委领导核心在严重的自然灾害面前站起来了。他们打掉了在自然灾害面前束手无策、无所作为的懦夫思想,从上到下坚定地树立了自力更生消灭"三害"的决心。不久,在焦裕禄倡议和领导下,一个改造兰考大自然的蓝图制定出来。这个蓝图规定在三五年内,要取得治沙、治水、治碱的基本胜利,改变兰考的面貌。这个蓝图经过县委讨论通过后,报告了中共开封地委,焦裕禄在报告上,又着重加了几句:

"我们对兰考的一草一木都有深厚的感情。面对着当前严重的自然灾害,我们有革命的胆略,坚决领导全县人民,苦战三五年,改变兰考的面貌。不达目的,我们死不瞑目。"

这几句话,深切地反映了当时县委的决心,也是兰考全县党组织在上级党组织面前,一次庄严的宣誓。直到现在,它仍然深深地刻在县委所有同志的心上,成为鞭策他们前进的力量。

"吃别人嚼过的馍没味道"

焦裕禄深深地了解,理想和规划并不等于现实,这涝、沙、碱三害,自古以来害了兰考人民多少年呵!今天,要制服"三害",要把它们从兰考土地上像送瘟神一样驱走,必须进行大量艰苦细致的工作,付出高昂的代价。

他想,按照毛主席的教导,不管做什么工作,必须首先了解情况,进行调查研究,"没有调查就没有发言权"。要想战胜灾害,单靠一时的热情,单靠主观愿望,事情断然是办不好的。即使硬干,也要犯毛主席早已批评过的"闭塞眼睛捉麻雀"、"瞎子摸鱼"的错误。要想战胜灾害,必须照毛主席的指示办事,详尽地掌握灾害的底细,了解灾害的来龙去脉,然后作出正确的判断和部署。

他下决心要把兰考县1800平方公里土地上的自然情况摸透,亲自去掂一掂兰考的"三害"究竟有多大分量。

根据这一想法,县委先后抽调了120个干部、老农和技术员,组成一支三结合的"三害"调查队,在全县展开了大规模的追洪水、查风口、探流沙的调查研究工作。焦裕禄和县委其他领导干部,都参加了这场战斗。那时候,焦裕禄正患着慢性的肝病,许多同志担心他在大风大雨中奔波,会加剧病情的发展,劝他不要参加,但他毫不犹豫地拒绝了同志们的劝告,他说:"吃别人嚼过的馍没味道。"他不愿意坐在办公室里依靠别人的汇报来进行工作,说完就背着干粮拿着雨伞和大家一起出发了。

每当风沙最大的时候,也就是他带头下去查风口、探流沙的时候;雨最大的时候,也就是他带头下去冒雨涉水,观看洪水流势和变化的时候。他认为这是掌握风沙、水害规律最有利的时机。为了弄清一个大风口,一条主干河道的来龙去脉,他经常不辞劳苦地跟着调查队,追寻风沙和洪水的去向,从黄河故道开始,越过县界、省界,一直追到沙落尘埃,水入河道,方肯罢休。在这场艰苦的斗争中,县委书记焦裕禄简直变成一个满身泥水的农村"脱坯人"了。他和调查队的同志们经常在截腰深的水里吃干粮,有时夜晚蹲在泥水处歇息……

有一次,焦裕禄从固阳公社回县的路上,遇到了白帐子猛雨。大雨下了七天七夜,全县变成了一片汪洋。焦裕禄想:"嗬,洪水呀,等还等不到哩,你自己送上门来了。"他回到县里后,连停也没停,就带着办公室的三个同志出发了。眼前只有水,哪里有路?他们靠着各人手里的一根棍,探着,走着。这时,焦裕禄突然感到一阵阵肝痛,不时弯下身子用左手按着肝部。三个青年恳求着说:"你回去休息吧。把任务交给我们,我们保证按照你的要求完成任务。"焦裕禄没有同意,继续一路走,一路工作着。

他站在洪水激流中,同志们为他张了伞,他画了一张又一张水的流向图。等他们赶到金营大队,支部书记李广志一看见焦裕禄就吃惊地问:"一片汪洋大水,您是咋来的?"焦裕禄抡着手里的棍子说:"就坐这条船来的。"李广志让他休息一下,他却拿出自己画的图来,一边指点着,一边滔滔不绝地告诉李广志,根据这里的地形和水的流势,应该从哪里到哪里开一条河,再从哪里到哪里挖一条支沟,……这样,就可以把这几个大队的积水,统统排出去了。李广志听了非常感动,他没有想到,焦裕禄同志的领导工作,竟这样的深入细致!到吃饭的时候了,他要给焦裕禄派饭,焦裕禄说:"雨天,群众缺烧的,不吃啦!"说着,就又向风雨中走去。

送走了风沙滚滚的春天,又送走了暴雨连连的夏季,调查队在风里、雨里、沙窝里、激流里度过了一个月又一个月,跋涉了方圆5000余里,终于使县委抓到了兰考"三害"的第一手资料。全县有大小风口84个,经调查队一个个查清,编了号、绘了图;全县的千河万流,淤塞的河渠,阻水的路基、涵闸……也调查得清清楚楚,绘成了详细的排涝泄洪图。

这种大规模的调查研究,使县委基本上掌握了水、沙、碱发生、发展的规律。几个月的辛苦奔波,换来了一整套又具体又详细的资料,把全县抗灾斗争的战斗部署,放在一个更科学更扎实的基础之上。大家都觉得方向明,信心足,无形中增添了不少的力量。

"榜样的力量是无穷的"

夜已经很深了,阵阵的肝痛和县委工作沉重的担子,使焦裕禄久久不能入睡。他的心在想着兰考县的36万人和2574个生产队。抗灾斗争的发展是不平衡的,基层干部和群众的思想觉悟也有高有低,怎样才能充分调动起群众的革命积极性?怎样才能更快地在全县范围内开展起轰轰烈烈的抗灾斗争?……

焦裕禄在苦苦思索着。

他披衣起床,重又翻开《毛泽东选集》。在多年的工作中,焦裕禄已养成了学习毛主席著作的习惯,他从毛主席的著作中汲取了无穷的智慧和力量。县委开会,他常常在会前朗读毛主席著作中的有关章节。无论在办公室,或下乡工作,他总要提着一个布兜儿,装上《毛泽东选集》带在身边。每次遇到工作中的困难,他都认真地向毛主席的著作请教,严格地按照毛主席的指示去办。他曾对县委的同志们介绍自己学习毛主席著作的方法,叫做"白天到群众中调查访问,回来读毛主席著作,晚上'过电影',早上记笔记"。他所说的"过电影",主要是指联系实际来思考问题。他说:"无论学习或工作,不会'过电影'那是不行的。"

现在,全县抗灾斗争的情景,正像一幕幕的电影活动在他的脑海里,他带着一连串的问题,去阅读毛主席《关于领导方法的若干问题》那篇文章。目光停在那几行金光闪耀的字上:

"我们共产党人无论进行何项工作,有两个方法是必须采用的,一是一般和个别相结合,二是领导和群众相结合。"

"从群众中集中起来又到群众中坚持下去,以形成正确的领导意见,这是基本的领导方法。"

毛主席的话给了他很大的力量,眼前一下子豁亮起来。他决定发动县委领导同志再到贫下中农中间去。他自己更是经常住在老贫农的草庵子里,蹲在牛棚里,跟群众一起吃饭,一起劳动。他带着高昂的革命激情和对群众的无限信任,在广大贫下中农间询问着、倾听着、观察着,他听到许多贫下中农要求"翻身"、要求革命的呼声。看到许多社队自力更生、奋发图强同"三害"斗争的革命精神。他在群众中学到了不少治沙、治水、治碱的办法,总结了不少可贵的经验。群众的智慧,使他受到极大的鼓舞,也更加坚定了他战胜灾害的信心。

韩村是一个只有27户人家的生产队。1962年秋天遭受了毁灭性的涝灾,每人只分了12两红高粱穗。在这样严重的困难面前,生产队的贫下中农提出,不向国家伸手,不要救济粮、救济款,自己割草卖草养活自己。他们说:摇钱树,人人有,全靠自己一双手。不能支援国家,心里就够难受了,决不能再拉国家的后腿。就在这年冬天,他们割了27万斤草,养活了全体社员,养活了8头牲口,还修理了农具,买了7辆架子车。

秦寨大队的贫下中农社员,在盐碱地上刮掉一层皮,从下面深翻出好土,盖在上面。他们大干深翻地的时候,正是最困难的1963年夏季。他们说:"不能干一天就干半天,不能翻一锹就翻半锹,用蚕吃桑叶的办法,一口口啃,也要把这碱地啃翻个个儿。"

赵垛楼的贫下中农在七季基本绝收以后,冒着倾盆大雨,挖河渠,挖排水沟,同暴雨内涝搏斗。1963年秋天,这里一连9天暴雨,他们却夺得了好收成,卖了8万斤余粮。

双杨树的贫下中农在农作物基本绝收的情况下,雷打不散,社员们兑鸡蛋卖猪,买牲口买种子,坚持走集体经济自力更生的道路,社员们说:"穷,咱穷到一块儿;富,咱也富到一块儿。"

韩村,秦寨,赵垛楼,双杨树,广大贫下中农自力更生的革命精神,使焦裕禄十分激动。他认为这就是在毛泽东思想哺育下的贫下中农革命精神的好榜样。他在县委会议上,多少次讲述了这些先进典型的重大意义,并亲自总结了他们的经验。他说:"榜样的力量是无穷的,我们应该把群众中这些可贵的东西,集中起来,再坚持下去,号召全县社队向他们学习。"

1963年9月,县委召开了全县大小队干部的盛大会议,这是扭转兰考局势的大会,是兰考人民自力更生、奋发图强的一次誓师大会。会上,焦裕禄为韩村、秦寨、赵垛楼、双杨树的贫下中农鸣锣开道,请他们到主席台上,拉他们到万人之前,大张旗鼓地表扬他们的革命精神。他把群众中这些革命的东西,集中起来,总结为四句话:"韩村的精神,秦寨的决心,赵垛楼的干劲,双杨树的道路。"他说,这就是兰考的新道路!是毛泽东思想指引的道路!他大声疾呼,号召全县人民学习这四个样板,发扬他们的革命精神,在全县范围内锁住风沙,制服洪水,向"三害"展开英勇的斗争!

这次大会在兰考抗灾斗争的道路上,是一个伟大的转折。它激发了群众的革命豪情,鼓舞了群众的革命斗志,有力地推动了全县抗灾斗争的发展。它使韩村等4个榜样的名字传遍了兰考,它让毛泽东思想的伟大红旗,在兰考36万群众的心目中,高高地升起!

从此,兰考人民的生活中多了两个东西,这就是县委和县人委发出的"奋发图强的嘉奖令"和"革命硬骨头队"的命名书。

"当群众最困难的时候,共产党员要出现在群众面前"

就在兰考人民对涝、沙、碱三害全面出击的时候,一场比过去更加严重的灾害又向兰考袭来。1963年秋季,兰考县一连下了13天雨,雨量达250毫米。大片大片的庄稼汪在洼窝里,渍死了。全县有11万亩秋粮绝收,22万亩受灾。

焦裕禄和县委的同志们全力投入了紧急的生产救灾。

那是个冬天的黄昏。北风越刮越紧,雪越下越大。焦裕禄听见风雪声,倚在门边望着风雪发呆。过了会儿,他又走回来,对办公室的同志们严肃地说:"在这大风大雪里,乡亲们住得咋样?牲口咋样?"接着他要求县委办公室立即通知各公社做好几件雪天工作。他说,"我说,你们记记:第一,所有农村干部必须深入到户,访贫问苦,安置无屋居住的人,发现断炊户,立即解决。第二,所有从事农村工作的同志,必须深入牛屋检查,照顾老弱病畜,保证不许冻坏一头牲口。第三,安排好室内副业生产。第四,对于参加运输的人畜,凡是被风雪隔在途中的,在哪个大队的范围,由哪个大队热情招待,保证吃得饱,住得暖。第五,教育全党,在大雪封门的时候,到群众中去,和他们同甘共苦。最后一条,把检查执行的情况迅速报告县委。"办公室的同志记下他的话,立即用电话向各公社发出了通知。

这天,外面的大风雪刮了一夜。焦裕禄的房子里,电灯也亮了一夜。

第二天,窗户纸刚刚透亮,他就挨门把全院的同志们叫起来开会。焦裕禄说:"同志们,你们看,这场雪越下越大,这会给群众带来很多困难,在这大雪拥门的时候,我们不能坐在办公室里烤火,应该到群众中间去。共产党员应该在群众最困难的时候,出现在群众的面前,在群众最需要帮助的时候,去关心群众,帮助群众。"

简短的几句话,像刀刻的一样刻在每一个同志的心上。有人眼睛湿润了,有人有多少话想说也说不出来了。他们的心飞向冰天雪地的茅屋去了。大家立即带着救济粮款,分头出发了。

风雪铺天盖地而来。北风响着尖利的哨音,积雪有半尺厚。焦裕禄迎着大风雪,什么也没有披,火车头帽子的耳巴在风雪中呼扇着。那时,他的肝痛常常发作,有时痛得厉害,他就用一支钢笔硬顶着肝部。现在他全然没想到这些,带着几个年轻小伙子,踏着积雪,一边走,一边高唱《南泥湾》。他问青年人看过《万水千山》这个电影没有?他说:"你们看,眼前多么像《万水千山》里的一个镜头呵。"

这一天,焦裕禄没烤群众一把火,没喝群众一口水。风雪中,他在9个村子,访问了几十户生活困难的老贫农。在许楼,他走进一个低矮的柴门。这里住的是一对无依无靠的老人。老大爷有病躺在床上,老大娘是个瞎子。焦裕禄一进屋,就坐在老人的床头问寒问饥。老大爷问他是谁?他说:"我是您的儿子。"老人问他大雪天来干啥?他说:"毛主席叫我来看望您老人家。"老大娘感动得不知说什么才好,用颤抖的双手上上下下摸着焦裕禄。老大爷眼里噙着泪说:"解放前,大雪封门,地主来逼租,撵得我串人家的房檐,住人家的牛屋。"焦裕禄安慰老人说:"如今印把子抓在咱手里,兰考受灾受穷的面貌一定能够改过来。"

就是在这次雪天送粮当中,焦裕禄也看到和听到了许多贫下中农极其感人的故事。谁能够想到,在毁灭性的涝灾面前,竟有那么一些生产队,两次三番退回国家送给他们的救济粮、救济款。他们说:把救济粮、救济款送给比我们更困难的兄弟队吧,我们自己能想办法养活自己!

焦裕禄心里多么激动呵!他看到毛泽东思想像甘露一样滋润了兰考人民的心,党号召的自力更生、奋发图强的精神,在困难面前逞英雄的硬骨头精神,已经变成千千万万群众敢于同天抗、同灾斗的物质力量了。

有了这种精神,在兰考人民面前还有什么天大的灾害不能战胜!

"县委书记要善于当'班长'"

焦裕禄常说,县委书记要善于当"班长",要把县委这个"班"带好,必须使这"一班人"思想齐、动作齐。而要统一思想、统一行动,就必须用毛泽东思想挂帅。

他是这样想的,也是这样做的。

县人委有一位从丰收地区调来的领导干部,提出了一个装潢县委和县人委领导干部办公室的计划。连桌子、椅子、茶具,都要换一套新的。为了好看,还要把城里一个污水坑填平,上面盖一排房子。县委多数同志激烈地反对这个计划。也有人问:"钱从哪里来?能不能花?"这位领导干部管财政,他说:"花钱我负责。"

但是,焦裕禄提了一个问题:

"坐在破椅子上不能革命吗?"他接着说明了自己的意见:"灾区面貌没有改变,还大量吃着国家的统销粮,群众生活很困难。富丽堂皇的事,不但不能做,就是连想也很危险。"

后来,焦裕禄找这位领导干部谈了几次话,帮助他改变思想认识。焦裕禄对他说:兰考是灾区,比不得丰收区。即使是丰收区,你提的那种计划,也是不应该做的。焦裕禄劝这位领导干部到贫下中农家里去住一住,到贫下中农中间去看一看。去看看他们想的是什么,做的是什么。焦裕禄作为县委的班长,他从来不把自己的意见强加于人。他对同志们要求非常严格,但他要求得入情入理,叫你自己从内心里生出改正错误的力量。不久以后,这位领导干部改变了认识,自己收回了那个"建设计划"。

有一位公社副书记在工作中犯了错误。当时,县委开会,多数委员主张处分这位同志。但焦裕禄经过再三考虑,提出暂时不要给他处分。焦裕禄说,这位同志是我们的阶级弟兄,他犯了错误,给他处分固然是必要的;但是,处分是为了达到治病救人的目的。当前改变兰考面貌,是一个艰巨的斗争,不如派他到最艰苦的地方去,考验他,锻炼他,给他以改正错误的机会,让他为党的事业出力,这样不是更好吗?

县委同意了焦裕禄的建议,决定派这个同志到灾害严重的赵垛楼去蹲点。这位同志临走时,焦裕禄把他请来,严格地提出批评,亲切地提出希望,最后焦裕禄说:"你想想,当一个不坚强的战士,当一个忘了群众利益的共产党员,多危险,多可耻呵!先烈们为解放兰考这块地方,能付出鲜血、生命;难道我们就不能建设好这个地方?难道我们能在自然灾害面前当怕死鬼?当逃兵?"

焦裕禄的话,一字字、一句句都紧紧扣住这位同志的心。这话的分量比一个最重的处分决定还要沉重,但这话也使这位同志充满了战斗的激情。阶级的情谊,革命的情谊,党的温暖,在这位犯错误的同志的心中激荡着,他满眼流着泪,说,"焦裕禄同志,你放心……"

这位同志到赵垛楼以后,立刻同群众一道投入了治沙治水的斗争。他发现群众的生活困难,提出要卖掉自己的自行车,帮助群众,县委制止了他,并且指出,当前最迫切的问题,是从思想上武装赵垛楼的社员群众,领导他们起来,自力更生进行顽强的抗灾斗争,一辆自行车是不能解决什么问题的。以后,焦裕禄也到赵垛楼去了。他关怀赵垛楼的两千来个社员群众,也关怀这位犯错误的同志。

就在这年冬天,赵垛楼为害农田多年的24个沙丘,被社员群众用沙底下的黄胶泥封盖住了。社员们还挖通了河渠,治住了内涝。这个一连七季吃统销粮的大队,一季翻身,卖余粮了。

也就在赵垛楼大队"翻身"的这年冬天,那位犯错误的同志,思想上也翻了个个儿。他在抗灾斗争中,身先士卒,表现得很英勇。他没有辜负党和焦裕禄对他的期望。

焦裕禄,出生在山东淄博一个贫农家里,他的父亲在解放前就被国民党反动派逼迫上吊自杀了。他从小逃过荒,给地主放过牛,扛过活,还被日本鬼子抓到东北挖过煤。他带着仇恨参加了革命队伍,在部队、农村和工厂里做过基层工作。自从参加革命一直到当县委书记以后,他始终保持着劳动人民的本色。他常常开襟解怀,卷着裤管,朴朴实实地在群众中间工作、劳动。群众身上有多少泥,他身上有多少泥。他穿的袜子,补了又补,他爱人要给他买双新的,他说:"跟贫下中农比一比,咱穿得就不错了。"夏天他连凉席也不买,只花四毛钱买一条蒲席铺。

有一次,他发现孩子很晚才回家。一问,原来是看戏去了。他问孩子:"哪里来的票?"孩子说:"收票叔叔向我要票,我说没有。叔叔问我是谁?我说焦书记是我爸爸。叔叔没有收票就叫我进去了。"焦裕禄听了非常生气,当即把一家人叫来"训"了一顿,命令孩子立即把票钱如数送给戏院。接着,又建议县委起草了一个通知,不准任何干部特殊化,不准任何干部和他们的子弟"看白戏"……

"焦裕禄是我们县委的好班长,好榜样。"

"在焦裕禄领导下工作,方向明,信心大,敢于大作大为,心情舒畅,就是累死也心甘。"

焦裕禄的战友这样说,反对过他的人这样说,犯过错误的人也这样说。

他心里装着全体人民,唯独没有他自己

县委一位副书记在乡下患感冒,焦裕禄几次打电话,要他回来休息;组

织部一位同志有慢性病,焦裕禄不给他分配工作,要他安心疗养,财委一位同志患病,焦裕禄多次催他到医院检查,……焦裕禄的心里,装着全体党员和全体人民,唯独没有他自己。

1964年春天,正当党领导着兰考人民同涝、沙、碱斗争胜利前进的时候,焦裕禄的肝病也越来越重了。很多人都发现,无论开会、作报告,他经常把右脚踩在椅子上,用右膝顶住肝部。他棉袄上的第二个和第三个扣子是不扣的,左手经常揣在怀里。人们留心观察,原来他越来越多地用左手按着时时作痛的肝部,或者用一根硬东西顶在右边的椅靠上。日子久了,他办公坐的藤椅上,右边被顶出了一个大窟窿。他对自己的病,是从来不在意的。同志们问起来,他才说他对肝痛采取了一种压迫止痛法。县委的同志们劝他疗养,他笑着说:"病是个欺软怕硬的东西,你压住他,他就不欺侮你了。"焦裕禄暗中忍受了多大痛苦,连他的亲人也不清楚。他真是全心全意投到改变兰考面貌的斗争中去了。

焦裕禄到地委开会,地委负责同志劝他住院治疗,他说:"春天要安排一年的工作,离不开!"没有住。地委给他请来一位有名的中医诊断病情,开了药方,因为药费很贵,他不肯买。他说:"灾区群众生活很困难,花这么多钱买药,我能吃得下吗?"县委的同志背着他去买来三剂,强制他服了,但他执意不再服第四剂。

那天,县委办公室的干部张思义和他一同骑自行车到三义寨公社去。走到半路,焦裕禄的肝痛发作,痛得蹲不动,两个人只好推着自行车慢慢走。刚到公社,大家看他气色不好,就猜出是他又发病了。公社的同志说:"休息一下吧。"他说:"谈你们的情况吧,我不是来休息的。"

公社的同志一边汇报情况,一边看着焦裕禄强按着肚子在作笔记。他的肝痛得使手指发抖,钢笔几次从手指间掉了下来。汇报的同志看到这情形,忍住泪,连话都说不出来了,而他,故意作出神情自若的样子,说:

"说,往下说吧。"

1964年的3月,兰考人民的除"三害"斗争达到了高潮,焦裕禄的肝病也到了严重关头。躺在病床上,他的心潮汹涌澎湃,奔向那正在被改造着的大地。他满腔激情地坐到桌前,想动手写一篇文章,题目是《兰考人民多奇志,敢教日月换新天》。他铺开稿纸,拟好了四个小题目:一、设想不等于现实。二、一个落后地区的改变,首先是领导思想的改变。领导思想不改变,外地的经验学不进,本地的经验总结不起来。三、榜样的力量是无穷的。四、精神原子弹——精神变物质。

充满了革命乐观主义的焦裕禄,从兰考人民在抗灾斗争中表现出来的英雄气概,从兰考人民一步一个脚印的实干精神中,已经预见到新兰考美好的未来。但是,文章只开了个头,病魔就逼他放下了手中的笔,县委决定送他到医院治病去了。

临行那一天,由于肝痛得厉害,他是弯着腰走向车站的。他是多么舍不得离开兰考呵!一年多来,全县 149 个大队,他已经跑遍了 120 多个。他把整个身心,都交给了兰考的群众,兰考的斗争。正像一位指挥员在战斗最紧张的时刻,离开炮火纷飞的前沿阵地一样,他从心底感到痛苦、内疚和不安。他不时深情地回顾着兰考城内的一切,他多么希望能很快地治好肝病,带着旺盛的精力回来和群众一块战斗呵!他几次向送行的同志们说,不久他就会回来的。在火车开动前的几分钟,他还郑重地布置了最后一项工作,要县委的同志好好准备材料,当他回来时,向他详细汇报抗灾斗争的战果。

"活着我没有治好沙丘,死了也要看着你们把沙丘治好!"

开封医院把焦裕禄转到郑州医院,郑州医院又把他转到北京的医院。在这位钢铁般的无产阶级战士面前,医生们对他和肝痛斗争的顽强性格感到惊异。他们带着崇敬的心情站在病床前诊察,最后很多人含着眼泪离开。

那是个多么阴冷的日子呵!医生们开出了最后诊断书,上面写道:"肝癌后期,皮下扩散。"这是不治之症。送他去治病的赵文选同志,绝不相信这个诊断,人像傻了似的,一连声问道:"什么,什么?"医生说:"你赶紧送他回去,焦裕禄同志最多还有二十天时间。"

赵文选呆了一下,突然放声痛哭起来。他央告着说:

"医生,我求求你,我恳求你,请你把他治好,俺兰考是个灾区,俺全县人离不开他,离不开他呀!"

在场的人都含着泪。医生说:

"焦裕禄同志的工作情况,在他进院时,党组织已经告诉我们。癌症现在还是一个难题,不过,请你转告兰考县的群众,我们医务工作者,一定用焦裕禄同志同困难和灾害斗争的那种革命精神,来尽快攻占这个高峰。"

焦裕禄又被转到郑州河南医学院附属医院。

焦裕禄病危的消息传到兰考后,县上不少同志曾去郑州看望他。县上有人来看他,他总是不谈自己的病,先问县里的工作情况,他问张庄的沙丘封住了没有?问赵垛楼的庄稼淹了没有?问秦寨盐碱地上的麦子长得怎样?问老韩陵地里的泡桐树栽了多少?……有一次,他特地嘱咐一个县委办公室的干部说:

"你回去对县委的同志说,叫他们把我没写完的文章写完;还有,把秦寨盐碱地上的麦穗拿一把来,让我看看!"

五月初,焦裕禄的病情进一步恶化了。在这种情况下,他的亲密战友、县委副书记张钦礼匆匆赶到郑州探望他。当焦裕禄用他那干瘦的手握着张钦礼,两只失神的眼睛充满深情地望着他时,张钦礼的泪珠禁不住一颗颗滚了下来。

焦裕禄问道:"听说豫东下了大雨,雨多大?淹了没有?"

"没有。"

"这样大的雨,咋会不淹?你不要不告诉我。"

"是没有淹!排涝工程起作用了。"张钦礼一面回答,一面强忍着悲痛给他讲了一些兰考人民抗灾斗争胜利的情况,安慰他安心养病,说兰考面貌的改变也许会比原来的估计更快一些。

这时候,张钦礼看到焦裕禄在全力克制自己剧烈的肝痛,一粒粒黄豆大的冷汗珠时时从他额头上浸出来。他勉强擦了擦汗,半晌,问张钦礼:

"我的病咋样?为什么医生不肯告诉我呢?"

张钦礼迟迟没有回答。

焦裕禄一连追问了几次,张钦礼最后不得不告诉他说:"这是组织上的决定。"

听了这句话,焦裕禄点了点头,镇定地说道:"呵,那我明白了……"

隔了一会儿,焦裕禄从怀里掏出一张自己的照片,颤颤地交给张钦礼,然后说道:"钦礼同志,现在有句话我不能不向你说了,回去对同志们说,我不行了,你们要领导兰考人民坚决地斗争下去。党相信我们,派我们去领导,我们是有信心的。我们是灾区,我死了,不要多花钱。我死后只有一个要求,要求组织上把我运回兰考,埋在沙堆上,活着我没有治好沙丘,死了也要看着你们把沙丘治好!"

张钦礼再也无法忍住自己的悲痛,他望着焦裕禄,鼻子一酸,几乎哭出声来。他带着泪告别了自己最亲密的阶级战友……

谁也没有料到,这就是焦裕禄同兰考县人民,同兰考县党组织的最后一别。

1964年5月14日,焦裕禄同志不幸逝世了,那一年,他才42岁。

在他生命的最后时刻,中共河南省委和开封地委有两位负责同志守在他的床前。他对这两位上级党组织的代表断断续续地说出了最后一句话:"我……没有……完成……党交给我的……任务。"

他死后,人们在他病榻的枕下,发现了两本书:一本是《毛泽东选集》,

一本是《论共产党员的修养》。

他没有死，他还活着

　　事隔一年以后，1965 年春天，兰考县几十个群众代表和干部，专程来到焦裕禄的坟前。乡亲们一看见焦裕禄的坟墓，就仿佛看见了他们的县委书记，看见了他们永远也不会忘记的那个人。

　　一年前，他还在兰考，同群众一起，日夜奔波在抗灾斗争的前线。人们怎么会忘记，在那大雪封门的日子，他带着党的温暖走进了群众的柴门；在那洪水暴发的日子，他拄着棍子带病到各个村庄察看水情。是他高举着毛泽东思想的红灯，照亮了兰考人民自力更生的道路；是他带领兰考人民扭转了兰考的局势，激发了人们的革命精神；是他喊出了"锁住风沙，制伏洪水"的号召；是他发现了兰考人民革命的"硬骨头"精神，使之在全县发扬光大……这一切，多么熟悉，多么亲切呵！谁能够想到，像他这样一个充满着革命活力的人，竟会在兰考人民最需要他的时候，离开了兰考的大地。

　　人们一个个含着泪站在他的坟前，一位老贫农泣不成声地说出了 36 万兰考人的心声：

　　"我们的好书记，你是活活地为俺兰考人民，硬把你给累死的呀。困难的时候你为俺们操心，跟着俺们受苦，现在，俺们好过了，全兰考翻身了，你却一个人在这里……"

　　这是兰考人民对自己的亲人、自己的战友的痛悼，也是兰考人民对一个为他们的利益献出生命的共产党员的最高嘉奖。

　　焦裕禄去世后的这一年，兰考县的全体党员，全体人民，用眼泪和汗水灌溉了兰考大地。三年前焦裕禄倡导制订的改造兰考大自然的蓝图，经过三年艰苦努力，已经变成了现实。兰考，这个豫东历史上缺粮的县份，1965 年粮食已经初步自给了。全县 2574 个生产队，除 300 来个队是棉花、油料产区外，其余的都陆续自给，许多队还有了自己的储备粮。1965 年，兰考县连续旱了 68 天，从 1964 年冬天到 1965 年春天，刮了 72 次大风，却没有发生风沙打死庄稼的灾害，19 万亩沙区的千百条林带开始把风沙锁住了。这一年秋天，连续下了 384 毫米暴雨，全县也没有一个大队受灾。

　　焦裕禄生前没有写完的那篇文章，由 36 万兰考人民在兰考大地上集体完成了。这是一篇气壮山河、人颜欢笑的文章，是一篇闪烁着毛泽东思想光辉的文章。在这篇文章里，兰考人民笑那起伏的沙丘"贴了膏药，扎了针"，笑那滔滔洪水乖乖地归了河道，笑那人老几辈连茅草都不长的老碱窝开始出现了碧绿的庄稼,笑那多少世纪以来一直压在人们头上的大自然的暴君,在伟大的毛泽东时代,不能再任意摆布人们的命运了。

焦裕禄虽然去世了,但他在兰考土地上播下的自力更生的革命种子,正在发芽成长,他带给兰考人民的毛泽东思想的红灯,愈来愈发出耀眼的光芒。他一心为革命,一心为群众的高贵品德,已成为全县干部和群众学习的榜样。这一切宝贵的精神财富,今天已化为强大的物质力量,推动着兰考人民在自力更生、奋发图强的大道上继续奋勇前进。兰考灾区面貌的改变,还只是兰考人民征服大自然的开始,在这场伟大的向大自然进军的斗争中,他们不仅要彻底摘掉灾区的帽子,而且决心不断革命,把大部分农田逐步改造成为旱涝保收的稳定高产田,逐步实现"上纲要"(达到农业发展纲要规定的产量要求),"过长江",建设社会主义新兰考。

焦裕禄同志,你没有辜负党的希望,你出色地完成了党交给你的任务,兰考人民永远忘不了你。你不愧为毛泽东思想哺育成长起来的好党员,不愧为党的好干部,不愧为人民的好儿子!你是千千万万在严重自然灾害面前,巍然屹立的共产党员和人民群众英雄形象的代表。你没有死,你将永远活在千万人的心里!

(据新华社北京1966年2月7日电,出版时个别字句略有改动。)

(《县委书记的榜样——焦裕禄》,中国言实出版社,2014年)

说　园

陈从周

　　我国造园具有悠久的历史，在世界园林中树立着独特风格，自来学者从各方面进行分析研究，各抒高见，如今就我在接触园林中所见闻掇拾到的，提出来谈谈，姑名"说园"。

　　园有静观、动观之分，这一点我们在造园之先，首要考虑。何谓静观，就是园中予游者多驻足的观赏点；动观就是要有较长的游览线。二者说来，小园应以静观为主，动观为辅，庭院专主静观。大园则以动观为主，静观为辅。前者如苏州网师园，后者则苏州拙政园差可似之。人们进入网师园宜坐宜留之建筑多，绕池一周，有槛前细数游鱼，有亭中待月迎风，而轩外花影移墙，峰峦当窗，宛然如画，静中生趣。至于拙政园径缘池转，廊引人随，与"日午画船桥下过，衣香人影太匆匆"的瘦西湖相仿佛，妙在移步换影，这是动观。立意在先，文循意出。动静之分，有关园林性质与园林面积大小。像上海正在建造的盆景园，则宜以静观为主，即为一例。

　　中国园林是由建筑、山水、花木等组合而成的一个综合艺术品，富有诗情画意。叠山理水要造成"虽由人作，宛自天开"的境界。山与水的关系究竟如何呢？简言之，模山范水，用局部之景而非缩小（网师园水池仿虎丘白莲池，极妙），处理原则悉符画本。山贵有脉，水贵有源，脉源贯通，全园生动。我曾经用"水随山转，山因水活"与"溪水因山成曲折，山蹊随地作低平"来说明山水之间的关系，也就是从真山真水中所得到的启示。明末清初叠山家张南垣主张用平冈小陂、陵阜陂阪，也就是要使园林山水接近自然。如果我们能初步理解这个道理，就不至于离自然太远，多少能呈现水石交融的美妙境界。

　　中国园林的树木栽植，不仅为了绿化，要具有画意。窗外花树一角，即折枝尺幅；山间古树三五，幽篁一丛，乃模拟枯木竹石图。重姿态，不讲品种，和盆栽一样，能"入画"。拙政园的枫杨、网师园的古柏，都是一园之胜，左右大局，如果这些饶有画意的古木丢了，一园景色顿减。树木品种又多有特色，如苏州留园原多白皮松，怡园多松、梅，沧浪亭满种箬竹，各具风貌。

可是近年来没有注意这个问题,品种搞乱了,各园个性渐少,似要引以为戒。宋人郭熙说得好:"山水以山为血脉,以草为毛发,以烟云为神采"。草尚如此,何况树木呢?我总觉得一地方的园林应该有那个地方的植物特色,并且土生土长的树木存活率大,成长得快,几年可茂然成林。它与植物园有别,是以观赏为主,而非以种多斗奇。要能做到"园以景胜,景因园异",那真是不容易。这当然也包括花卉在内。同中求不同,不同中求同,我国园林是各具风格的。古代园林在这方面下过功夫,虽亭台楼阁,山石水池,而能做到风花雪月,光景常新。我们民族在欣赏艺术上存乎一种特性,花木重姿态,音乐重旋律,书画重笔意等,都表现了要用水磨功夫,才能达到耐看耐听,经得起细细的推敲,蕴藉有余味。在民族形式的探讨上,这些似乎对我们有所启发。

园林景物有仰观、俯观之别,在处理上亦应区别对待。楼阁掩映,山石森严,曲水湾环,都存乎此理。"小红桥外小红亭,小红亭畔、高柳万蝉声。""绿杨影里,海棠亭畔,红杏梢头。"这些词句不但写出园景层次,有空间感和声感,同时高柳、杏梢,又都把人们视线引向仰观。文学家最敏感,我们造园者应向他们学习。至于"一丘藏曲折,缓步百跻攀",则又皆留心俯视所致。因此园林建筑物的顶,假山的脚,水口,树梢,都不能草率从事,要着意安排。山际安亭,水边留矶,是能引人仰观、俯观的方法。

我国名胜也好,园林也好,为什么能这样勾引无数中外游人,百看不厌呢?风景洵美,固然是重要原因,但还有个重要因素,即其中有文化、有历史。我曾提过风景区或园林有文物古迹,可丰富其文化内容,使游人产生更多的兴会、联想,不仅仅是到此一游,吃饭喝水而已。文物与风景区园林相结合,文物赖以保存,园林借以丰富多彩,两者相辅相成,不矛盾而统一。这样才能体现出一个有古今文化的社会主义中国园林。

中国园林妙在含蓄,一山一石,耐人寻味。立峰是一种抽象雕刻品,美人峰细看才象。九狮山亦然。鸳鸯厅的前后梁架,形式不同,不说不明白,一说才恍然大悟,竟寓鸳鸯之意。奈何今天有许多好心肠的人,唯恐游者不了解,水池中装了人工大鱼,熊猫馆前站着泥塑熊猫,如做着大广告,与含蓄两字背道而驰,失去了中国园林的精神所在,真太煞风景。鱼要隐现方妙,熊猫馆以竹林引胜,渐入佳境,游者反多增趣味。过去有些园名,如寒碧山庄(留园)、梅园、网师园,都可顾名思义,园内的特色是白皮松、梅、水。尽人皆知的西湖十景,更是佳例。亭榭之额真是赏景的说明书。拙政园的荷风四面亭,人临其境,即无荷风,亦觉风在其中,发人遐思。而对联文字之隽永,书法之美妙,更令人一唱三叹,徘徊不已。镇江焦山顶的别峰庵,为郑板桥读书处，小斋三间，一庭花树，门联写着"室雅无须大，花香不在多"。游者见到，顿觉心怀舒畅，亲切地感到景物宜人，博得人人称好，游罢个个传诵。至于匾额，有砖刻、石刻，联屏有板对、竹对、板屏、大理石屏，外加石刻书条石，皆少用画面，比具体的形象来得曲折耐味。其所以不用装裱的屏联，因园林建筑多敞口，有损纸质，额对露天者用砖石，室内者用竹木，皆因地制宜而安排。住宅之厅堂斋室，悬挂装裱字画，可增加内部光线及音响效果，使居者有明朗清静之感，有与无，情况大不相同。当时宣纸规格、装裱大小皆有一定，乃根据建筑尺度而定。

园林中曲与直是相对的，要曲中寓直，灵活应用，曲直自如。画家讲画树，要无一笔不曲，斯理至当。曲桥、曲径、曲廊，本来在交通意义上，是由一点到另一点而设置的。园林中两侧都有风景，随直曲折一下，使行者左右顾盼有景，信步其间使距程延长，趣味加深。由此可见，曲本直生，重在曲折有度。有些曲桥，定要九曲，既不临水面(园林桥一般要低于两岸，有凌波之意)，生硬屈曲，行桥宛若受刑，其因在于不明此理(上海豫园前九曲桥即坏例)。

造园在选地后，就要因地制宜，突出重点，作为此园之特征，表达出预想的境界。北京圆明园，我说它是"因水成景，借景西山"，园内景物皆因水而筑，招西山入园，终成"万园之园"。无锡寄畅园为山麓园，景物皆面山而构，纳园外山景于园内。网师园以水为中心，殿春簃一院虽无水，西南角凿冷泉，贯通全园水脉，有此一眼，绝处逢生，终不脱题。新建东部，设计上既背固有设计原则，且复无水，遂成僵局，是事先对全园未作周密的分析，不假思索而造成的。

园之佳者如诗之绝句，词之小令，皆以少胜多，有不尽之意，寥寥几句，弦外之音犹绕梁间(大园总有不周之处，正如长歌慢调，难以一气呵成)。我说园外有园，景外有景，即包括在此意之内。园外有景妙在"借"，景外有景在于"时"，花影、树影、云影、水影、风声、水声、鸟语、花香，无形之景，有形之景，交响成曲。所谓诗情画意盎然而生，与此有密切关系(参见拙作《建筑中的借景问题》)。

万顷之园难以紧凑，数亩之园难以宽绰。紧凑不觉其大，游无倦意，宽绰不觉局促，览之有物，故以静、动观园，有缩地扩基之妙。而大胆落墨，小心收拾(画家语)，更为要谛，使宽处可容走马，密处难以藏针(书家语)。故颐和园有烟波浩渺之昆明湖，复有深居山间的谐趣园，于此可悟消息。造园有法而无式，在于人们的巧妙运用其规律。计成所说的"因借(因地制宜，借景)"，就是法。《园冶》一书终未列式。能做到园有大小之分，有静观动观之别,有郊园市园之异等等,各臻其妙,方称"得体"(体宜)。中国画的兰竹看来极简单,画家能各具一格;古典折子戏,亦复喜看,每个演员演来不同,就是各有独到之处。造园之理与此理相通。如果定一式使学者死守之,奉为经典,则如画谱之有"芥子园",文章之有八股一样。苏州网师园是公认为小园极则,所谓"小而精,以少胜多"。其设计原则很简单,运用了假山与建筑相对而互相更换的一个原则(苏州园林基本上用此法。网师园东部新建反其道,终于未能成功),无旱船、大桥、大山,建筑物尺度略小,数量适可而止,停停当当,像一个小园格局。反之,狮子林增添了大船,与水面不称,不伦不类,就是不"得体"。清代汪春田重葺文园有诗:"换却花篱补石阑,改园更比改诗难;果能字字吟来稳,小有亭台亦耐看。"说得透彻极了,到今天读起此诗,对造园工作者来说,还是十分亲切的。

园林中的大小是相对的,不是绝对的,无大便无小,无小也无大。园林空间越分隔,感到越大,越有变化,以有限面积,造无限空间,因此大园包小园,即基此理(大湖包小湖,如西湖三潭印月)。是例极多,几成为造园的重要处理方法。佳者如拙政园之枇杷园、海棠坞、颐和园之谐趣园等,都能达到很高的艺术效果。如果入门便觉是个大园,内部空旷平淡,令人望而生畏,即入园亦未能游遍全园,故园林不起游兴是失败的。如果景物有特点,委宛多姿,游之不足,下次再来。风景区也好,园林也好,不要使人一次游尽,留待多次,有何不好呢?我很惋惜很多名胜地点,为了扩大空间,更希望一览无遗,甚至于希望能一日游或半日游,一次观完,下次莫来,将许多古名胜园林的围墙拆去,大是大了,得到的是空,西湖平湖秋月、西泠印社都有这样的后果。西泠饭店造了高层,葛岭矮小了一半。扬州瘦西湖妙在瘦字,今后不准备在其旁建造高层建筑,是有远见的。本来瘦西湖风景区是一个私家园林群(扬州城内的花园巷,同为私家园林群,一用水路交通,一用陆上交通),其妙在各园依水而筑,独立成园,既分又合,隔院楼台,红杏出墙,历历倒影,宛若图画。虽瘦而不觉寒酸,反窈窕多姿。今天感到美中不足的,似觉不够紧凑,主要建筑物少一些,分隔不够。在以后的修建中,这个原来瘦西湖的特征,还应该保留下来。拙政园将东园与之合并,大则大矣,原来部分益现局促,而东园辽阔,游人无兴,几成为过道。分之两利,合之两伤。

本来中国木构建筑,在体形上有其个性与局限性,殿是殿,厅是厅,亭是亭,各具体例,皆有一定的尺度,不能超越,画虎不成反类犬,放大缩小各有范畴。平面使用不够,可几个建筑相连,如清真寺礼拜殿用勾连搭的方法相连,或几座建筑缀以廊庑,成为一组。拙政园东部将亭子放大了,既非阁,又不像亭,人们看不惯,有很多意见。相反,瘦西湖五亭桥与白塔是模仿北京北海大桥、五龙亭及白塔，因为地位不够大，将桥与亭合为一体，形成五亭桥，白塔体形亦相应缩小，这样与湖面相称了，形成了瘦西湖的特征，不能不称佳构，如果不加分析，难以辨出它是一个北海景物的缩影，做得十分"得体"。

　　远山无脚，远树无根，远舟无身（只见帆），这是画理，亦造园之理。园林的每个观赏点，看来皆一幅幅不同的画，要深远而有层次。"常倚曲阑贪看水，不安四壁怕遮山。"如能懂得这些道理，宜掩者掩之，宜屏者屏之，宜敞者敞之，宜隔者隔之，宜分者分之等等，见其片断，不逞全形，图外有画，咫尺千里，余味无穷。再具体点说：建亭须略低山巅，植树不宜峰尖，山露脚而不露顶，露顶而不露脚，大树见梢不见根，见根不见梢之类。但是运用上却细致而费推敲，小至一树的修剪，片石的移动，都要影响风景的构图。真是一枝之差，全园败景。拙政园玉兰堂后的古树枯死，今虽补植，终失旧貌。留园曲溪楼前有同样的遭遇。至此深深体会到，造园困难，管园亦不易，一个好的园林管理者，他不但要考查园的历史，更应知道园的艺术特征，等于一个优秀的护士对病人作周密细致的了解。尤其重点文物保护单位，更不能鲁莽从事，非经文物主管单位同意，须照原样修复，不得擅自更改，否则不但破坏园林风格，且有损文物，关系到党的文物政策问题。

　　郊园多野趣，宅园贵清新。野趣接近自然，清新不落常套。无锡蠡园为庸俗无野趣之例，网师园属清新典范。前者虽大，好评无多；后者虽小，赞辞不已。至此可证园不在大而在精，方称艺术上品。此点不仅在风格上有轩轾，就是细至装修陈设皆有异同。园林装修同样强调因地制宜，敞口建筑重线条轮廓，玲珑出之，不用精细的挂落装修，因易损伤；家具以石凳、石桌、砖面桌之类，以古朴为主。厅堂轩斋有门窗者，则配精细的装修。其家具亦为红木、紫檀、楠木、花梨所制，配套陈设，夏用藤棚椅面，冬加椅披椅垫，以应不同季节的需要。但亦须根据建筑物的华丽与雅素，分别作不同的处理。华丽者用红木、紫檀，雅素者用楠木、花梨；其雕刻之繁简亦同样对待。家具俗称"屋肚肠"，其重要可知，园缺家具，即胸无点墨，水平高下自在其中。过去网师园的家具陈设下过大功夫，确实做到相当高的水平，使游者更全面地领会我国园林艺术。

　　古代园林张灯夜游是一件大事，屡见诗文，但张灯是盛会，许多名贵之灯是临时悬挂的，张后即移藏，非永久固定于一地。灯也是园林一部分，其品类与悬挂亦如屏联一样，皆有定格，大小形式各具特征。现在有些园林为了适应夜游，都装上电灯，往往破坏园林风格，正如宜兴善卷洞一样，五色缤纷，宛或餐厅，几不知其为洞穴，要还我自然。苏州狮子林在亭的戗角头装灯,甚是触目。对古代建筑也好,园林也好,名胜也好,应该审慎一些,不协调的东西少强加于它。我以为照明灯应隐,装饰灯宜显,形式要与建筑协调。至于装挂地位,敞口建筑与封闭建筑有别,有些灯玲珑精巧不适用于空廊者,挂上去随风摇曳,有如塔铃,灯且易损,不可妄挂,而电线电杆更应注意,既有害园景,且阻视线,对拍照人来说,真是有苦说不出。凡兹琐琐,虽多陈音俗套,难免絮聒之讥,似无关大局,然精益求精,繁荣文化,愚者之得,聊资参考!

(《陈从周全集》[6],江苏文艺出版社,2013年)

怀念萧珊

巴　金

一

今天是萧珊逝世的六周年纪念日。六年前的光景还非常鲜明地出现在我的眼前。那天我从火葬场回到家中,一切都是乱糟糟的,过了两三天我渐渐地安静下来了,一个人坐在书桌前,想写一篇纪念她的文章。在五十年前我就有了这样一种习惯:有感情无处倾吐时,我经常求助于纸笔。可是一九七二年八月里那几天,我每天坐三四个小时望着面前摊开的稿纸,却写不出一句话。我痛苦地想,难道给关了几年的"牛棚",真的就变成"牛"了?头上仿佛压了一块大石头,思想好像冻结了一样。我索性放下笔,什么也不写了。

六年过去了,林彪、"四人帮"及其爪牙们的确把我搞得很"狼狈",但我还是活下来了,而且偏偏活得比较健康,脑子也并不糊涂,有时还可以写一两篇文章。最近我经常去火葬场,参加老朋友们的骨灰安放仪式。在大厅里,我想起许多事情。同样地奏着哀乐,我的思想却从挤满了人的大厅转到只有二三十个人的中厅里去了,我们正在用哭声向萧珊的遗体告别。我记起了《家》里面觉新说过的一句话:"好像珏死了,也是一个不祥的鬼。"四十七年前我写这句话的时候,怎么想得到我是在写自己!我没有流眼泪,可是我觉得有无数锋利的指甲在搔我的心。我站在死者遗体旁边,望着那张惨白色的脸,那两片咽下千言万语的嘴唇,我咬紧牙齿,在心里唤着死者的名字。我想,我比她大十三岁,为什么不让我先死?我想,这是多么不公平!她究竟犯了什么罪?她也给关进"牛棚",挂上"牛鬼蛇神"的小纸牌,还扫过马路。究竟为什么?理由很简单,她是我的妻子。她患了病,得不到治疗,也因为她是我的妻子。想尽办法一直到逝世前三个星期,靠开后门她才住进医院。但是癌细胞已经扩散,肠癌变成了肝癌。

她不想死,她要活,她愿意改造思想,她愿意看到社会主义建成。这个愿望总不能说是痴心妄想吧。她本来可以活下去,倘使她不是"黑老K"的"臭婆娘"。一句话,是我连累了她,是我害了她。

在我靠边的几年中间,我所受到的精神折磨她也同样受到。但是我并未挨过打,她却挨了"北京来的红卫兵"的铜头皮带,留在她左眼上的黑圈好几天以后才褪尽。她挨打只是为了保护我,她看见那些年轻人深夜闯进来,害怕他们把我揪走,便溜出大门,到对面派出所去,请民警同志出来干预。那里只有一个人值班,不敢管。当着民警的面她被他们用铜头皮带狠狠抽了一下,给押了回来,同我一起关在马桶间里。

她不仅分担了我的痛苦,还给了我不少的安慰和鼓励。在"四害"横行的时候,我在原单位(中国作家协会上海分会)给人当作"罪人"和"贱民"看待,日子十分难过,有时到晚上九十点钟才能回家。我进了门看到她的面容,满脑子的乌云都消散了。我有什么委屈、牢骚,都可以向她尽情倾吐。有一个时期我和她每晚临睡前要服两粒眠尔通才能够闭眼,可是天刚刚发白就都醒了。我唤她,她也唤我,我诉苦般地说:"日子难过啊!"她也用同样声音回答:"日子难过啊!"但是她马上加一句:"要坚持下去。"或者再加一句:"坚持就是胜利。"我说"日子难过",因为在那一段时间里,我每天在"牛棚"里面劳动、学习、写交代、写检查、写思想汇报。任何人都可以责骂我、教训我、指挥我,从外地到"作协分会"来串联的人可以随意点名叫我出去"示众",还要自报罪行。上下班不限时间,由管理"牛棚"的"监督组"随意决定。任何人都可以闯进我家里来,高兴拿什么就拿走什么。这个时候大规模的群众性批斗和电视批斗大会还没有开始,但已经越来越逼近了。

她说"日子难过",因为她给两次揪到机关,靠边劳动,后来也常常参加陪斗。在淮海中路"大批判专栏"上张贴着批判我的罪行的大字报,我一家人的名字都给写出来"示众",不用说"臭婆娘"的大名占着显著的地位。这些文字像虫子一样咬痛她的心。她让上海戏剧学院"狂妄派"学生突然袭击、揪到"作协分会"去的时候,在我家大门上还贴了一张揭露她的所谓罪行的大字报。幸好当天夜里我儿子把它撕毁。否则这一张大字报就会要了她的命!

人们的白眼、人们的冷嘲热骂蚕蚀着她的身心。我看出来她的健康逐渐遭到损害。表面上的平静是虚假的。内心的痛苦像一锅煮沸的水,她怎么能遮盖住!怎么能使它平静!她不断地给我安慰,对我表示信任,替我感到不平。然而她看到我的问题一天天地变得严重,上面对我的压力一天天地增加,她又非常担心。有时同我一起上班或者下班,走近巨鹿路口、快到"作协分会",或者走到湖南路口、快到我们家,她总是抬不起头。我理解她，同情她，也非常担心她经受不起沉重的打击。我还记得有一天到了平常下班的时间，我们没有受到留难，回到家里她比较高兴，到厨房去烧菜。我翻看当天的报纸，在第三版上看到当时做了"作协分会"的"头头"的两个工人作家写的文章《彻底揭露巴金的反革命真面目》。真是当头一棒！我看了两三行，连忙把报纸藏起来，我害怕让她看见。她端着烧好的菜出来，脸上还带笑容，吃饭时她有说有笑。饭后她要看报，我企图把她的注意力引到别处。但是没有用，她找到了报纸。她的笑容一下子完全消失。这一夜她再没有讲话，早早地进了房间。我后来发现她躺在床上小声哭着。一个安静的夜晚给破坏了。今天回想当时的情景，她那张满是泪痕的脸还在我的眼前。我多么愿意让她的泪痕消失，笑容在她那憔悴的脸上重现，即使减少我几年的生命来换取我们家庭生活中一个宁静的夜晚，我也心甘情愿！

二

我听周信芳同志的媳妇说，周的夫人在逝世前经常被打手们拉出去当作皮球推来推去，打得遍体鳞伤，有人劝她躲开，她说："我躲开，他们就要这样对付周先生了。"萧珊并未受到这种新式体罚。可是她在精神上给别人当皮球打来打去。她也有这样的想法：她多受一点精神折磨，可以减轻对我的压力。其实这是她的一片痴心，结果只苦了她自己。我看见她一天天地憔悴下去，我看见她的生命之火逐渐熄灭，我多么痛心，我劝她，安慰她，我想拉住她，但一点也没有用。

她常常问我："你的问题什么时候才解决呢？"我苦笑地说："总有一天会解决的。"她叹口气说："我恐怕等不到那个时候了。"后来她病倒了，有人劝她打电话找我回家，她不知从哪里得来的消息，她说："他在写检查，不要打扰他。他的问题大概可以解决了。"等到我从五·七干校回家休假，她已经不能起床。她还问我检查写得怎样，问题是否可以解决。我当时的确在写检查，而且已经写了好几次了。他们要我写，只是为了消耗我的生命。但她怎么能理解呢？

这时离她逝世不过两个多月，癌细胞已经扩散，可是我们不知道，想找医生给她认真检查一次，也毫无办法。平日去医院挂号看门诊，等了许久才见到医生或者实习医生，随便给开个药方就算解决问题。只有在发烧到摄氏三十九度才有资格挂急诊号，或者还可以在病人拥挤的观察室里待上一天半天。当时去医院看病找交通工具也很困难，常常是我女婿借了自行车来，让她坐在车上，他慢慢地推着走。有一次她雇到小三轮车去看病，看好门诊回家雇不到车了，只好同陪她看病的朋友一起慢慢地走回来，走走停停，走到街口，她快要倒下了，只得请求行人到我们家通知。她一个表侄正好来探病，就由他去把她背了回家。她希望拍一张X光片子查一查肠子有什么病，但是办不到。后来靠了她一位亲戚帮忙开后门两次拍片，才查出她患肠癌。以后又靠朋友设法开后门住进了医院。她自己还很高兴，以为得救了。只有她一个人不知真实的病情，她在医院里只活了三个星期。

我休假回家，假期满了，我又请过两次假，留在家里照料病人，最多也不到一个月。我看见她病情日趋严重，实在不愿意把她丢开不管，我要求延长假期的时候，我们那个单位一个"工宣队"头头逼着我第二天就回干校去。我回到家里，她问起来，我无法隐瞒，她叹了一口气，说："你放心去吧。"她把脸掉过去，不让我看她。我女儿、女婿看到这种情景，自告奋勇跑到巨鹿路向那位"工宣队"头头解释，希望同意我在市区多留些日子照料病人。可是那个头头"执法如山"，还说："他不是医生，留在家里，有什么用！""留在家里对他改造不利！"他们气愤地回到家中，只说机关不同意，后来才对我传达了这句"名言"。我还能讲什么呢？明天回干校去！

整个晚上她睡不好，我更睡不好。出乎意外，第二天一早我那个插队落户的儿子在我们房间里出现了，他是昨天半夜里到的。他得到了家信，请假回家看母亲，却没有想到母亲病成这样。我见了他一面，把他母亲交给他，就回干校去了。

在车上我的情绪很不好。我实在想不通为什么会有这样的事情。我在干校待了五天，无法同家里通消息。我已经猜到她的病不轻了。可是人们不让我过问她的事情。这五天是多么难熬的日子！到第五天晚上在干校的造反派头头通知我们全体第二天一早回市区开会。这样我才又回到了家，见到了我的爱人。靠了朋友帮忙，她可以住进中山医院肝癌病房，一切都准备好，她第二天就要住院了。她多么希望住院前见我一面，我终于回来了。连我也没有想到她的病情发展得这么快。我们见了面，我一句话也讲不出来，她说了一句："我到底住院了。"我答说："你安心治疗吧。"她父亲也来看她，老人家双目失明，去医院探病有困难，可能是来同他的女儿告别了。

我吃过中饭，就去参加给别人戴上反革命帽子的大会，受批判、戴帽子的人不止一个，其中有一个我的熟人王若望同志，他过去也是作家，不过比我年轻。我们一起在"牛棚"里关过一个时期，他的罪名是"摘帽右派"。他不服，不听话，他贴出大字报，声明"自己解放自己"，因此罪名越搞越大，给捉去关了一个时期不算，还戴上了反革命的帽子监督劳动。在会场里我一直像在做怪梦。开完会回家，见到萧珊我感到格外亲切，仿佛重回人间。可是她不舒服，不想讲话，偶尔讲一句半句，我还记得她讲了两次："我看不到了。"我连声问她看不到什么？她后来才说："看不到你解放了。"我还能再讲什么呢？

我儿子在旁边，垂头丧气，精神不好，晚饭只吃了半碗，像是患感冒。她忽然指着他小声说："他怎么办呢？"他当时在安徽山区农村已经待了三年半，政治上没有人管，生活上不能养活自己，而且因为是我的儿子，给剥夺了好些公民权利。他先学会沉默，后来又学会抽烟。我怀着内疚的心情看看他，我后悔当初不该写小说，更不该生儿育女。我还记得前两年在痛苦难熬的时候她对我说："孩子们说爸爸做了坏事，害了我们大家。"这好像用刀子在割我身上的肉，我没有出声，我把泪水全吞在肚里。她睡了一觉醒过来忽然问我："你明天不去了？"我说："不去了。"就是那个"工宣队"头头今天通知我不用再去干校就留在市区。他还问我："你知道萧珊是什么病？"我答说："知道。"其实家里瞒住我，不给我知道真相，我还是从他这句问话里猜到的。

三

第二天早晨她动身去医院，一个朋友和我女儿、女婿陪她去。她穿好衣服等候车来。她显得急躁，又有些留恋，东张张、西望望，她也许在想是不是能再看到这里的一切。我送走她，心上反而加了一块大石头。

将近二十天里，我每天去医院陪伴她大半天，我照料她，我坐在病床前守着她，同她短短地谈几句话。她的病情变化，一天天衰弱下去，肚子却一天天大起来，行动越来越不方便。当时病房里没有人照料，生活方面除饮食外一切都必须自理。后来听同病房的人称赞她"坚强"，说她每天早晚都默默地挣扎着下了床，走到厕所。医生对我们谈起，病人的身体经不住手术，最怕的是她的肠子堵塞，要是不堵塞，还可以拖延一个时期。她住院后的半个月是一九六六年八月以来我既痛苦又感到幸福的一段时间，是我和她在一起度过的最后的平静的时刻，我今天还不能将它忘记。但是半个月以后，她的病情又有了发展。一天吃中饭的时候，医生通知我儿子找我去谈话。他告诉我：病人的肠子给堵住了，必须开刀。开刀不一定有把握，也许中途出毛病。但是不开刀，后果更不堪设想，他要我决定，并且要我劝她同意。我做了决定，就去病房对她解释，我讲完话，她只说了一句："看来，我们要分别了。"她望着我，眼睛里全是泪水，我说："不会的……"我的声音哑了。接着护士长来安慰她，对她说："我陪你，不要紧的。"她回答："你陪我就好。"时间很紧迫,医生、护士们很快作好了准备,她给送进手术室去了,是她的表侄把她推到手术室门口的。我们就在外面走廊上等了好几个小时,等到她平安地给送出来,由儿子把她推回到病房去。儿子还在她的身边守过一个夜晚。过两天他也病倒了,查出来他患肝炎,是从安徽农村带回来的。本来我们想瞒住他的母亲,可是无意间让他母亲知道了。她不断地问:"儿子怎么样?"我自己也不知道儿子怎么样,我怎么能使她放心呢?晚上回到家,走进空空的、静静的房间,我几乎要叫出声来:"一切都朝我的头打下来吧,让所有的灾祸都来吧。我受得住!"

我应当感谢那位热心而又善良的护士长,她同情我的处境,要我把儿子的事情完全交给她办。她作好安排,陪他看病、检查,让他很快住进别处的隔离病房,得到及时的治疗和护理。他在隔离病房里苦苦地等候母亲病情的好转。母亲躺在病床上,只能有气无力地说几句短短的话,她经常问:"棠棠怎么样?"从她那双含泪的眼睛里我明白她多么想看见她最爱的儿子。但是她已经没有精力多想了。

她每天给输血、打盐水针。她看见我去就断断续续地问我:"输多少CC的血?该怎么办?"我安慰她:"你只管放心。没有问题,治病要紧。"她不止一次地说:"你辛苦了。"我有什么苦呢?我能够为我最亲爱的人做事情,哪怕做一件小事,我也高兴!后来她的身体更不行了。医生给她输氧气,鼻子里整天插着管子。她几次要求拿开,这说明她感到难受。但是听了我们的劝告,她终于忍受下去了。开刀以后她只活了五天。谁也想不到她会去得这么快!五天中间我整天守在病床前,默默地望着她在受苦(我是设身处地感觉到这样的),可是她除了两三次要求搬开床前巨大的氧气筒,三四次表示担心输血较多,付不出医药费之外,并没有抱怨过什么,见到熟人她常有这样一种表情:请原谅我麻烦了你们。她非常安静,但并未昏睡,始终睁大两只眼睛。眼睛很大,很美,很亮,我望着,望着,好像在望快要燃尽的烛火。我多么想让这对眼睛永远亮下去!我多么害怕她离开我!我甚至愿意为我那十四卷"邪书"受到千刀万剐,只求她能安静地活下去。

不久前我重读梅林写的《马克思传》,书中引用了马克思给女儿的信里的一段话,讲到马克思夫人的死。信上说:"她很快就咽了气。……这个病具有一种逐渐虚脱的性质,就像由于衰老所致一样。甚至在最后几小时也没有临终的挣扎,而是慢慢地沉入睡乡,她的眼睛比任何时候都更大、更美、更亮!"这段话我记得很清楚,马克思夫人也死于癌症。我默默地望着萧珊那对很大、很美、很亮的眼睛,我想起这段话,稍微得到一点安慰。听说她的确也"没有临终的挣扎",也是"慢慢地沉入睡乡"。我这样说,因为她离开这个世界的时候,我不在她的身边,那天是星期天,卫生防疫站因为我们家发现了肝炎病人,派人上午来做消毒工作。她的表妹有空愿意到医院去照料她,讲好我们吃过中饭就去接替。没有想到我们刚刚端起饭碗,就得到传呼电话,通知我女儿去医院,说是她妈妈"不行"了。真是晴天霹雳!我和我女儿、女婿赶到医院。她那张病床上连床垫也给拿走了。别人告诉我她在太平间。我们又下了楼赶到那里,在门口遇见表妹。还是她找人帮忙把"咽了气"的病人抬进来的。死者还不曾给放进铁匣子里送进冷库,她躺在担架上,但已经给白布床单包得紧紧的,看不到面容了。我只看到她的名字。我弯下身子,把地上那个还有点人形的白布包拍了好几下,一面哭着唤她名字。不过几分钟的时间。这算是什么告别呢?

据表妹说,她逝世的时刻,表妹也不知道。她曾经对表妹说:"找医生来。"医生来过,并没有什么。后来她就渐渐地"沉入睡乡"。表妹还以为她在睡眠。一个护士来打针,才发觉她的心脏已经停止跳动了。我没有能同她诀别,我有许多话没有能向她倾吐,她不能没有留下一句遗言就离开我!我后来常常想,她对表妹说:"找医生来。"很可能不是"找医生",是"找李先生"(她平日这样称呼我)。为什么那天上午偏偏我不在病房呢?家里人都不在她身边,她死得这样凄凉!

我女婿马上打电话给我们仅有的几个亲戚。她的弟媳赶到医院,马上晕了过去。三天以后在龙华火葬场举行告别仪式。她的朋友一个也没有来,因为一则我们没有通知,二则我是一个审查了将近七年的对象。没有悼词,没有吊客,只有一片伤心的哭声。我衷心感谢前来参加仪式的少数亲友和特地来帮忙的我女儿的两三个同学。最后,我跟她的遗体告别,女儿望着遗容哀哭,儿子在隔离病房还不知道把他当作命根子的妈妈已经死亡。值得提说的是她当作自己儿子照顾了好些年的一位亡友的男孩从北京赶来,只为了看见她的最后一面。这个整天同钢铁打交道的技术员,他的心倒不像钢铁那样。他得到电报以后,他爱人对他说:"你去吧,你不去一趟,你的心永远安定不了。"我在变了形的她的遗体旁边站了一会。别人给我和她照了相。我痛苦地想:这是最后一次了,即使给我们留下来很难看的形象,我也要珍视这个镜头。

一切都结束了。过了几天我和女儿、女婿到火葬场,领到了她的骨灰盒。在存放室寄存了三年之后,我按期把骨灰盒接回家里。有人劝我把她的骨灰安葬,我宁愿让骨灰盒放在我的寝室里,我感到她仍然和我在一起。

四

梦魇一般的日子终于过去了。六年仿佛一瞬间似的远远地落在后面了。其实哪里是一瞬间！这段时间里有多少流着血和泪的日子啊。不仅是六年，从我开始写这篇短文到现在又过去了半年，半年中我经常在火葬场的大厅里默哀、行礼，为了纪念给"四人帮"迫害致死的朋友。想到他们不能把个人的智慧和才华献给社会主义祖国，我万分惋惜。每次戴上黑纱、插上纸花的同时，我也想起我自己最亲爱的朋友，一个普通的文艺爱好者，一个成绩不大的翻译工作者，一个心地善良的好人。她是我的生命的一部分，她的骨灰里有我的泪和血。

她是我的一个读者。一九三六年我在上海第一次同她见面，一九三八年和一九四一年我们两次在桂林像朋友似地住在一起。一九四四年我们在贵阳结婚。我认识她的时候，她还不到二十，对她的成长我应当负很大的责任。她读了我的小说，给我写信，后来见到了我，对我发生了感情。她在中学念书。看见我以前，因为参加学生运动被学校开除，回到家乡住了一个短时期，又出来进另一所学校。倘使不是为了我，她三七、三八年一定去了延安。她同我谈了八年的恋爱，后来到贵阳旅行结婚，只印发了一个通知，没有摆过一桌酒席。从贵阳我和她先后到了重庆，住在民国路文化生活出版社门市部楼梯下七八个平方米的小屋里。她托人买了四只玻璃杯开始组织我们的小家庭。她陪着我经历了各种艰苦生活。在抗日战争紧张的时期，我们一起在日军进城以前十多个小时逃离广州，我们从广东到广西，从昆明到桂林，从金华到温州，我们分散了，又重见，相见后又别离。在我那两册《旅途通讯》中就有一部分这种生活的记录。四十年前有一位朋友批评我："这算什么文章！"我的《文集》出版后，另一位朋友认为我不应当把它们也收进去。他们都有道理，两年来我对朋友、对读者讲过不止一次，我决定不让《文集》重版。但是为我自己，我要经常翻看那两小册《通讯》。在那些年代，每当我落在困苦的境地里、朋友们各奔前程的时候，她总是亲切地在我的耳边说："不要难过，我不会离开你，我在你的身边。"的确，只有在她最后一次进手术室之前她才说过这样一句："我们要分别了。"

我同她一起生活了三十多年。但是我并没有好好地帮助过她。她比我有才华，却缺乏刻苦钻研的精神。我很喜欢她翻译的普希金和屠格涅夫的小说。虽然译文并不恰当，也不是普希金和屠格涅夫的风格，它们却是有创造性的文学作品，阅读它们对我是一种享受。她想改变自己的生活，不愿作家庭妇女,却又缺少吃苦耐劳的勇气。她听从一个朋友的劝告,得到后来也是给"四人帮"迫害致死的叶以群同志的同意,到《上海文学》"义务劳动",也做了一点点工作,然而在运动中却受到批判,说她专门向老作家组稿,又说她是我派去的"坐探"。她为了改造思想,想走捷径,要求参加"四清"运动,找人推荐到某铜厂的工作组工作,工作相当忙碌、紧张,她却精神愉快。但是到我快要靠边的时候,她也被叫回"作协分会"参加运动。她第一次参加这种急风暴雨般的斗争,而且是以"反动权威"家属的身份参加,她不知道该怎么办才好。她张皇失措、坐立不安,替我担心,又为儿女的前途忧虑。她盼望什么人向她伸出援助的手,可是朋友们离开了她,"同事们"拿她当作箭靶,还有人想通过整她来整我。她不是作家协会或者刊物的正式工作人员,可是仍然被"勒令"靠边劳动、站队挂牌,放回家以后,又给揪到机关。过一个时期,她写了认罪的检查,第二次给放回家的时候,我们机关的造反派头头却通知里弄委员会罚她扫街。她怕人看见,每天大清早起来,拿着扫帚出门,扫得精疲力尽,才回到家里,关上大门,吐了一口气。但有时她还碰到上学去的小孩,对她叫骂"巴金的臭婆娘"。我偶尔看见她拿着扫帚回来,不敢正眼看她,我感到负罪的心情,这是对她的一个致命的打击。不到两个月,她病倒了,以后就没有再出去扫街(我妹妹继续扫了一个时期),但是也没有完全恢复健康。尽管她还继续拖了四年,但一直到死她并不曾看到我恢复自由。这就是她的最后,然而绝不是她的结局。她的结局将和我的结局连在一起。

我绝不悲观。我要争取多活。我要为我们社会主义祖国工作到生命的最后一息。在我丧失工作能力的时候,我希望病榻上有萧珊翻译的那几本小说,等到我永远闭上眼睛,就让我的骨灰同她的掺和在一起。

1月16日写完

(《巴金全集》[16],人民文学出版社,2004年)

《怀念萧珊》导读

秦　腔

贾平凹

　　山川不同,便风俗区别;风俗区别,便戏剧存异。普天之下人不同貌,剧不同腔;京、豫、晋、越、黄梅、二簧,四川高腔,几十种品类。或问:历史最悠久者,文武最正经者,是非最汹汹者? 曰:秦腔也。正如长处和短处一样突出便见其风格,对待秦腔,爱者便爱得要死,恶者便恶得要命。外地人——尤其是自夸于长江流域的纤秀之士——最害怕秦腔的震撼。评论说得婉转的是:唱得有劲;说得直率的是:大喊大叫。于是,便有柔弱女子,常在戏台下以绒堵耳;又或在平日教训某人:你要不怎么怎么样,今晚让你去看秦腔!秦腔成了惩罚的代名词。所以,别的剧种可以各省走动,惟秦腔则如秦人一样,死不离窝。严重的乡土观念,也使其离不了窝。可能还在西北几个地方变腔走调地有些市场,却绝对冲不出往东南而去的潼关呢。

　　但是,几百年来,秦腔却没有被淘汰、被沉沦,这使多少人有大惑而不得其解。其解是有的,就在陕西这块土地上。如果是一个南方人,坐车轰轰隆隆往北走,渡过黄河,进入西岸,八百里秦川大地,原来竟是:一抹黄褐的平原;辽阔的地平线上,一处一处用木椽夹打成一尺多宽墙的土屋,粗笨而庄重;冲天而起的白杨、苦楝、紫槐,枝杆粗壮如桶,叶却小似铜钱,迎风正反翻覆。你立即就会明白了:这里的地理构造竟与秦腔的旋律惟妙惟肖的一统!再去接触一下秦人吧,活脱脱地一群秦始皇兵马俑的复出:高个、浓眉,眼和眼间隔略远,手和脚一样粗大,上身又稍稍见长于下身。当他们背着沉重的三角形状的犁铧,赶着山包一样团块组合式的秦川公牛,端着脑袋般大小的耀州瓷碗,蹲在立的卧的石碌子碌碡上吃着牛肉泡馍,你不禁又要改变起世界观了:啊,这是块多么空旷而实在的土地,在这块土地摸爬滚打的人群是多么"二愣"的民众! 那晚霞烧起的黄昏里,落日在地平线上欲去不去的痛苦的妊娠,五里一村,十里一镇,高音喇叭里传播的秦腔互相交织,冲撞。这秦腔原来是秦川的天籁、地籁、人籁的共鸣啊! 于此,你不渐渐感觉到了南方戏剧的秀而无骨吗? 不深深地懂得秦腔为什么形成和存在而占却时间、空间的位置吗?

　　八百里秦川,以西安为界,咸阳、兴平、武功、周至、凤翔、长武、岐山、宝鸡,两个专区几十个县为西府;三原、泾阳、高陵、户县、合阳、大荔、韩城、白水,一个专区十几个县为东府。秦腔,就源于西府。在西府,民性敦厚,说话多用去声,一律咬字沉重,对话如吵架一样,哭丧又一呼三叹,呼喊远人更是特殊:前声拖十二分地长,末了方极快地道出内容。声韵的发展,使会远道喊人的人都从此有了唱秦腔的天才。老一辈的能唱,小一辈的能唱;男的能唱,女的能唱;唱秦腔成了做人最体面的事。任何一个乡下男女,只有唱秦腔,才有出人头地的可能。大凡有出息的,是个人才的,哪一个何曾未登过台,起码不能哼一阵秦腔呢?!

农民是世上最劳苦的人,尤其是在这块平原上,生时落草在黄土炕上,死了被埋在黄土堆下;秦腔是他们大苦中的大乐。当老牛木犁疙瘩绳,在田野已经累得筋疲力尽,立在犁沟里大喊大叫来一段秦腔,那心胸肺腑,关关节节的困乏便一尽儿涤荡净了。秦腔与他们,是和"西凤"白酒,长线辣子,大叶卷烟,牛肉泡馍一样成为生命的五大要素。若与那些年长的农民聊起来,他们想象的伟大的共产主义生活,首先便是这五大要素。他们有的是吃不完的粮食,他们缺的是高超的艺术享受。他们教育自己的子女,不会是那些文豪们讲的,幼年不是祖母讲着动人的迷离的童话,而是一字一板传授着秦腔。他们大都不识字,但却出奇地能一本一本整套背诵出剧本,虽然那常常是之乎者也的字眼从那一圈胡子的嘴里吐出来十分别扭。有了秦腔,生活便有了乐趣,高兴了,唱"快板",高兴得是被烈性炸药爆炸了一样,要把整个身心粉碎在天空!痛苦了,唱"慢板",揪心裂肠的唱腔却表现了多么有情有味的美来,美给了别人以享受,美也熨平了自己心中愁苦的皱纹。当他们在收获时节的土场上,在月挂中天的庄院里,大吼大叫唱起来的时候,那种难以想象的狂喜、激动,雄壮,与那些献身于诗歌的文人,与那些有吃有穿却总感空虚的都市人相比,常说的什么伟大而痛苦的爱情,是多么渺小、有限和虚弱啊!

我曾经在西府走动了两个秋冬,所到之处,村村都有戏班,人人都会清唱。在黎明或者黄昏的时分,一个人独独地到田野里去,远远看着天幕下一个一个山包一样隆起的十三个朝代帝王的陵墓,细细辨认着田埂上、荒草中那一截一截汉唐时期石碑上的残字,高高的土屋上的窗口里就飘出一阵冗长的二胡声,几声雄壮的秦腔叫板,我就痴呆了,感觉到那村口的土尘里,一头叫驴的打滚是那么有力;猛然发现了自己心胸中一股强硬的气魄随同着胳膊上的肌肉疙瘩一起产生了。

每到农闲的夜里,村里就常听到几声锣响:戏班排演开始了。演员们都集合起来,到那古寺庙里去。吹、拉、弹、奏、翻、打、念、唱,提袍甩袖,吹胡瞪眼,古寺庙成了古今真乐府,天地大梨园。导演是老一辈演员,享有绝对权威;演员是一家几口,夫妻同台,父子同台,公公儿媳也同台。按秦川的风俗:父和子不能不有其序,爷和孙却可以无道;弟与哥嫂可以嬉闹无常,兄与弟媳则无正事不能多言。但是,一到台上,秦腔面前人人平等,兄可以拜弟媳为帅为将,子可以将老父绳绑索捆。寺庙里有窗无扇,屋梁上蛛丝结网;夏天蚊虫飞来,成团成团在头上旋转,薰蚊草就墙角燃起,一声唱腔一声咳嗽。冬天里四面透风,柳木疙瘩火当中架起,一出场一脸正经,一下场凑近火堆,热了前怀,凉了后背。排演到什么时候,什么时候都有观众,有抱着二尺长的烟袋的老者,有凳子高、桌子高趴满窗台孩子。庙里一个跟头未翻起,窗外就哇地一声叫倒好,演员出来骂一声:谁说不好的滚蛋! 他们抓住窗台死不滚去,倒要连声讨好:翻得好! 翻得好! 更有殷勤的,跑回来偷拿了红薯、土豆,在火堆里煨熟给演员作夜餐,赚得进屋里有一个安全位置。排演到三更鸡叫,月儿偏西,演员们散了,孩子们还围了火堆弯腰踢腿,学那一招一式。

　　一出戏排成了,一人传出,全村振奋,扳着指头盼那上演日期。一年十二个月,正月元宵日,二月龙抬头,三月三,四月四,五月初五过端午,六月六日晒丝绸,七月过半,八月中秋,九月初九,十月一日,再是那腊月五豆,腊八、二十三……月月有节,三月一会,那戏必是上演的。戏台是全村人的共同的事业,宁肯少吃少穿也要筹资积款,买上好的木石,请高强的工匠来修筑。村子富不富,就比这戏台阔不阔。一演出,半下午人就扛凳子去占座位了;未等戏开,台下坐的、站的人头攒拥,台两边阶上立的、卧的是一群顽童。那锣鼓就叮叮咣咣地闹台,似乎整个世界要天翻地覆了。各类小吃趁机摆开,一个食摊上一盏马灯,花生、瓜子、糖果、烟卷、油茶、麻花、烧鸡、煎饼,长一声短一声叫卖不绝。锣鼓还在一声儿敲打,大幕只是不拉,演员偶尔从幕边往下望望,下边就喊:开演呀,场子都满了! 幕布放下,只说就要出场了,却又叮叮咣咣不停。台下就乱了,后边的喊前边的坐下,前边的喊后边的为什么不说最前边的立着,场外的大声叫着亲朋子女名字,问有坐处没有,场内的锐声回应快进来;有要吃煎饼的喊熟人去买一个,熟人买了站在场外扬手,"日"地一声隔人头甩去,不偏不倚目标正好;左边的喊右边的踩了他的脚,右边的叫左边的挤了他的腰,一个说:狗年快完了,你还叫啥哩? 一个说:猪年还没到,你便拱开了! 言语伤人,动了手脚;外边的趁机而入,一时四边向里挤,里边向外抗,人的旋涡涌起,如四月的麦田起风,根儿不动,头身一会儿倒西,一会儿倒东;喊声、骂声、哭声一片。有拼命挤将出来的,一出来方觉世界偌大,身体胖胖,但差不多却光了脚,乱了头发。大幕又一挑,站出戏班头儿,大声叫喊要维持秩序,立即就跳出一个两个所谓"二杆子"人物来。这类人物多是头脑简单,四肢发达,却十二分忠诚于秦腔,此时便拿了树条儿,哪里人挤,往哪里打去,如凶神恶煞一般。人人恨骂这些人,人人又都盼有这些人,叫他们是秦腔宪兵。宪兵者越发忠于职责,虽然彻夜不得看戏,但大家一夜满足了,他们也就满足了一夜。

终于台上锣鼓停了,大幕拉开,角色出场。但不管男的女的,出来偏不面对观众,一律背身掩面,女的就碎步后移,水上漂一样,台下就叫:瞧那腰身,那肩头,一身的戏哟!是男的就摇那帽翎,一会双摇,一会单摇,一边上下飞闪,一边纹丝不动,台下便叫:绝了,绝了!等到那角色儿猛一转身,头一高扬,一声高叫,声如炸雷嘟嘟直从人们头顶碾过,全场一个冷颤,从头到脚,每一个手指尖儿,每一根头发梢儿都麻酥酥的了。如果是演《救裴生》,那慧娘站在台中往下蹲,慢慢地,慢慢地,慧娘蹲下去了,全场人头也矮下去了半尺;等那慧娘往起站,慢慢地,慢慢地,慧娘站起来了,全场人的脖子也全拉长了起来。他们不喜欢看生戏,最欢迎看熟戏,那一腔一调都晓得,哪个演员唱得好,就摇头晃脑跟着唱,哪个演员走了调,台下就有人要纠正。说穿了,看秦腔的不为求新鲜,他们只图过过瘾。

在这样的地方,这样的环境,这样的气氛,面对着这样的观众,秦腔是最逞能的。它的艺术享受,是和拥挤而存在,是有力气而获得的。如果是冬天,那风在刮着,像刀子一样,如果在夏天,人窝里热得如蒸笼一般,但只要不是大雪、冰雹、暴雨,台下的人是不肯撤场的。最可贵的是那些老一辈的秦腔迷,他们没有力气挤在台下,也没有好眼力看清演员,却一溜一排地蹲在戏台两侧的墙根,吸着草烟,慢慢将唱腔品赏。一声叫板,便可以使他们坠入艺术之宫,"听了秦腔,肉酒不香",他们是体会得最深。那些大一点的,脾性野一点的孩子,却占领了戏场周围所有的高空,杨树上、柳树上、槐树上,一个枝杈一个人。他们常常乐而忘了险境,双手鼓掌时竟从树杈上掉下来;掉下来自不会损伤,因为树下是无数的人头,只是招致一顿臭骂罢了。更有一些爬在了场边的麦秸垛上,夏天四面来风,好不凉快;冬日就趴个草洞,将身子缩进去,露一个脑袋。也正是有闲阶级享受不了秦腔吧,他们常就瞌睡了;一觉醒来,月在西天,戏毕人散,只好苦笑一声,悄然没声儿地溜下来回家敲门去了。

当然,一次秦腔演出,是一次演员亮相,也是一次演员受村人评论的考场。每每角色一出场,台下就一片喊喊喳喳:这是谁的儿子,谁的女子,谁家的媳妇,娘家何处?于是乎,谁有出息,谁没能耐,一下子就有了定论。有好多外村的人来提亲说媒,总是就在这个时候进行。据说有一媒人将一女子引到台下,相亲台上一个男演员,事先夸口这男的如何俊样,如何能干;但戏演了过半,那男的还未出场。后来终于出来,是个国民党的伪兵,持枪还未走到中台,扮游击队长的演员挥枪一指,"叭"地一声,那伪兵就倒地而死,爬着钻进了后幕。那女子当下哼了一声,闭了嘴,一场亲事自然了了。这是喜中之悲一例。据说还有一例，一个老头在脖子上架了孙孙去看戏，孙孙吵着要回家，老头好说好劝只是不忍半场而去，便破费买了半斤花生。他眼相着台上，手在下边剥花生，然后一颗一颗扬手喂到孙孙嘴里，但喂着喂着，竟将一颗塞进孙孙鼻孔，吐不出，咽不下，口鼻出血，连夜送到医院动手术，花去了七十元钱。但是，以秦腔引喜的事却不计其数。每个村里，总会有那么个老汉，夜里看戏，第二天必是头一个起床往戏台下跑。戏台下一片石头、砖头、一堆堆瓜子皮、糖果纸、烟屁股，他掀掀这块石头、踢踢那堆尘土，少不了要拣到一角两角甚至三元四元钱币来，或者一只鞋，或者一条手帕。这是村里钻刁人干的营生。而馋嘴的孩子们有的则夜里趁各家锁门之机，去地里摘那香瓜来吃，去谁家院里将桃杏装在背心兜里回来分红。自然少不了有那些青春妙龄的少男少女，则往往在台下混乱之中眼送秋波，或者就悄悄退出，相依相偎到黑黑的渠畔树林子里去了……

秦腔在这块土地上，有着神圣的不可动摇的基础。凡是到这些村庄去下乡，到这些人家去做客，他们最高级的接待是陪着看一场秦腔；实在不逢年过节，他们就会要合家唱一会乱弹，你只能点头称好，不能耻笑，甚至不能有一点不入神的表示。他们一生最崇敬的只有两种人，一是国家领导人，一是当地秦腔名角。即使在任何地方，这些名角没有在场，只要发现了名角的父母，去商店买油是不必排队的，进饭馆吃饭是会有座位的，就是在半路上挡车，只要喊一声：我是某某的什么，司机也便要嘎地停车。但是，谁要侮辱一下秦腔，他们要争死争活地和你论理，以致大打出手，永远使你记住教训。每每村里过红白丧喜之事，那必是要包一台秦腔的；生儿以秦腔迎接，送葬以秦腔致哀；似乎这个人生的世界，就是秦腔的舞台。人只要在舞台上，生、旦、净、丑，才各显了真性；恶的夸张其丑，善的凸现其美，善使他们获得了美的教育，恶的也在丑里化作了美的艺术。

广漠旷远的八百里秦川，只有这秦腔，也只能有这秦腔。八百里秦川的劳作农民，只有也只能有这秦腔使他们喜怒哀乐。秦人自古是大苦大乐之民众，他们的家乡交响乐除了大喊大叫的秦腔还能有别的吗？

1983年5月2日于五味村
（《贾平凹文集》第11卷，陕西人民出版社，1998年）

《秦腔》导读

风雨天一阁

余秋雨

一

不知怎么回事,天一阁对于我,一直有一种奇怪的阻隔。照理,我是读书人,它是藏书楼,我是宁波人,它在宁波城,早该频频往访的了,然而却一直不得其门而入。1976年春到宁波养病,住在我早年的老师盛钟先生家,盛先生一直有心设法把我弄到天一阁里去看一段时间书,但按当时的情景,手续颇烦人,我也没有读书的心绪,只得作罢。后来情况好了,宁波市文化艺术界的朋友们总要定期邀我去讲点课,但我每次都是来去匆匆,始终没有去过天一阁。

是啊,现在大批到宁波作几日游的普通上海市民回来后都在大谈天一阁,而我这个经常钻研天一阁藏本重印书籍、对天一阁的变迁历史相当熟悉的人却从未进过阁,实在说不过去。直到1990年8月我再一次到宁波讲课,终于在讲完的那一天支支吾吾地向主人提出了这个要求。主人是文化局副局长裴明海先生,天一阁正属他管辖,在对我的这个可怕缺漏大吃一惊之余立即决定,明天由他亲自陪同,进天一阁。

但是,就在这天晚上,台风袭来,暴雨如注,整个城市都在柔弱地颤抖。第二天上午如约来到天一阁时,只见大门内的前后天井、整个院子全是一片汪洋。打落的树叶在水面上翻卷,重重砖墙间透出湿冷冷的阴气。

看门的老人没想到文化局长会在这样的天气陪着客人前来,慌忙从清洁工人那里借来半高筒雨鞋要我们穿上,还递来两把雨伞。但是,院子里积水太深,才下脚,鞋筒已经进水,唯一的办法是干脆脱掉鞋子,挽起裤管趟水进去。本来浑身早已被风雨搅得冷飕飕的了,赤脚进水立即通体一阵寒噤。就这样,我和裴明海先生相扶相持,高一脚低一脚地向藏书楼走去。天一阁,我要靠近前去怎么这样难呢?明明已经到了跟前,还把风雨大水作为最后一道屏障来阻拦。我知道,历史上的学者要进天一阁看书是难乎其难的事,或许,我今天进天一阁也要在天帝的主持下举行一个狞厉的仪式?

天一阁之所以叫天一阁,是创办人取《易经》中"天一生水"之义,想借水防火,来免去历来藏书者最大的忧患火灾。今天初次相见,上天分明将"天一生水"的奥义活生生地演绎给了我看,同时又逼迫我以最虔诚的形貌投入这个仪式,剥除斯文,剥除参观式的休闲,甚至不让穿着鞋子踏入圣殿,只能卑躬屈膝、哆哆嗦嗦地来到跟前。今天这里再也没有其他参观者,这一切岂不是一种超乎寻常的安排?

二

不错,它只是一个藏书楼,但它实际上已成为一种极端艰难、又极端悲怆的文化奇迹。

中华民族作为世界上最早进入文明的人种之一,让人惊叹地创造了独特而美丽的象形文字,创造了简帛,然后又顺理成章地创造了纸和印刷术。这一切,本该迅速地催发出一个书籍的海洋,把壮阔的华夏文明播扬翻腾。但是,野蛮的战火几乎不间断地在焚烧着脆薄的纸页,无边的愚昧更是在时时吞食着易碎的智慧。一个为写书、印书创造好了一切条件的民族竟不能堂而皇之地拥有和保存很多书,书籍在这块土地上始终是一种珍罕而又陌生的怪物,于是,这个民族的精神天地长期处于散乱状态和自发状态,它常常不知自己从哪里来,到哪里去,自己究竟是谁,要干什么。

只要是智者,就会为这个民族产生一种对书的企盼。他们懂得,只有书籍,才能让这么悠远的历史连成缆索,才能让这么庞大的人种产生凝聚,才能让这么广阔的土地长存文明的火种。很有一些文人学士终年辛劳地以抄书、藏书为业,但清苦的读书人到底能藏多少书,而这些书又何以保证历几代而不流散呢?"君子之泽,五世而斩",功名资财、良田巍楼尚且如此,更遑论区区几箱书?宫廷当然会有不少书,但在清代之前,大多构不成整体文化意义上的藏书规格,又每每毁于改朝换代之际,是不能够去指望的。鉴于这种种情况,历史只能把藏书的事业托付给一些非常特殊的人物了。这种人必得长期为官,有足够的资财可以搜集书籍;这种人为官又最好各地迁移,使他们有可能搜集到散落四处的版本;这种人必须有极高的文化素养,对各种书籍的价值有迅捷的敏感;这种人必须有清晰的管理头脑,从建藏书楼到设计书橱都有精明的考虑,从借阅规则到防火措施都有周密的安排;这种人还必须有超越时间的深入谋划,对如何使自己的后代把藏书保存下去有预先的构想。当这些苛刻的条件全都集于一身时,他才有可能成为古代中国的一名藏书家。

这样的藏书家委实也是出过一些的,但没过几代,他们的事业都相继萎谢。他们的名字可以写出长长一串,但他们的藏书却早已流散得一本不剩了。那么,这些名字也就组合成了一种没有成果的努力,一种似乎实现过而最终还是未能实现的悲剧性愿望。

能不能再出一个人呢,哪怕仅仅是一个,他可以把上述种种苛刻的条件提升得更加苛刻,他可以把管理、保存、继承诸项关节琢磨到极端,让偌大的中国留下一座藏书楼,一座,只是一座!上天,可怜可怜中国和中国文化吧。

这个人终于有了,他便是天一阁的创建人范钦。

清代乾嘉时期的学者阮元说:"范氏天一阁,自明至今数百年,海内藏书家,唯此岿然独存。"

这就是说,自明至清数百年广阔的中国文化界所留下的一部分书籍文明,终于找到了一所可以稍加归拢的房子。

明以前的漫长历史,不去说它了,明以后没有被归拢的书籍,也不去说它了,我们只向这座房子叩头致谢吧,感谢它为我们民族断残零落的精神史,提供了一个小小的栖脚处。

三

范钦是明代嘉靖年间人,自27岁考中进士后开始在全国各地做官,到的地方很多,北至陕西、河南,南至两广、云南,东至福建、江西,都有他的宦迹。最后做到兵部侍郎,官职不算小了。这就为他的藏书提供了充裕的财力基础和搜罗空间。在文化资料十分散乱、又没有在这方面建立起像样的文化市场的当时,官职本身也是搜集书籍的重要依凭。他每到一地做官,总是非常留意搜集当地的公私刻本,特别是搜集其他藏书家不甚重视、或无力获得的各种地方志、政书、实录以及历科试士录,明代各地仕人刻印的诗文集,本是很容易成为过眼烟云的东西,他也搜得不少。这一切,光有搜集的热心和资财就不够了。乍一看,他是在公务之暇把玩书籍,而事实上他已经把人生的第一要务看成是搜集图书,做官倒成了业余,或者说,成了他搜集图书的必要手段。他内心隐潜着的轻重判断是这样,历史的宏观裁断也是这样。好像历史要当时的中国出一个藏书家,于是把他放在一个颠簸九州的官位上来成全他。

一天公务,也许是审理了一宗大案,也许是弹劾了一名贪官,也许是调停了几处官场恩怨,也许是理顺了几项财政关系,衙堂威仪,朝野声誉,不一而足。然而他知道,这一切的重量加在一起也比不过傍晚时分差役递上的那个薄薄的蓝布包袱,那里边几册按他的意思搜集来的旧书,又要汇入他的行箧。他那小心翼翼翻动书页的声音,比开道的鸣锣和吆喝都要响亮。

范钦的选择,碰撞到了我近年来特别关心的一个命题:基于健全人格的文化良知,或者倒过来说,基于文化良知的健全人格。没有这种东西,他就不可能如此矢志不移,轻常人之所重,重常人之所轻。他曾毫不客气地顶撞过当时在朝廷权势极盛的皇亲郭勋,因而遭到廷杖之罚,并下过监狱。后来在仕途上仍然耿直不阿,公然冒犯权奸严氏家族,严世藩想加害于他,而其父严嵩却说:"范钦是连郭勋都敢顶撞的人,你参了他的官,反而会让他更出名。"结果严氏家族竟奈何范钦不得。我们从这些事情可以看到,一个成功的藏书家在人格上至少是一个强健的人。

这一点我们不妨把范钦和他身边的其他藏书家作个比较。与范钦很要好的书法大师丰坊也是一个藏书家,他的字毫无疑问要比范钦写得好,一代书家董其昌曾非常钦佩地把他与文徵明并列,说他们两人是"墨池董狐",可见在整个中国古代书法史上,他也是一个耀眼的星座。他在其他不少方面的学问也超过范钦,例如他的专著《五经世学》,就未必是范钦写得出来的。但是,作为一个地道的学者艺术家,他太激动,太天真,太脱世,太不考虑前后左右,太随心所欲。起先他也曾狠下一条心变卖掉家里的千亩良田来换取书法名帖和其他书籍,在范钦的天一阁还未建立的时候他已构成了相当的藏书规模,但他实在不懂人情世故,不懂口口声声尊他为师的门生们也可能是巧取豪夺之辈,更不懂得藏书楼防火的技术,结果他的全部藏书到他晚年已有十分之六被人拿走,又有一大部分毁于火灾,最后只得把剩余的书籍转售给范钦。范钦既没有丰坊的艺术才华,也没有丰坊的人格缺陷,因此,他以一种冷峻的理性提炼了丰坊也会有的文化良知,使之变成一种清醒的社会行为。相比之下,他的社会人格比较强健,只有这种人才能把文化事业管理起来。太纯粹的艺术家或学者在社会人格上大多缺少旋转力,是办不好这种事情的。

另一位可以与范钦构成对比的藏书家正是他的侄子范大澈。范大澈从小受叔父影响,不少方面很像范钦,例如他为官很有能力,多次出使国外,而内心又对书籍有一种强烈的癖好;他学问不错,对书籍也有文化价值上的裁断力,因此曾被他搜集到一些重要珍本。他藏书,既有叔父的正面感染,也有叔父的反面刺激。据说有一次他向范钦借书而范钦不甚爽快,便立志自建藏书楼来悄悄与叔父争胜,历数年努力而楼成,他就经常邀请叔父前去做客,还故意把一些珍贵秘本放在案上任叔父随意取阅。遇到这种情况,范钦总是淡淡的一笑而已。在这里,叔侄两位藏书家的差别就看出来了。侄子虽然把事情也搞得很有样子,但背后却隐藏着一个意气性的动力,这未免有点小家子气了。在这种情况下,他的终极性目标是很有限的,只要把楼建成,再搜集到叔父所没有的版本,他就会欣然自慰了。结果,这位作为后辈新建的藏书楼只延续几代就合乎逻辑地流散了,而天一阁却以一种怪异的力度屹立着。

实际上,这也就是范钦身上所支撑着的一种超越意气、超越嗜好、超越才情,因此也超越时间的意志力。这种意志力在很长时间内的表现常常让人感到过于冷漠、严峻,甚至不近人情,但天一阁就是靠着它延续至今的。

四

藏书家遇到的真正麻烦大多是在身后,因此,范钦面临的问题是如何把自己的意志力变成一种不可动摇的家族遗传。不妨说,天一阁真正堪称悲壮的历史,开始于范钦死后。我不知道保住这座楼的使命对范氏家族来说算是一种荣幸,还是一场延绵数百年的苦役。

活到80高龄的范钦终于走到了生命尽头,他把大儿子和二媳妇(二儿子已亡故)叫到跟前,安排遗产继承事项。老人在弥留之际还给后代出了一个难题,他把遗产分成两份,一份是万两白银,一份是一楼藏书,让两房挑选。

这是一种非常奇怪的遗产分割法。万两白银立即可以享用,而一楼藏书则除了沉重的负担没有任何享用的可能,因为范钦本身一辈子的举止早已告示后代,藏书绝对不能有一本变卖,而要保存好这些藏书每年又要支付一大笔费用。为什么他不把保存藏书的责任和万两白银都一分为二让两房一起来领受呢?为什么他把权利和义务分割得如此彻底要后代选择呢?

我坚信这种遗产分割法老人已经反复考虑了几十年。实际上这是他自己给自己出的难题:要么后代中有人义无反顾、别无他求地承担艰苦的藏书事业,要么只能让这一切都随自己的生命烟消云散!他故意让遗嘱变得不近情理,让立志继承藏书的一房完全无利可图。因为他知道这时候只要有一丝掺假,再隔几代,假的成分会成倍地扩大,他也会重蹈其他藏书家的覆辙。他没有丝毫意思讥刺或鄙薄要继承万两白银的那一房,诚实地承认自己没有承接这项历史性苦役的信心,总比在老人病榻前不太诚实的信誓旦旦好得多。但是,毫无疑问,范钦更希望在告别人世的最后一刻听到自己企盼了几十年的声音。他对死神并不恐惧,此刻却不无恐惧地直视着后辈的眼睛。

大儿子范大冲立即开口,他愿意继承藏书楼,并决定拨出自己的部分良田,以田租充当藏书楼的保养费用。

就这样,一场没完没了的接力赛开始了。多少年后,范大冲也会有遗嘱,范大冲的儿子又会有遗嘱……,后一代的遗嘱比前一代还要严格。藏书的原始动机越来越远,而家族的繁衍却越来越大,怎么能使后代众多支脉的范氏世族中每一家每一房都严格地恪守先祖范钦的规范呢?这实在是一个值得我们一再品味的艰难课题。在当时,一切有历史跨度的文化事业只能交付给家族传代系列,但家族传代本身却是一种不断分裂、异化、自立的生命过程。让后代的后代接受一个需要终身投入的强硬指令,是十分违背生命的自在状态的;让几百年之后的后裔不经自身体验就来袭几百年前某位祖先的生命冲动,也难免有许多憋气的地方。不难想象,天一阁藏书楼对于许多范氏后代来说几乎成了一个宗教式的朝拜对象,只知要诚惶诚恐地维护和保存,却不知是为什么。按照今天的思维习惯,人们会在高度评价范氏家族的丰功伟绩之余随之揣想他们代代相传的文化自觉,其实我可肯定此间埋藏着许多难以言状的心理悲剧和家族纷争,这个在藏书楼下生活了几百年的家族非常值得同情。

后代子孙免不了会产生一种好奇,楼上究竟是什么样的呢?到底有哪些书,能不能借来看看?亲戚朋友更会频频相问,作为你们家族世代供奉的这个秘府,能不能让我们看上一眼呢?

范钦和他的继承者们早就预料到这种可能,而且预料藏书楼就会因这种点滴可能而崩坍,因而已经预防在先。他们给家族制定了一个严格的处罚规则,处罚内容是当时视为最大屈辱的不予参加祭祖大典,因为这种处罚意味着在家族血统关系上亮出了"黄牌",比杖责鞭笞之类还要严重。处罚规则标明:子孙无故开门入阁者,罚不与祭3次;私领亲友入阁及擅开书橱者,罚不与祭1年;擅将藏书借出外房及他姓者,罚不与祭3年;因而典押事故者,除追惩外,永行摈逐,不得与祭。

在此,必须讲到那个我每次想起都很难过的事件了。嘉庆年间,宁波知府丘铁卿的内侄女钱绣芸是一个酷爱诗书的姑娘,一心想要登天一阁读点书,竟要知府作媒嫁给了范家。现代社会学家也许会责问钱姑娘你究竟是嫁给书还是嫁给人,但在我看来,她在婚姻很不自由的时代既不看重钱也不看重势,只想借着婚配来多看一点书,总还是非常令人感动的。但她万万没有想到,当自己成了范家媳妇之后还是不能登楼,一种说法是族规禁止妇女登楼,另一种说法是她所嫁的那一房范家后裔在当时已属于旁支。反正钱绣芸没有看到天一阁的任何一本书,郁郁而终。

今天,当我抬起头来仰望天一阁这栋楼的时候,首先想到的是钱绣芸那忧郁的目光。我几乎觉得这里可出一个文学作品了,不是写一般的婚姻悲剧,而是写在那很少有人文主义气息的中国封建社会里,一个姑娘的生命如何强韧而又脆弱地与自己的文化渴求周旋。

从范氏家族的立场来看,不准登楼,不准看书,委实也出于无奈。只要开放一条小缝,终会裂成大隙。但是,永远地不准登楼,不准看书,这座藏书楼存在于世的意义又何在呢?这个问题,每每使范氏家族陷入困惑。

范氏家族规定,不管家族繁衍到何等程度,开阁门必得各房一致同意。阁门的钥匙和书橱的钥匙由各房分别掌管,组成一环也不可缺少的连环,如果有一房不到是无法接触到任何藏书的。既然每房都能有效地行使否决权,久而久之,每房也都产生了终极性的思考:被我们层层叠叠堵住了门的天一阁究竟是干什么用的?

就在这时,传来消息,大学者黄宗羲先生想要登楼看书!这对范家各房无疑是一个巨大的震撼。黄宗羲是"吾乡"余姚人,与范氏家族没有任何血缘关系,照理是严禁登楼的,但无论如何他是靠自己的人品、气节、学问而受到全国思想学术界深深钦佩的巨人,范氏各房也早有所闻。尽管当时的信息传播手段非常落后,但由于黄宗羲的行为举止实在是奇崛响亮,一次次在朝野之间造成非凡的轰动效应。他的父亲本是明末东林党重要人物,被魏忠贤宦官集团所杀,后来宦官集团受审,19岁的黄宗羲在廷质时竟义愤填膺地锥刺和痛殴漏网余党,后又追杀凶手,警告阮大铖,一时大快人心。清兵南下时他与两个弟弟在家乡组织数百人的子弟兵"世忠营"英勇抗清,抗清失败后便潜心学术,边著述边讲学,把民族道义、人格道德融化在学问中启迪世人,成为中国古代学术领域中第一流的思想家和历史学家。他在治学过程中已经到绍兴钮氏"世学楼"和祁氏"淡生堂"去读过书,现在终于想来叩天一阁之门了。他深知范氏家族的禁严规矩,但他还是来了,时间是康熙十二年,即1673年。

出乎意外,范氏家族的各房竟一致同意黄宗羲先生登楼,而且允许他细细地阅读楼上的全部藏书。这件事,我一直看成是范氏家族文化品格的一个验证。他们是藏书家,本身在思想学术界和社会政治领域都没有太高的地位,但他们毕竟为一个人而不是为其他人,交出了他们珍藏严守着的全部钥匙。这里有选择,有裁断,有一个庞大的藏书世家的人格闪耀。黄宗羲先生长衣布鞋,悄然登楼了。铜锁在一具具打开,1673年成为天一阁历史上特别有光彩的一年。

黄宗羲在天一阁翻阅了全部藏书,把其中流通未广者编为书目,并另撰《天一阁藏书记》留世。由此,这座藏书楼便与一位大学者的人格连接起来了。

从此以后,天一阁有了一条可以向真正的大学者开放的新规矩,但这条规矩的执行还是十分苛严,在此后近 200 年的时间内,获准登楼的大学者也仅有十余名,他们的名字,都是上得了中国文化史的。

这样一来,天一阁终于显现了本身的存在意义,尽管显现的机会是那样小。封建家族的血缘继承关系和社会学术界的整体需求产生了尖锐的矛盾,藏书世家面临着无可调和的两难境地:要么深藏密裹使之留存,要么发挥社会价值而任之耗散。看来像天一阁那样经过最严格的选择作极有限的开放是一个没有办法中的办法。但是,如此严格地在全国学术界进行选择,已远远超出了一个家族的见识和职能范畴了。

直到乾隆决定编纂《四库全书》,这个矛盾的解决才出现了一些新的走向。乾隆谕旨各省采访遗书,要各藏书家,特别是江南的藏书家积极献书。天一阁进呈珍贵古籍 600 余种,其中有 96 种被收录在《四库全书》中,有 370 余种列入存目。乾隆非常感谢天一阁的贡献,多次褒扬奖赐,并授意新建的南北主要藏书楼都仿照天一阁格局营建。

天一阁因此而大出其名,尽管上献的书籍大多数没有发还,但在国家级的"百科全书"中,在钦定的藏书楼中,都有了它的生命。我曾看到好些著作文章中称乾隆下令天一阁为《四库全书》献书是天一阁的一大浩劫,深觉言之有过。藏书的意义最终还是要让它广泛流播,"藏"本身不应成为终极目的。连堂堂皇家编书都不得不大幅度地动用天一阁的珍藏,家族性的收藏变成了一种行政性的播扬,这证明天一阁获得了大成功,范钦获得了大成功。

五

天一阁终于走到了中国近代。什么事情一到中国近代总会变得怪异起来,这座古老的藏书楼开始了自己新的历险。

先是太平军进攻宁波时当地小偷趁乱拆墙偷书,然后当废纸论斤卖给造纸作坊。曾有一人出高价从作坊买去一批,却又遭大火焚毁。

这就成了天一阁此后命运的先兆,它现在遇到的问题已不是让不让某位学者上楼的问题了,竟然是窃贼和偷儿成了它最大的对手。

1914 年,一个叫薛继渭的偷儿奇迹般地潜入书楼,白天无声无息,晚上动手偷书,每日只以所带枣子充饥,东墙外的河上,有小船接运所偷书籍。这一次几乎把天一阁的一半珍贵书籍给偷走了,它们渐渐出现在上海的书铺里。

薛继渭的这次偷窃与太平天国时的那些小偷不同,不仅数量巨大,操作系统,而且最终与上海的书铺挂上了钩,显然是受到书商的指使。近代都市的书商用这种办法来侵吞一座古老的藏书楼,我总觉得其中蕴含着某种象征意义。把保护藏书楼的种种措施都想到了家的范钦确实没有在防盗的问题上多动脑筋,因为在当时这对这样一个家族的院落来说构不成一种重大威胁。但是,这正像范钦想象不到会有一个近代降临,想象不到近代市场上那些商人在资本的原始积累时期会采取什么手段。一架架的书橱空了,钱绣芸小姐哀怨地仰望终身而未能上的楼板,黄宗羲先生小心翼翼地踩踏过的楼板,现在只留下偷儿吐出的一大堆枣核在上面。

当时主持商务印书馆的张元济先生听说天一阁遭此浩劫,并得知有些书商正准备把天一阁藏本卖给外国人,便立即拨巨资抢救,保存于东方图书馆的"涵芬楼"里。涵芬楼因有天一阁藏书的润泽而享誉文化界,当代不少文化大家都在那里汲取过营养。但是,如所周知,它最终竟又全部焚毁于日本侵略军的炸弹之下。

这当然更不是数百年前的范钦先生所能预料的了。他"天一生水"的防火秘咒也终于失效。

六

然而毫无疑问,范钦和他后人的文化良知在现代并没有完全失去光亮。除了张元济先生外,还有大量的热心人想努力保护好天一阁这座"危楼",使它不要全然成为废墟。这在现代无疑已成为一个社会性的工程,靠着一家一族的力量已无济于事。幸好,本世纪30年代、50年代、60年代直至80年代,天一阁一次次被大规模地修缮和充实着,现在已成为重点文物保护单位,也是人们游览宁波时大多要去访谒的一个处所。天一阁的藏书还有待于整理,但在文化信息密集、文化沟通便捷的现代,它的主要意义已不是以书籍的实际内容给社会以知识,而是作为一种古典文化事业的象征存在着,让人联想到中国文化保存和流传的艰辛历程,联想到一个古老民族对于文化的渴求是何等悲怆和神圣。

我们这些人,在生命本质上无疑属于现代文化的创造者,但从遗传因子上考察又无可逃遁地是民族传统文化的孑遗,因此或多或少也是天一阁传代系统的繁衍者,尽管在范氏家族看来只属于"他姓"。登天一阁楼梯时我的脚步非常缓慢,我不断地问自己:你来了吗?你是哪一代的中国书生?

很少有其他参观处所能使我像在这里一样心情既沉重又宁静。阁中一位年老的版本学家颤巍巍地捧出两个书函,让我翻阅明刻本,我翻了一部登科录,一部上海志,深深感到,如果没有这样的孤本,中国历史的许多重要侧面将杳无可寻。由此想到,保存这些历史的天一阁本身的历史,是否也有待于进一步发掘呢?裴明海先生递给我一本徐季子、郑学溥、袁元龙先生写的《宁波史话》的小册子,内中有一篇介绍了天一阁的变迁,写得扎实而清晰,使我知道了不少我原先不知道的史实。但在我看来,天一阁的历史是足以写一部宏伟的长篇史诗的。我们的文学艺术家什么时候能把他们的目光投向这种苍老的屋宇和庭园呢?什么时候能把范氏家族和其他许多家族数百年来的灵魂史袒示给现代世界呢?什么时候能让读者惊喜地发现,在我们这样一个古老的国度,许多事物的真实历史过程本身就具有巨大的艺术魅力呢?

(《余秋雨文集》,延边大学出版社,2000年)

《风雨天一阁》导读

刘 叔 雅

张中行

刘叔雅是民初学术界的知名之士，名文典，字叔雅，因为学术有成就，人都称呼为刘叔雅，表示尊重。

三十年代初，他在清华大学任国文系主任，在北京大学兼课，讲六朝文，我听过一年。他的大名，我早有所知。这少半是来自读他的著作，其中有翻译日本丘浅次郎的《进化与人生》；中文的是他的权威著作《淮南鸿烈集解》。听说他骈体文写得很好，没有见过。大名的多半是来自他的不畏权势。那是1928年，他任安徽大学校长，因为学潮事件触怒了老蒋。蒋召见他，说了既无理又无礼的话，据说他不改旧习，伸出手指指着蒋说："你就是新军阀！"蒋大怒，要枪毙他。幸而有蔡元培先生等全力为他解释，说他有精神不正常的毛病，才以立即免职了事。不论什么时代，像这样常人会视为疯子的总是稀有的，这使我不禁想到三国的祢衡。这位祢衡就在课堂上，一周见一次，于是我怀着好奇的心理注意他的举止言谈。

他偏于消瘦，面黑，一点没有出头露角的神气。上课坐着，讲书，眼很少睁大，总像是沉思，自言自语。现在还有印象的，一次是讲木玄虚《海赋》，多从声音的性质和作用方面发挥，当时觉得确是看得深，说得透。又一次，是泛论不同的韵的不同情调，说五微韵的情调是惆怅，举例，闭着眼睛吟诵："风压轻云贴水飞，乍晴池馆燕争泥，沈郎憔悴不胜衣。"念完，停一会，像是仍在心里回味，我当时想，他是不是觉得自己就是"沈郎憔悴不胜衣"呢？对于他的见解，同学是尊重的。只是有一次，他表现为明显的言行不一致。不知从哪里说起，他忽然激昂起来，起立，睁大眼睛，说人间的不平等现象使他气愤，举例中有有人坐车，有人拉车云云。同学听了都惊讶而感动，想到像这样一位神游六朝的人物忽然注意现世问题，真有"烈士暮年，壮心不已"的意味。说完，下课，有些同学由窗口目送他走出校门。一辆旧人力车过来，他坐上去，车夫提起车把向西跑去，原来他正是"有人坐车"的人。

抗战时期，他到云南，一个时期在西南联大任教。我有个表弟倪君在那里上学，回内地之后跟我说，刘叔雅在那里仍然表现为很怪异，许多事在学校传为笑谈。例如有一次跑警报,一位新文学作家,早已很有名,也在联大任教,急着向某个方向走,他看见,正言厉色地说:"你跑做什么!我跑,因为我炸死了,就不再有人讲《庄子》。"那位作家尊重他是前辈,没还言,躲开他,或者说"桃之夭夭"了。再是不只一次,他讲书,吴宓(号雨僧)也去听,坐在教室内最后一排。他仍是闭目讲,讲到自己认为独到的体会的时候,总是抬头张目向后排看,问道:"雨僧兄以为何如?"吴宓照例起立,恭恭敬敬,一面点头一面答:"高见甚是,高见甚是。"惹得全场为之暗笑。

  1945年抗战胜利,西南联大散伙,各自回各自的老窝,他因为已经不在联大,就没有跟回来。以后一直留在云南,在云南大学任教。有人说这是因为他舍不得云土(烟土,即鸦片)和云腿(火腿),并由此而获得"二云居士"的雅号,不知确否。这且不管它,我觉得遗憾的是不再听到他的"甚是"的"高见",有时难免类似老成凋谢的怅惘。

  十几年之后,他就真正凋谢了。我有时想起北京大学的卯字号人物,这小一辈的,刘半农终于1934年,享寿四十三;胡适之终于1962年,享寿七十一;刘叔雅终于1958年,享寿六十七,单就这一点说是中间人物。学术成就呢?很难说。张文勋为他作的传记说,他还想以余年完成《群书校补》等几种大著作,可惜"出师未捷身先死"。我则以为,他不如降一级,由"子部"转到专搞"集部",比如说,多谈谈选学、唐诗,就会对更多的读者有大帮助。——他作古了;如果健在,听到我这不三不四的意见,恐怕要大喊"小子何知"吧?

(《张中行全集》,北方文艺出版社,2019年)

四月裂帛

简　媜

　　三月的天书都印错,竟无人知晓。

　　近郊山头染了雪迹,山腰的杜鹃与瘦樱仍然一派天真地等春。三月本来毋庸置疑,只有我关心瑞雪与花季的争辩,就像关心生活的水潦能否允许生命的焚烧。但,人活得疲了,转烛于锱铢,或酒色,或一条百年老河养不养得起一只螃蟹?于是,我也放胆地让自己疲着,圆滑地在言语厮杀的会议之后,用寒鸦的音色赞美:"这世界多么有希望啊!"然后,走。

　　直到一本陌生的诗集飘至眼前,印了一年仍然初版的冷诗,(我们是诗的后裔!)诗的序写于两年以前,若洄溯行文走句,该有四年,若还原诗意至初孕的人生,或则六年、八年。于是,我做了生平第一件快事,将三家书店摆饰的集子买尽——原谅我鲁莽啊!陌生的诗人,所有不被珍爱的人生都应该高傲地绝版!

　　然而,当我把所有的集子同时翻到最后一页题曰最后一首情诗时,午后的雨丝正巧从帘缝蹑足而来。三月的团云倾倒的是二月的水谷,正如薄薄的诗舟盛载着积年的乱麻。于是,我轻轻地笑起来,文学,真是永不疲倦的流刑地啊!那些黥面的人,不必起解便自行前来招供、画押,因为,唯有此地允许罪愆者徐徐地申诉而后自行判刑,唯有此地,宁愿放纵不愿错杀。

　　原谅我把冷寂的清官朝服剪成合身的寻日布衣,把你的一品丝绣裁成放心事的暗袋,你娴熟的三行连韵与商籁体,到我手上变为缝缝补补的百衲图。安静些,三月的鬼雨,我要翻箱倒箧,再裂一条无汗则拭泪的巾帕。

　　　　我不断漂泊,
　　　　因为我害怕一颗被囚禁的心
　　　　终于,我来到这一带长年积雨的森林

　　你把七年来我写给你的信还我,再也没有比这更轻易的事了。

　　约在医院门口见面,并且好好地晚餐。你的衣角仍飘荡着辛涩的药味,这应是最无菌的一次约会。可惜,惨淡夜色让你看起来苍白,仿佛生与死的演绎仍鞭笞着你瘦而长的身躯。最高的纪录是,一个星期见十三名儿童死去,你常说你已学会在面对病人死亡之时,让脑子一片空白,继续做一个饱餐、沐浴、睡眠的无所谓的人。在早期,你所写的那首《白鹭鸶》诗里,曾雄壮地要求天地给你这一袭白衣;白衣红里,你在数年之后《关渡手稿》这样写:

    恐怕

    我是你的尸体衣裳

    非婚礼华服

并且悄悄地后记着:"每次当病人危急时,我们明知无用,仍勉强做些急救的工作。其目的并非要救病人,而是来安慰家属。"

你早已不写诗了,断腕只是为了编织更多美丽的谎言喂哺垂死病人绝望的眼神。也好让自己无时无刻沉浸于谎言的绚丽之中,悄然忘记四面楚歌的现实。你更瘦些,更高些,给我的信愈来愈短,我何尝看不出在急诊室、癌症病房的行程背后,你颤抖而不肯落墨讨论的,关于生命这一条理则。

终于,我们也来到了这一刻,相见不是为了圆谎为了还清面目,七年了,我们各自以不同的手法编织自己的谎,的确也毫发未损地避过现实的险滩。唯独此刻,你愿意在我面前诚实,正如我唯一不愿对你假面。那么,我们何其不幸,不能被无所谓的美梦收留,又何等幸运,历劫之后,单刀赴会。

穿过新公园,魅魅魑魑都在黑森林里游荡,一定有人殷勤寻找"仲夏夜之梦",有人临池摹仿无弦钓。我们安静地各走各的,好像相约要去探两个挚友的病,一个是七年前的你,一个是七年前的我,好像他们正在加护病房苟延残喘,死而不肯瞑目,等亲人去认尸。

"为什么走那么快?"你喊着。

"冷啊!而且快下雨了。"

灯光飘浮着,钢琴曲听来像粗心的人踢倒一桶玻璃珠。餐前酒被洁净的白手侍者端来,耶稣的最后晚餐是从哪儿开始吃的?

"拿来吧,你要送我的东西。"

你腼腆着,以迟疑的手势将一包厚重的东西交给我。

"可以现在拆吗?"我狡诈地问。

"不行,你回去再看,现在不行。"

"是什么?书吗?是圣经?……还是……真重哩!"我掂了又掂,七年的重量。

"你……回去看,唯一、唯一的要求。"

于是,我装作什么都不知道,继续与你晚餐,我痛恨自己的灵敏,正如厌烦自己总能在针毡之上微笑应对。而我又不忍心拂袖,多么珍贵这一席晚宴。再给你留最后一次余地,你放心,凄风苦雨让我挡着,你慢慢说。

"后来,我遇到第二个女孩子,她懂得我写的、想的,从来没有人像她那样……"你说。

"我察觉在不知道的地方,有一种东西,好像遥远不可及,又像近在身边;似在身外,又似在身内,一直在吸引我。我无法形容那是什么——或许是使得风景美丽的不可知之力量;或许是从小至今,推动我不断向前追求的不能拒绝之力量;或许是每时刻我心中最深处的一种呼唤、一种喜悦、一种梦;或许是考娄芮基(Coleridge)在他的《文学传记》所述的'自然之本质',这本质,事先便肯定了较高意义的自然与人的灵魂之间,存在着一种'关联'……想着,想着,《关渡手稿》就在这种心境写下来。……"年轻的习医者在信上写着。

"她懂你像你懂自己一样深刻吗?"我问。

"我试着让她知道,我为什么而活。"你说。

"来此两个多星期,天天看病人,跟在医院无两样。空间多,看海与观星成了忘我的消遣。我很高兴能走入'时间'里面去体会时间的分秒之悸动,《圣经》说,人生若经过炼金之人的火及漂布之人的碱,必能尝到丰溢的酒杯,于是我更能体会濒死病人的呻吟,可以真实地走过病眼深水的波浪洪涛。在'你的瀑布发声,深渊就与深渊响应'之际,虽然长夜仍然漫漫,我仍旧守候在病人的身旁,守候着风雨之中的花蕾,守候着天发亮的晨星……这是我衷心想告诉你的……"在东引海边的军营里,有一封信这么写。

"为了她我拒绝所有的交往,我告诉另一个女孩子,我在等人;她哭了,她嫁人了。"你颓唐起来。

"啊!"我说:"这个女孩子真是铜墙铁壁啊!是你不能接受她是个非基督徒,还是她不能接受你的主?"

"我曾由只要去爱不是去同情的初学者,变成现在差不多以 make money 为主的医匠。我甚至陷在希望借研究与学术发表演讲来满足内心好大喜功之欲望里而不可自拔,我甚至怕自己突因某种原因而死亡(很多医师因工作太累,开车打瞌睡而撞死)。目前,我正在钻研一种'内生性类似毛地黄之因子',我渴求能在两年内把它分析出来公之于世,以满足一己暂时的快感……我不知道我是谁?

"我渴望婚姻,但也害怕婚姻带来的角色改变,我是痛苦的空城。直到,我碰到了一位'女作家',我非常喜欢和她做朋友,但我的直觉和教会及所有的人认为我不能和一个非基督徒结婚。我相信我有能力做她的好朋友,但我不知道能否做她的好丈夫?我不能接受夫妻因信仰所发生的任何冲突，我又很希望这位女作家过着幸福快乐的日子，我当然希望结婚的对象也是基督徒……我可能选择独身，我是矛盾的人。"第四十二封信写着。

"的确，"我啜饮着烫舌的咖啡："天上的父必然要选择他地上的媳，如同平凡的妇人也想选择她天上的父。"

"我不懂她心中真正的想法，她真是铜墙铁壁！"你说。

"她或许了解你的坚持，你却不一定进得去她固执的内野。你们都航行于真理的海，沿着不同的鲸路。你只希望她到你的船上，你知道她的舟是怎么空手造成的？她爱她的扁舟甚于爱你，犹如你爱你的船甚于爱她。如果你为她而舍船，在她的眼中你不再尊贵，如果她为你而弃舟，她将以一生的悔恨磨折自己。的确，隐隐有一种存在远远超过爱情所能掩盖的现实，如果不是基于对永恒生命衷心寻觅而结缡的爱，它不比一介微尘骄傲。你们曾经欢心惊叹，发现彼此航行于同一座海洋；现在却相互争辩，只为了不在同一条船上。假设，她愿意将你的缆绳结在她的舟身，不要求你弃船，那么你能否接受她的绳，不要求她覆舟？如果比身并航也不为你的宗教所允许，你只有失去她，永远地失去她。"

"我是一个失败的证道者！"你喟然着。

"不！"我说："如果你不曾成功地摊开你的内心，她早就成为你痛苦的妻。当你朗诵诗篇二十三给她：'耶和华是我的牧者，我必不致缺乏。他使我躺卧在青草地上，领我在可安歇的水边。他使我的灵魂苏醒，为自己的名引导我走义路。'你要相信，她才答应自己去寻找另一处无人到过的迦南美地。如果她在你心中仍然美丽，就是因为这一身永不妥协的探索与敢于迎战的清白足以美丽。她一生不曾侍奉任何的主，而她赞美你，等同赞美了上帝。你信仰了主，你当终生仰望，你既然住着耶和华的殿，享有他赐予的粮，你何苦再寻一座婚姻的空壳？我只听说有人千方百计地将他的茅屋改成宫殿，未曾闻过在宫殿里另筑茅屋。你成全了她走自己的义路，这是你赐她最大的福音。她住在她那寒伧的磨坊，无一日不在负轭、磨粮，你要体会，不是为了她自己，为了不可指认、不能执著的万有——让虚空遍满琉璃珍珠，让十五之后日日是好日，让一介生命甘心以粉身碎骨的万有；如同你活着为了光耀上帝。你要眼睁睁看她怎么粉碎，正如她眼睁睁看你七年。"

最后一封信这样落笔："在我心目中，你一直是个尊贵的灵魂，为我所景仰。认识你愈久，愈觉得你是我人生行路中一处清喜的水泽。

"为了你，我吃过不少苦，这些都不提。我太清楚存在于我们之间的困难，遂不敢有所等待，几次想忘于世，总在山穷水尽处又悄然相见，算来即是一种不舍。

"我知道,我是无法成为你的伴侣,与你同行。在我们眼所能见耳所能听的这个世界,上帝不会将我的手置于你的手中。这些,我都已经答应过了。

"这么多年,我很幸运成为你最大的分享者,每一次见面,你从不吝惜把你内心丰溢的生息倾注于我的杯。像约书亚等人从以实各谷砍了葡萄树的一枝,上头有一挂葡萄,又带了些石榴和无花果来……你让我不致变成一个盲从的所知障者,你激励我追求无上自由的意志,如果有一天我终能找到我的迦南之野,我得感谢你给我翅膀。

"请相信,我尊敬你的选择,你也要心领神会,我的固执不是因为对你任何一桩现实的责难,而是对自己个我生命忠贞不二的守信。你甚美丽,你一向甚我美丽。

"你也写过诗的,你一定了解创作的磨坊一路孤绝与贫瘠,没有一日,我卑微的灵不在这里工作、学习。若我有任何贪恋安逸,则将被遗弃。走惯贫沙,啃过粗粮,吞咽之时竟也有蜜汁之感,或许,这是我的迦南地。

"不幻想未来了。你若遇着可喜的姊妹,我当祈福祝祷。你真是一个令人欢喜的人,你的杯不应该为我而空。

"就这样告别好了,信与不信不能共负一轭。"

  且让我们以一夜的苦茗
  诉说半生的沧桑
  我们都是执著而无悔的一群
  以飘零作归宿

在你年轻而微弱的生命时辰里,我记载这一卷诘屈聱牙的经文,希望有朝一日,你为我讲解。

如果笔端的回忆能够一丝丝一缕缕再绕个手,我都已经计算好了,当我们学着年轻的比丘尼入舍卫大城乞食,于其城中次第乞已,还至本处时,我要把钵中最大最美的食物供养你,再不准你像以前软硬兼施趁人不备地把一片冰心掷入我的壶。

我们真的因为寻常饮水而认识。

那应该是个薄夏的午后,我仍记得短短的袖口沾了些风的纤维。在课与课交接的空口,去文学院天井边的茶水房倒杯麦茶,倚在砖砌的拱门觑风景。一行樱瘦,绿扑扑的,倒使我怀念冬樱冻唇的美,虽然那美带着凄清,而我宁愿选择绝世的凄艳,更甚于平铺直叙的雍容。门墙边,老树浓荫,曳着天风;草色釉青,三三两两的粉蝶梭游。我轻轻叹了气,感觉有一个不知名的世界在我眼前幻生幻化,时而是一段佚诗,时而变成幽幽的浮烟,时而是

一声惋惜——来自于一个人一生中最精致的神思……这些交错纷叠的灵羽最后被凌空而来的一声鸟啼啄破,然后,另一个声音这么问:

"你,就是简媜吗?"

我紧张起来,你知道的,我常忘记自己的名字,并且抗拒在众人面前承认自己,那一天我一定很无措吧!迟疑了很久才说:"是。"又以极笨拙的对话问:"那,你是什么人?"

知道你也学中文的,又写诗,好像在遍野的三瓣酢浆中找四瓣的幸运草:"唷,还有一棵躲在这!"我愉快起来就会吃人:"原来是学弟,快叫学姊!"你面有难色,才吐露从理学院辗转到文学殿堂的行程,倒长我二岁有余。我看你温文又亲和,分明是邻家兄弟,存心欺负你到底:"我是论辈不论岁的!"你露齿而笑,大大地包容了我这目中无人的草莽性情。那一午后我归来,莫名地,有一种被生命紧紧拥住的半疼半喜,我想,那道拱门一定藏有一座世界的回忆。

毕竟,我只善于口头称霸,在往后与你书信嬗递,才发觉你瘦弱的身躯底下,凝炼了多少雄奇悲壮的天质,而你深深懂得韬光养晦,只肯凿一小小的孔,让琢磨过的生命以童子的姿势嬉嬉然到我眼前来。我们不谈身世只论性命,更多时候在校园道上相遇,也只是一语一笑作别,但我坚信:"这人是个大寂寞过的人!"

那时候,你的面目早已因潜伏的病灶难靖,稍稍地倾斜着,反正已经割过了而且是个慢性子的瘤,就不必管吧,只在你心力交瘁的时候,才憔悴起来,我叫你当心,你复来的信不痛不痒地说:"今早文心课见你挽抱书本飘然而去,霎时间萌生一种远飚的感觉,没来得及跟你说。有回上声韵,下了课,正见你倦极而伏案,其时感觉也是一惊。记得有次夜深,与你不期然遇,你说从总图出来,回宿舍去。夜色下的你步履决定,却透着层弱倦后的苍白。一直没能多问候你,反而是你看出我的憔悴。"你始终不愿意称我"简媜",说这二字太坚奇铿锵,带了点刀兵,你宁愿正正经经地写下"敏媜",说有了这"敏"字,行云流水起来,不遭忌的。我深深动容,你一片片莲灿,都为我惜生,而我能为你做什么?性格里横槊赋诗的草莽气质,总让我对最亲近的人杀伐征讨。难得有一回清清淡淡的小聚,临别时,我不经心窜出那头兽、那忘情负义恩将仇报的猛禽:"保重哟,下一次见面或许九天,或九年。"你清和的面容浮掠一丝秋瑟,宽怀地笑纳这些语锋契机,你报平安的信通常这么作结:"写信、说话,欢喜日复一日。看你什么时候有空,小谈。我担心一语成谶。"

尔后,我离了学院,日复日载饥载渴,过的是牛饮而后快的星夜。偶有不死的诗心,才写些哀哀怨怨的信给亲近的人,你总是快快地回:"外出三天,深夜踏雨归来,檐前出现一小叠信。中有你亲切的字迹,你的信束自然令我喜欢……我的病情,好好坏坏,终须挨上一刀才见分晓。近两个月来的抱病自守,旦夕之间,情知对于生命的千般流转,尽须付与无尽的忍爱。我想,他朝小痊,如你之奔驰,亦须这样。一步一履,无非修行。至此,我依然深心乐观,来日或聚,愿其时你的事业大势底定,我亦澡雪精神。"

我们深心乐观着未来,几次击掌切磋,暗暗以创格自许,不屑袭调。负气使才如我,滔滔洒墨,似欲与千夫万夫一拼。你见我清瘦异常,只吩咐我不可太夜太累,我委屈了,说:"就活这么一次,我要飞扬跋扈!"你语重心长地说:"早慧,难享天年的,古来如此。"

你珍贵我这顽桀的生命,大大地甚于你自己的。那一回生日,你特地去寻玉送我,一龙一凤绕着净瓶(啊!会是观音的净瓶吗?),你说鬻玉的老者称这块玉的肌理具荷质,返家的途中经过南海路,你去植物园的荷花池,轻轻地轻轻地将这玉沁了又沁……你说:"生命恒有繁华落尽的感觉,只不过,不染淤泥!"

病魔却与你弄斧耍刨,你的眼开始不自觉地泪,夜半常因拭泪而难以入眠,你谦称这是宿业使然。在你卜居的深山穷野,你宛若处子与生灭大化促膝而谈,抱病独居的信,不改涓涓细流的字迹:"有天半夜不能安睡,出至阳台。山间天象澄明,月光大片大片洒落一地。忽然间,我看见自己月下的影子,细细瘦瘦,怯怯地,触目竟十分眼熟,但那分明不是日光中的'我'。我呆呆地忖忖想想,啊,是了——是童话时候的'我'!我好感动地望着那片身影,然后牵他入梦。偶得一悟,心情愿如庄周,处于病与不病之间。"

你第二度开刀,除去右颜面突变的肉瘤,我将一串琥珀念珠赠你,那是寺里一名师父突然脱下赠我的,我欢喜生命中"突然"的意象。你认真地戴在手腕,虚弱地在病榻上闭目。我又天真起来了,仿佛一名间谍,在你短兵相接的战场之前,先给你解药,你此后可以大胆地无惧地去迎喂毒的流箭。病后,你说:"我渐渐愿意把所有的悲沉、蒙昧、大痛、无明都化约到一种素朴的乐观上,我认为它是生命某种终极的境界。你知我知。"

最珍贵而美丽的,应该是你赴港念比较文学之前的半年。你诗写得少了,专志狼吞文学批评的典籍,你戏谑这是一桩"反美"的工程,但要我千万注意,你并非不爱美。我说:"管你家的什么美不美,天天念原文书,把一个人念得豆芽菜似的,这种美简直王八蛋!"你每星期总要回长庚医院追踪病情,我们相约在中午,趁我歇班的时刻,你教我念书。常常在市嚣流矢的小咖啡店里,你取出一叠白纸、一支钢笔,在喝了一口微冷的红茶之后,开始以沙哑沉浊的声音,为我唤来"福寇"(Michel Foucault),我静静地抱膝听着,进入神思所能触摸的最壮阔与最阴柔的空间,你的话幽浮起来:"……如今,书写已和献祭发生关联,甚至和生命的献祭发生关联……"我幡然有悟:"等等,我下一本书的架构出来了,你要不要听!"知识的考掘通常转化为创作的考掘,我是锈刀,拿你当磨刀石。你不也说了吗,我的生命太千军万马,终究不会听你这座"紫微"。实而言之,你是一则遥远的和平,为了你,我必须不断地战争。

有一回,茶冷言尽,你取出一张泛黄的黑白照片让我瞧:一名十岁男童倚在漫画书店的租台边,白白净净的怯生生的,眼睛里有一股神秘的招引与微燃的悲喜,静静地与世界相看。我惊叹起来:"多美啊!是你吗?"你欢喜地说:"是!"

那一回,你送我回报社上班,沿着木棉击掌、槭实落墨的砖道,你微微地喟叹:"天!给我时间!"

香港一年,你终因病发大量出血而辍学,从中正机场直奔林口长庚,医师已开了病危通知书。你却幽幽转醒,看着病床边来来往往的友好、同窗,或者,你还在等,当养育的父母双亡,亲生的父母待寻。你那时已不能进食,肉瘤塞住口舌,话也不能说了。你见我来,兀自挣身下床,从杂乱的行李中掏出一块精致的香皂,多少年前,我说过一日三浴更甚于心头欢喜,你在纸上写着:"多洗澡!"那一刹——那百千万亿年只可能有一回的一刹,我想狠狠地置你于死。

半年来,我抗拒着再去看你,想给你七七四十九遍的经诵终于不能尽读,我压抑每一丝丝一缕缕一角角关于你的挂念。只有两回梦见,一次你以赤子的形象从半空掠过,我仰首不复寻踪;一次你款款而来,白白净净的面目,我大喜,问:"你好了?"你笑而不答,许久许久才说:"还没开始生病哪!"梦醒后,深深地痛恨自己,现世里的大欢大美被解构得还不够吗?连在可以作主的梦土,也要懦怯地缴械。我终究是个懦夫,不配英雄谈吐。

那么,敬爱的兄弟,我们一起来回忆那一日午后,所有已死的神鬼都应该安静敷座,听我娓娓诉说。

那一日,我借了轮椅,推你到医院大楼外的湖边,秋阳绵绵密密地散装,轮转空空,偶尔绞尽砖岸的莽草。我感觉到你的瘦骨宛若长河落日,我的浮思如大漠孤烟。当我们面湖静坐,即将忘却此生安在,突然,遥远的湖岸跃出一行白鹭,扶摇直上掠湖而去,不复可寻。湖水仍在,如沉船后,静静的海面,没有什么风,天边有云朵堆聚着。

你在纸上问我:"几只?"

我答:"十二只。"你平安地颔首。

也许,不再有什么诘屈聱牙的经卷难得了你我。当你恒常以诗的悲哀征服生命的悲哀,我试图以小说的悬崖瓦解宿命的悬崖;当我无法安慰你,或你不再关怀我,请千万记住,在我们菲薄的流年,曾有十二只白鹭鸶飞过秋天的湖泊。

犹似存在主义,

或是老庄,

或是一杯下午茶,

或两本借来的书。

百般凌虐你,你都不生气,或,只生一小会儿气。好似在你那里存了一笔巨款,我尽情挥霍,总也不光。有时失了分寸,你肃起一张沧桑后的脸,像一个塞途者思索不可测的驿站,我就知道该道歉了,摸摸你深锁的额头说:"什法子,谁叫你欠我。不生气,生气还得付我利息。"

常常在早餐约会,或入了夜的市集。热咖啡、双面煎荷包蛋、烘酥了的土司,及三份早报。你总替我放糖、一圈白奶,还打了个不切实际的哈欠。我喜欢晨光、翻报、热咖啡的烟更甚于盘中物,你半哄半骗,说瘦了就丑,我说:"喂,就吃!"你果真叉起蛋片进贡而来,我从不吝惜给予最直接的礼赞:"今天表现不错,记小功一支。"

早晨恒常令我欢心,仿佛摄取日出的力量,从睡眼沉静射入惊蛰的流动,有了奔驰的野性及征服的欲望。早晨对你却是苛责的,你雾着一张脸,听我意兴风发地擘画每一桩工作,帮你整理当日的行程及争辩的重点,战役的成果未必留给我们,但我们联手打过漂亮的仗。

入夜的城市更显得蠢蠢欲动,入夜的我通常是一只安静的软体动物,容易认错、善于仆役,不扎别人的自尊。你活跃于墨色的时空,以锐利的精神带着我游走于市集。一碗卤肉饭、石斑鱼汤、水煮虾也是令人难忘的饮食起居。我擅于剥虾、剔无刺的鱼肉,伺候你。你尽管放心地细数我的不对,定谳白日的蛮悍,我一向从善如流,乖乖地向你忏悔。

当市集悄悄撤退,夜也恹了,我打起一枚长长的呵欠,你说:"走吧!回家。"你走你的路,我走我的归途。这城市无疑是我们巨构的室家,要各自走过冗长的通道,你回你的卧室,我有我的睡榻。

那么,的确必须用更宽容的律法才能丈量你我的轨道。你不曾因为我而放弃熟悉的生命潮汐——不管是过往的情涛、现实的波澜,或即将逼近的浪潮;我也不必为你而修改既定的秩序——我有我不能割舍的人际、工作的程序,及关于未来的编排。当我们相约,其实是趁机将自己从曲曲折折的轨道释放出来,以大而无当的姿势携手、寻路。你四十过二的音色里仍留有不肯成熟的童话;(要不,你怎么老是叉橡皮筋偷袭我!)我二十又七的华容仍忘怀不去初为儿女的恣意;(挺喜欢捧你的大手,一支一支地啃你的指头!)你时而化童时而老迈,我时而为人时而原兽,我们生动地演出内心被禁锢的角色,以城市为舞台,行人当盲目的观众。那些令人疲惫的典章制度不容推翻总可以暂忘,你虽然抱怨半生颠踬无以转圜,我却不曾怂恿你——那些包袱早已变成心头肉,在我们分手后仍然继续由你背负的。如是,我期望每一次相聚,透过理智的剖析与情感之疏浚,更助益你昂然驼行。我深知,情会淡爱会薄,但作为一个坦荡的人,通过情枷爱锁的鞭笞之后,所成全的道义,将是生命里最昂贵的碧血。因而,你可以原始地袒露,常常促膝一夜,谈你孑然成长的大江南北,谈梦幻与现实互灭、谈你云烟过眼的诸多女人,谈你远去的妻与儿女……常常,我看到那一颗三十多年未落的噙泪。

  同等地,我得以在你身上复习久违的伦常,属于父执与兄长的渴望。过于阴柔的家境,促使我必须不断训练自己雄壮、摹仿男系社会的权威;而我生命的基调,却是要命的抒情传统,三秋桂子十里芰荷的那种,遂拿你砌湖,我得以歌尽舞影,临水照镜(啊!我终究必须恋父情结)。实则如此,每一桩生命的垦拓,须要吮取各式情爱的果实,凡是亏空的滋味,人恒以内在的潜力去做异次元的再造。你在不知不觉中已被我修改,按着我心中的形象发音;正如我愿意为你而俯身,将自己捏成宽口的罍,以盛住你酒后崩塌的块垒——任何一桩情缘,如果不能激励出另一种角色与规则,以弥补梦土与现实之间的断崖,终究不易被我珍爱。

  于是,我们很理智地辩论着婚姻。

  你说,不曾歇息的情涛,总难免落得一身萧索,过往的女人不是不爱,却发现愈爱得深愈陷泥淖;我说,这是剥夺,爱情之中藏有看不见的手。你说,如果我们结婚如何?我问,你视我为何?难道纷落的情锁不曾令你却步?你说,我在你心中不等同于女人,属于一种透明的中性——像白昼与黑夜,时而如男人清楚,时而如女性张皇,你能充分享受诉说,从最崔嵬的男峰吐露至最婉柔的女泽(你有时细心得像一名婢女),我欢愉你所陈述的,那表示,一个人对他(她)内在生命做多元创造的无限可能。而我开始叙述,关于多年来我们另辟蹊径,如今俨然一条轨道的情爱(请注意,放弃世俗轨道的通常要花更多心血为自己领航,且不再有回头的可能)。我们成就一种无名的名分,住在无法建筑的居室,我不要求你成为我的眷属如同我厌烦成为任何人的局部,你不必放弃什么即能获得我的灌注,我亦有难言的顽固却能被你呵护,我们积极相聚也品尝不得不的舍离,遂把所能拥有的辰光化成分分秒秒的惊叹。如果爱情是最美的学习，我愿意作证，那是因为我们学到了布施胜于索取，自由胜于收藏，超越胜于厮守，生命道义胜于世俗的华居。想必你了解，婚姻只是情爱之海的一叶方舟，如果我们愿意乘桴浮于海，何必贪恋短暂的晴朗——要纵浪就纵浪到底吧！我已拍案下注，你敢不敢作庄？

我们还要一座壳吗？让壳内众所皆知的游戏规则逐渐吞噬我们的章法。以我不靖的个性，难以避免对你层层剥夺；以你根深蒂固的男系角色，终究会逐步对我干涉。原有我深沉的悲观，婚姻也有雄壮的大义，但不适合于我——我喜于实验，易于推翻，遂有不断地、不断地裂帛。

我情愿把这城市当成无人的旷野，那一夜，我爬上大厦广场的花台，你一把攫住，将我驮在肩上，哼着歌儿，凛凛然走过两条街；被击溃之后如果有内伤，那内伤也带着目中无人的酣畅。有一日，深夜作别，我内心击打着滔滔逝水的悲切，不忍责你什么，只想一个人把漫漫长夜走完，你说起风了，脱下外衣披我，押我上车，在站牌旁频频向我挥手，然后孤独地走向你候车的街口。那一霎，我又剑拔弩张，想狠狠刺大化的心脏，遂在下一站下车，拼命地跑，越过城市将灭的灯色，汗水淋漓地回到你的背后，你多么单薄，掏烟、点火，长长地向夜空喷雾，像一名手无寸铁的人！我倏地蒙住你的眼睛，重重地咬你的耳朵："不许动！"你回头，看我，错愕的神情转化成放纵的狂笑，我胜利了我说。

在借来的时空，我们散坐于城市中最凌乱的蓬壁，抽莫名其妙的烟，喝冷言热语的酒，我将烟灰弹入你的鞋里，问：

"欸，你也不说清楚，嫁给你有什么好处？"

你脱鞋，将灰烬敲出，说："一日三顿饭吃，两件花衣裳嘛，一把零用钱让你使。"

我又把烟灰弹进去："那我吃饱了做什么？"

你捏着我的颈子："这样么，你写书我读——再弹一次看看！"

我又把烟灰弹进去。

  我随手抽了把单刀
  走了趟雪花掩月
  无声的月夜
  只有鸽子籁籁地飞起

你怎么来了？

明明将你锁在梦土上，经书日月、粉黛春秋，还允许你闲来写诗，你却飞越关岭，趁着行岁未晚，到我面前说："半生漂泊，每一次都雨打归舟。"

我只能说:"也好,坐坐!"

关于你生命中的山盟与水逝,我都听说。在茶余饭后,你的身世竟令我思谋,什么样的人,才能与秋水换色,什么样的情,才能百炼钢化成绕指柔。我似乎看到年幼时的你,已然为自己想象海市蜃楼,你愿意成为执戟侍卫,为亘古仅存的一枚日,奉献你绚霞一般的初心。

那么,请不要再怪罪生命之中总有不断的流星,就算大化借你朱砂御笔,你终究不会辜负悲沉的宿命,击倒的人宁愿刎颈,不屑偷生。这次见你,虽然你的眉目仍未能廓然朗清,倒也在一苇渡航之后,款款立命。你要日复日吐铺,不吐铺焉能归心。

把我当成你回不去的原乡,把我的挂念悬成九月九的茱萸,还有今年春末大风大雨,这些都是你的。总有一日,我会打理包袱前去寻你。但你要答应,先将梦泽填为壑,再伐桂为柱,滚石奠基,并且不许回头望我,这样,我才能听到来世的第一声鸡啼。

你走的时候,留下一把锁匙,说万一你月迷津渡,我可以去开你书中的小屋。我把指环赠你,尽管流离散落,恒有一轮守护你的红日,等候于深夜的山头。

你说:"还要去庙里烧香,像凡夫凡妇。"

那日,我独自去碧山岩,为你拈香,却什么话都没说。

这就是了,所有季节的流转永不能终止。三世一心的兴观群怨正在排练,我却有点冷,也许应该去寻松针,有朝一日,或许要为自己修改征服。

四月的天空如果不肯裂帛,五月的夹衣如何起头?

(《简媜散文》,浙江文艺出版社,1999年)

《四月裂帛》导读

藏书家的心事

董 桥

  爱书越痴,孽缘越重;注定的,避都避不掉。瑟帛(James Thurber)有一幅漫画画书房,四壁是书,妻子气冲冲指着丈夫说:"这屋子里有老娘就不能有文学,有文学就没老娘!"可怕之极。西摩·德·利奇(Seymour de Ricci)家里珍藏三万多本书籍拍卖行编印的书目,堆得满满的;有客人来,妻子忍不住抓着客人说:"全是书!你想看看我在哪儿挂我的衣服吗?"客人跟她进卧房,她打开大衣橱给客人看,里头堆满一幢幢的书目,连挂一件衣服的空档都没有。"到处是书!"妻子说完掉头走开。爱丁堡的沙洛利亚(Charles Sarolea)藏书之富出了名,不能不想办法应付"内忧",老劝太太出门旅行;太太不在家的那几天里,他不断打电话请各书商把他订下来的那一大堆书都运回来。太太回来心里总觉得家里的书多了好多,只是本来就有十几万册,现在多了多少她实在不敢说。沙洛利亚有钱,还不至于自己买书弄得家里没米。钱不多,又爱书,更烦了。多年前,英国有个穷藏书家,每买一本书,总是先照定价付钱给书商,再请书商帮帮忙,在那本书的扉页上写个很便宜的假价钱,最好不超过3英镑6便士。这种安排妥当得很,他过世之后,太太变卖那批藏书过日子,发现所得甚丰,不禁伤心起来,怪自己过去整天埋怨丈夫买书浪费金钱。这段故事格外伤感:那位藏书家活得太痛苦,也活得太有味道了。布鲁克(G. L. Brook)那本 Books and Book Collecting 里录了不少这些藏书家轶事,实在不忍读下去。

  去年,跟伦敦一位老书商谈起贝森(Fred Bason)的事,或可一录。贝森爱书,但家里穷,一辈子到处搜购旧书,装满一大布袋分批卖给旧书铺,解决吃饭问题,再回去编书著书,编过一册《好书待售一览表》,还编过毛姆的书目;著作则有四册《日志》。早年,他母亲硬是要他去当理发师,他偏去买卖旧书。母亲说:"只要你每星期给我赚30先令回来,我准你去买卖旧书。赚不到30先令给我,你休想去做旧书生意,快给我滚到理发店去。"贝森从此为了那30先令什么卑微的生意都做过。幸好他还会弹钢琴,一度每个星期六下午到一家卖旧家具旧钢琴的铺子里去弹钢琴,用琴声引诱顾客来买旧钢琴,卖出一架琴他可以分到两三先令,弹一个下午琴则赚十先令。贝森跟毛姆既是老朋友，当年不少美国人愿意高价购买毛姆亲笔题款签名的初版书，贝森接到"订单"后就带着那些初版书去找毛姆，毛姆一一照写照签，而且规定所得"润笔"一律分为两份，一份给贝森，一份捐给他当年学医的圣汤玛斯医院。都说毛姆生性凉薄，贝森竟得其独厚，也算缘分。贝森晚年爱说自己一生跟书有缘，到老不悔。痴情到这个地步，难怪女人受不了爱书藏书的男人。但是，《藏书家季刊》(*The Book Collector*) 1976 年有一期登了这样一封读者来信："内人酷爱收藏图书。她有好多书翻都没翻过。我再三劝她申请公立图书馆的借书证，希望从此治好她的藏书病，她硬是不肯。"爱藏书而称之为"病"，甚妙！"爱"字害苦了太多人；买书无罪，爱书其罪，还有什么好说？

把书当工具的人，家里虽然有几架子书，都不算"藏书家"。1973 年 5 月 11 日的《泰晤士报文学增刊》刊登曼比 (A. N. L. Munby) 的"*Book Collecting in the 1930's*"，家里明明剪存了这篇好文章，后来在书店里看到加州书商印刷的单行小册，限印 675 本，每本编号，纸质印工都算一流，虽贵，还是忍不住买了下来，这样的人藏书未必很多，却是真正的"藏书家"。自己明明不懂园艺学，对种花种菜兴趣也不大，看到 Sara Midda 的精装本 *In and Out of the Garden*，全书百多页文字和插图都是七彩手写手绘，装帧考究，想都不想就买下来，这个人必是"书痴"！

"痴"跟"情"是分不开的，有情才会痴。中国人还有"书淫"之说，指嗜书成癖、整天耽玩典籍的人。此处的"淫"字也会惹起很多联想。"耽玩"迹近"纵欲"。人对书真的会有感情，跟男人和女人的关系有点像。字典之类的参考书是妻子，常在身边为宜，但是翻了一辈子未必可以烂熟。诗词小说只当是可以迷死人的艳遇，事后追忆起来总是甜的。又长又深的学术著作是半老的女人，非打点十二分精神不足以深解；有的当然还有点风韵，最要命是后头还有一大串注文，不肯罢休！至于政治评论、时事杂文等集子，都是现买现卖，不外是青楼上的姑娘，亲热一下也就完了，明天再看就不是那么回事了。倒过来说，女人看书也会有这些感情上的区分：字典、参考书是丈夫，应该可以陪一辈子；诗词小说不是婚外关系就是初恋心情，又紧张又迷惘；学术著作是中年男人，婆婆妈妈，过分周到，临走还要殷勤半天怕你说他不够体贴；政治评论、时事杂文正是外国酒店房间里的一场春梦，旅行完了也就完了。

最糟糕的是"藏书家"(book collector) 给人的印象是个阳性词，古今中外都一样。事实上，藏书家里头的确是男人多女人少——少之又少。藏书家对书既有深情，访书也掺了几分追求女性的"欲望"，弄得爱书和爱女人都混起来了，结果，西方藏书家所用的藏书票，不少竟以仕女图作主题、作装饰。这里面必有原因。藏书家的妻子十之八九不藏书，又反对丈夫买书藏书爱书；藏书家的母亲大概多少都有贝森母亲的想法，宁可儿子当理发师也不要他跟那些破书缠绵；藏书家没有母亲没有妻子而有女朋友的话，想来女朋友也不太会理解他的爱书心理。曼比妙想无穷，说是藏书家应该趁早教育妻子，蜜月期间以每日逛一家书店为上策。此议恐怕也不甚实际。书和红袖太不容易衬在一起；"添香"云云，才子佳人的故事而已。藏书家不能自释，只好寄情藏书票上的仕女；有些更激进，竟把春宫镌入藏书票里；年前美国还有好事者编出一部《春宫藏书票》。

西方仕女图藏书票上画的女人，漂亮不必说，大半还带几分媚荡或者幽怨的神情，仕女身边偶有几本书，流露出藏书家心里要的是什么。这当然又是后花园幽会的心态在作祟！伦敦旧书商威尔的藏书票藏品又多又精，自己还印制好几款仕女图藏书票，有一次问他为什么一款又一款净是仕女图？他低声反问："你不觉得她们迷人吗？"

爱书藏书已经是"痴"，是"病"，是"淫"，是"罪"，藏书家还要在藏书票上寄托心事，罪孽更重，殊为多事！

1986 年 1 月

(《董桥散文精选集》，广西师范大学出版社，2003 年)

《藏书家的心事》导读

后　窗

周晓枫

　　没有人能够抵抗来自背后的袭击。你不知道什么在靠近,带来突然的改变。

　　世界可以从一个窗口涌现。所罗门王囚禁的魔鬼不断膨胀他的体积,我相信在此之前,他能缩身进入一只瓶子千年,如同我不怀疑神的一滴泪里能盛尽天下悲苦。小时候好奇,我忍不住回头,观察那个小而神秘的洞穴。黑暗里的金黄瞳孔——作为一名电影观众,你必须习惯它在后方凝视。

　　放映机转动,转动……胶片上的速跑小人,跨过重重栅栏,每秒穿越24格。小窗里射出一道光线,我转头,光在行进过程中变得浩大汹涌,里面滚动着烟尘——这束光最后落在屏幕上,形成女主角额头上井盖大小的一块耀斑。

　　梦境和电影,给出某种与现实对抗的解释——两者之间还有区别。梦境脆弱,受不了微乎其微的打扰;而电影能够重复放映,弥补我们先天不足的记忆,它比生活本身更经得起考验。河流一再从源头出发。一头豹子,以完全精确的步伐和速度,再次扑杀它的猎物。放映一百遍,旗帜表面涟漪一样变幻莫测的摆动,精准无误地重现。

　　老演员看到银幕上的自己保持着儿童的样貌。电影,可以把过去时态持续保持为正在进行时……我喜欢电影的倒叙手段,它是一种复活的力量。蝴蝶可以重温蛹的不幸,采摘的果实再次衔接在枝头,亡灵返回教堂,敲响令人迷惑的钟。

　　电影中一人分饰两角的处理,特别令我迷惑。比如一对孪生姐妹的故事。起初我并不知道当善良的妹妹对姐姐说话时,其实她真挚眼神的对面是虚无,她看不见剪辑后才呈现的阴险姐姐,或者,她尚未发现另外一个自己。一个人为什么会在对折之后变成迥异的心肠,像童话中凶险的王后站在魔镜前,看到的却是白雪公主?

　　电影的魔法,翻开字幕……

那些演员,多么勇敢,不介意他们的毛孔千百倍地放大。棍子样粗的睫毛,坑穴一样深的鼻孔……被描述得似乎可怕的场景,影片中却自然而美好。镜头只呈现女演员两片鲜艳欲滴的嘴唇,她甚至更加诱惑,不会令人产生血盆大口的吞噬感。这是因为,一切都被均匀地放大,维护了物与物之间的均衡。一滴泪水,冲垮了小人国的稻壳舞台——小人国和大人国,因其人物与道具之间在比例上的巨大反差,才让我们震动。电影中的世界,似曾相识,又带有美妙的陌生感。

电影呈现给我视觉的极限——不可预料的幻境和天籁,还有最具暴力色彩的场面和灾难,我也是从电影中领略的。即使和千百名观众一起承受恐惧,我也不能减弱心理压力。而那些电影英雄不断历险,刚从巨蟒或杀人狂魔旁边逃生,下一个镜头,他们已经在篝火边炊饮、热吻或熟睡——即便危险再次蹑足靠近。现实生活中的惊惧,只需一次,我就会被终生恐吓,反刍在伤害里。电影让我有幸和英雄一起,参孙般复苏力量和勇气。

作为一个巨大的胃,电影完成两个小时之内的消化。主人公注定在两个小时以内悲欢生死,春天注定在两个小时之内落尽繁花。漫长爱情不需要相应的折磨和考验,一百二十分钟,他们在短暂里囊括了永远。宫殿变成七千二百秒以后的废墟。有时候几部电影都是同一演员出任主角,那么你可以看到其中的魔法与摧残,时间的腐蚀剂如何作用。等不及逝如闪电的光阴,电影让你注视着一个人瞬间老去,他的酒糟鼻、或泡或陷的眼,他绝望之后的宁静。二个小时的消化。我感觉自己正通过黑暗,通过微热而蠕动的肠道……二个小时以后,我将作为废物,被排泄到电影以外的世界。

我还记得自己遇到的第一次求婚。C用指头捏着战利品,要送给我。蚂蚱挣扎着蹬踏……它中毒般,慢慢吐出嘴角的绿汁。我不喜欢这个礼物。蚂蚱坚硬的头部像是火车头,尤其两个探照灯的眼睛——像那种短短的火车,连同它硬节的身体、灰绿的漆色。我讨厌它的门齿,腿侧的细刺。C随手一扔,蚂蚱的体侧升起两团雾,飞走了。我继续用狗尾草编兔子,长耳朵、短身子,毛茸茸的绿兔子挂在那么细的草秆上,像签子上的烤肉。C在旁边说了一句话,我没听清楚。他的声音很低,低过告密者的耳语。我抬头看他。停了一下,他重复了他的话:"你嫁给我吧。"

C的皮肤上有一种油,是包住熟食的草黄纸渐渐洇出的那种油质。这种油质不应出现在一个孩子脸上,不知道是不是早熟,使C提前领略了青春期的光彩。当他说出,我心跳平缓,C是我日日相见的同桌,而我的爱情一定要伴随好奇心的。我没有立即否决他的提议,出于另外的考虑。

我势利地心算自己的婚嫁。C要求一件二十年以后才能兑现的事，它会被太多变数修改。但现在答应他，我马上就能享用好处。C家住四层，正对广场，坐在他家的后窗边，直接可以看到周末放映的露天电影，不受蚊子、寒冷与挡在前面的人影干扰，如同剧场里的包厢。

狗尾草的茎很细，又柔软，易于弯成指环，戴进无名指。这枚草戒指的绿色，很像蚂蚱吐出的口水。我八岁，身中电影的毒，黑暗中跳舞的光线足以让我出卖未来。从C这里学习的爱情连同背叛，都是假的，不过电影中的剧情而已。似是而非的小新郎在笑，露出四环素牙。

坦克，飞机，雄赳赳前进着的军队，钢盔下看不清的眼睛，高筒靴上皮革的光亮……那么沉的暴力附着在一面幔布上，这不是奇迹吗？五天以后，我坐在C家里，肘部支在窗台上，看一部战争片。硕大的光柱之下，观众相互挨近的脑袋，仿佛屋顶乌蒙蒙的瓦片。

尽管看碟更便捷，自由选择的余地大，可我比较排斥，因为它破坏了电影的仪式感。我喜欢银幕无数倍于自己，让我保持在艺术面前应有的低矮。费里尼曾指出，电视进入家中使传播失却了它的"宗教性"，而仪式"只有在剧院或电影院中才可能发生。换句话说，'集合地点'变成了一间教堂"。

已经有很多年了，每周四，只要我在北京，一定会去中国电影资料馆。一个上瘾的人。一个被电影绑架而向梦想提出勒索的人。我感到持续作用在自己身上的咒符。资料馆的座椅落差比较大，我习惯坐在后排——向上看，顶棚虚玄的光晕，向下看有若身置危崖。我熟悉这里的工作人员，门外的票贩子。偶尔一个叫李顺民的孤寡老人会从几十里地以外赶来，他七十五岁，左眼盲，每月领取国家的最低保障，残疾人证使他坐公交车不用花钱，但他的收入不足以维护他对电影的热情，所以李顺民在门口等待好心人给他一张免费的富余票……他因此遭到票贩子的厌恶和驱遣。电影资料馆里来的多是常客，在这儿，观众有可能成为熟人。我知道那个学者必然坐在中间隔道靠右的位置，知道那个年轻编导每次等的女士都不同，知道倒数第二排的一对夫妻热衷窃窃私语。别的影院，那些在开演前的光亮里短暂停留过的脸，将被黑暗和遗忘吞没；而此处，黑暗里似乎有秘而不宣的亲人。

资料馆还有一个好处，放的都是原声片，打字幕。虽然少女时期迷恋过童自荣、刘广宁、邱岳峰的配音，但今天我不能容忍异域的脸说本土的话。我宁愿看字幕，无论法文还是土耳其语。追随字幕会有难度，但穿越两个语言世界，我感觉自己像一个正在被翻译的词，或者正在演变的月桂树根上，一个略带困惑的仙女。

陌生人集聚，做同一件事，而这件"做"的事，是以"不做"为表现形式的。他们朝向统一，专心致志。聚众很少不导致盲从或暴力，而电影观众，在黑暗里追随光的降临，安静的脸被镀亮。

我的朋友无法容忍电影院的气息。漆黑一团，众人交换从肺里的空气——做爱是两个人交换体液，他说电影院里有一种集体交媾的气息。他说的对，思想碰撞，情感交欢，所谓激情，是对规则和卫生的破坏。

有一次他陪我看电影，坐在我右侧。前方观众背影起伏，我能感觉他有热度的身体。想起他对影院的敌意，他的存在对我构成某种压迫。我们的呼吸几乎按照同样节奏进行——呼出的气息在眼前升腾，像瓶口释放了所罗门囚禁的不羁魔鬼。这使我对电影的注意力不断分解。我控制着姿态，背部稍稍前倾，两臂叠加在腿上。他在余光里虚掉了。在电影忽强忽弱的光线里，我有一张心不在焉的脸，那是一部西班牙影片，《热舞探戈》——他们的探戈跳得多么好：蜷曲、弹动有韵律的腿，甩动头颅，小腿绕过去，摩擦对方腿后的肌肤……他们配合非凡，带有兴奋感，像一对当众交尾的昆虫。

朋友大概像戒掉公共澡堂一样戒掉了电影院，我则巩固了独自观影的习惯。大约2001年的一个中午，我在影院看《押解的故事》，真正有了一次独自观影的经验。整场电影，唯有我一个观众。前后左右，空荡荡的。环境非常怪异，幽暗中少了那些背影的烘托，我感到了些许的心慌和不适。此前我以为自己一直向往这种孤独。

当嫉妒的继母追问："谁是世界上最美的女人？"镜子里呈现的是白雪公主，而非观镜者本人。当一面镜子映现出的是另外的现实，包含着判断与选择，不再简单地进行反射，那么它就脱离了普通的镜子，而成为魔镜。电影对现实作出的映现，使之成为魔法之镜。我希望它离生活更近，还是更远？我愿意它因忠诚而普通，还是因说谎而非凡？

童年我曾经被推到一位著名影星身边。我的高度大约到她胸部，仰起脸，她和银幕上一样光彩照人，有种难以比喻的美。头发是波浪形的，她穿一件乔其纱衬衫，领子的样式新颖别致。但我紧张，似乎对某种东西被亵渎而隐隐不安。这时候，我闻到了香气，来自她的身体，更令我恍惚。她与电影上的最大的不同，在于这股香气——她，竟然散发出肉体的气息。我不知道这是来自化妆用品还是体香，但不论是化妆用品的香气还是体香，都同样令我厌恶。电影里有形体、声音甚至有近似的体积，唯独没有味道。没有什么比这更能证明她与现实的勾结。在此之前，我倾向于把电影当作与现实完全分离的东西，或者，把它当作对庸碌生活的解救。

即将放映，光线熄灭，释放一团黑雾……这是乌贼的诡计，作为梦想的电影开始逃亡，现实生活的贪婪大嘴紧随其后。在观众头顶，在放映机与银幕之间，绷直一道道彩色光束，我不再使用中学作文的烂俗修辞说梦想的琴弦，但它们从来都是。

被囚禁在黑暗里，一个斑斓无比的世界在前面的窗口展开——这就是电影。因为被阻挡在这个世界之外无法纵身进入，对于囚犯来说，电影包含着比它本身更多的美好。

但电影是否也降低了我对生活的好奇？电影里我看过太多名胜美景，看过太多阴谋诡计，仿佛经过预演，以至面对真实场景倒以为平淡。我应该乐观地把这种情绪理解为从容，还是说艺术的虚拟效果让我变得挑剔？被间接之物引诱和带离，电影让我预习生活，或者说使我的生活从第一发生的位置后撤……每个电影迷是不是都存在这样的危险，使自己的生活成为被翻译过的生活？

……我梦到自己和一群游客来到德国的中国城。他们拿着小型摄像机，欣喜不已。面前是百余个巨大的格子，檀香木色，并饰有复杂的雕花工艺。每间格子里，都有唐装女子在表演管弦丝竹。她们背后衬着景泰蓝屏风，像孔雀打开的尾羽，华美，工丽，美到超过肉眼观察能力的细节。我梦到身着细绸旗袍的女子，鱼贯而过，迷人的团扇，撩人的腰肢。这是专门为旅游团准备的节目。

我梦到自己离开团队，独自等候一个名角演唱。据说这个名角极少出场，出场也是率性而为，没有预告，可遇不可求。刚才还华艳的环境转眼变了乡村，土路尽头是一个简陋的港湾，游客们陆续登船。晚霞辽阔的红，烘托着汗渍般泛黄的旧帆，他们离去。

我梦到温度的降低，天要黑了，光线明显不够，没有人打灯光，我不知是否还有一场缥缈无期的演出。"你怎么还没走呢？"一个老者问，他有六十多岁的样子，看起来像个农户，但我直觉他就是那个让我执著等待的角儿。他没给我任何承诺就推门进入一个院落——听说，他的化妆秘不外传，谢绝旁观。

我梦见许多京剧脸谱在眼前晃动。背后的面孔不能被分辨，我不知道那些浓墨重彩的脸之中，有没有我期待的那个人。我梦见脸上一阵痒，抬手触摸，指头上蹭下一层厚重的油彩。

罗兰·巴特谈道："在电影里，不论有关平面的修辞学怎样，能指自身从本质上讲总是平滑的；这是一种不间断的画面连续动作；胶片——名称起得好,它就是一张无开裂的皮……"

而我们的露天电影时代,断片经常发生,对儿童来说,几乎是恐怖的经历。胶片烧着,女主角完美的五官突然浸到滚油里,边缘焦煳,中间鼓起可怕的大泡——魔鬼降临,它火焰般的皮肤上,两只骷髅的眼睛深陷,张开无牙的嘴……转眼之间,它的脸又翻卷着消失。那个阶段,我的噩梦仿佛全部是在重现一场放映事故,那些鬼脸,与烧灼的胶片一模一样。

十五岁的一个夜晚,我被开水烫伤。从昏厥中醒来,我感到强烈的灼痛,把手放到脸上摸一下……我惊恐地发现一片很大面积的皮肤,贴在自己的指端。瞬间蔓延的疼痛,让我觉得被火包围。幸福生活的胶片,从一个特定镜头那里被烧毁。

当放映中出现断片现象,处理方法是把胶片的药膜面刮掉,露出片基,刮出毛茬以后,用特制胶水粘合。很多年我试图忘记那场青春期的灾难,我拼命刮擦记忆,重新衔接我的过去。我不喜欢照镜子,这样就不被提示,仿佛自己并未被毁容,保持着"无开裂的状态"。如同必须刮出片基与毛茬一样,为了维护所谓的完整,你必须遭受磨蚀,直至暴露疼痛的深层。

偶尔我会想起,做过的那个梦,梦里的中国城和脸上蹭下的油彩——就像回忆别人导演的短片。电影能够制造和我们的生活不对称的华丽与奇迹;而生活与电影重合的,总是那些低微、沉痛、不被缅怀的部分。

我不由自主地伸出两手的拇指和食指,一个手背向内,一个手心向内,对成一个取景框。我轻微错动四根手指的位置,造成宽银幕的比例。

谁的告别,拉下丝绒帷幕?谁的道具箱打开,收拾浮华而廉价的珠翠?谁的妆容,被泪水和寂静冲洗?谁的身体,从台词中蝉蜕?谁的咒语,被另一个人当作摇篮曲催眠?谁的你,在承担孤儿一样的命运?在观众散场的洪流中,谁又允许谁,带上古怪的动物,躲进诺亚方舟?把摄影机当作上帝的左眼,看一看这个需要意义才能支撑的世界。

……电影开始了,两个小时,拧紧体内的弦,钟一样开始走动,感到自己在旋转中轻微晕眩。许诺自己,这是天堂。

(《高中生之友》[中旬刊],2020年第7期)

讲故事的人
——在瑞典学院的诺贝尔文学奖受奖演讲

莫 言

尊敬的瑞典学院各位院士,女士们、先生们:

通过电视或网络,我想在座的各位对遥远的高密东北乡,已经有了或多或少的了解。你们也许看到了我的九十岁的老父亲,看到了我的哥哥姐姐、我的妻子女儿,和我的一岁零四个月的外孙子。但是有一个此刻我最想念的人,我的母亲,你们永远无法看到了。我获奖后,很多人分享了我的光荣,但我的母亲却无法分享了。

我母亲生于1922年,卒于1994年。她的骨灰,埋葬在村庄东边的桃园里。去年,一条铁路要从那儿穿过,我们不得不将她的坟墓迁移到距离村子更远的地方。掘开坟墓后,我们看到,棺木已经腐朽,母亲的骨殖,已经与泥土混为一体。我们只好象征性地挖起一些泥土,移到新的墓穴里。也就是从那一时刻起,我感到,我的母亲是大地的一部分,我站在大地上的诉说,就是对母亲的诉说。

我是我母亲最小的孩子。

我记忆中最早的一件事,是提着家里唯一的一把热水壶去公共食堂打开水。因为饥饿无力,失手将热水瓶打碎,我吓得要命,钻进草垛,一天没敢出来。傍晚的时候我听到母亲呼唤我的乳名,我从草垛里钻出来,以为会受到打骂,但母亲没有打我也没有骂我,只是抚摸着我的头,口中发出长长的叹息。

我记忆中最痛苦的一件事,就是跟着母亲去集体的地里捡麦穗,看守麦田的人来了,捡麦穗的人纷纷逃跑,我母亲是小脚,跑不快,被捉住,那个身材高大的看守人扇了她一个耳光,她摇晃着身体跌倒在地,看守人没收了我们捡到的麦穗,吹着口哨扬长而去。我母亲嘴角流血,坐在地上,脸上那种绝望的神情我终生难忘。多年之后,当那个看守麦田的人成为一个白发苍苍的老人,在集市上与我相逢,我冲上去想找他报仇,母亲拉住了我,平静地对我说:"儿子,那个打我的人,与这个老人,并不是一个人。"

我记得最深刻的一件事是一个中秋节的中午,我们家难得地包了一顿饺子,每人只有一碗。正当我们吃饺子时,一个乞讨的老人来到了我们家门口,我端起半碗红薯干打发他,他却愤愤不平地说:"我是一个老人,你们吃饺子,却让我吃红薯干。你们的心是怎么长的?"我气急败坏地说:"我们一年也吃不了几次饺子,一人一小碗,连半饱都吃不了!给你红薯干就不错了,你要就要,不要就滚!"母亲训斥了我,然后端起她那半碗饺子,倒进了老人碗里。

我最后悔的一件事,就是跟着母亲去卖白菜,有意无意地多算了一位买白菜的老人一毛钱。算完钱我就去了学校。当我放学回家时,看到很少流泪的母亲泪流满面。母亲并没有骂我,只是轻轻地说:"儿子,你让娘丢了脸。"

我十几岁时,母亲患了严重的肺病。饥饿、病痛、劳累,使我们这个家庭陷入了困境,看不到光明和希望。我产生了一种强烈的不祥之兆,以为母亲随时都会寻短见。每当我劳动归来,一进大门就高喊母亲,听到她的回应,心中才感到一块石头落了地。如果一时听不到她的回应,我就心惊胆战,跑到厨房和磨坊里寻找。有一次找遍了所有的房间也没有见到母亲的身影,我便坐在了院子里大哭。这时母亲背着一捆柴草从外面走进来。她对我的哭很不满,但我又不能对她说出我的担忧。母亲看到我的心思,她说:"孩子你放心,尽管我活着没有一点乐趣,但只要阎王爷不叫我,我是不会去的。"

我生来相貌丑陋,村子里很多人当面嘲笑我,学校里有几个性格霸蛮的同学甚至为此打我。我回家痛哭,母亲对我说:"儿子,你不丑,你不缺鼻子不缺眼,四肢健全,丑在哪里?而且只要你心存善良,多做好事,即便是丑也能变美。"后来我进入城市,有一些很有文化的人依然在背后甚至当面嘲弄我的相貌,我想起了母亲的话,便心平气和地向他们道歉。

我母亲不识字,但对识字的人十分敬重。我们家生活困难,经常吃了上顿没下顿。但只要我对她提出买书买文具的要求,她总是会满足我。她是个勤劳的人,讨厌懒惰的孩子,但只要是我因为看书耽误了干活,她从来没批评过我。

有一段时间,集市上来了一个说书人。我偷偷地跑去听书,忘记了她分配给我的活儿。为此,母亲批评了我,晚上当她就着一盏小油灯为家人赶制棉衣时,我忍不住把白天从说书人听来的故事复述给她听。起初她有些不耐烦,因为在她心目中说书人都是油嘴滑舌、不务正业的人,从他们嘴里冒不出好话来。但我复述的故事渐渐地吸引了她,以后每逢集日她便不再给我排活，默许我去集上听书。为了报答母亲的恩情，也为了向她炫耀我的记忆力，我会把白天听到的故事，绘声绘色地讲给她听。

很快地，我就不满足于复述说书人讲的故事了，我在复述的过程中不断地添油加醋，我会投我母亲所好，编造一些情节，有时候甚至改变故事的结局。我的听众也不仅仅是我的母亲，连我的姐姐，我的婶婶、我的奶奶，都成为我的听众。我母亲在听完我的故事后，有时会忧心忡忡地，像是对我说，又像是自言自语："儿啊，你长大后会成为一个什么人呢？难道要靠耍贫嘴吃饭吗？"

我理解母亲的担忧，因为在村子里，一个贫嘴的孩子，是招人厌烦的，有时候还会给自己和家庭带来麻烦。我在小说《牛》里所写的那个因为话多被村子里厌恶的孩子，就有我童年时的影子。我母亲经常提醒我少说话，她希望我能做一个沉默寡言、安稳大方的孩子。但在我身上，却显露出极强的说话能力和极大的说话欲望，这无疑是极大的危险，但我说故事的能力，又带给了她愉悦，这使她陷入深深的矛盾之中。

俗话说"江山易改，本性难移"，尽管我有父母亲的谆谆教导，但我并没有改掉我喜欢说话的天性，这使得我的名字"莫言"很像对自己的讽刺。

我小学未毕业即辍学，因为年幼体弱，干不了重活，只好到荒草滩上去放牧牛羊。当我牵着牛羊从学校门前路过，看到昔日的同学在校园里打打闹闹，我心中充满悲凉，深深地体会到一个人，哪怕是一个孩子，离开群体后的痛苦。到了荒滩上，我把牛羊放开，让它们自己吃草。蓝天如海，草地一望无际，周围看不到一个人影。没有人的声音，只有鸟儿在天上鸣叫。我感到很孤独，很寂寞，心里空空荡荡。有时候，我躺在草地上，望着天上懒洋洋地飘动着的白云，脑海里便浮现出许多莫名其妙的幻象。我们那地方流传着许多狐狸变成美女的故事，我幻想着能有一个狐狸变成美女与我来做伴放牛，但她始终没有出现。但有一次，一只火红色的狐狸从我面前的草丛中跳出来时，我被吓得一屁股蹲在地上。狐狸跑没了踪影，我还在那里颤抖。有时候我会蹲在牛的身旁，看着湛蓝的牛眼和牛眼中的我的倒影。有时候我会模仿着鸟儿的叫声试图与天上的鸟儿对话，有时候我会对一棵树诉说心声。但鸟儿不理我，树也不理我。许多年后，当我成为一个小说家，当年的许多幻想，都被我写进了小说。很多人夸我想象力丰富，有一些文学爱好者，希望我能告诉他们培养想象力的秘诀，对此，我只能报以苦笑。就像中国的先贤——老子所说的那样，"福兮祸之所伏，祸兮福之所倚"，我童年辍学，饱受饥饿、孤独、无书可读之苦，但我因此也像我们的前辈作家沈从文那样，极早地开始阅读社会人生这本大书。前面所提到的到集市上去听说书人说书,仅仅是这本大书中的一页。

辍学之后,我混迹于成人之中,开始了"用耳朵阅读"的漫长生涯。二百多年前,我的故乡曾出了一个讲故事的伟大天才——蒲松龄,我们村里的许多人,包括我,都是他的传人。我在集体劳动的田间地头,在生产队的牛棚马厩,在我爷爷奶奶的热炕头上,甚至在摇摇晃晃地行进着的牛车上,聆听了许许多多神鬼故事、历史传奇、逸闻趣事,这些故事都与当地的自然环境、家庭历史紧密联系在一起,使我产生了强烈的现实感。我做梦也想不到有朝一日这些东西会成为我的写作素材,我当时只是一个迷恋故事的孩子,醉心地聆听着人们的讲述。那时我是一个绝对的有神论者,我相信万物都有灵性。我见到一棵大树会肃然起敬,我看到一只鸟会感到它随时会变化成人,我遇到一个陌生人,也会怀疑他是一个动物变化而成。每当夜晚我从生产队的记工房回家时,无边的恐惧便包围了我,为了壮胆,我一边奔跑一边大声歌唱。那时我正处在变声期,嗓音嘶哑,声调难听,我的歌唱,是对我的乡亲们的一种折磨。

我在故乡生活了二十一年,期间离家最远的是乘火车去了一次青岛,还差点迷失在木材厂的巨大木材之间,以至于我母亲问我去青岛看到了什么风景时,我沮丧地告诉她:什么都没看到,只看到了一堆堆的木头。但也就是这次青岛之行,使我产生了想离开故乡到外边去看世界的强烈愿望。

1976年2月,我应征入伍,背着我母亲卖掉结婚时的首饰,购买了四本《中国通史简编》,走出了高密东北乡这个既让我爱又让我恨的地方,开始了我人生的重要时期。我必须承认,如果没有三十多年来中国社会的巨大发展与进步,如果没有改革开放,也不会有我这样一个作家。

在军营的枯燥生活中,我迎来了二十世纪八十年代的思想解放和文学热潮。我从一个用耳朵聆听故事,用嘴巴讲述故事的孩子,开始尝试用笔来讲述故事。起初的道路并不平坦,我那时并没有意识到我二十多年的农村生活经验是文学的富矿。那时我以为文学就是写好人好事,就是写英雄模范,所以,尽管也发表了几篇作品,但文学价值很低。

1984年秋,我考入解放军艺术学院文学系。在我的恩师、著名作家徐怀中的启发指导下,我写出了《秋水》《枯河》《透明的红萝卜》《红高粱》等一批中短篇小说。在《秋水》这篇小说里,第一次出现了"高密东北乡"这个字眼。从此,就如同一个四处游荡的农民有了一片土地,我这样一个文学的流浪汉,终于有了一个可以安身立命的场所。我必须承认,在创建我的文学领地"高密东北乡"的过程中,美国的威廉·福克纳和哥伦比亚的加西亚·马尔克斯给了我重要启发。我对他们的阅读并不认真,但他们开天辟地的豪迈精神激励了我,使我明白了一个作家必须要有一块属于自己的地方。一个人在日常生活中应该谦卑退让,但在文学创作中必须颐指气使,独断专行。我追随在这两位大师身后两年,即意识到,必须尽快地逃离他们。我在一篇文章中写道:他们是两座灼热的火炉,而我是冰块,如果离他们太近,会被他们蒸发掉。根据我的体会,一个作家之所以会受到某一位作家的影响,其根本是因为影响者和被影响者灵魂深处的相似之处。正所谓"心有灵犀一点通"。所以,尽管我没有很好地去读他们的书,但只读过几页,我就明白了他们干了什么,也明白了他们是怎样干的,随即我也就明白了我该干什么和我该怎样干。

我该干的事情其实很简单,那就是用自己的方式,讲自己的故事。我的方式,就是我所熟知的集市说书人的方式,就是我的爷爷奶奶、村里的老人们讲故事的方式。坦率地说,讲述的时候,我没有想到谁会是我的听众,也许我的听众就是那些如我母亲一样的人,也许我的听众就是我自己。我自己的故事,起初就是我的亲身经历,譬如《枯河》中那个遭受痛打的孩子,譬如《透明的红萝卜》中那个自始至终一言不发的孩子。我的确曾因为干过一件错事而受到过父亲的痛打,我也的确曾在桥梁工地上为铁匠师傅拉过风箱。当然,个人的经历无论多么奇特也不可能原封不动地写进小说,小说必须虚构,必须想象。很多朋友说《透明的红萝卜》是我最好的小说,对此我不反驳,也不认同,但我认为《透明的红萝卜》是我的作品中最有象征性、最意味深长的一部。那个浑身漆黑、具有超人的忍受痛苦的能力和超人的感受能力的孩子,是我全部小说的灵魂,尽管在后来的小说里,我写了很多的人物,但没有一个人物,比他更贴近我的灵魂。或者可以说,一个作家所塑造的若干人物中,总有一个领头的;这个沉默的孩子就是一个领头的,他一言不发,但却有力地领导着形形色色的人物,在高密东北乡这个舞台上,尽情地表演。

自己的故事总是有限的,讲完了自己的故事,就必须讲他人的故事。于是,我的亲人们的故事,我的村人们的故事,以及我从老人们口中听到过的祖先们的故事,就像听到集合令的士兵一样,从我的记忆深处涌出来。他们用期盼的目光看着我,等待着我去写他们。我的爷爷、奶奶、父亲、母亲、哥哥、姐姐、姑姑、叔叔、妻子、女儿,都在我的作品里出现过,还有很多的我们高密东北乡的乡亲,也都在我的小说里露过面。当然,我对他们,都进行了文学化的处理,使他们超越了他们自身,成为文学中的人物。

我最新的小说《蛙》中,就出现了我姑姑的形象。因为我获得诺贝尔奖,许多记者到她家采访,起初她还很耐心地回答提问,但很快便不胜其烦,跑到县城里她儿子家躲起来了。姑姑确实是我写《蛙》时的模特,但小说中的姑姑,与现实生活中的姑姑有着天壤之别。小说中的姑姑专横跋扈,有时简直像个女匪;现实中的姑姑和善开朗,是一个标准的贤妻良母。现实中的姑姑晚年生活幸福美满;小说中的姑姑到了晚年却因为心灵的巨大痛苦患上了失眠症,身披黑袍,像个幽灵一样在暗夜中游荡。我感谢姑姑的宽容,她没有因为我在小说中把她写成那样而生气;我也十分敬佩我姑姑的明智,她正确地理解了小说中人物与现实中人物的复杂关系。

母亲去世后,我悲痛万分,决定写一部书献给她。这就是那本《丰乳肥臀》。因为胸有成竹,因为情感充盈,仅用了83天,我便写出了这部长达50万字的小说的初稿。在《丰乳肥臀》这本书里,我肆无忌惮地使用了与我母亲的亲身经历有关的素材,但书中的母亲情感方面的经历,则是虚构或取材于高密东北乡诸多母亲的经历。在这本书的卷前语上,我写下了"献给母亲在天之灵"的话。但这本书,实际上是献给天下母亲的,这是我狂妄的野心,就像我希望把小小的"高密东北乡"写成中国乃至世界的缩影一样。

作家的创作过程各有特色,我每本书的构思与灵感触发也都不尽相同。有的小说起源于梦境,譬如《透明的红萝卜》;有的小说则发端于现实生活中发生的事件,譬如《天堂蒜薹之歌》。但无论是起源于梦境还是发端于现实,最后都必须和个人的经验相结合,才有可能变成一部具有鲜明个性的、用无数生动细节塑造出了典型人物的,语言丰富多彩、结构匠心独运的文学作品。有必要特别提及的是,在《天堂蒜薹之歌》中,我让一个真正的说书人登场,并在书中扮演了十分重要的角色。我十分抱歉地使用了这个说书人的真实姓名,当然,他在书中的所有行为都是虚构。在我的写作中,出现过多次这样的现象,写作之初,我使用他们的真实姓名,希望能借此获得一种亲近感,但作品完成之后,我想为他们改换姓名时却感到已经不可能了,因此也发生过与我小说中人物同名者找到我父亲发泄不满的事情。我父亲替我向他们道歉,但同时又开导他们不要当真。我父亲说:"他在《红高粱》中,第一句就说'我父亲这个土匪种',我都不在意你们还在意什么?"

我在写作《天堂蒜薹之歌》这类逼近社会现实的小说时,面对着的最大问题,其实不是我敢不敢对社会上的黑暗现象进行批评,而是这燃烧的激情和愤怒会让政治压倒文学,使这部小说变成一个社会事件的纪实报告。小说家是社会中人,他自然有自己的立场和观点,但小说家在写作时,必须站在人的立场上,把所有的人都当作人来写。只有这样,文学才能发端事件但超越事件,关心政治但大于政治。

可能是因为我经历过长期的艰难生活,使我对人性有较为深刻的了解。

我知道真正的勇敢是什么,也明白真正的悲悯是什么。我知道,每个人心中都有一片难用是非善恶准确定性的朦胧地带,而这片地带,正是文学家施展才华的广阔天地。只要是准确地、生动地描写了这个充满矛盾的朦胧地带的作品,也就必然地超越了政治并具备了优秀文学的品质。

喋喋不休地讲述自己的作品是令人厌烦的,但我的人生是与我的作品紧密相连的,不讲作品,我感到无从下嘴,所以还得请各位原谅。

在我的早期作品中,我作为一个现代的说书人,是隐藏在文本背后的,但从《檀香刑》这部小说开始,我终于从后台跳到了前台。如果说我早期的作品是自言自语,目无读者,从这本书开始,我感觉到自己是站在一个广场上,面对着许多听众,绘声绘色地讲述。这是世界小说的传统,更是中国小说的传统。我也曾积极地向西方的现代派小说学习,也曾经玩弄过形形色色的叙事花样,但我最终回归了传统。当然,这种回归,不是一成不变的回归,《檀香刑》和之后的小说,是继承了中国古典小说传统又借鉴了西方小说技术的混合文本。小说领域的所谓创新,基本上都是这种混合的产物。不仅仅是本国文学传统与外国小说技巧的混合,也是小说与其他的艺术门类的混合,就像《檀香刑》是与民间戏曲的混合,就像我早期的一些小说从美术、音乐、甚至杂技中汲取了营养一样。

最后,请允许我再讲一下我的《生死疲劳》。这个书名来自佛教经典,据我所知,为翻译这个书名,各国的翻译家都很头痛。我对佛教经典并没有深入研究,对佛教的理解自然十分肤浅,之所以以此为题,是因为我觉得佛教的许多基本思想是真正的宇宙意识,人世中许多纷争,在佛家的眼里,是毫无意义的。这样一种至高眼界下的人世,显得十分可悲。当然,我没有把这本书写成布道词,我写的还是人的命运与人的情感,人的局限与人的宽容,以及人为追求幸福、坚持自己的信念所做出的努力与牺牲。小说中那位以一己之身与时代潮流对抗的蓝脸,在我心目中是一位真正的英雄。这个人物的原型,是我们邻村的一位农民,我童年时,经常看到他推着一辆吱吱作响的木轮车,从我家门前的道路上通过。给他拉车的,是一头瘸腿的毛驴,为他牵驴的,是他小脚的妻子。这个奇怪的劳动组合,在当时的集体化社会里,显得那么古怪和不合时宜,在我们这些孩子的眼里,也把他们看成是逆历史潮流而动的小丑,以至于当他们从街上经过时,我们会充满义愤地朝他们投掷石块。事过多年,当我拿起笔来写作时,这个人物,这个画面,便浮现在我的脑海中。我知道,我总有一天会为他写一本书,我迟早要把他的故事讲给天下人听,但一直到了2005年,当我在一座庙宇里看到"六道轮回"的壁画时,才明白了讲述这个故事的正确方法。

我获得诺贝尔文学奖后,引发了一些争议。起初,我还以为大家争议的对象是我,渐渐地,我感到这个被争议的对象,是一个与我毫不相关的人。我如同一个看戏人,看着众人的表演。我看到那个得奖人身上落满了花朵,也被掷上了石块、泼上了污水。我生怕他被打垮,但他微笑着从花朵和石块中钻出来,擦干净身上的脏水,坦然地站在一边,对着众人说:对一个作家来说,最好的说话方式是写作。我该说的话都写进了我的作品里。用嘴说出的话随风而散,用笔写出的话永不磨灭。我希望你们能耐心地读一下我的书,当然,我没有资格强迫你们读我的书。即便你们读了我的书,我也不期望你们能改变对我的看法,世界上还没有一个作家,能让所有的读者都喜欢他。在当今这样的时代里,更是如此。

尽管我什么都不想说,但在今天这样的场合我必须说话,那我就简单地再说几句。

我是一个讲故事的人,我还是要给你们讲故事。

上世纪60年代,我上小学三年级的时候,学校里组织我们去参观一个苦难展览,我们在老师的引领下放声大哭。为了能让老师看到我的表现,我舍不得擦去脸上的泪水。我看到有几位同学悄悄地将唾沫抹到脸上冒充泪水。我还看到在一片真哭假哭的同学之间,有一位同学,脸上没有一滴泪,嘴巴里没有一点声音,也没有用手掩面。他睁着大眼看着我们,眼睛里流露出惊讶或者是困惑的神情。事后,我向老师报告了这位同学的行为。为此,学校给了这位同学一个警告处分。

多年之后,当我因自己的告密向老师忏悔时,老师说,那天来找他说这件事的,有十几个同学。这位同学十几年前就已去世,每当想起他,我就深感歉疚。这件事让我悟到一个道理,那就是:当众人都哭时,应该允许有的人不哭。当哭成为一种表演时,更应该允许有的人不哭。

我再讲一个故事:30多年前,我还在部队工作。有一天晚上,我在办公室看书,有一位老长官推门进来,看了一眼我对面的位置,自言自语道:"噢,没有人?"我随即站起来,高声说:"难道我不是人吗?"那位老长官被我顶得面红耳赤,尴尬而退。为此事,我洋洋得意了许久,以为自己是个英勇的斗士,但事过多年后,我却为此深感内疚。

请允许我讲最后一个故事,这是许多年前我爷爷讲给我听过的:有八个外出打工的泥瓦匠,为避一场暴风雨,躲进了一座破庙。外边的雷声一阵紧似一阵,一个个的火球,在庙门外滚来滚去,空中似乎还有吱吱的龙叫声。众人都胆战心惊,面如土色。有一个人说:"我们八个人中,必定有一个人干过伤天害理的坏事,谁干过坏事,就自己走出庙接受惩罚吧,免得让好人受到牵连。"自然没有人愿意出去。又有人提议道:"既然大家都不想出去,那我们就将自己的草帽往外抛吧,谁的草帽被刮出庙门,就说明谁干了坏事,那就请他出去接受惩罚。"于是大家就将自己的草帽往庙门外抛,七个人的草帽被刮回了庙内,只有一个人的草帽被卷了出去。大家就催这个人出去受罚。他自然不愿出去,众人便将他抬起来扔出了庙门。故事的结局我估计大家都猜到了——那个人刚被扔出庙门,那座破庙轰然坍塌。

我是一个讲故事的人。

因为讲故事我获得了诺贝尔文学奖。

我获奖后发生了很多精彩的故事,这些故事,让我坚信真理和正义是存在的。

今后的岁月里,我将继续讲我的故事。

谢谢大家!

(《讲故事的人》,浙江文艺出版社,2020年)